*रिच डैड्स*

# रिटायर यंग रिटायर रिच

*रिच डैड्स*

# रिटायर यंग रिटायर रिच

**जल्दी अमीर कैसे बनें
और हमेशा अमीर कैसे बने रहें!**


## रॉबर्ट टी. कियोसाकी

अनुवाद : डॉ. सुधीर दीक्षित



MANJUL

मंजुल पब्लिशिंग हाउस

*First published in India by*

MANJUL

**Manjul Publishing House**

*Corporate and Editorial Office*

• 2nd Floor, Usha Preet Complex, 42 Malviya Nagar, Bhopal 462 003 - India

*Sales and Marketing Office*

•C-16, Sector 3, Noida, Uttar Pradesh 201301 - India

Website: www.manjulindia.com

*Distribution Centres*

Ahmedabad, Bengaluru, Bhopal, Kolkata, Chennai,
Hyderabad, Mumbai, New Delhi, Pune

Hindi edition of the international bestseller
*Retire Young Retire Rich - How to Get Rich Quickly and Stay Rich Forever*
by Robert T. Kiyosaki

Hindi edition first published in 2009
Twelfth impression 2022

Translation by Dr. Sudhir Dixit

Designed by: Insync Graphic Studio, Inc.
Cover adaption by Manjul Creative Team

**ISBN 978-81-8322-145-0**

Printed and bound in India by Nutech Print Services-India

# विषय सूची

## *प्रस्तावना*

# डेविड गोलियाथ को कैसे हरा पाया

रिच डैड को डेविड और गोलियाथ की कहानी बहुत पसंद थी। मुझे लगता है शायद वे ख़ुद को डेविड मानते होंगे, क्योंकि उन्होंने भी शून्य से शुरुआत की थी, लेकिन बाद में इतने ऊपर उठ गए कि व्यावसायिक जगत के बड़े-बड़े सूरमाओं से टक्कर लेने लगे। अमीर डैडी ने कहा था, "डेविड गोलियाथ को इसलिए हरा पाया, क्योंकि वह लीवरेज की शक्ति का इस्तेमाल करना जानता था। एक युवक और एक साधारण गुलेल डरावने दैत्य गोलियाथ से ज़्यादा ताक़तवर निकले। यही लीवरेज (leverage) की शक्ति है।"

इससे पहले मैंने कैशफ़्लो की शक्ति पर पुस्तकें लिखी हैं। अमीर डैडी ने कहा था, "*कैशफ़्लो* धन की दुनिया में सबसे महत्वपूर्ण शब्द है। दूसरा सबसे महत्वपूर्ण शब्द *है लीवरेज*।" उन्होंने यह भी कहा था, "लीवरेज की वजह से ही कुछ लोग अमीर बन जाते हैं, जबकि बाक़ी नहीं बन पाते हैं।" अमीर डैडी ने आगे स्पष्ट किया कि लीवरेज एक शक्ति है और यह शक्ति या तो आपके पक्ष में काम करती है या फिर आपके विरोध में। चूँकि लीवरेज शक्ति है, इसलिए कुछ लोग इसका सदुपयोग करते हैं, कई इसका दुरुपयोग करते हैं और बाक़ी इससे डरते हैं। उन्होंने कहा था, "अमेरिका के 5 प्रतिशत से भी कम लोग ही अमीर हैं, क्योंकि सिर्फ़ 5 प्रतिशत ही लीवरेज की शक्ति का *सदुपयोग* करना जानते हैं। कई लोग अमीर बनना तो चाहते हैं, लेकिन इसलिए नहीं बन पाते, क्योंकि वे इस शक्ति का *दुरुपयोग* करते हैं। और ज़्यादातर लोग इसलिए अमीर नहीं बन पाते हैं, क्योंकि वे लीवरेज की शक्ति से *डरते* हैं।

## लीवरेज के कई प्रकार हैं

लीवरेज कई प्रकार का होता है। लीवरेज का एक जाना-पहचाना तरीक़ा है, पैसे उधार लेना। आज हम जान गए हैं कि इस शक्तिशाली लीवरेज के दुरुपयोग से कितनी गंभीर समस्या उत्पन्न हुई है। लाखों-करोड़ों लोग वित्तीय दृष्टि से

बुरी हालत में हैं, क्योंकि वे क़र्ज़ के लीवरेज की शक्ति का इस्तेमाल अपने ख़िलाफ़ करते हैं। क़र्ज़ के लीवरेज के *दुरुपयोग* के कारण कई लोग अब इस तरह के लीवरेज से *डरने लगे* हैं और यह कहने लगे हैं, "अपने क्रेडिट कार्ड फाड़ डालो, अपना हाउस लोन पटा दो और क़र्ज़ से मुक्त हो जाओ।" मेरे अमीर डैडी ने हँसकर कहा था, "क्रेडिट कार्ड फाड़ने से आप अमीर नहीं बनेंगे। अपने क्रेडिट कार्ड फाड़ने पर तो मुझे सिर्फ़ अफ़सोस होगा।" बहरहाल, अमीर डैडी यह भी मानते थे कि अगर आप क़र्ज़ के लीवरेज की शक्ति का दुरुपयोग करते हैं, तो आपको निश्चित रूप से अपने क्रेडिट कार्ड फाड़ डालने चाहिए, अपना हाउस लोन पटा देना चाहिए और क़र्ज़ से बाहर निकल जाना चाहिए। वे कहते थे, "कुछ लोगों को क्रेडिट कार्ड देना शराबी के हाथ में भरी बंदूक थमाने जैसा है। शराबी के आस-पास का हर व्यक्ति ख़तरे में है, जिसमें ख़ुद शराबी भी शामिल है।" अमीर डैडी ने अपने बेटे और मुझे क़र्ज़ के लीवरेज की शक्ति से डरना नहीं सिखाया। उन्होंने तो हमें यह सिखाया कि हम क़र्ज़ के लीवरेज की शक्ति से *लाभ* कैसे उठा सकते हैं। इसीलिए वे अक्सर कहते थे, "क़र्ज़ अच्छा और बुरा दोनों तरह का होता है। अच्छा क़र्ज़ आपको अमीर बनाता है और बुरा क़र्ज़ आपको ग़रीब बनाता है।" अधिकांश लोगों पर बुरे क़र्ज़ का बोझ लदा हुआ है, जबकि बहुत से अन्य लोग क़र्ज़ के डर में जी रहे हैं तथा क़र्ज़-मुक्त रहने पर गर्व अनुभव कर रहे हैं ... अच्छे क़र्ज़ से मुक्त रहने पर भी। इस पुस्तक में आप पाएँगे कि क़र्ज़ में डूबकर मैं और मेरी पत्नी किम युवावस्था में अमीर बनकर किस तरह रिटायर हुए। हम अच्छे क़र्ज़ में डूबे थे और उसने हमें अमीर तथा वित्तीय रूप से स्वतंत्र बना दिया। दूसरे शब्दों में, हमने लीवरेज की शक्ति का *सदुपयोग* किया। ध्यान रहे, हमने इस शक्ति का *दुरुपयोग* नहीं किया था, न ही हम इससे डरे। इसके बजाय हमने लीवरेज की शक्ति का *सम्मान* किया और सावधानी तथा समझदारी से इसका प्रयोग किया।

## क्या हर व्यक्ति अमीर बन सकता है?

अपनी पहली पुस्तक *रिच डैड पुअर डैड* के रिलीज़ होने के बाद से मैं सैकड़ों इंटरव्यू दे चुका हूँ। उनमें अक्सर मुझसे यह सवाल पूछा जाता है : "क्या आप सोचते हैं कि हर व्यक्ति अमीर बन सकता है?"

मैं जवाब देता हूँ, "हाँ। मुझे यक़ीन है कि हर व्यक्ति में अमीर बनने की क्षमता होती है।"

इस बिंदु पर अक्सर मुझसे पूछा जाता है, "अगर हर व्यक्ति में अमीर बनने की क्षमता है, तो फिर इतने कम लोग ही अमीर क्यों बन पाते हैं?"

मेरा जवाब आम तौर पर यह होता है, "इस सवाल का जवाब देने के लिए अभी पर्याप्त समय नहीं है।" वैसे अगर वे ज़्यादा ज़ोर डालते हैं, तो मैं इस तरह

की बात कह सकता हूँ, "इसके कई जवाब आपको रिच डैड सीरीज़ की मेरी पहली चार पुस्तकों में मिल जाएँगे।"

अगर इंटरव्यू लेने वाला पीछे ही पड़ जाए, तो वह इस तरह का सवाल पूछ सकता है, "आप हमें सारे जवाब कब देंगे?"

मैं कहता हूँ, "मुझे नहीं लगता कि किसी के पास सारे जवाब हैं।"

हालाँकि मेरे पास सारे जवाब नहीं हैं, लेकिन आख़िरकार मुझे रिच डैड सीरीज़ की यह पाँचवीं पुस्तक आपके सामने लाने में ख़ुशी हो रही है। यह पुस्तक निश्चित रूप से स्पष्ट करेगी कि मुझे क्यों यक़ीन है कि हम सभी में बहुत अमीर बनने की शक्ति और क्षमता है ... और मेरा मतलब है हम सभी में, सिर्फ़ कुछ ही लोगों में नहीं। इस पुस्तक में आप जान पाएँगे कि मैं और मेरी पत्नी किम किस तरह युवावस्था में ही अमीर बनकर रिटायर हो गए, हालाँकि शुरुआत में हमारे पास फूटी कौड़ी भी नहीं थी। और यह पुस्तक यह भी बताएगी कि हालाँकि हम सभी में बहुत अमीर बनने और जवानी में रिटायर होने की शक्ति व क्षमता होती है, लेकिन इसके बावजूद कुछ ही लोग अमीर क्यों बन पाते हैं और बाक़ी ग़रीब क्यों रह जाते हैं। इसका कारण है लीवरेज।

रिच डैड सीरीज़ की पहली चार पुस्तकें मूलतः कैशफ़्लो की शक्ति के बारे में थीं। यह पुस्तक लीवरेज के बारे में है। इस विषय पर एक पूरी पुस्तक क्यों? इसका कारण यह है कि लीवरेज बहुत विशाल शब्द है और यह हमारी ज़िंदगी की लगभग हर चीज़ को प्रभावित करता है। यह पुस्तक लीवरेज के तीन महत्वपूर्ण प्रकारों पर ध्यान केंद्रित करेगी। ये हैं :

## खंड 1 : आपके मस्तिष्क का लीवरेज

यह इस पुस्तक का सबसे महत्वपूर्ण खंड है। इस खंड में आप यह जान जाएँगे कि पैसा आपको अमीर क्यों नहीं बनाता है। आप यह भी जानेंगे कि दुनिया का सबसे शक्तिशाली लीवरेज आपका मस्तिष्क है, जिसमें आपको अमीर या ग़रीब बनाने की शक्ति होती है। क़र्ज़ के लीवरेज की शक्ति की तरह ही व्यक्ति अपने मस्तिष्क के लीवरेज की शक्ति का भी सदुपयोग कर सकता है, दुरुपयोग कर सकता है या उससे डर सकता है।

## शब्द लीवरेज हैं

आप शब्दों की शक्ति के बारे में जानेंगे। अमीर डैडी हमेशा कहते थे, "शब्द लीवरेज हैं। शब्द सशक्त औज़ार हैं ... मस्तिष्क के औज़ार। लेकिन जिस तरह आप क़र्ज़ का प्रयोग करके अमीर या ग़रीब दोनों बन सकते हैं, उसी तरह शब्दों के प्रयोग से भी अमीर या ग़रीब दोनों बन सकते हैं। इस खंड में आप शब्दों

की शक्ति के बारे में जानेंगे। आप जानेंगे कि किस तरह अमीर लोग अमीर शब्दों का प्रयोग करते हैं और ग़रीब लोग ग़रीब शब्दों का। अमीर डैडी अक्सर कहा करते थे, "आपका मस्तिष्क आपकी सबसे सशक्त संपत्ति या आपका सबसे सशक्त दायित्व है। अगर आप अपने मस्तिष्क में सही शब्दों का प्रयोग करते हैं, तो आप बेहद अमीर बन जाएँगे। लेकिन अगर आप ग़लत शब्दों का प्रयोग करते हैं, तो आपका यही मस्तिष्क आपको ग़रीब बना देगा।" इस खंड में आप अमीर शब्दों और ग़रीब शब्दों ... धीमे शब्दों और तेज़ शब्दों के बारे में जानेंगे। आप जान जाएँगे कि अमीर डैडी यह क्यों कहते थे, "पैसा बनाने के लिए पैसे की ज़रूरत नहीं होती है।" वे कहते थे, "अमीर बनने की शुरुआत आपके शब्दों से होती है और शब्द मुफ़्त होते हैं।" *रिच डैड पुअर डैड* में आपने पढ़ा होगा कि अमीर डैडी ने अपने बेटे और मुझे यह कहने से मना किया था, "मैं इसका ख़र्च नहीं उठा सकता।" अमीर डैडी कहते थे, "अमीरों और ग़रीबों में यह फ़र्क़ होता है कि ग़रीब लोग अमीरों से ज़्यादा बार यह कहते हैं, 'मैं इसका ख़र्च नहीं उठा सकता।' यही बुनियादी फ़र्क़ है।"

## निवेश करना ख़तरनाक क्यों नहीं है

इस पुस्तक में आप पाएँगे कि "निवेश करना ख़तरनाक है" कहने वाले लोगों को निवेश बाज़ार में सबसे ज़्यादा नुक़सान क्यों होता है। शब्द ही कारण हैं। आप पाएँगे कि आप जिसे वास्तविक मानते हैं, वही आपकी वास्तविकता बन जाता है। आप पाएँगे कि निवेश को ख़तरनाक कहने वाले लोग ही सबसे ख़तरनाक निवेश करते हैं। यह उनकी वास्तविकता के कारण होता है। इस पुस्तक में आप पाएँगे कि निवेश करना ख़तरनाक क्यों नहीं है। बहरहाल, ज़्यादा सुरक्षित, ज़्यादा लाभकारी निवेश करने के लिए लोगों को सबसे पहले अपने शब्द बदलने होंगे।

जैसा पहले ही बताया जा चुका है, लीवरेज की शक्ति का सदुपयोग किया जा सकता है, दुरुपयोग किया जा सकता है या इससे डरा जा सकता है। इस खंड में आप पाएँगे कि अपने मस्तिष्क के लीवरेज का प्रयोग अपने ख़िलाफ़ करने के बजाय अपने वित्तीय लाभ के लिए कैसे किया जा सकता है। अमीर डैडी कहते थे, "ज़्यादातर लोग दुनिया के सबसे सशक्त लीवरेज यानी अपने मस्तिष्क की शक्ति का प्रयोग ख़ुद को ग़रीब बनाने के लिए करते हैं। यह उस शक्ति का उपयोग नहीं है। यह तो दुरुपयोग है। हर बार जब आप कहते हैं, 'मैं इसका ख़र्च नहीं उठा सकता' या 'मैं वह काम नहीं कर सकता' या 'निवेश ख़तरनाक है' या 'मैं अमीर नहीं बन पाऊँगा,' तो आप अपने पास मौजूद सबसे सशक्त लीवरेज का प्रयोग करते हैं ... यानी ख़ुद को नुक़सान पहुँचाने के लिए उसका दुरुपयोग करते हैं।"

अगर आप जवानी में ही अमीर बनकर रिटायर होना चाहते हैं, तो आपको

अपने मस्तिष्क का प्रयोग अपने ख़िलाफ़ नहीं, बल्कि अपने पक्ष में करने की ज़रूरत है। अगर आप ऐसा नहीं कर सकते, तो इस पुस्तक के अगले दो खंडों पर अमल करना आपके लिए संभव नहीं होगा, हालाँकि उन पर अमल करना आसान है। लीवरेज के अपने सबसे सशक्त रूप पर नियंत्रण हासिल करने के बाद आपको अगले दोनों खंड आसान लगेंगे, क्योंकि वे वास्तव में आसान हैं।

## खंड 2 : आपकी योजना का लीवरेज

रिच डैड सीरीज़ की तीसरी पुस्तक *रिच डैड्स गाइड टु इनवेस्टिंग* में मैंने लिखा था, "निवेश एक योजना है।" जवानी में रिटायर होने के लिए किम और मेरे पास एक योजना थी ... एक ऐसी योजना, जो शून्य से शुरू हुई थी, क्योंकि हमारे पास कुछ भी नहीं था। इस योजना का एक लक्ष्य या बाहर निकलने का दरवाज़ा था और इसकी समय सीमा भी थी। हमारी समय सीमा अधिकतम दस साल थी। इसमें हमें नौ साल का समय लगा और हम 1994 में रिटायर हो गए। उस वक़्त मेरी उम्र सैंतालीस साल थी और किम की सैंतीस साल। हालाँकि हमने शून्य से शुरुआत की थी, लेकिन योजना की समाप्ति तक हमारे पास 85,000 डॉलर से 1,20,000 डॉलर की सालाना आमदनी हो चुकी थी, जो बाज़ार के उतार-चढ़ाव पर निर्भर करती थी। इस आमदनी के लिए हमें काम करने की ज़रूरत नहीं थी, क्योंकि यह तो सिर्फ़ हमारे निवेशों से हो रही थी। हालाँकि शायद आपको यह बहुत ज़्यादा पैसा न लगे, लेकिन हम वित्तीय रूप से स्वतंत्र थे, क्योंकि हमारा सालाना ख़र्च 50,000 डॉलर से भी कम था।

## हम अमीर बनने के लिए जवानी में रिटायर हुए

जवानी में रिटायर होने का एक लाभ यह हुआ कि अब अमीर बनने के लिए हमारे पास ख़ाली समय था। वैसे *फ़ोर्ब्स* पत्रिका के दृष्टिकोण से अमीर वह होता है, जिसकी सालाना आमदनी दस लाख डॉलर हो। इसका मतलब यह है कि *फ़ोर्ब्स* के अनुसार रिटायरमेंट के वक़्त हम अमीर नहीं थे। बहरहाल, जवानी में रिटायर होने का एक कारण यह भी था कि हमारे पास अमीर बनने के लिए समय रहे। हमारी योजना यह थी कि रिटायर होने के बाद हम अपना समय निवेश करने और बिज़नेस बनाने में लगाएँगे। आज हमारे पास बहुत सी रियल एस्टेट है। इसके साथ ही एक पब्लिशिंग कंपनी, एक माइनिंग कंपनी, एक टेक्नोलॉजी कंपनी और एक ऑइल कंपनी भी है। इसके अलावा शेयर बाज़ार के निवेश भी हैं। जैसा अमीर डैडी अक्सर कहते थे, "नौकरी के साथ समस्या यह है कि यह अमीर बनने की राह में बाधा बन जाती है।" दूसरे शब्दों में, हम जवानी में रिटायर इसलिए हुए, ताकि हमारे पास अमीर बनने का समय रहे। आज अपने निवेशों और व्यवसायों से हमें हर साल लाखों डॉलर की आमदनी होती है और यह लगातार बढ़ती जा रही है, शेयर बाज़ार के क्रैश होने

के बावजूद। हर चीज़ योजना के अनुसार ही हो रही है।

रिच डैड सीरीज़ की तीसरी पुस्तक *रिच डैड्स गाइड टु इनवेस्टिंग* में मैंने लिखा था कि ज़्यादातर लोगों के पास दरअसल ग़रीब बनने की योजना होती है। इसीलिए तो इतने सारे लोग कहते हैं, "जब मैं रिटायर हो जाऊँगा, तो मेरी आमदनी कम हो जाएगी।" दूसरे शब्दों में वे यह कह रहे हैं, "मेरी योजना यह है कि मैं ज़िंदगी भर कड़ी मेहनत करूँगा और फिर रिटायरमेंट के बाद पहले से ज़्यादा ग़रीब हो जाऊँगा।" यह औद्योगिक युग में तो ठीक-ठाक योजना हो सकती थी, लेकिन सूचना युग में यह बड़ी ही ख़राब योजना है।

लाखों लोग रिटायरमेंट के बाद अपनी आजीविका के लिए अपनी रिटायरमेंट योजनाओं पर आस लगाए बैठे हैं, जैसे 401k, आईआरए, ऑस्ट्रेलिया के सुपरएन्युएशन प्लान्स, कनाडा के आरआरएसपी प्लान्स आदि। उनकी योजनाओं को मैं सूचना युग की रिटायरमेंट योजनाएँ कहता हूँ, क्योंकि सूचना युग में कर्मचारी ही अब अपने रिटायरमेंट के बाद के जीवन के लिए ज़िम्मेदार हैं। औद्योगिक युग में जब आपके काम के दिन पूरे हो जाते थे, तो कंपनी या सरकार आपकी वित्तीय ज़रूरतों का ध्यान रखती थी। औद्योगिक युग की इन रिटायरमेंट योजनाओं में एक दुखद दोष है। वह दोष यह है कि इनमें से ज़्यादातर योजनाएँ शेयर बाज़ार से जुड़ी हैं और जैसा आपने ध्यान दिया होगा, शेयर बाज़ार कभी ऊपर चढ़ जाता है, तो कभी नीचे गिर जाता है। मुझे यह देखकर सदमा लगता है कि कड़ी मेहनत करने वाले लाखों-करोड़ों लोग शेयर बाज़ार में अपने वित्तीय भविष्य और वित्तीय सुरक्षा को दाँव पर लगा रहे हैं। ज़रा सोचें, इन कर्मचारियों का क्या होगा, अगर 85 साल की उम्र में पहुँचने के बाद उनकी रिटायरमेंट योजना का ख़ज़ाना ख़ाली हो जाए? यह किसी भी तरह हो सकता है : या तो उस योजना में पैसा ख़त्म हो जाए, या फिर चोरी हो जाए या फिर शेयर बाज़ार क्रैश हो जाए। क्या उस समय आप इन 85 साल के लोगों से यह कहेंगे, "नौकरी की तलाश करो और रिटायरमेंट के लिए बचत शुरू करो?" इसीलिए मैं चिंतित हूँ! इसीलिए मैं लिखता और सिखाता हूँ! मुझे यक़ीन है कि हमें लोगों को बेहतर शिक्षा देने की ज़रूरत है। हमें सूचना युग के लिए लोगों को बेहतर तरीक़े से तैयार करने की ज़रूरत है। इस युग में हम सभी को पैसे के बारे में बहुत कुछ जानने की ज़रूरत है। इस युग में हम सभी को वित्तीय रूप से ज़्यादा ज़िम्मेदार बनने की ज़रूरत है। यह एक ऐसा युग है, जिसमें रिटायरमेंट के बाद अपनी देखभाल के लिए हमें किसी कंपनी या सरकार पर निर्भर रहने की आवश्यकता नहीं है।

बस आँकड़ों पर एक नज़र डाल लें। 2010 तक 7.5 करोड़ बेबी बूमर्स रिटायर होने लगेंगे। हम यह मान लेते हैं कि सरकारी रिटायरमेंट योजना के वादे के अनुसार वे आने वाले सालों में हर महीने सिर्फ़ 1,000 डॉलर लेने लगेंगे। इस पर उनका पूरा हक़ है, क्योंकि इसमें उन्होंने अपना योगदान दिया है। इसके

अलावा, हम यह भी मान लेते हैं कि वे शेयर बाज़ार से हर महीने 1,000 डॉलर प्रति माह निकालने लगेंगे। अगर मेरा गणित सही है, तो 7.5 करोड़ x 1,000 का मतलब होता है 75 बिलियन डॉलर प्रतिमाह सरकारी रिटायरमेंट योजना से और 75 बिलियन डॉलर शेयर बाज़ार से। सरकार और शेयर बाज़ार से हर महीने 75-75 बिलियन डॉलर बाहर निकलने का इन दोनों संस्थाओं पर बहुत ज़बर्दस्त असर पड़ेगा। तब सरकार क्या करेगी? टैक्स बढ़ाएगी? शेयर बाज़ार क्या करेगा, जब 75 बिलियन डॉलर इसमें अंदर आने के बजाय बाहर निकलेंगे? आपको यह सलाह देगा, "ख़रीदकर रोके रहो, लंबी अवधि के लिए निवेश करो और अपने पोर्टफ़ोलियो को डाइवर्सिफ़ाई कर लो?" क्या वित्तीय सलाहकार यही कहते रहेंगे, "शेयर बाज़ार औसत के हिसाब से हमेशा ऊपर जाता है?" मेरे पास भविष्य देखने का दर्पण नहीं है और मैं भविष्यवक्ता होने का दावा भी नहीं करता हूँ, लेकिन मैं इतना ज़रूर कह सकता हूँ कि इन दो बड़ी संस्थाओं में 150 बिलियन डॉलर अंदर जाने के बजाय बाहर निकलने से अर्थव्यवस्था में तूफ़ान आना तय है।

पुरानी अर्थव्यवस्था की पुरानी योजनाएँ लाखों लोगों को रिटायरमेंट के बाद आर्थिक मुश्किल में डाल देंगी। अमेरिका में लाखों लोगों के पास कंपनी रिटायरमेंट योजना या व्यक्तिगत रिटायरमेंट योजना नहीं है। वे क्या करेंगे? नौकरी की तलाश करेंगे? ज़िंदगी भर नौकरी करते रहेंगे? अपने बच्चों या नाती-पोतों के घर जाकर रहेंगे? ज़िंदगी भर कड़ी मेहनत करने की योजना बड़ी ही ख़राब योजना है। बहरहाल, इसके बावजूद लाखों लोग इसी योजना पर चल रहे हैं, हालाँकि उनमें से कुछ लोग आज बहुत पैसा बना रहे हैं। वे आज कड़ी मेहनत कर रहे हैं, लेकिन उन्होंने आने वाले कल के लिए कुछ भी बचाकर नहीं रखा है। बहुत से बेबी बूमर्स के लिए समय ख़त्म होता जा रहा है, जो हमारी सबसे महत्वपूर्ण संपत्ति है।

मैं लोगों को कहते सुनता हूँ, "रिटायर होने के बाद मुझे ज़्यादा पैसों की ज़रूरत नहीं पड़ेगी। मेरे मकान का क़र्ज़ पट जाएगा और मेरे ख़र्च कम हो जाएँगे।" हालाँकि यह सच है कि आपके जीवन-यापन के ख़र्च कम हो जाएँगे, लेकिन आपके इलाज का ख़र्च बढ़ जाएगा। चिकित्सा, स्वास्थ्य और दंतचिकित्सा सुविधाएँ कई कर्मचारियों को इस समय ही बहुत महँगी लग रही हैं। तब क्या होगा, जब चिकित्सा उद्योग के सामने लाखों रिटायर्ड लोग आ जाएँगे, जिन्हें ज़िंदा रहने के लिए इलाज की ज़रूरत तो होगी, लेकिन उनके पास भुगतान करने के लिए पैसे नहीं होंगे? और अगर आप इस बात पर यक़ीन करते हैं कि मेडिकेयर योजना आपको बचा लेगी, तो शायद आप ईस्टर बनी में भी यक़ीन करते होंगे।

शायद इसीलिए फ़ेडरल रिज़र्व बोर्ड के चेयरमैन एलन ग्रीनस्पैन ने हाल ही में टेलीविज़न पर कहा था, "हमें अपने स्कूलों में वित्तीय साक्षरता सिखाना

चाहिए।" हमें अपने बच्चों को यह सिखाना चाहिए कि वे आर्थिक दृष्टि से अपनी देखभाल ख़ुद कैसे करें। हमें उन्हें यह नहीं सिखाना चाहिए कि रिटायरमेंट के बाद वे सरकार या कंपनी से अपनी देखभाल की उम्मीद करें।

अगर आप जवानी में अमीर बनकर रिटायर होना चाहते हैं, तो आपके पास अधिकांश लोगों से बेहतर योजना होनी चाहिए। खंड 2 उस योजना का बहुत महत्वपूर्ण लीवरेज है, जो बताती है कि आप जवानी में ही अमीर बनकर कैसे रिटायर हो सकते हैं।

## खंड 3 : आपके कार्यों का लीवरेज

फ़ेंस पर बैठे तीन पक्षियों की कहानी हम सबने कई बार सुनी होगी। सवाल है, "अगर उनमें से दो पक्षी उड़कर दूर जाने का फ़ैसला कर लें, तो कितने पक्षी बचेंगे?" जवाब है, "तीन पक्षी फिर भी बचेंगे।" सबक़ यह है, आप कोई काम करने का फ़ैसला कर लेते हैं, इसका यह मतलब नहीं है कि आप उस काम को सचमुच कर लेंगे। अमेरिका में 5 प्रतिशत से भी कम लोग अमीर हैं। हो सकता है कि बाक़ी के 95 प्रतिशत लोग भी अमीर बनना चाहते हों, लेकिन सिर्फ़ 5 प्रतिशत लोग ही इस दिशा में कोई क़दम उठाते हैं।

रिच डैड सीरीज़ की चौथी पुस्तक *रिच किड स्मार्ट किड* में मैंने इस बारे में लिखा है कि हमारी शिक्षा पद्धति किस तरह ग़लतियाँ करने के लिए बच्चों को सज़ा देती है। बहरहाल, अगर हम अपने सीखने की प्रक्रिया पर ग़ौर करें, तो हमें यह पता चलेगा कि हम अपनी ग़लतियों से ही सीखते हैं। हममें से ज़्यादातर लोग कई बार गिरने के बाद ही साइकल चलाना सीख पाते हैं। हम गिर-गिरकर ही चलना सीखते हैं। फिर हम स्कूल जाते हैं और वहाँ हमें यह सिखाया जाता है कि हम न गिरें। हमें सिखाया जाता है कि गिरने वाले लोग मूर्ख होते हैं। हमें सिखाया जाता है कि स्मार्ट लोग वे होते हैं, जो तीन पक्षियों की तरह फ़ेंस पर बैठकर सही जवाब रटते हैं। कोई हैरानी नहीं कि अमेरिका के सिर्फ़ 5 प्रतिशत लोग ही अमीर बन पाते हैं। आप दुनिया के कुछ सबसे अमीर व्यक्तियों को देखें, जैसे माइक्रोसॉफ़्ट के संस्थापक बिल गेट्स, डेल कंप्यूटर कॉरपोरेशन के संस्थापक माइकल डेल, सीएनएन के संस्थापक टेड टर्नर, फ़ोर्ड मोटर कंपनी के संस्थापक हेनरी फ़ोर्ड और जनरल इलेक्ट्रिक के संस्थापक थॉमस एडिसन। उन्होंने तो स्कूल-कॉलेज की पढ़ाई भी पूरी नहीं की थी।

मैं यह नहीं कह रहा हूँ कि स्कूल बुरा होता है। सूचना युग में स्कूल और शिक्षा पहले से कहीं ज़्यादा महत्वपूर्ण हैं। मैं तो सिर्फ़ यह कह रहा हूँ कि सफल बनने के लिए हमें कई बार स्कूली बातों को *भूलने* की ज़रूरत होती है। अगर आप ज़्यादा सफल बनना चाहते हैं, तो बस देखें कि बच्चे कैसे सीखते हैं और

उसकी नक़ल करें। मैंने एक चीज़ यह सीखी कि ग़लतियाँ करने, असफल होने और शर्मिंदा होने के डर से कैसे उबरा जाए। अधिकांश बच्चे स्वाभाविक रूप से ऐसा करने का तरीक़ा जानते हैं, लेकिन फिर हम उन्हें स्कूल में यह सिखाते हैं कि वे ऐसा न करें। अगर मैं यह नहीं सीख पाता कि ग़लतियाँ कैसे करना है, असफल कैसे होना है, अपनी शर्मिंदगी से कैसे उबरना है, तो मैं जवानी में अमीर बनकर रिटायर नहीं हो पाता।

## अमीर बनने के लिए तीन आसान काम, जिन्हें कोई भी कर सकता है

मैं हमेशा कहता हूँ कि अमीर बनने के लिए आपको जो काम करने हैं, वे सामान्य और सरल हैं। लगभग हर कोई उन्हें कर सकता है। मुझे यह पुस्तक लिखकर ख़ुशी हो रही है, क्योंकि खंड 1 और 2 आपको उन आसान कामों के लिए तैयार करते हैं, जो आपको जवानी में ही अमीर बनकर रिटायर होने के लिए करने चाहिए। खंड 3 में मैं वे सामान्य और सरल काम बताऊँगा, जिन्हें करके हममें से ज़्यादातर लोग अमीर बन सकते हैं। मैं उन तीन प्रमुख संपत्तियों के बारे में बताऊँगा, जो लोगों को अमीर बनाती हैं और जवानी में रिटायर होने का मौक़ा देती हैं। ये तीन संपत्तियाँ हैं :

1. रियल एस्टेट
2. पेपर एसेट्स
3. व्यवसाय

खंड 3 में आप जानेंगे कि इन तीन अत्यंत महत्वपूर्ण संपत्तियों को हासिल करने के लिए आप क्या कर सकते हैं। *किम और मैं जवानी में इसलिए रिटायर हो पाए, क्योंकि हमने पैसे के लिए काम करने के बजाय संपत्तियाँ हासिल करने में अपना समय लगाया।*

अगर आप यह पुस्तक पढ़ सकते हैं, तो फिर इन तीन महत्वपूर्ण संपत्तियों को हासिल करने के लिए सरल कर्मप्रधान क़दम भी उठा सकते हैं। याद रहे, ये ऐसी संपत्तियाँ हैं, जिन्हें सिर्फ़ 5 प्रतिशत अमीर लोग ही हासिल कर पाते हैं। मैं गारंटी देता हूँ कि आप ये कर्मप्रधान क़दम उठा सकते हैं, लेकिन इससे पहले आपको इस पुस्तक के पहले दो खंड पढ़ने होंगे। अगर आप शुरुआती दो खंड नहीं पढ़ते हैं, तो आप उन कर्मप्रधान क़दमों को नहीं उठा पाएँगे, हालाँकि उन्हें उठाना आसान है। जैसा अमीर डैडी ने मुझसे बरसों पहले कहा था, "अमीर बनने की शुरुआत सही मानसिकता, सही शब्दों और सही योजना से होती है। इनके होने पर कर्मप्रधान क़दम उठाना आसान होता है।"

तो डेविड गोलियाथ से क्यों टकराया था? इस बारे में अमीर डैडी का

जवाब था, "डेविड गोलियाथ से इसलिए टकराया, ताकि वह अपने भीतर के दिग्गज को बाहर निकाल सके।" उन्होंने यह भी कहा था, "हममें से हर एक के भीतर एक डेविड और एक गोलियाथ होता है। कई लोग जीवन में असफल इसलिए हो जाते हैं, क्योंकि गोलियाथ के सामने आते ही वे दूर भाग जाते हैं। गोलियाथ से टकराए बिना डेविड कभी दिग्गज इंसान नहीं बन पाता।" अमीर डैडी ने इस कहानी के ज़रिए अपने बेटे और मुझे वित्तीय दिग्गज बनने के लिए प्रेरित किया। दूसरे शब्दों में, दैत्य को मारने के बजाय अमीर डैडी ने हमें दैत्य जितना विशाल बनने के लिए प्रेरित किया।

यह पुस्तक वित्तीय दृष्टि से स्वतंत्र बनने के बारे में है। किम और मैं संपत्तियाँ हासिल करके या बनाकर वह स्वतंत्रता हासिल कर चुके हैं ... ऐसी संपत्तियाँ जो कड़ी मेहनत करती हैं, ताकि हमें मेहनत न करनी पड़े। वित्तीय स्वतंत्रता पाने के बाद हम बिज़नेस, पेपर एसेट्स और रियल एस्टेट की इन तीन संपत्तियों के पोर्टफ़ोलियो को भीमकाय पोर्टफ़ोलियो में बदलने लगे। इन संपत्तियों को बनाने के लिए ज़्यादा से ज़्यादा लीवरेज का प्रयोग करके हम जवानी में रिटायर हो गए और आज भी लगातार ज़्यादा अमीर बनते जा रहे हैं। आज ये संपत्तियाँ लगातार ज़्यादा आमदनी देती हैं, जबकि हमें कम से कम काम करना पड़ता है। अगर आप भी अपने लिए ऐसा ही चाहते हैं, तो यह पुस्तक आपके लिए ही है। यह पुस्तक वित्तीय स्वतंत्रता की खोज में आपकी मदद करने के लिए लिखी गई है ... आजीविका चलाने की नीरस मेहनत से स्वतंत्रता।

अंत में, डेविड लीवरेज का प्रयोग करके दैत्य जितना शक्तिशाली बना था। आप भी ऐसा ही कर सकते हैं। इस पुस्तक का उद्देश्य आपके भीतर के आपके दिग्गज स्वरूप को सामने लाना है।

# खंड – 1
# आपके मस्तिष्क का लीवरेज

हमारे मस्तिष्क की शक्ति सबसे शक्तिशाली लीवरेज है। लीवरेज के साथ समस्या यह है कि यह आपके पक्ष में भी काम कर सकता है और आपके ख़िलाफ़ भी। अगर आप जवानी में ही अमीर बनकर रिटायर होना चाहते हैं, तो आपको पहली चीज़ यह करनी होगी कि ख़ुद को अमीर बनाने के लिए अपने मस्तिष्क की शक्ति का प्रयोग करें। पैसे के मामले में बहुत सारे लोग अपने मस्तिष्क की शक्ति का प्रयोग ख़ुद को ग़रीब बनाने के लिए करते हैं।

जैसा अमीर डैडी ने कहा था, "अमीरों और ग़रीबों में यह फ़र्क़ होता है कि ग़रीब लोग अमीरों से ज़्यादा बार यह कहते हैं, 'मैं इसका ख़र्च नहीं उठा सकता।'" अमीर डैडी ने यह भी कहा था, "संडे स्कूल में मैंने सीखा था, 'और शब्द सजीव बन गया।'" इसके बाद उन्होंने कहा था, "ग़रीब लोग ग़रीब शब्दों का प्रयोग करते हैं और ग़रीब शब्दों से लोग ग़रीब बनते हैं। आपके शब्द साकार हो जाते हैं।" इस खंड में हम आपको अमीर और ग़रीब शब्दों, तेज़ और धीमे शब्दों मे फ़र्क़ बताएँगे। आप पाएँगे कि आप जिन शब्दों का प्रयोग करते हैं, उन्हें बदलने के साथ ही अपने सोचने के तरीक़े में भी बदलाव करके आप अपने आर्थिक भविष्य को कैसे बदल सकते हैं। अगर आप अपने शब्दों और विचारों को बदलकर अमीर लोगों जैसा बना लें, तो जवानी में ही अमीर बनकर रिटायर होना आसान हो जाएगा।

## अध्याय – 1

# जवानी में ही अमीर बनकर रिटायर कैसे हों

नीचे मैंने यह आपबीती बताई है कि मेरी पत्नी किम, मेरे सबसे अच्छे दोस्त लैरी और मैंने किस तरह कंगाली से शुरुआत की थी, लेकिन दस साल से कम समय में ही हम अमीर बनकर रिटायर हो गए। मैं यह कहानी उन लोगों का हौसला बढ़ाने के लिए बता रहा हूँ, जिन्हें ख़ुद के बारे में शंका हो या जिन्हें जवानी में रिटायर होने की यात्रा शुरू करने के लिए थोड़े आत्मविश्वास की ज़रूरत हो। जब किम और मैंने शुरुआत की थी, तो हमारे पास फूटी कौड़ी भी नहीं थी, हमारा आत्मविश्वास कम था और हमारे मन में शंकाएँ भरी थीं। हम सभी के मन में शंकाएँ होती हैं। फ़र्क़ इस बात से पड़ता है कि हम उन शंकाओं का करते क्या हैं।

## यात्रा शुरू होती है

दिसंबर, 1984 में किम, मेरा सबसे अच्छा दोस्त लैरी क्लार्क और मैं ब्रिटिश कोलंबिया के वैंकुवर में व्हिसलर माउंटेन पर स्कीइंग कर रहे थे। बर्फ़ बहुत गहरी थी, रन बहुत लंबे थे और स्कीइंग बहुत शानदार थी, हालाँकि ठंड भी बहुत थी। रात को हम तीनों देवदार के ऊँचे पेड़ों के बीच बने एक छोटे से केबिन में बैठे थे, जो छत तक जमी बर्फ़ के कारण मुश्किल से दिख रहा था।

हर रात को आग के पास बैठकर हम भविष्य की अपनी योजनाओं पर बातचीत करते थे। हमारे पास उम्मीदें तो बहुत थीं, लेकिन संसाधन बहुत कम थे। किम और मेरे पास आख़िरी कुछ डॉलर बचे थे और लैरी एक नया बिज़नेस शुरू करने की प्रक्रिया में था। हर रात हमारी चर्चाएँ देर तक चलती थीं। हम हाल में पढ़ी हुई पुस्तकों और देखी गई फ़िल्मों पर बातें करते थे। हम शैक्षणिक ऑडियोटेप्स सुनते थे और फिर उनके सबक़ पर गहरा मंथन करते थे।

पहली जनवरी को हमने वही किया, जो हम हर साल करते थे। हमने नए

साल के लिए लक्ष्य बनाए। लेकिन इस साल हमारा लक्ष्य-निर्धारण सत्र अलग था। लैरी सिर्फ़ नए साल के लिए लक्ष्य तय करने से कुछ ज़्यादा करना चाहता था। एक साल के लक्ष्यों के बजाय वह ऐसे लक्ष्य तय करना चाहता था, जो हमारी वास्तविकता को बदलकर हमारी ज़िंदगी ही बदल दें। उसने कहा, "हम लोग क्यों न यह योजना बनाएँ कि हम सब आर्थिक दृष्टि से किस तरह स्वतंत्र बन सकते हैं?"

उसके शब्द मेरे कानों में पड़े और मैंने उसकी बातें सुनीं। लेकिन मैं उसकी कही बातों को अपनी वास्तविकता में फ़िट नहीं कर पाया। मैंने इसके बारे में बातें की थीं, इसके सपने देखे थे और मैं जानता था कि किसी दिन मैं यह काम ज़रूर करूँगा। लेकिन आर्थिक दृष्टि से स्वतंत्र बनने का विचार मुझे हमेशा भविष्य का ही विचार लगता था, आज का नहीं ... इसलिए विचार फ़िट नहीं हुआ। मैंने कहा, "आर्थिक दृष्टि से स्वतंत्र?" जिस पल मैंने अपनी आवाज़ सुनी, उसी पल मैं जान गया कि मैं कितना कमज़ोर हो गया था। मेरी आवाज़ मेरे ही पुराने व्यक्तित्व से मेल नहीं खा रही थी।

"हम इस बारे में कई बार बात कर चुके हैं," लैरी बोला। "लेकिन मैं सोचता हूँ कि अब समय आ गया है कि हम बातें बंद करें, दिवास्वप्न देखना छोड़ दें और समर्पित भाव से जुट जाएँ। चलो, हम इस योजना को लिख लेते हैं। लिखने के बाद हम यह जान जाएँगे कि हमें यह काम करना ही है। लिख लेने के बाद हम इस यात्रा में एक-दूसरे को सहारा देंगे।"

पैसों की तंगी से परेशान किम और मैंने एक-दूसरे की तरफ़ देखा। आग की चमक में हमारे चेहरों पर शंका और अनिश्चितता के भाव साफ़ दिखने लगे। "विचार तो अच्छा है, लेकिन मुझे लगता है कि मैं तो बस जैसे-तैसे अगला साल गुज़ारने पर ध्यान केंद्रित करना चाहूँगा।" कुछ समय पहले ही मैंने नायलॉन और वेल्क्रो वॉलेट बिज़नेस छोड़ा था। जब यह बिज़नेस 1979 में चौपट हो गया था, तो मैंने पाँच साल मेहनत करके इसे दोबारा जमाया था और इसके बाद इसे छोड़कर चला आया था। मैंने इसे इसलिए छोड़ा, क्योंकि बिज़नेस बहुत ज़्यादा बदल गया था। अब हम अमेरिका में उत्पादन नहीं कर रहे थे। बढ़ती प्रतिस्पर्धा से मुक़ाबला करने के लिए हमने अपनी फ़ैक्ट्रियाँ चीन, ताईवान और कोरिया में लगा ली थीं। मैंने बिज़नेस इसलिए छोड़ दिया, क्योंकि मैं यह बर्दाश्त नहीं कर पाया कि ख़ुद को अमीर बनाने के लिए बाल श्रम का इस्तेमाल करूँ। बिज़नेस मेरी जेब में पैसे भर रहा था, लेकिन यह मेरी आत्मा को कचोट रहा था। अपने बिज़नेस पार्टनर्स के साथ भी मेरी पटरी नहीं बैठ रही थी। हम एक-दूसरे से दूर हो गए और हमारे बीच हर बात पर मतभेद होने लगे। मैं बहुत कम इक्विटी के साथ वह कंपनी छोड़ आया। मैं ऐसे बिज़नेस में काम करना गवारा नहीं कर पाया, जो मेरी आत्मा को कचोटता हो और जिसमें मैं अपने पार्टनर्स के साथ बात नहीं कर

सकूँ। वह बिज़नेस मैंने जिस तरह से छोड़ा, उस बात पर मुझे गर्व नहीं है। बहरहाल, मैं जानता था कि उसे छोड़ने का समय आ गया है। मैं उस बिज़नेस में आठ साल तक रहा और वहाँ मैंने बहुत कुछ सीखा। मैंने यह सीखा कि बिज़नेस कैसे बनाया जाता है, कैसे बर्बाद किया जाता है और फिर दोबारा कैसे बनाया जाता है। हालाँकि उसे छोड़ते समय मेरे पास बहुत कम पैसा था, लेकिन मेरे पास बेशक़ीमती सीख और अनुभव था।

लैरी ने कहा, "छोड़ो भी, तुम कमज़ोर बन रहे हो। आओ, एक साल के आसान लक्ष्य तय करने के बजाय हम बड़े लक्ष्य तय करते हैं। आओ, हम कई सालों का एक बड़ा लक्ष्य तय करें। आओ, हम स्वतंत्रता का लक्ष्य तय करें।"

"लेकिन हमारे पास ज़्यादा पैसे नहीं हैं," मैंने कहा और किम की तरफ़ देखा, जिसके चेहरे पर भी मेरी ही तरह चिंता झलक रही थी। "तुम जानते हो, हम दोबारा शुरुआत कर रहे हैं। हम तो सिर्फ़ अगले छह महीने या शायद एक साल बस जैसे-तैसे काट लेना चाहते हैं। जब हम इस वक़्त आर्थिक दृष्टि से सिर्फ़ ज़िंदा रहने के बारे में सोच रहे हैं, तो फिर वित्तीय स्वतंत्रता के बारे में सोच भी कैसे सकते हैं?" एक बार फिर मुझे अपने कमज़ोर शब्दों से झटका लगा। मेरा आत्मविश्वास सचमुच कमज़ोर था। मेरी ऊर्जा वाक़ई कम थी।

"यह तो अच्छी बात है। इसे एक नई शुरुआत मान लो।" लैरी अब पीछे ही पड़ गया था। वह रुकने का नाम नहीं ले रहा था।

मैंने प्रतिरोध किया, "लेकिन जब हमारे पास पैसा ही नहीं है, तो फिर हम जल्दी रिटायर कैसे हो सकते हैं?" मुझे एहसास था कि मेरे मुँह से निकलने वाले शब्द लगातार कमज़ोर होते जा रहे थे। मैं भीतर से कमज़ोर महसूस कर रहा था। मैं ख़ुद को समर्पित नहीं करना चाहता था। मैं तो बस कुछ समय के लिए आर्थिक दृष्टि से बचे रहना चाहता था और भविष्य के बारे में नहीं सोचना चाहता था।

"मैंने यह नहीं कहा है कि हम एक साल में रिटायर होने वाले हैं," लैरी बोला, जो अब मेरी ढीली-ढाली प्रतिक्रिया से चिढ़ने लगा था। "मैं तो सिर्फ़ यह कह रहा हूँ कि हम इसी वक़्त रिटायर होने की योजना बना लें। आओ, लक्ष्य लिख लेते हैं, योजना बना लेते हैं और फिर उस पर ध्यान केंद्रित करते हैं। ज़्यादातर लोग रिटायर होने के बारे में तब तक नहीं सोचते हैं, जब तक कि बहुत देर नहीं हो जाती है ... या वे रिटायरमेंट की योजना पैंसठ साल की उम्र में बनाते हैं। मैं तो ऐसा नहीं करना चाहता। मैं इससे बेहतर योजना चाहता हूँ। मैं सिर्फ़ आजीविका चलाने के लिए ज़िंदगी भर काम नहीं करना चाहता। मैं अमीर बनना चाहता हूँ। मैं जवानी में ही दुनिया की सैर करना चाहता हूँ, ताकि इसका पूरा आनंद ले सकूँ।"

जब मैंने लैरी के मुँह से यह लक्ष्य तय करने के लाभ सुने, तो मैंने अपने

भीतर एक फुसफुसाहट भी सुनी, जो मुझे बता रही थी कि जवानी में आर्थिक दृष्टि से स्वतंत्र होने और जल्दी रिटायर होने का लक्ष्य बनाना अयथार्थवादी क्यों है। यह तो एक तरह से असंभव लग रहा था।

लैरी लगातार बोलता रहा। शायद उसे इस बात की परवाह ही नहीं थी कि किम या मैं उसकी बात सुन रहे हैं या नहीं। इसलिए मैंने उसके शब्दों पर से ध्यान हटा लिया और उसकी कही बातों पर विचार करने लगा। मैंने ख़ुद से कहा, "जल्दी रिटायर होने का लक्ष्य तय करना अच्छा विचार है ... फिर मैं इससे क्यों जूझ रहा हूँ? अच्छे विचार से जूझना तो मेरी फ़ितरत नहीं है।"

अचानक मुझे अपने अमीर डैडी की बातें याद आ गईं, "तुम्हारी सबसे बड़ी चुनौती तुम्हारी आत्म-शंका और आलस है। तुम्हारी आत्म-शंका और आलस ही यह परिभाषित और सीमित करते हैं कि तुम कौन हो। अगर तुम अपने वर्तमान स्वरूप को बदलना चाहते हो, तो तुम्हें अपनी आत्म-शंका और आलस से जूझना होगा। तुम्हारी आत्म-शंका और आलस ने ही तुम्हें छोटा बना रखा है। तुम्हारी आत्म-शंका और आलस ही तुम्हें अपनी मनचाही ज़िंदगी नहीं पाने दे रहे हैं।" मुझे याद था कि अमीर डैडी ने इस मुद्दे को प्रभावशाली बनाने के लिए आगे कहा था, "तुम्हारे रास्ते में कोई भी नहीं है। सिर्फ़ तुम हो और तुम्हारी आत्म-शंकाएँ हैं। ऐसे ही बने रहना आसान है। परिवर्तन नहीं करना आसान है। ज़्यादातर लोग ज़िंदगी भर वैसे ही बने रहने का चुनाव करते हैं। जब तुम अपनी आत्म-शंका और आलस से जूझोगे, तभी अपनी स्वतंत्रता का द्वार खोज पाओगे।"

अमीर डैडी ने मुझसे ये बातें उस समय कही थीं, जब मैं हवाई द्वीप छोड़कर इस यात्रा पर आने वाला था। वे जानते थे कि मैं शायद हमेशा के लिए हवाई छोड़कर जा रहा था। वे जानते थे कि मैं अपना घर छोड़ रहा था, जहाँ मैं बहुत आरामदेह महसूस करता था। वे जानते थे कि मैं सुरक्षा की किसी गारंटी के बिना दुनिया में क़दम रखने का जोखिम ले रहा था। अमीर डैडी के साथ मेरी बातचीत के एक महीने बाद मैं बर्फ़ से ढँके इस पहाड़ पर बैठा था, जहाँ मेरा सबसे अच्छा दोस्त मुझसे वही बातें कह रहा था, लेकिन मैं कमज़ोर, असुरक्षित और बेचैन महसूस कर रहा था। मैं जानता था कि यह आगे बढ़ने या फिर हार मानकर घर लौट जाने का समय था। मुझे एहसास था कि मैं पहाड़ों पर इस कमज़ोरी के पल से जूझने के लिए ही आया था। एक बार फिर यह निर्णय का समय था। यह चुनाव करने का समय था। मैं अपनी आत्म-शंका और आलस के सामने हार मान सकता था या फिर मैं ख़ुद के बारे में अपनी धारणाएँ बदल सकता था। यह आगे बढ़ने या पीछे हटने का समय था।

जब मैंने लैरी के बोलने पर दोबारा ध्यान दिया, तो उस समय वह स्वतंत्रता के बारे में बोल रहा था। मुझे एहसास हुआ कि वह दरअसल स्वतंत्रता के बारे में नहीं बोल रहा था। उस पल मुझे यह एहसास हुआ कि अपनी आत्म-शंका

और आलस से जूझना ही मेरे लिए सबसे महत्वपूर्ण था। अगर मैं इनसे नहीं जूझूँगा, तो मेरी ज़िंदगी पिछड़ने लगेगी।

"ठीक है! चलो, हम यह काम कर देते हैं," मैंने कहा। "चलो, हम आर्थिक दृष्टि से स्वतंत्र होने का लक्ष्य तय कर लेते हैं।"

यह 1985 का न्यू ईयर्स डे था। 1994 में किम और मैं आर्थिक दृष्टि से स्वतंत्र थे। लैरी द्वारा स्थापित कंपनी 1996 में *इंक.* मैगज़ीन की सबसे तेज़ी से विकास कर रही कंपनियों में से एक थी। लैरी 1998 में 46 साल की उम्र में रिटायर हो गया। उसने अपनी कंपनी बेचकर एक साल की छुट्टी मनाई।

## आपने यह किया कैसे?

जब भी मैं यह कहानी सुनाता हूँ, तो मुझसे यह सवाल पूछा जाता है, "कैसे? आपने यह किया कैसे?"

तब मैं कहता हूँ, "*कैसे* महत्वपूर्ण नहीं है। महत्वपूर्ण तो यह है कि किम और मैंने यह *क्यों* किया।" फिर मैं कहता हूँ, "*क्यों* के बिना *कैसे* संभव ही नहीं था।"

मैं आपको विस्तार से बता सकता हूँ कि किम, लैरी और मैंने यह *कैसे* किया, लेकिन बताऊँगा नहीं। हमने यह कैसे किया, यह महत्वपूर्ण नहीं है। हमने यह काम कैसे किया, इस बारे में मैं सिर्फ़ इतना कहूँगा कि 1985 से 1994 के बीच किम, लैरी और मैंने अमीर डैडी के बताए प्रचुर दौलत के तीन रास्तों पर ध्यान केंद्रित किया, जो इस प्रकार हैं :

1. व्यावसायिक योग्यताएँ बढ़ाना
2. धन प्रबंधन की योग्यताएँ बढ़ाना
3. निवेश योग्यताएँ बढ़ाना

इन तीनों रास्तों के बारे में ढेर सारी पुस्तकें लिखी जा चुकी हैं। अगर मैं भी इसी बारे में लिखने लगूँ, तो यह एक और पुस्तक होगी जो बताएगी कि यह काम *कैसे* किया जाए। लेकिन मुझे लगता है कि *कैसे* से ज़्यादा महत्वपूर्ण यह है कि हमने यह काम *क्यों* किया। इसका *क्यों* (यानी कारण) यह था कि मैं अपनी आत्म-शंकाओं, अपने आलस और अपने अतीत को चुनौती देना चाहता था। *क्यों* ने ही मुझे *कैसे* किया जाए, इसकी शक्ति दी।

अमीर डैडी अक्सर कहते थे, "कई लोग मुझसे पूछते हैं कि कोई काम *कैसे किया जाता* है। पहले मैं उन्हें बता देता था, लेकिन फिर मुझे एहसास हुआ कि मेरे बताने के बाद भी अक्सर लोग वह काम नहीं करते थे। तब मुझे समझ में आया कि मैं कोई काम *कैसे करता* हूँ, इससे ज़्यादा महत्वपूर्ण बात यह है कि मैं कोई काम *क्यों* करता हूँ। *क्यों* से ही आपको *कैसे* करने की शक्ति मिलती

है।" उन्होंने यह भी कहा, "ज़्यादातर लोग जिस काम को कर सकते हैं, उसे इसलिए नहीं कर पाते हैं, क्योंकि उनके पास पर्याप्त शक्तिशाली *क्यों* नहीं होता है। एक बार जब आप *क्यों* खोज लेंगे, तो दौलत तक *कैसे पहुँचें*, यह रास्ता खोजना आसान है। ज़्यादातर लोग अपने दिल में *झाँककर* उन कारणों की तलाश नहीं करते हैं कि वे अमीर *क्यों* बनना चाहते हैं। लोग तो दौलत की *आसान राह की तलाश* करते हैं। और आसान राह के साथ समस्या यह है कि यह आम तौर पर बंद गली पर ख़त्म होती है।"

## ख़ुद से बहस करना

उस रात ठंडे पहाड़ी केबिन में बैठकर लैरी की बातें सुनते समय मैंने पाया कि मैं मौन रहकर उससे बहस कर रहा था। हर बार वह कहता था, "चलो, हम इसका लक्ष्य बना लेते हैं, इसे लिख लेते हैं और योजना बना लेते हैं।" हर बार मैं मन ही मन इस तरह की प्रतिक्रिया करता था :

1. "लेकिन हमारे पास पैसा तो है ही नहीं।"
2. "मैं यह नहीं कर सकता।"
3. "मैं इसके बारे में अगले साल सोचूँगा, या तब जब किम और मैं सेटल हो जाएँगे।"
4. "तुम हमारी स्थिति को समझते नहीं हो।
5. "मुझे ज़्यादा वक़्त चाहिए।"

बरसों तक मेरे अमीर डैडी ने मुझे कई सबक़ सिखाए। उनमें से एक सबक़ यह था, "अगर तुम ख़ुद को किसी अच्छे विचार के ख़िलाफ़ बहस करते पाओ, तो बहस करना छोड़ देना चाहिए।"

उस रात जब लैरी जल्दी अमीर बनने और रिटायर होने के बारे में बोले जा रहा था, तो मुझे अपने अमीर डैडी की चेतावनी याद आई कि अच्छे विचार के साथ बहस नहीं करनी चाहिए। आगे समझाते हुए अमीर डैडी ने कहा था, "अगर कोई इंसान किसी चीज़ को चाहता है, लेकिन उसके बारे में इस तरह की बात कहता है, 'मैं इसका ख़र्च नहीं उठा सकता' या 'मैं यह नहीं कर सकता', *तो उसके साथ बड़ी गंभीर समस्या है।* अपनी मनचाही चीज़ के बारे में कोई ऐसा क्यों कहेगा, 'मैं इसका ख़र्च नहीं उठा सकता' या 'मैं यह नहीं कर सकता'? कोई मनचाही चीज़ों से ख़ुद को वंचित क्यों करना चाहेगा? इसमें कोई तर्क या समझदारी नहीं दिखती है।"

जब लकड़ियाँ आग में तड़कीं, तो मैंने ख़ुद को अपनी मनचाही चीज़ के ख़िलाफ़ बहस करते पाया। अंत में मैंने ख़ुद से कहा, "जल्दी अमीर बनकर रिटायर क्यों न हुआ जाए? इसमें क्या ग़लत है?" मेरा दिमाग़ धीरे-धीरे खुलने

लगा और मैंने मन ही मन दोहराया, "मैं इस विचार के ख़िलाफ़ बहस क्यों कर रहा हूँ? मैं अपने ही ख़िलाफ़ बहस क्यों कर रहा हूँ? यह एक अच्छा विचार है। मैं बरसों से इसके बारे में बातें कर रहा हूँ। मैं पैंतीस साल की उम्र तक रिटायर होना चाहता था और अब मैं जल्दी ही सैंतीस साल का होने वाला हूँ, फिर भी रिटायर होने के क़रीब नहीं हूँ। सच तो यह है कि मैं दिवालिएपन के क़रीब हूँ। तो मैं बहस क्यों कर रहा हूँ?"

मन ही मन यह कहने के बाद मुझे एहसास हुआ कि मैं एक अच्छे विचार के ख़िलाफ़ बहस *क्यों* कर रहा था। पच्चीस साल की उम्र में मैंने यह योजना बनाई थी कि मैं अमीर बन जाऊँगा और तीस से पैंतीस साल की उम्र में रिटायर हो जाऊँगा। यह मेरा सपना था। लेकिन वेल्क्रो वॉलेट बिज़नेस चौपट होने के बाद मेरा सपना चूर-चूर हो गया था और मेरा बहुत सा आत्मविश्वास भी चला गया था। उस रात आग के पास बैठकर मुझे एहसास हुआ कि दरअसल मेरे आत्मविश्वास की कमी ही बहस कर रही थी। मैं ऐसे सपने के ख़िलाफ़ कुतर्क कर रहा था, जिसे मैं चाहता था। मैं इसलिए बहस कर रहा था, क्योंकि मैं दोबारा निराश नहीं होना चाहता था। मैं इसलिए बहस कर रहा था, क्योंकि मैं उस दर्द से बचना चाहता था, जो बड़े सपनों के साकार न हो पाने पर सताता है। मैंने सपना देखा था और मैं असफल हो गया था। उस रात मुझे एहसास हुआ कि मैं सपने के ख़िलाफ़ नहीं, बल्कि दोबारा असफल होने के ख़िलाफ़ बहस कर रहा था।

मैंने धीरे से लैरी से कहा, "ठीक है, हम एक बड़ा लक्ष्य बना लेते हैं।" मैंने आख़िरकार एक अच्छे विचार के ख़िलाफ़ बहस करना छोड़ दिया। बहस अब भी वहाँ थी, लेकिन मैं बहस के कारण रुकना नहीं चाहता था। आख़िरकार यह बहस मैं किसी और से नहीं, बल्कि ख़ुद से ही कर रहा था। मेरे भीतर का छोटा इंसान उस बड़े इंसान के ख़िलाफ़ तर्क दे रहा था, जो विकास करना और ज़्यादा बड़ा बनना चाहता था।

"अच्छी बात है," लैरी ने कहा। "अच्छा हुआ जो तुमने कमज़ोरी दिखाना छोड़ दिया। मुझे तुम्हारे बारे में सचमुच चिंता हो रही थी।"

मैंने इसे करने का फ़ैसला इसलिए किया, क्योंकि मुझे अपना *क्यों* मिल गया था। मैं जानता था कि मैं यह काम *क्यों* करने वाला हूँ, हालाँकि उस पल मैं यह नहीं जानता था कि मैं इसे *कैसे* करने वाला हूँ।

## मैंने जल्दी रिटायर होने का फ़ैसला क्यों किया

आपमें से कितने लोग होंगे, जिन्होंने किसी मौक़े पर स्वयं से यह कहा होगा, "मैं ख़ुद से तंग आ गया हूँ?" देखिए, उस नए साल की रात को किम और लैरी के साथ आग तापते समय मैं अपने पुराने स्वरूप से तंग आ चुका था और मैंने

बदलने का फ़ैसला कर लिया। यह सिर्फ़ मानसिक परिवर्तन नहीं था। यह तो दिल की गहराई से आया बदलाव था। यह एक बड़े परिवर्तन का समय था और मैं जानता था कि मैं बदल सकता हूँ, क्योंकि मुझे यह पता चल चुका था कि मैं क्यों बदलना चाहता हूँ। नीचे मैंने अपने कुछ व्यक्तिगत *क्यों* बताए हैं ... यानी मैंने जवानी में अमीर बनकर रिटायर होने का फ़ैसला *क्यों* किया :

1. मैं कंगाल रहने और पैसे के लिए हमेशा जूझते रहने से उकता गया था। अपने वॉलेट बिज़नेस में मैं कुछ समय के लिए अमीर बन गया था, लेकिन उस बिज़नेस के ठप्प होने के बाद मैं दोबारा कंगाली की हालत में पहुँच गया था। हालाँकि मेरे अमीर डैडी ने मुझे अच्छी नसीहत दी थी, लेकिन मेरे पास सिर्फ़ उनके सबक़ थे। मैं अब तक अमीर नहीं बन पाया था और अब मेरे लिए अमीर बनने का समय आ गया था।

2. मैं औसत दर्ज़े से तंग आ गया था। स्कूल में टीचर्स कहते थे, "रॉबर्ट होनहार बच्चा है, लेकिन वह पढ़ने में मन नहीं लगाता है।" वे यह भी कहते थे, "वह होनहार तो है, लेकिन वह कभी प्रतिभाशाली बच्चों जितना स्मार्ट नहीं बन पाएगा। वह औसत से थोड़ा सा ही ऊपर है।" उस रात पहाड़ पर बैठे-बैठे मुझे अचानक औसत बने रहने से कोफ़्त होने लगी। अब समय आ गया था कि मैं औसत बने रहना छोड़ दूँ।

3. जब मैं आठ साल का था, तो मैंने घर आकर अपनी माँ को किचन टेबल पर रोते देखा। वे इसलिए रो रही थीं, क्योंकि हम बक़ाया बिलों के पहाड़ तले दबे थे। मेरे डैडी ज़्यादा से ज़्यादा पैसे कमाने की भरसक कोशिश कर रहे थे, लेकिन स्कूल टीचर के रूप में ज़्यादा कमाई नहीं कर पा रहे थे। वे सिर्फ़ यह कहते थे, "चिंता मत करो, मैं इसे सँभाल लूँगा।" लेकिन वे नहीं सँभाल पाते थे। मेरे डैडी का स्थिति सँभालने का तरीक़ा यह था कि दोबारा स्कूल जाओ, ज़्यादा कड़ी मेहनत करो और वार्षिक वेतन वृद्धि का इंतज़ार करो। इस दौरान बिलों का पहाड़ ज़्यादा ऊँचा हो जाता था और मेरी माँ ज़्यादा अकेलापन महसूस करने लगती थीं, क्योंकि वे अपना दुखड़ा किसी को नहीं बता सकती थीं। मेरे डैडी पैसे के बारे में बातें करना पसंद नहीं करते थे और जब करते थे, तो ग़ुस्सा हो जाते थे।

मुझे याद है कि आठ साल की उम्र में ही मैंने उन जवाबों को खोजने का फ़ैसला कर लिया था, जो मेरी माँ की मदद कर सकें। उस रात पहाड़ पर बैठे-बैठे मुझे एहसास हुआ कि मुझे वे जवाब मिल गए हैं, जिन्हें मैं आठ साल की उम्र से खोज रहा था। अब उन जवाबों को हक़ीक़त में बदलने का समय आ चुका था।

4. सबसे दर्दनाक *क्यों* तो यह वास्तविकता थी कि अब मेरी ज़िंदगी में किम नामक सुंदर युवती थी। मुझे मेरी आत्मा की सहचरी मिल गई थी और

वह इस वित्तीय झमेले में इसलिए फँसी हुई थी, क्योंकि वह मुझसे प्यार करती थी। उस रात पहाड़ पर मुझे एहसास हुआ कि मैं किम के साथ भी वही कर रहा था, जो मेरे डैडी ने मेरी मम्मी के साथ किया था। मैं एक पारिवारिक परंपरा को दोहरा रहा था। उस पल मुझे अपना असली *क्यों* मिल गया।

अपने अमीर डैडी की तरह मैंने भी यह जान लिया कि मैं किसी को यह नहीं बता सकता कि अमीर *कैसे* बना जाए। अब मैं सबसे पहले लोगों से पूछता हूँ कि वे अमीर *क्यों* बनना चाहते हैं। अगर क्यों यानी कारण पर्याप्त शक्तिशाली नहीं है, तो अमीर बनने का सबसे आसान तरीक़ा यानी *कैसे* भी बहुत कठिन होगा। अमीर बनने के कई, कई तरीक़े हैं ... लेकिन बहुत कम व्यक्तिगत कारण हैं कि *आप* अमीर क्यों बनना चाहते हैं। अपने *क्यों* का पता लगाएँ और फिर आपको *कैसे* मिल जाएगा। जैसी पुरानी कहावत है, "जहाँ चाह, वहाँ राह।" मेरे मामले में तो मैं यही कहूँगा कि अपनी चाह खोजने से ही मुझे *राह* मिल पाई। चाह नहीं होती, तो *राह* बहुत मुश्किल होती।

तो ये मेरे *क्यों* थे। मैंने उस रात उन्हें लिखकर एक गोपनीय जगह पर रख लिया। आपमें से जिन लोगों ने मेरी दूसरी पुस्तक *कैशफ़्लो क्वाड्रैंट* पढ़ी होगी, उन्हें याद होगा कि जब हम पहाड़ से लौटे, तो स्थिति पहले से ज़्यादा ख़राब हो गई। मैंने उस पुस्तक के शुरू में बताया था कि जब हमारा पैसा ख़त्म हो गया, तो किम और मुझे तीन हफ़्तों तक एक कार में रहना पड़ा। अमीर बनकर रिटायर होने का फ़ैसला करने के कारण स्थिति में कोई सुधार नहीं हुआ था। बहरहाल, *क्यों* की बदौलत हमें आगे बढ़ने की शक्ति मिली।

पहाड़ से लौटने के बाद लैरी के साथ भी सब कुछ ठीक नहीं रहा। 1980 के दशक के अंत में उसे भी कई ज़ोरदार वित्तीय झटके लगे, लेकिन उसके *क्यों* उसे आगे बढ़ाते रहे।

*एक सुझाव* : मैंने बरसों पहले सीखा था कि *जोश प्रेम* और *नफ़रत* का मिश्रण है। जब तक आपमें किसी चीज़ के लिए जोश न हो, तब तक कुछ भी हासिल करना मुश्किल होता है। अमीर डैडी कहते थे, "अगर तुम कोई चीज़ चाहते हो, तो जोशीले बनो। जोश से जीवन में ऊर्जा आती है। अगर तुम कोई चीज़ चाहते हो, जो तुम्हारे पास नहीं है, *तो पहले पता लगाओ कि तुम अपनी मनचाही चीज़ से प्रेम क्यों करते हो और उसे न पाने से नफ़रत क्यों करते हो।* जब तुम इन दोनों विचारों को मिला दोगे, तो तुम्हें वह ऊर्जा मिल जाएगी, जो तुम्हें अपनी कुर्सी से उठा देगी और हर मनचाही चीज़ पाने के लिए प्रेरित कर देगी।"

तो प्रेम और नफ़रत की सूची बना लें। उदाहरण के लिए, मैं नीचे दी गई

सूची बनाता हूँ :

| *इनसे प्रेम है* | *इनसे नफ़रत है* |
|---|---|
| अमीर होना | ग़रीब होना |
| स्वतंत्र रहना | काम करते रहना |
| जो चीज़ चाहूँ, उसे ख़रीदना | जो चीज़ चाहूँ, उसे न ख़रीद पाना |
| महँगी चीज़ें | सस्ती चीज़ें |
| जो काम मैं नहीं करना चाहता, उन्हें करने के लिए कर्मचारी रखना | वे काम करना, जिन्हें मैं नहीं करना चाहता |

मेरा सुझाव यह है कि आप नीचे दी गई जगह पर प्रेम और नफ़रत की अपनी सूची बना लें। अगर आपको ज़्यादा जगह की ज़रूरत हो, जैसी मुझे आशा है, तो एक बड़ा काग़ज़ ले लें। आप ज़िंदगी को ज़्यादा जोश के साथ जिएँ, यही मेरी कामना है।

| *आपके प्रेम* | *आपकी नफ़रत* |
|---|---|
| | |
| | |
| | |
| | |
| | |
| | |
| | |
| | |
| | |
| | |
| | |
| | |
| | |
| | |

अपने प्रेम और नफ़रत का पता लगाने तथा परिभाषित करने के लिए एकांत में बैठ जाएँ। फिर अपने कारण यानी क्यों लिख लें। आर्थिक दृष्टि से स्वतंत्र बनने, जल्दी रिटायर होने और कम से कम उम्र में रिटायर होने के अपने

सपने, लक्ष्य और योजनाएँ लिख लें। लिख लेने के बाद आप इसे किसी दोस्त को बता सकते हैं, जो सपनों को साकार करने में आपको मदद करे। नियमित रूप से अपने सपनों, लक्ष्यों और योजनाओं वाले काग़ज़ को देखते रहें। इनके बारे में अक्सर बातें करें। मदद माँगते रहें, लगातार सीखने की इच्छा रखें और जल्दी ही चीज़ें होने लगेंगी।

आख़िरी टिप्पणी। मैंने कई लोगों को यह कहते सुना होगा, "पैसा आपको सुखी नहीं बनाता है।" इस कथन में कुछ सच्चाई है। लेकिन पैसे की उपयोगिता यह है कि यह मुझे समय ख़रीदकर देता है, ताकि मैं अपने *मनपसंद* काम कर सकूँ। पैसा होने पर मैं दूसरे लोगों को भुगतान करके वे काम करवा सकता हूँ, जिन्हें करने से मैं *नफ़रत* करता हूँ।

# अध्याय - 2

# जल्दी से जल्दी रिटायर क्यों हों?

लगभग दस साल की कड़ी मेहनत और संघर्ष के बाद मैं सैंतालीस साल की उम्र में आर्थिक दृष्टि से स्वतंत्र हो गया। उस साल यानी 1994 में एक दोस्त ने फ़ोन पर मुझे सलाह दी, "यह पक्का कर लेना कि कंपनी बिकने के बाद तुम कम से कम एक साल की छुट्टी मनाओ।"

मैंने जवाब दिया, "एक साल की छुट्टी? मैं तो रिटायर होने के बाद ज़िंदगी भर छुट्टी मनाना चाहता हूँ।"

"नहीं, तुम ऐसा नहीं कर पाओगे," मेरे दोस्त नाइल ने कहा। नाइल उस टीम के सदस्य थे, जिसने 1980 के दशक में कई प्रमुख बिज़नेस शुरू और खड़े किए थे, जिनमें एमटीवी और सीएमटी यानी कंट्री म्यूज़िक टेलीविज़न शामिल थे। इनमें से कुछ बिज़नेस बेचने के बाद वे इकतालीस साल की उम्र में रिटायर हो गए थे। और अब मेरे यही अनुभवी दोस्त अपने रिटायरमेंट के सबक़ मुझे बता रहे थे। उन्होंने कहा, "तीन महीने से भी कम समय में आप ऊब जाएँगे और कोई नई कंपनी शुरू करने की सोचने लगेंगे। आपके लिए सबसे मुश्किल काम हाथ पर हाथ रखकर बैठना है। इसीलिए मेरी सलाह है, आप यह लक्ष्य बना लें कि कम से कम एक साल तक कोई नया बिज़नेस शुरू करने के बारे में सोचेंगे भी नहीं।"

मैं हँस दिया और मैंने उन्हें यक़ीन दिलाने की कोशिश की कि मैं हमेशा के लिए रिटायर हो रहा हूँ। मैंने कहा, "नया बिज़नेस शुरू करने की मेरी कोई योजना नहीं है। मैं रिटायर हो चुका हूँ। मैं अब दोबारा काम नहीं करूँगा। अगली बार जब आप मुझे देखेंगे, तो पहचान ही नहीं पाएँगे। न मैं सूट में होऊँगा और न ही मेरे बाल छोटे होंगे। मैं तो बीच बॉय जैसा दिखूँगा।"

नाइल ने मेरे शब्द सुने, लेकिन फिर भी अपनी बात पर अड़े रहे। वे चाहते थे कि मैं वह बात सुन और समझ लूँ, जो वे मुझे बताने की कोशिश कर रहे थे। उनके लिए यह महत्वपूर्ण था कि मैं उनका संदेश समझ लूँ। बहुत लंबी

बातचीत के बाद उनकी बात मुझे समझ में आने लगी। आख़िरकार मुझे उनकी बात समझ में आ ही गई, जब उन्होंने कहा, "बहुत कम लोगों के पास वह अवसर होता है, जो तुम्हारे पास है। बहुत कम लोग आर्थिक रूप से इतने सक्षम बन पाते हैं कि वे काम करना छोड़ दें और कुछ न करें। बहुत कम लोग जीवन के बीच में वाक़ई रिटायर हो सकते हैं... सबसे ज़्यादा आमदनी के वर्षों में। ज़्यादातर लोग चाहते हुए भी काम करना नहीं छोड़ सकते। भले ही वे अपने काम से नफ़रत करते हों ... लेकिन वे काम करना नहीं छोड़ सकते। इसलिए इस उपहार को हल्के में न लें। यह एक ऐसा उपहार है, जो बहुत कम लोगों को मिलता है ... इसलिए इसका आनंद लें। एक साल तक कुछ भी न करें।"

नाइल ने आगे स्पष्ट किया कि ज़्यादातर उद्यमी अपनी कंपनी बेचने के तत्काल बाद नई कंपनी शुरू कर देते हैं। उन्होंने कहा, "मैं बिज़नेस बनाता था, बेचता था और तुरंत दूसरा नया बिज़नेस खड़ा करने लगता था। मैंने पैंतीस साल की उम्र तक तीन कंपनियाँ बनाईं और बेचीं। मेरे पास बहुत पैसा था, लेकिन मैं काम करना नहीं छोड़ पाया। मैं रुकने का मतलब ही नहीं जानता था। काम न करने पर मैं ख़ुद को बेकार समझता था और मुझे लगता था कि मैं अपना समय बर्बाद कर रहा हूँ, इसलिए मैं ज़्यादा कड़ी मेहनत करता था। कड़ी मेहनत के चक्कर में मैं ज़िंदगी का मज़ा नहीं ले पा रहा था और अपने परिवार के साथ भी समय नहीं गुज़ार पा रहा था। आख़िरकार मुझे एहसास हो गया कि मैं क्या कर रहा था और मैंने कुछ अलग करने की ठान ली। अपनी आख़िरी कंपनी बेचने और बैंक में लाखों डॉलर का चेक जमा करने के बाद मैंने साल भर की छुट्टी मनाने का फ़ैसला किया। मैंने अपने परिवार और ख़ुद के लिए वह साल ख़ाली रखा। यह निर्णय मेरी ज़िंदगी के सबसे अच्छे निर्णयों में से एक था। ख़ाली रहने और कुछ न करने का अनुभव बेशक़ीमती था। क्या आपको एहसास है कि पाँच साल की उम्र से हम स्कूल में पढ़ने लगते हैं और स्कूल छोड़ने के बाद लगातार काम करने में जुट जाते हैं? बहुत कम लोगों के पास यह विलासिता होती है कि वे कम से कम एक साल तक ख़ाली बैठकर सोचें और ख़ुद के साथ अकेले रहें।"

उन्होंने मुझे बताया कि घर की व्यवस्था ठीक-ठाक करने के बाद वे अपने परिवार के साथ फ़िजी के सुदूर टापू पर रहने लगे और समुद्र किनारे बैठने लगे। उन्होंने कहा, "महीनों तक मैं बस समुद्र किनारे बैठा रहता था, नीले समंदर को निहारता रहता था और अपने बच्चों को एक ऐसी ज़िंदगी का आनंद लेते देखता रहता था, जिसके बारे में हम सभी सपने देखते थे।" जब फ़िजी से उनका मन भर गया, तो वे परिवार के साथ इटली चले गए और महीनों तक वहाँ आराम करते रहे। उन्होंने कहा, "पूरे एक साल बाद जाकर मैं दोबारा समझदार इंसान बन पाया। मुझे यह पता ही नहीं था कि जागने पर यह एहसास कितना कष्टकारी था कि मेरे पास कोई काम नहीं है, कोई मीटिंग अटेंड नहीं

करनी है, कोई हवाई जहाज़ नहीं पकड़ना है, बिल चुकाने के लिए पैसे नहीं जुटाने हैं। मानसिक रूप से धीमा होने और अपने शरीर से एड्रीनलिन को बाहर निकालने में मुझे पूरा एक साल लग गया। मुझे इतना धीमा होने में पूरे साल का आराम करना पड़ा, ताकि मैं दोबारा ठीक से सोच सकूँ और आदर्श स्थिति में आ सकूँ। मैं तब इकतालीस साल का था। छत्तीस साल से मैं कहीं पहुँचने के लिए भाग रहा था और अब मैं वहाँ पहुँच चुका था।"

## सबसे मुश्किल काम, जो मुझे करना पड़ा

नाइल ने सही कहा था। रिटायरमेंट के बाद सबसे मुश्किल काम था हाथ पर हाथ रखकर बैठना और कुछ न करना। स्कूल, क्लासरूम, परीक्षाओं, मीटिंग्स, हवाई यात्राओं और डेडलाइन्स से बरसों तक जूझने के बाद मैं सचमुच इस बात का आदी हो गया था कि बिस्तर छोड़ते ही काम करने भागूँ। मुझे याद है कि रिटायरमेंट से पहले मैं काम के दबाव और चिंता से नफ़रत करता था। मुझे याद है, मैं सोचा करता था, "बस छह महीने की बात और है। इसके बाद मैं आज़ाद हो जाऊँगा। गैं रिटायर हो जाऊँगा और कुछ नहीं करूँगा। मैं बेसब्री से इंतज़ार कर रहा हूँ कि कब यह कंपनी बिक जाए और मैं इस पागलपन को छोड़ सकूँ।"

सितंबर, 1994 में कंपनी की बिक्री और हस्तांतरण पूरा हो गया। मैंने पैसा बैंक में जमा किया, कुछ अपार्टमेंट हाउसेस तथा वेयरहाउसेस में निवेश किया और औपचारिक रूप से रिटायर हो गया। उस वक़्त मैं सैंतालीस साल का था और मेरी पत्नी किम सैंतीस साल की। अब हम ज़िंदगी का आनंद लेने के लिए आर्थिक दृष्टि से स्वतंत्र थे। बहरहाल, जैसी नाइल ने चेतावनी दी थी, कंपनी बेचने के कुछ सप्ताह बाद ही मैं बेचैन होने लगा। मैं सुबह जल्दी उठ जाता था और तब मुझे एहसास होता था कि दिन भर के लिए मेरी कोई योजना ही नहीं है। मेरे पास कोई नहीं था, जिसे मैं फ़ोन कर सकूँ और न ही मेरे पास किसी का फ़ोन आता था। मैं अपने घर में अकेला बैठा रहता था और मेरे पास जाने के लिए कोई जगह नहीं थी। मैं जल्दी ही बेचैन और चिड़चिड़ा हो गया। मैं बेकार और अवांछित महसूस करने लगा। मुझे महसूस हो रहा था कि मेरी ज़िंदगी बर्बाद हो रही है और मैं कोई ढंग का काम नहीं कर रहा हूँ। मैं काम करने के लिए बेक़रार था, लेकिन करने के लिए कुछ था ही नहीं। नाइल ने सही कहा था, मेरे लिए कोई काम न करना ही सबसे मुश्किल काम था।

किम के पास निवेश करने और अपने रियल एस्टेट पोर्टफ़ोलियो के प्रबंधन का काम था। उसे इसमें मज़ा आता था और वह अपनी गति से यह काम करती रही। उसने एक दिन मुझे किचन में धक्के खाते देखा, जब मैं कुछ नहीं करने की कोशिश कर रहा था। उसने पूछा, "क्या तुम कुछ करने के लिए खोज रहे हो ?"

"नहीं," मैंने जवाब दिया। "मैं तो कुछ नहीं करने का तरीक़ा खोज रहा हूँ।"

"अच्छा, जब वह तरीक़ा मिल जाए, तो मुझे भी बता देना, ताकि हम दोनों उसे एक साथ कर सकें," किम ने मुस्कराकर कहा। "तुम अपने दोस्तों को फ़ोन क्यों नहीं करते और उनसे मिलते क्यों नहीं हो?"

"मैंने फ़ोन किया था," मैंने जवाब दिया। "लेकिन वे सब अपने-अपने काम में व्यस्त हैं। उनके पास ख़ाली समय नहीं है।"

कुछ महीने तक निठल्ले बैठे रहने के बाद किम और मैंने फ़िजी में छुट्टी मनाने का फ़ैसला किया, जहाँ नाइल ने अपनी छुट्टियों का एक हिस्सा गुज़ारा था। मैं कहीं जाने की बात सोचकर ही रोमांचित था, भले ही वहाँ भी करने के लिए कुछ न हो।

फ़िजी जाने का फ़ैसला करने के तीन हफ़्ते के भीतर ही हम समुद्री जहाज़ से वहाँ पहुँच गए। मुस्कराते हुए फ़िजीवासियों ने फूलों और स्थानीय पेय-पदार्थ से हमारा स्वागत किया। जब किम और मैं नीले पानी के ऊपर बने लंबे पुल पर चले, तो मैंने सोचा कि मैं फ़ैंटेसी आइलैंड पर आ गया हूँ और किसी को यह कहते सुनने का इंतज़ार कर रहा हूँ, "बॉस, जहाज़, जहाज़।"

यह टापू तो नाइल के वर्णन से भी ज़्यादा सुंदर था। मुझे इसकी ख़ूबसूरती पर यक़ीन नहीं हुआ। हवाई द्वीप में बड़ा होने के कारण मैंने मन ही मन सोचा, "हवाई भी ऐसा ही हुआ करता था और हवाई को ऐसा ही होना चाहिए।" हालाँकि टापू बहुत सुंदर और निर्जन था, लेकिन मेरे लिहाज़ से यह बहुत धीमा था। मुझे तो यक़ीन ही नहीं हुआ कि मैं इस स्वर्ग में रहने के बावजूद बेचैन था। मैं उठता था, फलों का स्वास्थ्यवर्धक नाश्ता करता था, कुछ समय जॉगिंग करता था और फिर दिन भर समुद्र तट पर आराम करता था। एक घंटे बाद ही मैं पगला जाता था। इस टापू के समुद्र तट चाहे जितने सुंदर हों, मैं वापस अमेरिका लौटने और कोई नया बिज़नेस शुरू करने के लिए बेचैन था। पता नहीं, मैंने नाइल से यह वादा क्यों किया था कि मैं कम से कम एक साल की छुट्टी मनाऊँगा। इस स्वर्ग जैसे आनंद को मैं बस दो हफ़्ते ही झेल पाया। किम तो यहाँ हमेशा के लिए रुक सकती थी, लेकिन मैं वापस एरिज़ोना, अपने घर लौटने के लिए बेताब था। मुझे नहीं मालूम था कि मैं घर क्यों पहुँचना चाहता था ... लेकिन हम उस स्वर्ग से निकले और घर की तरफ़ चल दिए।

घर पर बैठना भी समुद्र तट पर बैठने से ज़्यादा सुखद नहीं था, लेकिन कम से कम यहाँ मेरे पास अपनी कार थी और मन बहलाने के लिए मेरी प्रिय जगहें थीं। एक दिन एक नया पड़ोसी मुझसे जान-पहचान करने आया। वह भी रिटायर हो चुका था, लेकिन उसकी उम्र मुझसे लगभग बीस साल ज़्यादा थी। वह अड़सठ साल का था और एक फ़ॉर्च्यून 500 कंपनी में सीनियर मैनेजर रह

चुका था। हर दिन वह आकर ख़बरों, मौसम और खेलों के बारे में बातें करने लगता था। वह भला आदमी था, लेकिन उसके साथ निठल्लेपन का समय गुज़ारना मेरे लिए उन मीटिंग्स से भी ज़्यादा बुरा था, जिनसे मुझे कोफ़्त होती थी। वह तो बस अपने घर के बग़ीचे में काम करना चाहता था और गोल्फ़ खेलना चाहता था। उसके लिए रिटायरमेंट सही मायनों में स्वर्ग था। उसे कंपनी जगत की बिलकुल भी याद नहीं आती थी और उसे ख़ाली समय में मज़ा आता था, क्योंकि उसे मजबूरी में कुछ नहीं करना पड़ता था। मुझे लगा कि अगर मैं उसके साथ ज़्यादा समय तक रहा, तो मैं भी उसी की तरह निठल्ला बन जाऊँगा। जब उसने कहा कि मैं भी कंट्री क्लब के मेन्स कार्ड ग्रुप में शामिल हो जाऊँ, तो मुझे पता चल गया कि मुझे कुछ न करने के लिए कोई दूसरा काम करना होगा।

आख़िरकार, मेरी सहनशक्ति जवाब दे गई। एक दिन मैंने किम से कहा, "मैं बिस्बी जाकर रहने वाला हूँ। मुझे कहीं जाने की ज़रूरत है, जहाँ कुछ नहीं करने के बावजूद मैं व्यस्त रह सकूँ।" कुछ दिनों बाद मैं उस छोटे रैंच पर रहने लगा, जिसके मालिक किम और मैं थे। यह वीरान ज़मीन का सुंदर टुकड़ा था, जो एक घाटी में छिपा था। इसके चारों और ओक के ऊँचे वृक्ष लगे थे और एक नदी बहती थी। यहाँ बहुत से हिरण थे और कभी-कभार पहाड़ी शेर भी दिख जाता था। यह सुंदर रैंच मेक्सिको, न्यू मेक्सिको के पहाड़ों में था, जो एरिज़ोना की सीमा पर है। मुझे आख़िरकार वह जगह मिल गई थी, जहाँ मैं साल भर की छुट्टी मना सकता था ... एक ऐसी जगह, जहाँ मैं बिना कुछ किए व्यस्त रह सकता था। कुछ दिनों तक पहाड़ों पर रहने के बाद (केबिन में टीवी या रेडियो नहीं था) मैं शांत होने लगा और साल भर की छुट्टी के कार्यक्रम का आदी होने लगा। मेरी साँस धीमी हो गई और मेरे जीवन की गति भी। मीटिंगों और डेडलाइन्स के दबाव के बजाय शांति मेरे दैनिक जीवन का हिस्सा बन गई। एक साल की छुट्टी आख़िर शुरू हो गई और यह वैसी ही थी, जैसा नाइल ने कहा था, "एक ऐसा उपहार, जो बहुत कम लोगों को मिलता है ... इसलिए इसका आनंद लें।" साल भर छुट्टी मनाने के लिए पर्याप्त धीमा होने में मुझे लगभग छह महीने का समय लग गया था।

## दोबारा ज़िंदगी शुरू करना

अपने पहाड़ी केबिन में अकेले बैठने पर मुझे अपने जीवन के बारे में सोचने का समय मिला। मैंने जवानी में किए मूर्खतापूर्ण कामों के बारे में सोचा। मैंने उन विकल्पों के बारे में भी सोचा, जो मैंने चुने थे। हालाँकि हर चुनाव बहुत बढ़िया नहीं कहा जा सकता था, लेकिन हर चुनाव ने मेरे जीवन को आकार दिया था और मुझे वह बनाया था, जो मैं था। मेरे पास अपने हाई स्कूल के दिनों और उन दोस्तों को याद करने का समय था, जिनके साथ मैं बड़ा हुआ था ... वे

दोस्त, जिन्हें मैं आजकल बहुत कम देख पाता था। मैंने कॉलेज के ज़माने के दोस्तों को याद किया और सोचा कि वे जाने क्या कर रहे होंगे। एकांत में समय गुज़ारने के कारण मुझे यह सोचने का मौक़ा मिला कि मेरी जवानी के दोस्तों ने मुझे किस तरह प्रभावित किया और मुझे वह बनाया, जो मैं बन गया था।

केबिन में बैठे-बैठे ऐसे कई पल आए, जब मेरी इच्छा हुई कि काश, मैं बीते समय में लौट पाता और अपने बचपन के दोस्तों के साथ दोबारा रह पाता! मैं बस हँसना और दोबारा बच्चा बनना चाहता था ... लेकिन अब मेरे पास बस अनमोल यादें थीं। मैंने सोचा, काश, मैंने ज़्यादा तस्वीरें खींची होतीं, ज़्यादा चिट्ठियाँ लिखी होतीं, ज़्यादा संपर्क में रहा होता ... लेकिन हम सब अपनी-अपनी ज़िंदगी में व्यस्त हो गए थे और अलग-अलग रास्तों पर चले गए थे। पहाड़ पर सुलगती अँगीठी के सामने बैठकर अपनी जवानी की यादों का आनंद लेना थिएटर में फ़िल्म देखने से बेहतर था। इस तन्हाई में मुझे अपने अतीत की यादों की तस्वीरें दोबारा देखने का समय मिला। दिलचस्प बात यह थी कि बुरे समय भी उतने बुरे नहीं दिख रहे थे। मैं अपनी ज़िंदगी का महत्व समझने लगा। मैं अपने जीवन में आने वाले लोगों का, अच्छे और बुरे का महत्व समझने लगा। हालाँकि मेरी ज़िंदगी में कई बार भारी उथल-पुथल हुई थी, लेकिन मैं अपनी अनूठी ज़िंदगी का महत्व अच्छे से समझने लगा।

उन शांत पलों में मुझे एहसास हुआ कि हम सभी में अच्छा और बुरा बनने की क्षमता होती है। हम सभी में महान बनने की क्षमता होती है, लेकिन महानता मेरे बचपन या जवानी का हिस्सा नहीं थी। मैं बचपन में प्रतिभाशाली नहीं था, संगीत में निपुण नहीं था, ज़बर्दस्त खिलाड़ी नहीं था, भीड़ का हिस्सा नहीं था, न ही मुझे पार्टियों में बुलाया जाता था। अपने जीवन की ओर पीछे मुड़कर देखने के बाद मुझे एहसास हुआ कि मेरी ज़िंदगी औसत थी ... लेकिन पहाड़ पर बैठने की वजह से मेरी औसत ज़िंदगी भी मेरे लिए बहुत ख़ास बन गई।

मेरे पास अपने परिवार, पुराने दोस्तों, साथी खिलाड़ियों, पुरानी गर्लफ्रेंड्स, पुराने बिज़नेस पार्टनर्स के बारे में सोचने की फ़ुर्सत थी। मैंने उन तमाम विकल्पों के बारे में सोचा, जो मैंने चुने थे और यह भी सोचा कि अगर मैंने दूसरे विकल्प चुने होते, तो क्या होता ... अगर मैंने कॉलेज की अपनी गर्लफ्रेंड से शादी कर ली होती, सेटल हो गया होता और बच्चे पैदा कर लिए होते, जैसा वह चाहती थी, तो क्या होता? मेरी ज़िंदगी का क्या होता, अगर मैंने पाइलट न बनने और वियतनाम में उड़ान न भरने का फ़ैसला किया होता? अगर मैं युद्ध से उसी तरह बचता, जिस तरह मेरे ज़्यादातर दोस्त बचे थे, तो क्या होता? अगर मैंने नाइलॉन और वेल्क्रो वॉलेट बिज़नेस शुरू करने के बजाय मास्टर्स डिग्री पूरी करने का फ़ैसला किया होता, तो क्या होता? अगर तीसरे बिज़नेस के सफल होने से पहले मेरे दो बिज़नेस असफल नहीं होते, तो क्या होता? अगर मैं किम से नहीं मिला होता और उससे शादी नहीं की होती, तो क्या होता? अगर बुरे

समय में किम ने मेरा साथ नहीं दिया होता, तो क्या होता? और सबसे महत्वपूर्ण बात, मैंने ज़िंदगी में मिली सफलताओं और असफलताओं से क्या सीखा था, जिसकी वजह से मैं वह बन गया जो मैं था?

यह सच है कि आप अपना अतीत नहीं बदल सकते ... लेकिन आप अपने अतीत के बारे में अपनी राय बदल सकते हैं। पहाड़ों पर यह सब सोचने से पहले मेरा अतीत एक झोंके जैसा दिखता था। यह लोगों और घटनाओं की बस एक शृंखला लगती थी, जो ज़िंदगी की आपाधापी में झोंके की तरह मेरे पास से गुज़र गई। पहाड़ के एकांत में मुझे ठहरकर अपनी ज़िंदगी को देखने का मौक़ा मिला। मैंने अतीत में ऐसे बहुत से काम किए थे, जिन पर मुझे गर्व नहीं था और मैं उन्हें दोबारा नहीं करूँगा। ऐसी ग़लतियाँ की थीं, जो काश, मैंने नहीं की होतीं! ऐसे झूठ बोले थे, जो काश, मैंने नहीं बोले होते! कई प्यारे दोस्त और प्रियजन थे, जिन्हें मैंने रास्ते में ठेस पहुँचाई थी। कई लोग थे, जिनसे मैं काफ़ी प्यार करता था, लेकिन किसी मूर्खतापूर्ण मुद्दे पर झगड़ा होने के कारण हमारी बोलचाल बंद हो गई थी। साल भर की इस छुट्टी के दौरान मुझे पता लगा कि वे घटनाएँ मेरी ज़िंदगी में कितनी महत्वपूर्ण थीं। पहाड़ों की शांति में अकेले बैठकर मैं अपने अतीत के दोस्तों, परिवार और ख़ुद के साथ दोबारा जुड़ा और उन सभी को धन्यवाद दिया कि वे मेरे जीवन का हिस्सा थे। पहाड़ों पर अकेले बैठने के कारण मुझे अपने अतीत को "धन्यवाद" देने और भविष्य की तैयारी करने का समय मिला।

अपना बिज़नेस बेचने और रिटायर होने के अठारह महीने बाद मैं आख़िरकार दक्षिणी एरिज़ोना के पर्वतों से लौटा। पहाड़ से लौटते समय मुझे सचमुच नहीं मालूम था कि मैं आगे क्या करने वाला हूँ ... मैं बस इतना जानता था कि मैं अलग तरह से काम करूँगा। मेरे एप्पल मैकिनटोश कंप्यूटर में *रिच डैड पुअर डैड* का पहला ड्राफ़्ट था और मेरे ब्रीफ़केस में मेरे गेम *कैशफ़्लो 101* का रफ़ स्केच था। मेरी ज़िंदगी की दूसरी पारी शुरू हो गई थी। इस बार यह मेरी *अपनी ज़िंदगी* थी। अब मैं ज़्यादा बड़ा, समझदार, स्मार्ट, कम लापरवाह और ज़्यादा विश्वसनीय बन गया था।

जब मैं पहाड़ों से लौटकर धरती पर आया, तो मेरी ज़िंदगी की दूसरी पारी शुरू हो गई। अब यह ज़िंदगी मेरे माता-पिता, टीचर्स या दोस्तों की इच्छाओं और सपनों के हिसाब से नहीं चल रही थी, या किसी बच्चे के सपनों के हिसाब से भी नहीं। मेरी ज़िंदगी की दूसरी पारी शुरू हो गई थी और इस बार यह मेरी *अपनी ज़िंदगी* थी, जिसे मैं *अपनी शर्तों* पर जीने वाला था।

और यही वह प्रमुख कारण है, जिस वजह से मैं सलाह देता हूँ कि आपको जल्दी से जल्दी यानी कम से कम उम्र में रिटायर हो जाना चाहिए। इससे आपको दोबारा अपनी ज़िंदगी शुरू करने का मौक़ा मिलेगा।

आज जब मैं लोगों से एक साल की छुट्टी मनाने के बारे में बात करता हूँ, तो मैं कहता हूँ, "रिटायर होने और ज़िंदगी ख़त्म होने के बीच में एक साल की छुट्टी मनाने में सबसे अच्छी बात यह थी कि इसने मुझे दोबारा ज़िंदगी शुरू करने का मौक़ा दिया।"

*एक सुझाव* : चाहे आप जल्दी रिटायर हो सकते हों या नहीं, मेरा सुझाव है कि आप हर महीने कम से कम एक घंटे का समय निकालकर अपनी ज़िंदगी के बारे में सोचें। अपनी ज़िंदगी के बारे में सोचने का समय निकालने पर मैंने पाया :

1. मैं जिसे महत्वपूर्ण मानता था, वह उतना महत्वपूर्ण नहीं था।
2. *मैं जहाँ था*, वह महत्वपूर्ण था; *जहाँ मैं जा रहा था*, वह महत्वपूर्ण नहीं था।
3. इस पल आपके सामने जो व्यक्ति है, उससे ज़्यादा महत्वपूर्ण कोई दूसरा नहीं है। उसके साथ इस पल रहने का आनंद लें।
4. समय क़ीमती है, इसे बर्बाद न करें ... इसका महत्व समझें।
5. कई बार व्यस्त रहने के बजाय एक पल रुकना ज़्यादा मुश्किल होता है।

जल्दी रिटायर होने का सबसे बड़ा फ़ायदा यह हुआ कि ज़िंदगी का महत्व समझ में आ गया, भले ही यह आपाधापी, तनाव और समस्याओं से भरी हो। जब मेरे पास करने के लिए कुछ नहीं था, तब मुझे पता लगा कि काम कितना ज़रूरी है। जब काम नहीं था, तो मुझे समझ में ही नहीं आ रहा था कि मैं क्या करूँ। आज मैं ज़िंदगी की भाग-दौड़ का महत्व समझ गया हूँ, क्योंकि मैं जानता हूँ कि निठल्ले बैठे रहना कैसा होता है। तो आप इस वक़्त जिस भी हालत में हों, उसके महत्व को समझने के लिए एक पल निकालें ... क्योंकि कल यह सिर्फ़ एक याद बनकर रह जाएगी।

*कैशफ़्लो टेक्नोलॉजीज़, इंक. की डायरेक्टर ऑफ़ ऑपरेशन्स मैरी पेंटर की चिट्ठी*

अपने कैरियर के दौरान मैं पेनसिल्वेनिया स्टेट रिटायरमेंट सिस्टम के डिसएबिलिटी और डेथ बेनिफ़िट्स डिवीज़न में काम करती थी। मुझे बहुत अच्छी तरह से याद है कि उन्नीस-बीस साल की उम्र में मैं रिटायर्ड लोगों

के वारिसों के लिए मृत्यु लाभों की प्रोसेसिंग करती थी। मृत्यु प्रमाणपत्र देखते समय मैं इस बात पर हैरान होती थी कि कितने सारे लोग रिटायर होने के चंद महीनों के भीतर ही बीमारी से मर जाते हैं और कई तो आत्महत्या तक कर लेते हैं। जब मैंने अपने साथी कर्मचारियों से इस बारे में पूछा कि लोग रिटायर होने के बाद इतनी जल्दी क्यों मर जाते हैं या ज़िंदगी भर काम करने के बाद आराम करने की मंज़िल पर पहुँचने के बाद आत्महत्या क्यों कर लेते हैं, तो उन्होंने मुझे बताया कि कुछ लोगों के लिए काम ही ज़िंदगी है। उनकी ज़िंदगी में और कुछ था ही नहीं। दूसरा कारण यह बताया गया कि कई लोग ज़िंदगी भर नौकरी करते थे और रिटायरमेंट के बाद पेंशन के भरोसे रहते थे। तब जाकर उन्हें पता चलता था कि उन्हें तो सिर्फ़ गुज़ारे लायक़ पेंशन ही मिलती है। वे अपनी ज़िंदगी के ऐसे मोड़ पर थे, जब उनके पास दुनिया का सारा समय था, जब वे जो चाहे वह कर सकते थे, लेकिन उन कामों के लिए उनके पास पैसे नहीं थे।

नासमझी से मैंने सोचा कि यह मेरे साथ नहीं होगा। फिर मैं भी उसी रास्ते पर चलने लगी, जिस रास्ते पर इनमें से कई लोग सफ़र कर चुके थे। उन्नीस साल तक बहुत से प्रमोशनों और कैरियर की सीढ़ी पर चढ़ने के बाद मुझे एहसास हुआ कि यह मेरे परिवार और मेरे लिए काफ़ी नहीं होगा। मेरे पति और मेरी, दोनों की राय यह थी कि हमें अपने जीवन में गंभीर बदलाव करने की ज़रूरत थी। हम एरिज़ोना गए, जहाँ हमने अपने विचारों को तरतीब से जमाने में कुछ समय लगाया और कुछ नौकरियों के लिए इंटरव्यू दिए। उनमें से एक इंटरव्यू कैशफ़्लो टेक्नोलॉजीज़ में था। मुझे *रिच डैड पुअर डैड* की एक प्रति दी गई। मैंने घर जाकर पूरी पुस्तक एक ही दिन में पढ़ डाली। हालाँकि मैं ख़ुद को बहुत ख़ुशक़िस्मत मानती हूँ कि मुझे कैशफ़्लो में नौकरी मिली, लेकिन इससे भी ज़्यादा महत्वपूर्ण बात, मैं समझ गई कि मुझे क्या करना चाहिए, ताकि मेरा हाल भी अंत में उन बदनसीबों जैसा न हो, जिनकी दास्तान मैंने बरसों पहले सुनी थी।

# अध्याय – 3

# मैं जल्दी रिटायर क्यों हुआ

1999 के वसंत में मुझे लॉस एंजेलिस में लगभग 250 बैंकर्स को संबोधित करना था। चूँकि मैं सुबह का पहला वक्ता था, इसलिए मैं एक रात पहले फ़ीनिक्स से उड़ान भरकर वहाँ पहुँच गया। नाश्ता करने के बाद मैं अपने होटल के कमरे में बैठकर सिर खुजाने लगा। मैं यह सोच रहा था कि मैं इन बैंकर्स के सामने आख़िर किस विषय पर बोलूँ? फ़ाइनैंशियल स्टेटमेंट्स, वित्तीय साक्षरता और संपत्ति व दायित्व के फ़र्क़ के बारे में मेरा सामान्य भाषण इस समूह के लिए पर्याप्त नहीं था। चूँकि वे सामान्य बैंकर्स से ज़्यादा थे यानी *मॉर्टगेज* बैंकर थे, इसलिए मैंने अनुमान लगाया कि उन्हें बुनियादी वित्तीय बातों का ज्ञान होगा, जिनके बारे में मैं अक्सर भाषण देता था। कम से कम मुझे उम्मीद तो यही थी।

मेरा भाषण सुबह 9.30 बजे होना था। इस वक़्त 8 बज रहे थे। मुझे कोई एंगल या विचार नहीं मिल रहा था, जो इस समूह के लिए उचित हो। अपने होटल के कमरे में डेस्क पर बैठकर मैंने सुबह का अख़बार देखा, जो होटल वालों ने भिजवाया था। पहले पन्ने पर एक प्रफुल्लित पति-पत्नी की तस्वीर थी, जो अपनी गोल्फ़ कोर्ट में बैठे थे। तस्वीर के ऊपर यह शीर्षक था, "हमने जल्दी रिटायर होने का फ़ैसला किया।"

उस लेख में आगे बताया गया था कि इस दंपति के 401 (k) रिटायरमेंट प्लान ने पिछले दस सालों से शेयर बाज़ार के उछाल में उम्मीद से बेहतर परिणाम दिए। इसके चलते उन्होंने अपनी पूर्व योजना से छह साल पहले ही रिटायर होने का फ़ैसला कर लिया। रिटायरमेंट के वक़्त पति की उम्र उनसठ साल थी और पत्नी की छप्पन साल। लेख में उन्होंने कहा था, "हमारे म्यूचुअल फ़ंड्स ने इतना ज़्यादा लाभ कमाया कि एक दिन हमें एहसास हुआ कि हम मिलियनेअर बन गए थे। अगले छह साल तक काम करने के बजाय हमने समेटने का फ़ैसला किया, अपना मकान बेचा, इस रिटायरमेंट वाले गाँव में एक छोटा घर ख़रीदा, मकान बेचने से मिले अतिरिक्त पैसों को अच्छे ब्याज वाली एफ़डी में डाल दिया, अपने ख़र्च घटा लिए और अब हम हर दिन गोल्फ़ खेलते हैं।"

मुझे अपने व्याख्यान का विषय मिल गया था। पूरा लेख पढ़ने के बाद मैं नहाया और कपड़े पहनकर इंतज़ार कर रहे मॉर्टगेज बैंकर्स के सामने पहुँच गया। ठीक 9.30 पर मेरा परिचय दिया गया और मुझे मंच पर पहुँचा दिया गया। अपनी बात शुरू करते हुए मैंने अख़बार हवा में उठाकर अभी-अभी रिटायर हुए दंपति की तस्वीर की तरफ़ इशारा किया और शीर्षक दोहराया, "हमने जल्दी रिटायर होने का फ़ैसला किया।" फिर मैंने पति-पत्नी की उम्र भी बताई, उनसठ और छप्पन साल। इसके बाद मैंने उस लेख की कुछ लाइनें भी पढ़ीं। अख़बार नीचे रखकर मैंने कहा, "मेरी पत्नी किम और मैं भी जल्दी रिटायर हो गए थे। हम 1994 में रिटायर हुए थे। उस वक़्त मेरी उम्र सैंतालीस साल थी और उसकी सैंतीस साल।" मैंने कमरे में चारों तरफ़ देखा और उम्र के इस अंतर को उनके दिमाग़ के भीतर पहुँचने का मौक़ा दिया। लगभग दस सेकंड की ख़ामोशी के बाद मैंने पूछा, "तो मैं आपसे पूछता हूँ ... ऐसा कैसे हुआ कि मैं इस आदमी से बारह साल पहले रिटायर हो गया ... और मेरी पत्नी उस औरत से उन्नीस साल पहले? फ़र्क़ किस चीज़ से पड़ा?"

ख़ामोशी बहुत गहरी थी। मेरी शुरुआत ख़राब थी। मैं जानता था कि सुबह-सुबह का समय था और मैं श्रोताओं से सिर्फ़ सुनने के बजाय सोचने को कह रहा था। मुझे मालूम था कि शायद मेरी बातें अहंकार भरी और अतिशयोक्तिपूर्ण लग रही होंगी, क्योंकि मैंने अपनी और अख़बार वाले दंपति की उम्र की तुलना की थी। बहरहाल, मैं इन बैंकर्स के सामने एक बात रखना चाहता था और अब पीछे हटने का समय नहीं था। मैं उस कॉमेडियन जैसा महसूस करने लगा, जिसने अभी-अभी अपना सबसे अच्छा चुटकुला सुनाया था, लेकिन इसके बावजूद श्रोताओं को हँसी नहीं आई थी। ज़ोर देकर मैंने पूछा, "आपमें से कितने लोग जल्दी रिटायर होने की योजना बना रहे हैं?"

एक बार फिर कोई प्रतिक्रिया नहीं हुई। किसी ने भी हाथ नहीं उठाया। कमरे में बेचैनी बढ़ती जा रही थी। मैं मंच पर तिल-तिल करके मर रहा था। मैं जानता था कि मुझे जल्दी ही कुछ न कुछ करना होगा। समूह की ओर देखने पर मुझे नज़र आया कि ज़्यादातर लोग मुझसे छोटे थे। कुछ लोग मेरी उम्र के थे और वे जवानी में रिटायर होने की बात से प्रभावित नहीं हुए थे। जल्दी से मैंने कहा, "आपमें से कितनों की उम्र पैंतालीस से कम है?"

अचानक कमरे में जान आ गई। प्रतिक्रिया हुई। धीरे-धीरे पूरे कमरे में हाथ उठने लगे। मैंने अनुमान लगाया कि समूह के लगभग 60 प्रतिशत लोगों ने हाथ उठाया था, जिसका मतलब था कि वे पैंतालीस साल से कम उम्र के थे। यह युवा समूह था ... कम से कम मुझसे तो युवा था। अपनी रणनीति बदलकर मैंने इस समूह पर ध्यान केंद्रित करते हुए पूछा, "आपमें से कितने लोग पचास साल की उम्र से पहले रिटायर होना चाहेंगे और बाक़ी ज़िंदगी आर्थिक दृष्टि से स्वतंत्र रहना चाहेंगे?"

अब हाथ ज़्यादा उत्साह से ऊपर उठ रहे थे। मैं अब अपनी बात थोड़े बेहतर ढंग से पहुँचा पा रहा था और श्रोताओं में भी जान आने लगी थी। मेरी और मुझसे ज़्यादा उम्र के बैंकर कसमसाने लगे, जब उन्होंने अपने कई युवा साथियों को हाथ उठाते देखा, जो इस बात का संकेत था कि वे बैंकिंग उद्योग में बूढ़े नहीं होना चाहते थे। मेरी और मुझसे ज़्यादा उम्र के लोगों की बेचैनी देखने के बाद मुझे एहसास हुआ कि मुझे जल्दी ही कुछ कहना चाहिए, ताकि यह समूह अलग-थलग महसूस न करने लगे।

जब हाथ नीचे हुए, तो मैं मुस्कराकर रुक गया। फिर मैंने अपनी और अपने से ज़्यादा उम्र के लोगों को देखते हुए कहा, "मैं इस दुनिया के मॉर्टगेज बैंकर्स को धन्यवाद देना चाहता हूँ, क्योंकि आप लोगों के कारण ही मैं जल्दी रिटायर हो पाया। अपने रियल एस्टेट ब्रोकर के कारण नहीं, अपने स्टॉक ब्रोकर के कारण नहीं, अपने वित्तीय योजनाकार के कारण नहीं और अपने अकाउंटेंट के कारण भी नहीं, बल्कि आप लोगों के कारण, दुनिया के मॉर्टगेज बैंकर्स के कारण, मैं अपने डैडी से लगभग बीस साल पहले रिटायर होने में कामयाब हो गया।"

श्रोताओं पर नज़र डालते ही मैं समझ गया कि कुछ बेचैनी काफ़ूर हो रही थी और मैं अब अपनी बात आगे बढ़ा सकता हूँ। उनके उद्योग की प्रशंसा से मदद मिली थी। मैंने अनुमान लगाया कि अब मैं ४० प्रतिशत श्रोताओं का ध्यान खींच चुका था। आगे बढ़ते हुए मैंने वही सवाल दोहराया, जो मैंने पहले पूछा था, "तो ऐसा कैसे हुआ कि मैं अख़बार वाले दंपति से जल्दी रिटायर हो पाया और मॉर्टगेज बैंकर्स यानी आपने मुझे जल्दी रिटायर होने में मदद कैसे की?"

एक बार फिर ख़ामोशी छा गई। दरअसल उन्हें पता ही *नहीं* था कि उन्होंने मेरी मदद कैसे की। हालाँकि अब भी वही ख़ामोशी थी, लेकिन कम से कम अब वे पहले से थोड़े ज़्यादा जाग्रत लग रहे थे। मैंने फ़ैसला किया कि मैं ऐसा सवाल नहीं पूछूँगा, जिसका जवाब देने में वे झिझकें, इसलिए मैंने अपनी बात आगे बढ़ाई। अपने फ़्लिप चार्ट की ओर मुड़कर मैंने उस पर बड़े अक्षरों में लिख दिया।

**क़र्ज़**

**बनाम**

**इक्विटी**

श्रोताओं की तरफ़ मुँह करके मैंने *क़र्ज़* शब्द की ओर इशारा करते हुए कहा, "मैं जल्दी रिटायर इसलिए हो पाया, क्योंकि मैंने अपने रिटायरमेंट की योजना के लिए *क़र्ज़* का प्रयोग किया था। और अख़बार वाले दंपति ने, जो 401 (k) में थे, अपने रिटायरमेंट की योजना के लिए *इक्विटी* का प्रयोग किया था। इसीलिए उन्हें रिटायर होने में ज़्यादा समय लग गया।"

मैं एक पल के लिए ठहर गया। मैं चाहता था कि मेरी बात उनके दिमाग़ में उतर जाए। आख़िर एक हाथ उठा और उस व्यक्ति ने पूछा, "आप कह रहे हैं कि अख़बार वाले आदमी ने रिटायर होने के लिए *अपने* पैसे का इस्तेमाल किया और आपने रिटायर होने के लिए *हमारे* पैसे का इस्तेमाल किया।"

"सही बात है," मैंने कहा। "मैं ज़्यादा से ज़्यादा क़र्ज़ लेकर आपके पैसे का इस्तेमाल कर रहा था, जबकि वह क़र्ज़ से बाहर निकलने की कोशिश कर रहा था।"

"इसीलिए उसे ज़्यादा समय लग गया," एक और व्यक्ति ने कहा। "आपसे बारह साल ज़्यादा। इसमें उसे ज़्यादा समय इसलिए लगा, क्योंकि उसने रिटायर होने के लिए अपने पैसे, अपनी ख़ुद की इक्विटी का इस्तेमाल किया।"

## अठारह साल का जीवन

मैं मुस्कराया और अपना सिर हिलाकर बोला, "सैंतालीस साल की उम्र में रिटायर होने का मतलब यह है कि पैंसठ साल की उम्र में रिटायर होने वाले व्यक्ति की तुलना में मुझे अठारह साल का अतिरिक्त जीवन मिला। और इन अठारह सालों का आपके लिए कितना महत्व है ... अठारह साल की आपकी जवानी? मेरी पत्नी के लिए तो यह अट्ठाईस साल का अतिरिक्त समय था, जब वह अपनी जवानी का आनंद ले सकती थी। आपमें से कितने लोग जल्दी रिटायर होना चाहेंगे, ताकि आप अपनी जवानी, ऊर्जा और स्वतंत्रता का आनंद ले सकें ... वह करने की स्वतंत्रता, जो आप अपने पैसों से करना चाहते हैं?"

पूरे कमरे में हाथ ऊपर उठने लगे। अब लोगों के चेहरों पर ज़्यादा मुस्कानें दिख रही थीं। लोग जीवंत होने लगे थे। बहरहाल, जैसी उम्मीद थी, कुछ लोग अब भी अपने सीने पर हाथ बाँधे बैठे थे और अपने घुटने पर दूसरा पैर रखे हुए थे। मेरी बातें इन लोगों को ख़ास पसंद नहीं आई थीं। संदेहवादी और दोषदर्शी व्यक्ति वैसे भी अपना नज़रिया नहीं बदलते हैं। ऐसा लग रहा था जैसे मेरी बात उन लोगों तक पहुँची ही नहीं थी। कम से कम मैं ख़ुद को एक बहुत बुरी शुरुआत से बचा रहा था और समूह के कुछ लोग मेरे पाले में आ रहे थे।

सामने वाली क़तार में एक युवक ने अपना हाथ उठाकर पूछा, "क्या आप थोड़ी ज़्यादा स्पष्टता से बताएँगे कि आप क़र्ज़ का इस्तेमाल करके जल्दी रिटायर कैसे हुए और उसने किस तरह इक्विटी का इस्तेमाल किया?"

"निश्चित रूप से," आगे समझाने का अवसर मिलने पर मैंने ख़ुश होकर कहा। अख़बार उठाकर मैंने तस्वीर की ओर इशारा करते हुए कहा, "अगर हम रिटायरमेंट की उम्र पैंसठ साल मान लें, तो यह व्यक्ति निर्धारित समय से छह साल पहले रिटायर हुआ। इसकी वजह यह थी कि शेयर बाज़ार में अच्छा उछाल आया था। इस व्यक्ति का प्रदर्शन इसलिए अच्छा रहा, क्योंकि उसने बाज़ार में

अपना *ख़ुद का पैसा निवेश किया* था। अब ज़रा सोचिए, अगर उसने *आपके* बैंक से लोन लेकर *आपका* पैसा शेयर बाज़ार में लगाया होता, तो उसका प्रदर्शन कितना बेहतर हो सकता था?"

श्रोताओं में बेचैनी की लहर दौड़ गई। मैंने अभी-अभी जो कहा था, उससे कई श्रोता विचलित हो गए। युवक के चेहरे पर अब थोड़ी उलझन का भाव था और उसने कहा, "लेकिन हम शेयर बाज़ार में निवेश करने के लिए *उसे उधार नहीं देंगे।*"

"क्यों?" मैंने पूछा।

"क्योंकि इसमें बहुत ज़्यादा ख़तरा है," उसने कहा।

सहमति में सिर हिलाकर मैंने कहा, "और चूँकि इसमें बहुत ज़्यादा ख़तरा है, इसलिए इस व्यक्ति को अपने ख़ुद के पैसे ... अपनी इक्विटी का इस्तेमाल करना पड़ा। उसका रिटायरमेंट प्लान यानी उसका 401 (k) अच्छा चला और उसके ख़ुद के चुने हुए शेयर भी। उसका प्रदर्शन इसलिए अच्छा रहा, क्योंकि शेयर बाज़ार का प्रदर्शन अच्छा था। शेयर बाज़ार का प्रदर्शन अच्छा इसलिए था, क्योंकि लाखों-करोड़ों लोग उस समय उसी की तरह काम कर रहे थे ... इसलिए वह जल्दी रिटायर हो गया। लेकिन उसे ज़्यादा समय इसलिए लगा, क्योंकि वह निवेश के लिए मूलतः अपने पैसे यानी अपनी *इक्विटी* का इस्तेमाल कर रहा था। रोचक बात यह है कि उसने उस जगह निवेश किया, जहाँ निवेश करने के लिए आपका उद्योग आम तौर पर जोखिम के कारण उधार नहीं देता है। आप लोग शेयर बाज़ार में दाँव खेलने के लिए लोगों को पैसे उधार नहीं देते हैं, है ना?"

कमरे में बैठे ज़्यादातर लोगों ने इंकार में सिर हिला दिया।

एक और व्यक्ति ने पूछा, "तो क्या आप यह कह रहे हैं कि उसकी क़िस्मत अच्छी थी?"

मैंने कहा, "देखिए, वह सही उम्र में सही जगह पर और बाज़ार के सही चक्र में था। जब यह रुझान बदलेगा, तो वह सोचेगा कि काश वह इतनी जल्दी रिटायर नहीं हुआ होता।"

एक और प्रतिभागी ने पूछा, "और आपने *हमारे* पैसे का निवेश कहाँ किया?"

"रियल एस्टेट में," मैंने कहा। "आप और किस चीज़ के लिए पैसा उधार देते हैं? आप मॉर्टगेज बैंकर हैं, है ना? आप इनवेस्टमेंट बैंकर नहीं हैं, है ना?"

युवक ने अपना सिर हिलाया और बोला, "हम मॉर्टगेज बैंकर हैं, इसलिए हम रियल एस्टेट के लिए पैसा उधार देते हैं। हम शेयरों, बॉण्ड्स और म्यूचुअल फ़ंड्स में निवेश करने के लिए उधार नहीं देते हैं।"

"लेकिन क्या पिछले दस सालों में शेयर बाज़ार में रियल एस्टेट से ज़्यादा

फ़ायदा नहीं हुआ है?" कई क़तार पीछे बैठी एक युवती ने पूछा। "मैंने जितने भी रियल एस्टेट निवेश देखे हैं, उनसे ज़्यादा अच्छा प्रदर्शन तो मेरे 401 (k) प्लान ने किया है।"

"हो सकता है कि यह सच हो," मैंने जवाब दिया, "लेकिन आपके 401 (k) प्लान का मूल्य बाज़ार के उछाल के कारण बढ़ा है, *कैपिटल गेन्स* के कारण बढ़ा है। क्या आपकी योजना बाज़ार के उछाल या संभावित कैपिटल गेन्स में निवेश करने की है?"

"यह योजना तो नहीं है," युवती ने कहा।

"मैं भी इस योजना पर नहीं चलता हूँ," मैंने कहा। "मैं सिर्फ़ *कैपिटल गेन्स* के लिए निवेश *नहीं करता* हूँ। मेरी प्रॉपर्टी का मूल्य बढ़े बिना भी मैं उससे पैसे बना सकता हूँ ... हालाँकि मेरी कई प्रॉपर्टीज़ का मूल्य इस दौरान काफ़ी बढ़ गया है और किसी का मूल्य कम नहीं हुआ है, जबकि कई शेयरों और म्यूचुअल फ़ंड्स का मूल्य कम हो चुका है।"

उस युवती ने पूछा, "अगर आप कैपिटल गेन्स के लिए निवेश नहीं करते हैं, तो फिर किस चीज़ के लिए करते हैं?"

"मैं *कैशफ़्लो* के लिए निवेश करता हूँ," मैंने धीरे से कहा। "आपका 401 (k) प्लान हर महीने ख़र्च करने के लिए आपको कितना कैशफ़्लो देता है?"

"कुछ नहीं," उसने कहा। "मेरी रिटायरमेंट योजना का लक्ष्य यह है कि कैपिटल गेन्स पर टैक्स न लगे, ताकि मेरा सारा पैसा मेरे रिटायरमेंट अकाउंट में ही रहे। यह योजना हर महीने कैशफ़्लो देने के लिए नहीं बनाई गई है।"

मैंने पूछा, "और क्या आपके पास रियल एस्टेट की कोई ऐसी प्रॉपर्टी है, जिससे आपको हर महीने कैशफ़्लो भी मिले और टैक्स में छूट भी मिले?"

युवती ने कहा, "नहीं, मेरे पास तो बस निवेश योजना है, जिसके अनुसार मैं म्यूचुअल फ़ंड्स में निवेश करती हूँ।"

मैंने चिढ़ाने वाली मुस्कान के साथ कहा, "और आप मॉर्टगेज बैंकर हैं?"

"मैं यह बात साफ़ कर देती हूँ," युवा महिला ने कहा। "आपने *हमसे* पैसा उधार लेकर *अपने* लिए रियल एस्टेट ख़रीदी। वह रियल एस्टेट हर महीने आपको कैशफ़्लो देती है। आप और आपकी पत्नी जल्दी इसलिए रिटायर हो पाए, क्योंकि आपके पास *कैशफ़्लो* था। दूसरी तरफ़, हम लोग अपने म्यूचुअल फ़ंड्स से *कैपिटल गेन्स* और ज़िंदगी में बाद में रिटायर होने की आस लगा रहे हैं ... हम उम्मीद कर रहे हैं कि जब हमारे रिटायर होने का समय आए, तो बाज़ार क्रैश न हो। दूसरे शब्दों में, हमने जल्दी रिटायर होने में आपकी मदद की, लेकिन हम अपनी ख़ुद की मदद नहीं कर रहे हैं?"

"यह स्थिति की ओर देखने का एक तरीक़ा हो सकता है," मैंने जवाब दिया।

"चाहे जो हो, मैं यहाँ आपको और आपके उद्योग को धन्यवाद देता हूँ, जिसने मेरे रिटायरमेंट फ़ंड में योगदान दिया। आपने लाखों डॉलर का योगदान दिया, जिस वजह से मैं जल्दी रिटायर हो पाया। मैं चाहूँगा कि आप अपने लिए भी ऐसा ही करने के बारे में सोचें।"

मेरा समय जल्दी ही ख़त्म हो गया और मंच से उतरते वक़्त श्रोताओं ने शिष्टाचारवश तालियाँ बजाईं। कमरा अब जाग्रत हो चुका था और मेरी बातों के कारण थोड़ी उत्तेजना भी थी, ख़ास तौर पर युवा लोगों में। जब मैं भीड़ में हाथ मिलाता हुआ आगे चलने लगा, तो मुझे अपने भाषण के बारे में कुछ टिप्पणियाँ सुनने का मौक़ा मिला। हालाँकि वे मॉर्टगेज बैंकर थे, लेकिन उनकी टिप्पणियाँ वही थीं, जो मैं हमेशा हर श्रोतासमूह से सुनता हूँ। कुछ इस तरह की टिप्पणियाँ :

1. "इस आदमी की बातें बहुत ज़्यादा ख़तरनाक हैं।"
2. "मैं तो उसे कभी पैसे उधार नहीं दूँगा।"
3. "वह नहीं जानता है कि वह किस बारे में बात कर रहा है।"
4. "आप आजकल यह नहीं कर सकते। बाज़ार बदल गया है।"
5. "उसकी क़िस्मत अच्छी थी। ज़रा ठहरो, जब बाज़ार गिरेगा, तो वह घुटनों के बल चलकर आएगा, हमसे भीख माँगेगा।"
6. "मैं टॉयलेट ठीक नहीं करना चाहता। इसीलिए तो मैं रियल एस्टेट नहीं ख़रीदता हूँ।"
7. "रियल एस्टेट बाज़ार बहुत चढ़ गया है। यह जल्दी ही धूल चाटने लगेगा।"
8. "आप जानते हैं, इसके जैसे कितने सारे आदमी रियल एस्टेट के चक्कर में तबाह हो चुके हैं?"
9. "अगर उसका क़र्ज़ इतना ज़्यादा है, तो मैं तो उसे एक भी पैसा उधार नहीं दूँगा।"
10. "अगर वह रिटायर हो चुका है, तो हमारे सामने अक़्ल क्यों झाड़ रहा है?"

## ग़रीब डैडी के सबक़

मेरे ग़रीब डैडी अक्सर सलाह देते थे, "स्कूल जाओ, अच्छे ग्रेड लाओ, सुरक्षित नौकरी खोजो, कड़ी मेहनत करो और पैसे बचाओ।" वे कुछ अन्य मशहूर पंक्तियाँ भी दोहराते थे, "न तो क़र्ज़ दो, न क़र्ज़ लो।" और "चवन्नी बचाने का मतलब है चवन्नी कमाना।" या "अगर तुम किसी चीज़ का ख़र्च नहीं उठा

सकते, तो उसे मत ख़रीदो। हमेशा नक़द भुगतान करो।"

मेरे ग़रीब डैडी की ज़िंदगी काफ़ी अच्छी रही होती, अगर वे अपनी ही सलाह पर चले होते। लेकिन कई लोगों की तरह वे *कहते* तो सही शब्द थे, लेकिन सही काम *करते नहीं थे*। इसके बजाय उन्होंने मकान और कार ख़रीदने के लिए उधार लिया। उन्होंने कभी निवेश नहीं किया, क्योंकि वे हमेशा कहते थे, "निवेश करना ख़तरनाक है।" इसके बजाय वे पैसे बचाने की कोशिश करते थे... लेकिन हर बार आपातकालीन स्थिति आने पर वे अपनी बचत में से पैसा बाहर निकाल लेते थे। वे उन चीज़ों के लिए उधार लेते थे, जो उन्हें ग़रीब बनाती थीं और वे उन चीज़ों के लिए पैसे उधार लेने से इंकार कर देते थे, जो उन्हें अमीर बना सकती थीं। इसी तरह के सूक्ष्म अंतरों से उनकी ज़िंदगी में बहुत फ़र्क़ पड़ा। ज़िंदगी भर इसी तरह सोचने और अपने पैसे का प्रबंधन करने के कारण वे पैंसठ साल की उम्र में रिटायर नहीं हो पाए, क्योंकि उनकी आर्थिक स्थिति अच्छी नहीं थी। इससे यह भी स्पष्ट होता है कि उन्हें तब तक काम क्यों करना पड़ा, जब तक कि कैंसर के कारण वे इतने बीमार नहीं हो गए कि काम ही न कर पाएँ। उन्होंने ज़िंदगी भर कड़ी मेहनत की और जीवन के आख़िरी छह महीनों में वे कैंसर वॉर्ड में अपनी ज़िंदगी के लिए जूझते रहे। वे एक अच्छे, मेहनती इंसान थे, जिन्होंने अपनी ज़िंदगी कड़ी मेहनत करने, क़र्ज़ से बचने और पैसे बचाने की कोशिश में गुज़ार दी थी। और उन्होंने ज़िंदगी व पैसे के बारे में मुझे भी यही सबक़ सिखाने की कोशिश की थी।

## अमीर डैडी के सबक़

मेरे अमीर डैडी मेरे सबसे अच्छे दोस्त के पिता थे। उन्होंने मुझे अलग सलाह दी और पैसे के बारे में अलग तरह से सोचने का तरीक़ा सिखाया। वे इस तरह की बातें कहते और पूछते थे :

1. "1 मिलियन डॉलर *बचाने* में आपको कितना समय लगेगा?" फिर वे पूछते थे, "1 मिलियन डॉलर *उधार लेने* में आपको कितना समय लगेगा?"

2. "लंबे समय में कौन ज़्यादा अमीर बनेगा? वह व्यक्ति, जो ज़िंदगी भर 1 मिलियन डॉलर बचाने की कोशिश करता है? या वह व्यक्ति, जो 10 प्रतिशत ब्याज पर 1 मिलियन डॉलर लेता है और इसे 25 प्रतिशत लाभ पर निवेश करने का तरीक़ा जानता है?"

3. "बैंकर किसे पैसे उधार देगा? उसे, जो पैसे के लिए कड़ी मेहनत करता है? या उसे, जो जानता है कि पैसा कैसे उधार लेना है और जो पैसे से अपने लिए सुरक्षित तथा बुद्धिमत्तापूर्ण तरीक़े से काम करवा सकता है?"

4. "आपको क्या बनना होगा और क्या जानना होगा, ताकि आप अपने बैंकर से फ़ोन पर कहें, 'मैं एक मिलियन डॉलर उधार लेना चाहता हूँ।' और

यह सुनकर आपका बैंकर कहे, 'मैं बीस मिनट में सारे पेपर्स तैयार करवा देता हूँ; आप उन पर साइन कर दें।'"

5. "सरकार *आपकी बचत पर टैक्स* लगाती है, लेकिन फिर क़र्ज़ में रहने के लिए *टैक्स में छूट देती है ... आख़िर क्यों?"*

6. "वित्तीय दृष्टि से ज़्यादा स्मार्ट और शिक्षित किसे *होना* चाहिए? उस व्यक्ति को, जिसके पास एक मिलियन डॉलर की बचत है या उस व्यक्ति को, जिस पर एक मिलियन डॉलर का क़र्ज़ है?"

7. "वित्तीय दृष्टि से ज़्यादा स्मार्ट कौन है? वह व्यक्ति, जो पैसे के लिए कड़ी मेहनत करता है या वह व्यक्ति, जो पैसे से अपने लिए कड़ी मेहनत करवाता है?"

8. "अगर आपके पास अपनी शिक्षा चुनने का विकल्प हो, तो क्या आप यह सीखने के लिए स्कूल जाएँगे कि *पैसे के लिए कड़ी मेहनत कैसे की जाए*, या फिर आप स्कूल में यह सीखना चाहेंगे *कि पैसे से अपने लिए कड़ी मेहनत कैसे करवाई जाए?"*

9. "ऐसा क्यों है कि बैंकर रियल एस्टेट में दाँव लगाने के लिए *आपको ख़ुशी-ख़ुशी पैसे उधार दे देते हैं*, लेकिन शेयर बाज़ार में जोखिम लेने के लिए *उधार देने में झिझकते हैं?"*

10. "जो लोग सबसे कड़ी मेहनत करते हैं और सबसे ज़्यादा बचत करते हैं, वे उन लोगों से *ज़्यादा प्रतिशत* टैक्स क्यों देते हैं, जो कम काम करते हैं और ज़्यादा उधार लेते हैं?"

यह स्पष्ट है कि काम, पैसे, बचत और क़र्ज़ के मामले में मेरे दोनों डैडियों के दृष्टिकोण बिलकुल अलग थे। लेकिन उनके दृष्टिकोणों में सबसे बड़ा फ़र्क़ वह था, जिसकी ओर मेरे अमीर डैडी ने इशारा किया था : "ग़रीब और मध्य वर्गीय लोगों को अमीर बनने में मुश्किल इसलिए होती है, क्योंकि वे अमीर बनने के लिए अपने ख़ुद के पैसे का प्रयोग करने की कोशिश करते हैं। अगर आप अमीर बनना चाहते हैं, तो आपको यह जानने की ज़रूरत है कि अमीर बनने के लिए अपने नहीं ... दूसरे लोगों के पैसे का प्रयोग कैसे किया जाए।"

## यह पुस्तक क़र्ज़ के बारे में *नहीं* है

**चेतावनी और सावधानी :** यह पुस्तक पैसे उधार लेने और क़र्ज़ में गले तक डूबने के बारे में *नहीं* है ... हालाँकि मैं यह बताऊँगा कि क़र्ज़ के माध्यम से आप जल्दी अमीर बनकर रिटायर कैसे हो सकते हैं। जैसा मैंने इस पुस्तक की प्रस्तावना में बताया है, लीवरेज शक्ति है ... और शक्ति का सदुपयोग

किया जा सकता है, दुरुपयोग किया जा सकता है या उससे डरा जा सकता है। हमें क़र्ज़ को भरी हुई बंदूक मानना चाहिए और बहुत सावधानी से उसका प्रयोग करना चाहिए। भरी हुई बंदूक की तरह ही क़र्ज़ भी आपकी मदद कर सकता है या आपकी जान ले सकता है ... इस बात से कोई फ़र्क़ नहीं पड़ता कि इसका प्रयोग कौन कर रहा है। जिस तरह आप *हर तरह की बंदूक को ख़तरनाक* मानते हैं, उसी तरह आप *हर तरह के क़र्ज़ को भी ख़तरनाक* मानें।

मैं इस बात पर इसलिए ज़ोर देना चाहता हूँ, क्योंकि मेरी वेबसाइट पर एक युवक ने लिखा था कि उसने अभी-अभी अपनी नौकरी छोड़ दी है, बहुत से क्रेडिट कार्ड ले लिए हैं और बहुत गहरे क़र्ज़ में डूबकर रियल एस्टेट ख़रीद ली है। उसने लिखा था, "मैं रॉबर्ट की सलाह पर चल रहा हूँ और अच्छे क़र्ज़ में गहराई तक डूब रहा हूँ।"

सबसे पहली बात, मैं कभी किसी को सलाह *नहीं* देता कि वह रियल एस्टेट ख़रीदने के लिए क्रेडिट कार्ड का प्रयोग करे। अगर आप जानते हैं कि निवेश कैसे किया जाता है, तो आपको पूँजी जुटाने की इतनी ख़तरनाक योजना की ज़रूरत नहीं है।

हालाँकि मैं कई लोगों को जानता हूँ जिन्होंने क्रेडिट कार्ड पर क़र्ज़ लेकर रियल एस्टेट में निवेश किया है, लेकिन मैं इसकी सलाह कभी नहीं देता हूँ, क्योंकि यह बहुत ख़तरनाक साबित हो सकता है। मैं इस प्रक्रिया की सिफ़ारिश इसलिए नहीं करता हूँ, क्योंकि मैं कई ऐसे लोगों को जानता हूँ, जिन्होंने क्रेडिट कार्ड पर क़र्ज़ लेकर रियल एस्टेट ख़रीदी और दिवालिया हो गए। मैं तो बस यह सलाह *देता* हूँ कि *शिक्षित बनें और यह सीखें कि समझदारी से क़र्ज़ का प्रयोग कैसे करना है*।

हालाँकि मैंने इस अध्याय की शुरुआत क़र्ज़ बनाम इक्विटी से की है, लेकिन यह पुस्तक सिर्फ़ क़र्ज़ के बारे में नहीं है। यह पुस्तक एक ज़्यादा महत्वपूर्ण विषय पर है, जो हर उस व्यक्ति के लिए अहम है, जो जवानी में ही अमीर बनकर रिटायर होना चाहता है।

## दूसरा सबसे महत्वपूर्ण शब्द

प्रस्तावना में मैंने अपने अमीर डैडी की यह बात बताई थी, "धन की दुनिया में सबसे महत्वपूर्ण शब्द *कैशफ़्लो* है। *दूसरा सबसे महत्वपूर्ण शब्द है लीवरेज।*"

जब मैंने मॉर्टगेज बैंकर्स के सामने यह कहा था कि जल्दी रिटायर होने के लिए मैंने उनके धन का प्रयोग किया था, तो मेरा क्या मतलब था। मेरा मतलब दरअसल यह था कि मैंने उनके धन का प्रयोग लीवरेज के रूप में किया था। मैंने यह सबक़ अपने अमीर डैडी से सीखा था। उन्होंने अपने बेटे और मुझे

लीवरेज का महत्व समझाने में काफ़ी समय लगाया था।

प्रस्तावना की शुरुआत में मैंने लिखा था कि डेविड और गोलियाथ की कहानी अमीर डैडी को लीवरेज के संदर्भ में विशेष प्रिय थी। अमीर डैडी हमें यह कहानी बार-बार सुनाते थे। वे कहते थे, "लड़को, हमेशा याद रखो, डेविड गोलियाथ को इसलिए हरा पाया, क्योंकि डेविड लीवरेज के सिद्धांत को समझता था।"

"मैं तो सोचता था कि उसने गुलेल का इस्तेमाल किया था।"

"सही है," अमीर डैडी कहते थे, "सही हाथों में गुलेल भी लीवरेज बन जाती है। जब तुम लीवरेज की शक्ति को समझने लगोगे, तो यह शक्ति तुम्हें हर जगह दिखने लगेगी। अगर तुम अमीर बनना चाहते हो, तो तुम्हें लीवरेज की शक्ति का दोहन करना सीखना होगा।" अमीर डैडी ने हमारे दिमाग़ में यह भी भरा, "भले ही तुम इस वक़्त दुनिया में बहुत छोटे हो, लेकिन अगर तुम लीवरेज की शक्ति को समझ लो, तो तुम बड़े-बड़े लोगों को भी हरा सकते हो।"

जब हम थोड़े ज़्यादा बड़े हुए, तो अमीर डैडी को लीवरेज के दूसरे उदाहरण खोजने पड़े। अपने बेटे माइक और मेरी ख़ातिर पैसे के सबक़ों को दिलचस्प बनाने के लिए वे अक्सर ऐसे विषय चुनते थे, जिनमें हमारी दिलचस्पी होती थी। उदाहरण के लिए, जब बीटल्स साठ के दशक में पहली बार अमेरिका आए और मेरी उम्र के बच्चे इस गायक समूह के दीवाने बन गए, तो मेरे अमीर डैडी इस बात से प्रभावित हुए कि वे कितना सारा पैसा कमा रहे हैं। हमें सबक़ सिखाते हुए वे बोले, "बीटल्स के ज़्यादा पैसा कमाने का कारण यह है कि उनके पास ज़्यादा लीवरेज है।" अमीर डैडी ने आगे समझाया कि लीवरेज के वित्तीय सिद्धांत के कारण बीटल्स अमेरिका के राष्ट्रपति, डॉक्टरों, वकीलों, अकाउंटेंटों और यहाँ तक कि ख़ुद अमीर डैडी से भी ज़्यादा पैसा कमाते हैं। अमीर डैडी ने कहा था, "बीटल्स लीवरेज के रूप में टेलीविज़न, रेडियो और रिकॉर्ड्स का इस्तेमाल करते हैं। इसीलिए वे अमीर हैं।"

उनके बेटे माइक ने पूछा था, "क्या टेलीविज़न, रेडियो और रिकॉर्ड्स ही लीवरेज का एकमात्र रूप हैं?"

और मैंने पूछा था, "क्या अमीर बनने के लिए हम सभी को रॉक स्टार बनना होगा?" मैं उस वक़्त सोलह साल का था और मैं जानता था कि मुझमें गाने की ज़्यादा प्रतिभा नहीं है और मैं सिर्फ़ एक ही वाद्ययंत्र बजा सकता था और वह था रेडियो।

अमीर डैडी ने हँसते हुए कहा, "नहीं, तुम्हें अमीर बनने के लिए रॉक स्टार बनने की ज़रूरत नहीं है। और टेलीविज़न, रेडियो और रिकॉर्ड लीवरेज के इकलौते रूप भी नहीं हैं। लेकिन अगर तुम अमीर बनना चाहते हो, तो तुम्हें किसी न किसी तरह के लीवरेज का प्रयोग तो करना ही होगा। अमीरों,

ग़रीबों और मध्य वर्गीय लोगों के बीच फ़र्क़ यही होता है कि वे अलग-अलग तरह के लीवरेज का प्रयोग करते हैं। अमीर सिर्फ़ इसलिए अमीर हैं, क्योंकि वे अलग तरह के लीवरेज का प्रयोग करते हैं और उसका कहीं ज़्यादा प्रयोग करते हैं।"

## यह पुस्तक लीवरेज के बारे में है

अमीर डैडी अपने बेटे और मुझसे बार-बार कहते थे, "वित्तीय लीवरेज का लाभ अमीरों के पास होता है, लेकिन ग़रीबों और मध्य वर्गीय लोगों के पास नहीं होता है।" वे यह भी कहते थे, "वित्तीय लीवरेज के कारण ही अमीर लोग ज़्यादा तेज़ी से ज़्यादा अमीर बनते हैं।" रिच डैड सीरीज़ की शुरुआती चार पुस्तकें कैशफ़्लो पर केंद्रित हैं। यह पुस्तक *लीवरेज* शब्द पर ज़्यादा ध्यान केंद्रित करेगी, क्योंकि जवानी में अमीर बनकर रिटायर होने के लिए आपको किसी न किसी क़िस्म के लीवरेज की ज़रूरत पड़ेगी। *कड़ी मेहनत* नहीं, बल्कि *लीवरेज* की बदौलत ही किम और मैं जल्दी रिटायर हो पाए। अगले अध्याय में आप लीवरेज के कुछ और उदाहरण देखेंगे।

मैंने इस अध्याय की शुरुआत मॉर्टगेज बैंकर्स के सामने अपने भाषण के प्रसंग से की थी। मैंने बताया था कि जल्दी रिटायर होने के लिए मैंने *अपने पैसे* के बजाय *उनके पैसे* का इस्तेमाल किया था। यह उदाहरण बताता है कि क़र्ज़ भी लीवरेज का एक रूप है।

*लीवरेज के साथ समस्या यह है कि लीवरेज दुधारी तलवार की तरह होता है, जो दोनों तरफ़ वार कर सकती है*। दूसरे शब्दों में, एक व्यक्ति लीवरेज का प्रयोग करके आर्थिक दृष्टि से आगे निकल सकता है, लेकिन उसी प्रकार के लीवरेज का दुरुपयोग करने पर वह आर्थिक दृष्टि से पिछड़ भी सकता है।

मध्य वर्गीय और ग़रीब लोग ज़्यादा कड़ी मेहनत करते हैं, ज़्यादा सालों तक काम करते हैं, क़र्ज़ से छुटकारा पाने के लिए जूझते हैं और ज़्यादा टैक्स देते हैं, इसका एक प्रमुख कारण यह है कि उनके पास एक महत्वपूर्ण लीवरेज नहीं होता है ... और वह है *वित्तीय शिक्षा* का लीवरेज। इसलिए पैसे उधार लेने के लिए दौड़ लगाने तथा संपत्तियों में उसका निवेश करने से पहले कृपया यह जान लें कि क़र्ज़ लीवरेज का सिर्फ़ एक प्रकार है और यह भी कि हर प्रकार के लीवरेज के दोनों सिरों पर पैनी धार होती है। मैं अपने अमीर डैडी की बात को दोहराता हूँ: "वित्तीय रूप से ज़्यादा स्मार्ट और ज़्यादा शिक्षित किसे होना *चाहिए*? उस व्यक्ति को, जिसके पास एक मिलियन डॉलर की बचत है या उस व्यक्ति को, जिस पर एक मिलियन डॉलर का क़र्ज़ है?"

> मैं जो सबसे महत्वपूर्ण बिंदु बताना चाहता हूँ, वह यह है कि *यह पुस्तक मूलतः वित्तीय शिक्षा के बारे में है* और आप लीवरेज के चाहे जिस रूप का इस्तेमाल करें, मैं सबसे पहले यह शिक्षा पाने की सलाह देता हूँ कि आप लीवरेज के उस रूप का प्रयोग कैसे करें, जिसमें आपकी दिलचस्पी है।

*एक सुझाव* : अमीर डैडी कहते थे, "अगर तुम अमीर बनना चाहते हो, तो तुम्हें अच्छे क़र्ज़ और बुरे क़र्ज़, अच्छे ख़र्च और बुरे ख़र्च, अच्छी आमदनी और बुरी आमदनी, तथा अच्छे दायित्व और बुरे दायित्व का फ़र्क़ मालूम होना चाहिए।"

चूँकि यह अध्याय ख़ास तौर पर क़र्ज़ के लीवरेज के बारे में है, इसलिए शायद आप अपने अच्छे और बुरे क़र्ज़ की सूची बनाना चाहें। अगर आप इन अवधारणाओं के बीच के फ़र्क़ से परिचित न हों, तो समझ लें। आसान भाषा में, अच्छा क़र्ज़ वह होता है, जो हर महीने आपकी जेब में पैसा डालता है और बुरा क़र्ज़ वह होता है, जो हर महीने आपकी जेब से पैसा बाहर निकालता है। उदाहरण के लिए, मेरे अपार्टमेंट हाउसेस का क़र्ज़ हर महीने मेरी जेब में पैसा डालता है, जबकि मेरे व्यक्तिगत घर (हाउस लोन) वाला क़र्ज़ हर महीने मेरी जेब से पैसा बाहर निकालता है।

| *अच्छा क़र्ज़* | *बुरा क़र्ज़* |
|---|---|
| ____________________ | ____________________ |
| ____________________ | ____________________ |
| ____________________ | ____________________ |
| ____________________ | ____________________ |
| ____________________ | ____________________ |
| ____________________ | ____________________ |
| ____________________ | ____________________ |
| ____________________ | ____________________ |
| ____________________ | ____________________ |
| ____________________ | ____________________ |

अपनी सूची पर ग़ौर करने के बाद आप यह सोच सकते हैं कि आपको अपने क़र्ज़ के साथ क्या करना चाहिए। हो सकता है आप बुरे क़र्ज़ को कम करने और अच्छे क़र्ज़ को बढ़ाने के बारे में विचार करें। अगर आप अच्छे क़र्ज़ को बढ़ाने में मेहनत करेंगे, तो जवानी में अमीर बनकर रिटायर होने की आपकी संभावना बढ़ जाएगी। लेकिन हमेशा ध्यान रखें कि *हर तरह के क़र्ज़ को भरी हुई बंदूक जैसा मानना चाहिए और उसके मामले में बहुत सावधान रहना चाहिए।*

# अध्याय - 4

# आप जल्दी रिटायर कैसे हो सकते हैं

दो डैडी होने के कारण मैं लीवरेज के दो बिलकुल अलग संसार देख पाया। मेरे असली डैडी उच्च शिक्षित और मेहनती इंसान थे। मेरे अमीर डैडी बहुत लीवरेज वाले इंसान थे। इसीलिए वे मेरे ग़रीब डैडी से कम काम करते थे, लेकिन उनसे बहुत ज़्यादा पैसे कमाते थे। अगर आप जल्दी अमीर बनकर रिटायर होना चाहते हैं, तो लीवरेज के सिद्धांत को समझना आपके लिए बहुत महत्वपूर्ण है।

सरल शब्दों में *लीवरेज* की व्यापक परिभाषा यह है : *कम से ज़्यादा करने की योग्यता*। काम, पैसे और *लीवरेज* के संबंध में अमीर डैडी कहते थे, "अगर तुम अमीर बनना चाहते हो, तो तुम्हें कम काम करने और ज़्यादा पैसे कमाने की ज़रूरत है। ऐसा करने के लिए तुम्हें लीवरेज के किसी न किसी रूप का इस्तेमाल करना होगा।" साथ ही वे यह भी कहते थे, "जो लोग सिर्फ़ कड़ी मेहनत करते हैं, उनके पास सीमित लीवरेज होता है। अगर आप शारीरिक रूप से कड़ी मेहनत कर रहे हैं और आर्थिक दृष्टि से आगे नहीं निकल पा रहे हैं, तो शायद आप किसी और के लीवरेज हैं।" उन्होंने यह भी कहा था, "अगर आपका पैसा बैंक के बचत खाते या रिटायरमेंट अकाउंट में पड़ा है, तो आपके पैसे का इस्तेमाल दूसरे लोग अपने लीवरेज के लिए कर रहे हैं।"

## लीवरेज हर जगह है

बचपन में मेरे अमीर डैडी ने हमें लीवरेज का सिद्धांत समझाने के लिए आगे दी गई तस्वीरें बनाई थीं।

बिना लीवरेज का व्यक्ति :

लीवरेज का प्रयोग करने वाला व्यक्ति :

अमीर डैडी कहते थे, "लीवरेज हर जगह है।" वे यह भी कहते थे, "इंसान जानवरों से सिर्फ़ इसलिए बहुत आगे निकल पाया, क्योंकि इंसान स्वाभाविक रूप से ज़्यादा से ज़्यादा लीवरेज की खोज में रहता है। शुरुआत में जानवर इंसान से ज़्यादा तेज़ भाग सकते थे, लेकिन आज इंसान जानवरों से ज़्यादा तेज़ और ज़्यादा दूर तक यात्रा कर सकता है, क्योंकि उसने लीवरेज के साधन बना लिए हैं, जैसे साइकल, कार, ट्रक, ट्रेन और हवाई जहाज़। शुरुआत में पक्षी उड़ सकते थे और इंसान नहीं उड़ सकता था। आज इंसान किसी भी पक्षी से ज़्यादा ऊँचा, ज़्यादा दूर और ज़्यादा तेज़ी से उड़ सकता है।

## लीवरेज शक्ति है

जानवर सिर्फ़ ईश्वर के दिए लीवरेज का प्रयोग करते हैं और आम तौर पर वे उससे ज़्यादा लीवरेज पाने में सक्षम नहीं होते हैं। इसीलिए शुरुआत में क़ुदरती तौर पर इंसान से आगे रहने के बावजूद जानवर अंततः इंसान से हार गए और इंसान इस ग्रह का मालिक बन गया। जब कुछ लोग बाक़ी लोगों से ज़्यादा लीवरेज का प्रयोग करते हैं, तब भी यही होता है। मेरे अमीर डैडी कहते थे, "लीवरेज वाले व्यक्ति कम लीवरेज वाले व्यक्तियों पर शासन करते हैं।" दूसरे शब्दों में, जिस तरह लीवरेज के उपकरणों के माध्यम से इंसान ने जानवरों पर बढ़त हासिल की, उसी तरह लीवरेज के उपकरणों का प्रयोग करने वाले व्यक्ति उन लोगों से ज़्यादा शक्तिशाली होंगे, जो इनका प्रयोग नहीं करते हैं। इसे सरल भाषा में कहा जाए, तो "लीवरेज ही शक्ति है।"

मनुष्य ने किस तरह ज़्यादा से ज़्यादा लीवरेज हासिल किया, इसे समझाते हुए अमीर डैडी ने कहा, "पक्षी ईश्वर के दिए पंखों का प्रयोग अपने अनूठे लीवरेज के रूप में करते हैं। मनुष्य ने पक्षियों को उड़ते देखा। फिर उसने इस बात की खोज के लिए अपने दिमाग़ का इस्तेमाल किया कि मनुष्य भी कैसे उड़ सकता है। जो व्यक्ति अमेरिका से यूरोप तक हवाई जहाज़ में उड़ सकता है, उसके पास उस व्यक्ति की तुलना में ज़्यादा लीवरेज होगा, जिसके पास अटलांटिक महासागर पार करने के लिए सिर्फ़ एक नाव है।" अमीर डैडी ने यह भी कहा, "अमीर लोगों की तुलना में ग़रीब लोगों के पास लीवरेज के साधन कम होते हैं। अगर तुम अमीर बनना चाहते हो और अमीरों की बराबरी करना चाहते हो, तो तुम्हें लीवरेज की शक्ति को समझना होगा।"

अच्छी ख़बर यह है कि आज लीवरेज के ज़्यादा से ज़्यादा साधन बन रहे हैं, जैसे कंप्यूटर्स, इंटरनेट। ऐसे साधन अभी और आएँगे। जो लोग लीवरेज के इन साधनों का प्रयोग करने के लिए ढल सकते हैं, वही आगे बढ़ रहे हैं। जो लोग लीवरेज के ज़्यादा से ज़्यादा साधनों का प्रयोग करना नहीं सीख रहे हैं, वे आर्थिक दृष्टि से पिछड़ रहे हैं या फिर सिर्फ़ ज़िंदा बने रहने के लिए कड़ी मेहनत कर रहे हैं। अगर आप सुबह उठकर सिर्फ़ पैसा कमाने की ख़ातिर नौकरी करने जा रहे हैं और जीवन में लीवरेज का कोई लाभ हासिल करने की कोशिश नहीं कर रहे हैं, तो इस बात के आसार हैं कि आप आज के दौर में पिछड़ रहे हैं। दुनिया के इतिहास में पहले कभी इतने कम समय में लीवरेज के इतने सारे साधन नहीं खोजे गए हैं। जो लोग इन साधनों का इस्तेमाल करते हैं, वे आगे निकल जाते हैं और जो लोग इनका इस्तेमाल नहीं करते हैं, वे पीछे रह जाते हैं, जिस तरह जानवर पिछड़ गए थे।

## ईश्वर प्रदत्त लीवरेज

न्यूयॉर्क में अंतर्राष्ट्रीय वाणिज्य के इतिहास का अध्ययन करने पर मुझे पता चला कि 5,000 साल पहले इंसान ने पाल का प्रयोग शुरू किया और नदी या समुद्र में अपनी नाव चलाने के लिए हवा की शक्ति का उपयोग किया। इस मामले में नाव की पाल और हवा लीवरेज थी, जिससे इंसान कम मेहनत में ज़्यादा दूर तक यात्रा कर सकता था और ज़्यादा सामान ले जा सकता था। जिन लोगों ने बड़ी नावों में बड़ी पालों की शक्ति का उपयोग किया, वे बाक़ी लोगों से ज़्यादा अमीर बन गए। मैंने यह भी जाना कि अमीर वही बन पाते हैं, जो ईश्वर प्रदत्त लीवरेज का प्रयोग करने के साधन बनाते हैं। आज हम माउस के क्लिक से जितना *सामान* और *दौलत* पहुँचा सकते हैं, उतना पहले कभी समुद्र में किसी जहाज़ ने नहीं पहुँचाया होगा।

## लीवरेज-विहीन लोग लीवरेज वाले लोगों के लिए काम करते हैं

इतिहास में वे लोग हमेशा पिछड़े हैं, जिन्होंने अपने जीवनकाल में निर्मित लीवरेज के नए साधनों का प्रयोग नहीं किया। और जो लोग लीवरेज वाले साधनों का प्रयोग करने में असफल रहते हैं, वे इन साधनों का प्रयोग करने वाले लोगों के अधीन काम करते हैं ... और वे शारीरिक रूप से लीवरेज का प्रयोग करने वाले लोगों से ज़्यादा कड़ी मेहनत करते हैं। मेरे अमीर डैडी अक्सर कहते थे, "लीवरेज-विहीन लोग लीवरेज-युक्त लोगों के लिए काम करते हैं।"

## लुप्त लीवरेज

इंसानी दिमाग़ से उत्पन्न टेक्नोलॉजी के कारण यातायात के मामले में हमारे पास *लीवरेज* के इतने सारे विकल्प हैं, जितने हमारे पूर्वजों के पास नहीं थे। आज पैदल चलने के बजाय हमारे पास साइकल चलाने, कार चलाने या हवाई जहाज़ उड़ाने के विकल्प हैं। या दूरियाँ लाँघने के लिए हम टेलीविज़न, टेलीफ़ोन या ई-मेल का प्रयोग कर सकते हैं।

जिस तरह यातायात के क्षेत्र में हमारे पास लीवरेज के कई विकल्प हैं, उसी तरह वित्तीय क्षेत्र में भी आज हमारे पास लीवरेज के ज़्यादा विकल्प हैं। जो लोग ज़्यादा लीवरेज वाले वित्तीय साधनों का प्रयोग करते हैं, वे आर्थिक दृष्टि से आगे निकल जाते हैं। जो लोग वित्तीय लीवरेज के दक़ियानूसी, पुरातनपंथी या अपर्याप्त साधनों का प्रयोग करते हैं, उनकी आर्थिक सुरक्षा और वित्तीय भविष्य ख़तरे में पड़ जाता है। आज लाखों लोग अपने रिटायरमेंट की तैयारी के लिए म्यूचुअल फ़ंड नामक वित्तीय साधन का प्रयोग कर रहे हैं। हालाँकि म्यूचुअल फ़ंड

लुप्त नहीं हुए हैं, लेकिन ज़्यादा शिक्षित निवेशक उन्हें वित्तीय लीवरेज का साधन नहीं मानता है। और यह पुस्तक इसी बारे में है। अगर लोग जवानी में अमीर बनकर रिटायर होना चाहते हैं, तो उन्हें अपने म्यूचुअल फ़ंड के साथ-साथ वित्तीय लीवरेज के ज़्यादा तेज़, ज़्यादा सुरक्षित और ज़्यादा *सूचना-समृद्ध* साधनों का प्रयोग करने की ज़रूरत है।

## लोग वित्तीय लीवरेज के साधनों का प्रयोग क्यों नहीं करते हैं

विडंबना यह है कि ग़रीब और मध्य वर्गीय लोग लीवरेज के वित्तीय साधनों को बहुत जोखिम भरा मानते हैं। चूँकि ज़्यादातर लोग वित्तीय लीवरेज को *बहुत* जोखिम भरा मानते हैं, इसलिए वे वित्तीय लीवरेज के ज़्यादा तेज़ साधनों का प्रयोग नहीं करते हैं। अमीरों की तरह *वित्तीय लीवरेज* का प्रयोग करने के बजाय ग़रीब और मध्य वर्गीय लोग आगे निकलने की कोशिश में *शारीरिक लीवरेज* का प्रयोग करते हैं। *शारीरिक लीवरेज को कड़ी मेहनत* के रूप में भी जाना जाता है। बुनियादी तौर पर अमीर लोग ज़्यादा अमीर इसलिए बन जाते हैं, क्योंकि वे लीवरेज के वित्तीय साधनों का प्रयोग करते हैं, जबकि ग़रीब तथा मध्य वर्गीय लोग नहीं करते हैं ... कम से कम उस तरह से तो नहीं, जिस तरह से अमीर लोग करते हैं।

## क़र्ज़ विजेता का लीवरेज बन सकता है ... यह पराजित का लीवरेज भी बन सकता है

पिछले अध्याय में मैंने इस बारे में बात की थी कि कैशफ़्लो यानी आमदनी देने वाली रियल एस्टेट हासिल करने के लिए *क़र्ज़* का प्रयोग कैसे किया जा सकता है। उस उदाहरण में *क़र्ज़* मेरा *लीवरेज* था। क़र्ज़ के लीवरेज से मैं ज़्यादा बड़े निवेश कर सकता हूँ और ज़्यादा तेज़ी से आगे निकल सकता हूँ, बजाय उस व्यक्ति के जो सिर्फ़ कड़ी मेहनत करता है और अपनी बचत का निवेश करने की कोशिश करता है, जिसे *इक्विटी* भी कहा जाता है। जो व्यक्ति यह जानता है कि संपत्तियों को हासिल करने में क़र्ज़ का इस्तेमाल कैसे किया जाता है, उसके पास उस व्यक्ति से ज़्यादा वित्तीय लीवरेज है, जो क़र्ज़ की शक्ति का दोहन करने का तरीक़ा नहीं जानता है। मेरे अमीर डैडी ने कहा था, "अमीर लोग क़र्ज़ का प्रयोग आर्थिक दृष्टि से *जीतने* के लिए करते हैं, जबकि ग़रीब और मध्य वर्गीय लोग क़र्ज़ का प्रयोग आर्थिक दृष्टि से *हारने* के लिए करते हैं।" लेकिन क़र्ज़ का प्रयोग लीवरेज के साधन के रूप में करने के लिए व्यक्ति को काफ़ी वित्तीय शिक्षा की ज़रूरत होती है। इस पुस्तक के अगले अध्यायों में यह स्पष्ट किया जाएगा कि आप यह वित्तीय शिक्षा कैसे हासिल कर सकते हैं।

मेरे ग़रीब डैडी अक्सर कहते थे, "कभी क़र्ज़ मत देना, कभी क़र्ज़ मत लेना।" वे यह भी कहते थे, "अपने बिल जल्दी से जल्दी चुका दो। अपना हाउस लोन जल्दी से जल्दी पटा दो। क़र्ज़ में रहना ख़तरनाक है।" इन विचारों और विश्वासों के कारण ही मेरे ग़रीब डैडी ज़िंदगी भर कड़ी मेहनत करते रहे, लेकिन आर्थिक दृष्टि से कभी आगे नहीं निकल पाए। मेरे अमीर डैडी मेरे ग़रीब डैडी से कम काम करते थे, लेकिन उम्र बढ़ने के साथ वे ज़्यादा पैसा कमाते गए। मेरे अमीर डैडी की ज़िंदगी अलग इसलिए थी, क्योंकि वे वित्तीय लीवरेज की शक्ति के दोहन का तरीक़ा जानते थे और मेरे ग़रीब डैडी नहीं जानते थे, क्योंकि वे इसे ख़तरनाक मानते थे।

विडंबना यह है कि ग़रीब और मध्य वर्गीय लोग सोचते हैं कि क़र्ज़ का प्रयोग करके संपत्तियों को ख़रीदना ख़तरनाक है, लेकिन दायित्वों को ख़रीदने के लिए वे बड़े उत्साह से क़र्ज़ लेते हैं। मध्य वर्गीय और ग़रीब लोगों के अमीरों से पीछे रहने का एक कारण यह भी है कि वे बुरे क़र्ज़ की वित्तीय शक्ति का प्रयोग जीवन में *पिछड़ने* के लिए करते हैं। अमीर लोग अच्छे क़र्ज़ की वित्तीय शक्ति का इस्तेमाल ख़ुद को *आगे बढ़ाने* के लिए करते हैं। जो व्यक्ति कड़ी मेहनत करता है, पैसे बचाता है और क़र्ज़ से दूर रहता है, वह आर्थिक दृष्टि से उस व्यक्ति से पिछड़ जाता है, जो वित्तीय लीवरेज के रूप में क़र्ज़ का प्रयोग करने में माहिर है। औसत व्यक्ति क़र्ज़ को बुरा मानता है या फिर वह इसका प्रयोग बुरी तरह करता है। इसीलिए ज़्यादातर लोग रिटायर होने के लिए ऋणमुक्त होने और पैसे बचाने की कोशिश करते हैं। उनके लिए क़र्ज़ से बाहर रहना और पैसे बचाना ज़िंदगी जीने का स्मार्ट और सुरक्षित तरीक़ा है ... *और औसत व्यक्ति की वित्तीय शिक्षा ... या इसकी* कमी को देखते हुए *उनके लिए यह ज़्यादा स्मार्ट विकल्प भी है।*

## लीवरेज के अन्य रूप

क़र्ज़ के अलावा भी लीवरेज के अन्य रूप हैं, जिनका प्रयोग किम और मैंने जल्दी रिटायर होने के लिए किया। ग्यारह ऑफ़िसों वाला बिज़नेस खड़ा करने के लिए हमें ओपीटी (दूसरे लोगों का समय) का प्रयोग करना पड़ा, जिससे हमने बिज़नेस नामक संपत्ति बनाई। इस मामले में *लीवरेज* यह था कि हमने दूसरे *लोगों को नौकरी पर रखा*, ताकि हम ज़्यादा तेज़ी से, ज़्यादा बड़ी और ज़्यादा मूल्यवान संपत्ति बना सकें।

ज़्यादातर लोग तेज़ी से ज़्यादा *अमीर सिर्फ़ इसलिए नहीं बन पाते हैं*, क्योंकि अमीर लोग उनके पैसे (बैंक में रखी उनकी बचत) और उनके समय तथा मेहनत (सुरक्षित नौकरी) का लीवरेज के रूप में प्रयोग करके ऐसी संपत्तियाँ हासिल करते और बनाते हैं, जिनसे वे पहले से ज़्यादा अमीर बन जाते हैं। मैं इतने कम समय में इतनी सारी संपत्तियाँ कभी हासिल नहीं कर पाता,

अगर मैंने वित्तीय लीवरेज के दो रूपों का इस्तेमाल नहीं किया होता, जो ओपीएम (दूसरे लोगों का पैसा) और ओपीटी (दूसरे लोगों का समय) हैं।

अच्छी ख़बर यह है कि ओपीएम और ओपीटी के अलावा भी लीवरेज के कई प्रकार होते हैं, जिनका प्रयोग करके आप अपने लिए संपत्तियाँ हासिल कर सकते हैं या बना सकते हैं। जिस तरह 5,000 साल पहले इंसान ने अपनी नाव की पाल में शक्ति भरने के लिए हवा का उपयोग किया था, उसी तरह आप भी अपनी मदद के लिए लीवरेज के कई प्रकार खोज सकते हैं। जब आप लीवरेज के सिद्धांतों को समझ लेते हैं और इसकी तलाश करने लगते हैं, तो आप पाते हैं कि लीवरेज के अनंत रूप हैं। जैसा मेरे अमीर डैडी ने मुझसे बरसों पहले कहा था, "इंसान ने स्वाभाविक रूप से लीवरेज के नए और बेहतर रूप खोजे हैं।" उस व्यक्ति पर ग़ौर करें, जो मछली पकड़ने का जाल बनाने में समय लगाता है। जाल वाले आदमी के पास उन लोगों से ज़्यादा लीवरेज होता है, जो अपने हाथों से मछली पकड़ने की कोशिश करते हैं ... ज़ाहिर है, यह सिर्फ़ तभी सच है, जब जाल वाला व्यक्ति जाल का प्रयोग करने का तरीक़ा जानता हो। 1,000 एकड़ की ज़मीन वाले किसान के पास 100 एकड़ ज़मीन वाले किसान की तुलना में ज़्यादा लीवरेज होता है। एक बार फिर, बहुत कुछ किसान की योग्यताओं पर निर्भर है कि वह बड़े खेत का प्रबंधन किस तरह करता है। कंप्यूटर भी लीवरेज का ज़बर्दस्त साधन है, लेकिन एक बार फिर, यह इस बात पर निर्भर करता है कि कंप्यूटर का प्रयोग किस काम को करने में किया जाता है।

नीचे लीवरेज के अन्य रूपों के कुछ उदाहरण दिए गए हैं। आपकी सेहत, आपका समय, आपकी शिक्षा और आपके संबंध - ये सभी लीवरेज के उदाहरण हैं। ये जवानी में अमीर बनकर रिटायर होने के लक्ष्य तक पहुँचने में आपकी मदद कर सकते हैं या बाधा डाल सकते हैं।

## सेहत

स्पष्ट रूप से, *सेहत* लीवरेज का एक बहुत महत्वपूर्ण रूप है। अक्सर लोग अपनी सेहत का महत्व तब तक नहीं समझते हैं, जब तक कि वे इसे गँवाने नहीं लगते हैं। जल्दी रिटायर होने का क्या फ़ायदा, अगर आप इतने बीमार हों कि इसका आनंद ही न ले सकें?

## समय

*समय* भी एक महत्वपूर्ण लीवरेज हैं। जब लोग आर्थिक दृष्टि से पिछड़ने लगते हैं, तो जीवन में आगे निकलने के लिए उनके पास बहुत कम समय होता है। अगर कोई व्यक्ति आर्थिक दृष्टि से पिछड़ रहा है, तो उसके लिए यह मुश्किल होता है कि वह सामने आने वाले अवसरों का लाभ उठाने की तैयारी करे। मैं

अक्सर लोगों को यह कहते सुनता हूँ, "वह ख़ुशनसीब था, क्योंकि वह सही समय पर सही जगह था।" मैं सोचता हूँ कि ज़्यादा सटीक बात यह है, "वह इसलिए ख़ुशनसीब बना, क्योंकि वह शिक्षित, अनुभवी, तैयार था और जब अवसर सामने आया, तो वह उसका लाभ लेने के लिए तैयार था।"

जल्दी रिटायर होने से मुझे जो अतिरिक्त समय मिला, उसने ज़्यादा दौलतमंद बनने में मेरी बहुत मदद की। अब मेरे पास अवसरों की तलाश करने और उन्हें पहचानने का समय है।

## शिक्षा

*शिक्षा* लीवरेज का एक महत्वपूर्ण रूप है। अगर हम ज़िंदगी भर की बात करें, तो हाई स्कूल की पढ़ाई अधूरी छोड़ देने वाले व्यक्ति और कॉलेज ग्रेजुएट के बीच आमदनी का फ़र्क़ लाखों डॉलर हो सकता है। बहरहाल, ग्रेजुएट होने वाले व्यक्ति के पास अगर वित्तीय शिक्षा कम हो, तो वह उस व्यक्ति से काफ़ी पीछे रह जाएगा, जो वित्तीय रूप से शिक्षित है, फिर चाहे उसके पास कॉलेज की शिक्षा हो या न हो। मैं बहुत से कॉलेज ग्रेजुएट्स से मिला हूँ, जो एजुकेशन लोन के कारण बुरी तरह क़र्ज़ में डूबे हैं। लेकिन इस लोन से भी ज़्यादा बुरी बात यह होती है कि इनमें से कई ग्रेजुएट नौकरी पाने के लिए बहुत चिंतित होते हैं, ताकि वे कन्ज़्यूमर लोन में गहराई तक डूब सकें। यह अच्छी शिक्षा पाने की क़ीमत है, लेकिन इससे मूलभूत वित्तीय शिक्षा की कमी भी पता चलती है। वित्तीय शिक्षा के बिना ऊँची तनख़्वाह वाली नौकरी का अक्सर यह मतलब होता है कि वह व्यक्ति कम आमदनी वाले कर्मचारी की तुलना में ज़्यादा तेज़ी से, ज़्यादा गहरे क़र्ज़ में डूब जाएगा। इसमें भी ज़्यादा समझदारी नहीं है।

## संबंध

लीवरेज आपके *संबंधों* में हो सकता है, व्यावसायिक भी और व्यक्तिगत भी। नीचे संबंधों में पाए जाने वाले लीवरेज के कुछ उदाहरण हैं :

• मैंने बहुत से लोगों को इसलिए कष्ट उठाते देखा है, क्योंकि वे अयोग्य मालिक या मैनेजर वाली कंपनी में काम करते हैं। मैंने लोगों को आर्थिक दृष्टि से इसलिए बहुत सफल भी होते देखा है, क्योंकि वे आर्थिक दृष्टि से ज्ञानी लोगों के साथ रहते हैं।

• लेबर यूनियन, जैसे टीचर्स यूनियन या पाइलट यूनियन, संबंधों के लीवरेज का एक रूप है। अमेरिकन मेडिकल एसोसिएशन जैसे प्रोफ़ेशनल संगठन भी संबंधों के लीवरेज का उदाहरण हो सकते हैं। यूनियन और प्रोफ़ेशनल संगठन *व्यावसायिक लीवरेज* हैं, जो अक्सर उन लोगों को एक साथ सुरक्षित रखते हैं, जिनके पास कम *वित्तीय लीवरेज* होता है।

• कई लोग आर्थिक दृष्टि से इसलिए सफल होते हैं, क्योंकि उनके पास उत्कृष्ट *वित्तीय सलाहकार* होते हैं। कई लोग आर्थिक दृष्टि से इसलिए कष्ट उठाते हैं, क्योंकि उनके वित्तीय सलाहकार अयोग्य होते हैं। जैसा मेरे अमीर डैडी ने कहा था, "कई वित्तीय सलाहकारों को *ब्रोकर* इसीलिए कहा जाता है, क्योंकि वे आपसे ज़्यादा *ब्रोक* (कंगाल) होते हैं। इसलिए आप इस बारे में सावधान रहें कि आप किससे सलाह लेते हैं।" अमीर डैडी ने यह भी कहा था, "मुफ़्त मिली सलाह अक्सर सबसे *महँगी* सलाह होती है। धन, निवेशों और बिज़नेस के बारे में ऐसी सलाह अक्सर आपको अपने ग़रीब दोस्तों और रिश्तेदारों से मिलती है।"

• हममें से ज़्यादातर लोगों ने शक्ति-विवाहों (power marriages) के बारे में सुना होगा। शक्ति-विवाह दो सशक्त लोगों के बीच विवाह होता है, जो ज़्यादा सशक्त बनने के लिए इकट्ठे होते हैं। हमने विवाहित दंपतियों को आर्थिक दृष्टि से कष्ट उठाते भी देखा है, क्योंकि उनका विवाह प्रेमपूर्ण, सद्भावनापूर्ण और समृद्ध नहीं था। मैं अपनी पत्नी किम के बिना कभी अमीर नहीं बन पाता, जो मेरी सबसे अच्छी दोस्त और बिज़नेस पार्टनर है।

• शादी के बारे में मैंने एक वक्ता को एक बार यह कहते सुना था, "अमीर बनना लगभग असंभव है, अगर आपका जीवनसाथी भी अमीर न बनना चाहता हो।" मैं नहीं जानता कि यह शत-प्रतिशत सही है या नहीं, लेकिन मुझे यक़ीन है कि इसमें कुछ सच्चाई तो है।

तो आपके आस-पास के लोग सकारात्मक और नकारात्मक दोनों तरह के लीवरेज के प्रबल स्रोत होते हैं। आप ख़ुद से पूछ सकते हैं कि आपके आस-पास के कौन से लोग आपको वित्तीय मामलों में पीछे धकेल रहे हैं और कौन से लोग आपको आगे बढ़ा रहे हैं। पैसे के मामले में आपके संबंध लीवरेज के महत्वपूर्ण स्रोत हो सकते हैं। अमीर डैडी यह भी कहते थे, "अमीर बनने के लिए यह इतना महत्वपूर्ण नहीं है कि आप *क्या* जानते हैं, जितना यह कि आप *किसे* जानते हैं।"

## साधन

प्लंबर का लीवरेज सही औज़ार हैं। डॉक्टर अपना काम करने के लिए चिकित्सा के उपकरणों का प्रयोग करता है। हममें से कई लोगों के लिए कार लीवरेज का साधन है। कंप्यूटर इंटरनेट के माध्यम से हमें दुनिया के साथ बिज़नेस करने में सक्षम बनाता है, इसलिए यह भी लीवरेज का एक बहुत महत्वपूर्ण साधन है।

## ख़ाली समय

लीवरेज आपके *ख़ाली समय* में भी हो सकता है। मेरे कई परिचित अपना समय टीवी देखने या शॉपिंग करने में बिता देते हैं। मैं कई ऐसे लोगों से भी मिला

हूँ या मैंने उनके बारे में पढ़ा है, जो अपनी नौकरी के बजाय अपने ख़ाली समय में अमीर बने हैं। ह्यूलेट-पैकार्ड और फ़ोर्ड मोटर कंपनी गैरेज में शुरू हुई थीं और डेल कंप्यूटर डॉरमिटरी के कमरे में शुरू हुआ था। मेरा एक दोस्त हफ़्ते में पाँच दिन वकालत का काम करता था और वीकएंड में रियल एस्टेट निवेशक बन जाता था। आज वह परोपकारी संगठनों को अपनी क़ानूनी सेवाएँ मुफ़्त प्रदान करता है और अपने बच्चों के साथ खेलता है या पूरे समय गोल्फ़ खेलता रहता है। उसकी उम्र अभी सिर्फ़ 39 साल है।

## वह लीवरेज खोजें, जो आपके लिए सबसे अच्छी तरह काम करता हो

मैं यह संदेश दोहराकर इस पर ज़ोर देना चाहूँगा कि लीवरेज के कई रूप होते हैं, जिनका इस्तेमाल करके आप संपत्तियाँ हासिल कर सकते हैं या बना सकते हैं, ताकि आप ज़्यादा तेज़ी से आर्थिक दृष्टि से आगे पहुँच जाएँ। अमीर बनने के लिए आपको ओपीएम या ओपीटी का प्रयोग करने की ज़रूरत *नहीं है*, बशर्ते आप लीवरेज के इन रूपों का प्रयोग नहीं करना चाहें। बहरहाल, अगर आप जवानी में अमीर बनकर रिटायर होना चाहते हैं, तो आपको वह लीवरेज खोजना होगा, जो आपके लिए सबसे अच्छी तरह काम करता है।

एक बार फिर दोहरा देता हूँ, क्योंकि यह इस पुस्तक की विषयवस्तु का सार है। अमीर डैडी ने कहा था, "जो लोग सिर्फ़ कड़ी मेहनत करते हैं, उनके पास सीमित लीवरेज होता है। अगर आप शारीरिक रूप से कड़ी मेहनत कर रहे हैं और आर्थिक दृष्टि से आगे नहीं निकल पा रहे हैं, तो शायद आप किसी और व्यक्ति के लीवरेज हैं।" उन्होंने यह भी कहा था, "अगर आपका पैसा बैंक के बचत खाते या रिटायरमेंट अकाउंट में पड़ा है, तो आपके पैसे का इस्तेमाल दूसरे लोग अपने लीवरेज के लिए कर रहे हैं।"

## और शब्द का महत्व

लीवरेज की एक परिभाषा है : *कम से अधिक करने की योग्यता*। अमीर डैडी ने इस परिभाषा में यह जोड़ दिया, "लीवरेज कम से कम (less and less) से अधिकाधिक (more and more) करने की योग्यता है।" इस बिंदु पर न्यूनतम और अधिकतम का विचार बहुत महत्वपूर्ण है। अमीर डैडी ने कहा था, "अमीरों, ग़रीबों और मध्य वर्गीय लोगों के बीच फ़र्क़ कम से कम तथा अधिकाधिक के बीच वाला शब्द है। इन दोनों शब्दों के बीच का शब्द है *और*।"

अमीर डैडी ने आगे स्पष्ट करते हुए कहा, "अमीर लोग लीवरेज बढ़ाते, *और* बढ़ाते जाते हैं। *इसीलिए* वे ज़्यादा, *और* ज़्यादा अमीर बनते जाते हैं। ग़रीब और मध्य वर्गीय लोग *लीवरेज बढ़ाना* बंद कर देते हैं। जिस मोड़ पर आप

लीवरेज बढ़ाना बंद करते हैं, ज़िंदगी में आपकी आर्थिक स्थिति वहीं ठहर जाती है।" दूसरे शब्दों में, जब कोई व्यक्ति अपना लीवरेज बढ़ाना बंद कर देता है, तो वह ग़रीब बन जाता है। यही मध्य वर्गीय लोगों के मामले में भी सच है। सचमुच अमीर लोग अपना लीवरेज बढ़ाना कभी बंद नहीं करते हैं।

इस विचार का एक उदाहरण मेरे ग़रीब डैडी की यह बात थी, "अच्छी शिक्षा हासिल करो, ताकि तुम्हें अच्छी नौकरी मिल सके।" मध्य वर्ग के बहुत से लोगों के लिए उनकी शिक्षा स्कूली और प्रोफ़ेशनल पढ़ाई के बाद ख़त्म हो जाती है। लेकिन अमीर लोग यहाँ नहीं रुकते हैं। वे *ज़्यादा और ज़्यादा* लीवरेज की सूची में *वित्तीय शिक्षा* को जोड़कर अपना लीवरेज बढ़ा लेते हैं।

ग़रीब लोग मध्य वर्गीय लोगों से भिन्न होते हैं, क्योंकि शैक्षणिक लीवरेज की उनकी सूची में आम तौर पर शिक्षा कम होती है। ग़रीब लोगों को अक्सर प्राथमिक शिक्षा भी नहीं मिल पाती है या वे अपनी सूची में प्रोफ़ेशनल एजुकेशन को जोड़ने में असफल हो जाते हैं, जिसे मध्य वर्गीय लोग जोड़ लेते हैं। ग़रीब लोग शिक्षा के एक निश्चित स्तर पर पहुँचकर संतुष्ट हो जाते हैं और मध्य वर्गीय लोग थोड़ी ज़्यादा शिक्षा जोड़ लेते हैं ... लेकिन वह इतनी नहीं होती है कि वे अमीर बन जाएँ।

पिछली पुस्तकों में मैं लिख चुका हूँ कि शिक्षा तीन तरह की होती है :

1. स्कूली शिक्षा
2. प्रोफ़ेशनल शिक्षा
3. वित्तीय शिक्षा

मेरे ग़रीब डैडी प्रोफ़ेशनल शिक्षा पर ही रुक गए थे और वित्तीय शिक्षा में उन्होंने कोई दिलचस्पी नहीं ली। इससे जीवन में उनकी आर्थिक स्थिति तय हो गई। मेरे अमीर डैडी ने कभी अपनी वित्तीय शिक्षा ख़त्म नहीं की और इससे ज़िंदगी में उनकी आर्थिक स्थिति तय हो गई यानी वे अमीर बन गए। ग़रीब लोग अक्सर ग़रीब इसलिए रहते हैं, क्योंकि उनके पास तीनों प्रकार की शिक्षा की बुनियादी जानकारियाँ नहीं होती हैं।

आज जो लोग पिछड़ रहे हैं, वे ऐसे लोग हैं, जिन्होंने किसी तरह के लीवरेज का प्रयोग तो किया, लेकिन ज़्यादा लीवरेज हासिल करने में असफल हो गए। दस साल पहले आप कॉलेज की पढ़ाई पूरी कर चुके हैं, इसका यह मतलब नहीं है कि आपको ज़्यादा से ज़्यादा लीवरेज हासिल करने के लिए मेहनत नहीं करनी चाहिए। जैसा अमीर डैडी कहा करते थे, "कॉलेज की डिग्री का यह मतलब नहीं होता कि आप सीखना या अपना लीवरेज बढ़ाना बंद कर दें।" फिर वे कहते थे, "बैंक में लाखों डॉलर जमा होने का यह मतलब नहीं है कि आपको सीखना छोड़ देने का हक़ मिल गया है। सच तो यह है कि अगर

आप सीखना बंद कर देते हैं, तो आपका पैसा जल्दी ही किसी ऐसे व्यक्ति के पास चला जाएगा, जो लगातार सीख रहा है। आपका पैसा उस व्यक्ति के पास चला जाएगा, जिसे एहसास है कि सच्चा लीवरेज लगातार न्यूनतम से अधिकतम करने की योग्यता है।"

## लीवरेज का भविष्य

आज दुनिया में हाई स्कूल में ऐसे बच्चे पढ़ रहे हैं, जो लाखों डॉलर में अपना बिज़नेस बेच देते हैं और फिर ज़िंदगी में नौकरी किए बिना ही रिटायर हो जाते हैं, सिर्फ़ इसलिए क्योंकि उन्होंने लीवरेज के ऐसे रूप का प्रयोग किया, जो उनके माता-पिता ने नहीं किया। साथ ही, दुनिया में बेबी बूमर्स भी हैं, जिन्हें अपनी नौकरियाँ बचाने के लिए दोबारा कॉलेज जाने की ज़रूरत पड़ रही है। फ़र्क़ *लीवरेज* के साथ-साथ *और* शब्द में पाया जाता है। आज यह ज़रूरी नहीं है कि आपका प्रतिस्पर्धी आपके शहर या आपके देश में रह रहा हो। जो लोग आर्थिक दृष्टि से जीतेंगे, वे वही होंगे, जो न्यूनतम के साथ अधिकतम करने के इच्छुक होंगे ... वे नहीं होंगे, जो कम से कम काम के बदले में ज़्यादा से ज़्यादा भुगतान चाहते होंगे।

आगे आने वाले अध्यायों में मैं जिन धनराशियों का ज़िक्र करूँगा, वे शायद आपको सच न लगें। अगर आप इस वक़्त साल में 50,000 डॉलर कमाने के लिए *कड़ी मेहनत* कर रहे हों, तो हो सकता है आपके लिए यह सोचना भी मुश्किल हो कि *बिना* काम किए आपको हर साल दस लाख डॉलर की आमदनी हो सकती है। मैं *ज़्यादा, और ज़्यादा* लीवरेज पर ज़ोर देता हूँ, क्योंकि आप आज चाहे जितना कमा रहे हों, बिना काम किए एक साल में दस लाख डॉलर कमाना बिलकुल संभव है। शर्त सिर्फ़ इतनी है कि आपको *न्यूनतम से अधिकतम* करने के बारे में लगातार सोचना होगा। अगर आप इस बारे में नहीं सोचना चाहते हैं, तो फिर 50,000 से 10 लाख डॉलर की सालाना आमदनी तक पहुँचना मुश्किल हो सकता है।

विडंबना यह है कि जो लोग न्यूनतम से अधिकतम करने के संदर्भ में सोचने के *अनिच्छुक* होते हैं, अंत में अक्सर वही लोग *न्यूनतम आमदनी के लिए अधिकतम* काम करते हैं। अच्छी ख़बर यह है कि जब आप न्यूनतम से अधिकतम करने के संदर्भ में सोचने लगते हैं, तो आप न्यूनतम काम करके अधिकतम आमदनी कमाने लगते हैं। आपको तो बस इस विचार को अपने दिमाग़ में रखना होगा। इसके बाद जवानी में अमीर बनकर रिटायर होना आपके लिए ज़्यादा आसान हो जाएगा।

*एक सुझाव* : एक कोरा काग़ज़ लें और इस सवाल का जवाब लिखें। सवाल यह है :

मैं जो काम करता हूँ, उसे मैं *कम* मेहनत से, बेहतर क़ीमत पर, *ज़्यादा* लोगों के लिए कैसे कर सकता हूँ ?

अगर आप इस बारे में कोई चीज़ नहीं सोच पाएँ, तो सोचते रहें। *यह बहुत ही महत्वपूर्ण सवाल है*। यही वह सवाल है, जिसका अगर जवाब दे दिया जाए और जिस पर अगर अमल कर लिया जाए, तो यह लोगों को मिलियनेअर, यहाँ तक कि बिलियनेअर भी बना सकता है। इसीलिए अमीर डैडी इसे "मिलियन डॉलर का सवाल" कहते थे।

अगले खंड में मैं लीवरेज के साधन के रूप में आपके मस्तिष्क की शक्ति के बारे में बात करूँगा। अगर आप जवानी में अमीर बनकर रिटायर होना चाहते हैं, तो ऐसे सवालों का जवाब देने की योग्यता बेहद महत्वपूर्ण है।

# अध्याय - 5

# आपके मस्तिष्क का लीवरेज

## कुछ लोग क्यों कर सकते हैं और कुछ लोग क्यों नहीं कर सकते

*रिच डैड्स गाइड टु इनवेस्टिंग* में मैंने अमीर डैडी का एक सबक़ बताया था, जिसे यहाँ भी दोहराना उपयोगी रहेगा।

वह सबक़ इस तरह शुरू होता है। अमीर डैडी, उनका बेटा और मैं समुद्र तट के सामने की एक सुंदर जायदाद के पास से गुज़र रहे थे। अमीर डैडी ने रुककर उसकी तरफ़ इशारा करते हुए कहा, "मैंने अभी-अभी यह ज़मीन ख़रीदी है।"

मैं यह सुनकर हैरान रह गया कि उन्होंने इतनी महँगी प्रॉपर्टी ख़रीद ली है। हालाँकि मैं छोटा था, लेकिन मैं जानता था कि हवाई में समुद्र तट के ठीक पास वाली प्रॉपर्टी महँगी थी। चूँकि मेरे अमीर डैडी उस वक़्त तक अमीर नहीं बने थे, इसलिए मुझे इस बात पर हैरानी हुई कि वे ऐसे निवेश का ख़र्च कैसे उठा पाए। अमीर डैडी मुझे एक बहुत बड़ा रहस्य बताने वाले थे कि वे किस तरह ऐसे निवेशों को ख़रीदते हैं, जिनका ख़र्च वे *नहीं* उठा *सकते*। इसी रहस्य की बदौलत वे अमीर बने थे।

## एक अलग वास्तविकता

सरल भाषा में कहा जाए, तो मेरे अमीर डैडी ज़्यादा पैसा नहीं होने के बावजूद इतनी महँगी ज़मीन इसलिए ख़रीद सकते थे, क्योंकि उन्होंने "इसका ख़र्च उठाने" को *अपनी वास्तविकता* का हिस्सा बना लिया था। हालाँकि मेरे ग़रीब डैडी उस वक़्त मेरे अमीर डैडी से ज़्यादा पैसा कमाते थे, लेकिन वे इस बारे में यही कहते, "मैं इसका ख़र्च नहीं उठा सकता," क्योंकि रियल एस्टेट का महँगा टुकड़ा ख़रीदने का विचार *उनकी वास्तविकता से परे था*।

## एक बहुत महत्वपूर्ण सबक़

बरसों तक अमीर डैडी ने मुझे कई महत्वपूर्ण सबक़ सिखाए ... ऐसे सबक़, जिन्होंने मेरी ज़िंदगी की दिशा और परिणाम को बहुत ज़्यादा प्रभावित किया। इंसान की वास्तविकता की शक्ति का यह सबक़ सबसे महत्वपूर्ण सबक़ों में से एक था। आपमें से जिन लोगों ने *रिच डैड पुअर डैड* पढ़ी हो, उन्हें याद होगा कि उन्होंने अपने बेटे और मुझे यह कहने से मना कर दिया था, "मैं इसे नहीं ख़रीद सकता।" अमीर डैडी इंसान की वास्तविकता की शक्ति को समझते थे। इनकी इस बात के पीछे का सबक़ यह था :

"जिसे तुम *सच* मानते हो, वही तुम्हारी *वास्तविकता* है।"

अमीर डैडी धार्मिक थे, इसलिए वे अक्सर ओल्ड टेस्टामेंट का यह कथन दोहराते थे, "और शब्द साकार हो गया।" वे इस वाक्य को सरल भाषा में समझाते थे, ताकि हम छोटे बच्चे इसे समझ सकें। वे लगातार माइक और मुझसे कहते थे, "'और शब्द साकार हो गया' का मतलब यह है कि इंसान जिसे भी *सच* मानता और कहता है, वह उसकी *वास्तविकता* (reality) बन जाता है।" जब वे समुद्र तट की उस सुंदर प्रॉपर्टी के पास पहुँचे, तो उन्होंने यह कहने से इंकार कर दिया, "मैं इसका ख़र्च नहीं उठा सकता," हालाँकि उस वक़्त उनके पास पैसे नहीं थे। इसके बावजूद उन्होंने महीनों तक योजना बनाई कि *वे इसका ख़र्च कैसे उठा सकते हैं*। उन्होंने *अपनी वास्तविकता से बाहर की चीज़ को अपनी वास्तविकता* का हिस्सा बनाने के लिए कड़ी मेहनत की। सिर्फ़ पैसे की वजह से ही मेरे अमीर डैडी ज़्यादा अमीर नहीं बने थे। दरअसल अपनी ***वास्तविकता** का विस्तार करने की* उनकी *योग्यता ने ही उन्हें अंततः ज़्यादा और ज़्यादा अमीर बनाया।*

## क्या निवेश जोखिम भरा है?

लोग अक्सर कहते हैं, "निवेश जोखिम भरा है।" उनके लिए यह विचार सच है और चूँकि वे इसे *सच* मानते हैं, इसलिए यह साकार होकर उनकी *वास्तविकता* बन जाता है, हालाँकि निवेश करना हमेशा जोखिम भरा *नहीं होता है*। वैसे *जोखिम* हर जगह होता है, जिस तरह सड़क पार करने या साइकल चलाने में भी जोखिम होता है, *लेकिन ये काम अपने आप में जोखिम भरे नहीं हैं*। बहुत सारे लोग निवेश को जोखिम भरा मानते हैं और उनके विचार सच हो जाते हैं।

कुछ महीने पहले एक प्रसिद्ध बैंक के नामी निवेश सलाहकार और मैं एक रेडियो कार्यक्रम में हिस्सा ले रहे थे। नामी सलाहकार को इसलिए बुलाया गया था, ताकि वे *रिच डैड पुअर डैड* में व्यक्त मेरे विचारों को चुनौती दे सकें।

उन्होंने शुरू करते हुए कहा, "रॉबर्ट कियोसाकी का कहना है कि अगर लोग अमीर बनना चाहते हैं, तो उन्हें बिज़नेस की दुनिया में क़दम रखना चाहिए। मि. कियोसाकी को दरअसल इस बात का एहसास नहीं है कि ज़्यादातर लोग अपना ख़ुद का बिज़नेस शुरू ही नहीं कर सकते हैं। बिज़नेस शुरू करना ख़तरनाक है। आँकड़े बताते हैं कि दस में से नौ बिज़नेस पहले पाँच साल में असफल हो जाते हैं। इसीलिए मि. कियोसाकी के विचार ख़तरनाक हैं। उनसे पूछें कि उन्हें इन तथ्यों के बारे में क्या कहना है।"

रेडियो कमेंटेटर ख़ुश हो गया कि उसके शो में थोड़ा विवाद तो हुआ। उसने ख़ुशी से चहकते हुए पूछा, "मि. कियोसाकी, आपको इन तथ्यों के बारे में क्या कहना है?"

चूँकि मैं यह बात पहले भी कई बार सुन चुका था, इसलिए मैं इस मौखिक चुनौती के लिए तैयार था और शांत रहा। एक पल रुककर मैंने अपना गला साफ़ किया और बोला, "मैंने यही आँकड़े पहले भी देखे-सुने हैं ... और अपने अनुभव से मैं कह सकता हूँ कि ये आँकड़े बिलकुल सही हैं। मैंने कई बिज़नेसों को उनकी पाँचवीं सालगिरह से पहले असफल होते देखा है।"

नामी सलाहकार ने अपनी आवाज़ में ग़ुस्से के पुट के साथ पूछा, "तो फिर आप यह सलाह क्यों देते हैं कि लोगों को अपना बिज़नेस शुरू करना चाहिए?"

मैंने जवाब दिया, "सबसे पहली बात, मैं लोगों को अपना बिज़नेस शुरू करने की सलाह नहीं देता हूँ। मैं तो यह कहता हूँ कि हर आदमी को *अपने काम से काम रखना चाहिए*। जब मैं कहता हूँ *माइंड युअर ओन बिज़नेस*, तो मेरा मतलब है कि उन्हें अपने निवेश पोर्टफ़ोलियो का ध्यान रखना चाहिए। इसका यह मतलब नहीं है कि वे अपना ख़ुद का बिज़नेस शुरू कर दें, हालाँकि अच्छी तरह चलने वाला बिज़नेस अक्सर वह संपत्ति होता है, जो अमीरों को बहुत अमीर बनाता है।"

"और जोखिम के बारे में?" नामी वित्तीय सलाहकार ने पूछा। "आप उन दस बिज़नेस में से नौ के बारे में क्या सोचते हैं, जो असफल हो जाते हैं?"

"हाँ। उनके बारे में आपको क्या कहना है?" रेडियो कमेंटेटर ने इस बार कम चहकती आवाज़ में पूछा, क्योंकि उसे एहसास हो गया था कि सीधे प्रसारित हो रही चर्चा ज़बर्दस्त बहस में नहीं बदलने वाली है।

"सबसे पहली बात, हालाँकि दस में से नौ बिज़नेस सफल नहीं हो पाते हैं, लेकिन ध्यान दें कि दस में से एक बिज़नेस *सफल* हो जाता है। जब मुझे एहसास हो गया कि दस में से नौ बार असफल होने की संभावना है, तो मैं जान गया कि मुझे कम से कम नौ बार असफलता के लिए तैयार रहने की ज़रूरत है।"

"आप दस में से नौ बार असफल होने के लिए तैयार थे?" वित्तीय सलाहकार ने व्यंग्यात्मक लहज़े में पूछा।

"हाँ," मैंने जवाब दिया। "दरअसल मैं भी उन नौ में शामिल रहा हूँ, जो डूब गए। दरअसल मेरे दो बिज़नेस असफल हो गए, लेकिन फिर तीसरी कोशिश में मैं सफल हो गया।"

"तो असफल होने पर आपको कैसा महसूस हुआ?" निवेश सलाहकार ने पूछा, जो बैंक का कर्मचारी था और किसी बिज़नेस का मालिक नहीं था। "क्या यह इतना महत्वपूर्ण था कि इसका जोखिम लिया जाए?"

"जब मैं पहली बार असफल हुआ, तो मुझे बहुत बुरा लगा। दूसरी बार तो इससे भी ज़्यादा बुरा महसूस हुआ। लेकिन हाँ, मेरे लिए यह बहुत महत्वपूर्ण था। अगर मैं दो बार असफल नहीं होता, तो मैं अठारह साल जल्दी रिटायर नहीं हो सकता था और आज आर्थिक दृष्टि से स्वतंत्र भी नहीं हो सकता था," मैंने जवाब दिया। "हर बार सँभलने में मुझे थोड़ा वक़्त लगा। हालाँकि मुझे बुरा लग रहा था, लेकिन मानसिक रूप से मैं दस बार, यहाँ तक कि बीस बार भी कोशिश करने के लिए तैयार था। मैं उतनी बार असफल नहीं होना चाहता था, लेकिन मैं उसके लिए तैयार था।"

"मुझे तो यह बहुत जोखिम भरा लगता है और अधिकांश लोगों के लिए जोखिम भरा है भी," सलाहकार ने कहा।

"मैं आपकी बात से सहमत हूँ," मैंने जवाब दिया। "यह ख़ास तौर पर तब ख़तरनाक है, जब आप असफल नहीं होना चाहते हों या एक बार असफल होने के बाद ही कोशिश करना छोड़ दें। यह और भी बुरा बन जाता है, जब आप यह सोचते हों कि असफल होना बुरी बात है। अमीर डैडी ने मुझे यह सिखाया था कि हार जीत का ही हिस्सा है। आज भी मैं असफलता के लिए तैयार रहता हूँ। हालाँकि मैं सफल हो चुका हूँ, लेकिन अब भी मुझे यह एहसास है कि संभावना वही है। जब भी मैं कोई बिज़नेस शुरू करता हूँ, तो हर बार मैं इस संभावना का ध्यान रखता हूँ कि दस में से नौ बिज़नेस असफल हो जाते हैं।"

कमेंटेटर ने कहा, "आप ऐसा क्यों कहते हैं?"

"क्योंकि मैं हमेशा विनम्र रहना चाहता हूँ और संभावना का सम्मान करना चाहता हूँ। मैंने बहुत से ऐसे लोगों को देखा है, जिन्होंने एक बिज़नेस बनाकर उसमें बहुत पैसा कमाया, लेकिन फिर उन्हें घमंड हो गया और उन्होंने यह सोचकर दूसरा बिज़नेस शुरू कर दिया कि उनके असफल होने की संभावना अब ख़त्म हो गई है। हालाँकि नए बिज़नेस में उनकी सफलता की संभावना उनके पुराने अनुभव और पुरानी सफलताओं से थोड़ी बेहतर ज़रूर हो गई होगी, लेकिन हम सभी को विनम्रता से इस संभावना के हिसाब से चलना चाहिए कि दस में से नौ शुरुआती बिज़नेस असफल हो जाते हैं।"

"इसमें समझदारी दिखती है," कमेंटेटर ने कहा। "तो आज आप जब कोई नया बिज़नेस शुरू करते हैं, तो इस बारे में सचेत रहते हैं। आप अब भी दस

में से एक के सफल होने की संभावना का सम्मान करते हैं।"

"सही है," मैंने जवाब दिया। "मेरे कई दोस्तों को घमंड हो गया था, इसलिए उन्होंने अपने पिछले बिज़नेस का सारा पैसा नए बिज़नेस में लगा दिया और सब कुछ गँवा बैठे। अगर आप ज़िंदगी में सफल होना चाहते हैं, तो आपको हमेशा संभावना के प्रति सम्मान दिखाना होगा, भले ही आप अतीत में कितने ही सफल हो चुके हों। हर प्रोफ़ेशनल ब्लैकजैक खिलाड़ी जानता है कि पिछली चाल में एक *ऐस* और एक *किंग* आने का यह मतलब नहीं है कि अगली चाल में संभावना बदल जाएगी।"

"मैं इस बात का ध्यान रखूँगा।" कमेंटेटर बोला।

"मुझे अब भी लगता है कि यह बहुत ज़्यादा ख़तरनाक है," सलाहकार ने कहा। "आप और आपकी पुस्तक दोनों ही ख़तरनाक हैं। ज़्यादातर लोग वह काम नहीं कर सकते, जो आपने किया है। ज़्यादातर लोग अपना बिज़नेस चलाने के लिए तैयार नहीं हैं।"

"क्या आप सहमत हैं?" कमेंटेटर ने पूछा।

"इस बात में भी थोड़ी सच्चाई है," मैंने जवाब दिया। "हमारा स्कूली सिस्टम लोगों को बिज़नेस मालिक बनने के बजाय कर्मचारी बनने का प्रशिक्षण देता है, इसलिए ज़्यादातर लोग अपना बिज़नेस चलाने के लिए तैयार नहीं होते हैं। इसलिए मैं हमारे नामी सलाहकार की बात से सहमत हूँ।"

थोड़ा ठहरकर मैंने सहमति की अपनी बात को उनके दिमाग़ में बैठ जाने दिया। मैं अपनी तरफ़ से बहस न करने की पूरी कोशिश कर रहा था, हालाँकि निवेश सलाहकार मुझे बार-बार उकसा रहा था। मैंने आगे कहा, "लेकिन मैं आपको याद दिला दूँ कि 100 साल से भी कम समय पहले ज़्यादातर लोग छोटे आत्मनिर्भर बिज़नेसमैन हुआ करते थे। हममें से कइयों के रिश्तेदार कभी किसान या छोटे बिज़नेस के मालिक थे। वे सभी उद्यमी थे। 100 साल पहले के लोग इतने मज़बूत थे कि जोखिमों के बावजूद अपना बिज़नेस चला सकें। हेनरी फ़ोर्ड जैसे लोगों द्वारा बिज़नेस साम्राज्य बनाने के बाद ही ज़्यादातर लोग कर्मचारी बने हैं। लेकिन फ़ोर्ड या जनरल इलेक्ट्रिक जैसे बिज़नेस साम्राज्यों के स्थापित होने के बावजूद छोटे आत्मनिर्भर बिज़नेसमैन तरक़्क़ी कर रहे हैं।

"दरअसल छोटे बिज़नेसों से ही ज़्यादातर रोज़गार उत्पन्न होता है और टैक्स का एक बड़ा हिस्सा मिलता है। जोखिमों के बावजूद ज़्यादा से ज़्यादा लोग अपना ख़ुद का बिज़नेस शुरू कर रहे हैं। वे नहीं होते, तो बेरोज़गारी बहुत बढ़ जाती। जोखिम लेने के इच्छुक इन व्यक्तियों के बिना हमारा देश आर्थिक दृष्टि से पिछड़ जाता। पूँजीवाद ने हमें जोखिम लेने और विकास करने का अवसर दिया है। अगर ये व्यक्ति जोखिम नहीं लेते, तो हमारा देश उतना समृद्ध नहीं बन पाता, जितना कि यह आज है। जो लोग जोखिम लेते हैं, वे समृद्धि को

बढ़ाते हैं।"

इंटरव्यू आगे भी दस मिनट तक चला। न तो कोई समाधान निकला, न ही सहमति बनी। यह स्पष्ट था कि हमारी वास्तविकताएँ अलग-अलग थीं। विरोधाभासी बातचीत के दौरान मैं अमीर डैडी की बात याद कर रहा था, "असली ज़िंदगी में कई बहसें वास्तविकता के अंतरों के कारण होती हैं।"

## रिस्क-रिवॉर्ड रेशो आपके पक्ष में है

मैं इस सलाहकार से एक बात यह कहना चाहता था कि *रिस्क-रिवॉर्ड रेशो* (जोखिम-लाभ अनुपात) मेरे पक्ष में था। लेकिन इससे निश्चित रूप से बहस शुरू हो जाती ... यह सवाल आ जाता कि कौन सही है और कौन ग़लत। मैं रेडियो पर यह मुद्दा नहीं उठाना चाहता था, लेकिन मैं आपके सामने यह बात स्पष्ट करना चाहता हूँ ... ध्यान देने वाली बात यह है कि मैं जो करता हूँ, उसमें जोखिम तो है, लेकिन वह ख़तरनाक नहीं है।

बरसों पहले अमीर डैडी ने अपने बेटे और मेरे सामने जोखिम, लाभ और जीत की रणनीति पहचानने का महत्व स्पष्ट किया ... जीत की रणनीति, जिसमें हार भी शामिल थी। अमीर डैडी जानते थे कि ज़्यादातर नए बिज़नेसों में असफलता की दर दस में से नौ थी। वे यह भी जानते थे कि दस में से सिर्फ़ एक बार जीतने का लाभ नौ बार असफल होने के जोखिम से बहुत ज़्यादा था। अमीर डैडी ने अपनी बात को ज़्यादा स्पष्ट करते हुए कहा, "ज़्यादातर लोग सिर्फ़ इस आधार पर सोचते हैं कि क्या *स्मार्ट* है और क्या *ख़तरनाक* है। वित्तीय रूप से समझदार लोग *रिस्क* और *रिवॉर्ड* के संदर्भ में सोचते हैं। दूसरे शब्दों में, तत्काल यह कहने के बजाय कि कोई चीज़ बहुत जोखिम भरी है, सही या ग़लत है, अच्छी या बुरी है, वित्तीय दृष्टि से समझदार लोग जोखिमों और लाभों को तौलते हैं। अगर पुरस्कार पर्याप्त बड़े होते हैं, तो वे ऐसी रणनीति या योजना बना लेते हैं, जिससे उनकी सफलता की संभावना बढ़ जाती है, फिर चाहे *जीतने* से पहले वे कितनी ही बार *हारें*।

## विजेता की रणनीति

मिसाल के तौर पर मेरा एक दोस्त है, जो शेयर बाज़ार में डे-ट्रेडिंग करने के लिए एक बड़ी ही आसान रिस्क-रिवॉर्ड रणनीति का प्रयोग करता है। उसे पता है कि संभावना यह है कि उसे बीस ट्रेड्स में से किसी एक में सही मार्केट मूवमेंट मिलेगी। इसीलिए उसने इसकी धन प्रबंधन रणनीति तैयार कर ली है। अगर उसके पास दो लाख डॉलर हैं, तो वह इसके दस प्रतिशत हिस्से यानी 20,000 डॉलर का प्रयोग बाज़ार में खेलने के लिए करता है। इसमें भी वह बीसवाँ हिस्सा करके एक ट्रेडिंग के लिए सिर्फ़ 1,000 डॉलर रखता है। दूसरे शब्दों में, उसकी

रणनीति यह है कि उसके पास इतना पैसा रहे, जिसमें वह बीस में से उन्नीस बार हार सके। मैंने उसे चौदह बार लगातार हारकर 14,000 डॉलर गँवाते देखा है और फिर अचानक वह अगले मार्केट मूवमेंट में 50,000 डॉलर कमा लेता है। उसकी जीत की रणनीति बीस में से उन्नीस बार हारने की संभावना पर आधारित है, हालाँकि वह इतनी बार लगातार नहीं हारा है ... अब तक। हर बार जब वह जीतता है, तो दोबारा उसी संभावना पर लौट जाता है यानी बीस में से एक। वह जानता है कि उसके पास चाहे जितना पैसा हो, संभावनाएँ नहीं बदलती हैं। वह हमेशा बीस में से उन्नीस बार हारने की संभावना को ध्यान में रखता है।

## पराजित व्यक्ति की रणनीति

आम आदमी हार से बचता है और 100 प्रतिशत बार यानी हमेशा जीतने की उम्मीद करता है। उसकी रणनीति अक्सर पराजितों की होती है। हमेशा जीतने और कभी न हारने की उम्मीद करना पराजितों की वास्तविकता है। जैसा अमीर डैडी कहते थे, "विजेता की रणनीति में हार की संभावना शामिल होनी ही चाहिए।" आज ज़्यादातर लोगों के पास ऐसी रिटायरमेंट योजनाएँ हैं, जिनमें हारने की संभावना शामिल नहीं है। आज ज़्यादातर लोग बस यही उम्मीद करते हैं कि शेयर बाज़ार हमेशा ऊपर चढ़ता जाएगा और रिटायरमेंट के बाद उनका पैसा ज़िंदगी भर चलता रहेगा। यह एक ऐसी योजना है, जिसमें हारने की किसी संभावना को शामिल नहीं किया गया है और इसीलिए यह पराजितों की योजना है। विजेता जानते हैं कि हारना किसी भी योजना का हिस्सा होना चाहिए। जब मैं मैरीन कॉर्प्स में था, तो हमारे पास हमेशा *आपातकालीन योजनाएँ* रहती थीं, जो ऐसे समय के लिए होती थीं, जब चीज़ें हमारी उम्मीद के मुताबिक़ न हों। आज ज़्यादातर लोगों के पास रिटायरमेंट की आपातकालीन योजनाएँ नहीं हैं। ज़्यादातर लोगों के पास ऐसी कोई रिटायरमेंट योजनाएँ नहीं हैं, जिनमें रिटायरमेंट के बाद शेयर बाज़ार के बुरी तरह क्रैश होने या रिटायरमेंट फ़ंड के ख़त्म होने की संभावना शामिल हो। दूसरे शब्दों में, रिटायरमेंट योजना के मामले में अधिकांश लोगों की रणनीति पराजितों की है, क्योंकि यह ऐसी रणनीति है, जिसमें ग़लती की कोई गुंजाइश ही नहीं है।

## 100 में से 98 बार हारना

डायरेक्ट रेस्पॉन्स मार्केटिंग में काम करने वाले ज़्यादातर मार्केटर जानते हैं कि संभावना इस बात की है कि वे जितने लोगों को प्रस्ताव पत्र भेजेंगे, उनमें से 98 प्रतिशत लोग *नहीं* खरीदेंगे। इसलिए प्रोफ़ेशनल मार्केटर्स अपने मार्केटिंग अभियानों को 2 प्रतिशत रिटर्न पर आधारित करते हैं, जबकि कुछ तो इससे भी कम पर करते हैं। वे जानते हैं कि इस 2 प्रतिशत लाभ में उन 98 प्रतिशत

लोगों को डाक भेजने का ख़र्च भी शामिल होना चाहिए, जो जवाब नहीं देते हैं। एक बार जब डायरेक्ट मार्केटर्स ऐसा प्रस्ताव-पत्र खोज लेते हैं, जो 2 प्रतिशत या बेहतर परिणाम देता है, तो वे उन चिट्ठियों की संख्या बढ़ा देते हैं, हालाँकि वे जानते हैं कि अब भी वे 98 प्रतिशत बार असफल होंगे। वे जानते हैं कि सिर्फ़ 2 प्रतिशत बार सफल होकर और 98 प्रतिशत बार असफल होकर बेहद अमीर कैसे बना जाता है।

## पराजित लोग सोचते हैं कि हारना बुरी बात है

अमीर डैडी ने कहा था, "पराजित वे लोग होते हैं, जो सोचते हैं कि हारना बुरी बात है। पराजित लोग हार बर्दाश्त नहीं कर सकते हैं और किसी भी क़ीमत पर हार से बचना चाहते हैं। कई पराजित लोग तो सिर्फ़ सुनिश्चित चीज़ों पर दाँव लगाते हैं ... जैसे नौकरी की सुरक्षा, निश्चित तनख़्वाह, गारंटीड पेंशन और बैंक का ब्याज। पराजित लोग हारते रहते हैं और विजेता जीतते रहते हैं, सिर्फ़ इसलिए क्योंकि विजेता यह बात जानते हैं कि हार जीत का ही एक हिस्सा है।"

जब हम छोटे थे, तो अमीर डैडी अक्सर हमसे पूछते थे, "क्या तुम 100 में से 99 बार हारने के लिए तैयार हो?"

वे हमसे जिस जवाब की उम्मीद करते थे, वह यह था, "हाँ, अगर एक बार जीतने का पुरस्कार 99 बार हारने की लागत और जोखिम से बहुत ज़्यादा हो।" आगे स्पष्ट करने के लिए कहने पर हम कहते थे, "अगर हम जानते हों कि हम दस लाख डॉलर जीत सकते हैं और रिस्क-रिवॉर्ड रेशो (जोखिम-लाभ अनुपात) 1:100 है और न्यूनतम दाँव 1 डॉलर का है, तो हम 1-1 डॉलर के सौ नोट ले आएँगे और 100 बार 1 डॉलर दाँव पर लगाने की रणनीति बनाएँगे। एक बार जीत जाने के बाद हम दोबारा उन्हीं संभावनाओं के हिसाब से खेलेंगे, क्योंकि संभावनाएँ नहीं बदलती हैं। हम अपने दाँव बढ़ा सकते हैं, लेकिन तभी जब हम 100 में से 99 बार हारने के बावजूद बच सकें।"

*सही और ग़लत, ख़तरनाक या सुरक्षित* के बजाय *जोखिम* और *लाभ* के संदर्भ में सोचने के लिए हमें प्रशिक्षित करने का यह आसान तरीक़ा था। अमीर डैडी न तो जुआ खेलना पसंद करते थे, न ही वे हमें जुआ खेलने के लिए प्रोत्साहित करते थे। वे तो अपने बेटे और मुझे बस जोखिम तथा पुरस्कार के संदर्भ में सोचने का प्रशिक्षण दे रहे थे।

## राइट बंधु सही क्यों थे

अमीर डैडी ने अपने बेटे और मुझे किटी हॉक, नॉर्थ कैरोलिना की अपनी यात्रा के बारे में बताया। वे द्वितीय विश्व युद्ध के दिनों में सेना से छुट्टी के दौरान वहाँ गए थे। उन्होंने कहा, "लड़को, किसी दिन तुम्हें किटी हॉक जाकर देखना चाहिए

कि ऑरविल और विल्बर राइट कितने स्मार्ट थे। दोनों भाई जानते थे कि पहली बार उड़ान भरने में जोखिम है, लेकिन वे ख़तरा नहीं उठाना चाहते थे।" अमीर डैडी ने स्पष्ट किया कि राइट बंधुओं ने हारने का अभ्यास करने के लिए एक बड़ा मैदान चुना। उन्होंने कहा, "दोनों युवक जानते थे कि वे हारेंगे, इसलिए उन्होंने बहुत सुरक्षित ज़मीन चुनी, जहाँ वे बार-बार गिर सकें, लेकिन उन्हें नुक़सान न हो। वे पुलों या चट्टानों से नहीं कूदे। उन्होंने बहुत बड़ा मैदान चुना, जहाँ अच्छी तेज़ हवा चलती थी और वे तब तक हारने का अभ्यास करते रहे, जब तक कि वे उड़ने नहीं लगे।

"समझदारी से जोखिम लेने की इच्छा के कारण उन दोनों युवकों ने दुनिया को हमेशा के लिए बदल दिया। किसी दिन तुम दोनों को वहाँ जाकर वह मैदान देखना चाहिए, जहाँ इन दो बहादुर आदमियों ने हारने का अभ्यास किया था, ताकि किसी दिन हम उड़ सकें। ज़्यादातर लोग आर्थिक दृष्टि से कभी नहीं उड़ पाएँगे, क्योंकि वे असफल होने से बचने का विकल्प चुनते हैं।" अगस्त, 2000 में मैं उसी घास भरे विशाल मैदान पर खड़ा था और वही देख रहा था, जो मेरे अमीर डैडी ने लगभग पचास साल पहले देखा था। मैंने एक मैदान देखा, जो उड़ान भरने से पहले गिरने के लिए आदर्श जगह थी।

मुझे राइट बंधुओं के बारे में अमीर डैडी का सबक़ याद आ गया। अमीर डैडी ने अपने बेटे और मेरे सामने यह डायग्राम बनाया था :

इस डायग्राम को स्पष्ट करते हुए अमीर डैडी ने कहा, "जब कोई व्यक्ति इस तरह की बातें कहता है :

1. "मैं इसका ख़र्च नहीं उठा सकता।"
2. "आप यह नहीं कर सकते।"
3. "मैं यह नहीं कर सकता।"

4. "यह असंभव है।"

तो वह अपनी वास्तविकता के भीतर से बोल रहा है और अपनी वास्तविकता के बाहर के विचारों पर टिप्पणियाँ कर रहा है।"

उन्होंने आगे कहा, "जब राइट बंधुओं ने घोषणा की कि वे उड़ान भरने वाले पहले इंसान बनने जा रहे हैं, तो कई लोगों ने कहा था, 'इंसान कभी नहीं उड़ सकते।' दरअसल, यह बात कहने वालों में से एक शख़्स तो उनके पिता ही थे, जो चर्च के सम्मानित व्यक्ति थे।"

अमीर डैडी के सरल डायग्राम से आप देख सकते हैं कि यह विचार ज़्यादातर लोगों की वास्तविकता के बाहर था कि इंसान उड़ सकता है। यह टिप्पणी उनकी ज्ञात वास्तविकता की सीमा के भीतर से आई थी।

"इंसान कभी नहीं उड़ सकता," कई लोगों ने ऐसा इसलिए कहा था, क्योंकि यह विचार उस वक़्त के अधिकांश लोगों की *वास्तविकता* के बाहर था। लेकिन यह विचार राइट बंधुओं के लिए *संभावना* के क्षेत्र के भीतर था ... और उन्होंने संभावना को वास्तविकता में बदलने के लिए बरसों तक मेहनत की। पैसे के मामले में बिलकुल यही चीज़ मेरे अमीर डैडी ने की थी, लेकिन मेरे ग़रीब डैडी ने नहीं की थी। आज यह वाक्य आम बन गया है, "बॉक्स के बाहर सोचने के इच्छुक बनो।" अमीर डैडी इस पर कहते, "कोई भी व्यक्ति एक-दो दिन के लिए बॉक्स से बाहर सोच सकता है। सवाल यह है, क्या आप बरसों तक बॉक्स से बाहर सोच सकते हैं? अगर आप ऐसा कर सकते हैं, तो आप अमीर बनते चले जाएँगे।"

जब मैंने रेडियो इंटरव्यू में उस वित्तीय सलाहकार से कहा था कि मैं बिज़नेस में दस में से नौ बार असफल होने को तैयार था, क्योंकि पुरस्कार

*जोखिम* से बहुत ज़्यादा थे, तो मुझे शक है कि उसने मेरी बात सुनी भी थी। उसने दरअसल मेरी बात सुनी ही नहीं थी, जब मैंने कहा था, "मैंने बिज़नेस यह जानते हुए शुरू किया था कि शायद मैं असफल हो जाऊँगा। मैंने यह नहीं सोचा था कि मैं पक्के तौर पर सफल हो जाऊँगा, बहरहाल मैं जानता था कि मुझे असफलता से शुरू करना होगा।" इस तरह का नज़रिया उसकी वास्तविकता में शामिल ही नहीं था। मुद्दे की बात यह नहीं है कि कौन सही है या कौन ग़लत है। मुद्दे की बात तो यह है कि हमारी वास्तविकताएँ अलग हैं। और चूँकि हमारी वास्तविकताएँ अलग हैं, इसलिए हम अलग तरह से सोचते हैं और दुनिया को अलग तरह से देखते हैं।

## आपके मस्तिष्क का लीवरेज

मैं किसी को प्रोत्साहित नहीं कर रहा हूँ कि वह बाहर निकले और बग़ैर सोचे-विचारे हारने लगे या किसी कैसिनो में जाकर जुआ खेलने लगे। यह तो उतना ही मूर्खतापूर्ण होगा, जितना कि अपने रिटायरमेंट के लिए लॉटरी पर दाँव लगाना। यह सबक़ व्यक्तिगत वास्तविकताओं की भिन्नता के बारे में है।

सबक़ यह है कि *हमारा मस्तिष्क लीवरेज का हमारा सबसे शक्तिशाली साधन है*। हम जिसे भी *वास्तविक* मानते हैं, ज़्यादातर मामलों में वह *वास्तविक* बन जाता है। जो व्यक्ति सोचता है कि निवेश ख़तरनाक है, उसे अक्सर अपनी वास्तविकता की पुष्टि के लिए घटनाएँ मिल जाएँगी। यह व्यक्ति अख़बार खोलकर उन सभी लोगों के बारे में पढ़ेगा, जिन्होंने निवेश में पैसा गँवा दिया है। दूसरे शब्दों में, मस्तिष्क में सिर्फ़ उसी चीज़ को देखने की प्रवृत्ति होती है, जिसे वह वास्तविक मानता है। इसमें बाक़ी किसी भी वास्तविकता के प्रति अंधा होने की प्रवृत्ति होती है। इसी कारण लोगों ने राइट बंधुओं से कहा था, "इंसान कभी नहीं उड़ सकता।" और क्रिस्टोफ़र कोलंबस से कहा था, "क्या तुम्हें दिखता नहीं है कि धरती चपटी है?" लोगों के पास हमेशा उनकी अपनी वास्तविकताएँ होती हैं।

जवानी में अमीर बनकर रिटायर होने के लिए आपको एक बहुत महत्वपूर्ण चीज़ यह सीखनी चाहिए कि आप अपनी वास्तविकता का नियंत्रण अपने हाथ में कैसे ले सकते हैं। अगर आप ऐसा करना सीख लें, तो न्यूनतम प्रयास से अधिकतम पैसा कमाना ज़्यादा आसान हो जाएगा। अगर आप अपनी वास्तविकता को नियंत्रित और परिवर्तित नहीं कर सकते, तो अमीर बनने में आपको उम्मीद से ज़्यादा समय लग सकता है। मेरे अमीर डैडी में अपनी वास्तविकता को लगातार बदलने की योग्यता थी और इसी कारण वे अमीर बने थे। वे समुद्र तट की उस प्रॉपर्टी के कारण अमीर *नहीं* बने थे। असली कारण तो अपनी वास्तविकता को बदलने की उनकी योग्यता थी। उस छोटी सी प्रॉपर्टी को ख़रीदने के बाद वे उससे भी बड़ी प्रॉपर्टी की तलाश करने लगे थे। अपनी

वास्तविकता का विस्तार करने के लिए।

दूसरी तरफ़, मेरे ग़रीब डैडी में अपनी वास्तविकता को बदलने की योग्यता नहीं थी, जिस वजह से वे ज़्यादा कड़ी मेहनत करते रहे और वित्तीय दृष्टि से कभी आगे नहीं बढ़ पाए। वे हमेशा कहते रहते थे, "मैं इसका ख़र्च नहीं उठा सकता।" और इसी वाक्य ने उनकी वास्तविकता को आकार दिया। मेरे ग़रीब डैडी बहुत स्मार्ट थे। वे अगर अपनी वास्तविकता को बदलना चाहते, तो उसी प्रॉपर्टी को ख़रीद सकते थे जिसे अमीर डैडी ने ख़रीदा था, लेकिन वे यह नहीं जानते थे कि उनकी वास्तविकता बीच में आड़े आ रही थी। वे सचमुच सोचते थे कि वे कई मिलियन डॉलर की उस प्रॉपर्टी का ख़र्च नहीं उठा सकते हैं। उनके विचार उनकी वास्तविकता बन गए।

अंततः, मेरे अमीर डैडी और मेरे ग़रीब डैडी में मूलभूत अंतर सिर्फ़ उनकी वास्तविकताओं का था। एक ने यह कहकर अपनी वास्तविकता का विस्तार करने का फ़ैसला किया, "मैं समुद्र तट की इस प्रॉपर्टी का ख़र्च किस तरह उठा सकता हूँ?" हालाँकि उस वक़्त उनके पास इसे ख़रीदने के पैसे नहीं थे। दूसरे ने यह कहने का विकल्प चुना, "मैं इसका ख़र्च नहीं उठा सकता।" जैसा मैंने कहा, यह समुद्र तट वाली प्रॉपर्टी नहीं थी, जिसने एक को अमीर बनाया और दूसरे को ग़रीब। यह तो भिन्न-भिन्न वास्तविकताओं का चुनाव था।

## #1 लीवरेज

पहले नंबर का लीवरेज आपके मस्तिष्क में पाया जाता है, क्योंकि यहीं पर आपकी वास्तविकताएँ आकार लेती हैं। किम और मैं जवानी में अमीर बनकर रिटायर होना चाहते थे। इसके लिए हमें लगातार अपनी वास्तविकताओं पर नियंत्रण करने, परिवर्तन करने और विस्तार करने की ज़रूरत पड़ी। आज मैं लोगों से कहता हूँ, "50,000 डॉलर प्रति वर्ष कमाने के लिए बहुत कड़ी मेहनत करने की स्थिति से बहुत कम मेहनत में दस लाख डॉलर प्रति वर्ष आमदनी कमाने की स्थिति में पहुँचने का सफ़र वास्तविकता बदलने से शुरू होता है।"

यह ज़रूरी नहीं है कि वास्तविकता का यह परिवर्तन बहुत बड़ा या बेहतर हो। वास्तविकता का परिवर्तन सिर्फ़ दृष्टिकोण बदलना भी हो सकता है। मिसाल के तौर पर, नौसिखिए निवेशकों की तरह यह न कहें कि कोई चीज़ "बहुत ज़्यादा ख़तरनाक है," इसके बजाय यह पूछें, "रिस्क-रिवॉर्ड रेशो क्या है?" या "जीतने से पहले मैं कितनी बार हारूँगा?" "वह प्रॉपर्टी बहुत ज़्यादा महँगी है," यह कहने के बजाय उस व्यक्ति के बारे में पुस्तक पढ़ें या उस व्यक्ति से पूछें, जो उस प्रॉपर्टी को ख़रीद सकता है और पता लगाएँ कि वह इसे कैसे ख़रीद सकता है। महत्वपूर्ण बात प्रॉपर्टी नहीं, बल्कि आपकी वास्तविकता का परिवर्तन है।

## एक डैडी ज़्यादा अमीर क्यों बने, दूसरे डैडी ज़्यादा ग़रीब क्यों बने

अमीर डैडी में अपनी वास्तविकता को लगातार बदलने, नियंत्रित करने और विस्तृत करने की योग्यता थी। चूँकि वे लगातार अपनी वास्तविकता का विस्तार कर सकते थे, इसलिए वे कम से कम काम करके ज़्यादा से ज़्यादा अमीर बनते चले गए। दूसरी तरफ़, मेरे ग़रीब डैडी ने अपनी वास्तविकता के भीतर जीने का विकल्प चुना। मेरे ग़रीब डैडी एक ऐसी दुनिया में जिए, जिसे वे सच मानते थे। ज़ाहिर है, उनके जीवन में यही *इकलौती* वास्तविकता साकार हुई। दिन-रात कड़ी मेहनत करने के बावजूद रिटायरमेंट के वक़्त वे ग़रीब थे। उनकी एक निश्चित वास्तविकता थी और वे नहीं जानते थे कि इसे किस तरह नियंत्रित, परिवर्तित या विस्तृत बनाया जाए। अपनी वास्तविकता को बदलने के बजाय वे इस तरह की बातें कहते रहे, "मैं इसका ख़र्च नहीं उठा सकता।" "मैं कभी अमीर नहीं बन पाऊँगा।" "पैसे में मेरी कोई दिलचस्पी नहीं है।" "रिटायर होने के बाद मेरी आमदनी घट जाएगी।" उनके शब्द उनकी ज़िंदगी की सच्चाई बन गए।

### बरसों तक हमारी वास्तविकता के बाहर

नए साल की उस रात को कनाडा के ठंडे पहाड़ पर बैठकर मुझे एहसास हुआ कि मुझे इस बात की ज़रूरत है कि मैं अपनी वास्तविकता से बाहर के विचार सोचने की इच्छा रखूँ और तब तक सोचता रहूँ, *जब तक कि संभावना से भरे वे विचार मेरी वास्तविकता न बन जाएँ*। जिस तरह राइट बंधु बरसों तक ज़्यादातर लोगों की वास्तविकता से बाहर रहने के इच्छुक थे, उसी तरह किम, लैरी और मुझे भी बरसों तक ज़्यादातर लोगों की वास्तविकता के बाहर रहने की ज़रूरत थी। दरअसल, हमें बरसों तक अपनी ख़ुद की वास्तविकता के बाहर भी रहना पड़ा। अक्सर दूसरे लोगों से हमारी बहस होती थी और कभी-कभार हमारी आलोचना भी होती थी कि हम स्वप्नदर्शी, मूर्ख, लापरवाह या जोखिम लेने वाले हैं। किम, लैरी और मुझे कम से कम चार साल तक अपने विचारों पर विश्वास करना पड़ा, तब कहीं जाकर हमें असली ज़िंदगी में कोई स्पष्ट परिणाम दिखा। दूसरे शब्दों में, हमें अपनी वास्तविकता को धकाकर संभावना के क्षेत्र के अपने लक्ष्यों तक पहुँचाने में चार से आठ साल का समय लग गया।

आज जब लोग मुझसे पूछते हैं कि अमीर बनने के लिए किस चीज़ की ज़रूरत होती है, तो मैं कहता हूँ, "इसमें अपनी वास्तविकता का विस्तार करने की योग्यता की ज़रूरत होती है। अगर आप अपनी वास्तविकता का विस्तार *नहीं* करना चाहते हैं, तो अमीर बनने में बहुत लंबा समय लग सकता है।"

अगर आप जवानी में अमीर बनकर रिटायर होना चाहते हैं, तो आपको अपनी वास्तविकता को बदलने और उसका विस्तार करने की ज़रूरत है। आपको इसकी आदत डाल लेनी चाहिए। जैसा मेरे अमीर डैडी लगातार अपने बेटे और मुझे याद दिलाते रहते थे, "इंसान के विचार और शब्द सच हो जाते हैं।"

*एक सुझाव* : अमीर डैडी ने अपने बेटे और मुझे हमारी वास्तविकताओं का विस्तार करना सिखाने के लिए एक बड़ा ही अच्छा तरीक़ा अपनाया। उन्होंने हमें ऐसे लोगों की जीवनियाँ पढ़ने के लिए कहा, जो उस तरह की ज़िंदगी जीते थे, जैसी हम जीना चाहते थे। उदाहरण के लिए, अमीर डैडी ने हमसे जॉन टी. रॉकफ़ेलर और हेनरी फ़ोर्ड की जीवनियाँ पढ़वाईं। हाल में मैंने बिल गेट्स, रिचर्ड ब्रान्सन, जॉर्ज सोरोस सहित अन्य कई लोगों के बारे में या उनकी लिखी पुस्तकें पढ़ी हैं।

जब मेरा सामना उन लोगों से होता है, जो कहते हैं, "मेरी उम्र बहुत ज़्यादा है," तो मैं उनसे पूछता हूँ कि क्या वे कर्नल सैंडर्स की दास्तान पढ़ना चाहेंगे, जो साठ साल की उम्र के बाद अमीर बने थे। जब मैं किसी महिला को यह कहते सुनता हूँ, "मैं आगे नहीं निकल सकती, क्योंकि यह मर्दों की दुनिया है," तो मैं उससे पूछता हूँ कि क्या उसने *बॉडी शॉप* की संस्थापक अनीता रोडिक की कहानी पढ़ी है या मुरियल सीबर्ट की, जो न्यूयॉर्क स्टॉक एक्सचेंज में बैठने वाली पहली महिला थी। जब लोग कहते हैं कि उनकी उम्र बहुत कम है, तो मैं उनसे बिल गेट्स के बारे में पढ़ने को कहता हूँ, जो तीस साल की उम्र के थोड़े ही समय बाद दुनिया के सबसे अमीर आदमी बन गए थे। अगर ये मिसालें उनकी वास्तविकताओं का विस्तार नहीं कर पाती हैं, तो मुझे नहीं लगता कि ऐसा कभी हो पाएगा।

एक और बेहतरीन पुस्तक बिल फ़िलिप्स की *बॉडी फ़ॉर लाइफ़* है। एक दोस्त ने मुझे इसे पढ़ने की सलाह दी थी, क्योंकि उसने मेरा पेट बढ़ते देख लिया था। मैंने हाल ही में इसे पूरा पढ़ डाला है और अब मैं इस पुस्तक में बताई योजना पर चलता हूँ। बिल फ़िलिप्स ज़्यादातर बातें वही कहते हैं, जो मेरे अमीर डैडी ने मुझे सिखाई थीं, लेकिन उनका विषय *शारीरिक सेहत* है, जबकि अमीर डैडी का विषय *वित्तीय दौलत* था।

विषय चाहे जो हो, प्रक्रिया समान है। उदाहरण के लिए, बिल फ़िलिप्स कहते हैं कि वज़न कम करना शुरू करने से पहले उसके कारण खोजें। अमीर डैडी इसे *क्यों* कहते थे। बिल फ़िलिप्स की पुस्तक में एक उत्कृष्ट खंड है सपने बनाम लक्ष्य। इसमें वे बताते हैं कि प्रक्रिया के लिए सपने और लक्ष्य महत्वपूर्ण क्यों हैं, हालाँकि जिन विषयों में मुझे सेहत और दौलत में सबसे क़रीबी तालमेल नज़र आया, उनका संबंध खाने और अपनी वास्तविकता के पार जाने में था।

बिल फ़िलिप्स लोगों को कम *नहीं*, बल्कि ज़्यादा खाने के लिए प्रोत्साहित करते हैं। अगर आप वज़न कम करना चाहते हैं, शक्ति हासिल करना चाहते

हैं और अपनी सेहत सुधारना चाहते हैं, तो वे हर दिन छह बार खाने की सलाह देते हैं। वे कहते हैं कि जो लोग भूखे रहकर वज़न घटाने की कोशिश करते हैं, वे सिर्फ़ कुछ समय तक ही भूखे रह पाते हैं। इस दौरान उनकी चर्बी नहीं, बल्कि मांसपेशी कम होती है और फिर वे जमकर ठूँसने लगते हैं, जिससे वे पहले से ज़्यादा थुलथुल हो जाते हैं। वे ज़्यादा मोटे इसलिए हो जाते हैं, क्योंकि अब उनकी कैलोरियाँ बढ़ चुकी हैं और उन्हें जलाने के लिए मांसपेशी कम बची है। मैं इस पैटर्न को अच्छी तरह जानता हूँ।

अमीर डैडी भी उन लोगों के बारे में यही कहते थे, जो सस्ते या कंजूस बनकर या पैसे ख़र्च न करके, अपने संसाधनों के नीचे जीकर और पाई-पाई बचाकर अमीर बनने की कोशिश करते थे। इस तरह के व्यवहार से ज़्यादातर लोग बहुत अमीर नहीं बन पाते हैं। अगर कोई व्यक्ति अमीर बनना चाहता है, तो उसे ज़्यादा ख़र्च करने की ज़रूरत है ... लेकिन उसे पता होना चाहिए कि अमीर बनने के लिए वह *कैसे* और *किस चीज़ पर ख़र्च करे*। जैसा मेरे अमीर डैडी ने कहा था, "अच्छे और बुरे दोनों तरह के ख़र्च होते हैं।" और हममें से ज़्यादातर लोग जानते हैं कि खाना भी अच्छा और बुरा दोनों तरह का होता है। जिस तरह कोई *व्यक्ति भूखा* रहकर वज़न कम करने की कोशिश करता है, उसी तरह जो व्यक्ति कंजूस बनकर अमीर बनने की कोशिश करता है, वह भी आर्थिक दृष्टि से सिर्फ़ कमज़ोर बनता है और फिर अचानक वह अपनी भड़ास निकालता है, लेकिन यह खाने का नहीं, बल्कि ख़र्च करने का पेटूपन होता है। और जिस तरह पेटू व्यक्ति फ़ास्ट फ़ूड को जगकर अपने पेट में भर लेता है, उसी तरह कंजूस जब ख़र्च करने पर उतारू होता है, तो अपने घर में विलासिता के ढेरों बेकार सामान भर लेता है।

बिल फ़िलिप्स यह सुझाव भी देते हैं कि "अधिकतम गंभीरता" तब आती है, जब आप असफलता को "भाँप" लेते हैं। मेरे ख़्याल से बिल फ़िलिप्स यह कह रहे हैं कि जिस पल आप असफल होते हैं, जिस पल आपको लगता है कि आप इससे आगे नहीं जा सकते, उसी पल आप उससे उबरना और दोबारा विकास करना शुरू करते हैं। दूसरे शब्दों में, जब आप ख़ुद को अपनी सीमाओं के पार धकेलते हैं और शारीरिक रूप से असफल होते हैं, उसी समय आप ज़्यादा सेहतमंद बनना शुरू करते हैं। मैं कहता हूँ कि यही ज़्यादा दौलतमंद बनने के बारे में भी सच है। मैंने ग़ौर किया है कि ज़्यादातर लोग असफल इसलिए हैं, क्योंकि वे हर क़ीमत पर असफलता से बचते हैं। दस में से नौ नए बिज़नेस असफल हो जाते हैं, यह मिसाल देकर निवेश सलाहकार ने कोई नया बिज़नेस शुरू करने के ख़िलाफ़ सलाह दी थी। उसी की तरह ज़्यादातर लोग असफलता को बुरा मानते हैं। अमीर डैडी ने मुझे सिखाया कि सीखने और सफलता पाने के लिए असफलता अनिवार्य है। मैंने हारने के *बाद* जितना ज़्यादा सीखा है, उतना पहले उससे नहीं सीखा था। हालाँकि कई बार इससे चोट पहुँची, लेकिन

असफलता के बाद उपचार प्रक्रिया ने अंततः मुझे ज़्यादा भावनात्मक और आर्थिक मज़बूती दी।

मैं कई लोगों से मिला हूँ, जो सिर्फ़ इसलिए सफल *नहीं* हो पाए, क्योंकि वे असफल नहीं हो पाए। वे अपनी व्यक्तिगत वास्तविकता - जिसे वे अपने लिए संभव मानते हैं - के पार जाने में असफल रहे हैं। इस कारण उन्हें यह कभी पता ही नहीं चल पाया है कि उनके जीवन में क्या संभव है। जैसा मैंने कहा, मैं सोचता हूँ कि अपनी वास्तविकता को लगातार बदलने और उसका विस्तार करने की योग्यता ने ही अमीर डैडी को अंततः दौलतमंद बनाया। बिल फ़िलिप्स स्वास्थ्य के बारे में यही बात कह रहे हैं। आप कितने सशक्त हैं, इस बारे में अपनी वास्तविकता के भीतर रहकर आप ज़्यादा स्वस्थ नहीं बनते हैं। अगर आप ज़्यादा स्वस्थ और दौलतमंद बनना चाहते हैं, तो आपको अपनी वास्तविकता के पार निकलने की ज़रूरत है। आपको नई संभावनाओं के क्षेत्र में ज़िंदगी जीने की ज़रूरत है। अच्छी ख़बर यह है कि अगर आप लगातार अपनी सीमाओं के पार जाते हैं, तो आपको सबसे अच्छा लीवरेज मिलता है। आपको ज़्यादा स्वस्थ, दौलतमंद, ज़्यादा समय तक युवा रहने, शायद बेहतर दिखने का लीवरेज भी मिलता है ... और मेरे लिए, यह लीवरेज मायने रखता है।

अगर आप अपनी वास्तविकता का विस्तार करना चाहते हैं, तो उन लोगों के बारे में पुस्तकें पढ़ें या ऑडियोटेप्स सुनें, जो पहले ही वह चीज़ हासिल कर चुके हैं, जिसे आप हासिल करना चाहते हैं। मेरे ग़रीब डैडी ने मुझे प्रोत्साहित किया कि मैं महान लीडर्स पर पुस्तकें पढ़ूँ, जैसे राष्ट्रपति लिंकन, राष्ट्रपति केनेडी, गाँधी, मार्टिन लूथर किंग आदि। दोनों डैडियों ने वास्तविकता के विस्तार के लिए मुझे पढ़ने की सलाह दी, हालाँकि उन्होंने समान वास्तविकताओं की सलाह नहीं दी, क्योंकि उनकी वास्तविकताएँ अलग-अलग थीं ... और मुझे ख़ुशी है कि मुझे दोनों वास्तविकताओं की जानकारी मिली।

अगर आप सचमुच जवानी में अमीर बनकर रिटायर होना चाहते हैं, तो आपको अपनी वास्तविकता से शुरुआत करनी चाहिए। यही सही जगह है।

# अध्याय - 6

# आप किसे जोखिम भरा मानते हैं

मेरे दोनों ही डैडी शक्तिशाली थे। इस वजह से मुझे अलग-अलग वास्तविकताओं के बारे में जानने-समझने का अवसर मिला। हालाँकि कई बार यह दुविधापूर्ण, यहाँ तक कि विरोधाभासी भी था, लेकिन दो अलग-अलग वास्तविकताओं के बारे में सुनने से मुझे लंबे समय में लाभ हुआ। मुझे एहसास था कि दोनों ही ख़ुद को सही मानते थे और कभी-कभार तो सामने वाले को ग़लत भी मानते थे।

मेरे असली डैडी तेज़ी से राज्य शासन की सेवा की पायदानें चढ़ रहे थे। वे बहुत तेज़ी से स्कूल टीचर से हवाई राज्य के सुपरिंटेंडेंट ऑफ़ एजुकेशन पद पर पहुँच गए। उनकी तेज़ तरक़्क़ी देखकर लोग कानाफूसी करने लगे कि किसी दिन मेरे डैडी राजनीतिक पद का चुनाव लड़ेंगे।

जिस वक़्त मेरे डैडी शासकीय सेवा की पायदानें चढ़ रहे थे, अमीर डैडी ग़रीबी से बाहर निकलने के लिए कड़ी मेहनत कर रहे थे और दौलतमंद बनने की राह पर पहुँच रहे थे। जब उनका बेटा और मैं हाई स्कूल में पहुँचे, तब तक वे अमीर बन चुके थे और ज़्यादा अमीर बनते जा रहे थे। जिस योजना पर वे बीस साल से ज़्यादा समय से काम कर रहे थे, वह अब काम करने लगी थी। अचानक लोग उन पर और उनके कामों पर ध्यान देने लगे। अब वे ग़ुमनाम नहीं थे, जिनके बारे में कोई नहीं जानता था। अब लोग हैरान होने लगे थे कि यह व्यक्ति कौन था, जो अचानक हवाई की महँगी प्रॉपर्टी ख़रीदने लगा था। अमीर डैडी ने शून्य से शुरुआत की थी, उनके पास दीर्घकालीन योजना थी, वे अपनी योजना पर चले थे और अब हवाई के अमीर तथा प्रभावशाली लोगों की नज़रों में चढ़ रहे थे।

चालीस साल की उम्र के बाद अमीर डैडी ने हमारे छोटे क़स्बे से बाहर का रुख़ किया और वायकिकी बीच पर कई बड़ी प्रॉपर्टीज़ ख़रीदने की पेशकश की। रिज़ॉर्ट मार्केट के इस नए खिलाड़ी के बारे में अख़बारों में लेखों की भरमार हो गई। जल्दी ही वे वायकिकी बीच की कई प्रॉपर्टीज़ के मालिक बन गए। इसके अलावा बाहरी टापुओं पर वे कई समुद्र तट की प्रॉपर्टीज़ के भी मालिक बन गए।

अब अमीर डैडी एक दूर-दराज़ के टापू के छोटे क़स्बे से आने वाले ग़रीब लड़के नहीं रह गए थे। अब वे सक्रिय हो चुके थे और लोगों का ध्यान इस तरफ़ जाना ही था।

जब मेरे दोनों डैडी अपने-अपने कैरियर में बड़े क़दम उठा रहे थे, तब मैं न्यूयॉर्क में मिलिट्री अकेडमी में था। अमीर डैडी का बेटा माइक उस वक़्त वायकिकी बीच पर एक पेंटहाउस अपार्टमेंट में रहता था। वह हवाई यूनिवर्सिटी में पढ़ता था, लेकिन साथ ही उसे अपने पिता के फैलते साम्राज्य को सँभालने के लिए तैयार किया जा रहा था। यह सुनना बहुत प्रभावशाली लगता है कि वह पेंटहाउस अपार्टमेंट में रहता है, जबकि सच तो यह था कि माइक उस होटल को चला रहा था, जिसमें वह पेंटहाउस था। इसके साथ ही वह यूनिवर्सिटी में पढ़ाई भी कर रहा था।

क्रिसमस की छुट्टियों में घर आने पर मैं और माइक अमीर डैडी के ऑफ़िस में चर्चा कर रहे थे कि हमने अकेडमी या यूनिवर्सिटी में क्या सीखा और किन नए लोगों से मिले। देश भर के युवकों से मिलने के बाद मैंने माइक और अमीर डैडी से यह बात कही, "मैंने ध्यान दिया है कि लोग पैसे के बारे में अलग-अलग तरीक़े से सोचते हैं। मैं बहुत दौलतमंद परिवारों के लड़कों से मिला हूँ और बहुत ग़रीब परिवारों के बच्चों से भी। हालाँकि ज़्यादातर लड़के-लड़कियाँ शैक्षणिक दृष्टि से प्रतिभाशाली हैं, लेकिन ग़रीब और मध्य वर्गीय लड़के अमीर परिवारों के लड़कों से अलग तरीक़े से सोचते हैं।"

मेरी इस बात पर अमीर डैडी ने तत्काल प्रतिक्रिया की। उन्होंने कहा, "वे अलग तरीक़े से नहीं सोचते हैं। वे विपरीत सोचते हैं।" अपनी डेस्क पर बैठकर उन्होंने अपना पीला नोटपैड उठाया और उस पर यह तुलना लिख दी :

## विपरीत सोच

| *मध्य वर्ग* | *अमीर* |
|---|---|
| नौकरी की सुरक्षा | बिज़नेस बनाना |
| बड़ा मकान | अपार्टमेंट हाउसेस |
| पैसा बचाना | पैसे का निवेश करना |
| अमीर लालची होते हैं | अमीर उदार होते हैं |

यह लिखने के बाद अमीर डैडी ने मेरी तरफ़ देखते हुए कहा, "तुम्हारी वास्तविकता इस बात से तय होती है कि तुम किसे *स्मार्ट* और किसे *जोखिम भरा* मानते हो।"

उनके डायग्राम की ओर देखते हुए मैंने पूछा, "आपका मतलब है, मध्य वर्ग यह सोचता है कि नौकरी की सुरक्षा स्मार्ट तरीक़ा है और बिज़नेस बनाना जोखिम भरा तरीक़ा है?" मैं इस वास्तविकता को अच्छी तरह जानता था, क्योंकि यह मेरे ग़रीब डैडी की वास्तविकता थी।

"सही है," अमीर डैडी ने कहा। "नौकरी की सुरक्षा के बारे में और कुछ?"

मैंने कुछ समय तक सोचा, लेकिन मुझे कुछ समझ नहीं आया। मैंने जवाब दिया, "मैं नहीं जानता कि आप किस जवाब की उम्मीद कर रहे हैं। यह सच है कि मेरे डैडी सहित बहुत से लोग यह सोचते हैं कि सुरक्षित नौकरी चुनना स्मार्ट तरीक़ा है। इसमें मैं किस चीज़ को नज़रअंदाज़ कर रहा हूँ?"

"तुम मेरी वास्तविकता को नज़रअंदाज़ कर रहे हो," अमीर डैडी ने कहा। "मैंने तुमसे कहा था कि मध्य वर्गीय और ग़रीब लोग सिर्फ़ अलग नहीं सोचते हैं। मैंने कहा था कि वे बिलकुल विपरीत सोचते हैं। तो मेरी विपरीत वास्तविकता क्या है?"

अचानक अमीर डैडी की वास्तविकता मेरी समझ में आ गई, "आपके हिसाब से बिज़नेस बनाना स्मार्ट तरीक़ा है और नौकरी की सुरक्षा जोखिम भरी है। क्या विपरीत से आपका यही मतलब है?" मैंने पूछा।

अमीर डैडी ने सहमति में सिर हिलाया।

मैंने पूछा, "आपका मतलब है, आप बिज़नेस बनाने को ख़तरनाक नहीं मानते हैं?"

अमीर डैडी ने इंकार में अपना सिर हिलाकर कहा, "नहीं। बिज़नेस बनाना सीखना किसी और चीज़ को सीखने जैसा ही है। मैं सोचता हूँ कि ज़िंदगी भर नौकरी की सुरक्षा से चिपके रहना बिज़नेस बनाना सीखने से ज़्यादा जोखिम भरा है। एक जोखिम अल्पकालीन है और दूसरा ज़िंदगी भर चलने वाला है।"

यह बातचीत 1960 के दशक के अंत में हुई थी। तब हम *डाउनसाइज़िंग* या छँटनी जैसे शब्द नहीं जानते थे। हममें से ज़्यादातर लोग उस वक़्त बस इतना जानते थे कि आप पढ़ाई करते थे, नौकरी करते थे, ज़िंदगी भर काम करते थे और जब आप रिटायर होते थे, तो कंपनी और सरकार आपकी देखभाल करती थीं। हमें घर और स्कूल में बस इतना सिखाया गया था, "अच्छी पढ़ाई करो, ताकि तुम अच्छे कर्मचारी बन सको।" यह कहा तो नहीं जाता था, लेकिन मतलब यही निकलता था कि स्कूल जाने का मतलब *नौकरी पाने के अधिक योग्य* (more employable) बनना था और यही *स्मार्ट* विकल्प था। आज हममें से ज़्यादातर लोग जानते हैं कि नौकरी की सुरक्षा अतीत की चीज़ है, लेकिन उस वक़्त कोई भी इस बारे में सवाल नहीं करता था कि नौकरी की सुरक्षा चाहना स्मार्ट विकल्प है।

मैंने अमीर डैडी की उस तुलना की तरफ़ देखा कि अमीर लालची होते हैं या अमीर उदार होते हैं। और मैं उस पल जान गया कि मेरी वास्तविकता क्या थी। मेरे परिवार में अमीर लोगों को बेरहम और लालची माना जाता था, जिनकी दिलचस्पी सिर्फ़ पैसे में होती थी और जो ग़रीबों की परवाह नहीं करते थे।

अपनी सूची की तरफ़ इशारा करते हुए अमीर डैडी ने कहा, "क्या तुम सोचने के फ़र्क़ को समझ गए हो?"

"सोचने के तरीक़े अलग नहीं हैं, बिलकुल विपरीत हैं," मैंने धीरे से कहा। "इसीलिए अमीर बनना लोगों के लिए अक्सर इतना मुश्किल होता है। अमीर बनने के लिए सिर्फ़ अलग सोचने की नहीं, बल्कि विपरीत सोचने की ज़रूरत होती है।"

अमीर डैडी ने सिर हिलाकर सहमति जताई और उस विचार को मेरे भीतर उतरने दिया। "अगर तुम अमीर बनना चाहते हो, तो तुम्हें अपने सोचने के वर्तमान तरीक़े से ठीक विपरीत तरीक़े से सोचना सीखना होगा।"

"सिर्फ़ सोचने के तरीक़े को बदलना होगा?" मैंने पूछा। "क्या इसमें अलग तरह से *काम* करने की ज़रूरत नहीं है?"

"सच कहा जाए तो नहीं," अमीर डैडी ने कहा। "अगर तुम नौकरी की सुरक्षा के लिए काम करते हो, तो तुम ज़िंदगी में ज़्यादातर समय कड़ी मेहनत करोगे। अगर तुम बिज़नेस बनाने के लिए मेहनत करते हो, तो तुम शुरुआत में ज़्यादा कड़ी मेहनत करोगे, लेकिन तुम अंत में कम से कम काम करोगे और शायद 10, 100 या 1000 गुना ज़्यादा पैसा कमाओगे। तो कौन सा विकल्प ज़्यादा स्मार्ट है?"

"और निवेश के बारे में?" मैंने पूछा। "मेरे मम्मी-डैडी हमेशा कहते हैं कि निवेश करना ख़तरनाक है और पैसे बचाना स्मार्ट तरीक़ा है। जब आप निवेश करते हैं, तो क्या आप अलग तरीक़े से काम नहीं करते हैं?"

अमीर डैडी यह बात सुनकर मुस्कराए और बोले, "पैसे बचाने और पैसे का निवेश करने के लिए एक जैसे काम करने होते हैं। आप वही काम करते हैं ... हालाँकि आपकी सोच बिलकुल विपरीत होती है।"

"वही काम?" मैंने पूछा। "लेकिन क्या एक में ज़्यादा जोखिम नहीं है?"

"नहीं," अमीर डैडी ने दोबारा हँसते हुए कहा। "मैं तुम्हें ज़िंदगी का एक महत्वपूर्ण सबक़ सिखाना चाहता हूँ।" मैं अब ज़्यादा बड़ा हो गया था, इसलिए अब वे मुझे और माइक को ज़्यादा विस्तार से समझा सकते थे। "लेकिन तुम्हें वह सबक़ बताने से पहले क्या मैं एक सवाल पूछ सकता हूँ?"

"ज़रूर, जो पूछना चाहें, पूछिए।"

उन्होंने पूछा, "पैसे बचाने के लिए तुम्हारे माता-पिता क्या करते हैं?"

मैंने कुछ समय तक उनके सवाल पर सोचने के बाद कहा, "वे बहुत से काम करते हैं।"

"कोई भी एक काम बता दो," अमीर डैडी ने कहा। "ऐसा काम बताओ, जिसमें वे अपना काफ़ी समय लगते हों।"

"देखिए, हर बुधवार को जब अख़बारों में सुपरमार्केट्स साप्ताहिक फ़ूड स्पेशल्स का विज्ञापन देते हैं, तो उन्हें पढ़ने के बाद ही मेरे मम्मी-डैडी सप्ताह का फ़ूड बजट बनाते हैं। वे खाने-पीने के सामानों पर सेल्स और क्लिप कूपन्स की तलाश करते हैं," मैंने कहा। "इस काम में वे बहुत समय लगाते हैं। दरअसल, हमारे घर क्या बनेगा, यह भी इसी बात से तय होता है कि सुपरमार्केट में किस चीज़ की सेल लगी है।"

अमीर डैडी ने पूछा, "फिर वे क्या करते हैं?"

"फिर वे शहर के अलग-अलग सुपरमार्केट्स में जाते हैं और डिस्काउंट पर मिलने वाले सामान ख़रीदते हैं," मैंने जवाब दिया। "वे कहते हैं कि सेल पर मिलने वाले फ़ूड आइटम्स की शॉपिंग से वे बहुत सा पैसा बचा लेते हैं।"

"बेशक ऐसा ही होता होगा," अमीर डैडी ने कहा। "और क्या वे कपड़ों की सेल से भी ख़रीदारी करते हैं?"

मैंने हाँ में सिर हिलाया। "हाँ, और वे कार ख़रीदते समय भी ऐसा करते हैं, चाहे कार नई हो या सेकंड हैंड। वे पैसे बचाने के लिए शॉपिंग करने में बहुत समय लगाते हैं।"

अमीर डैडी ने पूछा, "तो उन्हें लगता है कि *बचत* स्मार्ट काम है?"

"निश्चित रूप से," मैंने जवाब दिया। "दरअसल, जब वे देखते हैं कि कोई चीज़ सेल पर है, तो वे उसे थोक में ख़रीदकर अपने बड़े फ़्रीज़र में रख लेते हैं। कुछ समय पहले सेल में उन्होंने इतना सारा पोर्क ख़रीद लिया है कि यह अगले छह महीने तक चलेगा। वे इतनी ज़बर्दस्त छूट पर रोमांचित थे।"

अमीर डैडी ज़ोर-ज़ोर से हँसने लगे। उन्होंने कहा, "पोर्क? उन्होंने कितने पैसों का पोर्क ख़रीद डाला?"

"वह तो मुझे नहीं पता, लेकिन उन्होंने बहुत सारा ख़रीदा था। हमारा फ़्रीज़र पूरा भर गया था। लेकिन उन्होंने सिर्फ़ पोर्क ही नहीं ख़रीदा था, उन्होंने दूसरे स्टोर में लगी सेल से हैमबर्गर ख़रीदकर उसे भी फ़्रीज़र में भर लिया था।"

अमीर डैडी ने हँसते हुए पूछा, "तुम्हारा मतलब है कि उनके पास सिर्फ़ सेल्स के समान भरने के लिए इतना बड़ा फ़्रीज़र है?"

"हाँ," मैंने जवाब दिया। "वे पाई-पाई *बचाने* के लिए कड़ी मेहनत करते हैं। वे कूपन काटने और शॉपिंग करने में बहुत समय लगाते हैं। क्या इसमें कुछ

ग़लत है?"

"नहीं," अमीर डैडी ने कहा। "इसमें कुछ भी ग़लत नहीं है। यह तो बस वास्तविकता का फ़र्क़ है।"

मैंने पूछा, "क्या आप ये काम नहीं करते हैं?"

अमीर डैडी ने हँसते हुए कहा, "मैं इंतज़ार कर रहा था कि तुम यह सवाल मुझसे कब पूछोगे। अब मैं तुम्हें ज़िंदगी का एक बहुत अहम सबक़ सिखा सकता हूँ।"

"यह सबक़ कि आप वही काम नहीं करते हैं, जो मेरे माता-पिता करते हैं?" मैंने एक बार फिर पूछा। मैं अपने पिछले सवाल के जवाब का इंतज़ार कर रहा था।

"नहीं," अमीर डैडी ने कहा। "सबक़ यह है कि मैं भी बिलकुल वही काम करता हूँ, जो तुम्हारे माता-पिता करते हैं। दरअसल तुम मुझे ऐसा करते हुए देख भी चुके हो।"

"क्या?" मैंने पूछा। "आप अपने फ़्रीज़र को भरने के लिए सेल में जाकर शॉपिंग करते हैं? मुझे नहीं लगता कि मैंने आपको कभी ऐसा करते देखा है।"

"नहीं, तुमने नहीं देखा है," अमीर डैडी ने कहा। "लेकिन तुमने मुझे सेल पर मिलने वाले निवेशों की शॉपिंग करके अपना पोर्टफ़ोलियो भरते हुए देखा है।"

इस बात को सुनकर मैं कुछ समय के लिए ख़ामोश बैठा रहा। "आप अपने पोर्टफ़ोलियो को भरने के लिए शॉपिंग करते हैं, जबकि मेरे माता-पिता अपने *फ़्रीज़र* को भरने के लिए शॉपिंग करते हैं? आप यह कहना चाहते हैं कि आप दोनों वही काम करते हैं, लेकिन आप अलग-अलग चीज़ों की शॉपिंग करते हैं और उन्हें अलग-अलग जगहों पर भरकर रखते हैं?"

अमीर डैडी ने सहमति जताई। वे चाहते थे कि यह सबक़ मेरे बीस साल के दिमाग़ में घुस जाए।

"आप दोनों वही काम करते हैं, लेकिन इसके बावजूद मेरे माता-पिता ज़्यादा ग़रीब बन जाते हैं और आप ज़्यादा अमीर बन जाते हैं। क्या यही सबक़ है?" मैंने पूछा।

अमीर डैडी ने अपना सिर हिलाकर कहा, "यह सबक़ का एक हिस्सा है।"

मैंने पूछा, "सबक़ का दूसरा हिस्सा क्या है?"

"सोचो," अमीर डैडी ने कहा। "हम किस चीज़ के बारे में बात कर रहे हैं?"

मैंने एक पल के लिए सोचा और आख़िरकार सबक़ का दूसरा हिस्सा मेरी समझ में आ गया। मैंने कहा, "ओह। आप और मेरे माता-पिता समान काम

करते हैं, लेकिन आपकी वास्तविकताएँ अलग-अलग हैं।"

"अब तुम समझ रहे हो," अमीर डैडी ने कहा। "स्मार्ट और ख़तरनाक के बारे में क्या ख़्याल है?"

"ओह," मैंने ज़ोर से कहा। "वे सोचते हैं कि पैसे बचाना स्मार्ट काम है और निवेश करना ख़तरनाक है।"

"थोड़ा और बताओ," अमीर डैडी ने कहा।

"चूँकि वे सोचते हैं कि निवेश ख़तरनाक है, इसलिए वे पैसे बचाने के लिए कड़ी मेहनत करते हैं ... लेकिन वास्तविकता में वे *वही* काम कर रहे हैं, जो आप कर रहे हैं। अगर वे निवेश के बारे में अपनी वास्तविकता बदल लें और वही काम करें, जो वे पोर्क पर पैसे बचाने के लिए कर रहे हैं, तो वे ज़्यादा अमीर बनते जाएँगे। आप भी उनके जैसे ही काम करते हैं, लेकिन आप बिज़नेस, रियल एस्टेट, स्टॉक्स, बॉण्ड्स और अन्य व्यावसायिक या निवेश अवसरों की शॉपिंग करते हैं। आप अपने पोर्टफ़ोलियो के लिए शॉपिंग करते हैं, जबकि वे अपने फ़्रीज़र के लिए शॉपिंग करते हैं।"

"वे भी वही काम करते हैं, लेकिन एक अलग वास्तविकता से करते हैं," अमीर डैडी ने कहा। "उनके काम नहीं ... बल्कि उनकी वास्तविकता ही उन्हें ग़रीब या मध्य वर्गीय बनाती है।"

"उनकी मानसिक वास्तविकता ही उन्हें ग़रीब बनाती है," मैंने धीमे से कहा। "हम किसे *स्मार्ट* और किसे *ख़तरनाक* मानते हैं, उसी से जीवन में हमारी सामाजिक-आर्थिक स्थिति तय होती है।" मैं कॉलेज में अर्थशास्त्र की क्लास में सीखे एक नए वाक्यांश का प्रयोग कर रहा था।

अमीर डैडी ने आगे कहा, "हम एक ही काम करते हैं, लेकिन अलग-अलग मानसिकता से संचालित होते हैं। मैं अमीर व्यक्ति की मानसिकता से काम करता हूँ और तुम्हारे माता-पिता मध्य वर्गीय मानसिकता से काम करते हैं।"

मैंने धीमे से कहा, "इसीलिए आप हमेशा कहते हैं, 'आप जिसे सच मानते हैं, वही आपकी वास्तविकता है।'"

अमीर डैडी ने सिर हिलाकर आगे कहा, "और चूँकि वे निवेश को जोखिम भरा मानते हैं, इसलिए वे उन लोगों के उदाहरण ढूँढ़ लेते हैं, जिन्होंने निवेश में अपना पूरा पैसा गँवा दिया या जिन्हें ज़बर्दस्त घाटा हुआ। उनकी यह वास्तविकता उन्हें दूसरी वास्तविकताओं के प्रति अंधा बना देती है। वे सिर्फ़ वही देखते हैं जिसे वे सच मानते हैं, हालाँकि वह पूरी तरह सच नहीं होता है।"

माइक ने कहा, "जो इंसान नौकरी की सुरक्षा को स्मार्ट मानता है, वह ऐसे उदाहरण खोज लेगा कि नौकरी की सुरक्षा स्मार्ट चीज़ क्यों है और ऐसे उदाहरण भी खोज लेगा कि बिज़नेस खड़ा करना ख़तरनाक क्यों है। इंसान जिस

वास्तविकता में यक़ीन करना चाहता है, उसकी पुष्टि करने के लिए उदाहरण खोजता है।

"बिलकुल ठीक," अमीर डैडी ने कहा। "क्या इसमें समझदारी लगती है? क्या तुमने सबक़ समझ लिया?"

मैंने सिर हिलाया, हालाँकि मैं अब भी सबक़ को आत्मसात कर रहा था। मैंने पीले नोटपैड पर लिखी उस पंक्ति की ओर इशारा करते हुए कहा, जिस पर "बड़ा मकान" और "अपार्टमेंट हाउसेस" लिखे थे, "तो मेरे मम्मी-डैडी हमेशा सपनों के ज़्यादा बड़े मकान की शॉपिंग करते रहते हैं, जबकि आप हमेशा ज़्यादा बड़े अपार्टमेंट हाउसेस की शॉपिंग करते रहते हैं। आप दोनों एक ही काम कर रहे हैं, लेकिन इसके बावजूद आप ज़्यादा अमीर बन रहे हैं, जबकि मेरे मम्मी-डैडी को हाउस लोन की ज़्यादा बड़ी क़िस्तें चुकानी पड़ रही हैं। यह मानसिकता और वास्तविकता की शक्ति का एक और उदाहरण है, है ना?"

"हाँ," अमीर डैडी ने कहा। "और तुम्हारे मम्मी-डैडी हमेशा बड़े मकान की शॉपिंग क्यों करते रहते हैं?"

मैंने जवाब दिया, "क्योंकि डैडी की तनख़्वाह बढ़ती रहती है, इसलिए उनके टैक्स भी बढ़ते रहते हैं। उनका अकाउंटेंट उनसे ज़्यादा बड़ा मकान ख़रीदने को कहता है, ताकि हाउस लोन की ज़्यादा क़िस्त से वे टैक्स में ज़्यादा छूट ले सकें।"

"और वे सोचते हैं कि यह *स्मार्ट* तरीक़ा है ... है ना?" अमीर डैडी ने पूछा। "वे सोचते हैं कि यह स्मार्ट तरीक़ा है, क्योंकि वे अपने मकान को संपत्ति मानते हैं और साथ में उन्हें सरकार से टैक्स में बड़ी छूट भी *मिलती है*।"

मैंने सिर हिलाया और आगे कहा, "और वे सोचते हैं कि अपार्टमेंट हाउसेस ख़रीदने में *जोखिम* है।"

"हम दोनों को टैक्स में एक सी छूट मिलती है, फ़र्क़ सिर्फ़ इतना है कि मेरी टैक्स की छूट मुझे ज़्यादा अमीर बनाती है और तुम्हारे मम्मी-डैडी टैक्स की छूट के कारण ज़्यादा संघर्ष करते हैं और ज़्यादा कड़ी मेहनत करते हैं। मुझे *अच्छे क़र्ज़* के लिए टैक्स में छूट मिलती है और अच्छा क़र्ज़ वह होता है, जो मुझे ज़्यादा अमीर बनाता है, जबकि तुम्हारे मम्मी-डैडी को *बुरे क़र्ज़* के लिए टैक्स में छूट मिलती है। क्या तुम्हें अब समझ में आया कि व्यक्ति जिसे स्मार्ट और जोखिम भरा मानता है, उससे उसकी वास्तविकता किस तरह तय होती है?" अमीर डैडी ने पूछा।

माइक और मैंने, दोनों ने सहमति में सिर हिलाया। माइक ने कहा, "मैं अब बेहतर समझ रहा हूँ।"

"और आख़िरी लाइन?" मैंने "अमीर लालची होते हैं" और "अमीर उदार होते हैं" की ओर इशारा करते हुए पूछा।

"सबसे पहले तो यह जान लो कि लालची या उदार होने का अमीर या ग़रीब होने से कोई संबंध नहीं होता है। दुनिया में बहुत से ग़रीब लोग लालची होते हैं, जिस तरह बहुत से ग़रीब लोग उदार होते हैं और अमीरों के बारे में भी यही बात सही है," अमीर डैडी ने कहा। "और जैसा मैंने तुमसे हमेशा कहा है, अमीर बनने के कई तरीक़े होते हैं। आप कंजूस बनकर अपनी दौलत बढ़ा सकते हैं, लेकिन समस्या यह है कि आप अंत तक कंजूस ही बने रहते हैं। आप पैसों के लिए किसी से शादी भी कर सकते हैं, जो बहुत लोकप्रिय खेल है, लेकिन हम यह भी जानते हैं कि इससे आप क्या बन जाते हैं। आप बदमाश बनकर अमीर बन सकते हैं, लेकिन जेल जाने का जोखिम क्यों लेना, जब जेल से बाहर रहकर भी अमीर बनना बहुत आसान होता है? आप सिर्फ़ ख़ुशक़िस्मती से भी अमीर बन सकते हैं, लेकिन इसमें समस्या यह है कि ज़्यादा अमीर बनने के लिए आपको अपनी बुद्धि के बजाय क़िस्मत पर भरोसा करना पड़ता है।"

मैं यह पहले भी कई बार सुन चुका था। इस बार मैं सचमुच ज़्यादा अच्छे से समझना चाहता था कि उदार बनकर अमीर कैसे बना जाता है, इसलिए मैंने आगे पूछ लिया, "तो 'अमीर लालची होते हैं' और 'अमीर उदार होते हैं' में क्या फ़र्क़ है?"

अमीर डैडी ने मेरे सवाल के जवाब में मुझसे ही पलटकर पूछ लिया, "क्या तुम्हें याद है कि मैंने तुम दोनों को कम से कम (less and less) से ज़्यादा से ज़्यादा (more and more) करने के बारे में बताया था?"

जब हम दोनों ने हाँ में सिर हिला दिया, तो अमीर डैडी ने आगे कहा, "देखो, कम से कम से ज़्यादा से ज़्यादा करना उदारता का एक रूप है। दरअसल उदार बनना अमीर बनने का सबसे आसान तरीक़ा है।"

माइक ने कहा, "आपका मतलब है कि अमीर बनने के लिए हमें ज़्यादा लोगों की सेवा करनी चाहिए।"

"सही कहा," अमीर डैडी ने कहा। "जब भी मैं ज़्यादा पैसे कमाना चाहता हूँ, तो मुझे बस ख़ुद से इतना पूछना होता है कि मैं ज़्यादा लोगों की सेवा कैसे कर सकता हूँ।"

फिर माइक ने मेरी ओर मुड़कर कहा, "मेरे डैडी ने कभी यह बात तुम्हारे सामने नहीं कही है, लेकिन मैं सोचता हूँ कि तुम उनके अगले सबक़ को सुनने के लिए तैयार हो। हम अब इतने बड़े हो गए हैं कि ज़्यादा बेहतर समझ सकें।"

मैंने पूछा, "क्या समझ सकें?"

माइक ने अमीर डैडी से पूछा, "क्या मैं बता दूँ?"

"तुम यह पहले ही शुरू कर चुके हो, इसलिए अच्छा यही रहेगा कि तुम अपनी बात पूरी कर लो।"

माइक मेरी ओर मुड़ा और धीरे-धीरे बोलने लगा, "तुम्हारे असली डैडी ने तुमसे हमेशा कहा है कि अमीर लोग लालची होते हैं। क्या यह सही नहीं है?"

मैंने सिर हिलाकर कहा, "हाँ।"

"वे ऐसा इस कारण कहते हैं, क्योंकि वे सोचते हैं कि कर्मचारी जितने लंबे समय तक नौकरी करें, अमीर लोगों को उन्हें उतना ही ज़्यादा पैसा देना चाहिए। वे इसे सीनियरिटी कहते हैं। क्या यह सही है?"

मैंने सिर हिलाकर सहमति जताई।

माइक ने धीरे से कहा, "लेकिन क्या तुम समझ सकते हो कि ज़्यादातर मामलों में सीनियर होने के बाद भी वह कर्मचारी उतना ही काम कर रहा है या वही काम कर रहा है?"

"मैं यह बात समझता हूँ," मैंने जवाब दिया। "लेकिन मेरे डैडी इसे इस तरह से नहीं देखते हैं। वे वाक़ई यक़ीन करते हैं कि वफ़ादारी और सीनियरिटी के आधार पर वेतनवृद्धि दी जानी चाहिए।"

"तो तुम्हारे डैडी सोचते हैं कि चूँकि अमीर लोग वफ़ादारी और सीनियरिटी के लिए ज़्यादा पैसे नहीं देते हैं, इसलिए वे लालची होते हैं। क्या यह सच नहीं है?"

"हाँ, यह सच है," मैंने जवाब दिया।

"क्या तुम्हें नज़र नहीं आता है कि उतना ही काम करने के लिए ज़्यादा पैसे की इच्छा रखना लालच है?" माइक ने पूछा। "या ओवरटाइम या अपने कार्य-विवरण के बाहर काम करने के लिए अतिरिक्त पैसे की इच्छा करना?"

"लेकिन मेरे डैडी की दुनिया में लोग इसी तरह पैसे कमाते हैं," मैंने कहा। "यह उनकी वास्तविकता है।"

"यही बात है," अमीर डैडी ने कहा। "असली बात *वास्तविकता* है। हमारी वास्तविकताएँ अलग-अलग हैं। मेरी दुनिया में उसी काम के लिए ज़्यादा पैसे माँगना लालच है। मेरी दुनिया में अगर मैं ज़्यादा पैसे चाहता हूँ, तो पहले मुझे कम से कम पैसे में ज़्यादा से ज़्यादा लोगों के लिए ज़्यादा से ज़्यादा करने की ज़रूरत है। तभी मैं अमीर बनता हूँ।"

"इसीलिए डैडी ने हमें हेनरी फ़ोर्ड की जीवनी पढ़वाई थी," माइक ने कहा। "हेनरी फ़ोर्ड दुनिया के सबसे अमीर व्यक्तियों में से एक इसलिए बने,

क्योंकि उन्होंने कम से कम लागत पर ज़्यादा से ज़्यादा लोगों को कारें उपलब्ध कराई थीं। मेरे डैडी के दृष्टिकोण से हेनरी फ़ोर्ड बहुत उदार व्यक्ति थे। लेकिन कई लोग उन्हें लालची मानते हैं, क्योंकि उनकी वास्तविकता के हिसाब से फ़ोर्ड ने कर्मचारियों का शोषण किया था। टकराव इसलिए होता है, क्योंकि वास्तविकताएँ अलग-अलग हैं।"

"मैं समझता हूँ," मैंने कहा। "बड़े होने पर मैंने लोगों के फ़र्क़ पर ध्यान दिया है। जो लोग कम से कम पैसे में ज़्यादा से ज़्यादा काम करने के इच्छुक होते हैं, वे उन लोगों से अलग होते हैं, जो कम से कम काम करके ज़्यादा से ज़्यादा पैसे कमाना चाहते हैं। मेरे डैडी की दुनिया में यूनिवर्सिटी प्रोफ़ेसर्स को सबसे ज़्यादा पैसे मिलते हैं और वे सबसे कम पढ़ाते हैं। वे इसे 'टेन्योर' कहते हैं और मेरे डैडी वास्तविकता के इसी मॉडल का समर्थन करते हैं।"

"और उन्हें इसे *स्मार्ट* तरीक़ा मानने का हक़ है," अमीर डैडी ने कहा। "लेकिन मैं इस तरीक़े से नहीं सोचता हूँ।"

"इसीलिए तुम्हारे डैडी के पास मेरे डैडी से बड़ा मकान है," माइक ने कहा। "मेरे डैडी ने बरसों तक अपार्टमेंट हाउसेस ख़रीदे और बनाए हैं, ताकि वे ज़्यादा से ज़्यादा परिवारों को सस्ते से सस्ता मकान उपलब्ध करा सकें। वे जितने ज़्यादा अपार्टमेंट बनाते हैं, किराया उतना ही कम होता जाता है। अगर मेरे डैडी जैसे लोग नहीं होते, तो कई ग़रीब परिवार ज़्यादा किराया दे रहे होते, क्योंकि तब बहुत कम अपार्टमेंट होते। ज़्यादा अपार्टमेंट्स का मतलब होता है कहीं कम किराया। यह माँग और पूर्ति का मूलभूत आर्थिक सिद्धांत है। तुम्हारे डैडी ने अपने परिवार और ख़ुद के लिए ज़्यादा बड़े मकान ख़रीदने की ख़ातिर मेहनत की। वे किसी दूसरे के लिए मकान उपलब्ध नहीं कराते हैं और फिर भी वे सोचते हैं कि अमीर लोग लालची होते हैं। यह तुम्हारे डैडी की वास्तविकता है, लेकिन मेरे डैडी की वास्तविकता नहीं है।"

मैं वहाँ पर ख़ामोशी से बैठकर कृतज्ञ महसूस कर रहा था, क्योंकि माइक और उसके डैडी इस विषय पर मेरे साथ बहुत नर्मी से बात कर रहे थे। वे मुझे *लालची* और *उदार* शब्दों का फ़र्क़ बताने की पूरी कोशिश कर रहे थे। बीस साल की उम्र में मैं अपनी वास्तविकता बदल रहा था। मैं जानता था कि मैं जो चाहूँ, वह वास्तविकता चुन सकता हूँ और मैं अपने अमीर डैडी की वास्तविकता को चुन रहा था। और वह वास्तविकता यह थी कि ज़्यादातर अमीर लोग उदार होते हैं। मैं जानता था कि आज के बाद अगर मैं ज़्यादा अमीर बनना चाहूँगा, तो पहले मुझे यह पता लगाना होगा कि ज़्यादा उदार कैसे बनूँ। मैं जानता था कि मैं कम काम करके ज़्यादा पैसे माँगने की नीति पर चलकर ज़्यादा अमीर बनने का विकल्प चुन सकता हूँ, लेकिन मैं यह भी जानता था कि लोगों के लिए ज़्यादा से ज़्यादा काम करके भी मैं ज़्यादा

अमीर बन सकता था। मेरे पास अपनी वास्तविकता चुनने का विकल्प था। जैसा अमीर डैडी ने कहा था, "सोच अलग नहीं है। यह तो विपरीत सोच है।" बीस साल की उम्र में मैं अपने परिवार की सोच से बिलकुल विपरीत दिशा में सोचना शुरू कर रहा था। जवानी में अमीर बनकर रिटायर होने के लिए मुझे तो बस इतना पता लगाना था कि ज़्यादा से ज़्यादा लालची बनने के बजाय ज़्यादा से ज़्यादा उदार कैसे बना जाए। मैं यह देखने लगा था कि मेरे परिवार की सोच लालची सोच थी।

रिच डैड सीरीज़ की दूसरी पुस्तक *कैशफ़्लो क्वाड्रैंट* में मैंने अलग-अलग क्वाड्रैंटों के अलग-अलग लोगों के बारे में लिखा था, जिसका डायग्राम नीचे दिया गया है :

अलग-अलग क्वाड्रैंट अलग-अलग वास्तविकताओं को दर्शाते हैं। अगर कोई व्यक्ति क्वाड्रैंट बदलना चाहता है या दो या उससे ज़्यादा क्वाड्रैंटों में पहुँचना चाहता है, तो इसके लिए वास्तविकता बदलने की ज़रूरत होती है। उदाहरण के लिए ई क्वाड्रैंट, जिसका मतलब *कर्मचारी* (employee) है, वह क्वाड्रैंट है, जो दुनिया को नौकरी की सुरक्षा की वास्तविकता के नज़रिए से देखता है।

एस क्वाड्रैंट, जो *स्मॉल बिज़नेस* या *सेल्फ़-एम्प्लॉइड* का होता है, वह क्वाड्रैंट है, जो दुनिया को व्यक्तिगत आत्मनिर्भरता के नज़रिए से देखता है, अपना-काम-ख़ुद-करो या आत्मकेंद्रित मानसिकता से। अगर आप एस और बी यानी बिज़नेस क्वाड्रैंट की तुलना करते हैं, तो आप पाएँगे कि इनमें लीवरेज की शक्ति का अंतर होता है। छोटे बिज़नेसमैन और बड़े बिज़नेसमैन में एक मुख्य अंतर यह होता है कि बिज़नेस मालिक कितने ज़्यादा लोगों की सेवा करता है। बड़ा बिज़नेस मालिक एक ऐसा सिस्टम बनाने की पूरी कोशिश करता है, जिससे वह ज़्यादा से ज़्यादा लोगों की सेवा कर सके। छोटा बिज़नेस मालिक अक्सर अपने व्यक्तिगत हुनर या

उपस्थिति के आधार पर ज़्यादा से ज़्यादा लोगों की सेवा करता है। एस क्वाड्रैंट के साथ समस्या यह होती है कि छोटे बिज़नेस मालिक के पास अक्सर उतना समय नहीं होता है और वह उतने ज़्यादा लोगों की सेवा नहीं कर पाता है, जितने की सेवा बड़ा बिज़नेस मालिक करता है। छोटे बिज़नेस मालिक और बड़े बिज़नेस मालिक में एक फ़र्क़ यह भी है कि एस क्वाड्रैंट का बिज़नेस मालिक व्यक्तिगत रूप से लोगों की सेवा करता है, जबकि बी बिज़नेस मालिक एक सिस्टम का प्रयोग करता है, ताकि वह ज़्यादा से ज़्यादा लोगों की सेवा कर सके।

आई क्वाड्रैंट, जिसका मतलब *निवेशक* (investor) है, अमीरों के खेलने का मैदान है। निवेशक पैसे से पैसा बनाते हैं। उन्हें काम नहीं करना पड़ता है, क्योंकि उनका पैसा उनके लिए काम कर रहा है।

*एक सुझाव* : आप जल्दी से एक क्विज़ में हिस्सा लें। क्विज़ यह है :

इन विषयों पर *आपके* परिवार के सदस्यों की वास्तविकता क्या है ?

| | स्मार्ट | जोखिम भरा |
|---|---|---|
| 1. नौकरी की सुरक्षा | ____ | ____ |
| 2. बिज़नेस खड़ा करना | ____ | ____ |
| 3. बड़ा मकान | ____ | ____ |
| 4. अपार्टमेंट हाउसेस | ____ | ____ |
| 5. पैसे बचाना | ____ | ____ |
| 6. पैसे का निवेश करना | ____ | ____ |
| 7. अमीर लोग | लालची होते हैं ____ | उदार होते हैं ____ |

अब आप अपनी वास्तविकता के हिसाब से इन्हीं सवालों के जवाब दें। मैं आपसे पहले परिवार की स्थिति देखने के लिए इसलिए कहता हूँ, क्योंकि उनकी वास्तविकता बहुत प्रबल भावनात्मक वास्तविकता हो सकती है। अपनी वास्तविकता की तुलना अपने परिवार की वास्तविकता से करने के बाद आप एक ही परिवार के अलग-अलग सदस्यों की वास्तविकता के अंतर को समझ सकते हैं।

जवानी में अमीर बनकर रिटायर होने के लिए मुझे अपने परिवार की वास्तविकता को अस्वीकार करना पड़ा, तब कहीं जाकर मैं अपनी वास्तविकता को खोज पाया। किम और मुझे जवानी में अमीर बनकर रिटायर होने के लिए कम लोगों की सेवा करके ज़्यादा भुगतान की इच्छा करने के बजाय ज़्यादा से ज़्यादा लोगों की सेवा करने के तरीक़े खोजने पड़े।

# अध्याय – 7

# कम काम करके ज़्यादा कैसे कमाएँ

अमीर डैडी ने कहा था, "अगर तुम अमीर बनना चाहते हो, तो कभी वेतनवृद्धि मत माँगना। वेतनवृद्धि माँगने के बजाय यह पूछना कि तुम ज़्यादा लोगों की सेवा कैसे कर सकते हो। अगर तुम अमीर बनने के बारे में गंभीर हो, तो तुम्हें दरअसल वेतनवृद्धि की ज़रूरत ही नहीं है। अगर तुम्हें वेतनवृद्धि मिल रही है, तो इसका मतलब यह है कि तुम *ग़लत* क़िस्म के पैसे के लिए काम कर रहे हो।"

शुरुआती एक अध्याय में मैंने बताया था कि मैं किस तरह क़र्ज़ से मुक्त होने के बजाय अपने क़र्ज़ को बढ़ाकर जल्दी रिटायर हुआ, जबकि ज़्यादातर लोग क़र्ज़ से मुक्त होने की कोशिश करते हैं। मेरी उस सोच के पीछे तर्क यह था कि क़र्ज़ *अच्छा* और *बुरा* दोनों तरह का होता है और ज़्यादातर लोगों के पास बुरे क़र्ज़ का बोझ होता है। यही आमदनी के बारे में सच है। ज़्यादातर लोग यह *नहीं* जानते हैं कि आमदनी भी *अच्छी* और *बुरी* दोनों तरह की होती है ... और ज़्यादातर लोग इसलिए अमीर नहीं बन पाते हैं, क्योंकि वे बुरी आमदनी के लिए कड़ी मेहनत करते हैं ... जब आप वेतनवृद्धि की माँग करते हैं, तो आप अपनी बुरी आमदनी बढ़ाने की माँग करते हैं। अगर आप जवानी में अमीर बनकर रिटायर होना चाहते हैं, तो आपको सही क़िस्म की आमदनी के लिए कड़ी मेहनत करने की ज़रूरत है।

अपनी शुरुआती पुस्तकों में मैंने आमदनी के तीन अलग-अलग प्रकारों के बारे में बताया था, जो हैं :

1. *अर्जित आमदनी* : अर्जित आमदनी (earned income) में आप पैसे के लिए काम करते हैं। यह आमदनी तनख़्वाह के रूप में होती है। यही वह आमदनी है, जिसे आप वेतनवृद्धि, बोनस, ओवरटाइम, कमीशन और टिप माँगते समय बढ़ाना चाहते हैं।

2. *पोर्टफ़ोलियो आमदनी* : पोर्टफ़ोलियो आमदनी आम तौर पर पेपर

एसेट्स जैसे शेयर, बॉण्ड और म्यूचुअल फ़ंड्स से होती है। ज़्यादातर रिटायरमेंट अकाउंट्स भावी पोर्टफ़ोलियो आमदनी पर आस लगाए हुए हैं।

3. *निष्क्रिय आमदनी* : निष्क्रिय आमदनी आम तौर पर रियल एस्टेट से होती है। यह पेटेंट से होने वाली रॉयल्टी की आमदनी भी हो सकती है या आपकी बौद्धिक संपदा जैसे गीत, पुस्तकों या बौद्धिक महत्व की अन्य चीज़ों से।

## अमीर डैडी अर्जित आमदनी को पसंद क्यों नहीं करते थे

अमीर डैडी की नज़र में *अर्जित आमदनी* सबसे बुरी आमदनी है, जिसके लिए लोग कड़ी मेहनत करते हैं। इसके सबसे बुरी आमदनी होने के चार कारण हैं :

1. इस आमदनी पर सबसे ज़्यादा टैक्स लगता है और इस बात पर आपका सबसे कम *नियंत्रण* होता है कि आप कितना टैक्स देते हैं और कब देते हैं।

2. आपको इसके लिए ख़ुद जुटे रहना पड़ता है और यह आपका क़ीमती समय ले लेती है।

3. अर्जित आमदनी में बहुत कम लीवरेज होता है। ज़्यादातर लोगों के लिए अपनी अर्जित आमदनी बढ़ाने का बुनियादी तरीक़ा है : ज़्यादा मेहनत करना।

4. अक्सर आपके काम का कोई अतिरिक्त मूल्य नहीं होता है। दूसरे शब्दों में, आप काम करते हैं, आपको भुगतान मिलता है और दोबारा भुगतान पाने के लिए आपको दोबारा काम करना पड़ता है। एक बार फिर, अमीर डैडी के अनुसार, अर्जित आमदनी के लिए काम करने में बहुत कम लीवरेज होता है।

बड़े होते समय मुझे यह हमेशा दिलचस्प लगा कि अमीर डैडी *अर्जित आमदनी* को पसंद नहीं करते थे। वे अक्सर कहते थे, "तुम अपने बच्चे को सबसे बुरी सलाह यह दे सकते हो कि ज़्यादा तनख़्वाह वाली नौकरी पाने के लिए स्कूल जाओ।" इसका मतलब यह नहीं था कि वे स्कूल-कॉलेज के ख़िलाफ़ थे ... वे तो बच्चों को यह सिखाने के ख़िलाफ़ थे कि वे अर्जित आमदनी के लिए काम करने में अपनी ज़िंदगी बर्बाद कर लें। मेरी जान-पहचान के ज़्यादातर लोगों ने ऊँची तनख़्वाह वाली नौकरी पाने के सपने देखे थे, जिसमें बहुत सारी *अर्जित आमदनी* हो। जैसा मैंने कहा है, वास्तविकताओं में अंतर बहुत ज़्यादा है। ये सिर्फ़ अलग वास्तविकताएँ नहीं हैं। ये तो बिलकुल विपरीत वास्तविकताएँ हैं। अमीर डैडी ने कहा था, "लोगों को अर्जित आमदनी के लिए ज़िंदगी भर मेहनत करना सिखाना वैसा ही है, जैसे किसी को ज़िंदगी भर के लिए ऊँची तनख़्वाह का ग़ुलाम बनना सिखाना।"

## अमीर डैडी निष्क्रिय आमदनी को क्यों पसंद करते थे

हालाँकि अमीर डैडी को तीनों तरह की आमदनी होती थी, लेकिन अगर उन्हें तीनों में से किसी एक को चुनना होता, तो वे हमेशा *निष्क्रिय* आमदनी को ही चुनते। क्यों? क्योंकि इस आमदनी के लिए उन्हें ख़ुद सबसे कम काम करना पड़ता था, इस पर अक्सर सबसे कम टैक्स लगता था और लंबे समय में उन्हें इसमें सबसे ज़्यादा लाभ होता था। दूसरे शब्दों में, वे *निष्क्रिय* आमदनी के लिए कड़ी मेहनत करते थे, क्योंकि इसकी बदौलत उन्हें आगे चलकर कम से कम काम करना पड़ता था, वे ज़्यादा से ज़्यादा लोगों की सेवा करते थे और उम्र बढ़ने के साथ ज़्यादा से ज़्यादा कमाई करते थे।

जवानी में अमीर बनकर रिटायर होने की अपनी यात्रा में मुझे यह पता लगाना था कि किस प्रकार की आमदनी के लिए कड़ी मेहनत करूँ। किम और मैं जल्दी इसलिए रिटायर हो पाए, क्योंकि हमारी योजना *निष्क्रिय* आमदनी के लिए कड़ी मेहनत करने की थी। हमने *अर्जित आमदनी* के लिए मेहनत नहीं की, जैसा ज़्यादातर लोग करते हैं। एक और फ़र्क़ यह था कि हमने यह योजना बनाई कि हम ज़्यादा *निष्क्रिय आमदनी* के साथ रिटायर होंगे, *पोर्टफ़ोलियो* की आमदनी के भरोसे नहीं रहेंगे, जिसके भरोसे ज़्यादातर लोग रिटायर होने की योजनाएँ बनाते हैं। हालाँकि ज़्यादातर लोग पोर्टफ़ोलियो की आमदनी पर रिटायर होते हैं, लेकिन यह हमेशा सबसे अच्छी आमदनी नहीं होती है, क्योंकि आमदनी के तीनों प्रकारों में यह दूसरे नंबर की आमदनी है, जिस पर सबसे ज़्यादा टैक्स लगता है ... और टैक्स जीवन में आपका सबसे बड़ा ख़र्च है। यह अध्याय आपको बताएगा कि ऐसा क्यों है।

मेरे अमीर डैडी को तीनों तरह की आमदनी होती थी। ऐसा इसलिए था, क्योंकि वे जानते थे कि हर प्रकार की आमदनी के अपने-अपने लाभ और नुक़सान होते हैं। मेरे ग़रीब डैडी सिर्फ़ एक ही प्रकार की आमदनी के लिए कड़ी मेहनत करते थे। दोनों व्यक्तियों के बीच के इस फ़र्क़ ने उनके पूरे जीवन में बहुत बड़ा फ़र्क़ पैदा कर दिया।

## मेरे डैडियों ने अलग प्रकार के पैसे के लिए कड़ी मेहनत की

मेरे दोनों डैडियों ने एक ही प्रकार की आमदनी के लिए कड़ी मेहनत नहीं की। मेरे ग़रीब डैडी बार-बार कहते थे, "स्कूल जाओ, ताकि तुम्हें ऊँची तनख़्वाह वाली नौकरी मिल सके।" मेरे अमीर डैडी कहते थे, "आप कितना कमाते हैं, यह ज़्यादा महत्वपूर्ण नहीं है; महत्वपूर्ण तो यह है कि आप कितना पैसा अपने

पास रख पाते हैं।" वे आगे कहते थे, "अर्जित आमदनी वह आमदनी है, जिसके लिए आप सबसे ज़्यादा मेहनत करते हैं और जिसे आप सबसे कम रोककर रख पाते हैं।"

## 50 प्रतिशत पैसा

अमीर डैडी अक्सर *अर्जित आमदनी* यानी तनख़्वाह से होने वाली आमदनी को "50 प्रतिशत पैसा" कहते थे। वे इसे 50 प्रतिशत पैसा इसलिए कहते थे, क्योंकि आप चाहे जितना ज़्यादा पैसा कमाएँ, सरकार हमेशा किसी न किसी तरह इसका कम से कम 50 प्रतिशत पैसा या ज़्यादा भी ले लेती है। अगर आप आज हर साल 50,000 डॉलर कमाते हैं, तो कम से कम 25,000 डॉलर सरकार के पास चले जाते हैं और इनमें से ज़्यादातर तो आपके हाथ में आने से पहले ही चले जाते हैं। हद तो यह है कि बचे हुए 25,000 डॉलर मिलने के बाद भी टैक्स का सिलसिला जारी रहता है। जैसा ज़्यादातर लोग जानते हैं कि आप पर हर समय टैक्स लगता रहता है – कमाते समय, ख़र्च करते समय, बचाते समय, निवेश करते समय और मरने पर भी। दरअसल मौत पर लगने वाला टैक्स बहुत ज़्यादा हो सकता है, अगर आप इसकी सही तैयारी न करें। जैसा अमीर डैडी अक्सर कहते थे, "अगर अपनी मौत के बाद अपने पैसे के लिए आपके पास कोई योजना नहीं है, तो सरकार के पास योजना होती है।"

अमीर डैडी के दृष्टिकोण से यह बहुत स्मार्ट नीति नहीं है कि आप कड़ी मेहनत करें और सरकार को उसका 50 प्रतिशत हिस्सा लेने दें।

(कुछ साल पहले टैक्स की दर 50 प्रतिशत से भी ज़्यादा थी। हालाँकि यह दर पिछले कुछ सालों में कम हो गई है, लेकिन इसकी भरपाई के लिए टैक्स बचाने के कुछ रास्ते बंद कर दिए गए हैं। सच्चाई तो यह है कि जब अमीर डैडी अपने कमाई के शिखर पर थे, तब वे अक्सर अर्जित आमदनी को 80 प्रतिशत पैसा कहते थे, क्योंकि सरकार ऊँची आमदनी वाले लोगों से इतना टैक्स वसूल करती थी।)

मेरे ग़रीब डैडी यह नहीं जानते थे कि अलग-अलग प्रकार की आमदनियों में फ़र्क़ होता है। और चूँकि वे यह बात नहीं जानते थे, इसलिए उन्होंने 50 प्रतिशत पैसे के लिए कड़ी मेहनत की और फिर टैक्स की छूट पाने के लिए एक ज़्यादा बड़ा मकान ख़रीद लिया, हालाँकि दरअसल उन्हें टैक्स में ज़्यादा छूट कभी मिली ही नहीं। आमदनी के प्रकारों के बारे में ज़्यादा ज्ञान हासिल करने के बजाय मेरे डैडी प्रमोशन और वेतनवृद्धि पाने के लिए कॉलेज जाते थे। दूसरे शब्दों में, सिर्फ़ 50 प्रतिशत पैसे के लिए काम करने की वजह से उन्होंने कड़ी मेहनत की, जमकर पढ़ाई की, ज़्यादा कमाई की और ज़्यादा टैक्स चुकाया।

अमीर डैडी को उन लोगों को समझने में बड़ी मुश्किल होती थी, जो ज़्यादा

ऊँची तनख़्वाह वाली नौकरी या वेतनवृद्धि की तलाश में अपनी ज़िंदगी लगा देते हैं। वे अक्सर कहते थे, "जब आपको वेतनवृद्धि मिलती है, तो सरकार को भी मिलती है।" उनके हिसाब से ज़िंदगी भर 50 प्रतिशत पैसे के लिए कड़ी मेहनत करना आर्थिक दृष्टि से समझदारी भरा काम नहीं था।

## 20 प्रतिशत पैसा

आज ज़्यादातर लोग उस पैसे पर रिटायर होने की कोशिश कर रहे हैं, जिसे मेरे अमीर डैडी 20 प्रतिशत पैसा कहते थे, जो *कैपिटल गेन्स* से मिलता है। यह शेयर बाज़ार और कई बार रियल एस्टेट के भाव बढ़ने से होने वाली आमदनी है। कुछ साल पहले इसकी टैक्स दर बहुत ज़्यादा हुआ करती थी, जिसका मतलब है कि कैपिटल गेन्स के लिए काम करना आज ज़्यादा स्मार्ट तरीक़ा हो गया है। जब आप नेताओं के आरोप सुनते हैं, "मेरा विरोधी अमीरों को टैक्स में छूट दे रहा है," तो उनका इशारा अक्सर निवेश की आमदनी पर मिलने वाली टैक्स छूटों की ओर होता है।

कई लोग आज आर्थिक दृष्टि से ज़्यादा स्मार्ट हो गए हैं और वे *अर्जित आमदनी* के लिए उतनी कड़ी मेहनत नहीं कर रहे हैं। कई कर्मचारी स्टॉक ऑप्शन्स की माँग कर रहे हैं, जो कंपनी के सफल होने पर 20 प्रतिशत पैसा हो सकता है। (इसके एक निश्चित प्रतिशत हिस्से को अर्जित आमदनी माना जा सकता है, लेकिन बाद में उसके मूल्य में होने वाली वृद्धि को 20 प्रतिशत पैसा माना जा सकता है।) अगर कंपनी के शेयर का बाज़ार में भाव नहीं बढ़ा, तो स्टॉक ऑप्शन बेकार हो सकता है। सबक़ यह है कि लोग टैक्स के लाभों को जान रहे हैं और अलग-अलग प्रकार की आमदनियों के लीवरेज के अलग-अलग स्तरों को समझ रहे हैं। अमीरों और ग़रीबों के बीच की खाई इसलिए बढ़ती जा रही है, क्योंकि ज़्यादातर लोग यह जानते ही नहीं हैं कि आमदनी कई प्रकार की होती है ... और वे ग़लत प्रकार की आमदनी के लिए कड़ी मेहनत करते हैं।

## 0 प्रतिशत पैसा

किम और मैं जल्दी इसलिए रिटायर हो पाए, क्योंकि हमने कई बार टैक्स-डेफ़र्ड धन का प्रयोग किया, जिसे मेरे अमीर डैडी 0 प्रतिशत पैसा कहते थे। टैक्स-डेफ़र्ड धन कैपिटल गेन्स से मिलने वाला वह पैसा है, जिस पर तत्काल टैक्स नहीं लगता है ... और हम इस टैक्स को जितने समय तक चाहें, टाल सकते हैं।

उदाहरण के लिए : हमने 5,000 डॉलर का डाउन पेमेंट करके 50,000 डॉलर का मकान ख़रीदा। दो साल बाद हमने इसे 1,00,000 डॉलर में बेच दिया। हमें 50,000 डॉलर का कैपिटल गेन हुआ, लेकिन हमने उस पर 20 प्रतिशत टैक्स नहीं चुकाया, जो लगभग 10,000 डॉलर होता। कैपिटल गेन्स

टैक्स चुकाने के बजाय (जो आपको चुकाना ही पड़ता अगर आपको यही आमदनी शेयर या म्यूचुअल फ़ंड से होती) हमने इस टैक्स को टाल दिया। हमने 55,000 डॉलर को, जिसमें 50,000 डॉलर का लाभ और 5,000 डॉलर का डाउन पेमेंट शामिल था, अपने अगले निवेश में लगा दिया। दूसरे शब्दों में, हमें दो साल में 1000 प्रतिशत लाभ हुआ और हमें तत्काल कोई टैक्स नहीं देना पड़ा। हमने बिलकुल क़ानूनी रूप से टैक्स को *टाला* और एक तरह से हमने सरकार के टैक्स वाले पैसे को एक ज़्यादा बड़े अपार्टमेंट हाउस के डाउन पेमेंट में दे दिया, जो 3,30,000 डॉलर का था। फिर हमने बैंक के पैसे और विक्रेता की इक्विटी का इस्तेमाल करके बचे हुए 2,75,000 डॉलर फ़ाइनैंस करवा लिए, जो हमारे पास नहीं थे। जवानी में अमीर बनकर रिटायर होने के लिए हमने न सिर्फ़ ओपीएम (दूसरे लोगों के पैसे) का इस्तेमाल किया, बल्कि सरकारी पैसे का इस्तेमाल भी किया। 1988 और 1994 के बीच हमने इस निवेश और टैक्स रणनीति का प्रयोग कई बार किया।

अमेरिका में पेपर एसेट्स के बजाय रियल एस्टेट में निवेश करने का एक बड़ा लाभ टैक्स क़ानून में मौजूद यही वैधानिक छिद्र है। सरकार यह छिद्र इसलिए बंद नहीं करती है, क्योंकि यह चाहती है कि निवेशक अपने पैसे को रियल एस्टेट में लगाए रखें, ताकि ऐसे लोगों को किराए के मकान मिलते रहें, जो मकान नहीं ख़रीदते हैं या जो उन्हें ख़रीदने लायक़ अमीर नहीं होते हैं। यह टैक्स छूट किम और मेरे जैसे निवेशकों को यह मौक़ा देती है कि हम किराए के मकानों की प्रचुर आपूर्ति बनाए रखें और इस तरह से मकान किराए को कम रख सकें। ये टैक्स प्रोत्साहन रियल एस्टेट उद्योग को सशक्त बनाते हैं और देश की अर्थव्यवस्था को भी सुदृढ़ बनाते हैं, क्योंकि रियल एस्टेट अमेरिकी अर्थव्यवस्था का एक बड़ा सेक्टर है। अगर रियल एस्टेट उद्योग को धक्का लगता है, तो पूरे देश को धक्का लगता है।

## टैक्स-मुक्त पैसा

टैक्स-मुक्त पैसा कमाने के कई तरीक़े हैं। एक तरीक़ा तो टैक्स-मुक्त म्युनिसिपल बॉण्ड में निवेश करना है। उदाहरण के लिए, कोई व्यक्ति 5 प्रतिशत ब्याज दर पर टैक्स-मुक्त बॉण्ड में 1,000 डॉलर का निवेश करता है। इसका मतलब है कि इस व्यक्ति को हर साल टैक्स-मुक्त 50 डॉलर मिलेंगे। हालाँकि यह बहुत रोमांचक नहीं लगता है, लेकिन कई मौक़ों पर इस तरह का लाभ वांछनीय होता है।

## 0 प्रतिशत पैसे से टैक्स-मुक्त पैसा

टैक्स टालने का एक और तरीक़ा यह होता है कि आप अपनी जायदाद की

मरम्मत के नाम पर डिप्रिसिएशन ले लें। उदाहरण के लिए, मैंने 1,00,000 डॉलर की रेंटल प्रॉपर्टी ख़रीदी। ज़मीन का मूल्य 20,000 डॉलर है और इमारत का ८0,000 डॉलर। सरकार इमारत में डिप्रिसिएशन करने की अनुमति देती है और उस डिप्रिसिएशन पर टैक्स नहीं लगता है। मान लेते हैं कि सरकार ८0,000 की मरम्मत पर बीस साल का डिप्रिसिएशन शेड्यूल बनाती है। एक तरह से मुझे हर साल 4,000 डॉलर की टैक्स छूट मिलती है, जिस पर मुझे कोई टैक्स नहीं चुकाना पड़ता है। हालाँकि 4,000 डॉलर बहुत बड़ी रक़म नहीं लगती है, लेकिन जब आपका पोर्टफ़ोलियो मिलियनों डॉलर का हो, तो सिर्फ़ डिप्रिसिएशन से ही बहुत अहम फ़र्क़ पड़ जाता है। इसके अलावा कई अन्य प्रकार के नुक़सान भी होते हैं, जो दरअसल नुक़सान होते ही *नहीं* हैं।

अमीर लोग वैधानिक रूप से टैक्स-मुक्त आमदनी पाने के लिए एक और तरीक़ा आज़माते हैं। वे रियल एस्टेट कैपिटल गेन्स को टालते जाते हैं और फिर अपनी ज़िंदगी के अंत में वे सारी रियल एस्टेट को चैरिटेबल रिमेंडर ट्रस्ट में रख देते हैं। जिस पल वे ऐसा करते हैं, वे उन सारे कैपिटल गेन्स पर टैक्स देने से बच जाते हैं, जो उन्होंने ज़िंदगी भर टाले हैं। क़ानूनी छिद्रों के कारण ही इतने सारे अमीर लोग अपने महल या जायदाद के अन्य हिस्से बुढ़ापे में दान कर देते हैं। दान की हुई संपत्तियों पर टैक्स न चुकाने के कारण उनके परिवार अक्सर बहुत दौलतमंद बन जाते हैं और उन्हें उस संपत्ति की ज़रूरत ही नहीं रह जाती है, जिसकी वजह से वे अमीर बने थे। उन्होंने इतना पैसा कमा लिया है कि वे एक बार फिर अन्य संपत्तियाँ बना सकते हैं। एक बार फिर कहूँगा, उदार बनने से फ़ायदा होता है।

## विशेषज्ञ की सलाह

सबसे अच्छी सलाह विशेषज्ञ की सलाह है। मैं टैक्स अटॉर्नी, टैक्स अकाउंटेंट या एस्टेट अटॉर्नी नहीं हूँ। ये क़ानूनी क्षेत्र बहुत विशेषज्ञतापूर्ण और जटिल हैं, जिनके लिए आपको विशेषज्ञ की सलाह की ज़रूरत होती है, ख़ास तौर पर तब जब आप अमीर हों या अमीर बनने की योजना बना रहे हों। जैसा अमीर डैडी अक्सर कहते थे, "मुफ़्त सलाह सबसे *महँगी* सलाह होती है। यह सलाह आपको अपने उन दोस्तों और रिश्तेदारों से मिलती है, जो अमीर नहीं हैं और जिनकी अमीर बनने की कोई योजना भी नहीं है।"

## बुरी सलाह

आपको न सिर्फ़ दोस्तों और रिश्तेदारों से, बल्कि तथाकथित प्रोफ़ेशनल वित्तीय सलाहकारों से भी बुरी सलाह मिल सकती है।

कई लोगों को यह सलाह दी जाती है कि सबसे अच्छी टैक्स छूट मकान

बनाने से मिलती है। मेरी राय में यह बुरी सलाह की श्रेणी में आती है। अमेरिका में ब्याज में चुकाए गए हर डॉलर के लिए सरकार आपको टैक्स में लगभग 30 प्रतिशत की छूट देती है। इसका मतलब है कि अगर आप सरकार को एक डॉलर देते हैं, तो यह आपको 30 सेंट की टैक्स छूट दे देती है। अगर आपको इसमें समझदारी दिख रही हो, तो आप मुझे एक डॉलर भेज दें और मैं आपको 50 सेंट वापस भेज दूँगा। अधिकांश सलाहकार आपको एक और छोटी सी बात नहीं बताते हैं कि जब आपकी अर्जित आमदनी 1,25,000 डॉलर से ज़्यादा होने लगती है, तो हाउस लोन के ब्याज में मिलने वाली टैक्स छूट कम होने लगती है। अर्जित आमदनी के लिए कड़ी मेहनत न करने और टैक्स छूटों के लिए बड़ा मकान न ख़रीदने का यह एक और कारण है।

## टैक्स बचाने का सबसे अच्छा तरीक़ा

पिछले अध्याय में मैंने बताया था कि कुछ लोग जिसे स्मार्ट तरीक़ा मानते हैं, दूसरे लोग उसे जोखिम भरा तरीक़ा मानते हैं। मैंने बताया था कि मेरे ग़रीब डैडी नौकरी की सुरक्षा को स्मार्ट चीज़ मानते थे और बिज़नेस बनाने को जोखिम भरा मानते थे। मेरे अमीर डैडी इसका ठीक उल्टा मानते थे। अमीर डैडी कहते थे, "अगर आप नौकरी की सुरक्षा के लिए काम करते हैं, तो आपको ज़्यादा से ज़्यादा काम करने पर कम से कम कमाई होगी। मेरे लिए तो यह थोड़ी सी सुरक्षा की बहुत ज़्यादा क़ीमत चुकाना है।"

मेरे बचपन में जो बात सही थी, वही आज भी है। आज भी कम काम करके ज़्यादा पैसा कमाने का सबसे अच्छा तरीक़ा अपने बिज़नेस का मालिक बनना ही है। यह दुनिया का सबसे अच्छा टैक्स लूपहोल है। अपना बिज़नेस शुरू करने का एक कारण यह है :

जब आप टैक्स चुकाते हैं, तो उसमें क्या फ़र्क़ होता है।

| *कर्मचारी* | *बिज़नेस मालिक* |
|---|---|
| कमाता है | कमाता है |
| टैक्स देता है | ख़र्च करता है |
| जो बचता है, ख़र्च करता है | जो बचता है, उस पर टैक्स देता है |

आज कर्मचारी टैक्स के बाद मिलने वाले पैसों से ज़िंदगी की अच्छी चीज़ें ख़रीदता है। उदाहरण के लिए, ज़्यादातर कर्मचारी *टैक्स के बाद* होने वाली आमदनी से अपनी कार ख़रीदते हैं, जबकि बिज़नेस मालिक को *टैक्स-पूर्व* आमदनी से अपनी कार ख़रीदने की छूट मिलती है, बशर्ते इसका प्रयोग बिज़नेस के लिए हो और यह कुछ निश्चित शर्तों को पूरा करे। अगर आप 50 प्रतिशत

पैसे के लिए काम करते हैं, तो आपकी कार आपके बॉस की कार से बहुत ज़्यादा महँगी हो सकती है, भले ही आपकी कार की क़ीमत कम हो। फ़ुटबॉल टिकट, यात्राएँ या डिनर, अपने बच्चों के लिए डे केयर और अन्य लाभ भी अक्सर *टैक्स-पूर्व* आमदनी से ख़रीदे जा सकते हैं। बिज़नेस मालिक *टैक्स-पूर्व* आमदनी से ये चीज़ें ख़रीद सकता है, जबकि कर्मचारियों को *टैक्स के बाद* मिलने वाले पैसों से उनका भुगतान करना पड़ता है। (वैसे ये ख़र्च व्यावसायिक दृष्टि से वैध ख़र्च होने चाहिए और इन पर सीमाएँ हो सकती हैं।) तो अमेरिका में ज़्यादातर लोग न सिर्फ़ 50 प्रतिशत पैसे के लिए काम कर रहे हैं, बल्कि वे जीवन की अच्छी चीज़ों के लिए उस पैसे से भुगतान कर रहे हैं, जो पहले ही आधा हो चुका है। जब मैंने अमीर डैडी के साथ इस फ़र्क़ का अध्ययन किया, तो मुझे जल्दी ही यह एहसास हो गया कि नौकरी की सुरक्षा की क़ीमत बहुत ज़्यादा थी।

## चेतावनी

**सावधानी और चेतावनी** : यह पुस्तक क़ानूनी ग्रंथ नहीं है। यह पुस्तक सिर्फ़ इसलिए लिखी गई है ताकि आप आमदनी के कुछ अंतरों के बारे में जागरूक हो जाएँ। मैं आपको सचेत करता हूँ, क्योंकि इन टैक्स रणनीतियों का प्रयोग करते समय टैक्स में कटौती तभी वैधानिक है, *जब आप ज़्यादा पैसा कमाना चाहते हों*। अगर आप सिर्फ़ *टैक्स कम* करने के लिए इन रणनीतियों का प्रयोग करते हैं, तो तकनीकी दृष्टि से आप क़ानून तोड़ रहे हैं। यह एक बहुत महत्वपूर्ण बिंदु है और इसलिए मैं आपको सलाह देता हूँ कि आप अच्छी से अच्छी टैक्स सलाह लें। मैं बहुत से ऐसे लोगों से मिला हूँ, जो सिर्फ़ टैक्स बचाने के उद्देश्य से काम करते हैं और सरकार उन्हें बहुत गंभीर सज़ा देती है। एक बार फिर, क़ानून के इस क्षेत्र में सर्वश्रेष्ठ प्रोफ़ेशनल सलाह अक्सर अनमोल होती है।

अगर आपको टैक्स, कॉरपोरेशन्स और क़ानूनी रूप से टैक्स कम करने की अन्य नीतियों के बारे में जानकारी चाहिए, तो आप www.richdad.com पर जा सकते हैं और 10 डॉलर के ऑडियोटेप्स तथा रिच डैड्स एडवाइज़र्स सीरीज़ की पुस्तकों की लाइब्रेरी पर नज़र डाल सकते हैं। इन ऑडियोटेप्स में तकनीकी विषयों पर मेरे कुछ सलाहकारों के इंटरव्यू हैं, जो सिर्फ़ जानकारी देते हैं, जबकि पुस्तकें हमारे सलाहकारों ने उनकी व्यक्तिगत विशेषज्ञता के क्षेत्रों पर लिखी हैं। कृपया याद रखें कि ये सिर्फ़ शैक्षणिक साधन हैं। मैं हमेशा सलाह देता हूँ कि आप किसी भी तरह का वित्तीय क़दम उठाने से पहले प्रोफ़ेशनल सलाहकारों से सलाह अवश्य लें।

## बहुत कम टैक्स छूट

जब आप कैशफ़्लो क्वाड्रैंट का अध्ययन करते हैं और इसे समझते हैं, तो आपको जल्दी ही एहसास हो जाता है कि कर्मचारियों के लिए टैक्स क़ानून सबसे बुरे हैं। दरअसल सबसे *कम* तनख़्वाह वाले कर्मचारी सबसे *ज़्यादा प्रतिशत* टैक्स चुकाते हैं - वाक़ई सरकार कर्मचारियों की सुरक्षा के लिए बहुत बढ़िया काम करती है। एस क्वाड्रैंट में भी ई क्वाड्रैंट से ज़्यादा टैक्स लूपहोल्स होते हैं।

बी क्वाड्रैंट सबसे अच्छा क्वाड्रैंट है, क्योंकि यह आपको अलग-अलग क्वाड्रैंटों में मौजूद अलग-अलग टैक्स कानूनों का लाभ लेने की अनुमति देता है। उदाहरण के लिए, बी क्वाड्रैंट के व्यक्ति के रूप में मैं ई क्वाड्रैंट, एस क्वाड्रैंट और आई क्वाड्रैंट के टैक्स लाभ उठा सकता हूँ। यह उन लोगों के लिए संभव नहीं है, जो केवल ई या एस क्वाड्रैंट में हों। दूसरे शब्दों में, अगर आप कर्मचारी या सेल्फ़-एम्प्लॉयड प्रोफ़ेशनल हों, जैसे अमेरिका में वकील या डॉक्टर हों, तो आपको उन लूपहोल्स का लाभ उठाने की इजाज़त नहीं है, जिसकी इजाज़त बी क्वाड्रैंट के व्यक्ति को है। लेकिन सुविधाजनक होने पर बी क्वाड्रैंट का व्यक्ति ई, एस और आई क्वाड्रैंट के कानूनों का लाभ उठा सकता है। एक बार फिर, अगर आप इन क़ानूनों से लाभ उठाना चाहते हैं, तो योग्य वित्तीय व टैक्स सलाह तथा नियोजन महत्वपूर्ण हैं।

## आप किस तरह के पैसे के लिए कड़ी मेहनत कर रहे हैं

सवाल यह है : आप किस तरह के पैसे के लिए कड़ी मेहनत कर रहे हैं? अगर आप 50 प्रतिशत पैसे के लिए काम कर रहे हैं, तो आपको उस व्यक्ति से ज़्यादा मेहनत करनी पड़ेगी, जो कम महँगे पैसे के लिए काम करता है। सबसे महँगा पैसा ई क्वाड्रैंट का होता है। अगर आप किसी सीपीए से पूछें, तो वह आपको बता देगा कि ई क्वाड्रैंट में वह आपकी बहुत कम मदद कर सकता है। सरकार ने इस क्वाड्रैंट के लिए ज़्यादातर रास्ते बंद कर रखे हैं।

ई क्वाड्रैंट यानी कर्मचारी क्वाड्रैंट वाले लोगों के लिए सबसे अच्छा टैक्स लाभ 401 (k) है। मेरे पास भी एक है। आप सुरक्षित, आरामदेह या अमीर - चाहे जो भी बनने की योजना बना रहे हों, हर व्यक्ति को अपनी 401 (k) योजना का अधिकतम लाभ उठाना चाहिए। ई क्वाड्रैंट के बहुत से लोगों के लिए यही इकलौता सच्चा लूपहोल उपलब्ध है।

## 401 (k) के साथ समस्या

हालाँकि मैं यह सलाह देता हूँ कि पात्रता होने पर हर व्यक्ति को 401 (k) में अधिकतम योगदान देना चाहिए, लेकिन इसमें एक बड़ा दोष दिखता है। दोष

यह है कि हालाँकि आप इसमें पैसा बचाते हैं और उम्मीद के मुताबिक इस पर 20 प्रतिशत कैपिटल गेन्स नहीं लगता है, लेकिन जब आप इसे रिटायरमेंट के समय निकालते हैं, तो आप पर अर्जित आमदनी की 50 प्रतिशत टैक्स दर से टैक्स लगता है। भले ही आप यह मानते हों कि आप *पोर्टफ़ोलियो* या 20 प्रतिशत पैसे में निवेश कर रहे हैं, लेकिन नक़द भुगतान लेते समय आपको *अर्जित आमदनी* की दर से टैक्स देना पड़ता है। दूसरे शब्दों में, भले ही आपके पास टैक्स-डेफ़र्ड 20 प्रतिशत पैसे हों, लेकिन पैसे की ज़रूरत होने पर आप 50 प्रतिशत टैक्स देते हैं। इसका मतलब यह है कि आप ज़िंदगी भर 50 प्रतिशत के लिए काम करते हैं और जब आप रिटायर होते हैं, तब भी आप पर 50 प्रतिशत दर से टैक्स लगता है। (ज़ाहिर है, अगर आपका नियोक्ता 401 (k) में आपके बराबर योगदान देता है, तो अपने योगदान को अधिकतम करना समझदारी भरा क़दम है।)

401 (k) के साथ दूसरी समस्या यह है कि यह उन लोगों के लिए होती है, जो ग़रीब बनने की योजना बना रहे हैं। अगर रिटायरमेंट के बाद आपकी आमदनी ज़्यादा रही, तो आप अपने रिटायरमेंट धन पर ज़्यादा ऊँची दर से टैक्स चुकाते रहेंगे, क्योंकि आपकी आमदनी घटने के बजाय बढ़ जाती है।

जब मैं वित्तीय योजनाओं के तीन भिन्न स्तरों की बात करता हूँ, एक सुरक्षित, दूसरा आरामदेह और तीसरा अमीर, तो याद रखें कि हर प्रकार की योजना के अलग-अलग निवेश साधन हैं। 401 (k) और बचत सुरक्षित तथा आरामदेह बनने की योजनाएँ हैं। ये अमीर बनने की मेरी योजना का हिस्सा नहीं हैं।

## सोशल सिक्युरिटी के साथ समस्या

सोशल सिक्युरिटी के साथ समस्या यह है कि यह सिर्फ़ उन लोगों के लिए है, जो ग़रीब बनना चाहते हैं। अगर आप रिटायरमेंट के बाद पाते हैं कि सोशल सिक्युरिटी के पैसे पर आप ज़िंदगी नहीं गुज़ार सकते हैं और आप नई नौकरी करके पैसा कमाने लगते हैं, तो सरकार आपके सोशल सिक्युरिटी भुगतान में कटौती कर देगी। दूसरे शब्दों में, ज़्यादातर मामलों में सोशल सिक्युरिटी से पूरा पैसा लेने का इकलौता तरीक़ा ग़रीब बने रहना है।

## बचत के साथ समस्या

कई लोग यह सोचते हैं कि बचत करना स्मार्ट काम है। लेकिन याद रखें, जो लोग अपना सारा पैसा बैंक में रखने में यक़ीन करते हैं, उनका पैसा 50 प्रतिशत पैसे के लिए काम कर रहा है। मैं भी बैंक में पैसे रखता हूँ, लेकिन बहुत से लोगों की तरह मैं यह नहीं सोचता हूँ कि बचत करना स्मार्ट काम है। मेरा पैसा बचत खाते में इसलिए रहता है, क्योंकि यह अमीर बनने की नहीं,

सुरक्षित बनने की मेरी वित्तीय योजना का हिस्सा है। मुझे यह स्मार्ट नीति नहीं लगती है कि मेरा पैसा 50 प्रतिशत पैसे के लिए काम करे और मुद्रास्फ़ीति के कारण उसका मूल्य कम होता जाए।

## सबसे बुरी वास्तविकता

अगले अध्यायों में आप सीखेंगे कि "स्कूल जाओ, नौकरी खोजो, कड़ी मेहनत करो, पैसे बचाओ, अपने 401 (k) में पैसे डालो" टैक्स के दृष्टिकोण से सबसे बुरी सलाह हो सकती है। रास्ते के हर क़दम पर यह सलाह 50 प्रतिशत पैसे के लिए कड़ी मेहनत करने की वकालत करती है। मेरे ग़रीब डैडी इसलिए ग़रीब रहे, क्योंकि वे इस सलाह पर ज़िंदगी भर चले थे और अपने बच्चों को भी यही सलाह देते थे। पैसे के मामले में यह उनकी इकलौती वास्तविकता थी।

## टैक्स-लाभ वाली ज़्यादा आमदनी कैसे पाएँ

अगर आप जवानी में अमीर बनकर रिटायर होना चाहते हैं, तो आपको मेरे अमीर डैडी की सलाह पर चलने की ज़रूरत है। और उनकी सलाह अपने काम से काम रखने के विचार से शुरू होती है।

कोई छोटा घरेलू बिज़नेस शुरू करके, फ़्रैंचाइज़ी ख़रीदकर या नेटवर्क मार्केटिंग कंपनी का सदस्य बनकर आप टैक्स-लाभ की आमदनी हासिल कर सकते हैं। अगर आप टैक्स लाभ वाले डॉलरों का प्रयोग करके अपने कुछ ख़र्च कम कर सकते हैं, तो आप आर्थिक दृष्टि से आगे निकल रहे हैं। लेकिन हमेशा याद रखें, *आपका प्रमुख उद्देश्य टैक्स बचाना नहीं, ज़्यादा पैसे कमाना होना चाहिए*। एक को टैक्स नियोजन माना जाता है, जबकि दूसरे को टैक्स की चोरी कहा जाता है।

अगर आप यह जानने में दिलचस्पी रखते हैं कि टैक्स लाभ वाले डॉलरों के लिए काम कैसे किया जाए, तो हमारी वेबसाइट पर अन्य प्रोडक्ट्स खोजें, जो ज़्यादा ज्ञान चाहने वाले लोगों की मदद करते हैं। उदाहरण के लिए, मेरी व्यक्तिगत टैक्स अकाउंटेंट डियान केनेडी, सीपीए ने दो प्रोडक्ट्स तैयार किए हैं। वे प्रोडक्ट्स हैं :

1. *युअर फ़र्स्ट स्टेप टु फ़ाइनैंशियल फ़्रीडम* : चार ऑडियो कैसेट्स और वर्कबुक।

2. *द लूपहोल्स ऑफ़ द रिच* : रिच डैड्स एडवाइज़र्स सीरीज़ की पुस्तक, जिसका प्रकाशन वार्नर बुक्स ने किया है। इसमें आपको गहरा विश्लेषण मिलेगा कि बिज़नेस मालिक बनने से आपको टैक्स में कौन-कौन से लाभ मिल सकते हैं।

हमेशा याद रखें कि हालाँकि ये प्रोडक्ट अच्छे हैं, लेकिन ये प्रोफ़ेशनल सलाहकारों के विकल्प नहीं हैं। टैक्स रणनीति उन लोगों के लिए ख़ुद-करें वाला काम नहीं है, जो अमीर बनने और बने रहने के बारे में गंभीर हैं। ये दो प्रोडक्ट्स योग्य सलाहकार खोजने में आपकी मदद करेंगे, क्योंकि इन प्रोडक्ट्स से आपको पता चल जाएगा कि आप किस तरह के विशेषज्ञ की तलाश करें और उनसे ज़्यादा बुद्धिमत्तापूर्ण सवाल कैसे पूछें।

## मुफ़्त काम करना

*रिच डैड पुअर डैड* में मैंने एक प्रसंग बताया था कि मेरे अमीर डैडी ने 10 सेंट प्रति घंटे का मेरा पारिश्रमिक बंद कर दिया था और मुझसे मुफ़्त में काम करने को कहा था। यह घटना कई लोगों को दिलचस्प लगती है, क्योंकि मुफ़्त काम करना उनकी वास्तविकता का हिस्सा नहीं है। मैं आपको यह विचार बताना चाहूँगा : अगर आप टैक्स-डेफ़र्ड या टैक्स-मुक्त आमदनी के लिए काम करना चाहते हैं, तो ज़्यादातर मामलों में इसका मतलब मुफ़्त काम करना है।

श्रम के बदले में मिलने वाले पैसे पर सबसे ज़्यादा टैक्स लगता है। इसलिए मैं स्कूल-कॉलेजों में प्रतिभाशाली युवाओं से मिलने पर काँप जाता हूँ, जो जल्दी ही ऊँची तनख़्वाह वाली नौकरी पाने के विचार से रोमांचित होते हैं। इस मानसिकता या वास्तविकता वाला युवक 50 प्रतिशत पैसे के लिए कड़ी मेहनत करता रहता है। अपनी ऊँची तनख़्वाह वाली नौकरी के साथ 40 साल की उम्र में वह एक दिन जागता है और इस बात पर हैरान होता है कि उसके कुछ दोस्त आर्थिक दृष्टि से उससे आगे क्यों निकल गए। बाक़ी लोग बाद के जीवन में मेहनती कर्मचारियों से आर्थिक दृष्टि से इसलिए आगे निकल जाते हैं, क्योंकि कर्मचारियों ने अर्जित आमदनी के लिए कड़ी मेहनत की थी; उन्होंने वेतनवृद्धि और बोनस के लिए कड़ी मेहनत की थी।

हालाँकि मेरे ग़रीब डैडी ने मेरे अमीर डैडी की तुलना में शुरुआत में ज़्यादा पैसा कमाया, लेकिन अमीर डैडी की आमदनी अंततः ग़रीब डैडी की आमदनी से आगे निकल गई। अमीर डैडी कहते थे, "अर्जित, पोर्टफ़ोलियो या निष्क्रिय - आप चाहें जिस आमदनी के लिए काम करें, आपको समय का निवेश करना होगा। अर्जित आमदनी के लिए काम करने में दिक़्क़त यह है कि आपको इसके लिए लगातार काम करते रहना होगा। पोर्टफ़ोलियो और निष्क्रिय आमदनी के लिए काम करने वाला व्यक्ति अंततः अर्जित आमदनी वाले व्यक्ति से आगे निकल जाएगा, क्योंकि पोर्टफ़ोलियो और निष्क्रिय आमदनी के लिए काम करने की वजह से आप कम काम करके ज़्यादा कमा सकते हैं और कम टैक्स दे सकते हैं।"

इसका कारण इस टेबल में स्पष्ट किया गया है :

अर्जित आमदनी : 50 प्रतिशत पैसा

पोर्टफ़ोलियो आमदनी : 20 प्रतिशत पैसा

निष्क्रिय आमदनी : 0 प्रतिशत पैसा

मेरे अमीर डैडी मेरे ग़रीब डैडी से सिर्फ़ इसलिए आगे निकल गए, क्योंकि अर्जित आमदनी आम तौर पर श्रम से होने वाली आमदनी है, जबकि बाक़ी दोनों तरह की आमदनियाँ संपत्तियों से होती हैं। समय के साथ मेरे अमीर डैडी धीरे-धीरे, लेकिन लगातार उन संपत्तियों की संख्या और आकार बढ़ाते रहे, जो उनके लिए काम कर रही थीं। मेरे ग़रीब डैडी सिर्फ़ 50 प्रतिशत पैसे के लिए कड़ी मेहनत करना ही जानते थे।

ई क्वाड्रेंट के लोगों का अपने टैक्स पर सबसे कम नियंत्रण होता है और वे सबसे ज़्यादा टैक्स चुकाते हैं - रिटायरमेंट के बाद भी। अगर आज आपकी आमदनी ई क्वाड्रेंट से होती है, तो शायद आपको दूसरे क्वाड्रेंटों से भी आमदनी पाने के बारे में सोचना चाहिए। एस क्वाड्रेंट में ई क्वाड्रेंट की तुलना में थोड़े ज़्यादा लाभ हैं, जिसमें से एक प्रमुख लाभ यह है कि इसमें टैक्स चुकाने से पहले आप अपने कुछ ख़र्च ग्रॉस इन्कम में से घटा सकते हैं। ई और एस दोनों क्वाड्रेंटों में समस्या यह है कि व्यक्तिगत श्रम का लीवरेज न्यूनतम होता है और टैक्स की दर ज़्यादा होती है। बी और आई क्वाड्रेंटों में टैक्स पर सबसे ज़्यादा नियंत्रण होता है। इनमें न्यूनतम मेहनत करके लीवरेज हासिल किया जा सकता है और इनमें सबसे ज़्यादा वैधानिक टैक्स लाभ मिलते हैं।

अगर आप जवानी में अमीर बनकर रिटायर होने के बारे में गंभीर हैं, तो मुफ़्त में काम करने के बारे में सोचें। जिस पल आप ख़ुद से यह सवाल पूछते हैं, "मैं मुफ़्त काम करके अमीर कैसे बन सकता हूँ?" उसी पल आप अपने दिमाग़ को दूसरी वास्तविकता में धकेलना शुरू करते हैं। अगर आपके मस्तिष्क में इस बारे में कोई विचार नहीं आता है कि आप मुफ़्त में काम करके अमीर कैसे बन सकते हैं, तो अपनी वास्तविकता का विस्तार करें या कुछ समय निकालकर उन लोगों की जीवनियाँ पढ़ें, जो बी और आई क्वाड्रेंटों में काम करके अमीर बने हैं।

मेरे अमीर डैडी कहते थे, "पैसे के लिए काम करके अमीर बनना मुश्किल है। अगर आप सचमुच अमीर बनना चाहते हैं, तो यह सीखें कि संपत्तियाँ कैसे बनाई, ख़रीदी और उत्पन्न की जाती हैं।" उन्होंने यह भी कहा था, "*वेतनवृद्धि* के लिए कड़ी मेहनत करना बहुत ख़तरनाक है।" यह इसलिए ख़तरनाक है, क्योंकि लोग अक्सर वेतनवृद्धियों के लिए काम करके ज़िंदगी की चूहा दौड़ में ज़्यादा गहराई तक चले जाते हैं। यह इसलिए भी ख़तरनाक है क्योंकि बाक़ी लोग आर्थिक दृष्टि से आपसे ज़्यादा तेज़ी से आगे पहुँच जाते हैं।

कई बहुत अमीर लोग अपने ख़ाली समय में अमीर बने थे। अगर वित्तीय ज़िम्मेदारियों के कारण आपको नौकरी करनी पड़ रही हो, तो नौकरी करते रहें, लेकिन अपने ख़ाली समय का बेहतर इस्तेमाल करें। जब आपके दोस्त गोल्फ़ खेलने जाएँ, मछली पकड़ें या टीवी पर स्पोर्ट्स चैनल देखें, तो आप अपना पार्ट-टाइम बिज़नेस शुरू कर सकते हैं। ह्यूलेट-पैकर्ड और फ़ोर्ड मोटर कंपनी गैरेज में शुरू हुई थीं। यह ध्यान रखें कि आज ग़रीबी से अमीरी का सफ़र आप पहले से बहुत तेज़ी से कर सकते हैं। माइकल डेल को कॉलेज स्टुडेंट से बिलियनेअर बनने में सिर्फ़ तीन साल का समय लगा था। जब उनकी क्लास के सहपाठी अपना होमवर्क कर रहे थे या बार में बियर पी रहे थे, तब डेल अपनी डॉरमिटरी के कमरे में बिलियन डॉलर का बिज़नेस बना रहे थे। उनके ज़्यादातर सहपाठी, जिनकी उम्र इस वक़्त तीस से चालीस के बीच होगी, 50 प्रतिशत पैसे के लिए कड़ी मेहनत कर रहे होंगे। कई तो प्रमोशन और वेतनवृद्धि पाने के लिए दोबारा कॉलेज लौट रहे होंगे। और वे अब भी बियर पी रहे होंगे और टीवी पर स्पोर्ट्स चैनल देख रहे होंगे। हो सकता है, आर्थिक दृष्टि से उनके पास बड़ा मकान हो, कार हो, बच्चे प्राइवेट स्कूल में पढ़ते हों और वे यह उम्मीद कर रहे हों कि रिटायर होने पर 401 (k) में पर्याप्त पैसा रहेगा। कुछ तो मन ही मन यह सोच रहे होंगे कि कॉलेज की पढ़ाई अधूरी छोड़ने वाला माइकल डेल कितना ख़ुशनसीब था। उनकी ख़ुशनसीबी और कुछ नहीं वास्तविकता के फ़र्क़ से शुरू हुई थी। यह तो अध्ययन करने की उनकी इच्छा थी, जिसका ग्रेड से कोई वास्ता नहीं था। यह तो मुफ़्त में काम करने की इच्छा थी।

किम और मैं इसलिए जल्दी रिटायर हो पाए, क्योंकि हमने बिज़नेस बनाने और रियल एस्टेट ख़रीदने में कड़ी मेहनत की थी। इस योजना में हम कम से कम काम करके ज़्यादा से ज़्यादा कमा पाए। हमने पैसे के लिए काम नहीं किया। हमने तो संपत्तियाँ बनाने, ख़रीदने और उत्पन्न करने के लिए कड़ी मेहनत की, जैसी कि अमीर डैडी ने सलाह दी थी। ऊँची तनख़्वाह वाली नौकरियों या वेतनवृद्धियों में हमारी कोई दिलचस्पी नहीं थी। हमारी दिलचस्पी कम लीवरेज वाली नौकरी में नहीं थी, जिसमें हमें ऐसे पैसे के लिए काम करना पड़ता, जिसका लीवरेज 50 प्रतिशत कम हो जाता हो। यह हमारे लिए स्मार्ट तरीक़ा नहीं था और लंबे समय में यह बहुत ज़्यादा ख़तरनाक भी था। आगे आने वाले अध्यायों में मैं बताऊँगा कि आप कम से कम जोखिम लेकर कैसे ज़्यादा संपत्तियाँ हासिल कर सकते हैं और बेहतर वित्तीय लाभ पा सकते हैं। बहरहाल, मैं आपको चेतावनी देता हूँ कि ऐसी संपत्तियों को हासिल करने का तरीक़ा सीखने के लिए आपको अध्ययन करने और मुफ़्त में काम करने की ज़रूरत हो सकती है। मैं आपको अभी चेतावनी दे देता हूँ कि अध्ययन करना और मुफ़्त में काम करना ऐसी चीज़ें हैं, जिन्हें बहुत कम लोग करते हैं ... और इसीलिए बहुत कम लोग जवानी में ही अमीर बनकर रिटायर हो पाते हैं।

मैं टैक्स चुकाने के ख़िलाफ़ नहीं हूँ। टैक्स सभ्य समाज में रहने का आवश्यक ख़र्च है। टैक्स के बिना पुलिस, फ़ायर ब्रिगेड, टीचर्स, सफ़ाईकर्मी, अदालतें, सड़कें, ट्रैफ़िक लाइट्स और ज़ाहिर है नेता नहीं होंगे। इस अध्याय का सबक़ तो सिर्फ़ टैक्स पर वैधानिक और बुद्धिमत्तापूर्ण नियंत्रण सीखना है कि आप कितना टैक्स चुकाते हैं और कब चुकाते हैं।

*एक सुझाव : इसी समय सूची बनाएँ कि आप आमदनी की नीचे दी गई श्रेणियों में हर महीने कितना कमाते हैं :*

1. अर्जित आमदनी __________ रुपए
2. निष्क्रिय आमदनी __________ रुपए
3. पोर्टफ़ोलियो आमदनी __________ रुपए

अगर आप रिटायर होना चाहते हैं, तो ज़्यादातर मामलों में आपको *निष्क्रिय* और *पोर्टफ़ोलियो आमदनी* की ज़रूरत होगी। आप निष्क्रिय और पोर्टफ़ोलियो आमदनी हासिल करना जितनी जल्दी सीख लेंगे, जवानी में अमीर बनकर रिटायर होने की राह पर उतनी ही जल्दी चलने लगेंगे। न सिर्फ़ आप जल्दी रिटायर हो पाएँगे, बल्कि आर्थिक दृष्टि से ज़्यादा सुरक्षित भी महसूस करेंगे। आप ज़्यादा स्मार्ट महसूस करेंगे, क्योंकि तब आप 20 प्रतिशत या इससे अधिक टैक्स-डेफ़र्ड आमदनी कमा रहे होंगे। तब आप 50 प्रतिशत आमदनी नहीं कमा रहे होंगे, जिसके लिए ज़्यादातर लोग कड़ी मेहनत करते हैं।

इस पुस्तक के अंतिम खंड में हम आपको ऐसे तरीक़े बताएँगे, जिनसे आप ज़्यादा से ज़्यादा सुरक्षा और लाभों के साथ अधिकाधिक पोर्टफ़ोलियो तथा निष्क्रिय आमदनी हासिल कर सकते हैं। लेकिन एक बार फिर, इसके लिए गहरे अध्ययन की ज़रूरत पड़ सकती है और मुफ़्त काम करना पड़ सकता है; उसके बाद ही आपको इस प्रकार की आमदनी हो सकती है। इसमें अक्सर दूसरी वास्तविकता में जाने के लिए मुफ़्त में काम करने और समर्पित अध्ययन की ज़रूरत होती है। अगर आप बेहतर लीवरेज वाली आमदनी हासिल करने की इस यात्रा को करने का फ़ैसला करते हैं, तो हमेशा राइट बंधुओं को याद रखें। वे उन लोगों का बेहतरीन उदाहरण हैं, जिन्होंने अध्ययन किया - ग्रेड के लिए नहीं बल्कि सीखने के लिए। उन्होंने बिना किसी गारंटी के मुफ़्त में कड़ी मेहनत की, समझदारी से जोखिम लिए और ख़ुद को तथा पूरी दुनिया को एक नई वास्तविकता में पहुँचा दिया।

# अध्याय – 8

# फटाफट अमीर बनने का सबसे तेज़ तरीक़ा : मानसिक लीवरेज का सारांश

*रिच डैड* सीरीज़ की चौथी पुस्तक *रिच किड स्मार्ट किड* प्रकाशित होने के बाद एक मशहूर अख़बार में उसकी समीक्षा छपी। *रिच डैड* सीरीज़ के बारे में मीडिया में प्रकाशित लगभग सारी रिपोर्टिंग बहुत सकारात्मक रही है। मेरी पुस्तकों की समीक्षाओं में मीडिया न सिर्फ़ निष्पक्ष रहा है, बल्कि इससे भी आगे तक गया है। *बहरहाल, रिच किड स्मार्ट किड* की यह समीक्षा उस तरीक़े से शुरू नहीं हुई। इस पत्रकार ने समीक्षा की शुरुआत में ही मुझ पर हमला कर दिया कि मुझे लिखना नहीं आता है और मैं अयोग्य लेखक हूँ। उसने कमोबेश यह कहा कि मुझे स्कूल जाकर दोबारा लिखना सीखना चाहिए। मज़े की बात यह है कि मैंने उस पुस्तक की शुरुआत में ही साफ़-साफ़ बता दिया था कि मैं लिखने की अयोग्यता के कारण हाई स्कूल में अँग्रेजी में दो बार फ़ेल हो चुका हूँ। लिखने में कमज़ोर होने की वजह से मुझ पर पंद्रह साल की उम्र में मूर्ख और असफल होने का ठप्पा लग गया था। वह मेरे जीवन का बहुत पीड़ादायक प्रसंग था।

उसके बाद से मैंने कभी भी बढ़िया लेखक होने का दावा नहीं किया। लेखन शायद मेरी सबसे कमज़ोर योग्यता है और इस वजह से मुझे स्कूल में बहुत मुश्किलों का सामना करना पड़ा था। रिच डैड सीरीज़ की चौथी पुस्तक इस बारे में है कि मैं पढ़ने-लिखने की अयोग्यता से कैसे उबरा और इसके बावजूद कॉलेज की पढ़ाई कैसे पूरी की। *रिच किड स्मार्ट किड* आपके बच्चे की अनूठी प्रतिभा को पहचानने और विकसित करने के बारे में है, हालाँकि हो सकता है कि यह प्रतिभा लिखने-पढ़ने संबंधित न हो। साथ ही यह उसकी वित्तीय योग्यताओं को विकसित करने की ज़रूरत के बारे में भी है। तो पत्रकार की आलोचना इस पुस्तक की सामग्री पर नहीं, बल्कि मेरी लेखन योग्यता पर केंद्रित थी – यानी कि वही समस्या, जो मुझे स्कूल में हर समय आई थी।

पत्रकार ने समीक्षा के अंत में एक ऐसी टिप्पणी लिखी, जो उसके हिसाब

से मेरे पक्ष में जाती थी और लेख को संतुलित तथा निष्पक्ष बनाती थी। उसने लिखा, "यह पुस्तक आपके बच्चे को नौकरी पाने के लिए अधिक योग्य बना देगी।" देखिए, मेरे हिसाब से मेरी लेखन योग्यता की आलोचना करना वाजिब है। लेकिन इस लेख में यह लिखना कि मेरी पुस्तक का इकलौता सामाजिक लाभ यह है कि यह आपके बच्चे को *नौकरी के लिए अधिक योग्य* (more employable) बनाती है, इतनी बेतुकी बात थी कि मुझे बुरा लग गया। मुझे शक हुआ कि समीक्षा करने वाले ने इस पुस्तक को पढ़ा भी होगा। *रिच किड स्मार्ट किड* आपके बच्चे को नौकरी के लिए अधिक योग्य बनाने के बारे में नहीं है। यह तो आपके बच्चे को *नौकरी के लिए अधिक अयोग्य* (more unemployable) बनाती है। अगर आप जवानी में अमीर बनकर रिटायर होना चाहते हैं, तो आपको यह सोचने की ज़रूरत है कि नौकरी पाने के लिए *कम से कम* योग्य कैसे बनें। एक बार फिर, फ़र्क़ मानसिक वास्तविकता का है।

## नौकरी के लिए कम योग्य कैसे बनें

मानसिक लीवरेज के महत्व के सारांश में मैं दोबारा कहता हूँ कि आपकी *वास्तविकता* सिर्फ़ वही है, जिसे आप *वास्तविक* या सच मानते हैं। या जैसा कहा जाता है, आपकी अनुभूति *ही* आपकी वास्तविकता है। जब मुझसे पूछा जाता है, "क्या व्यक्ति की वास्तविकता बदलना मुश्किल होता है?" तो मैं जवाब देता हूँ, "यह उस व्यक्ति पर निर्भर करता है।" मेरे लिए यह एक व्यक्तिगत संघर्ष था कि मैं अपने ग़रीब डैडी की वास्तविकता को दरकिनार कर दूँ, जिसे वे स्मार्ट तरीक़ा मानते थे और अपने अमीर डैडी के विचार अपना लूँ, जिसे वे स्मार्ट तरीक़ा मानते थे। कई मायनों में मध्य वर्गीय या ग़रीब वास्तविकता को अमीर वास्तविकता में बदलना बाएँ हाथ से खाना सीखने जैसा हो सकता है, जबकि आपने कई सालों तक दाएँ हाथ से खाया हो। हालाँकि ऐसा करना मुश्किल नहीं है और लगन होने पर कोई भी ऐसा कर सकता है, लेकिन इसे करना सबसे आसान काम भी नहीं है।

अमीर बनने का सबसे तेज़ तरीक़ा अपनी वास्तविकताओं को ज़्यादा तेज़ी से बदलने में समर्थ बनना है। ज़्यादातर लोगों के मामले में ऐसा कहना तो आसान है, करना मुश्किल है, क्योंकि मैंने देखा है कि ज़्यादातर लोग अपनी वास्तविकताओं के आरामदेह दायरे के भीतर रहना चाहते हैं ... भले ही वह वास्तविकता आर्थिक संघर्ष और अभाव की हो। अमीर डैडी ने कहा था, "ज़्यादातर लोग अपने साधनों का विस्तार करने के बजाय अपने साधनों के भीतर ही सिमटे रहना चाहेंगे।" वे मानते थे कि अधिकांश लोग कुछ सालों तक कष्ट उठाने, अपनी वास्तविकताओं को बदलने और बाक़ी ज़िंदगी छुट्टी मनाने के बजाय ज़िंदगी भर की कड़ी मेहनत में आरामदेह रहने का विकल्प चुनते हैं। दाएँ हाथ से बाएँ हाथ तक बदलने की उपमा का प्रयोग करते हुए यह कहा जा

सकता है कि ज़्यादातर लोग अपने दाएँ हाथ से खाकर ग़रीब रहना चाहेंगे, बजाय इसके कि वे बाएँ हाथ से खाना सीखकर अमीर बन जाएँ। कई मायनों में, मानसिक वास्तविकता में भी इसी तरह के परिवर्तन की ज़रूरत होती है।

## सामग्री बनाम संदर्भ

*फ़ास्ट कंपनी* एक अच्छी मैग्ज़ीन है और मैं सभी लोगों को इसे पढ़ने की सलाह देता हूँ। कुछ समय पहले इसमें एक लेख "लर्निंग 101" प्रकाशित हुआ, जिसमें लिखा था :

> "*सीखना* उन लोगों, टीमों और कंपनियों के लिए अकेला सबसे महत्वपूर्ण साधन है, जो नई अर्थव्यवस्था में तेज़ी से आगे बढ़ना चाहती हैं और आगे बने रहना चाहती हैं।"

आगे लेख में एस्टी सोलोमन ग्रे का कोटेशन दिया गया था, जो इंटर वाइज़, इंक की स्ट्रैटेजिक ई-लर्निंग एडवाइज़र हैं। वे कहती हैं :

> "पुरानी अर्थव्यवस्था में *सामग्री* का राज्य चलता था; नई अर्थव्यवस्था में *संदर्भ* का राज्य चलता है।"

दूसरे शब्दों में, दाएँ हाथ के आधिपत्य से बाएँ हाथ के आधिपत्य तक बदलाव इस बात से ज़्यादा महत्वपूर्ण है कि खाने के लिए किस तरह के छुरी-काँटे का इस्तेमाल किया जाता है।

वर्तमान स्कूल सिस्टम बच्चों को बेहतर *सामग्री* (content) देने की पूरी कोशिश करता है, लेकिन यह नहीं देखता है कि सूचना युग ने आज की दुनिया के *संदर्भ* को किस तरह बदल दिया है, जिसमें हम इस समय रहते हैं। जिस तरह पुस्तक समीक्षक को लगा था कि मेरी पुस्तक का इकलौता सामाजिक लाभ बच्चे को नौकरी के अधिक योग्य बनाना है, उसी तरह ज़्यादातर स्कूली शिक्षक कोर्स में ऐसी सामग्री रखने की कोशिश कर रहे हैं, जो आपके बच्चे को नौकरी के अधिक योग्य बनाए। इसीलिए स्कूल सिस्टम *संदर्भ* (context) के बजाय *सामग्री* पर ध्यान केंद्रित कर रहा है।

दुनिया का संदर्भ बदल गया है। जब मेरे मम्मी-डैडी बड़ी मंदी के दौर में बड़े हो रहे थे, तो संदर्भ यह था कि नौकरियाँ कम थीं और नौकरी की सुरक्षा का दबदबा था। इसीलिए मेरे मम्मी-डैडी ने अच्छे ग्रेड और सुरक्षित नौकरी पर ज़ोर दिया। मेरे माता-पिता के दिनों में अगर आप अच्छी कंपनी में सुरक्षित नौकरी खोज लेते थे और वफ़ादार तथा मेहनती होते थे, तो आपकी ज़िंदगी सँवर जाती थी। रिटायरमेंट के बाद आपकी वित्तीय सुरक्षा की ज़िम्मेदारी कंपनी की थी। आज 90 के दशक की छँटनी के बाद अधिकांश लोगों को एहसास हो चुका है कि *संदर्भ* या रोज़गार के नियम हमेशा के लिए बदल गए हैं।

## सामग्री, संदर्भ और क्षमता

मेरे अमीर डैडी ने *सामग्री* और *संदर्भ* शब्द का प्रयोग ज़्यादा बार नहीं किया। इसके बजाय उन्होंने *वास्तविकता* शब्द का प्रयोग किया, लेकिन वे *क्षमता* (capacity) शब्द का प्रयोग हमेशा करते थे। वे कहते थे, "ग़रीब व्यक्ति की वास्तविकता ग़रीब होती है और ग़रीब वास्तविकता का यह मतलब भी होता है कि उस व्यक्ति में पैसे को अपने पास रोककर रखने की बहुत कम *क्षमता* है।"

उनका तात्पर्य था कि जब लोग इस तरह की बातें कहते हैं, "मैं कभी अमीर नहीं बन पाऊँगा," "मैं इसका ख़र्च नहीं उठा सकता," या "निवेश ख़तरनाक है," तो ये बातें अमीर बनने की उनकी क्षमता को कम कर देती है। उन्होंने कहा था, "जब किसी ग़रीब या मध्य वर्गीय वास्तविकता वाले व्यक्ति के पास अचानक पैसा आ जाता है, तो आम तौर पर उसमें अचानक आए प्रचुर पैसे को सँभाल पाने की मानसिक और भावनात्मक क्षमता नहीं होती है ... इसलिए पैसा बहकर दूर चला जाता है।" इसीलिए आप अक्सर लोगों को यह कहते सुनते हैं, "पैसा मेरी उँगलियों से फिसल जाता है।" या "चाहे मैं कितना भी कमा लूँ, महीने के आख़िर में पैसा हमेशा कम पड़ जाता है।" या "मैं तब निवेश करूँगा, जब मेरे पास अतिरिक्त पैसा होगा।"

कभी-कभार मैं उस उदाहरण का प्रयोग करता हूँ, जिसके माध्यम से अमीर डैडी अपने बेटे और मुझे संदर्भ के बारे में सिखाते थे। अमीर डैडी पानी का एक ख़ाली गिलास लेते थे और एक भरे हुए बड़े जग से उस गिलास में पानी डालते थे। थोड़ी ही देर में पानी गिलास में से बहने लगता था और इसके बाद वे जब तक पानी डालते थे, पानी बहता रहता था। अमीर डैडी कहते थे, "दुनिया में बहुत पैसा है। अगर आप अमीर बनना चाहते हैं, तो पहले आपको अपनी वास्तविकता (संदर्भ) का विस्तार करना होगा, तब कहीं जाकर यह प्रचुर पैसे को सँभाल पाएगी।" *सामग्री, संदर्भ* और *क्षमता* के संबंध को स्पष्ट करने के लिए मैं अपने सेमिनारों में इसी उदाहरण का प्रयोग करता हूँ। मैं सबसे पहले पानी को एक औंस के ढक्कन में डालता हूँ, फिर एक छोटे गिलास में और फिर ज़्यादा बड़े गिलास में। यह एक सामान्य उदाहरण है, जो बताता है कि ग़रीब, मध्य वर्गीय और अमीर लोगों में पैसे को रोककर रखने की क्षमता कितनी अलग-अलग होती है।

## अपनी क्षमता का विस्तार कैसे करें

जब मुझसे पूछा जाता है, "मैं अपनी वास्तविकता या संदर्भ का विस्तार कैसे करूँ?" तो मैं जवाब देता हूँ, "अपने विचारों पर नज़र रखकर।" मैं लोगों को अपने अमीर डैडी की प्रिय कहावत भी याद दिलाता हूँ, "पैसा सिर्फ़ एक विचार है।" मैं लोगों को वही सलाह देता हूँ, जो मेरे अमीर डैडी ने मुझे दी थी। उन्होंने

कहा था कि इंसान को इस तरह की बातें कभी नहीं कहनी चाहिए :

1. "मैं इसका ख़र्च नहीं उठा सकता।"
2. "मैं वह काम नहीं कर सकता।"
3. "वह ग़लत है।"
4. "मैं पहले से ही यह जानता हूँ।"
5. "मैंने एक बार इसकी कोशिश की थी, लेकिन मैं कामयाब नहीं हुआ।"
6. "यह असंभव है। यह कभी कामयाब नहीं होगा।"
7. "आप ऐसा नहीं कर सकते।"
8. "यह ग़ैर-क़ानूनी है।"
9. "यह करना बहुत ज़्यादा मुश्किल है।"
10. "मैं सही हूँ और आप ग़लत हैं।"

अमीर डैडी ने कहा था, "दोषदर्शी और मूर्ख वास्तविकता तथा संभावना के विपरीत सिरों पर जुड़वाँ हैं।" उन्होंने आगे कहा था, "मूर्ख किसी भी हवा-हवाई योजना पर यक़ीन कर लेता है और दोषदर्शी व्यक्ति अपनी वास्तविकता के बाहर की किसी भी चीज़ की आलोचना ही करने लगता है।" वे इस स्पष्टीकरण के अंत में कहते थे, "दोषदर्शी की वास्तविकता किसी नई चीज़ को अंदर नहीं आने देती है और मूर्ख की वास्तविकता में मूर्खतापूर्ण विचारों को बाहर रखने की क्षमता नहीं होती है। अगर आप समृद्ध और अमीर बनना चाहते हैं, तो आपको एक खुले दिमाग़, लचीली वास्तविकता और नए विचारों को असली व लाभदायक कामों में बदलने की योग्यताओं की ज़रूरत है।"

*फ़ास्ट कंपनी* मैग्ज़ीन के एक कथन को दोहराना चाहूँगा :

> "पुरानी अर्थव्यवस्था में *सामग्री* का राज्य चलता था; नई अर्थव्यवस्था में *संदर्भ* का राज्य चलता है।"

मेरे अमीर डैडी इसे इस तरह से कहते, "अगर आप जल्दी अमीर बनना चाहते हैं, तो आपके पास एक ऐसा मस्तिष्क होना चाहिए, जो नए विचारों का स्वागत करता हो और आपके पास ऐसी योग्यताएँ होनी चाहिए, जो आपकी वर्तमान संभावनाओं से ज़्यादा बड़ी संभावनाओं को साकार कर सकें। ऐसा करने के लिए आपके पास ऐसी वास्तविकता होनी चाहिए, जो बदल सके, जिसका विस्तार हो सके और जो तेज़ी से बढ़ सके। ग़रीब व्यक्ति की वास्तविकता यानी कमी और सीमाओं में बँधी वास्तविकता के सहारे अमीर बनना असंभव है।"

## अमीर क्यों न बनें

1985 में ब्रिटिश कोलंबिया के पहाड़ पर बैठकर किम, मेरे दोस्त लैरी और मैंने फ़ैसला किया कि जवानी में अमीर बनकर रिटायर होने के लिए हम बहुत सी मुश्किलें उठाने के लिए तैयार हैं, लेकिन हम ख़ुद को नई वास्तविकताओं में धकेलेंगे ... और यक़ीन मानें, कई बार तो यह बहुत मुश्किल भरा काम था। जब मुझसे पूछा जाता है कि हम इतनी जल्दी अमीर कैसे बने और जवानी में ही रिटायर कैसे हो गए, तो मैं बस इतना कहता हूँ, "हम अपनी वास्तविकता को बदलते रहे।" जब पूछा जाता है कि वास्तविकता को कैसे बदला जाता है, तो मैं बस रॉबर्ट केनेडी के पसंदीदा वाक्य को दोहरा देता हूँ :

> "कुछ लोग मौजूद चीज़ों को देखकर कहते हैं, 'क्यों?' मैं उन चीज़ों के सपने देखता हूँ, जो मौजूद नहीं हैं और कहता हूँ, 'क्यों नहीं?'"

अगर आप फटाफट अमीर बनना चाहते हैं, तो यह वर्तमान वास्तविकताओं के आरामदेह दायरे से बाहर निकलकर नई संभावनाओं के क्षेत्र में क़दम रखने का मामला है। जैसा रॉबर्ट केनेडी ने कहा था, "क्यों नहीं?"

वास्तविकता या संदर्भ का जल्दी विस्तार कर सकने वाला मस्तिष्क लीवरेज का महत्वपूर्ण रूप है। दरअसल आपका मस्तिष्क लीवरेज का सबसे महत्वपूर्ण साधन हो सकता है, ख़ास तौर पर इस तेज़ी से बदलती दुनिया में। अमीर डैडी के लिए ऐसा मस्तिष्क बहुत महत्वपूर्ण था, जो शीघ्रता से अपनी वास्तविकता का विस्तार कर सकता हो। दरअसल मेरा मानना है कि उनके मस्तिष्क ने ही उनकी व्यक्तिगत योग्यताओं और वित्तीय सफलता को इतना ज़्यादा बढ़ाया। अब मेरी उम्र ज़्यादा हो चुकी है और शायद मैं पहले से ज़्यादा समझदार हो गया हूँ, इसलिए मैं इस बात को ज़्यादा महत्व देने लगा हूँ कि अमीर डैडी ने अपने बेटे और मुझे यह वाक्य कहने से क्यों मना किया था, "मैं इसका ख़र्च नहीं उठा सकता।" आने वाले वर्षों में अपनी वास्तविकता को बदलने और उसका विस्तार करने की योग्यता लीवरेज का आपका सबसे महत्वपूर्ण रूप हो सकती है। आने वाले वर्षों में, जो व्यक्ति संदर्भ को बदल सकते हैं और उसका विस्तार कर सकते हैं, वे समृद्ध होंगे और उन लोगों से आगे निकल जाएँगे, जो ऐसा नहीं कर सकते हैं। जैसा *फ़ास्ट कंपनी* मैग्ज़ीन *ने कहा है,* "नई अर्थव्यवस्था में संदर्भ का राज्य चलता है।"

अगर आप जवानी में ही अमीर बनकर रिटायर होना चाहते हैं, तो आपको अपने संदर्भ को तेज़ी से लगातार बदलने में समर्थ बनना होगा ... क्योंकि *संदर्भ* ही *सामग्री* को तय करता है। और *संदर्भ तथा सामग्री मिलकर क्षमता में बदल जाते हैं*।

अच्छी ख़बर यह है कि अगर आप सही वास्तविकता या संदर्भ के महत्व

कमोबेश यहाँ पर मानसिक लीवरेज के महत्व पर हमारे विचार पूरे होते हैं। हालाँकि यह मानसिक वास्तविकता के खंड का अंत है, लेकिन आगे के अध्यायों में भी इसका ज़िक्र किया जाएगा कि व्यक्ति की वास्तविकता की शक्ति कितनी महत्वपूर्ण अवधारणा है।

इस पुस्तक का अगला खंड आपकी व्यक्तिगत वित्तीय योजना के लीवरेज के महत्व के बारे में है। योजना इसलिए महत्वपूर्ण है, क्योंकि ज़्यादातर लोगों के पास सपने तो होते हैं, लेकिन योजना नहीं होती है। जवानी में अमीर बनकर रिटायर होने का सपना महत्वपूर्ण है, लेकिन उस सपने को साकार करने के लिए व्यक्ति को एक योजना की ज़रूरत होती है, जो सपने और वास्तविकता के बीच पुल बना दे।

अगले खंड में आपके मानसिक लीवरेज की जाँच होगी, क्योंकि हम इतनी बड़ी राशियों का ज़िक्र करेंगे, जो ज़्यादातर लोगों की वास्तविकता से परे हैं। अगर राशियाँ आपकी वास्तविकता या संदर्भ से परे हों, तो वे राशियाँ सिर्फ़ सपना ही बनी रहेंगी। जैसा कि पहले भी कहा जा चुका है, जो व्यक्ति हर साल 50,000 डॉलर से कम कमा रहा है, उसके लिए आम तौर पर यह कल्पना करना मुश्किल होता है कि कुछ साल बाद वह दस लाख डॉलर आमदनी के साथ रिटायर होगा। हालाँकि ज़्यादातर लोग किसी दिन उतने पैसे के साथ रिटायर होने के सपने देख सकते हैं, लेकिन 1 प्रतिशत से भी कम अमेरिकी जनता ऐसा कर पाएगी। यह वास्तविकता बाक़ी 99 प्रतिशत लोगों के लिए हमेशा सपना बनी रहेगी।

को समझ लेते हैं, अगर आप योजना बनाने के महत्व को भी समझ लेते हैं, तो जवानी में अमीर बनकर रिटायर होने की आपकी संभावना काफ़ी बढ़ जाएगी।

अगर आप अपनी वास्तविकता बदल सकते हैं और पक्की योजना बना सकते हैं, तो 50,000 डॉलर सालाना आमदनी के लिए ज़िंदगी भर काम करने के बजाय आपको यह ज़्यादा आसान लगेगा कि बिना काम किए 10 लाख डॉलर या इससे ज़्यादा कमाएँ। इसमें सिर्फ़ लचीली वास्तविकता और संदर्भ की ज़रूरत होती है; और ऐसी योजना की, जिस पर अमल किया जाए। अगला खंड योजना बनाने के बारे में है ... जवानी में अमीर बनकर रिटायर होने के लिए ज़्यादा लीवरेज वाली योजना।

# खंड - 2

# आपकी योजना का लीवरेज

रॉबर्ट रीक क्लिंटन अमेरिकी प्रशासन में श्रम मंत्री थे। नीचे उनसे लिए गए इंटरव्यू के अंश पढ़ें :

> "अमीरों और ग़रीबों के बीच बढ़ती खाई के कारण हम गंभीर मुश्किल में पड़ने वाले हैं।"
>
> "श्रम मंत्री के रूप में मेरा लक्ष्य अमेरिकियों को ज़्यादा नौकरियाँ और बेहतर तनख़्वाह दिलवाने की कोशिश करना था। इस भूमिका में बरसों तक कड़ी मेहनत करने के बाद आप यह महसूस किए बिना नहीं रह सकते कि नौकरियाँ और तनख़्वाह ही सब कुछ हैं। लेकिन वे नहीं हैं।"
>
> "अब यह नौकरी या अच्छी तनख़्वाह होने की ही बात नहीं रह गई है।"
>
> नई अर्थव्यवस्था में, जिसमें कमाई की संभावना की भविष्यवाणी नहीं की जा सकती ... दो रास्ते उभरकर सामने आ रहे हैं : तेज़ रास्ता और धीमा रास्ता; और दोनों के बीच किसी तरह का श्रेणीकरण (gradation) नहीं है।"

सवाल यह है : क्या आप और आपकी योजना तेज़ रास्ते पर हैं या फिर धीमे रास्ते पर हैं ?

# अध्याय - 9

# आपकी योजना कितनी तेज़ है?

"मुझे गति की ज़रूरत है।"

—*टॉप गन* में टॉम क्रूज़

ज़िंदगी भर काम करना, बचत करना और रिटायरमेंट अकाउंट में पैसे जमा करना बहुत धीमी योजना है। यह ९० प्रतिशत लोगों के लिए अच्छी और समझदारी भरी योजना है। लेकिन यह योजना उस व्यक्ति के लिए अच्छी या समझदारीपूर्ण नहीं है, जो जवानी में ही अमीर बनकर रिटायर होना चाहता है। अगर आप जवानी में ही अमीर बनकर रिटायर होना चाहते हैं, तो आपको ज़्यादातर लोगों की योजनाओं से तेज़ योजना की ज़रूरत है।

अगर आपको मौक़ा मिले, तो *टॉप गन* फ़िल्म देखें। आप उस गति को देखें, जिससे युवा पायलटों को उड़ना पड़ता है तथा जीवन और मौत के फ़ैसले करने पड़ते हैं। गति (speed) से काम करने की क्षमता इन युवा पायलटों के लिए महत्वपूर्ण है, क्योंकि इस *तेज़ गति* को *तेज़ी* से सँभालने पर उनकी ज़िंदगी निर्भर करती है। यही आज जीवन और बिज़नेस में सच है। आज के बिज़नेस जगत में हो रहे परिवर्तनों के हिसाब से आप जिस गति से अपने संदर्भ को बदलते हैं और उसका विस्तार करते हैं, वह हममें से हर उस व्यक्ति के लिए बेहद महत्वपूर्ण है, जो सफल होना चाहता है और आर्थिक मोर्चे पर अच्छा प्रदर्शन करना चाहता है। खाई अब ग़रीबों और अमीरों के बीच की नहीं है। आज जो खाई सबसे तेज़ी से बढ़ रही है, वह मध्य वर्ग और अमीरों के बीच की वित्तीय खाई है। सीधी-सपाट भाषा में कहा जाए तो अगर आपके पास औद्योगिक युग की धीमी योजना या संदर्भ है, तो आप आर्थिक दृष्टि से पीछे छूट रहे हैं ... अपने हमउम्रों से नहीं, बल्कि ज़्यादा युवा लोगों से, जिनके दिमाग़ ज़्यादा तेज़ हैं और जिनके विचारों की गति ज़्यादा तीव्र है। संदर्भों के परिवर्तन की तीव्र गति के कारण ही आज दुनिया में पच्चीस साल की उम्र के लोग बिलियनेअर बन चुके हैं। दूसरी तरफ़, इसी दुनिया में पचास साल की उम्र के ऐसे लोग भी हैं, जो 50,000 डॉलर सालाना

आमदनी की नौकरी पाने की अब भी आस लगाए हैं। दुखद बात यह है कि पचास साल की उम्र वाले मेरे ये साथी अब भी अपने बच्चों को अपने ही नक़्शेक़दम पर चलने की सलाह दे रहे हैं ... उसी धीमी ट्रेन पर सवारी करने की, जिस पर उनके माता-पिता सवार हुए थे।

रिच डैड सीरीज़ की तीसरी पुस्तक *रिच डैड्स गाइट टु इनवेस्टिंग* मैंने इस कथन से शुरू की थी कि *निवेश एक योजना है*। मैंने यह भी कहा था कि ज़्यादातर लोगों की योजना ग़रीब बनने की होती है, इसीलिए इतने सारे लोग वही बात कहते हैं, जो मेरे ग़रीब डैडी कहते थे, "रिटायर होने के बाद मेरी आमदनी कम हो जाएगी।" दूसरे शब्दों में, उनकी *योजना* ज़िंदगी भर कड़ी मेहनत करने की थी, ताकि वे ज़्यादा ग़रीब बन सकें। अमीर डैडी कहते थे, "अगर तुम जवानी में अमीर बनकर रिटायर होना चाहते हो, तो तुम्हारे पास एक बहुत तेज़ योजना होनी चाहिए, जो तुम्हें कम से कम मेहनत में ज़्यादा से ज़्यादा अमीर बनाए।"

## तेज़ योजना कैसे बनाएँ?

धन के बारे में अमीर डैडी का एक बुनियादी सिद्धांत यह था, "धन एक विचार है।" अमीर डैडी इसके आगे यह भी कहते थे, "विचार भी ट्रेनों की तरह तेज़ और धीमे होते हैं। पैसे के मामले में ज़्यादातर लोग धीमी ट्रेन में बैठे हैं और वे अपनी खिड़की से तेज़ ट्रेन को अपने बग़ल से आगे निकलते हुए देखते हैं। अगर आप जल्दी अमीर बनना चाहते हैं, तो आपकी योजना में तेज़ विचार शामिल होने चाहिए।"

मकान बनाते समय ज़्यादातर लोग पहले एक आर्किटेक्ट को रखेंगे और फिर उस आर्किटेक्ट के साथ मिलकर उस मकान की योजनाएँ बनाएँगे। लेकिन जब यही लोग अपनी दौलत बनाना शुरू करते हैं या भविष्य की योजना बनाते हैं, तो अधिकांश लोगों को यही पता नहीं होता है कि शुरुआत कहाँ से करें। उनके पास दौलत का कोई ब्लूप्रिंट नहीं होता है। पैसे के मामले में ज़्यादातर लोग अपने माता-पिता की आर्थिक योजना पर चलते हैं ... और वह योजना अक्सर यह होती है कि कड़ी मेहनत करो और पैसे बचाओ। इस योजना पर चलकर लाखों लोग ट्रेन में बैठकर नौकरी करने आते-जाते हैं और अपनी ट्रेन की खिड़की से बेहतरीन कारों, कंपनियों के हवाई जहाज़ों और आलीशान घरों को देखते हैं।

अगर आप अपनी ट्रेन, हवाई जहाज़ या ट्रैफ़िक जाम के कारण कार की खिड़की से बाहर निहारते हुए ज़िंदगी बिताने की योजना नहीं बनाना चाहते हैं, तो आप ज़्यादा तेज़ वित्तीय योजना बना सकते हैं। नीचे कुछ विचार दिए गए हैं कि ज़्यादा तेज़ योजना कैसे बनाई और विकसित की जाए।

## 1. बाहर निकलने की रणनीति सबसे पहले चुनें

मुझसे अक्सर पूछा जाता है, "मैं निवेश कैसे शुरू करूँ?" या "मुझे किसमें निवेश करना चाहिए?" उनके सवाल का जवाब देने के बजाय मैं उनसे एक सवाल पूछता हूँ, "आपकी निर्गम रणनीति या बाहर निकलने की रणनीति (exit strategy) क्या है?" और कई बार, मेरा दूसरा सवाल यह होता है, "आप कितनी उम्र में बाहर निकलना चाहते हैं?"

मेरे अमीर डैडी बार-बार यह कहते थे, "प्रोफ़ेशनल निवेशक के पास निवेश करने से पहले हमेशा बाहर निकलने की रणनीति होती है।" बाहर निकलने की रणनीति निवेश का मूलभूत आधार है। इसीलिए अमीर डैडी कहते थे, "शुरुआत करते समय हमेशा *अंत* से *शुरू* करो।" दूसरे शब्दों में, निवेश में उतरने से पहले आपको सबसे पहले यह जानना चाहिए कि आप कैसे, कब, कहाँ और कितने लाभ के साथ बाहर निकलना चाहते हैं। उदाहरण के लिए, अगर कोई आपके पास आकर कहता है, "सैर-सपाटे की योजना बनाने से पहले आपको सबसे पहला क्या काम करना चाहिए?" एक जवाब यह होना चाहिए, "आप जाना कहाँ चाहते हैं?" या अगर कोई आपसे पूछे, "मुझे किस चीज़ की पढ़ाई करनी चाहिए?" जवाब होना चाहिए, "पढ़ाई करने के बाद आप बनना क्या चाहते हैं?" यही निवेश के बारे में सही है। आपको किस चीज़ में निवेश करना चाहिए, यह फ़ैसला करने से पहले आपको यह पता होना चाहिए कि आप अंत में कहाँ पहुँचना चाहते हैं। इसीलिए अमीर डैडी बार-बार कहते थे, "आपकी बाहर निकलने की रणनीति निवेश का अहम आधार है।"

कई लोग इसलिए निवेश करते हैं, क्योंकि वे जानते हैं कि उनकी कंपनी या सरकार रिटायरमेंट के बाद उनकी देखभाल नहीं करेगी। कई लोग अपनी दीर्घकालीन वित्तीय सुरक्षा के लिए निवेश कर रहे हैं। हालाँकि यह अच्छी बात है कि आज बहुत से लोग निवेश कर रहे हैं, लेकिन मुझे डर है कि कई निवेशकों ने निवेश करने से पहले बाहर निकलने की रणनीति के बारे में ज़्यादा नहीं सोचा है।

## जब आप काम करना बंद कर देंगे, तो आपके पास कितना पैसा होगा

कुछ साल पहले किसी ने मुझे संघीय सरकार के कुछ आँकड़े दिए। हालाँकि आँकड़े कुछ साल पुराने हैं, लेकिन मुझे नहीं लगता कि उनके बीच के अनुपात या धनराशियों में कोई ख़ास बदलाव हुआ होगा।

हम यह मान लेते हैं कि ज़्यादातर लोग पैंसठ साल की उम्र में रिटायर होने या *बाहर निकलने* की योजना बनाते हैं। सवाल यह है कि जब आपके काम

के दिन पूरे हो जाएँगे, तब आप कितनी आमदनी चाहते हैं? यू.एस. डिपार्टमेंट ऑफ़ हेल्थ, एजुकेशन एंड वेलफ़ेयर ने बीस से पैंसठ साल की उम्र तक लोगों का अध्ययन करने पर यह पाया :

पैंसठ साल की उम्र तक के 100 लोगों में से :

36 मर चुके थे

54 सरकार या परिवार की सहायता पर ज़िंदा थे

5 अब भी काम कर रहे थे, क्योंकि और कोई विकल्प ही नहीं था

4 अच्छी आर्थिक स्थिति में थे

1 दौलतमंद था

ये आँकड़े मेरे उस पुराने कथन की पुष्टि करते हैं कि ज़्यादातर लोग ज़िंदगी भर कड़ी मेहनत करने और रिटायरमेंट के बाद ग़रीब बनने की योजना पर चलते हैं। या तो उन्होंने ग़रीबी में रिटायर होने की योजना बनाई थी या फिर उन्होंने अपनी वित्तीय योजना या बाहर निकलने की रणनीति को नज़रअंदाज़ कर दिया था।

इन आँकड़ों को देखने के बाद सवाल यह है कि पैंसठ साल की उम्र में जब आप बाहर निकलेंगे, तब आप किस समूह में रहने की *योजना* बनाना *चाहते हैं*? मेरे ग़रीब डैडी हालाँकि उच्च शिक्षित और मेहनती थे, लेकिन इसके बावजूद उनका अंत उस समूह में हुआ, जो सबसे निचले स्तर पर था। दूसरी तरफ़, मेरे अमीर डैडी अमीरों की श्रेणी में बहुत, बहुत आगे तक पहुँच गए। हालाँकि दोनों ने ही कमोबेश शून्य से शुरुआत की थी, लेकिन उनकी योजना और बाहर निकलने की रणनीति बिलकुल अलग थी। एक ने ग़रीबी में रिटायर होने की योजना बनाई थी, जबकि दूसरे ने अमीरी में रिटायर होने की योजना बनाई थी। हालाँकि दोनों व्यक्ति पैंसठ साल की उम्र के बाद भी काम करते रहे, लेकिन फ़र्क़ यह था कि एक को मजबूरी में काम करना पड़ा, जबकि दूसरे ने इसलिए काम किया, क्योंकि उसे काम करना अच्छा लगता था।

## आपकी बाहर निकलने की रणनीति का लक्ष्य क्या है?

सरकारी आँकड़े देखने के बाद मुझे एहसास हुआ कि व्यक्ति की वित्तीय निर्गम रणनीति तय करने के लिए एक ज़्यादा उपयोगी चार्ट की ज़रूरत है। अमेरिकी सरकार के इन आँकड़ों के आधार पर मैंने कुछ और श्रेणियाँ जोड़ी हैं, जो सन् 2000 के डॉलर मूल्य पर आधारित हैं। पैंसठ साल की उम्र में बिना काम किए आप इन श्रेणियों में आते हैं :

| | |
|---|---|
| ग़रीब | प्रति वर्ष 25,000 डॉलर या उससे कम |
| मध्य वर्गीय | प्रति वर्ष 25,000 डॉलर से 1,00,000 डॉलर तक |
| धनवान | प्रति वर्ष 1,00,000 डॉलर से 10 लाख डॉलर तक |
| अमीर | प्रति वर्ष 10 लाख डॉलर या उससे ज़्यादा |
| बेहद अमीर | प्रति माह 10 लाख डॉलर या उससे ज़्यादा |

दुर्भाग्यपूर्ण सच्चाई यह है कि 100 में से सिर्फ़ एक अमेरिकी ही रिटायरमेंट के बाद *धनवान* (affluent) या उससे ऊँचे स्तर पर पहुँचेगा। इस बात की संभावना है कि 100 में से 36 मर जाएँगे, जैसा यू.एस. हेल्थ एंड एजुकेशन के आँकड़े बताते हैं। ये 36 रिटायर होने से पहले ही इस धरती से विदा हो जाएँगे। इसका मतलब है कि बचे हुए 64 में से 59 *धनवान* स्तर से नीचे रहेंगे। सिर्फ़ पाँच ही इससे ऊपर के स्तरों पर पहुँच पाएँगे। इसका एक कारण है धीमी वित्तीय योजना, जिसमें निर्गम रणनीति स्पष्ट रूप से तय नहीं है।

अपने निवेश सेमिनारों में मैं अक्सर निवेशकों से पूछता हूँ, "जब आपके काम के दिन पूरे हो जाएँगे, तो आप किस समूह में रहना चाहेंगे?" दूसरे शब्दों में, "आपकी निर्गम रणनीति का लक्ष्य क्या है?" मुझे यह दिलचस्प लगता है कि ज़्यादातर लोग बाहर निकलने की रणनीति में *मध्य वर्गीय* श्रेणी को चुनते हैं। फिर मैं कहता हूँ, "अगर आप वहीं ख़ुश हों, तो फिर धीमी ट्रेन की सवारी करते रहें। धीमी ट्रेन आपको वहाँ तक ले जाएगी।" इसके बाद मैं यह भी कहता हूँ, "धीमी ट्रेन सुरक्षित नौकरी खोजने, कड़ी मेहनत करने, अपने संसाधनों से कम में जीने, पैसे बचाने और दीर्घकालीन निवेश करने की पटरी पर चलती है।"

जब मुझसे पूछा जाता है, "क्या मैं धीमी ट्रेन में सवारी करके *धनवान स्तर* तक पहुँच सकता हूँ?" मेरा जवाब है, "हाँ ... आप सुरक्षित ऊँची तनख़्वाह वाली नौकरी से वहाँ पहुँच सकते हैं ... लेकिन आपको कम उम्र से ही निवेश करना होगा, कंजूसी से रहना होगा, अपनी आमदनी के एक बड़े हिस्से का निवेश करना होगा, यह उम्मीद करनी होगी कि शेयर बाज़ार न लुढ़के और फिर पचपन साल के बाद रिटायर होने का इच्छुक रहना होगा।" इसके बाद मैं कहता हूँ, "धनवान स्तर तक पहुँचने के लिए सुरक्षित नौकरी और कंजूसी की इस योजना के इस्तेमाल की एक क़ीमत होती है। वह क़ीमत यह है कि इस तरह की धीमी योजना पर चलकर *अमीर* और *बेहद अमीर* के स्तरों पर पहुँचना अक्सर मुश्किल होता है।" अगर आप सिर्फ़ *मध्य वर्गीय* या *धनवान* स्तर पर रिटायर होना चाहते हों, तो आपको यह पुस्तक पढ़ने की ज़रूरत ही नहीं है। उन स्तरों के लिए बहुत सी पुस्तकें पहले ही लिखी जा चुकी हैं। उस संदर्भ और वास्तविकता वाले लोगों के लिए कई पुस्तकें पहले से ही मौजूद हैं। *मध्य वर्गीय* और *धनवान* स्तर अच्छे हैं। 50 प्रतिशत जनता इन स्तरों तक नहीं पहुँच पाएगी

और मैं इस बारे में बहुत चिंतित हूँ।

## तेज़ ट्रेन पकड़ें

अगर आप शून्य से ज़िंदगी शुरू कर रहे हैं, जैसा मैंने किया था, और आप *अमीर* या *बेहद अमीर* के स्तर पर पहुँचना चाहते हैं या जवानी में अमीर बनकर रिटायर होना चाहते हैं, तो इस बात के काफ़ी आसार हैं कि आपको नौकरी की सुरक्षा त्यागकर तेज़ ट्रेन पकड़नी होगी। तेज़ ट्रेन पकड़ने के लिए व्यक्ति को अपना दिमाग़ खुला रखना होगा, उसके पास तेज़ गति के विचार होने चाहिए, बिज़नेस और निवेश की बेहतर शिक्षा होनी चाहिए तथा एक ज़्यादा तेज़ योजना होनी चाहिए। दूसरे शब्दों में, इन लोगों को भीड़ से अलग मानसिक संदर्भ और सामग्री से काम काम करना होगा। जो लोग *धनवान* स्तर तक पहुँचने के लिए नौकरी की सुरक्षा और दीर्घकालीन निवेश योजना का अनुसरण करते हैं, वे अक्सर वहाँ पहुँच जाते हैं, लेकिन उनमें *अमीर* और *बेहद अमीर* स्तरों के दाँवपेंच सँभालने की सामग्री, संदर्भ और क्षमता नहीं होती है। दूसरे शब्दों में, उनके पास पैसा तो हो सकता है, लेकिन उनके पास वह वास्तविकता नहीं होगी, जो *अमीर* और *बेहद अमीर* स्तरों पर होनी चाहिए। जैसा मेरे अमीर डैडी कहते थे, "अमीर बनने के लिए सिर्फ़ बहुत सा पैसा होना ही काफ़ी नहीं है।"

मेरी पत्नी किम और मैंने *धनवान स्तर* पर ज़िंदगी की चूहा दौड़ से बाहर निकलने का फ़ैसला किया। यह हमारा लक्ष्य था। जब हमने 1985 में यह लक्ष्य बनाया, तो हमने अंत से शुरू करके अपनी बाहर निकलने की रणनीति बनाई। फिर हमने अपनी निवेश योजना तैयार की और इसके बाद ही अपनी प्रवेश रणनीति तय की। बाहर निकलने की रणनीति बनाने के बाद हम जान गए कि हमें क्या करना है और कहाँ से शुरू करना है। हमारे लिए यह बिज़नेस बनाने और रियल एस्टेट में निवेश करने वाली तेज़ ट्रेन पर सवार होना था। इसका मतलब था कुछ वीकएंड्स की मौज मस्ती छोड़ना और थोड़ा कम टीवी देखना। इसका मतलब दोस्तों और रिश्तेदारों के इन सवालों को सुनना भी था, "तुम कोई नौकरी क्यों नहीं कर लेते?" और "तुम इतनी कड़ी मेहनत क्यों करते हो?"

कड़ी मेहनत, नौकरी की सुरक्षा की कमी और कठोर दिनचर्या पर चलने के कारण हमारी तेज़ ट्रेन की यात्रा आख़िर मंज़िल तक पहुँच गई। हमने अपने निवेशों से अपना लक्ष्य हासिल कर लिया। तब मेरी उम्र सैंतालीस और किम की सैंतीस साल थी। योजना बनाने और लक्ष्य हासिल करने के बीच में नौ साल का समय था। हमने 1985 में अपनी योजना बनाई और हम 1994 में बाहर निकल गए। 1985 में हमने एक योजना चुनी, जो हमें जल्दी से *धनवान* स्तर तक ले जाए और साथ ही हमें वांछित शिक्षा और अनुभव देकर इस योग्य बनाए कि हम *अमीर* और *बेहद-अमीर* स्तरों तक आगे जा सकें। मुख्य शब्द *योग्य* है, जिसे इस अध्याय और आगे आने वाले अध्यायों में स्पष्ट किया जाएगा।

चूँकि हमारे निवेशों हर साल 1,00,000 डॉलर की निष्क्रिय आमदनी होने लगी, इसलिए हम *अमीर* स्तर तक पहुँचने में कामयाब हुए। हमारे पास समय था, पैसा था और अगले स्तरों पर पहुँचने की मूलभूत योग्यता थी, इसलिए हम पाँच सालों में *धनवान* से *अमीर* के स्तर तक पहुँच गए। अगला क़दम अवशिष्ट आमदनी (residual income) का बेहद-अमीर स्तर है। अगर चीज़ें योजना के हिसाब से होती हैं, तो इसमें बस तीन साल का समय लगना चाहिए।

सिद्धांततः इन सभी स्तरों पर हमारी मूलभूत योजना साधारण सी थी। यह योजना थी बिज़नेस बनाना और रियल एस्टेट में निवेश करना। आज भी हम बिज़नेस बनाते हैं और रियल एस्टेट में निवेश करते हैं। हालाँकि योजना साधारण है, लेकिन हमने अपनी शिक्षा और अनुभव को काफ़ी बढ़ा लिया है। इस शिक्षा और अनुभव से बिज़नेस बनाने और रियल एस्टेट ख़रीदने की हमारी गति बढ़ जाती है। दूसरे शब्दों में, हमने ग़लतियाँ कीं, सुधार किया और सीखा। ग़लतियाँ करके और सीखकर हमने अपने संदर्भ के आकार और अपनी सामग्री या ज्ञान का विस्तार किया। इससे हमने ज़्यादा बड़े प्रोजेक्ट्स और धनराशियों को सँभालने की अपनी क्षमता भी बढ़ाई। और वह गति भी, जिससे हम ज़्यादा बड़े और ज़्यादा जटिल तथ्यों व धनराशियों को प्रोसेस करते थे। तेज़ ट्रेन पकड़ने से हमें ऐसी व्यावसायिक और निवेश योग्यताएँ मिलीं, जो धीमी ट्रेन में चढ़कर *धनवान* स्तर तक पहुँचने वाले व्यक्तियों के पास नहीं होती हैं।

हमारी शुरुआत धीमी थी, लेकिन हमने शिक्षा, अनुभव और अपने जैसी मानसिकता वाले दोस्त हासिल किए। जब हम अपनी सरल योजना पर आगे बढ़ने लगे, तो हमारा संदर्भ, सामग्री, क्षमता और बिज़नेस सब कुछ तेज़ हो गए। इसके अलावा वह गति भी तेज़ हुई, जिससे हम बिज़नेस बना सकते थे या आमदनी देने वाली रियल एस्टेट ख़रीद सकते थे। इस वक़्त मेरे बहुत से साथी ज़बर्दस्त आमदनी वाले वर्षों में पहुँच रहे हैं, जबकि हमारी आमदनी की संभावना तो अभी सिर्फ़ शुरू हो रही है। ऐसे समय जबकि मेरे कई साथी हर साल 80,000 से 3,50,000 डॉलर प्रति वर्ष कमाकर ही ख़ुश हैं, किम और मेरी आमदनी बहुत तेज़ ट्रेन में सवार है। अच्छी बात यह है कि ज़्यादा से ज़्यादा कमाने के लिए हमें कम से कम काम करना पड़ता है। चीज़ें योजना के हिसाब से हो रही हैं।

जब मैं 60 के दशक में हाई स्कूल में था, तो मेरे ग़रीब डैडी मेरे अमीर डैडी से ज़्यादा पैसे कमाते थे। जब तक मैं कॉलेज पहुँचा, मेरे अमीर डैडी मेरे ग़रीब डैडी से बीस गुना ज़्यादा कमाने लगे, हालाँकि मेरे ग़रीब डैडी अपनी आमदनी के शिखर पर थे। जब तक दोनों पैंसठ की उम्र में पहुँचे, मेरे ग़रीब डैडी मुश्किल से गुज़ारा कर पा रहे थे। अगर सोशल सिक्युरिटी और मेडिकेयर का सहारा नहीं होता, तो उन्हें फ़ुटपाथ पर या फिर अपने बच्चों के घर जाकर रहना पड़ता। दूसरी तरफ़, मेरे अमीर डैडी की नेट वर्थ 15 करोड़ डॉलर से ज़्यादा थी और लगातार बढ़ती जा रही थी। पैंसठ साल की उम्र में मेरे अमीर

डैडी हर साल उतना कमा रहे थे, जितना मेरे ग़रीब डैडी ने पूरी ज़िंदगी में कमाया था। जैसा श्रम मंत्री रॉबर्ट रीक ने कहा था, "दो रास्ते उभरकर सामने आ रहे हैं, तेज़ रास्ता और धीमा रास्ता; और दोनों के बीच किसी तरह का श्रेणीकरण नहीं है।"

## 2. ऐसी योजना बनाएँ, जो आपके लिए काम करे

मेरा अनुमान है कि ९० प्रतिशत जनसंख्या एक ही योजना पर चलती है। इसीलिए ९९ प्रतिशत से ज़्यादा लोग *धनवान* स्तर से नीचे रहते हैं। कुछ लोग *धनवान* या *अमीर* स्तर तक पहुँचने की कोशिश करते हैं, लेकिन वे अपनी योजनाओं को साकार कर पाने में असफल हो जाते हैं।

मैं इस बात पर ख़ास ज़ोर देना चाहता हूँ कि अपनी ख़ुद की योजना बनाना बहुत महत्वपूर्ण है, क्योंकि हममें से हर एक को अपनी शक्तियों और कमज़ोरियों, आशाओं और इच्छाओं पर ग़ौर करने की ज़रूरत है। मैं जानता था कि मुझे अपनी योजना बनानी है, क्योंकि मैं शैक्षणिक दृष्टि से अपने ग़रीब डैडी जितना स्मार्ट नहीं था। मैं दूसरे क्षेत्रों में स्मार्ट था, लेकिन उन क्षेत्रों में नहीं था, जिन्हें हमारा शिक्षा तंत्र स्मार्ट मानता है। योजना बनाते समय पहला क़दम यह पता लगाना है कि आपकी मूल प्रतिभा क्या है और आप किस प्रक्रिया से सबसे अच्छी तरह सीख सकते हैं।

अपनी पुस्तक *रिच किड स्मार्ट किड* में मैंने सात प्रतिभाओं और सीखने की चार प्रक्रियाओं के बारे में लिखा है। वर्तमान शिक्षा तंत्र सिर्फ़ एक ही प्रतिभा को पहचानता है - प्रतिभा पढ़ने-लिखने की योग्यता है। यह सीखने के सिर्फ़ एक ही तरीक़े को पहचानता है। मेरे ग़रीब डैडी ने अपनी प्रतिभा खोजने और सीखने के तरीक़े को बेहतर बनाने में मेरी मदद की, हालाँकि इस तरीक़े को सरकार के शिक्षा विभाग ने मान्यता नहीं दी थी, जिसमें वे सुपरिंटेंडेंट थे। आज मैं स्कूल में सीखी बातों से पैसे नहीं कमाता हूँ, बल्कि अपनी योजना का अनुसरण करके सीखी बातों से कमाता हूँ।

भले ही आप या आपके बच्चे अब स्कूल-कॉलेज में नहीं हों, लेकिन आपके लिए यह एक अच्छा अभ्यास होगा कि आप अपनी प्रतिभा खोजें और सीखने की अपनी व्यक्तिगत शैली का पता लगाएँ। अगर आप जवानी में अमीर बनकर रिटायर होना चाहते हैं, तो अपनी प्रतिभा को पहचानना और सीखने का अनूठा तरीक़ा खोजना योजना का एक महत्वपूर्ण हिस्सा है।

## नौकरी की सुरक्षा का रास्ता छोड़ना

मुझे वह दिन अच्छी तरह याद है, जब लैरी और मैं 70 के दशक के बीच में ज़ेरॉक्स कॉरपोरेशन छोड़कर बाहर निकले थे। यह मेरी आख़िरी पारंपरिक नौकरी

थी। बीस साल बाद ज़ेरॉक्स के मेरे कई साथी अब छँटनी को लेकर घबरा रहे हैं, क्योंकि ज़ेरॉक्स तकनीकी और आर्थिक चुनौतियों से घिरा है। बीस साल का यह फ़ासला सिर्फ़ पैसे का ही नहीं है। यह पुरानी और नई वास्तविकताओं के बीच का फ़ासला भी है।

## संदर्भ का परिवर्तन

पिछला पैरेग्राफ़ मैंने अपनी पीठ थपथपाने के लिए नहीं लिखा था, बल्कि यह बताने के लिए लिखा था कि सिर्फ़ बीस साल में संदर्भ कितना बदल गया है। बीस साल पहले स्मार्ट तरीक़ा यह था कि नौकरी खोजी जाए और कंपनी की सीढ़ी पर चढ़ा जाए। मुझे याद है, लोग यह नहीं समझ पाए थे कि लैरी और मैं इतनी बढ़िया कंपनी के इतने बढ़िया कैरियर को क्यों छोड़ रहे हैं। हम दोनों ही अलग-अलग विभागों के नंबर वन सेल्समैन थे, कंपनी विकास कर रही थी और हमारा भविष्य उज्ज्वल दिख रहा था। उस आर्थिक युग में नौकरी छोड़ने के हमारे निर्णय में लोगों को समझदारी नहीं दिख रही थी। इसके अलावा, ऊँची तनख़्वाह वाली नौकरी छोड़ना भी कोई हज़म होने वाली बात नहीं थी। पचने वाली बात तो यह थी कि आप कंपनी की सीढ़ी पर चढ़ते चले जाएँ और किसी दिन मैनेजर या किसी इलाक़े के वाइस प्रेसिडेंट बन जाएँ।

जब मैं 1975 (जिस समय हमने ज़ेरॉक्स की नौकरी छोड़ी थी) के बाद पैदा हुए युवाओं से बात करता हूँ, तो मुझे पता चलता है कि उनमें से कई तो कंपनी की सीढ़ी पर चढ़ना ही नहीं चाहते हैं। उनमें से कई के लिए तो असली बात अपनी ख़ुद की कंपनी शुरू करना है, आईपीओ (इनीशियल पब्लिक ऑफ़रिंग) लाकर उसे सार्वजनिक बनाना है और फिर जवानी में रिटायर हो जाना है। या फिर वे दूसरी नई कंपनी शुरू करके उसका आईपीओ भी ला सकते हैं। पिछले पच्चीस सालों में संदर्भ में जो परिवर्तन हुआ है, वह बहुत बड़ा है। मेरे कुछ साथी तो यह भी नहीं जानते हैं कि आईपीओ क्या होता है ... लेकिन उनके बच्चे जानते हैं। उनके बच्चे कंपनी को सार्वजनिक करने वाला उद्यमी बनने या ऐसे किसी उद्यमी के साथ काम करने के बारे में बातें करते हैं, क्योंकि वे तेज़ रास्ते से दौलत तक पहुँचना चाहते हैं। वे अपने माता-पिता की तरह चूहा दौड़ में फँसे रहने के बजाय तीव्र मार्ग पर दौड़ना चाहते हैं ... उनके माता-पिता की वित्तीय चूहा दौड़ तो अंततः उस ग़रीबख़ाने की ओर ले जाएगी, जहाँ मेरी पीढ़ी के लाखों मेहनती लोग जा रहे हैं।

## आप परिवर्तन का प्रबंधन कैसे कर रहे हैं?

मेरे कुछ दोस्त फ़ैशन, संगीत और टेक्नोलॉजी के परिवर्तनों से नफ़रत करते हैं। ये दोस्त रैप म्यूज़िक से नफ़रत करते हैं, वेब पर आधारित बिज़नेस नहीं करते हैं और डॉट-कॉम कंपनियों के असफल होने पर ख़ुश होते हैं। ये वही लोग हैं,

जो अब भी नौकरी की सुरक्षा, सोशल सिक्युरिटी और मेडिकेयर में यक़ीन करते हैं ... जो औद्योगिक युग के विचार या वादे हैं।

हालाँकि कुछ लोग परिवर्तन से संघर्ष करते हैं, लेकिन ज़्यादातर लोग परिवर्तन से दूर भागते हैं। मेरे कई दोस्त ज़ोर-शोर से ऐसे काम खोज रहे हैं, जिन पर वेब का प्रभाव न पड़े या उसके कारण जोखिम न हो। उनमें से एक ने टीचर की नौकरी कर ली। उसका कारण यह नहीं था कि उसे बच्चों को पढ़ाना पसंद है। उसने तो वह नौकरी इसलिए की, क्योंकि वह दुनिया में हो रहे परिवर्तनों से बचने के लिए एक शरणस्थली चाहता था। वह ऐसी नौकरी चाहता था, जहाँ उसे नौकरी की सुरक्षा मिल सके और निकाला न जाए। स्कूली तंत्र परिवर्तन की दुनिया से बचने का उसका आश्रय था।

मेरी एक और मित्र ने ऐसा बिज़नेस ख़रीदा, जिस पर इंटरनेट का प्रभाव नहीं पड़ सकता था। उसने कहा, “मेरी उम्र अब इतनी ज़्यादा हो गई है कि मैं वेब पर बिज़नेस करना नहीं सीख सकती, इसलिए मैं ऐसा बिज़नेस चाहती हूँ, जिस पर वेब का कोई असर न हो। मेरे पास रिटायरमेंट के लिए पैसा नहीं है, इसलिए मेरी योजना आख़िरी दम तक काम करते रहने की है।”

ये उदाहरण ऐसी वास्तविकताएँ या संदर्भ बताते हैं, जो समय के साथ नहीं बदल रहे हैं। इस बात की बहुत संभावना है कि ये लोग मध्य वर्ग और अमीरों की लगातार बढ़ती खाई में पीछे रह जाएँगे। जहाज़ बंदरगाह से निकलकर ज़्यादा बड़े अवसर, दौलत और अमीरी के देश की ओर जा रहा है, लेकिन कई लोग पीछे छूटने का विकल्प चुन रहे हैं ... सिर्फ़ इसलिए, क्योंकि वे अपने मानसिक संदर्भ को नहीं बदल सकते हैं। वे ऐसे समय में फँसे हुए हैं, जो गुज़र चुका है।

## भविष्य कैसे देखें

लंदन से न्यूयॉर्क तक की हवाई उड़ान में मैं आईबीएम के एक उच्च-स्तरीय एक्ज़ीक्यूटिव के पास बैठा था। परिचय के बाद मैंने उससे पूछा, “आप भविष्य के लिए तैयारी कैसे करते हैं?” उनका जवाब था, “वयस्क लोग भविष्य को देखते समय यह ग़लती करते हैं कि वे भविष्य को अपनी आँखों से देखते हैं। इसीलिए बहुत से वयस्क आने वाले परिवर्तनों को नहीं देख पाते हैं। अगर आप यह देखना चाहते हैं कि आने वाले दस सालों में दुनिया कैसी होगी, तो बस पंद्रह साल के लड़के या लड़की पर ध्यान केंद्रित कर लें। उसकी आँखों से दुनिया को देखेंगे, तो आपको भविष्य दिख जाएगा।

“अगर आप दुनिया की अपनी भविष्य-दृष्टि को छोड़कर और ज़्यादा युवा व्यक्ति के दृष्टिकोण से दुनिया को देख सकें, तो आपको एक ज़्यादा बड़ी दुनिया दिखेगी, जो आने वाले ज़बर्दस्त परिवर्तनों ओर अवसरों से भरी होगी।

बिज़नेस और निवेश के ऐसे अवसर आने वाले हैं, जिनका दोहन करके उससे भी ज़्यादा दौलत कमाई जा सकती है, जो हेनरी फ़ोर्ड ने कारों से कमाई थी, जॉन डी. रॉकफ़ेलर ने तेल से कमाई थी, बिल गेट्स ने कंप्यूटर से कमाई थी और याहू, एओएल तथा नेटस्केप के युवा संस्थापकों ने इंटरनेट से कमाई थी।"

मैंने फिर पूछा, "क्या जल्दी ही हाई स्कूल के किशोर बिलियनेअर बनते नज़र आएँगे?"

उनका जवाब था, "मैं इस पर शर्त लगाने को तैयार हूँ।"

अगर आप आज अमीर नहीं हैं, अगर आपने बंदरगाह से निकलने वाले पिछले जहाज़ को छोड़ दिया है, तो चिंता न करें। अमीरी और अवसरों के देश तक जाने के लिए दूसरा जहाज़ भी तैयार हो रहा है। सवाल यह है कि क्या आप इस पर सवार होंगे?

## इतिहास ख़ुद को दोहराता है

स्कूल में अर्थशास्त्र और आर्थिक इतिहास मुझे बड़ा प्रिय था। आर्थिक इतिहास का संबंध अक्सर अग्रणी अर्थशास्त्रियों से होता है। इनमें से कुछ अर्थशास्त्री एडम स्मिथ, डेविड रिकॉर्डो, थॉमस माल्थस और जॉन मेनार्ड कीन्स हैं। उनके जीवन की कहानियाँ बहुत दिलचस्प हैं। यह जानना भी दिलचस्प है कि अपने दौर में उन्होंने दुनिया को किस तरह से देखा। इससे हमें यह पता चलता है कि टेक्नोलॉजी, गनुष्य और अर्थशास्त्र का विकास कैसे हुआ।

आर्थिक इतिहास के एक दौर का नामकरण लुडाइट्स नामक समूह पर हुआ। लुडाइट ऐसे लोग थे, जो फ़ैक्ट्रियों और उनकी मशीनों पर हमला करके उन्हें नष्ट करने पर आमदा थे, क्योंकि उन्हें अपनी नौकरियाँ खोने का डर था। आज जब कोई कहता है कि कोई व्यक्ति लुडाइट है, तो इसका अक्सर यह मतलब होता है कि वह व्यक्ति टेक्नोलॉजी में हो रहे परिवर्तन पर हमला कर रहा है या टेक्नोलॉजी के परिवर्तन से डर रहा है या सिर्फ़ आशा कर रहा है कि टेक्नोलॉजी बस चली जाएगी और दुनिया को पहले जैसा छोड़ देगी। हालाँकि मूल लुडाइट काफ़ी पहले इस दुनिया से जा चुके हैं, लेकिन उनकी जगह पर आधुनिक लुडाइट आ गए हैं। इतिहास ख़ुद को दोहराता है।

## क्या आप समय में जम चुके हैं?

हममें से कइयों ने टीवी पर "मेकओवर" प्रोग्राम देखे होंगे, जिनमें होस्ट किसी बुरी पोशाक वाले व्यक्ति को लेता है और ऊपर से नीचे तक उसका हुलिया बदलकर उसे बेहूदा से आकर्षक बना देता है। हेयर स्टाइलिस्ट्स, इमेज कनसल्टेंट्स और कलर स्पेशलिस्ट्स की पूरी टीम फ़ैशन के हिसाब से बर्बाद इस

व्यक्ति पर टूट पड़ती है और उसे फ़ैशन के चमत्कार में बदल देती है। कुछ रूपांतरण तो सचमुच आश्चर्यजनक होते हैं और कुछ से तो ज़िंदगी तक बदल जाती है।

मेरा एक दोस्त दुनिया के शीर्ष प्रोफ़ेशनल इमेज कनसल्टेंट्स में से एक है, जिसका यह मतलब है कि उसे अमीर लोगों को पोशाक सुझाने और उनकी छवि बेहतर बनाने के पैसे मिलते हैं। मैं उसे पोशाक चुनने के लिए पैसे देता हूँ। मैं अपने कपड़े चुनने और अपने बाल ख़ास तरह से काटने के लिए किसी को इस कारण पैसे देता हूँ, क्योंकि मैं समय में जमना (freeze) नहीं चाहता हूँ। इसके बजाय मैं समय के साथ आगे बढ़ना चाहता हूँ, संदर्भ और सामग्री में होने वाले परिवर्तनों के साथ चलना चाहता हूँ, फ़ैशन में हो रहे बदलावों के तालमेल में रहना चाहता हूँ। मैं इस कारण अपनी छवि बदलता हूँ, क्योंकि इससे मुझे समय के साथ क़दम मिलाकर चलने में मदद मिलती है और मैं अतीत में जकड़ा नहीं रहता हूँ - एक ऐसा समय जो गुज़र चुका है।

प्रोफ़ेशनल इमेज कनसल्टेंट रॉबर्ट ने मुझसे एक बार कहा था, “इंसान अक्सर ऐसे समय में जमा रहता है, जब वह जीवन के बारे में सबसे ज़्यादा रोमांचित था। यह ऐसा दौर हो सकता है, जब उसे सबसे ज़्यादा सफलता महसूस हुई हो, सबसे ज़्यादा मज़ा मिला हो, सबसे ज़्यादा जीवंतता महसूस हुई हो, सेक्स में सबसे ज़्यादा सक्रियता महसूस हुई हो या ऊपर दी गई सारी चीज़ें हुई हों। इसीलिए आप देखते हैं कि मेरी उम्र के आदमी और औरत अब भी हिप्पी जैसे दिखते हैं। उनमें से कई वियतनाम युद्ध के ख़िलाफ़ विरोध के उन वर्षों में बहुत जीवंत महसूस करते थे। और दूसरी ओर, इसी कारण आप उसी युग के कई लोगों को अब भी अपनी सैनिक थकान ओढ़े देखते हैं। युद्ध वह समय था, जब उन्होंने सबसे ज़्यादा जीवंत महसूस किया था या जब उनके जीवन का कोई अर्थ था।”

जब आप ग्रेजुएट हो जाने के कई साल बाद भी लोगों को अपने कॉलेज के ज़माने की भड़कीली शर्ट पहने देखें, तो जान लें कि वे अपने कपड़ों के माध्यम से अतीत की हसरत दर्शा रहे हैं। समय में जमने का एक और उदाहरण यह है कि बड़े होने के बाद लोग अपने माता-पिता की तरह काम करने, दिखने और कपड़े पहनने लगते हैं। इसका उल्टा यह है कि कोई व्यक्ति अपने बच्चों के कपड़े पहनने लगे और ज़्यादा युवा दिखने की कोशिश करे या ऐसे समय में चला जाए, जब वह सबसे ज़्यादा आकर्षक दिखता था। ये समय के साथ बदलने के बजाय अतीत में फँसे रहने के मामले हैं। यह उनके कपड़े पहनने के तरीक़े में दिखता है। यह दरअसल कपड़े बदलने के बारे में नहीं, बल्कि एक संदर्भ में फँसे रहने के बारे में है। ये लोग अक्सर उम्र बढ़ने के साथ ज़्यादा कठोर और कम लचीले बन जाते हैं।

## आप अतीत में फँसे रहना क्यों नहीं चाहते हैं

देखिए, हमने उन लोगों को देखा है, जो ज़्यादा ही फ़ैशन कर लेते हैं या जो बहुत फ़ैशनेबल दिखने की कोशिश करते हैं। मैं उस बारे में नहीं बोल रहा हूँ। मैं फ़ैशन के हिसाब से स्मार्ट पोशाक पहनने की सलाह इसलिए देता हूँ, क्योंकि जैसा कि मेरा मित्र रॉबर्ट कहता है, आपको समय के साथ क़दम मिलाकर चलना चाहिए। आज जो हो रहा है, अगर आप उसकी अगली क़तार में नहीं हैं, तो आप अतीत में हैं।

अगर आप अतीत में हैं, तो आप ऐसे निवेश करेंगे, जो अतीत के होंगे। अतीत के निवेश आपको अमीर बनाने के बजाय पीछे ले जाएँगे। जिन निवेशों का समय गुज़र चुका है, लोग उनमें पैसा इसलिए भी लगाते हैं, क्योंकि वे शायद अतीत में फँसे हुए हैं।

## क्या होने वाला है

अगर आप जवानी में अमीर बनकर रिटायर होना चाहते हैं, तो आपको अतीत में *हो चुकी* चीज़ में निवेश करने के बजाय उस चीज़ में निवेश करना चाहिए, जो भविष्य में होने वाली है। निवेश की दुनिया की इस पुरानी कहावत में बहुत सच्चाई है, "जो चिड़िया जल्दी पहुँचती है, दाना उसी को मिलता है।"

## भविष्य देखने से आप अमीर बनते हैं

अमीर डैडी अक्सर अपने बेटे और मुझसे कहते थे, "अगर तुम अमीर बनना चाहते हो, तो तुम्हें अपनी भविष्य-दृष्टि विकसित करने की ज़रूरत है। तुम्हें समय के मुहाने पर खड़े रहकर भविष्य को निहारने की ज़रूरत है।" अमीर डैडी हमें कहानियाँ बताते थे कि जॉन डी. रॉकफ़ेलर अमीर इसलिए बने थे, क्योंकि उन्होंने कारों की बढ़ती माँग के कारण तेल के बढ़ते महत्व को देख लिया था। उन्होंने हमें यह भी याद दिलाया कि हेनरी फ़ोर्ड ने यह भाँप लिया था कि मध्य वर्ग अपनी ख़ुद की कारें चाहता है, हालाँकि उस वक़्त कारें सिर्फ़ अमीर लोगों के पास थीं। आज आधुनिक युग में बिल गेट्स इसलिए बिलियनेअर बन गए, क्योंकि उन्होंने पर्सनल कंप्यूटर में विकास की संभावनाएँ देख लीं, जबकि आईबीएम के बूढ़े और ज़्यादा समझदार लोगों को मेनफ़्रेम कंप्यूटर्स में ही भविष्य दिखा। आईबीएम के बूढ़े लोग हेनरी फ़ोर्ड की तरह नहीं सोच पाए और इसलिए उन्होंने आईबीएम के भविष्य को मिटाकर उसे माइक्रोसॉफ़्ट के हवाले कर दिया। अगर मैं आईबीएम का निवेशक होता, तो ऐसे अंधे लोगों को नौकरी से निकाल देता और उनसे उनकी पूरी तनख़्वाह वसूल कर लेता। इसके बजाय उन्हें बोनस मिला, जबकि निवेशकों ने अपना भविष्य खो दिया। जो युवक आपके लिए याहू, नेटस्केप, एओएल और अन्य मशहूर इंटरनेट कंपनियाँ लाए हैं, वे कॉलेज ग्रेजुएट

बनने से पहले ही बिलियनेअर इसलिए बन गए हैं, क्योंकि उन्होंने भविष्य को देख लिया था।

अगर आप तेल युग, कंप्यूटर युग, इंटरनेट युग की तरफ़ जाने वाले जहाज़ चूक गए हों, तो चिंता न करें। एक और जहाज़ जाने वाला है। लेकिन अगर आप अतीत में फँसे हुए हैं, तो इस बात की काफ़ी संभावना है कि आप अगला जहाज़ भी चूक जाएँगे। इससे भी बुरी बात यह है कि आपके *टाइटैनिक* पर सवार होने की संभावना ज़्यादा है, क्योंकि यह बड़ा और सुरक्षित है ... ख़ास तौर पर आज, जबकि दुनिया के संदर्भ और सामग्री इतनी तेज़ी से बदल रही हैं।

*टॉप गन* फ़िल्म में एक मशहूर पंक्ति है, जब सारे फ़ाइटर पायलट कहते हैं, "निशाना लगाओ! निशाना लगाओ!" अगर आपने फ़िल्म देखी हो, तो आपको याद होगा कि दुश्मन के जहाज़ पर निशाना लगाने के लिए एक पल से भी कम समय था। अगर आप ज़्यादा लंबा इंतज़ार करते या तैयार नहीं होते, तो अवसर चूक जाते। यही पैसे की दुनिया के बारे में भी सही है। निशाना लगाने के लिए अवसर की खिड़की सँकरी है। अगर आप समय में जमे हैं, अतीत में जकड़े हैं, अपने मम्मी-डैडी जैसी पोशाक पहनते हैं, तैयार नहीं हैं या अगर आपमें अपेक्षित बिज़नेस और निवेश योग्यताओं का अभाव है, तो हो सकता है कि आपको अवसर नज़र ही न आए। आप न सिर्फ़ अवसर की खिड़की को चूक जाएँगे, बल्कि ऐसे अवसरों पर भी निशाना साध सकते हैं, जो समय में जमे हुए हैं और कहीं नहीं जा रहे हैं।

1999 में एक दोस्त ने मेरे पास आकर कहा, "मैंने आपकी सलाह मानकर एक रेंटल प्रॉपर्टी में निवेश कर दिया है। मैंने एक अच्छे इलाक़े में 1,50,000 डॉलर का डुप्लेक्स ख़रीद लिया। यह अच्छी शुरुआत है, है ना?"

मैंने उस व्यक्ति को बधाई दी, क्योंकि यह सिर्फ़ एक अच्छी शुरुआत ही थी। समस्या यह है कि वह एक ऐसे लक्ष्य पर निशाना लगा रहा था, जिसका समय गुज़र चुका था। उसने पार्टी में पहुँचने में देर कर दी। उसने तब निशाना नहीं लगाया, जब उसे लगाना चाहिए था। फिर भी यह एक अच्छी शुरुआत है और अच्छी शुरुआत अक्सर कुछ न करने से तो बेहतर ही होती है। यह एक अच्छी शुरुआत इसलिए है, क्योंकि भले ही वह पैसा गँवा दे, लेकिन कम से कम उसे बेशक़ीमती ज्ञान और अनुभव तो मिल ही जाएगा।

लेकिन उसने तब निशाना नहीं लगाया, जब उसे लगाना चाहिए था। मैं यह बात इसलिए कहता हूँ, क्योंकि जब किम और मैं 1989 और 1994 के बीच अपने निशाने लगा रहे थे, तब वह भी हमारे साथ था। किम और मैं उस वक़्त लुढ़कते बाज़ार में ख़रीदारी कर रहे थे। जब हमने उससे कहा कि उसे भी कुछ ख़रीदना चाहिए, तो वह बोला था, "नहीं, यह बहुत ख़तरनाक है। मेरी नौकरी छूट सकती है। तुम तो जानते ही हो, आजकल बहुत से लोगों की छँटनी हो रही है। इसके अलावा, रियल एस्टेट की क़ीमतें बहुत कम हैं और लगातार

गिरती जा रही हैं। अगर वे और गिर गईं, तो क्या होगा? अगर हम डिप्रेशन में चले गए, तो क्या होगा?"

अवसर की खिड़की खुली और फिर बंद हो गई। दस साल बाद जब रियल एस्टेट की क़ीमतें शिखर पर पहुँच गईं और शेयर बाज़ार हिचकोले खाने लगा, तो मेरे दोस्त को लगा कि उसे अब निशाना साधना चाहिए। वह अब उन लक्ष्यों पर निशाना लगाता है, जो उसी की तरह दक़ियानूसी हैं और कहीं नहीं जा रहे हैं। वह समय में जमा है और ऐसे टारगेट पर निशाना साध रहा है, जो समय के साथ जम चुके हैं। कम से कम वह कुछ तो कर रहा है, लेकिन मुझे डर है कि वह इसकी बड़ी क़ीमत चुका रहा है। यह क़ीमत उसके महँगे ख़रीदे डुप्लेक्स की बड़ी क़ीमत से भी ज़्यादा है ... एक ऐसी संपत्ति, जो उसे बहुत कम कैशफ़्लो देगी और अगर उसका मूल्य बढ़ा, तो भी बहुत धीरे-धीरे बढ़ेगा। उसने आख़िरकार निशाना लगा लिया, हालाँकि यह एक ऐसा टारगेट था, जिसका समय गुज़र चुका था। मुझे उस पर बहुत गर्व है कि उसने अपने माता-पिता की लीक से हटकर पहला क़दम उठा लिया, जिन्होंने औद्योगिक युग के क़दम उठाए थे।

किम और मैं अब भी बिज़नेस और रियल एस्टेट में निवेश करते हैं। फ़र्क़ यह है कि हम अब अवसरों के ऐसे टारगेट्स को देख रहे हैं, जो अतीत में नहीं, भविष्य में विकसित हो रहे हैं। इसीलिए आपको भविष्य को भाँपने और अवसर की खिड़की खुलते ही निशाना लगाने की तैयारी करने की ज़रूरत है, जैसी यह 1989 और 1993 के बीच खुली थी। 1989 और 1993 के बीच अवसर की खिड़कियाँ रियल एस्टेट और शेयर बाज़ार दोनों जगहों पर खुली हुई थीं। जब मैं पुस्तक का यह खंड लिख रहा हूँ, तो 2001 में शेयर बाज़ार लुढ़क रहा है। नैसडैक 50 प्रतिशत से भी ज़्यादा नीचे पहुँच गया है। 1929 में शेयर बाज़ार सिर्फ़ 42 प्रतिशत गिरा था। छँटनी एक बार फिर हो रही है। मेरा दोस्त दहशत में आ रहा है। उसे एहसास हो रहा है कि उसने शायद डुप्लेक्स की ज़्यादा क़ीमत दे दी है। मेरे लिए खिड़कियाँ दोबारा खुल रही हैं।

अपने निवेश सेमिनारों में मैं कभी-कभार किम को उसके निवेश अनुभव सुनाने देता हूँ। वह अक्सर कहती है कि हमने 1989 में निवेश करना शुरू किया और 1994 में ख़रीदना छोड़ दिया। वह यह भी कहती है कि हम अपनी योजना के अनुसार 1985 से 1989 के बीच निवेश की *तैयारी* कर रहे थे। उस दौर में हम अपना बिज़नेस बना रहे थे और रियल एस्टेट में निवेश करने के बारे में अध्ययन कर रहे थे। आपमें से जिन लोगों को याद हो, 1985 और 1989 के बीच का वह युग रियल एस्टेट की बहुत ऊँची क़ीमतों का युग था। किम और मैं इस बात की तैयारी कर रहे थे कि कब अवसर की खिड़की खुले और हम "निशाना लगाएँ।" जब वह खुली, तो हमारा दोस्त दहशत में आ गया और हम ख़रीदारी करने लगे। उसकी योजना में अवसर की खिड़की के लिए

तैयारी शामिल नहीं थी, जो अब खुल गई थी। आज वह पार्टी में देर से पहुँचा है, बहुत महँगे निवेशों में हाथ डाल रहा है और सबसे बुरी बात, वह आगे आने वाली स्थितियों के लिए तैयार नहीं है। हालाँकि वह उम्र में मुझसे छोटा है, लेकिन वह बूढ़ों जैसे कपड़े पहनता है और बूढ़ों की तरह ही निवेश करता है।

अमेरिकन फ़ुटबॉल में विनिंग क्वार्टरबैक वह व्यक्ति होता है, जो फ़ुटबॉल को ऐसी जगह फेंक सकता है, जहाँ रिसीवर न हो। दूसरे शब्दों में क्वार्टरबैक को अपने दिमाग़ में देखना होता है कि रिसीवर कहाँ होगा और उसे गेंद को वहीं फेंकना होता है, हालाँकि रिसीवर वर्तमान में वहाँ पर नहीं है। अगर क्वार्टरबैक यह काम नियमित रूप से कर सकता है, तो वह बहुत पैसे बनाएगा। सॉकर खिलाड़ी को गेंद को गोल में उस जगह पर किक करनी चाहिए, जहाँ विरोधी टीम का गोली न हो। जो व्यक्ति जवानी में अमीर बनकर रिटायर होने की योजना बना रहा हो, उसे भी यही करना चाहिए। उसे ऐसे अवसर के लिए तैयार होने की योजना बनानी चाहिए, जो इस वक़्त मौजूद नहीं है। इसीलिए वर्तमान में रहना, समय के साथ चलना और भविष्य को निहारना महत्वपूर्ण है।

## भविष्य की योजना

अगर आप जवानी में अमीर बनकर रिटायर होने के बारे में सचमुच गंभीर हैं, तो आपको भविष्य की योजना बनाने की ज़रूरत है - एक ऐसे भविष्य की, जिसका इस वक़्त अस्तित्व ही नहीं है। जिस तरह जॉन डी. रॉकफ़ेलर कार के भविष्य के लिए तैयार थे और बिल गेट्स तथा माइकल डेल कंप्यूटर युग के लिए तैयार थे, उसी तरह आपको भी भविष्य के अवसरों के लिए तैयार रहना चाहिए। अगर आप तैयार नहीं होंगे, तो आप अतीत के निवेशों में पूँजी लगा बैठेंगे और अतीत के निवेशों का आम तौर पर कोई भविष्य नहीं होता है।

## आप भविष्य कैसे देखते हैं?

जवानी में अमीर बनकर रिटायर होने के लिए आपको शायद भविष्य के लिए प्रशिक्षित होने की ज़रूरत है ... एक ऐसे भविष्य के लिए, जो इस वक़्त अस्तित्व में नहीं है। जैसा आईबीएम के एक्ज़ीक्यूटिव ने मुझसे कहा था, "वयस्क लोग भविष्य की ओर देखते समय यह ग़लती करते हैं कि वे भविष्य को अपनी आँखों से देखते हैं। इसीलिए इतने सारे वयस्क आने वाले परिवर्तनों को नहीं देख पाते हैं।" शायद आईबीएम ने युवा बिल गेट्स द्वारा सिखाया गया सबक़ सीख लिया था। सबक़ यह है कि अगर आप भविष्य देखना चाहते हैं, तो आपको ज़्यादा युवा आँखों से देखने की ज़रूरत है। फ़ैशन, संगीत और टेक्नोलॉजी के परिवर्तनों पर आप किस तरह की प्रतिक्रिया करते हैं, उससे पता चलता है कि आप कैसा सोचते हैं और आपका मानसिक संदर्भ

कितना लचीला है। अगर आप अतीत में फँसे हैं या वर्तमान के साथ तालमेल में नहीं हैं, तो आप भविष्य को पूरी तरह से चूक सकते हैं।

भविष्य को देखने का दूसरा तरीक़ा अतीत का अध्ययन करना है। मेरे हिसाब से अतीत में ख़ुद को दोहराने की प्रवृत्ति होती है, हालाँकि शायद यह ख़ुद को ठीक उसी तरीक़े से नहीं दोहराता है। कई वयस्क भविष्य को चूक जाते हैं या भविष्य उन्हें रौंद डालता है, क्योंकि भविष्य की उनकी योजनाओं में अतीत की कोई भविष्य-दृष्टि नहीं होती है।

1998 में मैं सैन फ्रांसिस्को में एक युवा रिपोर्टर से बात कर रहा था, जो उसी समय कॉलेज से निकली थी। जब मैंने उस महिला रिपोर्टर को बताया कि म्यूचुअल फ़ंड ख़तरनाक हैं और बाज़ार लुढ़कने वाला है, तो वह बहुत नाराज़ हो गई। उसने मुझे वही शब्द और विचार बता दिए, जो उसके स्टॉक ब्रोकर ने उसे बताए थे। "जिस फ़ंड में मैं निवेश करती हूँ, वह तीन साल से लगातार सर्वश्रेष्ठ म्यूचुअल फ़ंड है। यह फ़ंड हर साल औसतन 25 प्रतिशत ऊपर गया है। शेयर बाज़ार सबसे अच्छा निवेश है, क्योंकि हालाँकि बाज़ार कभी-कभार लुढ़कता भी है, जैसा 1987 में हुआ था, लेकिन चालीस सालों से बाज़ार लगातार ऊपर जा रहा है। यह पैसे का निवेश करने की सबसे अच्छी जगह है।" उसने मेरा इंटरव्यू नहीं छापा, क्योंकि मेरे विचार भविष्य के बारे में उसके विचारों से अलग थे। आज उसका शानदार फ़ंड 50 प्रतिशत से भी नीचे आ चुका है।

हालाँकि उस युवती के तथ्य और आँकड़े कुछ हद तक ठीक हैं, लेकिन समस्या यह है कि उसके आँकड़े पर्याप्त पीछे तक नहीं जाते हैं। अगर वह शेयर बाज़ार का इतिहास जानती, तो उसे पता होता कि औसतन हर पचहत्तर साल में एक डिप्रेशन आता है। हालाँकि इसका यह मतलब नहीं है कि ठीक पचहत्तर साल बाद ही हर बार डिप्रेशन आएगा, लेकिन पुराने इतिहास की इस बात से यह स्पष्ट होता है कि बाज़ार पिछले चालीस सालों से ऊपर क्यों गया है। पिछला मार्केट क्रैश और डिप्रेशन 1929 में हुआ था। बाज़ार को उससे उबरने और दोबारा 1929 के स्तर तक पहुँचने में लगभग 25 साल का समय लगा था, यानी कि यह 1955 में ही वहाँ पहुँच पाया था। मैं उससे 1998 में बात कर रहा था, इसलिए उसकी यह बात सही थी कि बाज़ार चालीस साल से ऊपर जा रहा है। भविष्य का उसका दृष्टिकोण थोड़ा कमज़ोर इसलिए था, क्योंकि भविष्य के उसके दृष्टिकोण में अतीत की पर्याप्त जानकारी नहीं थी। अमीर डैडी ने मुझे आर्थिक इतिहास पर पुस्तकें पढ़वाई थीं। जो लोग भविष्य को समझना चाहते हैं, उन्हें मैं रॉबर्ट हेलब्रोनर की *द वर्ल्डली फ़िलॉसफ़र्स* नामक पुस्तक पढ़ने की सलाह देता हूँ। यह हर उस व्यक्ति के लिए बेहतरीन पुस्तक है, जो अतीत के अध्ययन द्वारा भविष्य देखना चाहता है।

अपनी निवेश कक्षाओं को सिखाते समय मैं लोगों से फ़ाइनैंशियल स्टेटमेंट

भरवाता हूँ। फिर मैं उनसे कहता हूँ कि वे अपने अतीत को देखकर यह बताएँ कि क्या उन्हें अपना भविष्य नज़र आता है। जो वे देखते हैं, अगर उन्हें वह पसंद नहीं होता है, यानी अगर उनका फ़ाइनैंशियल स्टेटमेंट बुरे क़र्ज़, बुरी आमदनी, बुरे ख़र्च, बुरे दायित्व और शून्य भविष्य से भरा होता है, अगर उनका फ़ाइनैंशियल स्टेटमेंट भविष्य की बुरी तस्वीर दिखा रहा होता है, तो मैं उन्हें सलाह देता हूँ कि वे ख़ुद को बदल लें, मॉडर्न बनें, अपने पुराने कपड़े बाहर निकाल दें, फ़ैशनेबल पोशाक पहन लें, अपने पुराने दोस्त बदल लें और भविष्य देखना शुरू करें। अगर आप भविष्य के अवसरों के बारे में रोमांचित बनने के लिए अपने संदर्भ को बदल सकते हैं, तो आपके पास जवानी में अमीर बनकर रिटायर होने की बेहतर संभावना है।

हालाँकि इनमें से कुछ परिवर्तन आसान हैं, लेकिन मैं हमेशा इस बात पर हैरान होता हूँ कि अपनी अलमारी खोलकर अपने कपड़ों को आधुनिक रखना ज़्यादातर लोगों के लिए कितना मुश्किल काम होता है। कई लोग जाकर नए कपड़े तो ख़रीद लेते हैं, लेकिन वे आधुनिक नहीं बन पाते हैं। वे पुराने ज़माने के नए कपड़े ख़रीद लेते हैं, जो उनकी ज़िंदगी का वह दौर था, जब ज़िंदगी मज़ेदार और रोमांचक थी या जब वे सबसे सफल महसूस करते थे। भविष्य मज़ेदार, शानदार और रोमांचक हो सकता है, लेकिन कई लोग भविष्य से इतना घबराते हैं कि वे अतीत में फँसे रहना ही ज़्यादा पसंद करेंगे।

मैंने प्रस्तावना में लिखा था कि जवानी में अमीर बनकर रिटायर होना आसान था। यह मुश्किल काम नहीं था ... बहरहाल, कई लोगों के लिए अपने अतीत को छोड़ना और बहादुरी से भविष्य की अनिश्चितता में क़दम रखना जवानी में अमीर बनकर रिटायर होने से ज़्यादा मुश्किल काम है। लाखों लोगों के लिए अपने माता-पिता और अतीत के संदर्भ, कपड़ों और कलेक्शन में फँसे रहना ज़्यादा सुरक्षित है। इसीलिए 50 प्रतिशत से ज़्यादा जनसंख्या ग़रीबी की रेखा पर या उसके क़रीब रिटायर होगी। वे धीमी ट्रेन में चढ़ जाएँगे और ज़िंदगी ख़त्म होने तक उसी पर सवार रहेंगे ... सब कुछ योजना के हिसाब से ही होगा।

# अध्याय - 10

# अमीर भविष्य देखने का लीवरेज

जब मैं क्लासों को बाहर निकलने की रणनीतियों के लिए नीचे दिए आँकड़े दिखाता हूँ, तो कई तो यह कल्पना भी नहीं कर पाते हैं कि वे बिना काम किए हर साल 1,00,000 डॉलर या इससे ज़्यादा कमा सकते हैं और वित्तीय दृष्टि से स्वतंत्र भविष्य पा सकते हैं।

| | |
|---|---|
| ग़रीब | प्रति वर्ष 25,000 डॉलर या उससे कम |
| मध्य वर्गीय | प्रति वर्ष 25,000 डॉलर से 1,00,000 डॉलर तक |
| धनवान | प्रति वर्ष 1,00,000 डॉलर से 10 लाख डॉलर तक |
| अमीर | प्रति वर्ष 10 लाख डॉलर या उससे ज़्यादा |
| बेहद अमीर | प्रति माह 10 लाख डॉलर या उससे ज़्यादा |

बहुत से लोग अपने पास इतने सारे पैसे होने की कल्पना इसलिए नहीं कर पाते हैं, क्योंकि यह उनकी वास्तविकता में ही नहीं है। कई लोग इतनी बड़ी रक़म के सपने देखकर कह सकते हैं कि काश *किसी दिन* उनके पास इतनी रक़म हो ... लेकिन सच तो यह है कि ज़्यादातर लोग सिर्फ़ सपने ही देख रहे हैं। आँकड़े इस सच्चाई की पुष्टि करते हैं।

## आपका भविष्य आज बनता है

कई लोग अपने वित्तीय लक्ष्यों तक इसलिए नहीं पहुँच पाते हैं, क्योंकि वे *किसी दिन, शायद* या *भविष्य में* जैसे शब्दों का प्रयोग करते हैं। अमीर डैडी हमेशा कहते थे, "आपका भविष्य आपके भावी कामों से नहीं, बल्कि वर्तमान कामों से बनता है।" ऊपर दिए आँकड़े देखते समय आपको ख़ुद से यह पूछना चाहिए : "मैं आज जो कर रहा हूँ, क्या वह मुझे उस वित्तीय लक्ष्य तक ले जाएगा, जिसे मैं भविष्य में चाहता हूँ?"

कड़वी सच्चाई यह है कि 99 प्रतिशत अमेरिकी जनसंख्या रिटायरमेंट के वक़्त 1,00,000 डॉलर के निशान से थोड़ी ही ऊपर रहेगी। ज़्यादातर लोग अपने माता-पिता के नक़्शेक़दम और योजना पर चलेंगे। दूसरे शब्दों में, वे वही काम करेंगे और लक्ष्य धरा रह जाएगा।

वियतनाम से लौटने के बाद मुझे इस बात पर हुई कुंठा याद है कि मैं मैरीन कॉर्प्स ऑफ़िसर के रूप में सिर्फ़ 900 डॉलर कमा रहा था, जबकि माइक अपने निवेशों से हर साल दस लाख डॉलर कमा रहा था। मुझे याद है कि मैं उसकी दुनिया और अपनी दुनिया, उसकी वास्तविकता और अपनी वास्तविकता के बीच की खाई से हारा हुआ तथा हताश महसूस कर रहा था।

जिन लोगों ने *रिच डैड्स गाइड टु इनवेस्टिंग* पढ़ी हो, उन्हें याद होगा कि जब मैं मैरीन कॉर्प्स के लिए रवाना हो रहा था, तो अमीर डैडी मेरे साथ बैठे थे और उन्होंने योजना बनाने में मेरी मदद की थी। जैसा कि पुस्तक में बताया गया है, "निवेश कोई प्रोडक्ट या कार्य नहीं है; यह तो एक योजना है।"

## योजना आपके सपनों तक का पुल है

अमीर डैडी ने एक बड़ी नदी का स्केच बनाया, जिसमें मैं नदी के एक किनारे पर खड़ा हुआ था। उन्होंने कहा, "योजना तुम्हारे सपनों तक पहुँचने का पुल है। तुम्हारा काम योजना या पुल को असली बनाना है, ताकि तुम्हारे सपने साकार हो जाएँ। अगर तुम इसी किनारे पर खड़े रहते हो और दूसरे किनारे के बस सपने देखते रहते हो, तो तुम्हारे सपने हमेशा सपने ही बने रहेंगे। पहले अपनी योजना को असली बनाओ, तभी तुम्हारे सपने सच हो पाएँगे।"

1985 और 1994 के बीच किम और मैंने सपने देखने के बजाय अपनी योजना को *असली* बनाने के लिए मेहनत की। हमने वह किया, जो ज़्यादातर लड़ाकू पायलट करते हैं। हमने हर दिन अभ्यास किया और उस दिन के लिए तैयारी की, जब हमारे अवसर की खिड़की खुलेगी। जब यह खिड़की खुली, तो हमने निशाना लगा दिया और फिर कुछ समय बाद वह खिड़की बंद हो गई।

जैसा अमीर डैडी ने कहा था, "आपका भविष्य आपके भावी कामों से नहीं, बल्कि वर्तमान कामों से बनता है।" दूसरे शब्दों में, आप आज जो कर रहे हैं, वही आपका भविष्य है। कड़के होने के बावजूद किम और मैंने सिर्फ़ इसीलिए नौकरी नहीं की, क्योंकि भविष्य में कर्मचारी बनने की हमारी कोई योजना नहीं थी। इसके बजाय हमने सेमिनारों में यह सीखने में समय लगाया कि हम बिज़नेस कैसे बना सकते हैं या रियल एस्टेट में निवेश कैसे कर सकते हैं। हालाँकि हमारे पास पैसा नहीं था, लेकिन हमने बेहतर बिज़नेस बनाने और रियल एस्टेट में निवेश करने का हर दिन अभ्यास किया। उन दिनों भविष्य में हम जो करने की योजना बना रहे थे, आज हम वही कर रहे हैं। आज हम

बिज़नेस खड़ा करते हैं और रियल एस्टेट में निवेश करते हैं। कल भी शायद हम बिज़नेस ही बनाएँगे और रियल एस्टेट में निवेश करेंगे। मेरे पास वह काम करने की कोई योजना नहीं है, जो मेरे ग़रीब डैडी ने रिटायर होने के बाद किया था। वे नौकरी की तलाश कर रहे थे, ताकि वे अपनी सोशल सिक्युरिटी की आमदनी के साथ उसे मिलाकर गुज़र-बसर कर सकें। उनकी ज़िंदगी की शुरुआत नौकरी की तलाश से हुई थी और अंत भी नौकरी की तलाश पर ही हुआ था। 2020 तक मेरी उम्र के लाखों लोग वही कर रहे होंगे, जो मेरे ग़रीब डैडी ने किया था ... वे भी अपनी सोशल सिक्युरिटी की आमदनी के अलावा अतिरिक्त आमदनी के लिए नौकरी की तलाश करेंगे। वे कल भी वही कर रहे होंगे, जो वे आज कर रहे हैं।

## वास्तविकताओं का बदलाव

मेरे ग़रीब डैडी ने ज़िंदगी में हर दिन एक और चीज़ की थी। वे हमेशा कहते थे, "मैं निवेश तब करूँगा, जब मेरे पास थोड़ा पैसा होगा।" वे नियमित रूप से यह भी कहते थे, "मैं इसका ख़र्च नहीं उठा सकता।" जब उन पर क़दम उठाने के लिए दबाव डाला जाता था, तो वे कहते थे, "देखो, मेरे पास आज इसे करने का वक़्त नहीं है। हम इस बारे में कल बात करेंगे।" यह उनकी दिन-प्रतिदिन की वास्तविकता थी और उनके जीवन के अंत में भी उनकी वास्तविकता यही थी। मेरी राय में, उनके ग़रीब होने का मूलभूत कारण यह था कि उनकी वास्तविकता ग़रीब व्यक्ति की थी। हालाँकि उन्होंने बहुत पैसा बनाया, लेकिन इसके बावजूद वे अपनी वास्तविकता को बदलने के इच्छुक नहीं थे।

जैसा मैंने कहा, अमीर बनने का सबसे आसान तरीक़ा अपनी वास्तविकता को लगातार बदलते रहना और बेहतर बनाते रहना है। बहरहाल, यह स्पष्ट है कि कई लोगों के लिए अपनी वास्तविकता, अपने वर्तमान स्वरूप को बदलना अमीर बनने की राह का सबसे मुश्किल हिस्सा है। जब मैं अपने गृहनगर हवाई जाता हूँ, तो मैं ऐसे कई दोस्तों से मिलता हूँ, जो वही काम कर रहे हैं, जो उनके माता-पिता किया करते थे। दोस्त मुझसे पूछते हैं कि मैं क्या करता हूँ। जब मैं उन्हें बताता हूँ कि मैं बिज़नेस बनाता हूँ और रियल एस्टेट में निवेश करता हूँ, तो उनमें से कई वही बातें कहते हैं, जो मेरे माता-पिता ने कही थीं, "मैं ऐसा नहीं कर सकता।" या "तुम जानते हो, मैं भी निवेश करने के बारे में सोच रहा हूँ। शायद जब किसी दिन मेरे पास पैसा आएगा, तो मैं पैसा लगाने लगूँगा।" जब मैं उन्हें पैसा लगाने से पहले निवेश करना सीखने और उसकी तैयारी करने की सलाह देता हूँ, तो वे आम तौर पर यही कहते हैं, "ओह, तुम नहीं जानते कि मैं कितना व्यस्त हूँ? मेरे पास यह सब सीखने के लिए समय नहीं है। सरकार को निवेश कला सिखाने के मुफ़्त कोर्स चलाने चाहिए। फिर शायद मैं कुछ क्लासों में चला जाऊँ। मैं निवेश करना सीखने के लिए पैसे क्यों

दूँ? वैसे भी निवेश करना बहुत ख़तरनाक है। मैं तो इसके बजाय अपना पैसा बैंक में रखना ज़्यादा पसंद करूँगा।" मेरे अमीर डैडी कहते थे, "उनके *शब्द* सुनकर आप उनका *भविष्य* देख लेंगे।"

अगर आप जवानी में अमीर बनकर रिटायर होना चाहते हैं, तो आप *अपने शब्द* सुनकर और *अपना भविष्य* देखकर शुरुआत कर सकते हैं। ख़ुद से पूछें, "अगर मैं इन्हीं शब्दों का प्रयोग करता रहूँ और यही विचार सोचता रहूँ, तो मैं किस स्तर पर रहूँगा? मैं ग़रीब, मध्य वर्गीय, धनवान, अमीर या बेहद-अमीर में से क्या बनूँगा?" अगर आप ईमानदार हैं और अपनी योजनाएँ बदलना चाहते हैं, तो पहला काम तो आपको यह करना होगा कि आपको अपनी योजनाओं, शब्दों और दैनिक कामों को बदलकर अपनी वास्तविकता को बदलना होगा। आप आज जो कर रहे हैं, वही आपका भविष्य है, चाहे आपके सपने जो भी हों। जैसा अमीर डैडी कहते थे, "अपने सपनों के राजकुमार या राजकुमारी से मिलना मुश्किल है, अगर आप हर दिन सोफ़े पर बैठकर टीवी देखते हैं और सैंडविच खाते हैं।"

## अपना भविष्य आज शुरू करें

ऐसा क्यों है कि इतने सारे लोग ग़रीबी और बुढ़ापे में रिटायर होते हैं? वे जो काम कर रहे हैं, उसे बंद नहीं कर सकते ... भले ही उसका कोई भविष्य न हो। वे अपने संदर्भ को नहीं बदल सकते ... नौकरी की सुरक्षा, कड़ी मेहनत और पैसे बचाने का संदर्भ। कई लोग बूढ़े हो जाएँगे, गुज़रे ज़माने के कपड़े पहनेंगे और औद्योगिक युग तथा अपने माता-पिता के विचारों को जकड़े रहेंगे और फिर वर्तमान व भविष्य के साथ नाता तोड़ लेंगे। इसका व्यक्ति की उम्र से कोई संबंध नहीं है; इसका संबंध तो व्यक्ति के संदर्भ से है।

तो कोई व्यक्ति अपने समृद्ध और मुक्त भविष्य की शुरुआत किस तरह करता है? एक बार फिर, अच्छी ख़बर यह है कि यह आपके मस्तिष्क में शुरू होता है। यह हर दिन आपके शब्दों, विचारों और कार्यों से शुरू होता है। यह इस बात की जाँच करने से शुरू होता है कि आप अपना समय कहाँ और किसके साथ बिताते हैं। यह इस बात को जानने से शुरू होता है कि आपको अपनी योजना को असली बनाना है, ताकि आप जहाँ हैं, वहाँ से उफनते पानी के ऊपर चलकर अपने सपनों तक पहुँचने के लिए पुल बनाएँ। जैसा अमीर डैडी कहते थे, "सपने देखने वाले सपने ही देखते रहते हैं, जबकि अमीर लोग योजनाएँ बनाकर अपने सपनों तक पहुँचने के पुल बनाते हैं।" भविष्य की योजना बनाकर आज ही अपने भविष्य की शुरुआत करें। और कई लोगों के लिए योजना का पहला क़दम यह है *कि वे आज ही उस काम को करना बंद कर दें, जो वे भविष्य में नहीं बनना चाहते हैं*। अगर आप ज़िंदगी भर अर्जित आमदनी के लिए कड़ी मेहनत नहीं करना चाहते हैं, तो ख़ुद से पूछें कि आप

किस तरह निष्क्रिय और पोर्टफ़ोलियो आमदनी के लिए काम करना सीख सकते हैं। एक बार जब आपको सही जवाब मिल जाएँ, तो उन जवाबों को अपनी योजना का हिस्सा बना लें। इसका मतलब यह है कि आपको ज़्यादा अध्ययन करना पड़ेगा, ज़्यादा पुस्तकें पढ़नी होंगी, टेप सुनने होंगे, ज़्यादा सेमिनारों में हिस्सा लेना होगा, घर पर कोई बिज़नेस शुरू करना होगा और नए दोस्तों से मिलना होगा। दूसरे शब्दों में, वह काम आज ही शुरू कर दें, जो आप अपने आने वाले कल के लिए चाहते हों।

## आप भविष्य कैसे देखते हैं?

मुझसे यह सवाल भी अक्सर पूछा जाता है, "अगर मैं इस समय भविष्य को अपनी आँखों से नहीं देख सकता, तो फिर कैसे देख सकता हूँ?" या "मैं हर साल दस लाख डॉलर की आमदनी कैसे देख सकता हूँ, जब मैं आज हर साल 50,000 डॉलर की आमदनी ही नहीं देख पाता हूँ?"

यह संदर्भ का विस्तार करने वाला बेहतरीन सवाल है। जवाब ऐसी चीज़ में मिलेगा, जो मेरे अमीर डैडी ने मुझसे बरसों पहले कही थी। उन्होंने अपने पीले नोटपैड पर ये शब्द लिखे थे :

> **दृष्टि** वह है, जिसे आप अपनी *आँखों* से देखते हैं।
>
> **भविष्य-दृष्टि** वह है, जिसे आप अपने *मस्तिष्क* से देखते हैं।

जब मैंने अमीर डैडी से पूछा कि व्यक्ति की भविष्य-दृष्टि किस चीज़ से सुधरती है, तो उन्होंने कहा था, "शब्द और संख्या से।" उन्होंने यह सीखने के महत्व पर ज़ोर दिया कि फ़ाइनैंशियल स्टेटमेंट्स कैसे पढ़ना चाहिए, क्योंकि अगर आप फ़ाइनैंशियल स्टेटमेंट्स नहीं पढ़ सकते हैं, तो आप अपने वित्तीय भविष्य को नहीं देख सकते हैं। सच तो यह है कि अगर आप फ़ाइनैंशियल स्टेटमेंट नहीं पढ़ सकते हैं, तो आप अपने वित्तीय अतीत, वर्तमान या भविष्य को नहीं देख सकते हैं। मैंने कैशफ़्लो गेम्स इसलिए बनाए हैं, ताकि मैं लोगों को अमीरों की संख्याएँ और शब्दावली सिखाकर उनके मस्तिष्क की भविष्य-दृष्टि को सुधार सकूँ। एक चीज़ कई लोगों के लिए कारगर साबित हुई है और वह है नियमित रूप से कैशफ़्लो 101 खेलने के लिए मित्रों के समूह का होना। जब आप कैशफ़्लो 101 में महारत हासिल कर लें, तो आपको इसे दूसरों को सिखाना चाहिए और उन्हें इस दिशा में काम करने के लिए प्रेरित करना चाहिए। इसके साथ ही आप कैशफ़्लो 202 की ओर बढ़ सकते हैं, जो अधिक उन्नत खेल है। खेलते समय अमीर डैडी के वाक्य को हमेशा याद रखें, "आपका भविष्य आज बन रहा है।" जब लोग मुझसे पूछते हैं कि मैं इतनी जल्दी अमीर कैसे बना, तो मैं कहता हूँ, "मैं हर दिन खेल खेलता हूँ।" सच्चाई यह है कि आप खेल को जितना ज़्यादा खेलते हैं, खेल को जितना ज़्यादा सिखाते हैं और

खेल को अपने जीवन का जितना बड़ा हिस्सा बनाते हैं, आपकी भविष्य-दृष्टि उतनी ही बेहतर बनती जाती है। जैसा अमीर डैडी कहते थे, "अगर आप भविष्य में स्वस्थ दाँत चाहते हैं, तो आज दाँतों पर अच्छी तरह ब्रश करें।"

## तेज़ योजनाओं के लिए तेज़ शब्द

अगर आप *तेज़* योजना बनाना चाहते हैं, तो आपको *तेज़* शब्द सीखने की ज़रूरत है। कई लोग जल्दी अमीर इसलिए नहीं बन सकते, क्योंकि वे अपनी योजना में तेज़ शब्दों के बजाय धीमे शब्दों का प्रयोग करते हैं। अगर आप जल्दी अमीर बनने की अपनी भविष्य-दृष्टि सुधारना चाहते हैं, तो आपको ज़्यादा तेज़ शब्दों का प्रयोग करने की ज़रूरत है।

अगर आप जवानी में अमीर बनकर रिटायर होना चाहते हैं, अगर आप फटाफट दौलत पाना चाहते हैं, तो आपको बिज़नेस और निवेश के ज़्यादा आधुनिक और तेज़ शब्दों के प्रयोग की ज़रूरत है। ज़्यादा प्रभावी और तेज़ शब्दों का प्रयोग न करना तो वैसा ही है, जैसे कोई लकड़ी काटने वाला व्यवसायी कहे, "मुझे इस बात की परवाह नहीं है कि मैं आरा मशीन से ज़्यादा लकड़ी काट सकता हूँ और ज़्यादा पैसे बना सकता हूँ। मेरे डैडी ने मुझे यह कुल्हाड़ी दी है और मैं इस कुल्हाड़ी का प्रयोग मरते दम तक करने की योजना बना रहा हूँ।" आज कई लोग काम करने जाते हैं और पैसे बनाने तथा निवेश करने के क्षेत्र में अब भी अपने मम्मी-डैडी की कुल्हाड़ी का प्रयोग करते हैं।

## क्या आप अपने डैडी की कुल्हाड़ी लहरा रहे हैं?

आरा मशीन का प्रयोग करने के बजाय कुल्हाड़ी से लकड़ी काटने की कहानी सुनाने के बाद मैं लोगों से पूछता हूँ कि क्या वे अब भी अपने डैडी की कुल्हाड़ी लहरा रहे हैं।

पल भर की हैरानी और आश्चर्य भरी निगाहों के बाद मुझसे अक्सर पूछा जाता है, "क्या आप मुझसे यह पूछ रहे हैं कि क्या मैं पैसों के प्रबंधन के मामले में अब भी अपने माता-पिता जैसे काम करता हूँ?"

मेरा जवाब है, "हाँ। मैं यही पूछ रहा हूँ।" मैं आगे कहता हूँ, "आज ज़्यादातर लोगों का पेशा अपने माता-पिता वाला पेशा नहीं है ... लेकिन पैसे, निवेश और रिटायरमेंट के मामले में वे अब भी उन्हीं जैसे काम कर रहे हैं। पैसे-धेले के मामले में कई लोग अब भी अपने माता-पिता की कुल्हाड़ी लहरा रहे हैं।"

अगर मुझसे आगे स्पष्ट करने के लिए कहा जाता है, तो मैं कहता हूँ, "शब्द साधन हैं, जिस तरह कुल्हाड़ी साधन है। पैसे के मामले में लाखों लोग शब्दों के

उन औज़ारों का प्रयोग करते हैं, जो उतने ही धीमे और पुराने हैं, जितनी कि लकड़ी काटने की कुल्हाड़ी है।"

## आपके मस्तिष्क के लिए साधन

मैं एक क्लास में पढ़ा रहा था। उसमें एक प्रतिभाशाली युवती ने पूछा, "क्या आप यह कहना चाहते हैं कि पैसे के मामले में तेज़ और धीमे दोनों तरह के शब्द होते हैं?"

मेरा जवाब था, "मेरा बिलकुल यही मतलब है। अगर पैसा विचार है, तो विचार शब्दों से बनते हैं। ज़्यादातर लोग धीमे शब्दों का प्रयोग करते हैं, जो उन्हें धीमे विचारों की ओर ले जाते हैं, जिसका मतलब है कि वे धीरे-धीरे दौलत हासिल करते हैं।"

"शब्द औज़ार हैं?" युवती ने धीरे से कहा, लेकिन उसकी आवाज़ इतनी तेज़ थी कि उसके आस-पास के लोग उसकी बात सुन सकते थे।

मैंने सहमति में सिर हिलाते हुए कहा, "मेरे अमीर डैडी कहते थे, 'शब्द आपके मस्तिष्क के लिए औज़ार हैं। इतने सारे लोग आर्थिक दृष्टि से इसलिए संघर्ष करते हैं, क्योंकि वे अपने मस्तिष्क को पुराने, धीमे और दक़ियानूसी औज़ार देते हैं। अगर आप अमीर बनना चाहते हैं, तो आपको सबसे पहले अपने औज़ारों को आधुनिक बनाना होगा।"

उसने पूछा, "क्या आप मुझे पुराने और धीमे शब्दों ... औज़ारों का कोई उदाहरण बता सकते हैं?"

"बिलकुल," मैंने जवाब दिया। "ज़्यादातर लोग सोचते हैं कि पैसे बचाना स्मार्ट है। दरअसल, बचत धीमा तरीक़ा है। आप पैसे बचाकर अमीर बन सकते हैं, लेकिन इसकी क़ीमत है समय ... आपकी पूरी ज़िंदगी। इसलिए मेरे लिए *बचत एक* धीमा शब्द है। मेरे ग़रीब डैडी ने मुझे सिखाया था कि पैसा कैसे बचाया जाए। मेरे अमीर डैडी ने *बचत करना* नहीं सिखाया। इसके बजाय उन्होंने मुझे *पूँजी जुटाना* सिखाया।"

एक और विद्यार्थी ने पूछा, "लेकिन अगर कोई यह नहीं जानता हो कि पूँजी कैसे जुटाई जाती है, तो?"

"तो फिर सबसे अच्छा यह रहेगा कि आप पैसे बचाते रहें या यह सीखने में थोड़ा समय लगाएँ कि पूँजी कैसे उगाही जाती है। पूँजी जुटाना (raising capital) एक ऐसी योग्यता है, जो सीखी जा सकती है।"

एक विद्यार्थी ने पूछा, "लेकिन क्या लोगों से पैसे माँगना मुश्किल नहीं है?"

"पहली बार तो मेरे लिए मुश्किल था, जिस तरह कोई भी नई चीज़

सीखना होता है। यह साइकल चलाना सीखने जैसा था। शुरू में तो मैं बहुत घबराया और मैंने ग़लतियाँ कीं ... और मैं ग़लतियाँ अब भी करता हूँ। लेकिन मैं उन ग़लतियों से सबक़ सीखता हूँ, इसलिए उम्र बढ़ने के साथ-साथ मेरी शिक्षा और अनुभव के कारण पूँजी उगाहना ज़्यादा आसान होता जाता है। ऐसे लोग हैं, जो बूढ़े होने के बावजूद अब भी कड़ी मेहनत और बचत करके आगे निकलने की कोशिश कर रहे हैं। यह बहुत ही धीमी योजना है, जो पुराने और धीमे शब्दों के औज़ारों का प्रयोग करती है, जो शायद उन्हें अपने माता-पिता से विरासत में मिले हैं।"

"यानी भले ही मैं हर महीने 100 डॉलर बचाने के लिए संघर्ष कर रहा हूँ, लेकिन आप इतने समय में लाखों डॉलर जुटा सकते हैं," एक और विद्यार्थी ने कहा। "शब्द औज़ार हैं, इस बात से आपका यही मतलब था ... इसी तरह कुछ शब्द तेज़ होते हैं, तो कुछ शब्द धीमे होते हैं।"

मैंने सहमति में सिर हिला दिया और कहा, "शब्द आपके मस्तिष्क के औज़ार हैं।"

## ज़्यादा तेज़ शब्दों का प्रयोग करने की योजना बनाएँ

अगर आप जवानी में अमीर बनकर रिटायर होने की योजना बना रहे हैं, तो आपको अपनी शब्दावली को अपडेट करने की ज़रूरत है और अगर आप अपनी शब्दावली बदल लेते हैं, तो हो सकता है कि आपको अपने विचारों को तेज़ करना पड़े। उदाहरण के लिए :

| *धीमे शब्द* | *तेज़ शब्द* |
| --- | --- |
| ऊँची तनख़्वाह वाली नौकरी | कैशफ़्लो |

मेरे ग़रीब डैडी हमेशा सलाह देते थे : "ऊँची तनख़्वाह वाली नौकरी खोजो।"

मेरे अमीर डैडी हमेशा सलाह देते थे : "तुम्हें संपत्तियों से कैशफ़्लो पाना चाहिए।"

शुरू में ऐसा लग सकता है कि ऊँची तनख़्वाह वाली नौकरी पाना अमीर बनने का तेज़ तरीक़ा है, लेकिन ज़्यादातर मामलों में यह अंततः अमीर बनने का धीमा तरीक़ा साबित होता है। याद रखें, मेरे ग़रीब डैडी अपने कैरियर की शुरुआत में अमीर डैडी से ज़्यादा पैसे कमाते थे, लेकिन उनकी ज़िंदगी के अंत में उन दोनों की आमदनी के बीच की खाई प्रशांत महासागर जितनी चौड़ी थी। दरअसल, बहुत कम लोग नौकरी के माध्यम से अमीर बन पाते हैं ... भले ही उनकी तनख़्वाह कितनी ही ज़्यादा हो। नीचे कुछ कारण बताए गए हैं कि

संपत्तियों से मिलने वाला कैशफ़्लो नौकरी से होने वाली आमदनी की तुलना में बेहतर क्यों है।

आइए, अब हम आमदनी के तीन प्रकारों की समीक्षा कर लें :

| | |
|---|---|
| अर्जित आमदनी | 50% |
| पोर्टफ़ोलियो आमदनी | 20% |
| निष्क्रिय आमदनी | 0% |

ज़्यादातर मामलों में *अर्जित आमदनी* वह आमदनी है, जो व्यक्ति को उसके व्यक्तिगत श्रम या काम से होती है।

ज़्यादातर मामलों में *पोर्टफ़ोलियो आमदनी* शेयर, बॉण्ड और म्यूचुअल फ़ंड जैसे पेपर एसेट्स से होने वाली आमदनी है।

ज़्यादातर मामलों में *निष्क्रिय आमदनी* रियल एस्टेट से होने वाली आमदनी है।

हमेशा की तरह ही मैं यहाँ भी यह सलाह देना चाहता हूँ कि कोई भी वित्तीय निर्णय लेने से पहले यह बहुत महत्वपूर्ण है कि आप किसी सुयोग्य टैक्स विशेषज्ञ से सलाह ले लें। एक व्यक्ति के लिए जो वैधानिक टैक्स नियोजन हो सकता है, वही दूसरे के लिए टैक्स क़ानून का उल्लंघन भी हो सकता है। इस खंड का सबक़ शब्दों से पड़ने वाले फ़र्क़ को जानना है। *अर्जित* आमदनी और *निष्क्रिय* आमदनी में टैक्स का बहुत बड़ा फ़र्क़ होता है। जहाँ तक लीवरेज की बात है, ज़्यादातर लोगों के लिए टैक्स *रिवर्स* लीवरेज या *निगेटिव* लीवरेज होता है। जो व्यक्ति *अर्जित* आमदनी के लिए कड़ी मेहनत करता है, उसे निष्क्रिय आमदनी वाले व्यक्ति से दोगुनी कड़ी मेहनत करनी पड़ती है। *अर्जित* आमदनी के लिए काम करना तो वैसा ही है, जैसे आप दो क़दम आगे बढ़कर हर बार एक क़दम पीछे हट जाएँ।

## जब आप काम करना बंद कर देते हैं, तब भी आप पर टैक्स लगता है

जो लोग कहते हैं, "कड़ी मेहनत करो, पैसे बचाओ और 401 (k) में निवेश करो", वे 50 प्रतिशत पैसे के लिए काम कर रहे हैं। जब आप रिटायर हो जाते हैं और अपने 401 (k) प्लान से पैसे निकालते हैं, तो इस पैसे पर *भी अर्जित* आमदनी वाली दर से टैक्स लगता है या जैसा मेरे अमीर डैडी इसे कहते थे 50 प्रतिशत पैसा। बचत पर ब्याज पर भी *अर्जित* आमदनी की दर से ही टैक्स लगता है।

कई लोग कहते हैं, "मुझे तो लगातार काम करना पड़ेगा, क्योंकि सरकारी सोशल सिक्युरिटी से होने वाली आमदनी में मेरा ख़र्च नहीं चल पाएगा।" जिस

पल व्यक्ति सोशल सिक्युरिटी की आमदनी के अलावा अर्जित आमदनी के लिए भी काम करने लगता है, सरकार न सिर्फ़ आपकी अर्जित आमदनी पर टैक्स लगाती है, बल्कि यह अक्सर सोशल सिक्युरिटी के भुगतान को भी कम कर देती है, क्योंकि अब आप नौकरी करने लगे हैं। जब मेरे अमीर डैडी ने कहा था, "ज़्यादातर लोग ग़रीब बनने की योजना बनाते हैं," तो उन्हें मालूम था कि वे क्या कह रहे हैं। वे रिटायरमेंट के बाद होने वाली अर्जित आमदनी के बारे में सरकार के नियम जानते थे। अगर आप ग़रीब नहीं हैं और ज़्यादा पैसा कमाना चाहते हैं, तो सरकार आपकी मदद नहीं करेगी। इसीलिए कई रिटायर्ड लोगों को यही बेहतर लगता है कि वे ग़रीब बने रहें और टैक्स बचाने के लिए नौकरी न करें।

सबक़ यह है, *कड़ी मेहनत करो, पैसे बचाओ, और 401* (k) *में निवेश करो* जैसे शब्द बहुत धीमे हैं, क्योंकि इस कारण आपको बहुत धीमी वित्तीय योजना मिलती है। हालाँकि अगर आप इन शब्दों को अपनी वित्तीय योजना में रखने का चुनाव करते हैं, तो आपको रिटायरमेंट के बाद होने वाली आमदनी में हर साल 1,00,000 डॉलर से 10 लाख डॉलर के *धनवान* स्तर तक पहुँचने में मदद मिल सकती है, लेकिन यही शब्द ज़्यादातर मामलों में आपको आमदनी के *अमीर* और *बेहद अमीर* स्तरों तक नहीं पहुँचने देंगे। जैसा अमीर डैडी ने कहा था, "अमीर बनने के लिए बहुत सा पैसा ही काफ़ी नहीं होता है।" अमीर लोग अलग क़िस्म के शब्दों का प्रयोग करते हैं और वे शब्द जीवन के अलग-अलग अनुभवों में उन्हें मार्गदर्शन देते हैं ... जैसे यह सीखना कि पैसे बचाने के बजाय पूँजी कैसे उगाही जाए।

दूसरे शब्द हैं :

| *धीमे शब्द* | *तेज़ शब्द* |
|---|---|
| पैसे बचाओ | पैसे बनाओ |

अमीर डैडी की सलाह थी कि ज़्यादातर लोगों को पैसे बचाना सीखना चाहिए। लेकिन उन्होंने ख़ुद कभी पैसे नहीं बचाए। उन्होंने कहा था, "पैसे बचाने पर ध्यान केंद्रित करने में मेरा बहुत ज़्यादा समय लग जाता है और पैसे बचाने में पर्याप्त लीवरेज नहीं होता है।" अमीर डैडी ने यह भी कहा था, "ज़्यादातर लोग जो पैसा बचाते हैं, वह टैक्स के बाद मिलने वाला पैसा होता है।" इसका मतलब है कि 10 डॉलर की बचत करने के लिए आपको पहले 20 डॉलर कमाने होंगे, क्योंकि यह *अर्जित* आमदनी यानी 50 प्रतिशत पैसा है। इसके अलावा, आपको अपनी बचत पर जो ब्याज मिलता है, उस पर भी ऊँची दर से टैक्स लगता है।

*पैसे बचाने* पर ध्यान केंद्रित करने के बजाय अमीर डैडी ने ज़िंदगी भर *पैसे*

*बनाने* का प्रशिक्षण लिया। वे कहते थे, "अगर तुम जानते हो कि बिज़नेस कैसे बनाया जाता है और धन का निवेश कैसे किया जाता है, तो तुम इतना ज़्यादा पैसा बना सकते हो कि तुम्हारी समस्या बहुत ज़्यादा पैसा हो जाएगी। जब तुम्हारे पास बहुत ज़्यादा पैसा होता है, तो *बचत* के बजाय तुम्हारे बैंक में *बहुत ज़्यादा नक़द जमा* होता है।"

*रिच डैड्स गाइड टु इनवेस्टिंग* में मैंने पैसे की दो तरह की समस्याओं के बारे में लिखा था। पर्याप्त पैसा न होना और बहुत ज़्यादा पैसा होना। ज़्यादातर लोग सिर्फ़ पहली समस्या के बारे में जानते हैं यानी पर्याप्त पैसा न होने की समस्या। इन लोगों को निश्चित रूप से पैसा बचाना सीखना चाहिए। मेरे अमीर डैडी की वित्तीय योजना का लक्ष्य बहुत ज़्यादा पैसा कमाना था। उनकी समस्या यह थी कि उनके बचत खाते में बहुत सारा पैसा आराम करता रहता था और वे लगातार निवेशों की तलाश करते रहते थे, जिनमें वे अपना अतिरिक्त पैसा लगा सकें। उनकी वास्तविकता या संदर्भ यह था कि दुनिया में पैसे की प्रचुरता है। मेरे ग़रीब डैडी की वास्तविकता यह थी कि दुनिया में पैसे की कमी है और इसीलिए वे पैसा बचाने की कोशिश में ज़िंदगी भर संघर्ष करते रहे।

पैसे के लिए *काम करने* और पैसे *बनाने* में क्या फ़र्क़ है? अगर आपने *रिच डैड पुअर डैड* पढ़ी हो, तो आपको याद होगा कि मैंने अपने ग़रीब डैडी की बात को शब्दशः सच मानकर पैसे *बनाने* की कोशिश की थी। मैंने लेड की टूथपेस्ट ट्यूब्स को पिघला लिया था और प्लास्टर ऑफ़ पेरिस के साँचों से क्वार्टर, डाइम और निकल के आकार में ढालकर पैसे बनाने की कोशिश की थी। तब मेरे ग़रीब डैडी ने मुझे पैसे *बनाने* और *जालसाज़ी* के फ़र्क़ को समझाया था। बहरहाल, ग़रीब डैडी मुझे यह कभी नहीं समझा पाए कि पैसा कैसे बनाना है, क्योंकि वे सिर्फ़ *पैसे के लिए काम करना* जानते थे। पैसे की असली दुनिया में कई अमीर लोग *पैसे के लिए काम करने* के बजाय पैसे बनाकर बहुत अमीर बन जाते हैं। उदाहरण के लिए, बिल गेट्स पैसे के लिए काम करके नहीं, बल्कि पैसे बनाकर दुनिया के सबसे अमीर व्यक्ति बने हैं। वे एक कंपनी बनाकर और उस कंपनी के शेयर लोगों को बेचकर दुनिया के सबसे अमीर व्यक्ति बन गए हैं।

अपनी कंपनी के शेयर बेचना पैसे बनाने का एक रूप है। सिद्धांततः आप चाहे जो बनाते हों, जब तक आपकी चीज़ के ख़रीदारों और विक्रेताओं का बाज़ार तैयार है, तब तक आप इस संदर्भ में पैसा *बना* रहे हैं। उदाहरण के लिए, मेरी पुस्तकें *पैसे बनाने* का रूप हैं। जब तक बुकसेलर्स के माध्यम से उनके लिए बाज़ार है, तब तक मेरी पुस्तकें *मेरे लिए पैसा बना रही हैं* और *मुझे* पैसे के लिए काम करने की ज़रूरत नहीं है। अगर मैं डॉक्टर होता और मुझे पैसे पाने के लिए व्यक्तिगत रूप से काम करना पड़ता, तो मैं पैसे के लिए काम कर रहा होता। अगर मैं ऐसा डॉक्टर होता, जो नई दवा खोजता और दवाई की दुकानों के माध्यम से दवा बिकवाता, तो उस दवा के बिकने से मुझे आमदनी

होती, लेकिन उस स्थिति में मैं पैसे के लिए काम नहीं कर रहा होता।

संक्षेप में, ज़्यादातर मामलों में पैसे के लिए *काम करना* धीमा होता है और *पैसा बनाने* के तरीक़े खोजना बहुत ज़्यादा तेज़ हो सकता है, बशर्ते आप जानते हों कि आप क्या कर रहे हैं। तो अगर आपकी योजना पैसे के लिए *काम करने* की है, तो फिर पैसा *बचाने* की कोशिश करें। ऐसे में हो सकता है कि आप अपने मम्मी-डैडी की बहुत धीमी और बहुत भोंथरी कुल्हाड़ी चला रहे हों।

ऐसे और भी शब्द होते हैं, जो आपके पैसे बनाने की गति को धीमा या तेज़ कर सकते हैं।

| *धीमे शब्द* | *तेज़ शब्द* |
|---|---|
| एप्रीसिएशन | डिप्रिसिएशन |

अगर आप *एप्रीसिएशन* और *डिप्रिसिएशन* शब्दों का मतलब पूरी तरह नहीं समझते हों, तो चिंता न करें। उन्हें पूरी तरह से समझने में मुझे भी वक़्त लगा था। अगर आप उन्हें सचमुच बेहतर समझना चाहते हों, तो किसी अकाउंटेंट या प्रोफ़ेशनल रियल एस्टेट निवेशक से समझ लें। ये दोनों शब्द आपकी वित्तीय योजना पर किस तरह लागू होते हैं, इसका छोटा सा उदाहरण देखें।

एक दिन हाई स्कूल के कुछ बच्चों के बारे में एक टेलीविज़न कार्यक्रम आ रहा था, जिन्होंने शेयर बाज़ार में निवेश करना सीखा था। एक विद्यार्थी से इंटरव्यू लिया गया और उसने कहा, "मैंने बहुत पैसा बनाया, क्योंकि मैंने एक्सवायज़ेड कंपनी के शेयर ख़रीदे और इन शेयरों का भाव बढ़ गया।" दूसरे शब्दों में, वह कैपिटल गेन्स या शेयर के *भाव बढ़ने* की उम्मीद में बाज़ार में खेल रहा था। जब ज़्यादातर लोग कहते हैं, "हमारा मकान एक अच्छा निवेश है," तो वे ऐसा इसलिए कहते हैं, क्योंकि उन्हें अपने मकान का *मूल्य बढ़ने* की उम्मीद होती है।

मैं दोस्तों के मुँह से इस तरह की बात सुनता हूँ, "मैंने इस नई गोल्फ़ कोर्स कम्युनिटी में एक लॉट ख़रीदा था। यह एक अच्छा निवेश है और मुझे उम्मीद है कि पाँच साल में इस लॉट का मूल्य दोगुना हो जाएगा।" उनके लिए इस तरह का कैपिटल गेन अच्छा निवेश है ... और मुझे उम्मीद है कि पाँच साल में उनका पैसा सचमुच दोगुना हो जाएगा।

अमीर डैडी ने अपने बेटे और मुझे अलग तरह के शब्दों का प्रयोग करना सिखाया था। निवेश ख़रीदने के मामले में वे हमेशा कहते थे, "आपको लाभ बेचते समय नहीं, बल्कि ख़रीदते समय होता है।" दूसरे शब्दों में, वे कभी यह उम्मीद नहीं करते थे कि उनके निवेश का मूल्य बढ़ जाएगा। अगर मूल्य बढ़ जाता था, तो उनके लिए यह अतिरिक्त बोनस होता था। अमीर डैडी अपने

निवेश पर तत्काल लाभ या कैशफ़्लो पाने के लिए निवेश करते थे। वे उस चीज़ के लिए भी निवेश करते थे, जिसे वे "छद्म कैशफ़्लो" या *डिप्रिसिएशन* कहते थे। एक इमारत के डिप्रिसिएशन का उदाहरण पहले मैंने एक अध्याय में दिया है। उन्हें तत्काल कैशफ़्लो और *डिप्रिसिएशन* पाना बहुत अच्छा लगता था, क्योंकि वे पैसे बनाने के लिए *मूल्य बढ़ने* का इंतज़ार नहीं करना चाहते थे। वे कहते थे, "शेयर या ज़मीन की क़ीमत बढ़ने का इंतज़ार करना बहुत धीमा और जोखिम भरा है।"

सबक़ यह है, अगर आप भविष्य में किसी समय पैसे कमाने या बचाने का इंतज़ार कर रहे हैं, तो आपकी योजना धीमी योजना है, क्योंकि आप धीमे शब्दों का प्रयोग कर रहे हैं, जो धीमे विचारों की ओर ले जाते हैं। मैं अपने अमीर डैडी की बात दोहराना चाहूँगा, "आपको लाभ बेचते समय नहीं, बल्कि ख़रीदते समय होता है।" मैं इतने सारे लोगों से मिलता हूँ, जो ज़मीन ख़रीदते हैं, हर महीने पैसे गँवाते हैं और मुझसे कहते हैं, "जब ज़मीन की क़ीमत बढ़ जाएगी, तो मेरे पैसे निकल आएँगे और मैं इसे बेच दूँगा।"

ऑस्ट्रेलिया में कई लोग जायदाद ख़रीदते हैं, हर महीने उस पर पैसे गँवाते हैं और इसे अच्छा निवेश मानते हैं, क्योंकि पैसे गँवाने के लिए सरकार उन्हें टैक्स में छूट देती है। मेरी राय में यह पराजितों के सोचने का तरीक़ा है। मैं अक्सर उनसे पूछता हूँ, "क्यों न ऐसी जायदाद ख़रीदें, जो आपको हर महीने पैसे कमाकर दे *और* साथ में आप हर महीने टैक्स में छूट भी लें?" मुझे आम तौर पर यह प्रतिक्रिया सुनने को मिलती है, "नहीं, मेरे अकाउंटेंट ने मुझसे ऐसी जायदाद खोजने को कहा है, जिससे हर महीने मुझे नुक़सान हो और टैक्स में छूट मिले।" तेज़ और ज़्यादा फ़ायदेमंद ट्रेन के बजाय धीमी ख़तरनाक ट्रेन में सवार होने का इससे बढ़िया उदाहरण क्या हो सकता है?

| *धीमे शब्द* | *तेज़ शब्द* |
|---|---|
| जोखिम से बचो | नियंत्रण हासिल करो |

मेरे ग़रीब डैडी कहते थे, "यह बहुत जोखिम भरा है।" या "सुरक्षित तरीक़े से खेलो।" या "जोखिम क्यों लेना?" वे अपने इन विचारों पर जितना ज़्यादा यक़ीन करते थे, अपने आर्थिक जीवन पर उनका नियंत्रण उतना ही कम होता जाता था। कर्मचारी बनकर सुरक्षित रहने के चक्कर में उन्होंने अपने टैक्स पर नियंत्रण खो दिया। यह कहकर कि निवेश जोखिम भरा है और उन्हें पैसे में कोई रुचि नहीं है, उन्होंने अपनी वित्तीय शिक्षा पर नियंत्रण खो दिया। अंत में, रिटायर होने के बाद भी उन्होंने बहुत ज़्यादा टैक्स दिया और सिर्फ़ सुरक्षित निवेशों में पैसा लगाया, जो कहीं नहीं गए या जिनमें नुक़सान हुआ।

मेरा एक दूर का रिश्तेदार है, जिसने सेना में पच्चीस साल बिताए हैं। वह

एक अफ़सर के रूप में रिटायर हुआ था। आज वह टीवी के सामने बैठकर वित्तीय टेलीविज़न कार्यक्रमों में अपने शेयरों के भाव लगातार घटते देखता रहता है। उसका तनाव बढ़ जाता है, क्योंकि उसका अपने पोर्टफ़ोलियो के मूल्य पर कोई नियंत्रण नहीं है। एक दिन उसने देखा कि उसने जिस कंपनी के बहुत सारे शेयर ख़रीदे थे, उसका प्रेसिडेंट अपने नए प्राइवेट जेट में उड़ान भर रहा था और कंपनी ने यह घोषणा भी की थी कि वह अपने पूरे स्टाफ़ को मिलियन-डॉलर का बोनस देगी। हालाँकि वह ग़ुस्सैल शेयरहोल्डरों की जमात में शामिल हो गया, लेकिन वह ज़्यादा कुछ कर नहीं सकता था।

*रिच डैड्स गाइड टु इनवेस्टिंग* में मैंने अमीर डैडी के बताए निवेशकों के दस नियंत्रणों के बारे में लिखा था। ये नियंत्रण हर उस व्यक्ति के लिए बेहद महत्वपूर्ण हैं, जो अपने जीवन और अपने भविष्य पर नियंत्रण चाहता है। वर्तमान में मेरी चिंता यह है कि अमेरिका या अन्य पश्चिमी देशों की ९० प्रतिशत जनसंख्या का अपने वित्तीय भविष्य पर बहुत कम नियंत्रण है। यह आँकड़ा विकासशील देशों के मामले में और भी बदतर है।

अमीर डैडी ने मुझसे कहा था कि मैं यह सीखने की योजना बनाऊँ कि अपने वित्तीय भविष्य पर अधिक से अधिक नियंत्रण कैसे हासिल किया जाए। उन्होंने कहा था, "तीव्र मार्ग (fast track) का खिलाड़ी बनने के लिए तुम्हें यह योजना बनानी चाहिए कि ज़्यादा से ज़्यादा नियंत्रण कैसे हासिल किया जाए। तीव्र मार्ग पर नियंत्रण पैसे से ज़्यादा महत्वपूर्ण होता है।" अगर आप इन दस नियंत्रणों के बारे में ज़्यादा जानना चाहें, तो *रिच डैड्स गाइड टु इनवेस्टिंग* पढ़ सकते हैं।

जोखिम बनाम नियंत्रण पर अंतिम बात : अमीर डैडी ने कहा था, "व्यक्ति जितनी ज़्यादा *सुरक्षा* चाहता है, अपने जीवन पर उतना ही ज़्यादा *नियंत्रण* गँवा देता है।" आज मैं दो संसारों को उभरते देख रहा हूँ। एक तो वह संसार है, जिसे मैं ज़िम्मेदार समाज कहता हूँ। यह वह समूह है, जो अपने जीवन और उस जीवन के अंतिम परिणाम के लिए ज़िम्मेदार होने में यक़ीन करता है। एक और संसार है, जिसे मैं शिकार समाज कहता हूँ। यह वह समूह है जो मानता है कि कोई और, जैसे कंपनी या सरकार उनकी ज़िंदगी के लिए ज़िम्मेदार है। हर समूह, परिवार या कंपनी में आम तौर पर दोनों तरह के समाज होते हैं। दोनों दुनिया को अपने-अपने संदर्भ या वास्तविकता से देखते हैं और दोनों ही ख़ुद को सही मानते हैं। मैंने पाया है कि दोनों के बीच अंतर जोखिम बनाम नियंत्रण के विचारों के बारे में उनका मूल दृष्टिकोण है। पीड़ित लोग *जोखिम* लेने से बचने के लिए किसी दूसरे को अपने जीवन का *नियंत्रण* देना चाहते हैं। फिर जब उन्हें महसूस होता है कि उस दूसरे व्यक्ति ने उस नियंत्रण का दुरुपयोग किया, जिसे उन्होंने ख़ुद उसे सौंपा था तो वे नाराज़ हो जाते हैं। दूसरे शब्दों में, ये पीड़ित लोग ख़ुद अपनी करनी के शिकार होते हैं।

आने वाले सालों में बहुत से लोग वित्तीय रूप से पीड़ित होंगे। ये लोग फ़ाइनैंशियल प्रोफ़ेशनल्स को नियंत्रण सौंप देते हैं और उनकी सलाह आँख मूँदकर मान लेते हैं। कई भावी पीड़ितों ने तो इस मंत्र पर भरोसा कर लिया है, "लंबे समय के लिए निवेश करो, डाइवर्सिफ़ाई करो, ख़रीदकर पकड़े रहो, बाज़ार पिछले चालीस सालों से हमेशा ऊपर गया है और इसे सुरक्षित खेलो।" इन पीड़ितों ने यह सलाह इसलिए मान ली, क्योंकि वे इन शब्दों पर यक़ीन करना चाहते थे। अगर वे अपने सलाहकार समझदारी से चुनने में असफल रहते हैं, तो वे वित्तीय दृष्टि से पीड़ित हो सकते हैं।

| *धीमे शब्द* | *तेज़ शब्द* |
|---|---|
| म्यूचुअल फ़ंड | रेग्युलेशन डी, रूल 506 |

आज लाखों लोग अपने वित्तीय भविष्य और वित्तीय सुरक्षा को शेयरों और म्यूचुअल फ़ंडों में दाँव पर लगा रहे हैं। हालाँकि मेरी रिटायरमेंट योजना में भी कुछ म्यूचुअल फ़ंड शामिल हैं, लेकिन मैं इनके ज़रिए जल्दी अमीर बनने की आस नहीं लगाता हूँ। न ही मैं यह उम्मीद करता हूँ कि जब मेरे काम के दिन पूरे हो जाएँगे, तो ये फ़ंड मेरी देखभाल करेंगे। व्यक्तिगत रूप से शेयर बाज़ार पर मुझे ज़्यादा विश्वास नहीं है। इसके अलावा, मुझे म्यूचुअल फ़ंड बहुत धीमे लगते हैं और इनमें निवेश करने के लिए मुझे अपने ख़ुद के पैसे का इस्तेमाल करना होता है। जैसा मैंने इस पुस्तक में पहले कहा था, अमीर बनने के लिए मैं अपने ख़ुद के पैसे के बजाय उधार के पैसे का इस्तेमाल करना चाहूँगा ... और बैंक मुझे म्यूचुअल फ़ंड ख़रीदने के लिए पैसे उधार नहीं देगा।

म्यूचुअल फ़ंड्स को धीमा मानने का दूसरा कारण यह है कि पेपर एसेट्स में सबसे ज़्यादा लाभ कंपनी बनते समय और इसके सार्वजनिक होने से पहले होता है। जब अमीर निवेशक किसी कंपनी में निवेश करना चाहते हैं, तो वे अक्सर एसईसी (सिक्युरिटीज़ एंड एक्सचेंज कमीशन) के रेग्युलेशन डी, रूल 506 तथा ऐसे ही अन्य नियमों की शर्तों के अनुरूप निवेश करते हैं। दूसरे शब्दों में, अमीर लोग किसी कंपनी के शेयरों में तब निवेश करते हैं, जब कंपनी *निजी* रहती है। आम लोग कंपनी के शेयरों में तब निवेश करते हैं, जब यह *सार्वजनिक* बन जाती है। अंतर बहुत बड़ा हो सकता है। उदाहरण के लिए, अगर आपने सार्वजनिक होने से पहले इंटेल में 25,000 डॉलर का निवेश कर दिया होता, तो आपका निवेश आज 40 मिलियन डॉलर से ज़्यादा का होता, जो शेयर बाज़ार के उतार-चढ़ाव पर निर्भर करता है।

सबक़ यह है, अमीर लोग तब तक पैसा कमा चुके होते हैं, जब तक जनता को यह पता चलता है कि ऐसी किसी कंपनी का अस्तित्व भी है। इसका मतलब है कि अमीर लोग अक्सर बहुत कम जोखिम के साथ निवेश करते हैं और उन्हें

बहुत ज़्यादा लाभ की संभावना होती है। जब तक म्यूचुअल फ़ंड उस कंपनी के शेयर ख़रीदता है, तब तक अमीर लोग लाभ लेकर बाहर निकल चुके होते हैं। फिर सामान्य जनता उस म्यूचुअल फ़ंड को ख़रीदती है, जिसने पब्लिक कंपनी के शेयर ख़रीदे हैं। यह वही कंपनी है, जिसमें अमीर लोगों ने तब निवेश किया था, जब यह निजी थी। दूसरे शब्दों में, म्यूचुअल फ़ंड या शेयर बाज़ार में निवेश करने के बजाय अमीर लोग प्राइवेट प्लेसमेंट के माध्यम से निवेश करते हैं, जिसे 506 आरईजी डी कहते हैं। म्यूचुअल फ़ंड और आईपीओ या 506 आरईजी डी के बीच अमीर बनने की गति का संभावित अंतर आश्चर्यजनक है। जैसा अमीर डैडी कहते थे, "म्यूचुअल फ़ंड फ़ूड चेन के अंत में निवेश करने जैसा है।"

इसका यह मतलब नहीं है कि म्यूचुअल फ़ंड्स अच्छे निवेश नहीं हैं। ज़्यादातर लोगों के लिए म्यूचुअल फ़ंड्स बहुत बढ़िया निवेश हैं। वे बेहतर निवेश हैं, बशर्ते आप जानते हों कि आप क्या कर रहे हैं, बशर्ते आप जानते हों कि जोखिम क्या हैं और अगर आप शेयरों तथा म्यूचुअल फंड्स में निवेश करने के पूरे खेल की बड़ी तस्वीर को जानते हैं ... सार्वजनिक और निजी।

आपमें से कुछ कह रहे होंगे, "आईपीओ बुल मार्केट में तो अच्छे होते हैं ... लेकिन बियर मार्केट में नहीं।" इस बात में कुछ सच्चाई है, लेकिन बाज़ार की हालत चाहे जैसी हो, अमीर लोगों को हमेशा निजी निवेश का मौक़ा मिलता है, जो सामान्यतः आम जनता को नहीं मिलता है। इसीलिए अमीरों के निवेश के शब्द, शब्दभंडार और विशिष्ट शब्दावली को जानने से फटाफट ज़्यादा अमीर बनने की आपकी संभावना बेहतर हो जाती है।

निकट भविष्य में अमीर लोग ज़्यादा अमीर बन जाएँगे, क्योंकि वे प्री-आईपीओ ऑफ़रिंग में शामिल होंगे। वे टेक्नोलॉजी, कंप्यूटर्स या डॉट-कॉम्स में निवेश नहीं करेंगे। इसके बजाय वे नई बायोटेक कंपनियों, जेनेटिक इंजीनियरिंग कंपनियों और ऐसी नई कंपनियों में निवेश करेंगे, जिनके नाम के बाद *सिस्टम* या *नेटवर्क* शब्द लगा हो। वे भविष्य की धमाकेदार कंपनियों में निवेश करेंगे, जिनके नाम हमने अभी तक नहीं सुने हैं। वे उन कंपनियों और रियल एस्टेट प्रोजेक्ट्स में निवेश करेंगे, जिनके बारे में आम आदमी तभी सुनेगा, जब अमीर लोग लाभ ले चुके होंगे। वे म्यूचुअल फ़ंड के बजाय प्राइवेट प्लेसमेंट, लिमिटेड पार्टनरशिप या ऐसे ही किसी अन्य निवेश साधन द्वारा निवेश करेंगे।

| *धीमे शब्द* | *तेज़ शब्द* |
|---|---|
| फुटकर भुगतान करो | थोक में ख़रीदो |

हममें से ज़्यादातर लोग जानते हैं कि थोक और फुटकर सामान की क़ीमतें अलग-अलग होती हैं। यही निवेश में भी सही है। अमीर लोग ज़्यादा अमीर इसलिए बन जाते हैं, क्योंकि वे फुटकर क़ीमत के बजाय थोक की

क़ीमत चुकाते हैं।

जब आप कैशफ़्लो बोर्ड गेम देखते हैं, तो आपको उसमें चूहा दौड़ और तीव्र मार्ग नज़र आएँगे। चूहा दौड़ वह जगह है, जहाँ निवेशक फुटकर ख़रीदते हैं और तीव्र मार्ग वह जगह है, जहाँ निवेशक थोक में ख़रीदते हैं। अमीर ज़्यादा अमीर इसलिए बन जाते हैं, क्योंकि वे उन व्यक्तियों के *दोस्त या परिवार* के सदस्य होते हैं, जिनकी पहुँच थोक क़ीमत वाले निवेशों तक होती है।

| *धीमे शब्द* | *तेज़ शब्द* |
|---|---|
| शेयर ख़रीदो | शेयर बेचो |

बिल गेट्स माइक्रोसॉफ़्ट के शेयर ख़रीदकर दुनिया के सबसे अमीर आदमी नहीं बने हैं। वे दुनिया के सबसे अमीर आदमी इसलिए बने, क्योंकि वे "बेचने वाले शेयरहोल्डर" हैं। जैसा फुटकर या थोक में ख़रीदने के मामले में बताया गया है, अमीर लोग अमीर इसलिए बनते हैं, क्योंकि वे अक्सर किसी शेयर को बेचने वाले शेयरहोल्डर होते हैं। बेचने वाला शेयरहोल्डर बनने के लिए आपको आम तौर पर कंपनी का *संस्थापक* होना होता है या फिर संस्थापक का *दोस्त या उसके परिवार* का सदस्य।

| *धीमे शब्द* | *तेज़ शब्द* |
|---|---|
| स्कूल जाओ | सेमिनार में जाओ |

मेरे ग़रीब डैडी बार-बार कॉलेज जाते थे। उन्होंने यूनिवर्सिटी ऑफ़ शिकागो, नॉर्थवेस्टर्न और स्टैनफ़ोर्ड यूनिवर्सिटी में पढ़ाई की। सभी बहुत बढ़िया और प्रतिष्ठित शिक्षा संस्थान हैं। मेरे असली डैडी रोमांचित और उत्साहित होकर लौटते थे तथा प्रमोशन की उम्मीद करते थे, क्योंकि उन्होंने दोबारा कॉलेज जाने में अपने समय का निवेश किया था।

मेरे अमीर डैडी सेमिनारों में जाते थे। वे कहते थे, "आप कॉलेज तब जाते हैं, जब आप बेहतर कर्मचारी या डॉक्टर, वकील या अकाउंटेंट जैसे बेहतर प्रोफ़ेशनल बनना चाहते हों। अगर आपको डिग्री, प्रमोशनों या नौकरी की सुरक्षा की परवाह नहीं है, तो आपको सेमिनारों में जाना चाहिए। सेमिनार उन लोगों के लिए होते हैं, जो नौकरी में प्रमोशन या नौकरी की बढ़ी हुई सुरक्षा से ज़्यादा अच्छे वित्तीय परिणाम चाहते हैं।"

मैं कॉलेज में पढ़ाने के बजाय सेमिनार में सिखाना ज़्यादा पसंद करता हूँ। सेमिनारों के बजाय कॉलेजों में अलग तरह के विद्यार्थी आकर्षित होते हैं। उदाहरण के लिए, मेरी पत्नी किम और मेरे बीच एक समझौता है कि हम हर

साल कम से कम दो सेमिनारों में एक साथ जाएँगे। हम एक साथ इसलिए जाते हैं, क्योंकि हमें लगता है कि बुरे सेमिनार भी हमारे विवाह, दोस्ती और बिज़नेस पार्टनरशिप को ज़्यादा मज़बूत बनाते हैं। साथ-साथ सीखी गई जानकारी या शिक्षा में लोगों को ज़्यादा क़रीबी सूत्र में बाँधने की शक्ति होती है और अगर वे एक साथ नहीं सीखते हैं, तो उनके बीच दरार डालने की भी।

बरसों तक हमने बहुत से निवेश सेमिनारों में हिस्सा लिया है। हम मार्केटिंग, सेल्स, सिस्टम्स डेवलपमेंट, कर्मचारी प्रबंधन और ज़ाहिर है निवेश के सेमिनारों में गए हैं। हम एक सेमिनार में जाने की तैयारी कर रहे हैं, जो इस विषय पर है कि कम आमदनी वाले मकानों में निवेश करने के लिए सरकार से कैसे उधार लें। सेमिनार की फ़ीस सिर्फ़ 85 डॉलर है, जो सरकार ने तय की है और हम जो सीखेंगे, उससे हम मिलियनों डॉलर बनाने की उम्मीद करते हैं। *प्रमोशन* के बजाय *परिणामों* के लिए सेमिनारों में जाने वाले व्यक्तियों से मेरा यही आशय है।

मैं ऐसे लेखकों से मिलता हूँ, जिन्होंने लेखकों के रूप में स्कूल में अच्छा प्रदर्शन किया है, लेकिन उनकी पुस्तकें मेरी पुस्तकों जितनी नहीं बिकती हैं। जब मैं उन्हें सुझाव देता हूँ कि वे डायरेक्ट मार्केटिंग कोर्स या सेल्स ट्रेनिंग कोर्स या कॉपी राइटिंग क्लासों में हिस्सा लें, तो कई तो बहुत नाराज़ हो जाते हैं। जैसा मैंने *रिच डैड पुअर डैड* में कहा है, मैं बेस्ट-*राइटिंग* लेखक नहीं हूँ; मैं तो बेस्ट-*सेलिंग* लेखक हूँ।

कुछ दिन पहले मैं एक दोस्त से मिला, जिसने अपनी बेटी को बहुत अच्छे स्कूल में भेजा था। उसे इस बात पर गर्व था कि उसने अपनी बेटी की शिक्षा के लिए चार साल में 85,000 डॉलर से ज़्यादा ख़र्च किए। बेटी को 55,000 डॉलर वार्षिक वेतन वाली नौकरी मिल गई और उसका पिता रोमांचित है।

उसने मुझसे पूछा कि मेरे सेमिनारों की फ़ीस क्या है। मैंने उसे बताया कि तीन दिनों के लिए 5,000 डॉलर। फ़ीस सुनकर उसका मुँह खुला रह गया और वह बोला, "मैं इसका ख़र्च नहीं उठा सकता। इतने कम समय के लिए यह बहुत ज़्यादा फ़ीस है।" जब उसने पूछा कि मैं तीन दिन में क्या सिखाता हूँ, तो मैंने जवाब दिया, "पहले दिन हम यह बताते हैं कि बिल गेट्स जैसा बिज़नेस कैसे बनाया जाता है और आईपीओ लाकर इसे सार्वजनिक कैसे किया जाता है। पहले दिन हम यह भी सिखाते हैं कि अगर आप ख़ुद बिल गेट्स जैसे न बनना चाहें और सिर्फ़ *थोक* में शेयर ख़रीदना चाहें, तो आईपीओ के स्तर पर दोस्त और परिवार के सदस्य कैसे बना जाए।" फिर मैंने कहा, "दूसरे और तीसरे दिन हम बताते हैं कि रियल एस्टेट निवेश कैसे खोजे जाते हैं, उनका फटाफट विश्लेषण कैसे किया जाता है और उनकी फ़ाइनैंसिंग कैसे की जाती है। दूसरे शब्दों में, हम आपको उसी तरह सोचना, सौदे करना और सौदों का विश्लेषण करना सिखाते हैं, जिस तरह डोनाल्ड ट्रम्प जैसे लोग रियल एस्टेट में करते हैं। तीसरे

दिन हम लोगों को सिखाते हैं कि वे ऑप्शन्स ट्रेडिंग का इस्तेमाल कैसे कर सकते हैं, जिस तरह जॉर्ज सोरोस जैसे हेज फ़ंड मैनेजर करते हैं, जो म्यूचुअल फ़ंडों के निवेश का तरीक़ा नहीं है। इसके अलावा हम यह भी बताते हैं कि कॉरपोरेशनों का प्रयोग करके टैक्स कम कैसे किया जा सकता है और अपनी संपत्तियों की रक्षा कैसे की जा सकती है। इस सेमिनार में आप तीव्र मार्ग के निवेशकों से मिलेंगे, जो आपको बताएँगे कि दुनिया में सबसे अच्छे लीवरेज वाले निवेश कैसे खोजे जाते हैं और सबसे महत्वपूर्ण बात यह है कि आप अपने ही जैसे दूसरे लोगों से मिलेंगे, जो आप जैसा ही सोचते होंगे। दूसरे शब्दों में, आप शायद नए दोस्त बना लेंगे, जो आपकी ही गति से चल रहे होंगे।"

वह सिर्फ़ इतना ही कह पाया, "लेकिन फिर भी तीन दिन के हिसाब से यह बहुत ज़्यादा पैसा है।"

जैसा मैंने कहा, धीमे शब्द भी होते हैं और तेज़ शब्द भी होते हैं। मैं तो 5,000 डॉलर ख़र्च करना ज़्यादा पसंद करूँगा, बशर्ते तीन दिन में मैं यह सीख सकूँ कि मिलियनों डॉलर और शायद बिलियनों डॉलर कैसे बनाए जा सकते हैं। चार साल और 85,000 डॉलर ख़र्च करके यह सीखना तो कोई बड़ा काम नहीं है कि ज़िंदगी भर 55,000 डॉलर की सालाना आमदनी कैसे कमाई जाए।

कम क़ीमत और उच्च प्रभाव वाली तेज़ शिक्षा का एक और स्रोत है, जिसका प्रयोग मैं नियमित रूप से करता हूँ। 1974 में जब मैंने मैरीन कॉर्प्स छोड़ा, तो मैं जानता था कि मैं अपने ग़रीब डैडी की तरह ई क्वाड्रैंट में नहीं रुकूँगा। मैं नाइटिंगेल कॉनैन्ट कंपनी के ऑडियो कैसेट ख़रीदने लगा। इसकी ऑडियो लाइब्रेरी में दुनिया के महानतम व्यावसायिक और प्रेरक लीडर्स के ऑडियो टेप हैं। मुझे अब भी याद है कि मैंने अर्ल नाइटिंगेल का कैसेट *लीड द फ़ील्ड* ख़रीदा था और मैंने उसे बार-बार सुना। जब मैं अपने सेल्स इलाक़े में कार से जाता था और ई क्वाड्रैंट तथा कंपनी जगत से मुक्त होने की योजना बनाता था, तो मैं उसे अक्सर सुनता था। दरअसल मैं अब भी जिम या कार में उस कैसेट को साल में कम से कम एक बार तो सुनता ही हूँ।

जब लोग मुझसे पूछते हैं, "मार्गदर्शक कैसे खोजूँ?" तो मैं अक्सर कहता हूँ, "नाइटिंगेल कॉनैन्ट का कैटेलॉग मँगवा लें और महानतम मार्गदर्शकों को सुनें।" जैसा अमीर डैडी अक्सर कहते थे, "सचमुच अमीर लोग घर पर और अपने ख़ाली समय में अमीर बनते हैं।" उन्होंने यह भी कहा था, "आपको अमीर बनाना आपके बॉस का काम नहीं है। यह तो आपका काम है।"

नाइटिंगेल कॉनैन्ट लाइब्रेरी में कुछ महान लीडर्स के टेप हैं, जैसे टेंपलटन फ़ंड के संस्थापक सर जॉन टेंपलटन, ब्रायन ट्रेसी, ज़िग ज़िग्लर, डेनिस वेटली, ऑग मैन्डिनो, सेथ गोडिन, हार्वे मैके आदि। मैंने अपनी कार चलाते समय, जिम में व्यायाम करते समय या टहलते समय इन्हें सुनकर बहुत ज़्यादा सीखा है, ज़्यादा पैसे बनाए हैं, आगे बढ़ने की नई प्रेरणा पाई है, नए विचार पाए हैं या

काम करने के नए तरीक़े खोजे हैं। नाइटिंगेल कॉनैन्ट का मास्टर्स संग्रह बेशक़ीमती है, लेकिन सौ डॉलर से भी कम क़ीमत देकर आप दुनिया के कुछ महान शिक्षकों और लीडर्स के साथ जितना व्यक्तिगत समय चाहें, बिता सकते हैं। आपको तो बस रिवाइंड बटन दबाना है और वे आपके सामने ठीक वही दोहरा देंगे, जो आप सुनना चाहते हैं। इन टेप्स से मुझे कभी कॉलेज की डिग्री नहीं मिली, लेकिन मुझे वित्तीय स्वतंत्रता मिली है और सबसे महत्वपूर्ण बात यह है कि मुझे अपने प्रति ईमानदार रहने का आत्मविश्वास मिला है।

## कुछ लोग सिर्फ़ सामग्री क्यों चाहते हैं

कॉलेज और सेमिनार जाने वालों में एक बड़ा फ़र्क़ *सामग्री* और *संदर्भ* का अंतर है। मैंने देखा है कि कॉलेज जाने वाला व्यक्ति सेमिनार में जाने वाले व्यक्ति से पूछता है, "तुमने सेमिनार में क्या पाया?" इस पर सेमिनार में जाने वाला व्यक्ति अक्सर स्पष्ट नहीं कर पाता है कि उसने क्या पाया है। कारण यह है कि कई सेमिनार सामग्री का विस्तार करने के बजाय सिर्फ़ संदर्भ का विस्तार करते हैं। जिस व्यक्ति का संदर्भ अभी-अभी विस्तृत हुआ है, वह अक्सर साफ़-साफ़ यह नहीं बता सकता कि उसे क्या मिला है। जो व्यक्ति कॉलेज-केंद्रित है, जो कर्मचारी ही बने रहना चाहता है, वह अक्सर इस अस्पष्टता को नहीं समझ पाता है। जो व्यक्ति अपने संदर्भ को वैसा ही बने रहने देना चाहता है और सिर्फ़ अपनी सामग्री को बढ़ाना चाहता है, वह उस व्यक्ति को नहीं समझ पाएगा, जो अपनी वास्तविकता के विस्तार से ख़ुश है और नई सामग्री के प्रकट होने का इंतज़ार कर रहा है। जो लोग सिर्फ़ सामग्री चाहते हैं, उनके संदर्भ के साथ छेड़छाड़ करने पर वे अक्सर बहुत विचलित हो जाते हैं। इसीलिए वे सामग्री तो चाहते हैं, लेकिन संदर्भ का विस्तार नहीं करना चाहते हैं। अच्छी ख़बर यह है कि वे चाहे जिसे चाहें, दोनों का विकास हो सकता है। बहरहाल, सबसे तेज़ी से आगे वही बढ़ेगा, जो अपने संदर्भ का विस्तार करना चाहता है और अपनी सामग्री को भी बढ़ाना चाहता है।

## क्या यह चूहा दौड़ से बाहर निकलने का समय है?

कुछ दिन पहले एक व्यक्ति ने मुझसे पूछा, "मैंने एक बार कैशफ़्लो गेम खेल लिया है। अब मैं क्या करूँ?"

मैंने जवाब दिया, "आपने कैशफ़्लो 101 एक बार खेल लिया है? सिर्फ़ एक बार?"

उसका जवाब था, "सिर्फ़ एक बार।"

मैंने पूछा, "आपने इसे कितनी देर तक खेला?"

उसने जवाब दिया, "लगभग तीन घंटे।"

मैंने पूछा, "क्या आप चूहा दौड़ से बाहर निकल पाए?"

"नहीं, मैं बाहर नहीं निकल पाया। लेकिन मुझे सबक़ मिल गया।"

मैंने पूछा, "आपको क्या सबक़ मिला?"

"मैं बोर हो गया। मैंने यह सीखा कि चूहा दौड़ में फँसे रहना उबाऊ और थकाऊ होता है। मैंने यह भी सीखा कि मैं खेलों से नफ़रत करता हूँ, इसलिए मैं आपसे यह पूछ रहा हूँ कि अब क्या करूँ। मैं खेल नहीं खेलना चाहता। मैं अमीर बनना चाहता हूँ। इसलिए मुझे बताएँ कि अगला काम क्या करूँ।"

मैंने गेम बोर्ड बाहर निकाला, जिसकी तस्वीर नीचे दी गई है और उस घेरे की ओर इशारा किया, जिस पर चूहा दौड़ का लेबल लगा था।

धीरे-धीरे और जानते-बूझते हुए मैं चूहा दौड़ के गोले की तरफ़ इशारा करते हुए कहने लगा, "तो आपको यह खेल मूर्खतापूर्ण लगा?"

सिर हिलाकर वह मुस्कराया और बोला, "हाँ। मैं खेल नहीं खेलना चाहता। मैं तो असली ज़िंदगी में अमीर बनना चाहता हूँ।"

मैंने पूछा, "तो आपको यह नहीं लगता है कि यह खेल असली ज़िंदगी जैसा है?"

"नहीं," उसने थोड़ी व्यंग्यात्मक मुस्कान से कहा। "यह खेल मुझ पर लागू नहीं होता है।"

"यह दिलचस्प है," मैंने चूहा दौड़ की तरफ़ इशारा करते हुए कहा। "मेरे लिए तो यह खेल असली ज़िंदगी जैसा है। मैं आपसे एक बात पूछना चाहता हूँ। आप किस मार्ग पर हैं? *चूहा दौड़* पर या *तीव्र मार्ग* पर?"

उस युवक ने बदले में सूनी नज़र से मुझे देखा, पर कहा कुछ नहीं।

मैंने आगे कहा, "मेरे लिए यह खेल असली ज़िंदगी जैसा है। और असली

ज़िंदगी में हममें से हर व्यक्ति इस या उस मार्ग पर रहता है।" मेरे पास पूर्व श्रम मंत्री रॉबर्ट रीक का लेख था, जिसे हमने इस खंड के शुरू में बताया था। उस लेख को बाहर निकालकर मैंने रॉबर्ट रीक का कोटेशन पढ़ा :

> "यह अब नौकरी होने या अच्छी तनख़्वाह होने की ही बात नहीं रह गई है।"
>
> "नई अर्थव्यवस्था में, जिसमें कमाई की संभावना की भविष्यवाणी नहीं की जा सकती ... दो रास्ते उभरकर सामने आ रहे हैं, तेज़ रास्ता और धीमा रास्ता; और दोनों के बीच किसी तरह का श्रेणीकरण नहीं है।"

उसने पूछा, "आपका मतलब है कि *तीव्र मार्ग* सचमुच होता है?"

मैंने सहमति में सिर हिलाकर कहा, "यह होता है और *चूहा दौड़* भी होती है। अमेरिका की निन्यानवे प्रतिशत जनसंख्या चूहा दौड़ में निवेश करती है। और *चूहा दौड़* के लोग ज़्यादा पीछे छूटते जा रहे हैं। जैसा रॉबर्ट रीक कहते हैं, 'दोनों के बीच किसी तरह का श्रेणीकरण नहीं है।' इसका मतलब है, या तो आप इस मार्ग पर हैं या फिर दूसरे मार्ग पर हैं। तो आप किस मार्ग से निवेश कर रहे हैं?"

"देखिए, मेरे पास ऊँची तनख़्वाह वाली नौकरी है और मैं बहुत पैसे बनाता हूँ। क्या इसका मतलब यह नहीं है कि मैं *तीव्र मार्ग* से निवेश कर रहा हूँ?"

"मुझे तो नहीं लगता, लेकिन मैं वाक़ई नहीं जानता। आपको मुझे बताना होगा। आप किसमें निवेश करते हैं?" मैंने पूछा। "क्या आप मिलियनेअर हैं और क्या आप हर साल 2,00,000 डॉलर से ज़्यादा कमाते हैं?"

उसने कहा, "मेरे 401 (k) प्लान में 3,50,000 डॉलर हैं और मैं हर साल 1,20,000 डॉलर से ज़्यादा कमाता हूँ। क्या इसका मतलब यह नहीं है कि मैं *तीव्र मार्ग* पर हूँ?"

"मुझे ऐसा नहीं लगता है," मैंने जवाब दिया। "कम से कम एसईसी रेग्युलेशन्स के अनुसार आप तीव्र मार्ग के लिए योग्य नहीं हैं।"

"मैं समझ नहीं पाया," उसने कहा। "क्या आप मुझे बताएँगे कि मैं कहाँ चूक रहा हूँ?"

मैंने राहत की गहरी साँस ली, क्योंकि अब वह अपने मस्तिष्क या *संदर्भ* को नई *सामग्री* या जानकारी की दिशा में खोल रहा था। मुझे हमेशा ऐसे व्यक्ति को कुछ सिखाने में मुश्किल आई है, जो सोचता है कि वह सारे जवाब जानता है। हम सभी जानते हैं कि पूरे भरे गिलास में पानी डालना कितना मुश्किल

होता है। इसी तरह उस व्यक्ति को भी कुछ नया सिखाना मुश्किल होता है, जिसका दिमाग़ बंद हो या किसी दूसरी सामग्री से पहले ही पूरा भरा हो।

धीरे-धीरे शुरू करते हुए मैंने कहा, "मैंने दो रास्तों वाले इस खेल को इसलिए बनाया है, क्योंकि मेरे हिसाब से यह खेल ज़िंदगी का असली खेल है। असली ज़िंदगी में हममें से हर व्यक्ति एक या दूसरे मार्ग पर होता है। जैसा रॉबर्ट रीक कहते हैं, "दोनों के बीच किसी तरह का श्रेणीकरण नहीं है।"

उसने थोड़ी ज़्यादा दिलचस्पी से कहा, "आपका मतलब है कि हम या तो *चूहा दौड़* में हैं या फिर *तीव्र मार्ग* पर हैं?"

"हाँ," मैंने कहा। "और खेल का सबक़ यह है कि आप और मैं चूहा दौड़ से बाहर कैसे निकल सकते हैं। खेल का उद्देश्य आपके दिमाग़ को इस संभावना के प्रति खोलना है कि आप अमीर और आर्थिक दृष्टि से स्वतंत्र बन सकते हैं ... चूहा दौड़ से मुक्त हो सकते हैं, जिसमें हममें से ज़्यादातर लोग फँसे रहते हैं ... पैसे के लिए काम करने की हम्माली से मुक्ति, अपने संसाधनों से कम में ज़िंदगी गुज़ारने से मुक्ति, पूरी ज़िंदगी इसी तरह बर्बाद करने से मुक्ति। आप इस खेल को जितना ज़्यादा खेलेंगे और दूसरों को जितना ज़्यादा सिखाएँगे, आपका मस्तिष्क उस संभावना के प्रति उतना ही ज़्यादा खुलेगा ... और आपके मस्तिष्क तथा आपकी सामग्री और संदर्भ में उतनी ही ज़्यादा वास्तविक वित्तीय स्वतंत्रता आएगी। अगर आपका मस्तिष्क खुला *नहीं* है, तो संभावना यह है कि आप 100 में से उन 99 लोगों में होंगे, जो अपनी ज़िंदगी चूहा दौड़ में बिता देते हैं।"

उसने पूछा, "भले ही मैं बहुत सा पैसा बनाता हूँ?"

"बहुत बढ़िया सवाल," मैंने ज़ोर से कहा। "यह सबसे अच्छा सवाल है, जो आप पूछ सकते थे। जवाब यह है कि सिर्फ़ पैसा ही आपको चूहा दौड़ से बाहर नहीं निकाल सकता और सिर्फ़ पैसा ही आपको तीव्र मार्ग पर नहीं पहुँचा सकता। इसीलिए तो मेरे अमीर डैडी हमेशा कहा करते थे, 'पैसा आपको अमीर नहीं बनाता है।' "

"क्यों?" उसने हैरान होकर पूछा। "क्या तीव्र मार्ग पर पहुँचने के लिए बहुत से पैसे की ज़रूरत नहीं होती है?"

"एक और बढ़िया सवाल ... और इसका जवाब है नहीं," मैंने कहा। अब मुझे राहत मिल रही थी कि उसका मस्तिष्क सारे जवाब जानने का नाटक करने के बजाय नए विचारों के प्रति खुल रहा था। "चूहा दौड़ से बाहर निकलने के लिए सिर्फ़ पैसे की ज़रूरत नहीं होती है और सिर्फ़ पैसे से ही आप तीव्र मार्ग पर निवेश नहीं कर सकते हैं।"

"मैं समझ नहीं पाया," उसने कहा। "पैसे के अलावा और किस चीज़ की ज़रूरत हो सकती है? मैं समझ सकता हूँ कि चूहा दौड़ से बाहर निकलने के

लिए पैसे के अलावा भी दूसरी चीज़ों की ज़रूरत हो सकती है। लेकिन मैं यह नहीं समझ पाया कि तीव्र मार्ग पर निवेश करने के लिए पैसे के अलावा किस चीज़ की ज़रूरत हो सकती है।"

इस सवाल का जवाब देने से पहले मैंने अपने विचारों को बटोरा। "क्या आपको *द वॉल स्ट्रीट जर्नल* जैसे प्रकाशनों के विज्ञापन याद हैं, जिनमें समृद्ध दिखने वाले व्यक्ति की तस्वीर छपी रहती थी और जो किसी नुक्कड़ पर एक साइन बोर्ड पकड़े खड़ा रहता था, जिस पर लिखा रहता था, 'मेरे पास निवेश करने के लिए पैसा है।' "

"हाँ, मैंने वे विज्ञापन देखे हैं, लेकिन मैं उनका मतलब नहीं समझ पाया," उसने थोड़ी हैरानी के साथ धीरे से कहा।

"इस तरह के विज्ञापन 1995 और 1999 के बीच बहुत आए। संदेश यह था कि कई व्यक्तियों ने शेयर बाज़ार या अपनी नौकरियों में बहुत पैसे बना लिए थे और अब वे अमीरों के निवेश में पैसे लगाना चाहते थे, ऐसे निवेशों में जो तीव्र मार्ग पर पाए जाते हैं। समस्या यह थी कि हालाँकि उनके पास पैसा था, लेकिन इसके बावजूद उन्हें तीव्र मार्ग पर बेहतर निवेश करने की इजाज़त नहीं थी। माना कि तीव्र मार्ग पर कई सतही और कई बार झाँसे वाले सौदे होते हैं, जिनसे उन्हें अंदर जाने की इजाज़त मिल सकती है, लेकिन सबसे अच्छे सौदे ज़्यादातर लोगों के लिए बंद होते हैं ... भले ही उनके पास पैसा हो।"

"भले ही उनके पास पैसा हो?" उसने पूछा। "क्यों? मैं समझ नहीं पाया।"

"क्योंकि तीव्र मार्ग पर पैसा महत्वपूर्ण नहीं होता है," मैंने कहा। "असली ज़िंदगी के निवेश में पैसा सिर्फ़ उन्हीं लोगों के लिए महत्वपूर्ण होता है, जो चूहा दौड़ में फँसे रहते हैं।"

"पैसा महत्वपूर्ण नहीं होता है?" उसने कहा। "पैसा महत्वपूर्ण क्यों नहीं होता है?"

"क्योंकि तीव्र मार्ग पर हर व्यक्ति के पास पहले से ही बहुत पैसा *रहता* है। इसीलिए पैसे का ज़्यादा महत्व नहीं होता। तीव्र मार्ग पर बेहतर निवेश पाने के लिए यह ज़्यादा महत्वपूर्ण होता है कि आप *क्या* जानते हैं या आप *किसे* जानते हैं।"

उसने धीरे से कहा, "आपका मतलब है कि पैसे के बजाय आप जो टेबल पर लाते हैं, वह महत्वपूर्ण होता है।"

"अब आपने सही बात पकड़ी है," मैंने मुस्कराते हुए कहा। "अमीरों, ग़रीबों और मध्य वर्गीय लोगों के विचार भिन्न नहीं हैं। वे तो विपरीत हैं। एक पक्ष सोचता है कि पैसा महत्वपूर्ण है और फिर जब आप अमीर बन जाते हैं, तो आप पाते हैं कि पैसा अब महत्वपूर्ण नहीं रह गया है।"

अगले कुछ मिनट मैंने उसे यह दिखाने में लगाए कि बाहर निकलने की

रणनीतियों के अलग-अलग स्तर होते हैं। मैंने यह स्पष्ट किया कि कई लोग *धनवान* स्तर तक पहुँच जाते हैं, जो 1,00,000 डॉलर से 10 लाख डॉलर तक की आमदनी है। बहरहाल, अगर वे कड़ी मेहनत करके, पैसे बचाकर और कंजूसी करके आमदनी के इस स्तर को हासिल करते हैं, तो उन्हें उन निवेशों में पैसा लगाने की अनुमति नहीं दी जाएगी, जिनमें *अमीर* और *बेहद अमीर* लोग निवेश करते हैं। कई को तो सिर्फ़ इसलिए निवेश की अनुमति नहीं मिलती है, क्योंकि उनके पास पैसा तो होता है, लेकिन उस शिक्षा और अनुभव की कमी होती है, जो तीव्र मार्ग के निवेशों के लिए आवश्यक है। उनके पास पैसा होता है, लेकिन वे टेबल पर कोई और चीज़ नहीं लाते हैं।

"तो इसीलिए वे विज्ञापन छपे थे, जिनमें धनवान लोग साइनबोर्ड पकड़े खड़े थे, 'मेरे पास निवेश करने के लिए पैसा है,'" उस युवक ने कहा, जिसका दिमाग़ अब नए संदर्भ को ग्रहण कर रहा था। "उनके पास पैसा था, लेकिन कोई उनका पैसा इसलिए नहीं चाहता था, क्योंकि वे तीव्र मार्ग के लिए तैयार नहीं थे।"

"सही बात," मैंने कहा। "और इसीलिए मेरे अमीर डैडी कहते थे, 'अमीर बनने के लिए बहुत से पैसे के अलावा दूसरी चीज़ों की भी ज़रूरत होती है।'"

"तो मुझे क्या करना चाहिए?" युवक ने पूछा।

"देखिए, पहला काम तो मैं यह करूँगा कि जाकर कैशफ़्लो 101 कम से कम एक दर्जन बार खेलूँगा। तब तक खेलें, जब तक कि आप एक घंटे के भीतर चूहा दौड़ से बाहर न निकलने लगें, चाहे आपका प्रोफ़ेशन या तनख़्वाह कितनी ही ज़्यादा या कम हो, चाहे बाज़ार की स्थितियाँ कैसी भी हों, चाहे खेल में आपके सामने कितनी ही बाधाएँ आएँ। फिर तीव्र मार्ग के शब्दों और उन शब्दों की कुछ परिभाषाओं को देखें। इन परिभाषाओं को सीखने के बाद ऐसे निवेशक खोजें, जो *तीव्र मार्ग* के निवेशों में निवेश करते हों। उनके साथ समय बिताएँ। उनके शब्द सुनें और समझें कि उनके लिए क्या महत्वपूर्ण है ... पैसे के सिवा। आप उनके शब्दों को जितना ज़्यादा समझ सकेंगे, आप उनके साथ उतना ही ज़्यादा संप्रेषण कर सकेंगे और उनकी दुनिया को देख पाएँगे ... *तीव्र मार्ग* की दुनिया।"

उसने पूछा, "तो आपने यह किया था?"

"नहीं, मैं यह *करता हूँ।* मैं यह काम हर दिन करता हूँ। जैसा मैंने कहा था, यह खेल असली ज़िंदगी है। आप या तो *चूहा दौड़* में हैं या फिर आप *तीव्र मार्ग* पर हैं।"

"तो आप चूहा दौड़ से बाहर कैसे निकले?" उसने पूछा। "मैं जानता हूँ कि आपने शून्य से शुरुआत की थी।"

"मेरे पास योजना थी। मेरे पास योजना थी कि मैं चूहा दौड़ से बाहर कैसे

निकलूँगा। बड़ा अंतर यह था कि मेरी योजना शुरू से ही अमीर योजना थी। यह एक ऐसी योजना थी, जिसने मुझे बहुत सा पैसा हासिल करने दिया, लेकिन इससे भी महत्वपूर्ण बात यह है कि इसने मुझे तीव्र मार्ग के लिए अपेक्षित शब्द, शिक्षा और अनुभव भी हासिल करने दिए। तो कुछ समय लगाकर सबसे पहले अपनी बाहर निकलने की रणनीति चुनें और फिर अपनी ख़ुद की योजना बनाएँ ... एक ऐसी योजना, जिसमें तीव्र मार्ग के लिए आवश्यक शिक्षा, अनुभव और शब्द-भंडार शामिल हो।"

युवक ने सहमति में सिर हिलाया। उसका दिमाग़ अब खुल चुका था। "इतने सारे लोग रिटायर होते हैं, लेकिन चूहा दौड़ में बने रहते हैं?"

"ज़्यादातर बने रहते हैं," मैंने धीरे से कहा। "उनकी ज़िंदगी योजना के अनुसार चलती है। वे धीमी ट्रेन में बैठ जाते हैं और ज़िंदगी भर उसी में बैठे रहते हैं। मैं धीमी ट्रेन में नहीं बैठना चाहता था, इसलिए मैंने बेहतर योजना की तलाश की ... एक ऐसी योजना, जो मेरे लिए कारगर साबित हुई। मुझे उम्मीद है कि आप मुझसे भी बेहतर योजना खोज लेंगे।"

युवक ने अपना सिर हिलाकर धीरे से कहा, "मैं खोज ही लूँगा।"

## आपकी योजना के लीवरेज का संक्षेप

मेरी राय में बहुत सारे लोग ज़िंदगी भर कड़ी मेहनत करने के बाद भी ज़िंदगी की चूहा दौड़ में इसलिए फँसे रहते हैं या ग़रीब बने रहते हैं, क्योंकि वे अपनी ज़िंदगी धीमी योजना के हिसाब से जीते हैं। अगर आप जवानी में अमीर बनकर रिटायर होना चाहते हैं, तो एक महत्वपूर्ण बात यह है कि आप शांति से बैठकर ख़ुद से पूछें, "मैं किस योजना पर चल रहा हूँ और यह किसकी योजना है?" आप ख़ुद से ये सवाल भी पूछ सकते हैं :

1. मेरी ज़िंदगी के लिए बाहर निकलने की रणनीति क्या है?
2. मेरे शब्द और विचार कितने तेज़ हैं?
3. मैं आज किस मार्ग पर हूँ और भविष्य में किस मार्ग पर रहना चाहता हूँ?
4. मैं आज किस तरह की आमदनी के लिए काम कर रहा हूँ और क्या मैं भविष्य में भी इसी तरह की आमदनी चाहता हूँ?
5. लंबे समय में सुरक्षा की क्या क़ीमत है?

# अध्याय - 11

# अखंडता का लीवरेज

1985 से 1989 तक किम और मेरे पास *निष्क्रिय* या *पोर्टफ़ोलियो* आमदनी नहीं थी। हम लोग एक बिज़नेस बनाने के लिए कड़ी मेहनत कर रहे थे, ताकि हमें ज़्यादा लीवरेज वाली *अर्जित* आमदनी हो सके। हम जो भी अतिरिक्त पैसा बनाते थे, वह हम दोबारा बिज़नेस में लगा देते थे। हम जानते थे कि हमें किस तरह की आमदनी चाहिए। हम उन आमदनियों की परिभाषा जानते थे, जिन्हें हम चाहते थे। हम जानते थे कि हमें *अर्जित* आमदनी को *निष्क्रिय* और *पोर्टफ़ोलियो* आमदनी में बदलना था, लेकिन हमारे पास इन दोनों आमदनियों के मामले में दिखाने के लिए कुछ नहीं था। बरस गुज़रते गए और मैं अमीर डैडी की बात याद करता रहा, "जिस पल तुम निष्क्रिय आगदनी और पोर्टफ़ोलियो आमदनी को अपने जीवन का हिस्सा बना लोगे, तुम्हारी ज़िंदगी बदल जाएगी। ये शब्द सजीव बन जाएँगे।"

मेरे दोनों डैडी शब्दों का सटीक अर्थ जानने के मामले में बहुत पाबंद थे। फ़र्क़ यह था कि वे अलग-अलग शब्दों पर ध्यान केंद्रित करते थे। एक डैडी ने मुझसे स्कूल के लिए डिक्शनरी में शब्द दिखवाए और दूसरे डैडी ने मुझसे ऐसे शब्द दिखवाए, जो धन, बिज़नेस और निवेश से संबंधित हों। कई रातों को मैं अपनी डिक्शनरी लेकर बैठता था और दोनों डैडियों के दिए अलग-अलग शब्दों के अर्थ या परिभाषाएँ देखता था।

मैं कई ऐसे लोगों से मिलता हूँ, जो ख़ुद को निवेशक कहते हैं। जब मैं उनसे पूछता हूँ कि उनकी निष्क्रिय या पोर्टफ़ोलियो आमदनी कितनी है, तो कई स्वीकार करते हैं कि उनके पास ये आमदनियाँ ज़्यादा नहीं हैं या बिलकुल भी नहीं हैं... इसके बावजूद वे निवेशक होने का दावा करते हैं। मेरे दोनों डैडी कहते थे, "आप अपने शब्दों जितने ही अच्छे हैं। जो लोग अपनी बात पर क़ायम नहीं रहते, वे ज़्यादा अच्छे नहीं होते हैं।" बहुत कम लोग ही जवानी में अमीर बनकर रिटायर होते हैं, क्योंकि ज़्यादातर लोग अपने शब्दों के प्रति ईमानदार नहीं होते हैं। वे उन शब्दों का इस्तेमाल करते हैं, जो उनके लिए वास्तविक नहीं होते हैं।

## महज़ परिभाषाओं से ज़्यादा

आपमें से जिन लोगों ने *रिच डैड पुअर डैड* पढ़ी हो, उन्हें याद होगा कि *संपत्ति* और *दायित्व* शब्दों के बारे में मेरे दोनों डैडियों की परिभाषाएँ अलग-अलग थीं। मेरे ग़रीब डैडी मानते थे कि उन्हें दोनों शब्दों की परिभाषाएँ मालूम हैं, इसलिए वे उन्हें डिक्शनरी में देखने की ज़हमत नहीं उठाते थे। वैसे अगर वे देख भी लेते तो इससे कोई ख़ास फ़ायदा नहीं होता, क्योंकि ज़्यादातर डिक्शनरियों में मिलने वाली परिभाषाएँ अंतर को स्पष्ट नहीं कर पाती हैं।

मुझे शब्दों की परिभाषाएँ या मतलब देखने से नफ़रत थी, लेकिन मैं फिर भी उन शब्दों को देखता रहा, जिनका मतलब मैं सचमुच नहीं समझ पाता था। मैं उन्हें क्यों देखता था? मैं उन्हें इसलिए देखता था, क्योंकि मेरी राय में शब्द इंसान के सबसे सशक्त औज़ार हैं। जैसा अमीर डैडी कहते थे, “शब्द मस्तिष्क के साधन हैं। शब्द मस्तिष्क को वह देखने की अनुमति देते हैं, जो आँखें नहीं देख सकतीं।” वे यह भी कहते थे, “जो व्यक्ति ग़रीब शब्दों का इस्तेमाल करता है, उसके पास ग़रीब विचार होंगे और इसलिए ग़रीब जीवन होगा।” ज़रा इस बारे में सोचने के लिए एक पल निकालें कि *अर्जित, पोर्टफ़ोलियो* और *निष्क्रिय* आमदनी के बीच का अंतर जानने भर से मेरे और कई अन्य लोगों के जीवन पर कितना गहरा प्रभाव पड़ा है। ये तुलनात्मक रूप से सरल शब्द हैं, लेकिन सिर्फ़ फ़र्क़ जानने से ही आपके जीवन में बड़ा भारी अंतर पड़ सकता है।

अगर आप अपने वित्तीय भविष्य को बदलना चाहते हैं, तो आप एक महत्वपूर्ण और सस्ता क़दम उठा सकते हैं। वह क़दम यह है कि आप जिन शब्दों का इस्तेमाल गंभीरता से करते हैं, उनकी परिभाषाएँ जान लें। टेलीविज़न पर कई बड़े निवेश ब्रोकरेज हाउसेस की मशहूर हस्तियाँ पीई *रेशो, डिविडेंड रिइनवेस्टमेंट प्लान, मार्केट कैपिटेलाइज़ेशन* ... या ऐसे ही अन्य लोकप्रिय जुमले बोलती रहती हैं। ये ब्रोकरेज हाउसेस आपके दिमाग़ में यह बात डालना चाहते हैं कि बेहतर निवेशक बनने के लिए इनकी परिभाषाएँ जानना महत्वपूर्ण है और वे हैं भी। लेकिन अगर आप सचमुच जवानी में अमीर बनकर रिटायर होने की योजना बना रहे हैं, तो आपको इनसे भी ज़्यादा बुनियादी और महत्वपूर्ण परिभाषाएँ जानने की ज़रूरत है। इनमें से कुछ ज़्यादा मूलभूत, आधारभूत और महत्वपूर्ण शब्द हैं, आपका व्यक्तिगत *करेन्ट रेशो, क्विक रेशो, लिक्विडिटी रेशो*, डेट टु *अर्निंग्स रेशो*। इसके अलावा आपको *संपत्तियों* और *दायित्वों* में फ़र्क़ मालूम होना चाहिए। और अर्जित पोर्टफ़ोलियो तथा निष्क्रिय आमदनी में भी।

## शब्दों की शक्ति का दोहन करना

बाद वाले शब्द ज़्यादा महत्वपूर्ण क्यों हैं? जवाब यह है कि पीई *रेशो, डिविडेंड रिइनवेस्टमेंट प्लान और मार्केट कैपिटेलाइज़ेशन* जैसे शब्दों का वास्तव में आपसे

कोई सीधा संबंध नहीं है ... ख़ास तौर पर तब, जब आप बिज़नेस या निवेश की शुरुआत कर रहे हों। आपके और आपके जीवन के लिए ज़्यादा महत्वपूर्ण और मूलभूत रेशो हैं : डेट टु *इक्विटी रेशो* या *लिक्विडिटी रेशो*। क्यों? क्योंकि ये रेशो (अनुपात) व्यक्तिगत तौर पर आपके लिए उपयोगी हैं। आप इन परिभाषाओं का प्रयोग अपनी असली ज़िंदगी में कर सकते हैं। अगर आप समझते हैं कि आप व्यक्तिगत रूप से इन रेशोज़ को जीवन में कैसे लागू कर सकते हैं और अगर आप इन शब्दों को अपने जीवन में लागू कर लेते हैं, तो ये शब्द आपके जीवन का हिस्सा बन जाते हैं ... ये शब्द सजीव बन जाते हैं ... और जब ऐसा होता है, तो आप शब्दों की शक्ति का दोहन कर लेते हैं।

पीई रेशो सामान्य तौर पर स्टॉक एक्सचेंज में दर्ज कंपनियों पर लागू होता है, जैसे आईबीएम और माइक्रोसॉफ़्ट। पीई रेशो आप पर लागू नहीं होता है, जब तक कि आप ख़ुद को बेचना ही न चाहें और मेरा मानना है कि दास प्रथा काफ़ी समय पहले ही ग़ैर-क़ानूनी हो चुकी है। जो लोग यह नहीं जानते हैं कि पीई रेशो क्या होता है, उन्हें मैं बता दूँ कि पीई रेशो तत्काल यह मूल्यांकन करता है कि कोई शेयर कितना महँगा या सस्ता है। यह वैसा ही है, जैसे कोई ग्राहक से पूछे कि एक पौंड पोर्क का भाव क्या है। 2.99 डॉलर प्रति पौंड और 1.19 डॉलर प्रति पौंड बिकने वाले पोर्क में फ़र्क़ होता है ... और हर समझदार ख़रीदार जानता है कि सस्ते पोर्क का मतलब यह नहीं है कि सौदा अच्छा है। यही ज़्यादा या कम पीई रेशो के बारे में सही है।

पीई रेशो आमदनी के अनुपात में किसी शेयर के भाव की तुलना करता है। उदाहरण के लिए, अगर प्रति शेयर आमदनी 2 डॉलर है और शेयर का भाव 20 डॉलर है, तो उस शेयर का पीई रेशो 10 होगा ... जिसका मतलब है कि अगर बाक़ी चीज़ें समान रहीं, तो आपको अपने 20 डॉलर पाने में दस साल का समय लग जाएगा। ज़्यादा या कम पीई रेशो का यह मतलब नहीं है कि कोई शेयर अच्छी या बुरी ख़रीद है, जिस तरह प्रति पौंड क़ीमत से आपको यह पता नहीं चलता है कि पोर्क अच्छा या बुरा सौदा है। आपको सस्ता पोर्क ख़रीदने से पहले बाक़ी चीज़ों की भी जाँच करनी चाहिए।

डॉट-कॉम दीवानगी के युग में कई शेयरों का पी (price) तो बहुत ऊँचा था, लेकिन ई (earning) नहीं था ... जिस वजह से डॉट-कॉम में निवेश करना मूर्खतापूर्ण था, बशर्ते आप सिर्फ़ पीई रेशो के हिसाब से निवेश करते। जब बाज़ार लुढ़का, तो कई लोगों ने सोचा कि काश ऊँचे पी और बिना ई वाले शेयर ख़रीदने के बजाय उन्होंने सस्ते पोर्क को ख़रीदकर फ़्रीज़र में भर लिया होता। आज फ़्रीज़र में रखा पोर्क भी कुछ डॉट-कॉम शेयरों से ज़्यादा महँगा है। असली मूर्ख तो वे लोग थे, जिन्होंने यक़ीन कर लिया कि बिना किसी वर्तमान वास्तविकता के आप भविष्य के वादे में निवेश कर सकते हैं। कई युवा डॉट-कॉम प्रमोटर्स के पास सही संदर्भ तो था, लेकिन वे सही सामग्री नहीं रख पाए ... जैसे बिज़नेस और निवेश

शिक्षा तथा अनुभव।

कई रेशोज़ को समझना ज़्यादा मूलभूत, आधारभूत और महत्वपूर्ण है ... और अगर आप उन्हें समझ लेते हैं तथा उनका प्रयोग करते हैं, तो ज़्यादा अमीर बनने और वित्तीय रूप से सफल होने की आपकी संभावना सुधर जाती है। एक ज़्यादा उपयोगी रेशो आपका डेट टु इक्विटी रेशो होगा। यह ज़्यादा महत्वपूर्ण क्यों है? क्योंकि हममें से हर व्यक्ति इस रेशो का प्रयोग कर सकता है ... और हमें इस रेशो का प्रयोग हर महीने करना चाहिए। उदाहरण के लिए मान लेते हैं कि आपके पास 1,00,000 डॉलर का दीर्घकालीन और अल्पकालीन क़र्ज़ है और आपके पास 20,000 डॉलर की संपत्ति या इक्विटी है, तो आपका डेट टु इक्विटी रेशो इस तरह दिखेगा :

$$\frac{\$1,00,000}{\$20,000}$$

तो इस मामले में आपका डेट टु इक्विटी रेशो 5 होगा। सवाल यह है कि इसका क्या मतलब है? देखिए, वास्तव में इसका बहुत कम मतलब है, लेकिन अगर अगले महीने आपका यह रेशो 10 हो जाता है, तो इससे आपको पता चल जाता है कि आप अपने जीवन का बुरा प्रबंधन कर रहे हैं। 10 के डेट टु इक्विटी रेशो का मतलब यह हो सकता है कि या तो आपका क़र्ज़ बढ़कर 2,00,000 डॉलर हो गया है या फिर आपकी इक्विटी घटकर 10,000 डॉलर हो गई है। दोनों ही मामलों में इन आँकड़ों का आपके लिए ज़्यादा मतलब होगा, क्योंकि ये ऐसी संख्याएँ हैं, जिनका आपके जीवन से गहरा और सीधा संबंध है। जैसा अमीर डैडी ने कहा था, "अपने काम से काम रखो।" और ये सरल रेशो आपको यह सिखाने का बहुत बढ़िया साधन हैं कि आप अपने काम से काम कैसे रखें और उसका प्रबंधन कैसे करें ... अपने जीवन के काम (बिज़नेस) का।

## आपके जीवन पर लागू होने वाले रेशो

जिस तरह पीई रेशो किसी सार्वजनिक कंपनी के मैनेजमेंट में निवेशकों के विश्वास को दर्शाता है, उसी तरह अपने जीवन के मैनेजर के रूप में आपको भी कुछ रेशोज़ की ज़रूरत है, जो आपके जीवन पर लागू होते हों। अगर आप अपने वित्तीय जीवन के बेहतर मैनेजर बनना चाहते हों और उसे पटरी पर रखना चाहते हों, तो आपको नीचे दिए रेशोज़ की जानकारी होनी चाहिए।

अमीर डैडी ने मुझे एक रेशो पर नज़र रखना सिखाया था, जिसे वे वेल्थ रेशो कहते थे। उनके वेल्थ रेशो का सूत्र था :

$$\frac{\text{निष्क्रिय आमदनी + पोर्टफ़ोलियो आमदनी}}{\text{कुल ख़र्च}}$$

अपने वेल्थ रेशो की गणना करने का लक्ष्य यह है कि आपकी निष्क्रिय और पोर्टफ़ोलियो आमदनी आपके कुल ख़र्च के बराबर हो जाए या उससे आगे निकल जाए। इसका यह मतलब है कि आप अपनी नौकरी (अर्जित आमदनी का स्रोत) छोड़ने के बाद भी अपनी वही जीवनशैली क़ायम रख सकते हैं। जब आपकी निष्क्रिय और पोर्टफ़ोलियो आमदनियाँ आपके ख़र्च से ज़्यादा हो जाती हैं, तो यह रेशो 1 या इससे ज़्यादा हो जाएगा और आप चूहा दौड़ से बाहर निकल आएँगे। यही बोर्ड गेम *कैशफ़्लो 101* खेलने का लक्ष्य है, जो आपको सिखाता है कि निष्क्रिय और पोर्टफ़ोलियो आमदनी कैसे बनाई जाए।

इसका एक उदाहरण देखें :

$$\frac{\$600 \text{ की निष्क्रिय आमदनी} + \$200 \text{ की पोर्टफ़ोलियो आमदनी}}{\$4000 \text{ का कुल ख़र्च}} = 0.2$$

अगर अमीर डैडी ने यह रेशो 0.2 देखा होता या निष्क्रिय और पोर्टफ़ोलियो आमदनी को ख़र्च के 20 प्रतिशत के बराबर देखा होता, तो उन्होंने मुझसे इस बारे में गंभीरता से बात की होती कि मुझे अपनी निष्क्रिय या पोर्टफ़ोलियो आमदनी बढ़ाने के लिए ज़्यादा कड़ी मेहनत करनी चाहिए। जैसा अमीर डैडी ने कहा था, "जिस पल तुम निष्क्रिय आमदनी और पोर्टफ़ोलियो आमदनी को अपने जीवन का हिस्सा बना लोगे, तुम्हारी ज़िंदगी बदल जाएगी। ये शब्द सजीव बन जाएँगे।" उनके हिसाब से मैं निष्क्रिय और पोर्टफ़ोलियो आमदनी के बारे में सचमुच जितना ज़्यादा जान लूँगा, मेरी ज़िंदगी बदल जाएगी, क्योंकि मेरी ज़िंदगी की वास्तविकता बदल जाएगी।

अमीर डैडी मानते थे कि वेल्थ रेशो बहुत महत्वपूर्ण रेशो है, जिसके बारे में ज़्यादा जानने की ज़रूरत है, क्योंकि यह इस बात का बहुत अच्छा सूचक है कि आप अपने जीवन के बिज़नेस का प्रबंधन कितनी अच्छी तरह कर रहे हैं। उन्होंने कहा था, "ज़्यादातर लोग सिर्फ़ इसलिए ग़रीब रिटायर होते हैं, क्योंकि वे कभी जान ही नहीं पाते हैं कि जीवन में निष्क्रिय या पोर्टफ़ोलियो आमदनी होने पर सचमुच कैसा महसूस होता है। हो सकता है, वे परिभाषा जानते हों, लेकिन उनमें इन शब्दों को सचमुच अपने जीवन का हिस्सा बनाने की अखंडता (integrity) नहीं होती है।"

पाँच साल तक किम और मैं इन शब्दों की परिभाषाएँ जानते थे, हम यह भी जानते थे कि हम इन्हें अपने जीवन में चाहते थे ... लेकिन पाँच साल तक हम इन दो प्रकार की आमदनियों को नहीं ला पाए। अचानक 1987 के शेयर बाज़ार क्रैश और सात साल की मंदी शुरू होने के बाद हम जान गए कि अवसर की खिड़की खुल गई थी। अपने शब्दों को सच बनाने का हमारा समय आ गया था। यह शून्य से ज़्यादा वेल्थ रेशो बनाने का समय था। हमने 1989 में अपनी पहली जायदाद ख़रीदी और 1994 तक हर महीने 10,000 डॉलर से ज़्यादा की

निष्क्रिय आमदनी हासिल की, जबकि हमारे कुल ख़र्च 3,000 डॉलर प्रति माह से कम थे। इससे हमारा वेल्थ रेशो 3.3 हो गया। आज हालाँकि हमारे ख़र्च बहुत बढ़ गए हैं, फिर भी हमारा वेल्थ रेशो 12 से ज़्यादा है। यही शब्दों को जीवन का हिस्सा बनाने की शक्ति है।

अगर आप जवानी में अमीर बनकर रिटायर होने के बारे में गंभीर हैं, तो आप अमीर डैडी के वेल्थ रेशो को अपने जीवन का हिस्सा बना सकते हैं। मुझे लगता है कि आप पाएँगे कि यह आपके लिए आईबीएम या माइक्रोसॉफ़्ट के पीई रेशो से ज़्यादा मायने रखेगा। अगर आप इस रेशो को हर महीने देखेंगे, तो मुझे लगता है कि आपकी ज़िंदगी वेतनवृद्धि के लिए काम करने वाले व्यक्ति की तुलना में बहुत ज़्यादा तेज़ी से बदलेगी। अमीर डैडी के वेल्थ रेशो ने मेरे जीवन की महत्वपूर्ण चीज़ों पर बहुत गहरा प्रभाव डाला है।

जब मैं पलटकर अपने अतीत पर निगाह डालता हूँ, तो पाता हूँ कि अपने अमीर डैडी के इन आसान सबक़ों के कारण ही मैंने ज़िंदगी में सबसे ज़्यादा पैसा बनाया। आज मेरा व्यक्तिगत डेट टु इक्विटी रेशो 0.7 के क़रीब है, जिसका मतलब है कि मैं रात को चैन से सो सकता हूँ, हालाँकि अब भी मुझ पर काफ़ी क़र्ज़ है। मैं क़र्ज़ से मुक्त नहीं हूँ और कभी होना भी नहीं चाहता हूँ। सबक़ यह है कि अमीर डैडी की इन आसान नसीहतों का मेरे जीवन पर जितना सशक्त प्रभाव पड़ा, उतना कई साल तक कैलकुलस, स्फ़ेरिकल ट्रिगनोमेट्री और केमिस्ट्री पढ़ने से भी नहीं पड़ा। अमीर डैडी के आसान सबक़ों का प्रभाव इतना गहरा इसलिए था, क्योंकि उनके सबक़ मेरे जीवन के लिए प्रासंगिक हैं और तब तक रहेंगे, जब तक मैं ज़िंदा रहूँगा। मैंने कभी निवेश निर्णय लेने के लिए कैलकुलस, स्फ़ेरिकल ट्रिगनोमेट्री या पीई रेशो का इस्तेमाल नहीं किया है। मैं उनका इस्तेमाल इसलिए नहीं करता हूँ, क्योंकि वे उपयोगी नहीं हैं और मेरी निजी वित्तीय सफलता में उनकी बहुत कम प्रासंगिकता है।

## अपने जीवन में शक्ति जोड़ें

मैं शब्दों, कर्म और अखंडता के इस खंड में दो बिंदु बताना चाहता हूँ। एक सबक़ यह है कि कुछ सरल परिभाषाएँ और आसान अंक किसी व्यक्ति के जीवन में बहुत शक्ति जोड़ सकते हैं। जिस तरह कोई भी अच्छा ख़रीदार पोर्क की प्रति पौंड क़ीमत जानना चाहता है, उसी तरह हममें से हर एक को अपने डेट टु इक्विटी रेशो, अपने व्यक्तिगत वेल्थ रेशो और अन्य आसान गणितीय सूचकों के बारे में जागरूक रहना चाहिए, जिनके बारे में मैं यहाँ नहीं बताऊँगा।

दूसरा बिंदु यह है कि सफलता का मतलब सिर्फ़ यही नहीं होता है कि आप बस शब्दों की परिभाषाएँ जान लें और समझदार दिखने के लिए उनका प्रयोग करते रहें। बहुत सारे लोग आज ऐसे शब्दों का प्रयोग करते हैं, जिनका

वे दरअसल मतलब ही नहीं समझते हैं। कई वित्तीय सेवा सेल्समैन ऐसे वित्तीय शब्दों का प्रयोग करते हैं, जिनका वे दरअसल मतलब ही नहीं समझते हैं, जैसे पीई रेशो। वे अपने ग्राहकों से ज़्यादा समझदार दिखने की कोशिश करते हैं। मुख्य बिंदु यह है, अगर आप जवानी में अमीर बनकर रिटायर होना चाहते हैं, तो आपके लिए यह महत्त्वपूर्ण है कि आप अपने वित्तीय शब्द-भंडार को लगातार सुधारते रहें। लेकिन अपने शब्द-भंडार को ज़्यादा बेहतर बनाने के लिए शब्द की परिभाषा जानने के अलावा भी *कई* चीज़ें महत्वपूर्ण हैं। मेरी राय में उस शब्द को आपके जीवन और वास्तविकता का हिस्सा बनाना महत्वपूर्ण है। उदाहरण के लिए, जब मैं *निष्क्रिय आमदनी* शब्द कहता हूँ ... तो मैं इसे जोश से कहता हूँ, क्योंकि यह मेरे जीवन का एक महत्वपूर्ण हिस्सा है। *निष्क्रिय आमदनी* का मेरे लिए वही मतलब है, जो ज़्यादातर कर्मचारियों के लिए *वेतनवृद्धि* का होता है। मैं *वेतनवृद्धि* के बारे में जोशीला इसलिए नहीं हूँ, क्योंकि मेरे लिए *वेतनवृद्धि* ऐसी आमदनी है, जिसका ज़्यादा भविष्य नहीं है।

मैंने यह सीखने में बरसों लगाए हैं कि अर्जित आमदनी को निष्क्रिय आमदनी में कैसे बदला जाए। दरअसल मैं अर्जित आमदनी को निष्क्रिय आमदनी में बदलने में जितना समय लगाता हूँ, मुझे उतना ही ज़्यादा अनुभव हासिल होता है। मुझे स्टॉक ब्रोकर्स, रियल एस्टेट ब्रोकर्स और वित्तीय योजनाकारों जैसे कई वित्तीय सेवा सेल्समैनों के साथ यह समस्या आती है कि हालाँकि वे आपको ऐसे निवेश प्रोडक्ट बेच रहे हैं, जो शायद किसी दिन आपको निष्क्रिय या पोर्टफ़ोलियो आमदनी देंगे, लेकिन वे ख़ुद *अर्जित* आमदनी के लिए काम कर रहे हैं। मेरे हिसाब से यह अखंडता (integrity) नहीं है।

## आपके वित्तीय सलाहकार की नाक कितनी लंबी है?

अमीर डैडी को परीकथाएँ पसंद थीं। उनकी एक पसंदीदा परीकथा पिनोशियो की कहानी थी ... लकड़ी का गुड्डा, जो जीता-जागता लड़का बनना चाहता था। कहानी में पिनोशियो झूठ बोलता था और वह जितना ज़्यादा झूठ बोलता था, उसकी लकड़ी की नाक उतनी ही ज़्यादा लंबी होती जाती थी। जब उसे अपना दिल मिल गया और वह सच बोलने लगा, तब जाकर वह सचमुच का हाड़-मांस का लड़का बना। जब अमीर डैडी अपने बेटे और मुझे यह परीकथा सुनाते थे, तो वे कहते थे, "यह एक और उदाहरण है कि शब्द साकार हो जाते हैं ... या कहें कि लकड़ी।"

जब मैं उन लाखों लोगों के बारे में सोचता हूँ, जो अपने वित्तीय भविष्य और वित्तीय सुरक्षा को शेयर बाज़ार में दाँव पर लगा रहे हैं, तो मेरे रोंगटे खड़े हो जाते हैं। लाखों लोग अपने आर्थिक भविष्य को लेकर चिंतित हैं, क्योंकि छँटनी में बाहर होने वाले लोगों की संख्या बढ़ती जा रही है और शेयर बाज़ार

में उतार-चढ़ाव आ रहे हैं। मैंने अभी-अभी एक अख़बार पढ़ा। उसमें इस तरह की कहानियाँ थीं कि किस तरह रिटायर्ड लोगों ने निवेश सलाहकारों और बीमा सेल्समैनों की सलाह पर भरोसा किया, जिससे उनके रिटायरमेंट की सारी बचत डूब गई। अख़बार के लेख में कहा गया था कि सलाहकार और बीमा एजेंट इन रिटायर्ड लोगों को बोगस निवेश बेचने लगे, हालाँकि उनके ब्रोकरेज हाउस या बीमा कंपनियों ने इन्हें मान्यता नहीं दी थी। वे जिन कंपनियों के लिए काम करते थे, उन्होंने अपने एजेंटों का कमीशन (अर्जित आमदनी) कम कर दिया था ... इसलिए एजेंटों ने नए, बोगस प्रोडक्ट्स खोज लिए और अपने पर भरोसा करने वाले लोगों को बेच दिए ... उन लोगों को, जो अपने बुढ़ापे में थोड़ी निष्क्रिय और पोर्टफ़ोलियो आमदनी की उम्मीद कर रहे थे।

आने वाले दशकों में लाखों बुज़ुर्ग आर्थिक मुश्किल में होंगे, क्योंकि वे लंबी लकड़ी की नाक वाले इन तथाकथित प्रोफ़ेशनल लोगों की बातों पर भरोसा करेंगे। ये लकड़ी के लोग कहेंगे, "शेयर बाज़ार हमेशा ऊपर जाता है, म्यूचुअल फ़ंड हर साल औसतन 12 प्रतिशत लाभ देते हैं, दीर्घकालीन निवेश करें, डाइवर्सिफ़ाई करें, नुक़सान होने पर डॉलर कॉस्ट-एवरेजिंग करें।"

## अखंडता की शक्ति

हालाँकि दोनों डैडियों ने *एक जैसे* शब्दों के महत्व पर ज़ोर नहीं दिया, लेकिन दोनों ने *अखंडता* शब्द के महत्व पर ज़ोर दिया। दोनों डैडी सहमत थे कि अखंडता की एक परिभाषा व्यक्ति के *शब्दों* और *कार्यों* की अनुरूपता थी। दोनों डैडियों ने कहा, "इंसान जो कहता है उसे सुनो, लेकिन इससे भी महत्वपूर्ण बात यह देखना है कि वह करता क्या है।" दूसरे शब्दों में, अगर कोई व्यक्ति कहता है, "मैं आपको 7 बजे सुबह लेने आऊँगा," और वह आपको 7 बजे सुबह लेने आ जाता है, तो उसमें उस पल 100 प्रतिशत अखंडता है। उसके शब्द और कार्य एक हैं। अगर कोई व्यक्ति कहता है, "मैं आपको 7 बजे सुबह लेने आऊँगा" और वह कभी नहीं आता है, फ़ोन भी नहीं करता है, माफ़ी भी नहीं माँगता है, तो उस पल उस व्यक्ति में 0 प्रतिशत अखंडता है। उसके कार्य और शब्द मेल नहीं खाते हैं। उसके शब्द और कार्य पूर्ण नहीं हैं।

मेरे असली डैडी ने मुझे बताया कि डिक्शनरी में *अखंडता* का एक अर्थ *पूर्ण* है। वे लगातार कहते थे, "आप अपने शब्दों जितने ही अच्छे हैं।" वे लगातार अपने बच्चों को अपने वादे निभाने का महत्व याद दिलाते थे। वे कहते थे, "अंततः हम अपने शब्द हैं। अंततः हमारे पास हमारे शब्द हैं। अगर आपके शब्द अच्छे नहीं हैं, तो आप भी अच्छे नहीं हैं।" इसीलिए वे यह भी कहते थे, "कभी भी ऐसे वादे न करें, जिन्हें निभाने की आपकी योजना न हो।"

कुछ दिन पहले डलास में दो युवाओं ने मुझसे पूछा कि क्या वे मेरे निवेश

सेमिनार में भाग ले सकते हैं। उनके पास पैसे नहीं थे, इसलिए वे मुफ़्त टिकट माँगने लगे। चूँकि हमें उनकी बात पर यक़ीन हो गया, इसलिए किम और मैं गेट पर दो मुफ़्त टिकट छोड़ने के लिए तैयार हो गए। वे आए ही नहीं! तब मुझे एहसास हुआ कि अच्छी-ख़ासी नौकरियाँ होने के बावजूद उनके साथ पैसों की समस्या क्यों थी।

## अखंडता वाली योजना

अपार दौलत वाली ज़िंदगी की मेरी योजना का एक साधारण, लेकिन मज़बूत हिस्सा यह सुनिश्चित करना था कि मुझमें अपने शब्दों पर सच्चे रहने की अखंडता हो और मैं अपने कार्यों को अपने शब्दों के अनुरूप बनाकर शब्दों की शक्ति का सम्मान करूँ। बरसों तक अमीर डैडी ने यह सुनिश्चित किया कि मैं अपने छोटे अनुबंधों (agreements) को पूरा करूँ। उन्होंने कहा, "अगर तुम अपने *छोटे* अनुबंध पूरे कर लोगे, तो तुम बड़े अनुबंध भी पूरे कर लोगे। जो व्यक्ति अपने छोटे अनुबंध पूरे नहीं कर सकता, वह अपने बड़े सपनों को कभी सच नहीं कर सकता।" मैं यह बात इस समय इसलिए बता रहा हूँ, क्योंकि कई लोगों के पास योजनाएँ तो बड़ी-बड़ी होती हैं, लेकिन उनकी बड़ी योजनाएँ कभी सच नहीं हो पाती हैं। कारण यह है कि बड़ी योजनाओं वाले बहुत सारे लोग अपने छोटे अनुबंध पूरे करने में नाकामयाब होते हैं। जैसा अमीर डैडी ने कहा था, "जो लोग अपने छोटे अनुबंध पूरे नहीं कर पाते हैं, उन पर कभी भरोसा नहीं किया जा सकता। अगर आप पर छोटे अनुबंधों के मामले में भरोसा नहीं किया जा सकता, तो लोग आपके बड़े सपनों को साकार करने में आपकी मदद नहीं करेंगे। अगर आप अपने शब्दों पर क़ायम नहीं रह सकते हैं, तो लोग आप पर भरोसा नहीं करेंगे और उन्हें आप पर तथा आपके शब्दों पर बहुत कम भरोसा रहेगा।"

शब्दों की शक्ति के मामले में मैंने दोनों डैडियों की सलाह की बुद्धिमानी को देखा है। मैंने देखा है कि बहुत सारे लोग दबाव में अपने मूल व्यवहार पर आ जाते हैं। मेरा एक दोस्त है, जो अपॉइंटमेंट तय होने के बाद भी कभी समय पर नहीं आता है और फिर वह इस बात पर हैरान होता है कि मैं उसके साथ बिज़नेस क्यों नहीं करना चाहता हूँ। वह दूसरे लोगों के साथ भी अपने वादे तोड़ता है, जैसे उसके पार्टनर, कर्मचारी, बैंकर। वह अक्सर क़ानूनी रूप से उन्हें धोखा देता है। हालाँकि वह सफल है, लेकिन उसे बिज़नेस करने के लिए हमेशा नए लोगों की तलाश करनी पड़ती है। अपने संबंधों को सुदृढ़ बनाने के बजाय वह उन्हें नष्ट कर देता है और उसे बिलकुल अपरिचित तथा नए लोगों के साथ दोबारा शुरू करना पड़ता है। उसे नए लोगों को खोजने में कोई दिक़्क़त नहीं आती है, लेकिन उसकी लकड़ी की नाक लगातार लंबी होती जा रही है और उसे छिपाना मुश्किल होता जा रहा है।

मेरी एक और पूर्व-मित्र दबाव में झूठ बोलती है। सच बोलने के बजाय वह झूठ बोलती है और सोचती है कि वह बच जाएगी। जब उससे सीधी बात की जाती है, तो वह कहती है, "यह मेरी ग़लती नहीं है। मैं और कुछ नहीं कर पाई। इसके अलावा, मैं झूठ नहीं बोली थी। आपने ठीक से सुना नहीं था कि मैंने क्या कहा था।" जैसा मेरे अमीर डैडी कहते थे, "जो लोग दूसरों के साथ अपने छोटे अनुबंध पूरे नहीं कर पाते हैं, उन पर भरोसा नहीं किया जा सकता। अगर आप पर छोटे अनुबंधों के मामले में भरोसा नहीं किया जा सकता, तो लोग आपके बड़े सपनों को साकार करने में आपकी मदद नहीं करेंगे।"

तो मैं अपने दोनों डैडियों की बुद्धिमत्ता के शब्द आपको बताता हूँ और वे शब्द हैं, "यह सुनिश्चित करें कि आपके शब्द और काम एक समान हों।" तेज़ और धीमे शब्दों के मामले में मैं आपको आश्वस्त करता हूँ कि मेरी योजना का हिस्सा इनमें से हर शब्द को मानसिक, भावनात्मक और शारीरिक दृष्टि से पूरी तरह समझना था। अमीर डैडी ने ज़ोर दिया कि मैं नए शब्दों के अर्थ को मानसिक, भावनात्मक और शारीरिक दृष्टि से समझने की योजनाएँ बनाऊँ। उदाहरण के लिए, उन्होंने कहा, "अगर तुम शेयरों को *फुटकर* के बजाय *थोक* में ख़रीदना सीख लोगे, तो तुम्हारी ज़िंदगी हमेशा के लिए बदल जाएगी। जब तुम जान जाते हो कि तुम थोक में ख़रीदकर कितने अमीर बन सकते हो, तो तुम दोबारा कभी *फुटकर* में नहीं ख़रीदना चाहोगे।" उन्होंने यह भी कहा था, "जब तुम पैसे *बचाने* और पैसे *बनाने* के बीच के फ़र्क़ को जान लोगे, तो तुम्हारी ज़िंदगी हमेशा के लिए बदल जाएगी।" और "जब तुम यह जान लोगे कि *डिप्रिसिएशन* क्यों बेहतर है और *एप्रीसिएशन* की आशा या प्रार्थना करना क्यों कमतर है, तो तुम्हारी ज़िंदगी हमेशा के लिए बदल जाएगी।" उन्होंने यह भी कहा था, "अगर तुम अपने शब्दों को सच्चा और अपने जीवन का हिस्सा बनाने के लिए अपनी ज़िंदगी समर्पित कर दोगे, तो तुम्हारी ज़िंदगी उस व्यक्ति से अलग हो जाएगी, जो इन शब्दों की सिर्फ़ किताबी परिभाषा जानता है।"

मेरी योजना का एक महत्वपूर्ण हिस्सा यह सुनिश्चित करना था कि मैं जो नए और ज़्यादा तेज़ शब्द सीखता हूँ, वे मेरी ज़िंदगी का सक्रिय हिस्सा बन जाएँ। मेरे अमीर डैडी का मानना था कि अगर मैं उन वित्तीय शब्दों का इस्तेमाल सिर्फ़ समझदार दिखने के लिए कर रहा हूँ और अपनी ज़िंदगी में सचमुच उनका उपयोग नहीं कर रहा हूँ, तो मुझमें अखंडता नहीं है।

तो मैं अपने अमीर डैडी और ग़रीब डैडी के सबक़ आप तक पहुँचाना चाहता हूँ कि जब आप अपनी योजना बनाएँ, तो उस योजना में यह भी शामिल करें कि आप अपनी ज़िंदगी में जिन नए और ज़्यादा तेज़ शब्दों को चाहते हैं, उन्हें पूरी तरह समझें और उनका प्रयोग करें। सिर्फ़ परिभाषा जानकर ही काम ख़त्म न कर लें या इससे भी बुरी बात यह है कि परिभाषा जाने बग़ैर ही अज्ञानी लोगों को प्रभावित करने के लिए उन शब्दों को चारों तरफ़ न उछालते

फिरें। शब्दों को अपने जीवन का हिस्सा बनाने पर ही आप उनकी शक्ति का दोहन कर पाएँगे।

अमीर डैडी अक्सर कहते थे, "दुनिया में उपदेशक होते हैं और शिक्षक भी होते हैं। उपदेशक वे लोग होते हैं, जो आपको बताते हैं कि क्या करना है, लेकिन *जो काम वे आपको करने के लिए कहते हैं, उसे वे ख़ुद नहीं करते हैं।* शिक्षक वे लोग होते हैं, जो लोगों को ऐसा काम करने की शिक्षा देते हैं, जिसे वे कर रहे हैं या जिसे वे पहले ही कर चुके हैं।" अमीर डैडी यह भी कहते थे, "पैसे, बिज़नेस और निवेश की दुनिया में बहुत सारे उपदेशक मौजूद हैं।"

## संक्षेप में

अगर आप जवानी में अमीर बनकर रिटायर होना चाहते हैं, तो अपने वित्तीय शब्द-भंडार को लगातार बढ़ाने के लिए समय निकालें और इतनी अखंडता रखें कि जो शब्द बोलें, उनके अनुरूप काम भी करें। हमेशा याद रखें कि शब्द मस्तिष्क के औज़ार हैं। साथ ही यह भी याद रखें कि दौलत तक ले जाने वाले तेज़ शब्द भी होते हैं और धीमे शब्द भी होते हैं।

## सबसे विनाशकारी शब्द

अमीर डैडी अक्सर कहते थे, "सबसे विनाशकारी शब्द है *कल*।" वे कहते थे, "ग़रीब, असफल, दुखी और बीमार लोग ही *कल* (tomorrow) शब्द का सबसे ज़्यादा प्रयोग करते हैं। ये लोग अक्सर कहते हैं, 'मैं कल निवेश करूँगा।' या 'मैं कल से डाइटिंग और व्यायाम शुरू करूँगा।' या 'मैं कल से पढ़ना शुरू करूँगा।' इसी तरह की बातें।" अमीर डैडी कहते थे कि *कल* शब्द ने जितनी ज़िंदगियाँ तबाह की हैं, उतनी किसी दूसरे शब्द ने नहीं की हैं। उन्होंने कहा था, "*कल* शब्द के साथ समस्या यह है कि हमने कभी *कल* को नहीं देखा है। *कल* का अस्तित्व ही नहीं होता है। *कल* तो सिर्फ़ दिवास्वप्न देखने वालों और पराजित व्यक्तियों के मस्तिष्क में होता है। जो लोग *कल* तक काम टालते हैं, वे अंत में पाते हैं कि उनके अतीत के पाप और बुरी आदतें उन्हें जकड़ चुके हैं।" वे *कल* पर अपनी बात यह कहकर पूरी करते थे, "मैंने कभी *कल* नहीं देखा है। मेरे पास तो सिर्फ़ आज है। *आज* विजेताओं का शब्द है और *कल* पराजितों का शब्द है।"

आने वाले अध्यायों और सबक़ों में आप सीखेंगे कि *आज* सरल चीज़ें कैसे करें ... ऐसी सरल चीज़ें, जो आपके आने वाले *कल* को बहुत बेहतर बना सकती हैं।

# अध्याय - 12

# परीकथाओं का लीवरेज

## बतख़ के बदसूरत बच्चे से हंस तक

अमीर डैडी को कछुए और ख़रगोश की कहानी बड़ी पसंद थी। एक बार उन्होंने मुझसे कहा, "मैं इसलिए सफल हूँ, क्योंकि मैं हमेशा कछुआ रहा हूँ। मैं अमीर परिवार से नहीं आया हूँ। मैं स्कूल में भी तेज़ नहीं था। मैं अपनी पढ़ाई पूरी नहीं कर पाया। मैं ख़ास प्रतिभाशाली भी नहीं हूँ। फिर भी, मैं अधिकांश लोगों से ज़्यादा अमीर इसलिए हूँ, क्योंकि मैं बीच में कहीं नहीं रुका। मैंने कभी सीखना बंद नहीं किया। मेरे जीवन में क्या संभव है, यह सोचते समय मैंने अपनी वास्तविकता का विस्तार करना कभी बंद नहीं किया।"

अमीर डैडी को परीकथाएँ और बाइबल की कहानियाँ बहुत प्रिय थीं। इस पुस्तक की शुरुआत में मैंने आपको डेविड और गोलियाथ की कहानी बताई है। अमीर डैडी को यह कहानी बड़ी पसंद थी कि एक युवक सिर्फ़ एक गुलेल के लीवरेज से एक दैत्य को हरा देता है। अमीर डैडी परीकथाओं से प्रेम करते थे, लेकिन वे बहुत ज़्यादा पढ़ते नहीं थे ... बल्कि वे तो उन परीकथाओं से सबक़ लेते थे और अपनी ज़िंदगी में उनसे मार्गदर्शन लेते थे ... ऐसी ज़िंदगी, जो शून्य से शुरू हुई थी, लेकिन अंततः वे वित्तीय शिखर पर पहुँच गए।

कई मौक़ों पर किम और मैं फक्कड़ थे तथा थोड़े में गुज़ारा करते थे। तब मैं ख़ामोशी से बैठकर मन ही मन याद करता था कि अमीर डैडी मुझे कछुए और ख़रगोश वाली कहानी सुना रहे हैं। मुझे याद है, उन्होंने कहा था, "ज़िंदगी में कई बार तुम्हें ऐसे लोग मिलेंगे, जो तुमसे ज़्यादा स्मार्ट, ज़्यादा तेज़, ज़्यादा अमीर, ज़्यादा शक्तिशाली और ज़्यादा प्रतिभावान होंगे। वे तुमसे शुरुआत में आगे निकल गए हैं, इसका यह मतलब नहीं है कि तुम दौड़ नहीं जीत सकते। अगर तुम ख़ुद पर विश्वास रखोगे, वे काम करोगे, जो ज़्यादातर लोग नहीं करना चाहते हैं और हर दिन प्रगति करते रहोगे, तो तुम ज़िंदगी की दौड़ जीत जाओगे।"

अमीर डैडी को एक और परीकथा पसंद थी - तीन छोटे सुअर (थ्री लिटिल पिग्स)। वे अक्सर कछुए और ख़रगोश की कहानी के साथ तीन छोटे सुअरों की कहानी को भी जोड़ देते थे। जब मैं लगभग बीस साल का था, तो अमीर डैडी ने कहा, "ग़रीब लोग घास-फूस के वित्तीय मकान बनाते हैं। मध्य वर्ग लकड़ियों के वित्तीय मकान बनाता है। और अमीर लोग ईंटों के मकान बनाते हैं।" इसके बाद वे कहते थे, "सफल कछुआ बनने के लिए धीमा होना अच्छा है, लेकिन यह सुनिश्चित करें कि आप धीमे रहकर भी ईंटों का मकान बना रहे हों।"

1968 में जब मैं न्यूयॉर्क की अकादमी से क्रिसमस की छुट्टियों में घर आया, तो अमीर डैडी और उनके बेटे ने मुझे अपने नए घर पर बुलाया, जो उनके नए होटल का पेंटहाउस था। बालकनी से दूधिया बालू वाला समुद्र तट और नीला समंदर देखते हुए वे बोले, "तुम्हें वे कहानियाँ याद हैं, जो मैंने तुम्हें सुनाई थीं? कछुए और ख़रगोश की कहानी ... और तीन छोटे सुअरों की कहानी भी?"

"मुझे याद हैं," मैंने कहा। मैं अब भी उनके नए होटल के सबसे ऊपर बने इस घर के सौंदर्य से अभिभूत था। "मुझे वे अच्छी तरह याद हैं।"

उन्होंने मुस्कराकर कहा, "तो यह रहा ईंटों का मकान।"

1968 में उस दिन अमीर डैडी के पास कहने के लिए उससे ज़्यादा कुछ नहीं था। वे मुझे परीकथाएँ इतनी बार सुना चुके थे कि मैं जा़नता था कि परीकथा सच हो चुकी है। वे कछुए थे, जिन्होंने ज़्यादा समय लगाया, धीमे चले, कम सुरक्षित राह पकड़ी, लेकिन अब वे सबसे ऊपर थे और उससे भी ज़्यादा ऊँचाई पर जा रहे थे। वे 49 साल के थे और बहुत सारे ख़रगोशों से आगे निकल गए थे।

मैं यह भी जानता था कि मेरे असली डैडी ने लकड़ियों का मकान बनाया था। यह लकड़ियों का महँगा मकान होनोलूलू के बहुत पॉश इलाक़े में था। मेरे ग़रीब डैडी को हाल ही में प्रमोशन मिला था और वे हवाई राज्य के शिक्षा तंत्र के मुखिया बन गए थे। वे भी सीढ़ी पर सबसे ऊपर पहुँच गए थे। अमीर डैडी की तरह ही वे भी जनता की नज़रों में आ गए थे। फ़र्क़ सिर्फ़ यह था कि एक का अपने भविष्य पर नियंत्रण था और दूसरे का नहीं था। एक लकड़ियों के मकान में रहता था और दूसरा ईंटों से बनी अट्टालिका में रहता था। तीन साल बाद मेरे डैडी की सुरक्षित नौकरी छूटने वाली थी और उनके पास लकड़ियों के मकान के सिवा कुछ नहीं बचने वाला था।

## बतख़ का बदसूरत बच्चा बनने का मूल्य

1968 में अपने पेंटहाउस की बालकनी पर खड़े होकर अमीर डैडी ने मुझे एक और परीकथा याद दिलाई। यह एक ऐसी परीकथा थी, जिसके बारे में मुझे एहसास ही नहीं था कि यह उनके लिए इतनी महत्वपूर्ण है, क्योंकि उन्होंने

हमारे बचपन में अपने बेटे और मुझे यह कभी नहीं सुनाई थी। उन्होंने पूछा, “क्या तुमने बतख़ के बदसूरत बच्चे (ugly duckling) की कहानी सुनी है?”

बालकनी पर झुकते हुए मैंने हाँ में सिर हिला दिया।

“अपनी ज़िंदगी के अधिकांश हिस्से में मैं ख़ुद को बतख़ के बदसूरत बच्चे की तरह देखता रहा।”

“आप मज़ाक़ कर रहे हैं, है ना? आप ख़ुद को बतख़ के बदसूरत बच्चे की तरह कैसे देख सकते थे?” मुझे इस बात पर यक़ीन नहीं हुआ, क्योंकि अमीर डैडी बहुत आकर्षक थे।

“जब मैंने तेरह साल की उम्र में स्कूल की पढ़ाई अधूरी छोड़ दी, तो मैंने दुनिया को बाहरी व्यक्ति के रूप में देखा ... ऐसे व्यक्ति के रूप में, जो उसमें फ़िट नहीं हो रहा था, जो पीछे छूट गया था। अपने माता-पिता के स्टोर में काम करते समय मैंने देखा कि फ़ुटबॉल टीम में शामिल हाई स्कूल के लड़के स्टोर में आकर मुझे इधर-उधर धक्का देते रहते थे या सामान का नुक़सान करते थे। मुझसे बड़े और ज़्यादा क़द-काठी वाले ये खिलाड़ी अंदर आकर शेल्फ़ से कैन गिरा देते थे या संतरे सड़क पर फेंक देते थे और मुझे चुनौती देते थे कि जो करना हो, कर लो।”

मैंने पूछा, “क्या आप कभी उनसे भिड़े थे?”

“दो बार भिड़ा था, लेकिन उन्होंने मेरी जमकर पिटाई कर दी,” अमीर डैडी ने कहा। “लेकिन मैं तुम्हें यह कहानी सिर्फ़ सताने वाले खिलाड़ियों के बारे में बताने के लिए नहीं सुना रहा हूँ। इस दुनिया में कई तरह के सताने वाले लोग होते हैं।”

अमीर डैडी आख़िर इस बारे में क्या कहने जा रहे हैं, यह सोचते हुए मैंने बालकनी से बस नीचे देखा और उनकी बात आगे सुनने लगा।

“मेरा पाला ऐसे लोगों से भी पड़ा, जो बौद्धिक या शैक्षणिक दृष्टि से सताते थे। वे मुझसे ज़्यादा शिक्षित थे, इसलिए वे स्टोर में आकर अपनी बातों से मुझे नीचा दिखाते थे। उन्हें ऐसा लगता था कि बाक़ी लोगों से ज़्यादा स्मार्ट होने के कारण वे मुझ जैसे लोगों को हिक़ारत से देख सकते हैं, जो स्कूल की पढ़ाई तक पूरी नहीं कर पाए।”

मैंने कहा, “मैंने भी ऐसा स्कूल देखा है, जहाँ इस तरह के लोग भरे हुए हैं। वे सोचते हैं कि वे आपसे ज़्यादा स्मार्ट हैं और उनके ग्रेड आपसे बेहतर हैं, इसलिए उन्हें आपका मज़ाक़ उड़ाने या झिड़कने की इजाज़त मिल जाती है।”

अमीर डैडी ने सहमति जताते हुए सिर हिलाया और आगे कहा, “स्टोर में काम करते समय सामाजिक सताने वालों से भी मेरा पाला पड़ा। वे अमीर परिवार के थे या सुंदर, सेक्सी, आकर्षक, लोकप्रिय थे ... और फ़ैशनेबल समूह

का हिस्सा थे, इसलिए वे बाक़ी लोगों की तरफ़ नाक-भौं सिकोड़कर देखते थे। जब ये लड़के मेरी दुकान पर सामान लेने आते थे, तो उन्होंने कई बार मेरी हँसी उड़ाई। मुझे याद है, मैंने एक बार फ़ैशनेबल समूह की एक लड़की से डेटिंग पर चलने के लिए पूछा भर था और उसकी सहेलियाँ सिर्फ़ पूछने पर ही मेरी खिल्ली उड़ाने लगीं। मुझे अब भी याद है, एक लड़की ने कहा था, 'क्या तुम्हें पता नहीं कि अमीर लड़कियाँ ग़रीब लड़कों के साथ डेटिंग पर नहीं जाती हैं?' इससे सचमुच बहुत चोट पहुँची थी।"

"यह अब भी होता है," मैंने कहा। "मैं एक ऐसी लड़की से मिला था, जिसका कहना था कि वह मेरे साथ इसलिए नहीं घूमेगी-फिरेगी, क्योंकि मैं आइवी लीग स्कूल में नहीं पढ़ा था।"

"कम से कम तुम कॉलेज में तो हो," अमीर डैडी ने कहा। "जब मेरी उम्र के लड़के कॉलेज पहुँचे, तो मुझे ऐसा महसूस होने लगा, जैसे मैं अकेला पड़ गया हूँ, पीछे रह गया हूँ और कोई भी मुझे नहीं चाहता है। और इसीलिए, इतने सालों तक मैं ख़ुद को बतख़ का बदसूरत बच्चा मानता रहा।"

अमीर डैडी ने अपनी ज़िंदगी के इस हिस्से के बारे में मुझे पहले कभी नहीं बताया था। अब मैं इक्कीस साल का हो गया था और मुझे एहसास था कि उनके बेटे और मेरे पास वे लाभ थे, जो उन्हें नहीं मिले थे। मैं जानता था कि कई बार उनकी ज़िंदगी शारीरिक दृष्टि से मुश्किल थी, लेकिन मुझे ज़रा भी अंदाज़ा नहीं था कि यह उनके लिए मानसिक और भावनात्मक दृष्टि से भी इतनी कठिन थी।

उनके प्रतिष्ठित होटल की बालकनी में बैठकर मैं यह एहसास करने लगा कि वे मुझे बतख़ के बदसूरत बच्चे की कहानी इसलिए नहीं सुना रहे थे, ताकि मैं उनके लिए अफ़सोस करूँ। वे मुस्करा रहे थे और बहुत ख़ुश दिख रहे थे। तो मैंने उनसे पूछा, "आपने बतख़ के बदसूरत बच्चे की कहानी से आगे बढ़ने की प्रेरणा पाई। है ना? आपने इस परीकथा का प्रयोग अफ़सोस करने के लिए नहीं किया, है ना?"

उन्होंने सहमत होते हुए कहा, "हाँ, मैंने बतख़ के बदसूरत बच्चे की कहानी, तीन सुअरों की कहानी, डेविड और गोलियाथ की कहानी, कछुए और ख़रगोश की कहानी का प्रयोग आगे बढ़ने तथा प्रेरणा पाने के लिए किया। खिलाड़ी, सामाजिक या बौद्धिक गुंडों से ख़ुद को नीचा समझने के बजाय मैंने यह संकल्प किया कि मैं उनसे बेहतर बनकर दिखाऊँगा। मैंने उनकी घमंडी करतूतों और बातों से प्रगति की प्रेरणा पाई। आज मेरे पास ईंटों का मकान है और हम ईंटों के उस मकान के पेंटहाउस में हैं। अगर वे परीकथाएँ या बाइबल की कहानियाँ नहीं होतीं, तो मैं आज यहाँ नहीं होता। मैं अब बतख़ का बदसूरत बच्चा नहीं हूँ। ईंटों का मकान बनाने में मैंने डेविड की तरह लीवरेज का इस्तेमाल किया और कछुए की तरह समय लिया। इसी कारण मैं यहाँ उन

गलियों से काफ़ी ऊपर खड़ा हूँ, जहाँ मैं पला-बढ़ा था।"

मैंने मुस्कराकर कहा, "आप हंस बन गए?"

"देखो, मैं इतनी दूर तक तो नहीं जाऊँगा," अमीर डैडी ने हँसते हुए कहा। "सबक़ यह है कि हम सभी विकास कर सकते हैं, बड़े बन सकते हैं और अपनी ज़िंदगी में नाटकीय बदलाव कर सकते हैं, बशर्ते हम करना चाहें। दूसरा सबक़ यह है कि परीकथाएँ सच हो सकती हैं। बदसूरत बतख़ें सुंदर हंस बन सकती हैं और धीमे कछुए दौड़ जीत सकते हैं।"

## बतख़ का बदसूरत बच्चा अमीर हंस में बदल जाता है

अपने निवेश सेमिनारों में मैं अक्सर नीचे दी गई निर्गम रणनीतियाँ बताता हूँ :

| | |
|---|---|
| ग़रीब | सालाना 25,000 डॉलर या उससे कम |
| मध्य वर्ग | सालाना 25,000 से 1,00,000 डॉलर तक |
| धनवान | सालाना 1,00,000 से 10 लाख डॉलर |
| अमीर | सालाना 10 लाख डॉलर या उससे ज़्यादा |
| बेहद अमीर | हर महीने 10 लाख डॉलर या उससे ज़्यादा |

मैं अपनी क्लास से कहता हूँ कि वे पिनोशियो जैसे न बनें, बल्कि सच-सच बताएँ कि अगर वे वही काम करते रहेंगे, जो वे इस वक़्त कर रहे हैं, तो वे ईमानदारी से बताएँ कि वे कहाँ होंगे। मैं उनसे पूछता हूँ, "आप आज जो कर रहे हैं, अगर वही करते रहेंगे, तो पैंसठ साल की उम्र में आप किस वित्तीय स्तर पर बाहर निकलेंगे?" मैं उन्हें यह भी याद दिलाता हूँ कि 100 में से 1 से भी कम व्यक्ति धनवान या इससे ऊँचे स्तरों पर बाहर निकल पाता है।

कई लोग स्वीकार करते हैं कि वे मध्य वर्ग के स्तर पर बाहर निकलने में ख़ुश होंगे। उनकी मूल चिंता यह होती है कि वे ग़रीब स्तर पर बाहर न निकलें। बहरहाल, कुछ लोग होते हैं, जो वह सवाल पूछ लेते हैं, जिसका मैं इंतज़ार करता हूँ, "*धनवान* स्तर से ऊपर जाने के लिए मुझे क्या करना होगा?" जिस पल कोई यह सवाल पूछ लेता है, उसी पल उसके सामने यह संभावना खुल जाती है कि वह बतख़ के बदसूरत बच्चे से विकास करके वित्तीय हंस में बदल जाए।

निवेश सेमिनार के इस मोड़ पर मैं उन्हें परीकथाएँ या बाइबल की कहानियाँ सुनाता हूँ, जो अमीर डैडी ने मुझे सुनाई थीं। मैं उनसे पूछता हूँ, "क्या आप इन कहानियों के सबक़ को आत्मसात कर सकते हैं और अपने जीवन में उन पर अमल कर सकते हैं? क्या आप देख सकते हैं कि इन कहानियों के सबक़ आपके लिए भी उतने ही वास्तविक और संभव हैं? क्या आप कल्पना कर

सकते हैं कि आप वित्तीय दृष्टि से ग़रीब बतख़ की वर्तमान हालत से आगे जाकर अमीर और शक्तिशाली हंस बन जाएँगे?" कुछ कल्पना कर सकते हैं और बाक़ी सूनेपन से घूरते हुए इस बात पर हैरान होते रहते हैं कि मैं निवेश की कक्षा में परीकथाओं के बारे में बात क्यों कर रहा हूँ।

फिर मैं कहता हूँ, "मेरे लिए मध्य वर्गीय मानसिकता से बाहर निकलने और धनवान मानसिकता तक पहुँचने का परिवर्तन उतना ही बड़ा परिवर्तन था, जितना बतख़ के बदसूरत बच्चे का हंस में बदलना।"

## धीमी योजना से तेज़ योजना तक

मेरी एक कक्षा में एक युवा महिला ने पूछा, "पहला क़दम क्या है?"

जवाब देने से पहले मैंने अपने फ़्लिप चार्ट पर नीचे दी गई तस्वीर खींची।

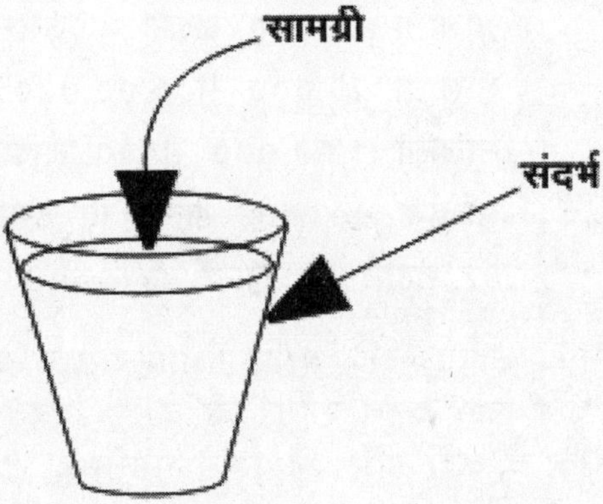


फिर मैंने कहा, "1989 में शेयर बाज़ार के लुढ़कने और मंदी शुरू होने से दो साल पहले किम और मैं अपनी योजना पर काम कर रहे थे। यह धीमी योजना थी। हमने तय किया था कि हम दस साल तक हर साल दो प्रॉपर्टी ख़रीदेंगे। जब बाज़ार लुढ़का, तो हमें ज़्यादा अच्छे सौदे बड़ी संख्या में मिलने लगे, क्योंकि बहुत सारे लोग दहशत में आ गए थे। एक साल से भी कम समय में हमने पाँच छोटे रेंटल हाउस ख़रीद लिए, जिनका कैशफ़्लो सकारात्मक था। मेरा अनुमान है कि समझदारीपूर्ण निवेश के मापदंडों पर खरे उतरने वाले इन पाँच छोटे मकानों को खोजने के लिए हमने 600 से भी ज़्यादा मकान देखे होंगे। लेकिन अब बाज़ार ढलान पर था और ज़्यादा आकर्षक सौदे सामने आ रहे थे। समस्या यह थी कि हमारे पास पैसे नहीं थे।"

"तो आपके सामने अवसर थे, लेकिन पैसे नहीं थे?" युवा महिला ने पूछा।

फ़्लिप चार्ट वाले गिलास की तरफ़ इशारा करते हुए मैंने कहा, "मुझे यह

एहसास हो गया कि हम अपने संदर्भ ... अपनी वास्तविकता की सरहद पर थे।"

एक और विद्यार्थी ने पूछा, "तो यह वास्तविकता को बदलने का वक़्त था?"

सहमति में सिर हिलाते हुए मैंने कहा, "हाँ। यह बदलने या फिर अवसर की खिड़की चूकने का समय था।"

पूरी क्लास शांत होकर ग़ौर से सुन रही थी। उनका पूरा ध्यान मुझ पर है, यह जानते हुए मैंने पूछा, "आपमें से कितनों को अवसर तो दिखा है, लेकिन उसका लाभ नहीं उठा पाए हैं?"

क्लास के ज़्यादातर लोगों ने हाथ उठा दिए।

मैंने कहा, "जब यह होता है, तो इसका मतलब यह है कि आप अपने *संदर्भ* की सरहद पर पहुँच गए हैं – संदर्भ यानी आप जिसे अपने लिए संभव मानते हैं। इसका मतलब यह भी है कि आप अपनी *सामग्री* की सरहद पर पहुँच गए हैं – सामग्री यानी वह संगृहीत ज्ञान, जिसके द्वारा आप समस्याओं और चुनौतियों का सामना करते हैं।"

"तो फिर क्या होता है?" एक विद्यार्थी ने कहा। "हमें क्या करना चाहिए?"

"ज़्यादातर लोग यह कहकर हार मान लेते हैं, 'मैं यह नहीं कर सकता,' या 'मैं इसका ख़र्च नहीं उठा सकता।' कई लोग दोस्तों से राय माँगते हैं और कुछ दोस्त उन्हें यह सलाह देते हैं कि वे सुरक्षित खेलें और जोखिम न लें।"

"तो आपने क्या किया?" एक विद्यार्थी ने पूछा। "जब आपको यह एहसास हो गया कि आपकी योजना बहुत ज़्यादा धीमी थी, अवसर की खिड़की खुल गई थी और आपके पास पैसे नहीं थे, तो आपने क्या किया?"

"देखिए, सबसे पहले तो मैंने ख़ुद के सामने यह स्वीकार किया कि मैं कछुए जैसा बन रहा था, जो मैदान छोड़ना चाहता था ... और यह छोड़ने का नहीं, बल्कि आगे बढ़कर पकड़ने का समय था। मैं यह भी जानता था कि यह बतख़ की जगह हंस बनने का समय था। उन परीकथाओं के सबक़ दिमाग़ में होने के कारण मैं हार मानने के बजाय जुटा रहा। मैं यह नहीं जानता था कि करना क्या है, लेकिन मैं जानता था कि मुझे कुछ न कुछ तो करना ही था। क्या करना है, यह न जानने के दिन हफ़्तों में बदल गए। एक दिन जब किम और मैं एक यात्रा से लौटे और मैं सूटकेस घर में रख रहा था, तभी फ़ोन की घंटी बजी। फ़ोन मेरे प्रिय रियल एस्टेट ब्रोकर का था, जिसने रोमांचित स्वर में कहा, "मुझे अभी-अभी आज का सबसे बढ़िया सौदा मिला है। अगर आपकी दिलचस्पी हो, तो मैं अपने एक अन्य ग्राहक को बताने से पहले आपको आधे घंटे का समय देने को तैयार हूँ।"

"यह किस तरह का सौदा था?" एक विद्यार्थी ने पूछा।

"उसने मुझे बताया कि यह बारह यूनिट्स वाला अपार्टमेंट हाउस था, जो बहुत बढ़िया इलाक़े में था और इसकी क़ीमत सिर्फ़ 3,35,000 डॉलर थी, जिसमें 35,000 डाउन पेमेंट था और बेचने वाला बेचने की हड़बड़ी में था। ब्रोकर ने मुझे जायदाद का सेल्स डाटा फ़ैक्स कर दिया, जिसमें आमदनी और ख़र्च का मोटा ब्यौरा था।"

विद्यार्थी ने पूछा, "क्या आपने उसे फ़ौरन ख़रीद लिया?"

"नहीं," मैंने जवाब दिया। "मैंने अपने ब्रोकर से कहा कि वह मुझे आधे घंटे का समय दे और फिर मैं तत्काल उस प्रॉपर्टी को देखने के लिए कार से चल दिया। जब मैं वहाँ पहुँचा, तो मुझे एहसास हुआ कि यह इतना बढ़िया सौदा क्यों था, इसलिए मैं भागकर टेलीफ़ोन बूथ तक गया और ब्रोकर से कहा कि मैं उस प्रॉपर्टी को ख़रीद लूँगा।"

"हालाँकि आपके पास पैसे नहीं थे?" एक और विद्यार्थी ने पूछा।

"हमारे पास कुछ भी नहीं था," मैंने कहा। "हमने उसी समय अपने पाँच रेंटल हाउसेस में से आख़िरी ख़रीदा था और हमारे पास नक़दी का अकाल पड़ा हुआ था, क्योंकि हम रियल एस्टेट और अपने बिज़नेस में दोबारा निवेश कर रहे थे। हालाँकि हमारे पास पैसा नहीं था, लेकिन मैंने विक्रेता के सामने यह प्रस्ताव रखा कि मैं 35,000 डॉलर का डाउन पेमेंट दे दूँगा और बाक़ी के 3,00,000 डॉलर पाँच सालों में 8 प्रतिशत ब्याज दर के हिसाब से चुका दूँगा। यह इतना बढ़िया सौदा था कि मैं इसे छोड़ नहीं सकता था।"

"यह सौदा इतना बढ़िया क्यों था?" एक और विद्यार्थी ने पूछा।

"कई कारण थे। एक तो यह कि मकान मालिक वहीं पर रहते थे और उन्होंने कभी मकान किराया नहीं बढ़ाया था। किराएदार उनके दोस्त थे और उनमें ज़्यादा पैसे माँगने का कलेजा नहीं था। तो किराया बाज़ार भाव से कम से कम 25 प्रतिशत कम था। दूसरा कारण यह था कि ये पति-पत्नी इतने ज़्यादा बूढ़े थे कि वे प्रॉपर्टी का सही प्रबंधन नहीं कर पा रहे थे और वे बस कहीं और जाकर रहना चाहते थे। वे परिष्कृत निवेशक नहीं थे, इसलिए वे अपनी प्रॉपर्टी के मूल्य को नहीं समझ पाए। उन्हें यह डर भी था कि मंदी के साथ-साथ उनकी जायदाद की क़ीमत भी घट जाएगी, इसलिए वे बेचने के लिए बहुत उतावले थे। यह एक अच्छा निवेश इसलिए भी था, क्योंकि वहाँ से सिर्फ़ एक मील दूर एक नई कंप्यूटर चिप फ़ैक्ट्री बन रही थी और एक हज़ार से भी ज़्यादा नए कर्मचारी उस इलाक़े में रहने आने वाले थे, जिसका मतलब यह था कि वहाँ का किराया बढ़ जाएगा। लेकिन दरअसल सौदा इतना अच्छा इसलिए भी था, क्योंकि मुझे पैसे उधार लेने के लिए बैंक नहीं जाना पड़ा। इसलिए मैंने अपने ब्रोकर को फ़ोन करके कहा कि मैं पूरी क़ीमत दे दूँगा। मेरी इकलौती समस्या यह थी कि मुझे तीस दिन के भीतर 35,000 डॉलर जुटाने थे, क्योंकि

मकान मालिक तीस दिन बाद वहाँ से जाने वाले थे।"

एक विद्यार्थी ने पूछा, "तो तीस दिन तक आप ख़ुद से पूछते रहे, 'मैं इसका ख़र्च कैसे उठा सकता हूँ?'"

"दो रातों तक किम और मैं करवटें बदलते रहे, पसीना पोंछते रहे और चिंता करते रहे," मैंने कहा। "हम यह नहीं पूछ रहे थे कि हम इसका ख़र्च कैसे उठा सकते हैं। हम ख़ुद से पूछते रहे कि हम इतने दीवाने क्यों थे। मैं ख़ुद से पूछता रहा, 'मैं यह क्यों कर रहा हूँ? हमारा प्रदर्शन अच्छा है। हमारे निवेश काम कर रहे हैं। मुझे अपने आरामदेह इलाक़े की सरहद को धक्का देने की ज़रूरत क्यों है?' मैं 35,000 डॉलर के बारे में सोचता रहा। मुझे एहसास हुआ कि 35,000 डॉलर की रक़म कई लोगों की सालाना तनख़्वाह से ज़्यादा होती है और मुझे एक महीने में इतने नक़द पैसों का इंतज़ाम करना होगा। मैं मैदान छोड़ना चाहता था। मेरे आत्मविश्वास को चुनौती दी गई थी। मैं अक्षम और मूर्ख महसूस कर रहा था। चार रात बाद आख़िर मैं शांत हुआ और फिर यह पूछने लगा, 'हम इसका ख़र्च कैसे उठा सकते हैं?'"

"तो आपने इसका ख़र्च कैसे उठाया?" एक विद्यार्थी ने पूछा। "या आप नाकाम हो गए?"

"मेहनत करने, प्रार्थना करने और हार न मानने की अपनी सबसे अच्छी कोशिश करने के बाद हम आख़िर लोन का प्रस्ताव तैयार करके अपने बैंक गए और बैंक मैनेजर को पूरी कहानी बताई। जब उसने इंकार कर दिया, तो मैंने उससे पूछा कि उसने इंकार क्यों किया और मैं अपने प्रस्ताव को बेहतर कैसे बना सकता हूँ। जब उसने मेरे इस सवाल का जवाब दे दिया, तो मैं दूसरे बैंक गया। इस बार मैंने पहले बैंकर के सुझावों के अनुरूप दूसरा प्रस्ताव तैयार किया था। उसने भी इंकार कर दिया। इसके बाद मैंने उस बैंकर से भी इसका कारण पूछा। पाँचवें बैंक की यात्रा तक मैं इस बारे में बहुत कुछ सीख चुका था कि बैंक क्या जानकारी चाहते थे, क्यों चाहते थे और किस तरह का प्रस्ताव चाहते थे। हालाँकि हमारा प्रस्ताव पहले से बहुत बेहतर बन गया था, लेकिन पाँचवें बैंक ने भी हमें लोन देने से इंकार कर दिया। हम मैदान छोड़ने का मन बना चुके थे और इसी मानसिकता के साथ किम और मैं छठे बैंक गए। इस बार हम ज़्यादा अच्छी तरह से तैयार थे। हम यह भी जानते थे कि निवेश इतना अच्छा क्यों था। पाँच बैंकरों को विश्वास दिलाने की कोशिश करते-करते हमने ख़ुद को विश्वास दिला दिया था कि यह निवेश इतना बढ़िया क्यों है। इस बार हमारी प्रस्तुति ज़्यादा स्पष्ट और बहुत ज़्यादा प्रोफ़ेशनल थी। हमने वही शब्द बोले, जो बैंकर सुनना चाहता था। हमारे आँकड़े स्पष्ट थे और हमने अपनी बाक़ी पाँच जायदादों का ट्रैक रिकॉर्ड शामिल कर लिया था। अब हम बैंकर के ही शब्दों और आँकड़ों में स्पष्ट कर सकते थे कि यह इतना अच्छा निवेश क्यों है। छठे बैंकर ने हाँ कह दिया। दो दिन में उसने हमें 35,000 डॉलर का चेक

दे दिया और तीस दिन पूरे होने से तीन दिन पहले हम एस्क्रो ऑफ़िस गए और बारह यूनिट वाला वह अपार्टमेंट हाउस ख़रीद लिया।"

"उसके बाद क्या हुआ?" एक विद्यार्थी ने पूछा।

"रियल एस्टेट बाज़ार लुढ़कता रहा और हम ख़रीदते रहे," मैंने जवाब दिया। "हालाँकि हमारे पास अब भी बहुत कम पैसा था, लेकिन फिर भी हम ख़रीदते रहे। 1994 तक बाज़ार ऊपर चढ़ा और हम ज़िंदगी भर के लिए वित्तीय रूप से स्वतंत्र हो गए। बारह यूनिट वाला वह अपार्टमेंट हाउस 1994 में 5,00,000 डॉलर से भी ज़्यादा में बिका और इस दौरान उसने हर महीने हमारी जेब में 1,100 डॉलर से ज़्यादा डाले। 1,65,000 डॉलर के कैपिटल गेन्स को हमने तीस यूनिट वाले अपार्टमेंट हाउस में डालकर टैक्स बचाया। तीस यूनिट वाला यह अपार्टमेंट हाउस अब भी हमारे पास है और हमारी जेब में हर महीने 5,000 डॉलर से भी ज़्यादा डाल रहा है। बाक़ी जायदादों और निवेशों से हम निष्क्रिय आमदनी में हर महीने 10,000 डॉलर से ज़्यादा कमा रहे थे, जिससे हम *धनवान* स्तर तक पहुँच गए और रिटायर हो गए। हमारे पास हर महीने लगभग 10,000 डॉलर की निष्क्रिय आमदनी थी और हमारा ख़र्च सिर्फ़ 3,000 डॉलर था। हम वित्तीय दृष्टि से स्वतंत्र थे।"

"तो यह क़िस्मत नहीं थी," एक विद्यार्थी ने कहा। "आपकी योजना तेज़ होने के कारण ऐसा हुआ था।"

"हम अवसर की खिड़की के खुलने के लिए तैयार थे और जब यह खुली, तो हमने फ़ायदा उठा लिया," मैंने कहा। "1994 के बाद रियल एस्टेट की क़ीमतें आसमान छूने लगीं और इस तरह के बेहतरीन सौदे या उतावला विक्रेता मिलना मुश्किल हो गया।"

एक विद्यार्थी ने पूछा, "तो आपने अपना पैसा नहीं लगाने के बावजूद काफ़ी पैसे बना लिए?"

"हाँ, उस सौदे में तो ऐसा ही हुआ। लेकिन हमने जो किया था, वैसा करने की सलाह मैं आपको नहीं देता हूँ। बिना पैसे के रियल एस्टेट में निवेश करना बहुत ख़तरनाक हो सकता है। अगर आपको यह पता न हो कि आप किसमें निवेश कर रहे हैं और अगर आपके पास कैश रिज़र्व नहीं हों, तो हो सकता है कि परिस्थितियाँ आपकी आशा के अनुरूप न हों। मैं कई लोगों से मिल चुका हूँ, जिन्होंने बिना डाउन पेमेंट के जायदाद ख़रीद ली, लेकिन बाद में उन्हें पता चला कि उस जायदाद पर होने वाला ख़र्च उससे होने वाली आमदनी से ज़्यादा था। मेरे कई दोस्त हैं, जो इस चक्कर में दिवालिया हो गए, क्योंकि उन्होंने बहुत ज़्यादा लीवरेज वाली जायदाद या बिज़नेस ख़रीद लिए थे। इसीलिए मैं खुलकर इस बात का समर्थन नहीं करता कि आप बिना डाउन पेमेंट के रियल एस्टेट ख़रीदें। मेरी सलाह है कि आप रियल एस्टेट ख़रीदने, बेचने और ख़ास

तौर पर उसका प्रबंधन करने का थोड़ा अनुभव हासिल करने के बाद ही ज़्यादा लीवरेज वाले सौदे करें। बारह यूनिट वाले उस अपार्टमेंट हाउस को ख़रीदने से पहले हम सैकड़ों मकान देख चुके थे और हमारे पास अपने बिज़नेस से आने वाला कैशफ़्लो भी था, जो अपार्टमेंट हाउस में होने वाले किसी अप्रत्याशित नुक़सान से हमें बचा सकता था। बिना डाउन पेमेंट वाले रियल एस्टेट सौदों के साथ समस्या यह है कि अक्सर उनमें बहुत ज़्यादा लीवरेज होता है और अगर कोई चीज़ गड़बड़ हो जाए, तो ज़्यादा लीवरेज वाला निवेश आपको कच्चा चबा सकता है। तो मैं एक बार फिर दोहराता हूँ। मैं किसी को भी वैसा कुछ करने की सलाह नहीं देता हूँ, जो मैंने किया है। मैं आपको यह कहानी एक कारण से सुना रहा हूँ।"

"और वह कारण क्या है?" एक और विद्यार्थी ने पूछा।

फ़्लिप चार्ट की ओर जाते हुए मैंने वहाँ चित्र पर नीचे लिखी इबारत भी जोड़ दी।

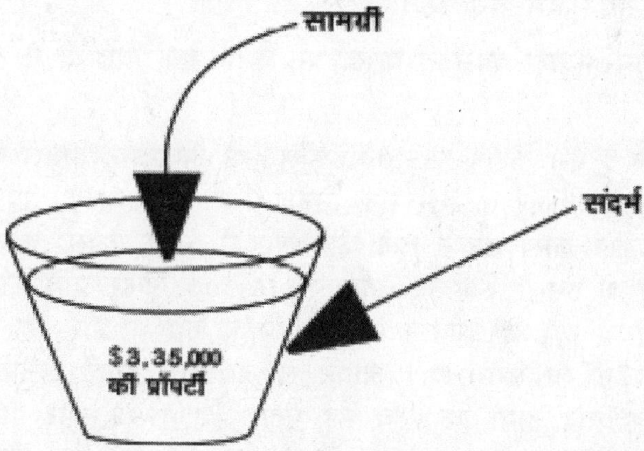


"मैं यह कहानी यह स्पष्ट करने के लिए बता रहा हूँ कि सामग्री का विस्तार करने के साथ-साथ अपने संदर्भ का विस्तार करने की इच्छा रखना भी कितना महत्वपूर्ण है।"

एक विद्यार्थी ने कहा, "आज 3,35,000 डॉलर की जायदाद ख़रीदना आपके लिए आसान है, क्योंकि आपने अपनी वास्तविकता और शिक्षा बढ़ा ली थी। क्या आप यह कह रहे हैं?"

"बहुत आसान है," मैंने जवाब दिया। "अब पुरानी बातें याद करते समय यह मूर्खतापूर्ण लगता है कि 35,000 डॉलर का डाउन पेमेंट उस समय बहुत ज़्यादा पैसा लगा था और बारह यूनिट वाला अपार्टमेंट हाउस इतना बड़ा सौदा लगा था। लेकिन उन दिनों यह बहुत ज़्यादा पैसा था और बहुत बड़ा सौदा भी था। किम और मेरे लिए अहम चीज़ यह थी कि हम अपने संदर्भ और सामग्री

के पार जाने के इच्छुक थे।"

"तो ज़्यादातर लोग अपने आरामदेह स्तरों (comfort levels) के पार नहीं जाना चाहते हैं," एक और विद्यार्थी ने कहा। "अधिकांश लोग सुरक्षित खेल को ज़्यादा आसान पाते हैं और यह कहते हैं, 'मैं इसका ख़र्च नहीं उठा सकता।'"

"मेरा अनुभव यही है," मैंने कहा। "मेरा मानना है कि 1 प्रतिशत से भी कम लोगों के *धनवान* स्तर के पार जाने का एक प्रमुख कारण यह है कि ज़्यादातर लोग अपनी व्यक्तिगत वास्तविकता, अपनी सामग्री और अपने संदर्भ के पार जाने में बहुत असहज महसूस करते हैं। ज़्यादातर लोग जितना जानते हैं, उतने से ही अपनी वित्तीय समस्याओं को सुलझाने की कोशिश करते हैं। ज़्यादा बड़ी समस्याएँ सुलझाने के लिए वे अपने ज्ञान का विस्तार नहीं करते हैं। ज़्यादा बड़ी वित्तीय चुनौतियों का सामना करने के बजाय वे अपनी सारी ज़िंदगी उन्हीं वित्तीय समस्याओं से जूझने में लगा देते हैं, जिनके साथ वे आरामदेह महसूस करते हैं। वे दोबारा बदसूरत बतख़ बनने का जोखिम लेने के बजाय ग़रीब लेकिन सुंदर हंस बने रहते हैं।"

"क्या आप दोबारा बदसूरत बतख़ बने हैं?" एक विद्यार्थी ने थोड़े संदेह के साथ पूछा।

"बिलकुल," मैंने कहा। "35,000 डॉलर के अपार्टमेंट हाउस के बाद हमने पाया कि 25 लाख डॉलर के स्तर तक निवेश करना आसान है। 1994 से 2001 के बीच हमने 25 लाख डॉलर तक की श्रेणी में अच्छा काम किया और बिना ज़्यादा कोशिश के हमारी निष्क्रिय आमदनी 16,000 डॉलर प्रति माह तक पहुँच गई। हम निश्चित रूप से धनवान स्तर पर पहुँच गए थे और अब अमीर बनने वाली सीढ़ी चढ़ने का समय था। आपमें से जो लोग हमारे अतीत के बारे में जानते हैं, उन्हें याद होगा कि *रिच डैड पुअर डैड* 1995 और 1996 के बीच लिखी गई थी और इसका रफ़ ड्राफ़्ट तैयार था। मैंने 1996 में कैशफ़्लो नामक बोर्ड गेम तैयार कर लिया था और मैं बिज़नेस की दुनिया में लौट आया था। 1996 में ही मैं जानता था कि अब मेरे लिए यह सीखने का समय आ गया है कि आईपीओ के माध्यम से कंपनी को सार्वजनिक कैसे बनाना है। उसी समय मैं पीटर से मिला, जिस मुलाक़ात का वर्णन मैंने रिच डैड सीरीज़ की तीसरी पुस्तक *रिच डैड्स गाइड टु इनवेस्टिंग* में किया है। 1996 में ही किम और मैं शेरॉन लेक्टर से मिले और *रिच डैड पुअर डैड* प्रकाशित हुई। 1997 में शेरॉन, किम और मैंने *कैशफ़्लो टेक्नोलॉजीज़, इंक.* की स्थापना की। हम एक नए संदर्भ, नई सामग्री और नए दोस्तों के साथ एक नई दुनिया में दाख़िल हो रहे थे। बहरहाल, रियल एस्टेट में हमारे निवेश का संदर्भ अब भी 25 लाख ही था।"

"तो आपने अपने संदर्भ का विस्तार अन्य क्षेत्रों में तो कर लिया, लेकिन रियल एस्टेट के क्षेत्र में अपनी वास्तविकता का विस्तार नहीं किया। क्या आप यही कह रहे हैं?" एक विद्यार्थी ने पूछा।

"मैं बिलकुल यही कह रहा हूँ," मैंने कहा। "शेरॉन सह-लेखिका और बिज़नेस पार्टनर बन गई थीं। हमारी छोटी कंपनी हमारे सपनों से भी ज़्यादा तेज़ी से बढ़ी। शेरॉन के बिना हम इतने सफल नहीं हो पाते। पीटर के साथ पाँच साल तक काम करने के बाद हम अगले कुछ सालों में छह में से चार कंपनियों को आईपीओ की प्रक्रिया से सार्वजनिक करने जा रहे हैं। बिज़नेस और आईपीओ प्रक्रिया दोनों में हमारी वास्तविकता का काफ़ी विस्तार हुआ। हम संभावनाओं को भाँपने में ज़्यादा समर्थ हुए। बिज़नेस और आईपीओ की प्रक्रिया के मामले में हमारे संदर्भ ने ज़बर्दस्त छलाँग मारी।"

"लेकिन रियल एस्टेट में आपकी वास्तविकता जस की तस रही," एक विद्यार्थी ने कहा। "यह 3,35,000 डॉलर वाले बारह यूनिट के अपार्टमेंट हाउस की ही बनी रही। यह 3,35,000 डॉलर और 25 लाख डॉलर के बीच फँसी हुई थी। यही आपका सबक़ है, है ना?"

"बिलकुल," मैंने कहा। "अगर कोई व्यक्ति एक वित्तीय क्षेत्र में सुधार करता है, तो इसका यह मतलब नहीं है कि वह बाक़ी क्षेत्रों में भी विस्तार कर लेता है। इसीलिए 2001 में मैंने और किम ने फ़ैसला किया कि अब रियल एस्टेट में अपने संदर्भ की दीवारों को धक्का मारने का समय आ गया है।"

## अमीर बनना ज़्यादा आसान बन जाता है

बरसों पहले अमीर डैडी ने मुझसे कहा था, "अमीर लोग ज़्यादा अमीर इसलिए बनते हैं, क्योंकि जब आप एक बार अमीर बनने का फ़ॉर्मूला खोज लेते हैं, तो अमीर बनना ज़्यादा आसान बन जाता है। अगर आप कभी फ़ॉर्मूला खोज ही नहीं पाते हैं, तो अमीर बनना हमेशा बहुत मुश्किल लगता है और ग़रीब बने रहना स्वाभाविक नज़र आता है।"

मैंने वास्तविकता, संदर्भ और सामग्री के विषय पर इतना ज़्यादा समय इसलिए लगाया है, क्योंकि यही अमीर डैडी का फ़ॉर्मूला था। उनका मूल फ़ॉर्मूला यह था : ऐसा कभी न कहें, "मैं इसका ख़र्च नहीं उठा सकता," या "मैं यह नहीं कर सकता।" इसके बजाय अपनी वास्तविकता का विस्तार करने का विकल्प चुनें। जैसा कि आप जानते हैं, अमीर डैडी ने परीकथाओं और बाइबल की कहानियों से मार्गदर्शक सबक़ लिए और शंका व डर के समय में प्रेरणा पाने के लिए उनका इस्तेमाल किया। लेकिन दौलत बढ़ाने की गति तेज़ करने के बारे में उनका सबक़ मेरे लिए सबसे दिलचस्प था। उन्होंने कहा था, "एक बार जब आप जान जाते हैं कि अमीर बनने का फ़ॉर्मूला लगातार लीवरेज बढ़ाने के लिए अपनी वास्तविकता का विस्तार करना है, तो अमीर बनना ज़्यादा आसान हो जाता है। जो लोग एक ही वास्तविकता में फँसे रहते हैं और सोचते हैं कि उनकी वास्तविकता ही इकलौती वास्तविकता है, उनके अमीर बनने की गति

धीमी हो जाती है।”

दूसरे शब्दों में, अमीर डैडी ने मुझे सिखाया कि एक बार जब आप अमीर बन जाते हैं, तो फिर ज़्यादा अमीर बनना कहीं ज़्यादा आसान व तेज़ हो जाता है। अगर आप कभी अमीर नहीं बन पाते हैं, तो ज़िंदगी ज़्यादा मुश्किल और धीमी बन जाती है। यह समझने के बाद मैं यह भी जान गया कि अब किम और मेरे लिए रियल एस्टेट में दोबारा अपनी वास्तविकता का विस्तार करने का समय आ गया है। हम बिज़नेस और आईपीओ प्रक्रिया में अपनी वास्तविकता का विस्तार करने में पाँच साल से ज़्यादा समय लगा चुके थे और हम पहले से अधिक तेज़ी से अमीर बने थे। मैं जानता था कि अगले स्तर पर ज़्यादा अमीर बनना ज़्यादा आसान और तेज़ बन जाएगा। मैं इसलिए जानता था, क्योंकि मैं अमीर डैडी के मामले में ऐसा होते देख चुका था।

## 50 लाख डॉलर के बाद यह बहुत आसान हो जाता है

सन् 2000 के उत्तरार्ध में शेयर बाज़ार क्रैश हो रहा था, लेकिन हमारा बिज़नेस तेज़ी से फैल रहा था, हमारी पुस्तकें और गेम्स दुनिया भर में बिक रहे थे, जिन कंपनियों को हम सार्वजनिक कर रहे थे, वे अच्छी तरह आकार ले रही थीं और जल्दी ही लाभकारी बनने वाली थीं। किम ने मुझसे कहा, “मैं रियल एस्टेट के क्षेत्र में लौटना चाहती हूँ। अगर हमें अपनी दौलत क़ायम रखनी है, तो हमें ज़्यादा स्थिर संपत्ति में निवेश करने की ज़रूरत है।” इस तरह हम दोबारा रियल एस्टेट बाज़ार में उतरे और अपनी पुरानी वास्तविकता, संदर्भ और सामग्री में पहुँच गए। ऐसा महसूस हुआ, जैसे हम 35,000 डॉलर के डाउन पेमेंट में दोबारा 3,35,000 डॉलर वाला अपार्टमेंट हाउस खोजने की कोशिश कर रहे थे। हालाँकि हम 3,35,000 डॉलर के तीन अपार्टमेंट हाउसों के लिए आसानी से चेक काट सकते थे, बिना लोन लिए नक़द भुगतान कर सकते थे, लेकिन हमारे सामने दोबारा वही मुश्किल थी। चीज़ें हमारी आशा के अनुरूप नहीं हो रही थीं। इस मोड़ पर मैं जान गया कि एक बार फिर हमारी वास्तविकता के विस्तार का समय आ गया है।

तब तक किम और मैं ऐसे प्रोजेक्ट्स की तलाश कर रहे थे, जिनकी क़ीमत 40 लाख डॉलर के क़रीब हों। हम इस आँकड़े के साथ आरामदेह महसूस करते थे, क्योंकि हम जानते थे कि ज़रूरत पड़ने पर हमारे पास डाउन पेमेंट देने के लिए 10 लाख डॉलर से ज़्यादा की रक़म है। हम सोचते थे कि हम बहुत कुछ जानते हैं, लेकिन हम ऐसी जायदाद या फ़ाइनैंसिंग नहीं खोज पाए, जिसमें समझदारी लगे या जो हमारी नई योजना के अनुरूप काम करे। तब मैंने एक पुराने दोस्त बिल को फ़ोन किया, जो रियल एस्टेट में करोड़ों डॉलर का निवेश करता है। मैंने उससे पूछा कि हमारी नीति में गड़बड क्या है। बिल का जवाब था, “चालीस लाख डॉलर तक का बाज़ार मुश्किल बाज़ार है। बैंक इतने बड़े

निवेश को पसंद नहीं करते हैं और इतने छोटे आकार के प्रोजेक्ट परिष्कृत (sophisticated) निजी निवेशकों को पर्याप्त रोमांचक नहीं लगते हैं। लेकिन 50 लाख डॉलर के बाद यह बहुत आसान हो जाता है।"

जिस पल उसने यह बात कही, मैं जान गया कि मैं अपनी वास्तविकता, अपने संदर्भ की सरहद पर था। 40 लाख डॉलर का प्रोजेक्ट आसान और आरामदेह था, लेकिन 50 लाख डॉलर का प्रोजेक्ट अब भी मेरे आरामदेह दायरे के बाहर था। मेरा दिमाग़ चीख़-चीख़कर कहने लगा, "अगर मैं 40 लाख डॉलर के प्रोजेक्ट में बैंक की रुचि नहीं जगा सकता, तो फिर 50 लाख के रियल एस्टेट निवेश में कैसे जगा सकता हूँ?" मैं सुन सकता था कि मेरी वास्तविकता मुझसे बड़े तेज़ स्वर में बोल रही है। मैं यह भी सुन सकता था कि अमीर डैडी मुझसे परीकथाएँ याद करने को कह रहे हैं और यह याद करने को भी कि आप जितने अमीर बनते जाते हैं, ज़्यादा अमीर बनना आपके लिए उतना ही आसान होता जाता है, बशर्ते आप फ़ॉर्मूले का अनुसरण करें। मैं जानता था कि यह फ़ॉर्मूले पर अमल करने और अपनी वास्तविकता को धकेलकर उसका विस्तार करने का समय था।

## यह बहुत आसान बन गया

इस पुस्तक की शुरुआत में मैंने लिखा है कि बैंकों से पैसे उधार लेकर जल्दी रिटायर होना कितना आसान है। जब किम और मैं अपनी वास्तविकता, अपने आरामदेह दायरे के पार जाने के इच्छुक हो गए, तो हमने पाया कि सरकार से पैसे उधार लेना भी उतना ही आसान है।

मैंने लिखा है कि टैक्स क़ानून बी और आई क्वाड्रैंट के लोगों के पक्ष में होते हैं, जबकि ई और एस क्वाड्रैंटों के ख़िलाफ़ होते हैं। मैंने यह भी लिखा है कि टैक्स के बारे में शिकायत करने वाले ज़्यादातर लोग ई और एस क्वाड्रैंटों में होते हैं। कारण यह है कि बी और आई क्वाड्रैंटों में सरकार आपकी पार्टनर बनना चाहती है, क्योंकि बी और आई वाला हिस्सा ही नौकरियाँ पैदा करता है और मकान उपलब्ध कराता है। मैं हमेशा से यह बात जानता था, क्योंकि मेरे अमीर डैडी ने मुझे यह बात बताई थी। लेकिन जब तक कि मैं 50 लाख डॉलर से ज़्यादा के रियल एस्टेट निवेश नहीं खोजने लगा ... जब तक कि मैं अपने संदर्भ का विस्तार करने का इच्छुक नहीं हो गया, मुझे अंदाज़ा ही नहीं था कि सरकार उन लोगों की कितनी ज़्यादा मदद करती है, जो सरकार की मदद करते हैं।

हमारी तलाश जारी थी। अब हम ज़्यादा बड़े प्रोजेक्ट्स की तलाश कर रहे थे, जो हमारे आरामदेह दायरे के काफ़ी बाहर थे। हम 2001 में एक रियल एस्टेट एजेंट से मिले, जो निम्न आय वर्ग के लोगों हेतु बनाए जाने वाले सरकार

द्वारा प्रायोजित मकानों की विशेषज्ञ थी। किम और मैंने उसे अपना रोमांचक रियल एस्टेट पोर्टफ़ोलियो दिखाया। हमारे पोर्टफ़ोलियो में रियल एस्टेट की मिलियनों डॉलर की जायदाद थी, ख़ासकर तीस से पचास अपार्टमेंट वाले मकान।

"आप जानते हैं कि कई परिवार वाले अपार्टमेंट हाउसों का प्रबंधन कैसे किया जाता है। यह अच्छी बात है।" रियल एस्टेट एजेंट ने कहा, जो सैंतीस-अड़तीस साल की युवा महिला थी।

"यह अच्छी बात क्यों है?" किम ने पूछा।

"क्योंकि सरकार की एक शर्त यह है कि यह जिसे क़र्ज़ देती है, उसके पास कई परिवार वाले अपार्टमेंट हाउसों के सफल प्रबंधन का पुराना रिकॉर्ड होना चाहिए। आप लोग यह काम दस साल से भी ज़्यादा समय से कर रहे हैं और आप उन्हें लाभकारी ढंग से चला रहे हैं। बहुत से लोग सरकार से क़र्ज़ लेना चाहते हैं, लेकिन बहुत कम लोग उसकी पात्रता रखते हैं," एजेंट ने कहा। "जैसा आप जानते हैं, जायदाद में निवेश करने वाले ज़्यादातर लोग अपने रियल एस्टेट का प्रबंधन ख़ुद करना चाहते हैं, अपना किराया ख़ुद ही वसूल करना चाहते हैं और उनकी मरम्मत भी ख़ुद करना चाहते हैं। इसीलिए वे आपकी तरह कभी यह नहीं सीख पाते हैं कि ज़्यादा बड़ी जायदादों का प्रबंधन कैसे किया जाता है।"

किम और मैंने सहमति में सिर हिलाया। हम जानते थे कि रियल एस्टेट का मतलब सिर्फ़ किराया वसूल करना और टॉयलेट की मरम्मत करना ही नहीं है। पिछले दस सालों में हमने बहुत कुछ सीखा था। लेकिन अब हमारे आगे बढ़ने का समय आ गया था। अगर हमें आगे बढ़ना था, तो हमें नए लोगों से मिलना था, नई शब्दावली सीखनी थी और ज़्यादा बड़ा खेल खेलने की इच्छा रखनी थी। अपने जीवन में इन दो नए लोगों की बात सुनते समय मुझे एहसास हुआ कि पिछले दस सालों से ज़्यादा समय से हम 40 लाख डॉलर तक के रियल एस्टेट बाज़ार में ख़रगोश और हंस बन गए थे। बहरहाल, हम लोग छोटे तालाब की बड़ी मछलियाँ थे। अब समय आ गया था कि हम आगे बढ़ें, दोबारा असहज बनकर कहीं ज़्यादा बड़े खेल में धीमे कछुए और बतख़ के बदसूरत बच्चे बन जाएँ।

एजेंट के पास ही एक निवेश बैंकर बैठा था, जो रेटेड और नॉन-रेटेड टैक्स-मुक्त सरकारी हाउसिंग बॉण्ड का विशेषज्ञ था। जब मैंने उससे पूछा कि सरकार के पास किस तरह की फ़ाइनैंसिंग योजनाएँ हैं, तो उसने जवाब दिया, "अगर आप और आपका प्रोजेक्ट इसके लिए पात्र साबित होते हैं, तो सरकार आपको 95 से 110 प्रतिशत फ़ाइनैंस उपलब्ध कराएगी।"

"आपका मतलब है कि सरकार हमें इतना सारा पैसा इसलिए उधार देगी, ताकि हम अपना अगला निवेश ख़रीद लें? सरकार हमारी संपत्ति को ख़रीदने

के लिए हमें पैसा देगी?"

"अगर आप पात्र साबित होते हैं, तो इससे भी ज़्यादा देगी," उसने कहा। "अगर आप चुन लिए जाते हैं, तो सरकार आपको मरम्मत या पुनर्वास के लिए भी पैसा उधार देगी।"

"आपका मतलब है कि अगर प्रोजेक्ट की लागत 1 करोड़ डॉलर है, तो सरकार हमें पूरे 1 करोड़ डॉलर या उससे ज़्यादा भी देगी? और अगर उस जगह की मरम्मत में 30 लाख डॉलर लगते हैं, तो सरकार हमें वह पैसा भी उधार देगी? सरकार हमारी जायदाद के लिए हमें पूरा पैसा उधार देगी?"

निवेश बैंकर ने हाँ में सिर हिलाया। "सरकार आपको 2 करोड़ डॉलर या इससे ज़्यादा उधार देना भी पसंद करेगी, लेकिन आपके लिए 1 करोड़ डॉलर से ही शुरू करना अच्छा रहेगा। जब आप 1 करोड़ डॉलर का प्रोजेक्ट पूरा कर लेंगे, तो फिर 2 करोड़ या 5 करोड़ डॉलर का प्रोजेक्ट करना भी मुश्किल नहीं लगेगा ... बशर्ते आपके पास सफलता का पुराना रिकॉर्ड है।"

मुझे अमीर डैडी की बात याद आ गई कि चीज़ें और आसान होती जाती हैं। लेकिन मुझे यह यक़ीन नहीं हुआ कि वे इतनी आसान भी बन सकती हैं। थोड़े अविश्वास से मैंने पूछा, "किस तरह की शर्तों पर?"

"मैं 5 से 7 प्रतिशत की ब्याज दर पर सौदा करवा सकता हूँ। यह ब्याज दर चालीस सालों के लिए फ़िक्स रहेगी और नॉन-रिकोर्स होगी।"

"नॉन-रिकोर्स?" मेरे मुँह से आह निकल गई। "आपका मतलब है कि अगर प्रोजेक्ट गड़बड़ा जाए और मैं पैसा नहीं लौटा पाऊँ, तो सरकार मेरी व्यक्तिगत संपत्ति मुझसे नहीं छीनेगी? मेरा बैंकर नॉन-रिकोर्स लोन से नफ़रत करता है। जब भी मैं उससे पैसे उधार लेता हूँ, तो वह मेरी जायदाद गिरवी रख लेता है।"

"सही है," निवेश बैंकर ने कहा, "लेकिन आपको एहसास होना चाहिए कि यहाँ कई ऐसी शर्तें लागू होती हैं, जो परंपरागत बैंक फ़ाइनैंसिंग में लागू नहीं होतीं।"

"मुझे इस बात का एहसास है," मैंने कहा। "लेकिन मुझे अंदाज़ा नहीं था कि सरकार इतनी अच्छी हो सकती है।"

"कभी-कभार इन टैक्स मुक्त सरकारी बॉण्ड इशूज़ में इससे भी ज़्यादा अच्छी योजनाएँ होती हैं। कभी-कभार *माफ़ी योग्य क़र्ज़* भी होता है, जहाँ सरकार आपको पैसा उधार देकर भूल जाती है, बशर्ते आप कुछ काम अच्छी तरह कर दिखाएँ। यह एक तरह से *ग्रांट* या अनुदान जैसा होता है।"

मैंने पूछा, "सरकार ऐसा क्यों करती है?"

"क्योंकि इस देश की एक बड़ी समस्या कम आमदनी वाले परिवारों के लिए

कम लागत के मकान की है। सरकार को डर है कि आप जैसे लोगों के बिना करोड़ों लोग बेघर रहेंगे और उन्हें घटिया दर्ज़े की, अपराध से अटी पड़ी झोपड़पट्टियों में रहना पड़ेगा। सरकार झुग्गी बस्तियों के मालिकों के पीछे पड़ी है और उनमें से कुछ को जेल भेज रही है। ये झुग्गी बस्ती के मालिक ग़रीबों को शिकार बनाते हैं और सरकार उन्हें रोकना चाहती है। साथ ही, सरकार आप जैसे लोगों को बिलियनों डॉलर देने को तैयार है, जिन्होंने यह साबित कर दिया है कि वे ज़्यादा परिवारों वाले प्रोजेक्ट्स के ज़िम्मेदार प्रबंधक बन सकते हैं।"

"सरकार ज़्यादा अमीर बनने के लिए मुझे पैसा देने की इच्छुक है?"

"यह सही है," निवेश बैंकर ने कहा, जब रियल एस्टेट ब्रोकर मुस्कराई। "यह पैसे से भी बढ़कर है। यह बहुत ज़्यादा पैसा है। अगर आप अगले कुछ सालों में अच्छा काम करेंगे, तो मैं आपको बिलियनों डॉलर उधार दिला सकता हूँ, अगर आप उतने बड़े और अमीर बनना चाहते हों। पिछले साल, हमारे एक डिवीज़न को एक बिलियन डॉलर से ज़्यादा लौटाने पड़े थे, क्योंकि हमें उसके लिए कोई पात्र व्यक्ति ही नहीं मिल पाया।"

इस बार किम बोली, "इस तरह से अमीर बनने में सबसे अच्छी बात यह है कि हम बहुत से लोगों की भलाई करते हैं। मुझे यह सोचकर रोमांच होता है कि हम बहुत से परिवारों को झुग्गी बस्ती से निकलकर सुरक्षित मकानों में रहने का मौक़ा देंगे।"

"सरकार आपसे यही करवाना चाहती है। हमारी ज़्यादातर समस्याएँ झोपड़पट्टियों से ही पैदा होती हैं। झुग्गी-बस्ती में ही अपराध पलता और बढ़ता है। अगर आप झुग्गियों को सुरक्षित मकानों में बदल सकें, तो आपके पास बहुत ज़्यादा पैसा आने लगेगा। जितना आप चाहते हों।"

"मतलब हम सरकार के पार्टनर बनकर अमीर बनते हैं?"

"उतने अमीर, जितना आप चाहते हों," निवेश बैंकर ने मुस्कराकर कहा। "आपको तो बस वही करना है, जो आप पिछले दस साल से कर रहे हैं, यानी कि कई परिवारों वाले अपार्टमेंट हाउसों का मालिक बनना और उनका प्रबंधन करना। आपको तो बस अपने दस साल के अनुभव का लाभ उठाना है। और हम ज़्यादा अमीर बनने में आपकी मदद करना पसंद करेंगे! क्या आप जानते हैं कि आप जैसे अनुभवी लोग कितनी मुश्किल से मिलते हैं? जब आप तैयार हों, तो बस हमें बता दें। रियल एस्टेट एजेंट जायदाद खोजने में आपकी मदद करेगी और आप जितना पैसा चाहेंगे, मैं दिला दूँगा।"

मीटिंग जल्दी ही ख़त्म हो गई। किम और मैंने उन्हें धन्यवाद दिया और अपनी कार की तरफ़ बढ़े। कार में हम लोग स्तब्ध अविश्वास में ख़ामोश बैठे रहे। कुछ मील दूर जाने के बाद ही हमारे मुँह से शब्द फूट पाए। आख़िर किम बोली, "क्या तुम्हें वह बारह यूनिट वाला अपार्टमेंट हाउस याद है, जो हमने दस

साल पहले ख़रीदा था?"

"मैं अभी उसी के बारे में ही सोच रहा था," मैंने जवाब दिया।

"अगर हमने यह कहने का विकल्प चुना होता, 'मैं इसका ख़र्च नहीं उठा सकता?' तो क्या हुआ होता?" उसने कहा। "अगर हम 35,000 डॉलर के कारण रुक गए होते, तो हमारी ज़िंदगी कैसी होती?"

मैंने एक पल सोचकर कहा, "मैं सोचता हूँ कि हम आज भी वही बात कह रहे होते। अगर 35,000 डॉलर के कारण हम तब रुक गए होते, तो वह शायद आज भी हमें रोक रहा होता।" जब हम पार्किंग से बाहर निकले, तो मुझे अमीर डैडी की बात याद आ गई, 'आपका भविष्य इस बात से तय नहीं होता है कि आप आने वाले कल में क्या करते हैं, बल्कि इस बात से तय होता है कि आप आज क्या करते हैं।' किम की ओर मुड़कर मैंने कहा, "अगर दस साल पहले हमने कहा होता, 'मैं इसका ख़र्च नहीं उठा सकता,' तो शायद हम आज भी यही कह रहे होते, 'मैं इसका ख़र्च नहीं उठा सकता।'"

हम घर पहुँचने तक ख़ामोश ही रहे। हम बेहद रोमांचित और ख़ुश थे। जब कार हमारे घर तक पहुँची, तो मुझे अपने अमीर डैडी की बात याद आ गई, जिन्होंने मुझे बताया था कि एक बार अमीर बनने के बाद ज़्यादा अमीर बनना ज़्यादा आसान और तेज़ हो जाता है। मुझे उनकी यह बात भी याद आ गई कि बहुत से लोग जीवन में मध्य वर्ग के स्तर के पार इसलिए नहीं जा पाते हैं, क्योंकि वे परीकथाओं में यक़ीन नहीं करते हैं। चूँकि वे परीकथाओं में यक़ीन नहीं करते हैं, इसलिए वे इन कहानियों से सबक़ नहीं ले पाते हैं। जब मैं कार से बाहर निकला, तो मैंने ख़ामोशी से अपने अमीर डैडी को धन्यवाद दिया। मुझे उनकी बात याद आ गई, "हमेशा याद रखना कि परीकथाएँ सच हो जाती हैं ... किसी न किसी तरह से।"

# अध्याय - 13

# उदारता का लीवरेज

## वास्तव में लालची कौन है?

कुछ समय पहले एक मशहूर वीकएंड न्यूज़ कमेंटेटर नाराज़गी भरे अंदाज़ में कह रहा था, "मैंने बिज़नेस में क़दम इसलिए नहीं रखा, क्योंकि मैं लालची नहीं हूँ।"

मैंने बचपन में इस तरह की बातें बहुत बार सुनी थीं। मेरे माता-पिता से मिलने बहुत से लोग आते थे, जो यूनिवर्सिटी, शिक्षा संस्थाओं, लेबर यूनियन, पीस कॉर्प्स या सरकारी ऑफ़िसों में काम करते थे। हालाँकि वे टीवी कमेंटेटर की तरह खुलकर यह बात नहीं कहते थे, लेकिन यह अक्सर कहा जाता था या संकेत दिया जाता था कि बिज़नेस करने वाले लोग बिज़नेस के क्षेत्र में सिर्फ़ इसलिए आए हैं, क्योंकि वे लालची हैं।

मेरे अमीर डैडी का दृष्टिकोण दूसरा था। वे अक्सर कहते थे, "कुछ हद तक हम सभी लालची होते हैं। यह स्वाभाविक है कि हम बुनियादी आवश्यकताओं, बेहतर ज़िंदगी और रिटायरमेंट के बाद पर्याप्त पैसों की इच्छा रखें। लेकिन कोई व्यक्ति बिज़नेसमैन या अमीर है, इसका मतलब यह नहीं है कि वह बाक़ी लोगों से ज़्यादा लालची है। दरअसल, मामला इसका विपरीत भी हो सकता है।" फिर उन्होंने कहा, "ज़्यादातर लोग सिर्फ़ इस कारण अमीर नहीं हैं, क्योंकि वे पर्याप्त उदार नहीं हैं।"

पिछले अध्याय में आपने पढ़ा कि जब किम और मैंने अपनी रियल एस्टेट होल्डिंग बढ़ाने का फ़ैसला किया, तो सरकार ने अपने ख़ज़ाने का मुँह खोल दिया। ज़्यादा अमीर बनने की हमारी इच्छा में एक शुरुआती क़दम ज़्यादा उदार बनने के तरीक़े खोजना था ... इस मामले में, कम किराए में ज़्यादा लोगों को बेहतर मकान उपलब्ध कराना था।

जब आप इतिहास उठाकर देखते हैं, तो आपको पता चलता है कि सबसे दौलतमंद लोग किसी न किसी तरह से बहुत उदार रहे हैं। जैसा कि पहले बताया जा चुका है, हेनरी फ़ोर्ड जनता को सस्ती कारें उपलब्ध कराकर

बिलियनेअर बने थे; उनसे पहले कारें सिर्फ़ अमीरों के लिए बनती थीं। दरअसल, अमीर लोगों के लिए कारें बनाने वाली कई कार कंपनियाँ तो आज बिज़नेस में ही नहीं हैं। अमीरों के लिए कार बनाने वाली कार कंपनियाँ डूब गई हैं, जबकि फ़ोर्ड मोटर कंपनी विश्वव्यापी औद्योगिक शक्ति बन गई है और इससे हेनरी फ़ोर्ड का मिशन पूरा हुआ। अगर आप जवानी में अमीर बनकर रिटायर होना चाहते हैं, तो लालची होना ठीक है, बशर्ते आप ज़्यादा से ज़्यादा लोगों को ज़्यादा देने के तरीक़े खोजने के लिए लगातार मेहनत करें। अगर आप यह काम कर लेते हैं, तो दौलत पाने का रास्ता आपको अपने आप मिल जाएगा।

## अमीरों के अनुपात

अमीर डैडी तुलनात्मक अनुपातों को पसंद करते थे। जैसा उन्होंने कहा है, "थोड़ी सी तुलना से आप बहुत कुछ जान सकते हैं।" अमीर डैडी के लिए, रेशो सिर्फ़ तुलना थे, जिस तरह पीई रेशो बस एक तुलना है। जब पैसे की बात आती थी, तो अमीर डैडी कहते थे, "ग़रीब और मध्य वर्गीय लोगों के हमेशा संघर्षरत रहने का एक प्रमुख कारण यह है कि उनके रेशो में कोई लीवरेज नहीं होता है।" वे ग़रीब या मध्य वर्गीय व्यक्ति के लीवरेज रेशो का उदाहरण देने के लिए 1:1 का प्रयोग करते थे।

जब मैं कॉलेज में पढ़ रहा था, तो एक दिन अमीर डैडी ने मुझे अपने अनुपात दिखाए। एक काग़ज़ पर उन्होंने लिखा :

| | |
|---|---|
| बिज़नेस | 1:5 |
| कर्मचारी | 1:300 |
| रियल एस्टेट | 1:450 |
| डॉलर | 1:6 मिलियन |
| शेयर | 1:2 मिलियन |

दूसरे शब्दों में, उनके बिज़नेस रेशो का मतलब यह था कि वे पाँच व्यवसायों में रुचि रखते थे और उनके मालिक थे। उनके लिए 300 कर्मचारी काम कर रहे थे। रियल एस्टेट में उनके पास 450 से ज़्यादा किराएदार थे और इसमें औद्योगिक रियल एस्टेट, स्टोर या रेस्तराँ शामिल नहीं थे। वर्ष गुज़रने के साथ रेशो की दाईं तरफ़ की संख्या लगातार बढ़ती रही, इस कारण वे कम से कम काम करके ज़्यादा से ज़्यादा अमीर बनते चले गए।

मेरे ग़रीब डैडी का रेशो 1:1 से शुरू हुआ और 1:1 पर ही ख़त्म हुआ ... इसीलिए वे पहले से ज़्यादा ग़रीब बनते गए। जैसा आप लीवरेज रेशो में देख सकते हैं, मेरे ग़रीब डैडी एक दिन के काम के बदले में एक दिन की तनख़्वाह में यक़ीन करते थे। कई बार तो मेरे ग़रीब डैडी को अपनी नौकरी के अलावा

कोई दूसरी नौकरी भी करनी पड़ी। हालाँकि वे दो नौकरियाँ करते थे, लेकिन मेरे अमीर डैडी की व्याख्या के अनुसार उनका रेशो 1:1 ही बना रहा। अमीर डैडी ने कहा था, "अगर लोग दो नौकरियाँ करते हैं, तो वे उसी रेशो पर ज़्यादा घंटे काम कर रहे हैं।"

1985 से 1990 के बीच किम और मेरा रेशो इस तरह दिखता था :

| | |
|---|---|
| बिज़नेस | 1:1 |
| रियल एस्टेट | 1:0 |
| डॉलर | 1:ज़्यादा कुछ नहीं |

हमारे पास एक बिज़नेस था, जिसे हम बना रहे थे। हमारे पास एक मकान था, लेकिन हम इसे संपत्ति नहीं मानते थे, क्योंकि यह हमसे हर महीने पैसे लेता था और हमारे पास बचत में लगभग कुछ नहीं था। शेयर या बाक़ी पेपर एसेट्स महत्वहीन थे, क्योंकि उनके लिए हमें पैसे ख़र्च करने पड़ते थे और वे हमारी जेब में कभी पैसे नहीं डालते थे।

1995 तक हमारे लीवरेज रेशो इस तरह दिखने लगे :

| | |
|---|---|
| बिज़नेस | 1:0 |
| रियल एस्टेट | 1:70 |
| डॉलर | 1:3,00,000 |

इस समय तक हम अपना बिज़नेस बेच चुके थे, ज़्यादा आमदनी देने वाली रियल एस्टेट ख़रीद चुके थे और बैंक में कुछ पैसे जमा कर चुके थे। महत्वपूर्ण बात यह थी कि रियल एस्टेट हमें *धनवान* स्तर पर जीने के लिए पर्याप्त पैसा देती थी और हमें दोबारा कभी काम करने की ज़रूरत नहीं रह गई थी।

2000 तक हमारे लीवरेज रेशो इस तरह दिखने लगे :

| | |
|---|---|
| बिज़नेस | 1:7 |
| रियल एस्टेट | 1:70 |
| डॉलर | 1:मिलियनों डॉलर |
| शेयर्स | 1:1.5 मिलियन |

हालाँकि रेशो वित्तीय प्रगति की दिलचस्प तस्वीर बताते हैं, लेकिन असली लाभ बिज़नेस के क्षेत्र में है, जहाँ डॉलर का सच्चा मूल्य या कैशफ़्लो रेशो में नहीं दिखता है। मैं इन आँकड़ों को प्रभाव डालने के लिए नहीं बता रहा हूँ, क्योंकि ये प्रभावशाली नहीं हैं। न ही मैं उन्हें डींगें हाँकने के लिए बता रहा हूँ। दरअसल मैं इन आँकड़ों को बताने में झिझकता हूँ, क्योंकि ये व्यक्तिगत हैं और

मैं आपको इन्हें नहीं दिखाना चाहूँगा। मैं इन्हें सिर्फ़ अपनी यात्रा और योजना के बारे में बताने के लिए बता रहा हूँ। मैं इन्हें इसलिए भी बता रहा हूँ, ताकि लोग यह जान लें कि बहुत छोटी शुरुआत के बाद भी ईंटों का वित्तीय मकान बनाना संभव है, जैसा थ्री लिटिल पिग्स की कहानी में बताया गया है।

हालाँकि बेहद अमीर लोगों से तुलना करने पर ये संख्याएँ बड़ी नहीं हैं, लेकिन हमारी योजना कुछ और सालों तक दौलत बढ़ाने की है। अगर सब कुछ हमारी योजना के हिसाब से होता है, तो कुछ सालों में हम *बेहद अमीर* लोगों की दुनिया में पहुँच जाएँगे।

अगर आप संख्याओं पर ध्यान देंगे, तो आपको पता चल जाएगा कि पिछले कुछ सालों में हमारी योजना रियल एस्टेट हासिल करने के बजाय बिज़नेस बनाने पर केंद्रित थी। अगले पाँच से दस साल तक के लिए हमारी योजना यह है कि हम और बिज़नेस तो बनाएँगे, लेकिन सरकारी फ़ंडिंग की मदद से रियल एस्टेट की ज़्यादा प्रॉपर्टीज़ हासिल करने पर पहले से ज़्यादा ध्यान केंद्रित करेंगे।

मैं आपको इस समय जो बिंदु बताना चाहता हूँ, वह है संदर्भ या वास्तविकता के लगातार विस्तार का विचार और ज़्यादा तेज़ तथा बेहतर सामग्री या शिक्षा की निरंतर तलाश। अगर आप भी दौलत की इसी राह पर चलना चाहते हैं, तो मैं इस बात की प्रबल सलाह देता हूँ कि आप खुले दिमाग़ के महत्व को समझ लें, व्यक्तिगत शंकाओं, सीमाओं और घमंड के पार पहुँच जाएँ, सीखने के इच्छुक बनें और सक्रिय क़दम उठाएँ। मैं कई लोगों से मिला हूँ, जो इस गति या इससे ज़्यादा तेज़ गति से वित्तीय विकास करना चाहते थे, लेकिन वे अपने संदर्भ का विस्तार करने या अपनी सामग्री बढ़ाने के इच्छुक नहीं थे। इसलिए लोग किसी चीज़ में संघर्ष करते रहते हैं या एक प्रोजेक्ट से दूसरे प्रोजेक्ट तक जाते रहते हैं और उम्मीद करते हैं कि वह प्रोजेक्ट उन्हें अमीर बना देगा। मेरा दावा है कि अगर किसी व्यक्ति का संदर्भ और सामग्री लगातार बढ़ रही है, तो वह व्यक्ति ज़्यादा अमीर बनता जाएगा, चाहे प्रोजेक्ट कोई भी हो। आपका संदर्भ और सामग्री आपको अमीर बनाती है। जैसा कि मैंने बाक़ी पुस्तकों में बताया है, रे क्रॉक बिलियनों की तादाद में सामान्य हैमबर्गर बेचकर बिलियनेअर बने थे और स्टारबक्स कॉफ़ी बेचकर विश्वप्रसिद्ध ब्रांड बना है।

अमीर डैडी अक्सर कहते थे, "अगर आप अपने संदर्भ या सामग्री नहीं बदलते हैं, तो आपके रेशो वही रहेंगे।" मेरा एक दोस्त है, जिसके मन में हमेशा मिलियनों डॉलर बनाने का कोई नया विचार आता रहता है। कुछ समय पहले उसने मुझे फ़ोन करके पूछा कि क्या मैं उसकी नवीनतम योजना में निवेश करना चाहता हूँ। उसके पास ख़ास तरह के कपड़े बेचने का एक बेहतरीन विचार था। ये कपड़े उस स्टोर में नहीं बिकते थे, जहाँ वह पार्ट-टाइम काम करता था। उसने कहा, "हर दिन लोग इस स्टोर में इस ब्रांड के कपड़ों की तलाश में आते हैं। मेरा बॉस इन्हें नहीं रखना चाहता है। अगर आप मुझे थोड़े पैसे दे देंगे, तो

मैं इस स्टोर के ठीक सामने दुकान खोल लूँगा। हम लोग मुनाफ़ा आधा-आधा बाँट लेंगे।"

जब मैंने इस दोस्त से पूछा कि क्या उसने कैशफ़्लो मैनेजमेंट, रिटेल मैनेजमेंट, सेल्स, मार्केटिंग और लोगों को नौकरी पर रखने या निकालने का प्रशिक्षण लिया है, तो उसने इंकार कर दिया। उसका जवाब था, "मुझे यह सब करने की क्या ज़रूरत है? मैं बरसों से इस स्टोर में काम कर रहा हूँ। मुझे स्टोर चलाने के लिए और कुछ सीखने की ज़रूरत ही नहीं है।" जब मैंने उसके प्रस्ताव को नामंजूर कर दिया, तो उसने दोबारा मुझे एक नए प्रोजेक्ट के लिए फ़ोन किया और मैंने उसके प्रस्ताव को दोबारा ठुकरा दिया।

मैंने उसे सिर्फ़ इसलिए मना किया, क्योंकि मुझे नहीं लगता कि वह अपने संदर्भ और सामग्री को बदलने का इच्छुक है। वह तो बस पैसे बनाना चाहता है ... और उसकी उम्र को देखते हुए मैं जानता हूँ कि अगर वह पैसे बनाने के मामले में निपुण होता, तो अब तक अमीर बन चुका होता। वह सोचता रहता है कि अगला गर्मागर्म बेहतरीन विचार या बिज़नेस अवसर उसे अमीर बना देगा। वह अमीर बनने के लिए अपने सीमित संदर्भ और सामग्री का विस्तार करने की कोशिश ही नहीं करता है, जो उसे पीछे रोके हुए हैं। अगर वह उस स्टोर को खोल भी ले और उसके नए प्रोडक्ट सफल भी हो जाएँ, तो भी मुझे लगता है कि उसका रेशो 1:1 ही बना रहेगा। दूसरे शब्दों में, उसे शायद दिन भर और रात भर स्टोर में ही रहना होगा और उसके वर्तमान संदर्भ तथा सामग्री को देखते हुए विस्तार की बहुत कम संभावना होगी।

## अमीर बनना मुश्किल क्यों है

ऐसे संदर्भ और सामग्री के साथ अमीर बनना मुश्किल या लगभग असंभव है, जिसमें आपका लीवरेज रेशो 1:1 हो। इसमें अमीर बनना मुश्किल इसलिए है, क्योंकि इसमें कोई लीवरेज नहीं है। नीचे दिए कैशफ़्लो क्वाड्रैंट को देखें :

इससे आप यह समझ सकते हैं कि क्वाड्रैंट के बाईं तरफ़ यानी ई तथा एस वाले हिस्से में अमीर बनना ज़्यादा मुश्किल क्यों है : लीवरेज रेशो के कारण। ज़्यादातर मामलों में ई और एस वाले हिस्से में 1:1 का रेशो होता है, जिसके बहुत कम अपवाद होते हैं। उदाहरण के लिए, ज़्यादातर कर्मचारी एक समय में सिर्फ़ एक ही कंपनी के लिए काम कर सकते हैं। हालाँकि वे दूसरी नौकरी भी कर सकते हैं, लेकिन इसके बावजूद उनका रेशो 1:1 ही रहेगा। यह कई छोटे बिज़नेस मालिकों या सेल्फ़-एम्प्लॉयड लोगों के मामले में भी सच है। मेरा वह दोस्त, जो कपड़ों का स्टोर खोलना चाहता था, शायद एक स्टोर में ही फँसा रहता। मुझे सचमुच संदेह है कि वह एक से ज़्यादा स्टोर को सँभाल सकता है। एक डेंटिस्ट एक समय में सिर्फ़ एक व्यक्ति के मुँह में ही ड्रिलिंग कर सकता है और एक वकील या अकाउंटेंट के पास दिन में सीमित घंटे ही होते हैं, जिनके लिए वह फ़ीस वसूल कर सकता है।

मेरी टैक्स सलाहकार डियान केनेडी कहती हैं, "एस क्वाड्रैंट में ऊँची आमदनी वाले ज़्यादातर प्रोफ़ेशनल लोग 1,00,000 से 1,50,000 डॉलर की आमदनी के बीच ही फँसे रहते हैं।" डियान आगे कहती हैं, "जो लोग इससे ज़्यादा पैसा बनाते हैं, वे ऐसा इसलिए कर पाते हैं, क्योंकि वे बहुत बड़े विशेषज्ञ होते हैं और प्रोजेक्ट या घंटे के लिए ज़्यादा फ़ीस वसूल करते हैं। इस समूह की ऊपरी सीमा लगभग 5,00,000 डॉलर की सालाना आमदनी होगी। बहुत कम प्रोफ़ेशनल इससे ज़्यादा कमा पाते हैं।" एक बार फिर समस्या 1:1 लीवरेज रेशो की है।

परीकथाओं वाले पिछले अध्याय में मैंने कछुए और ख़रगोश की कहानी का ज़िक्र किया है। ख़रगोश ज़िंदगी में तेज़ शुरुआत कर लेते हैं, क्योंकि उनके पास कोई विशेष उपहार, प्रतिभा या हुनर होता है। वे बड़े स्कॉलर हो सकते हैं, तेज़ सीखने वाले हो सकते हैं या बड़े खिलाड़ी हो सकते हैं या फिर कलाकार हो सकते हैं, जैसे कि फ़िल्म सितारे। कई लोग ज़िंदगी में शुरू में अच्छा प्रदर्शन करते हैं। बहरहाल, मेरे जैसे कछुए की स्थिति अलग है। मैं जानता था कि मैं लीवरेज के रेशो का प्रयोग करके ही अपनी दौड़ जीत सकता हूँ। यह वही योजना थी, जिस पर मेरे अमीर डैडी चले थे। अगर मैं सचमुच स्मार्ट होता और रॉकेट वैज्ञानिक होता, तो शायद मैं बिज़नेस के पारंपरिक संसार में सफल हो सकता था और कंपनी की सीढ़ी पर तेज़ी से ऊपर चढ़ सकता था। लेकिन ज़िंदगी के शुरू में ही जब मुझे स्कूल में मुश्किल आने लगी, तो मैं जान गया कि अपनी दौड़ जीतने का तरीक़ा मुझे ही खोजना होगा। आज मेरी आमदनी मेरे कई सहपाठियों से ज़्यादा है, जिन्हें ज़िंदगी में जल्दी ही ऊँची तनख़्वाह वाली नौकरियाँ मिल गई थीं। मेरी आमदनी इसलिए ज़्यादा है, क्योंकि मैंने *अपने श्रम के लीवरेज* के बजाय *संपत्तियों के लीवरेज* का प्रयोग किया था।

आपमें से जो लोग जवानी में अमीर बनकर रिटायर होना चाहते हैं, उन्हें

यह निर्णय लेना होगा कि वह कौन सी रेस है, जिसमें आपके पास जीतने का अच्छा मौक़ा है। उदाहरण के लिए, अगर आप बेसबॉल स्टार अलेक्स रॉड्रिग्वेज़ हैं, जिसे दस साल के अनुबंध के बदले 252 मिलियन डॉलर मिले हैं और विज्ञापन के पैसे अलग मिलते हैं, तो यह स्पष्ट है कि ई क्वाड्रैंट आपके लिए सबसे अच्छा है। हालाँकि रॉड्रिग्वेज़ का रेशो दस सालों तक 1:1 ही रहेगा, लेकिन जब आप डॉलरों पर नज़र डालते हैं, तो यह बहुत अच्छा रेशो है। अगर आप जूलिया रॉबर्ट्स जैसी फ़िल्म अभिनेत्री हैं, जो एक फ़िल्म के 2 करोड़ डॉलर लेती हैं, तो ज़ाहिर है, यही आपके लिए सबसे अच्छा रास्ता है। जॉर्ज डब्ल्यू. बुश के अधीन सेक्रेटरी ऑफ़ ट्रेज़री पॉल ओ'नील को अलकोआ के कर्मचारी के रूप में 10 करोड़ डॉलर के शेयर और स्टॉक ऑप्शन मिले थे। हालाँकि वे नौकरी कर रहे थे और उनका रेशो 1:1 था, लेकिन उनकी तनख़्वाह में बहुत ज़्यादा लीवरेज था। अगर आप सोचते हैं कि सफलता की आपकी सबसे अच्छी संभावना किसी बड़े कॉरपोरेशन की सीढ़ी के शिखर पर है, तो यह आपके लिए सबसे अच्छा रास्ता है, भले ही रेशो 1:1 का हो। किम और मैं अमीर डैडी के रास्ते पर सिर्फ़ इसलिए चले, क्योंकि हमें महसूस हुआ कि उनके रास्ते पर चलना हमारे लिए वित्तीय सफलता पाने की सबसे अच्छी संभावना है। यह एक ऐसा रास्ता था, जिसमें हमें संपत्तियाँ हासिल करने की ज़रूरत थी। यह एक ऐसा रास्ता था, जिसमें हमें लगातार अपने लीवरेज रेशो को बढ़ाने के लिए मेहनत करने की ज़रूरत थी।

## कछुओं के लिए अच्छा रास्ता

मैंने व्यक्तिगत रूप से अमीर डैडी का रास्ता एक और कारण से चुना। वह कारण नीचे दिए कैशफ़्लो क्वाड्रैंट के डायग्राम में मिलेगा :

(सीमित) (असीमित)

बरसों पहले अमीर डैडी ने क्वाड्रैंट की बाईं तरफ़ इशारा करके कहा था, "ई और एस वाले हिस्से में आमदनी की क्षमता *सीमित* है। दाएँ हिस्से

में आमदनी की क्षमता *असीमित* है।"

अमीर डैडी ने आगे स्पष्ट करते हुए कहा था, "पैसे के लिए अपना श्रम बेचने में मुश्किल यह है कि आप एक सीमा तक ही मेहनत कर सकते हैं। अगर आप पैसा बनाने के लिए संपत्तियाँ हासिल करना या बनाना सीख लेते हैं, तो आप धीरे-धीरे लेकिन निश्चित रूप से अपनी आमदनी बढ़ाते हैं। दरअसल, क्वाड्रैंट का दायाँ हिस्सा कछुओं के लिए बहुत बढ़िया है, जो धीरे-धीरे लेकिन निश्चित रूप से ज़्यादा संपत्तियाँ हासिल करने में जुटे रहते हैं।"

अमीर डैडी ने यह भी कहा था, "अपना श्रम बेचने के साथ मुश्किल यह है कि आपकी मेहनत का कोई दीर्घकालीन अतिरिक्त मूल्य नहीं होता है। अगर आप किराए वाली जायदाद ख़रीदते हैं और उसे किराए पर लाभकारी ढंग से उठा देते हैं, तो उस जायदाद को हासिल करने में की गई मेहनत का पुरस्कार आपको बार-बार, बरसों तक मिलता रहता है। दूसरे शब्दों में, आपको बरसों तक किसी ऐसी चीज़ के पैसे मिलते हैं, जिसमें हो सकता है कि एक हफ़्ते से भी कम की मेहनत लगी हो।" इसका एक उदाहरण देखें। 1991 में किम और मैंने 50,000 डॉलर नक़द में एक रिज़ॉर्ट इलाक़े में एक प्रॉपर्टी ख़रीदी। यह बहुत बढ़िया सौदा था, क्योंकि वह जायदाद पहले 1,34,000 डॉलर में बिकी थी। हमने इसे बैंक से फ़ोरक्लोज़र में ख़रीदा था। इससे 1991 से हमें हर महीने 1,000 डॉलर या हर साल 12,000 डॉलर की शुद्ध आमदनी हो रही है, हालाँकि उसे ख़रीदे हुए बरसों बीत चुके हैं। हमें उस जायदाद को ख़रीदने और किराए पर उठाने में आठ घंटे से भी कम समय लगा था। हमने उस जायदाद को बेचकर लाभ कमाने के बारे में सोचा, लेकिन इस समय ऐसा करना बहुत ज़्यादा मुश्किल होगा।

पैसे के लिए नौकरी करने में दिक़्क़त यह है कि आपको हर सुबह अपनी मेहनत बेचने जाना पड़ता है। अगर आप पैसे के लिए काम कर रहे हैं, तो ज़्यादतर मामलों में आपकी मेहनत का कोई दीर्घकालीन अतिरिक्त मूल्य नहीं होता है। इसके अलावा, अगर आप पैसे के लिए काम कर रहे हैं, तो आपकी आमदनी की क्षमता सीमित है। अगर आप धीरे-धीरे संपत्तियाँ हासिल कर रहे हैं, तो आपकी आमदनी की संभावना असीमित है और वह आमदनी आने वाली पीढ़ियों को सौंपी जा सकती है। आपकी नौकरी या प्रोफ़ेशन कोई ऐसी चीज़ नहीं है, जिसे आप वसीयत में बच्चों के नाम छोड़कर जा सकें।

## ज़िंदगी ज़्यादा आसान बन जाती है

अमीर डैडी ने बताया था कि अपनी मेहनत बेचकर पैसे के लिए काम करने का अक्सर यह मतलब होता है कि ज़िंदगी ज़्यादा मुश्किल हो जाती है, सिर्फ़ इसलिए क्योंकि ज़्यादा पैसे कमाने के लिए आपको ज़्यादा कड़ी मेहनत करनी पड़ती है। उन्होंने कहा था, "अगर ज़िंदगी में आपका लीवरेज रेशो 1:1 बना

रहता है, तो आपकी ज़िंदगी मुश्किल बन जाएगी। अगर आप लीवरेज रेशो बढ़ाने के लिए काम करते हैं, तो ज़िंदगी ज़्यादा आसान हो जाती है और आप ज़्यादा पैसे बनाने लगते हैं।"

## दौलत की क्वांटम लीप

हममें से ज़्यादातर लोगों ने *क्वांटम लीप* (ज़बर्दस्त छलाँग) के बारे में सुना होगा। बाक़ी लोग *एक्सपोनेंशियल* (घातांकीय वृद्धि) शब्द का प्रयोग कर सकते हैं, जिसका मतलब है किसी चीज़ में सीधी बढ़ोतरी से ज़्यादा वृद्धि। दूसरे शब्दों में 1 और 1 जुड़कर 2 नहीं होते हैं। दौलत के क्वांटम लीप या एक्सपोनेंशियल वृद्धि में 1 और 1 जुड़कर 5, 6, 7 या इससे भी ज़्यादा हो सकते हैं। दूसरे शब्दों में, अगर आप जमकर मेहनत करते हैं और ईंटों का मज़बूत मकान बना लेते हैं, तो मैंने पाया है कि दौलत अचानक क्वांटम लीप लगाने लगती है। और यह क्वांटम लीप 1:1 के रेशो पर चलने वाले लोगों को नसीब नहीं होती है।

उदाहरण के लिए, 1985 से 1990 के बीच किम और मेरी ज़िंदगी में बहुत से आर्थिक संघर्ष थे। 1990 और 1994 के बीच अचानक किम और मेरी दौलत तथा वित्तीय सफलता में ज़बर्दस्त एक्सपोनेंशियल उछाल आया। 1994 से 1998 के बीच ज़िंदगी एक बार फिर काफ़ी स्थिरता से चली। हमने संपत्तियाँ बनाने में जमकर मेहनत की और बिज़नेस खड़े किए। हमने रियल एस्टेट ज़्यादा नहीं ख़रीदी, क्योंकि प्रॉपर्टी की क़ीमत अचानक बहुत बढ़ गई थी और अच्छा सौदा खोजने में बहुत ज़्यादा समय लगने लगा था। अचानक 1999 में न सिर्फ़ मेरी पुस्तकें और गेम्स लोकप्रिय हो गए, बल्कि हमारे अन्य कई बिज़नेस और निवेश भी परवान चढ़ने लगे।

ऐसा लग रहा था, जैसे अचानक ख़ुशक़िस्मती का सैलाब आ गया था। नए दोस्त और नए अवसर सामने आ रहे थे, लेकिन सच तो यह था कि दौलत के इस एक्सपोनेंशियल उछाल का कारण सिर्फ़ यह था कि हमने बरसों तक मेहनत की थी और कभी-कभार वित्तीय झटके भी झेले थे। ऐसा इसलिए होता है, क्योंकि संपत्तियों का मूल्य अक्सर एक्सपोनेंशियल गति से बढ़ता है, जबकि आपकी मेहनत का मूल्य सिर्फ़ सामान्य गति से (incrementally) बढ़ता है। उदाहरण के लिए, मेरे अकाउंटेंट ने मुझे बताया कि मेरी एक कंपनी का मूल्य सन् 2000 में 4 करोड़ डॉलर बढ़ गया। उसके हिसाब से हम इस क़ीमत पर इस कंपनी को बेच सकते थे, बशर्ते हम बेचना चाहें। उसी समय मेरे एक वकील ने अपनी फ़ीस 25 डॉलर प्रति घंटे बढ़ा दी। यह इस बात का उदाहरण है कि संपत्तियों का मूल्य *एक्सपोनेंशियल गति* से बढ़ता है, जबकि तनख़्वाह *सामान्य गति* से बढ़ती है। यह इस बात का एक और उदाहरण है कि क्वाड्रैंट के बाएँ हिस्से में आमदनी की क्षमता सीमित होती है, जबकि दाएँ हिस्से में आमदनी की क्षमता असीमित होती है।

क्वांटम लीप का एक और उदाहरण उन कंपनियों के शेयरों में देखने में आया, जिनके हम मालिक थे। 1996 से 1998 के बीच हम एक पब्लिक कंपनी के शेयर हासिल करने में जुटे हुए थे। वह कंपनी अचानक दिवालिया हो गई और हमने वह सब कुछ गँवा दिया, जो कंपनी में हमारे पास था। हमारे शेयर लगभग बेकार हो गए थे। लेकिन हमने उस कंपनी में महत्वपूर्ण हिस्सेदारी हासिल करने में जो काम किया था, उसके अनुभव के आधार पर हमने बेहतर कंपनियों के शेयर सस्ते दामों पर ख़रीदना सीख लिया। उसके बाद हम अच्छी शुरुआती कंपनियों में बहुत सारे शेयर हासिल कर लेते हैं और शेयर बाज़ार की मंदी में भी उन शेयरों ने बहुत अच्छा लाभ दिया है।

इस पुस्तक की शुरुआत में मैंने उस पत्रकार के बारे में लिखा है, जिसने यह कहकर मेरी आलोचना की थी कि ज़्यादातर नई कंपनियाँ तो शुरुआत में ही असफल हो जाती हैं। हालाँकि बिज़नेस शुरू करने में जोखिम अब भी ज़्यादा हैं, लेकिन उन छोटी जूझती असफल कंपनियों को चलाने से हासिल अनुभव के कारण ही मैं ऐसी कंपनियाँ शुरू करने में सक्षम हुआ हूँ, जिनकी सफलता की दीर्घकालीन संभावना ज़्यादा अच्छी है। जब मैं *रिच डैड पुअर डैड* और हमारी कंपनी richdad.com की सफलता को देखता हूँ, तो पाता हूँ कि हमारी ज़्यादातर वर्तमान सफलताओं में अतीत की असफलताओं का बहुत बड़ा योगदान है। शेरॉन और किम को भी झटके लगे हैं, बिज़नेस में निराशा हाथ लगी है, लेकिन ये झटके सबक़ बन गए, जो उन्होंने सीखे और हमारी साझी सफलता में इनका भी योगदान है। हमने अपने व्यक्तिगत अनुभव से जो सीखा है, उससे हम समूह के रूप में अचानक क्वांटम लीप वाली सफलता का आनंद ले रहे हैं।

मैं यह सब इसलिए बता रहा हूँ, क्योंकि मैं आपको अपनी यात्रा जारी रखने के लिए प्रोत्साहित करना चाहता हूँ, भले ही आपको ज़िंदगी की राह में कुछ झटके लगें। अगर आप दूसरों को दोष देने या बहाने बनाने के बजाय हर झटके से सबक़ सीखते हैं, तो आपके ज्ञान की दौलत बढ़ जाएगी। अगर आप ज़्यादा से ज़्यादा उदार बनने के लिए लगातार काम करते हैं, ज़्यादा से ज़्यादा लोगों की सेवा करने के लिए काम करते हैं, अपने लीवरेज रेशोज़ बढ़ाने के लिए काम करते हैं, तो मुझे विश्वास है कि आपको भी दौलत की इन क्वांटम लीप्स या एक्सपोनेंशियल वृद्धियों का अनुभव होगा। ऐसा लगता है कि कछुए भी तेज़ हवा के झोंके के साथ अचानक छलाँग लगा सकते हैं।

## नेटवर्क्स की शक्ति

मुझे मेटकॉफ़ का नियम मालूम पड़ा है, जो कुछ हद तक दौलत की क्वांटम लीप या एक्सपोनेंशियल उछाल को स्पष्ट करता है। रॉबर्ट मेटकॉफ़ 3Com नामक कंपनी के संस्थापक हैं, जिन्होंने पामपाइलट दिया है। उनका नियम कहता है कि किसी बिज़नेस की *आर्थिक शक्ति नेटवर्क की संख्या का वर्ग होती है।*

फ़ैक्स मशीन की कहानी से हम इस अवधारणा को ज़्यादा स्पष्टता से समझ सकते हैं। ज़ेरॉक्स कॉरपोरेशन में मेरे शुरुआती दिनों में हमें फ़ैक्स मशीनें बेचने का काम दिया गया। 1970 के दशक की शुरुआत में समस्या यह थी कि बहुत कम लोगों के पास फ़ैक्स मशीनें थीं और उससे भी कम लोग जानते थे कि वे क्या काम करती हैं। चूँकि फ़ैक्स मशीनें बहुत कम थीं, इसलिए उनका आर्थिक महत्व भी कम था। लेकिन जब समय गुज़रता गया और ज़्यादा लोग उनका इस्तेमाल करने लगे, तो उनकी लोकप्रियता अचानक बढ़ गई। आज मेरे ज़्यादातर मित्रों के घर और ऑफ़िस दोनों जगह फ़ैक्स मशीनें हैं।

तो मेटकॉफ़ का नियम यह है : अगर आपके पास सिर्फ़ एक फ़ैक्स मशीन है, तो आपका आर्थिक मूल्य एक है, जो इस फ़ॉर्मूले के अनुसार निकाला गया है,

1:1 (वर्ग)

1 का वर्ग भी 1 ही है, जो इसका आर्थिक मूल्य है। लेकिन जिस पल फ़ैक्स मशीनें दो हो जाती हैं, नेटवर्क का आर्थिक मूल्य रेखीय तरीक़े से बढ़कर 2 नहीं होता है। यह क्वांटम या वर्ग की गति से बढ़ता है। जिस पल आपके पास दूसरी फ़ैक्स मशीन आ जाती है, आर्थिक मूल्य बढ़कर 2 नहीं, 4 हो जाता है :

$1:2^2$ = 4 का आर्थिक मूल्य

जब नेटवर्क में 10 फ़ैक्स मशीनें हो जाती हैं, तो आँकड़े इस तरह दिखते हैं :

$1:10^2$ = 100 का आर्थिक मूल्य

## एस क्वाड्रैंट के भुक्तभोगी

जो लोग अकेले प्रोपराइटर या सेल्फ़-एम्प्लॉयड छोटे बिज़नेस मालिक होते हैं, उन्हें आम तौर पर मेटकॉफ़ के नियम का लाभ नहीं मिलता है। मेटकॉफ़ के नियम के कारण ही मैकडॉनल्ड्स जैसा फ्रैंचाइज़ी ग्रुप किसी अकेले मालिक के हैमबर्गर स्टैंड से ज़्यादा शक्तिशाली है।

मैंने पाया है कि जो लोग अकेले कड़ी मेहनत करते हैं, उन्हें अपनी स्वायत्तता क़ायम रखने के लिए कहीं ज़्यादा कड़ी मेहनत करनी पड़ती है। इसीलिए कई प्रोफ़ेशनल लोग एसोसिएशन बना लेते हैं, ताकि दुनिया में उनके पास ज़्यादा प्रभाव और शक्ति रहे।

## ई क्वाड्रैंट यूनियन बनाता है

बरसों से ई क्वाड्रैंट के लोगों को लेबर यूनियन में एकजुट होने का महत्व मालूम है। एक साथ जुड़ने के बाद ई क्वाड्रैंट के कर्मचारियों के पास सौदेबाज़ी करने

की ज़्यादा शक्ति होती है। आज अमेरिका में सबसे अमीर और शक्तिशाली लेबर यूनियनों में एनईए यानी नेशनल एजुकेशन एसोसिएशन की गिनती होती है। हमारे शिक्षा तंत्र में होने वाले धीमे परिवर्तन का एक बड़ा कारण टीचर्स यूनियन की शक्ति है। वे नेटवर्क की शक्ति जानते हैं।

## एकाधिकार की शक्ति

अमीर डैडी अक्सर कहते थे, "बड़ी दौलत का फ़ॉर्मूला मोनोपॉली (एकाधिकार) के खेल में मिलता है।" हममें से कई लोग यह फ़ॉर्मूला जानते हैं, चार हरे मकान ख़रीदने और उनके बदले में एक लाल होटल ख़रीदने का फ़ॉर्मूला। मोनोपॉली के खेल में पाया जाने वाला दौलत का फ़ॉर्मूला मेटकॉफ़ के नियम पर चलता है। मेरे ग़रीब डैडी और अमीर डैडी के रेशो की तुलना से आप समझ सकते हैं कि मेरे अमीर डैडी की आर्थिक शक्ति क्यों बढ़ती गई और मेरे ग़रीब डैडी की आर्थिक शक्ति क्यों नहीं बढ़ पाई।

| | *ग़रीब डैडी* | *अमीर डैडी* |
|---|---|---|
| रियल एस्टेट | 1:1 कभी नहीं बदला | 1:450 लगातार बढ़ रहा है। |

दूसरे शब्दों में, मेरे ग़रीब डैडी की आर्थिक शक्ति हमेशा 1 रही। 1 का वर्ग भी 1 होता है। उनके पास बस उनका मकान था। इस उदाहरण में मेरे अमीर डैडी की आर्थिक शक्ति $450^2$ थी। उनके पास 450 रेंटल यूनिट थे। उनकी आर्थिक शक्ति एक्सपोनेंशियल गति से बढ़ रही थी। जब आप मेरे ग़रीब डैडी के 1:1 के रेशो को देखते हैं और फिर उनकी आमदनी पर टैक्स के प्रभाव को देखते हैं, जो 50 प्रतिशत वाली *अर्जित* आमदनी है, तो आप दरअसल देख सकते हैं कि कड़ी से कड़ी मेहनत करने के बावजूद मेरे ग़रीब डैडी की आर्थिक शक्ति क्यों नहीं बढ़ी। मेरे अमीर डैडी की आमदनी बढ़ती रही, उनकी आर्थिक शक्ति भी बढ़ रही थी और वे कम से कम टैक्स दे रहे थे।

1985 में किम और मैंने हर साल किराए के दो नए मकान ख़रीदने की योजना बनाई। 1989 में हमने जायदाद ख़रीदना शुरू किया। जब हमारे पास पाँच मकान हो गए, तो हमारी आर्थिक शक्ति $5^2$ यानी 25 हो गई। न सिर्फ़ हमारी आर्थिक शक्ति बढ़ी, बल्कि अनुभव बढ़ने के साथ-साथ हमारा आत्मविश्वास भी बढ़ता चला गया। जब हमने बारह यूनिट वाला अपार्टमेंट हाउस ख़रीदा, तो हमारा लीवरेज रेशो 1:17 था और हमारी आर्थिक शक्ति $1{:}17^2$ यानी 289 थी। जिन लोगों के पास सिर्फ़ उनका मकान था और जिन्होंने मंदी के दौर में निवेश की जायदाद नहीं ख़रीदी थी, उनका रियल एस्टेट रेशो 1:1 ही था और उनकी आर्थिक शक्ति भी सिर्फ़ 1 थी। किम और मेरा 2005 का लक्ष्य हमारे पोर्टफ़ोलियो में 1,000 या इससे अधिक रेंटल यूनिट शामिल करने का है।

सवाल यह है कि $1,000^2$ की आर्थिक शक्ति क्या है?

यह उदाहरण स्पष्ट करता है कि बी या आई क्वाड्रैंट में काम करने वाला व्यक्ति जल्दी ही ई या एस क्वाड्रैंट के बहुत स्मार्ट, प्रतिभाशाली या उच्च-शिक्षित व्यक्ति से किस तरह आगे निकल सकता है, भले ही ई या एस क्वाड्रैंट का व्यक्ति ज़्यादा पैसे कमाता हो। मेटकॉफ़ का नियम स्पष्ट करता है कि मेरे अमीर डैडी अंततः साल भर में उतना कैसे कमा पाए, जितना मेरे ग़रीब डैडी ने ज़िंदगी भर में भी नहीं कमाया था। मेटकॉफ़ का नियम यह भी स्पष्ट करता है कि कछुए ख़रगोशों को क्यों हरा सकते हैं, अगर वे बहुत से ख़रगोशों की तरह पैसे के लिए काम करने के विपरीत संपत्तियाँ हासिल करते जाएँ।

## नेटवर्क मार्केटिंग बिज़नेस

मेटकॉफ़ के नियम यानी नेटवर्क्स के नियम को समझने के बाद मैं जान गया कि नेटवर्क मार्केटिंग संगठन आप और मेरे जैसे आम लोगों के लिए इतने सशक्त साधन क्यों हैं। नेटवर्क मार्केटिंग बिज़नेस पर मेटकॉफ़ के नियम को लागू करने के बाद आप इस प्रकार के बिज़नेस की शक्ति को देख सकते हैं।

उदाहरण के लिए :

ई या एस क्वाड्रैंट का कोई व्यक्ति किसी नेटवर्क मार्केटिंग संगठन में शामिल होने का फ़ैसला करता है और बी क्वाड्रैंट में जाने का तरीक़ा सीखता है। वह एक-दो साल तक काम करता है, आवश्यक शिक्षा और मानसिकता सीखता है। एक-दो साल तक ज़्यादा कुछ नहीं होता, क्योंकि लोग इस बिज़नेस में जुटकर काम नहीं करते हैं, बल्कि आते-जाते रहते हैं। इसलिए एक-दो साल बाद भी उनका लीवरेज रेशो या आर्थिक शक्ति वही रहती है। यह ई या एस क्वाड्रैंट में रहने से ज़्यादा अलग नहीं है :

$1:1^2$

1 की आर्थिक शक्ति

अचानक तीसरे साल में इस व्यक्ति के संदर्भ का विस्तार हो जाता है और अब उसके पास नई सामग्री आ जाती है। अचानक वह बिज़नेस बनाने के इच्छुक तीन सशक्त उम्मीदवारों को आकर्षित करके प्रशिक्षित कर लेता है।

उनका लीवरेज रेशो और आर्थिक शक्ति इस तरह दिखती है :

1:3

9 की आर्थिक शक्ति

तीन साल में यह शक्ति की क्वांटम लीप है।

पाँच साल बाद इस व्यक्ति के पास अब दस का नेटवर्क है और उसका लीवरेज रेशो इस तरह दिखता है :

1:10
100 की आर्थिक शक्ति

अब हम मान लेते हैं कि यह व्यक्ति फ़ैसला करता है कि दस लोग ही काफ़ी हैं और वह अपने बिज़नेस में सिर्फ़ दस लोगों पर ही ध्यान केंद्रित करता है। हम मान लेते हैं कि जल्दी ही यानी कुछ साल बाद ही उसके नेटवर्क के दस व्यक्तियों से भी दस लोग जुड़ जाते हैं (1:10:10)। इसका मतलब है कि मूल व्यक्ति के नेटवर्क में अब 100 लोग हैं।

फिर अपनी अतिरिक्त आमदनी से यह व्यक्ति अपार्टमेंट हाउस ख़रीदने लगता है। वह 100 यूनिट के अपार्टमेंट हाउस से शुरू करता है :

| | |
|---|---|
| बिज़नेस | 1:10:10 |
| रियल एस्टेट | 1:100 |

पाँच से दस साल के भीतर यह व्यक्ति न सिर्फ़ ई और एस क्वाड्रैंट वाले हिस्से से दूसरी तरफ़ पहुँच गया है, बल्कि बी और आई दोनों क्वाड्रैंटों में उसकी आर्थिक शक्ति में ज़बर्दस्त उछाल आया है, जो ई और एस क्वाड्रैंट में मुश्किल है। यह काम करने वाला व्यक्ति अचानक उन सहकर्मियों से ज़्यादा दौलतमंद, अमीर और आर्थिक रूप से शक्तिशाली बन जाता है, जिन्हें वह ई या एस क्वाड्रैंट में पीछे छोड़ आया है।

पंद्रह साल बाद ये आँकड़े बहुत आश्चर्यजनक हो सकते हैं।

यह एक बहुत ही आसान सा उदाहरण है कि मैं कुछ नेटवर्क मार्केटिंग कंपनियों से जुड़ने की सलाह क्यों देता हूँ। जैसा नाम से ही स्पष्ट है, यह एक नेटवर्क है ... जो मेटकॉफ़ के नियम का दोहन करता है, जो नेटवर्क्स की शक्ति को आँकने का नियम है।

आज जब मैं उन लोगों से बातचीत करता हूँ, जो अपने रिटायरमेंट अकाउंट के म्यूचुअल फ़ंड्स या अपने रिटायरमेंट के बारे में चिंतित हैं, तो मैं अक्सर उन्हें यह सलाह देता हूँ कि वे अपने पोर्टफ़ोलियो में एक नेटवर्क मार्केटिंग बिज़नेस भी शामिल कर लें। मैं उनसे कहता हूँ, "अगर आप नेटवर्क मार्केटिंग बिज़नेस के कुछ सबक़ों पर सचमुच अमल कर लें और अपने नेटवर्क में ठोस लोगों के साथ मिलकर ठोस बिज़नेस बना लें, तो आप पाएँगे कि यह बिज़नेस आपके रिटायरमेंट फ़ंड के म्यूचुअल फ़ंड्स से बहुत ज़्यादा सुरक्षित है। अगर आप अपने नेटवर्क में शामिल लोगों को अमीर बनाने के लिए सचमुच कड़ी मेहनत करते हैं, तो बदले में वे आपको अमीर और बेहद सुरक्षित बना

देंगे। मेरे विचार से नेटवर्क मार्केटिंग बिज़नेस शेयर बाज़ार से ज़्यादा सुरक्षित है, क्योंकि आप ऐसे लोगों से जुड़े हैं, जिनसे आप प्रेम करते हैं, जिन पर आप भरोसा करते हैं और आप सभी मेटकॉफ़ के नियम की शक्ति का दोहन कर रहे हैं ... वह नियम, जो नेटवर्क्स की शक्ति को आँकता है।"

## नेटवर्क्स उदारता की शक्ति का दोहन करते हैं

अमीर और शक्तिशाली लोग नेटवर्क्स की शक्ति को समझते हैं। मैकडॉनल्ड्स दुनिया भर में फैले हैमबर्गर स्टैंड्स का नेटवर्क है। जनरल मोटर्स अमेरिका भर में फैली कार डीलरशिप्स का नेटवर्क है। एक्सॉन एक तेल कंपनी है, जिसके ऑइल फ़ील्ड, टैंकर्स, पाइपलाइंस और गैस स्टेशन पूरी दुनिया में फैले हुए हैं। अगर अमीर और शक्तिशाली लोग नेटवर्क्स का प्रयोग करते हैं, तो आपको भी क्यों नहीं करना चाहिए? सेफ़वे फ़ूड स्टोर्स की एक चेन है, जो देश भर में खाद्य पदार्थों का वितरण करती है। सीबीएस, एनबीसी, एबीसी, सीएनएन, पीबीएस, सीबीएन बहुत शक्तिशाली कम्युनिकेशन नेटवर्क्स हैं।

अमीर डैडी ने कहा था, "अगर आप अमीर बनना चाहते हैं, तो आपको नेटवर्क बनाना चाहिए और अपने नेटवर्क को दूसरे नेटवर्क्स से जोड़ना चाहिए। नेटवर्क्स से अमीर बनना इसलिए आसान है, क्योंकि नेटवर्क्स से *उदार* बनना आसान है। दूसरी तरफ़, जो लोग अकेले काम करते हैं, वे आर्थिक सफलता की अपनी संभावनाओं को सीमित कर लेते हैं।" उन्होंने आगे कहा था, "नेटवर्क्स का मतलब है ऐसे लोग, बिज़नेस या कंपनियाँ, जिनके साथ आप उदार होते हैं, क्योंकि आप उन्हें सहारा देते हैं और वे आपको सहारा देते हैं। नेटवर्क्स लीवरेज के सशक्त रूप हैं। अगर आप अमीर बनना चाहते हैं, तो नेटवर्क बनाएँ और अपने नेटवर्क को दूसरे नेटवर्क्स के साथ जोड़ लें।"

Richdad.com के लिए हमारी बिज़नेस योजना नेटवर्किंग पर आधारित है। हम संगठनों से प्रतिस्पर्धा करने के बजाय उनके साथ नेटवर्किंग करते हैं, ख़ासकर तब जब वे हमसे बड़े हों। आज हम टाइम वार्नर, टाइम-लाइफ़, नाइटिंगेल-कॉनैन्ट, पीबीएस, चालीस देशों के प्रकाशकों, कई चर्च संगठनों और कई नेटवर्क मार्केटिंग कंपनियों के साथ नेटवर्किंग करते हैं। हम एक साथ मिलकर काम करते हैं, ताकि हम एक-दूसरे को ज़्यादा मज़बूत और प्रभावी बना सकें, साथ ही ज़्यादा दौलतमंद भी। यह इस हाथ लेना उस हाथ देना है, शक्तियों को बाँटना है और कमज़ोरियों को न्यूनतम करना है, जिससे हम सभी ज़्यादा शक्तिशाली बन जाते हैं।

हमने पाया है कि जिन लोगों के साथ हम बिज़नेस करते हैं, उनके साथ सहयोग करने और उन्हें ज़्यादा अमीर बनाने पर ध्यान केंद्रित करने से हमारा विकास एक्सपोनेंशियल गति से होता है। मैंने देखा है कि जो लोग या कंपनियाँ

मूलभूत रूप से *सिर्फ़* ख़ुद को अमीर बनाने पर केंद्रित होती हैं या जितना वे देती हैं, उससे ज़्यादा लेने पर ध्यान केंद्रित करती हैं, वे अच्छी नेटवर्क पार्टनर्स नहीं बन पाती हैं। मैंने देखा है कि जो लोग सिर्फ़ *लेना* चाहते हैं और सिर्फ़ अपने बारे में ही परवाह करते हैं, उन्हें लंबे समय में अक्सर ज़्यादा कड़ी मेहनत करनी पड़ती है और उनकी कमाई काफ़ी कम होती है।

मैं एक बार एक कंपनी के बोर्ड में था। यह स्पष्ट था कि प्रेसिडेंट कंपनी की परवाह नहीं करता था। उसे तो बस अपने पे पैकेज और अपने सुनहरे पैराशूट की परवाह थी। उसे नेटवर्क की कोई परवाह नहीं थी - नेटवर्क मतलब सैकड़ों कर्मचारियों वाला ऐसा बिज़नेस, जो इसे ज़िंदा रखते थे। उसे तो बस ख़ुद की ही परवाह थी। यह बताने की शायद कोई ज़रूरत नहीं है कि हमने एक नया प्रेसिडेंट रख लिया। नेटवर्किंग में सफल बनने के लिए मुख्य बात यह है कि आप यह सुनिश्चित करने में गंभीर रुचि रखें कि आप जिन व्यक्तियों या संगठनों के साथ नेटवर्किंग करते हैं, उन्हें लाभ हो। आप सिर्फ़ अपने बारे में परवाह नहीं कर सकते, जैसा बहुत सारे लोग और संगठन करते हैं।

बरसों तक किम, शेरॉन और मैं ऐसे व्यक्तियों, परामर्शदाताओं या संगठनों से मिले हैं, जो हमारे साथ सिर्फ़ तभी काम करना चाहते थे, जब उन्हें सबसे पहले भुगतान मिले। दूसरे शब्दों में, उनके द्वारा दी जाने वाली सेवा उनके लिए कम महत्वपूर्ण थी, जबकि उन्हें मिलने वाली फ़ीस ज़्यादा महत्वपूर्ण थी।

हाल में हमने एक परामर्शदाता फ़र्म के साथ अनुबंध किया कि वह हमारे आंतरिक मार्केटिंग सिस्टम की जाँच करे। उन्होंने कोई काम करने से पहले ही तगड़ी फ़ीस माँग ली। हमने उन्हें फ़ीस दे दी। तीन महीने बाद उनकी रिपोर्ट आई। उस भारी-भरकम रिपोर्ट से गुज़रने के बाद हमें एहसास हुआ कि रिपोर्ट में कुल मिलाकर बस यही कहा गया था कि हम उनकी फ़र्म को काम देते रहें और तीन साल तक उन्हें फ़ीस देते रहें। उन्होंने इस बारे में कोई भी सलाह नहीं दी कि हम अपने मार्केटिंग सिस्टम्स को कैसे सुधार सकते हैं। उसमें तो सिर्फ़ ज़्यादा काम माँगने का प्रस्ताव भर था। यह एक उदाहरण है कि सेवा देने वाला व्यक्ति या कंपनी अपनी फ़ीस को ग्राहक की आवश्यकताओं से ऊपर कैसे रख सकता है। कहने की ज़रूरत नहीं है कि हमने कॉन्ट्रैक्ट साइन नहीं किया।

जब मैं हाई स्कूल में था, तो अमीर डैडी ने मुझसे कहा था कि मैं आकर देखूँ कि वे अपने औद्योगिक पार्क का प्रबंधन करने के लिए एक नए कर्मचारी को नौकरी पर किस तरह नियुक्त करते हैं। उनके कॉन्फ़्रेंस रूम में हुई मीटिंग में तीन उम्मीदवार थे। काम समझाने के बाद अमीर डैडी ने पूछा कि क्या उन्हें कोई सवाल पूछना है। सवाल दिलचस्प थे। वे थे :

1. "मुझे हर दिन कितने समय का ब्रेक मिलेगा?"
2. "कितनी मेडिकल लीव मिलेगी?"

3. "लाभ क्या हैं?"

4. "मुझे वेतनवृद्धि और प्रमोशन कब मिलेंगे?"

5. "कितनी सवैतनिक छुट्टियाँ मिलेंगी?"

मीटिंग के बाद अमीर डैडी ने मुझसे पूछा कि मैंने क्या देखा।

मैंने जवाब दिया, "उन लोगों की दिलचस्पी तो सिर्फ़ इस बात में है कि इसमें उन्हें क्या मिलेगा। उनमें से किसी ने भी यह नहीं पूछा कि वे आपका बिज़नेस बनाने में किस तरह आपकी मदद कर सकते हैं या वे बिज़नेस को ज़्यादा लाभदायक बनाने के लिए क्या कर सकते हैं।"

अमीर डैडी ने कहा, "मैंने भी यही देखा था।"

"क्या आप उनमें से किसी एक को नौकरी देंगे?"

"निश्चित रूप से," अमीर डैडी ने कहा। "मैं पार्टनर की नहीं, कर्मचारी की तलाश कर रहा हूँ। मैं किसी ऐसे व्यक्ति की तलाश कर रहा हूँ, जो अमीर नहीं बनना चाहता हो, बल्कि पैरो बनाना चाहता हो।"

"क्या आपको उनकी यह हरकत लालच नहीं लगी?" मैंने पूछा। आपमें से जो लोग मेरी बाक़ी पुस्तकें पढ़ चुके होंगे, वे जानते होंगे कि अमीर डैडी ने मुझसे हमेशा पैसे के बजाय मुफ़्त काम करवाया था।

"हाँ, लगी है," अमीर डैडी ने कहा। "लेकिन हम सब किसी न किसी हद तक लालची होते हैं। शायद वे कभी अमीर नहीं बन पाएँगे, इसका कारण उनका लालच नहीं, बल्कि यह है कि वे पर्याप्त उदार नहीं हैं।"

दूसरे शब्दों में, उनका लीवरेज रेशो शायद हमेशा 1:1 रहेगा। अमीर डैडी ने कहा था, "ज़्यादातर लोग कभी अमीर नहीं बन पाएँगे, क्योंकि वे सिर्फ़ इस बारे में सोचते हैं कि एक दिन के काम के बदले में एक दिन की तनख़्वाह मिलनी चाहिए। एक दिन के काम के बदले में एक दिन की तनख़्वाह में ज़्यादा लीवरेज नहीं है, क्योंकि आप चाहे जितनी कड़ी मेहनत करें या चाहे आपको कितनी भी ज़्यादा तनख़्वाह मिले, रेशो फिर भी 1:1 रहता है।"

अमीर डैडी ने अपने बेटे और मुझे मुफ़्त में काम क़रना सिखाया था। वे हमें यह दिखाना चाहते थे कि हम पाने से पहले देना और संपत्ति बनाना सीख जाएँ। बरसों पहले अमीर डैडी ने यह डायग्राम बनाकर अपनी बात समझाई थी। अमीर डैडी ने इस डायग्राम का नाम दिया था, "सबसे पहले भुगतान किसे मिलता है और सबसे ज़्यादा भुगतान किसे मिलता है" :

5. बिज़नेस मालिक

4. निवेशक

3. विशेषज्ञ (अकाउंटेंट, कर्मचारी, परामर्शदाता)

2. कर्मचारी

1. संपत्ति (बिज़नेस या अन्य निवेश)

अमीर डैडी ने कहा था, "बिज़नेस मालिक को सबसे पहले संपत्ति को भुगतान करना चाहिए। इसका मतलब है कि पैसे और संसाधनों का दोबारा निवेश करना चाहिए, ताकि संपत्ति की शक्ति बढ़े और उसका विकास हो। बहुत सारे बिज़नेस मालिक ख़ुद को, कर्मचारियों को और बाक़ी सबको संपत्ति से ऊपर रखते हैं। इसीलिए उनका बिज़नेस डूब जाता है। बिज़नेस मालिक को सबसे *आख़िर* में भुगतान मिलता है। इसका कारण यह है कि वह सबसे *ज़्यादा* भुगतान पाने के लिए बिज़नेस शुरू करता है। लेकिन सबसे ज़्यादा भुगतान पाने के लिए बिज़नेस मालिक को यह सुनिश्चित करना होगा कि बिज़नेस के बाक़ी सभी हिस्सों को पहले भुगतान मिले। इसीलिए मैं तुम्हें पैसे के लिए काम न करने का प्रशिक्षण दे रहा हूँ। तुम विलंब से संतुष्टि पाना सीख रहे हो और मूल्य बढ़ने वाली संपत्ति बनाना सीख रहे हो। मैं चाहता हूँ कि तुम पैसे के लिए काम करने के बजाय संपत्ति बनाना सीख लो।"

बहुत सारी डॉट-कॉम और बाक़ी शुरुआती कंपनियाँ इस डायग्राम पर अमल करने में असफल रहती हैं या मेरे अमीर डैडी जैसे लोगों की सलाह पर नहीं चलती हैं। मैं बहुत सारे लोगों से मिला हूँ, जिन्होंने पैसे उधार लेकर या दोस्तों, परिवार वालों और अन्य निवेशकों से पूँजी जुटाकर बिज़नेस शुरू किया। वे तत्काल एक बड़ा ऑफ़िस किराए पर ले लेते हैं, शानदार कार ख़रीद लेते हैं और बिज़नेस की *आमदनी* के बजाय *निवेशकों की पूँजी* से ख़ुद को ऊँची तनख़्वाह देने लगते हैं। चूँकि निवेशकों की पूँजी का ग़लत प्रबंधन होता है और कंपनी को कोई आमदनी नहीं होती है, इसलिए वे कंपनी को, अपने कर्मचारियों और विशेषज्ञों को कम से कम पैसे देने की कोशिश करते हैं। इस तरह के मामलों में अक्सर निवेशकों का पैसा डूब जाता है, जैसा हमने कई शुरुआती डॉट-कॉम कंपनियों में देखा।

अमीर डैडी ने अपने बेटे और मुझसे कहा था, "जिन लोगों को सबसे *पहले* भुगतान मिलता है, उन्हें सबसे *कम* मिलता है। बिज़नेस मालिक को ख़ुद को सबसे अंत में भुगतान देना चाहिए, क्योंकि वह संपत्ति बनाने के लिए बिज़नेस में आया है। अगर वह बड़ी तनख़्वाह के लिए बिज़नेस कर रहा है, तो उसे बिज़नेस के क्षेत्र में नहीं आना चाहिए ... उसे तो किसी नौकरी की तलाश करनी चाहिए। अगर बिज़नेस मालिक ने अपनी संपत्ति बनाने के लिए बाक़ी सभी हिस्सों को भुगतान देने का अच्छा काम किया है, तो उसकी संपत्ति का मूल्य उसे मिलने वाले भुगतान से बहुत ज़्यादा होगा।"

अमीर डैडी ने कहा था, "ज़्यादातर लोग कारोबारी जगत में संपत्तियाँ

बनाने या हासिल करने के लिए नहीं आए हैं। ज़्यादातर लोग तो बिज़नेस की दुनिया में कर्मचारी या सेल्फ़-एम्प्लॉयड विशेषज्ञ हैं, क्योंकि वे तनख़्वाह चाहते हैं। अमेरिका की पाँच प्रतिशत से भी कम जनसंख्या के अमीर होने का यह एक प्रमुख कारण है। सिर्फ़ 5 प्रतिशत जनसंख्या ही संपत्तियों के मूल्य को पैसे से ज़्यादा मानती है।" अमीर डैडी ने यह भी कहा था, "बिज़नेस मालिक या उद्यमी को दिन के अंत में ढेर सारा पैसा मिलता है, क्योंकि दिन की शुरुआत में उसे सबसे ज़्यादा उदार होना पड़ता है। बिज़नेस मालिक सबसे ज़्यादा जोखिम लेता है और उसे सबसे अंत में भी भुगतान मिलता है। अगर उसने अच्छा काम किया है, तो आश्चर्यजनक कमाई भी हो सकती है।" इसीलिए मैं कोई बिज़नेस शुरू करते समय अमीर डैडी के डायग्राम पर अमल करता हूँ और मुफ़्त में काम करता हूँ। मैं मुफ़्त में इसलिए काम करता हूँ, क्योंकि दिन के अंत में मैं आश्चर्यजनक कमाई चाहता हूँ।

ई या एस क्वाड्रैंट के बहुत सारे लोगों की सीमा होती है कि वे कितने लोगों या संगठनों की सेवा कर सकते हैं ... इसलिए उनकी आमदनी भी सीमित होती है। बी क्वाड्रैंट का सच्चा बिज़नेस मालिक ऐसा बिज़नेस बनाने पर ध्यान केंद्रित करता है, जो ज़्यादा से ज़्यादा लोगों की लगातार सेवा करे। इसलिए वह ज़्यादा अमीर बनता जाएगा। उसे बड़ा पुरस्कार इसलिए मिलता है, क्योंकि उसने ज़्यादा लोगों की सेवा करने के लिए एक सिस्टम या संपत्ति बनाई है। इसीलिए बिज़नेस मालिक *एक्सपोनेंशियल गति* से अमीर बन सकते हैं, जबकि तनख़्वाह के लिए काम करने वाले कर्मचारी *सामान्य गति* से अमीर बनते हैं।

## आप कितनी तेज़ी से अमीर बन सकते हैं?

अच्छी ख़बर यह है कि अमीर बनना आज जितना आसान और सस्ता है, उतना पहले कभी नहीं रहा। आपको तो बस ज़्यादा से ज़्यादा लोगों की सेवा करने पर ध्यान केंद्रित करना है। जॉन डी. रॉकफ़ेलर को बिलियनेअर बनने में पंद्रह साल का समय लगा। बिलियनेअर बनने के लिए उन्हें तेल के कई कुएँ ख़रीदने पड़े और गैस स्टेशनों तथा गैसोलिन डिलिवरी सिस्टम्स का नेटवर्क बनाना पड़ा। इसमें बहुत सारा समय और पैसा लगा। रॉकफ़ेलर ने जो बनाया था, उसे आज बनाने में बिलियनों डॉलर लग जाएँगे।

बिल गेट्स को बिलियनेअर बनने में लगभग दस साल का समय लगा। दूरदर्शिता के चलते उन्होंने तीव्र विकास करने के लिए आईबीएम के नेटवर्क का इस्तेमाल किया। माइकल डेल और एओएल के संस्थापक स्टीव केस को बिलियनेअर बनने में पाँच साल से भी कम समय लगा। एक उद्यमी ने कंप्यूटरों की बढ़ती माँग का इस्तेमाल किया और दूसरे ने वर्ल्ड वाइड वेब के माध्यम से नेटवर्क की विस्फोटक शक्ति का दोहन किया। नए नेटवर्क्स के उदय की बदौलत उद्यमियों की हर नई पीढ़ी को बिलियनेअर बनने में कम समय और

पूँजी लगी। आप भी ऐसा कर सकते हैं।

अगर आप नेटवर्क्स की शक्ति और लीवरेज रेशो के महत्व को समझते हैं, तो आप भी कम समय और कम पैसों में बहुत दौलतमंद बन सकते हैं। अगर आपके पास बिज़नेस के आधारभूत सिद्धांतों की ठोस जानकारी और अनुभव है, तो आप वर्ल्ड वाइड वेब के ज़रिए दुनिया भर में सामान बेच सकते हैं। वेब पर बिज़नेस करने की लागत कम हो गई है, इसलिए इस नेटवर्क की शक्ति बढ़ गई है। स्टीव केस और एओएल (ज़्यादा युवा व्यक्ति और कंपनी) टाइम वार्नर और सीएनएन (ज़्यादा वृद्ध कंपनी और डायरेक्टर्स) को ख़रीदने में इसलिए कामयाब हुए, क्योंकि एओएल ज़्यादा बड़ा नेटवर्क है। नेटवर्क जितना ज़्यादा बड़ा होगा, उसकी आर्थिक शक्ति उतनी ही ज़्यादा होगी।

मैंने अक्सर उन लोगों के बारे में लिखा है, जो अपने ख़ाली समय में बहुत अमीर बने थे। आज के कई बेहद अमीर लोगों ने अपना बिज़नेस अपने घर के किचन की टेबल से शुरू किया था, जिस तरह हेवलेट पैकर्ड गैरेज में शुरू हुई थी, डेल कंप्यूटर डॉरमिटरी के कमरे में शुरू हुई थी। भले ही आपके पास कम तनख़्वाह वाली नौकरी हो, लेकिन उसके बावजूद आप बहुत, बहुत अमीर बन सकते हैं, अगर आप अपने ख़ाली समय में घर पर या अपने गैरेज में बिज़नेस शुरू करें। याद रखें, "आपको अमीर बनाना आपके बॉस का काम नहीं है। आपके बॉस का काम तो आपकी मेहनत की तनख़्वाह देना है। घर पर और अपने ख़ाली समय में ख़ुद को अमीर बनाना आपका काम है।"

कम मेहनत और कम शुरुआती पूँजी से सपनों से भी ज़्यादा अमीर बनना पहले कभी इतना आसान नहीं रहा। मैं जानता हूँ कि कई ऊँची उड़ने वाली डॉट-कॉम कंपनियाँ दिवालिया हो चुकी हैं ... जैसा हममें से कइयों ने सोचा भी था कि वे हो सकती हैं। मेरी राय में जो डॉट-कॉम कंपनियाँ दिवालिया हुई हैं, उनका संदर्भ तो सही था, लेकिन उनके पास सही सामग्री नहीं थी। कई डॉट-कॉम कंपनियों के पास सही विचार था, लेकिन उनमें सच्चे बिज़नेस अनुभव और बिज़नेस की मूलभूत बातों की कमी थी। कई तो ज़्यादा लोगों की सच्ची सेवा करने के बजाय उन्माद के दौर में बस अमीर बनने की कोशिश कर रही थीं।

मैंने हाल में पढ़ा कि एक कंपनी ने निवेशकों के पैसे से अपने प्रेसिडेंट को लगभग एक बिलियन डॉलर से ज़्यादा की तनख़्वाह दी और उस प्रेसिडेंट ने कंपनी को रसातल में पहुँचा दिया। एक और डॉट-कॉम कंपनी ने 1999 में अपने कर्मचारियों को क्रिसमस के मौक़े पर तगड़ा बोनस दिया, जो उनकी तीन महीने की तनख़्वाह के बराबर था। 2000 के क्रिसमस से पहले ही वह कंपनी दिवालिया होकर बिज़नेस से बाहर हो चुकी थी। यह निश्चित रूप से एक ऐसा मामला है, जहाँ कंपनी का बुनियादी मिशन ग्राहकों की सेवा करने के बजाय उद्यमियों और कर्मचारियों को अमीर बनाना था। निवेशकों ने कंपनी के मिशन और उद्देश्य की इस ख़ामी की क़ीमत चुकाई। वे अमीर डैडी के पहले दिए

डायग्राम पर नहीं चल पाए कि किसे सबसे पहले भुगतान मिलता है और किसे सबसे बाद में। इन लोगों ने, जिनमें निवेशक भी शामिल थे, अपने लालचीपन पर ध्यान केंद्रित किया। उन्होंने बिज़नेस के उद्देश्य पर ध्यान केंद्रित नहीं किया, जो उदार बनना था।

आज हमारी वेबसाइट को 50 प्रतिशत बिज़नेस अमेरिका से बाहर रहने वाले ग्राहकों से मिलता है। हम अपने कैशफ़्लो गेम को वेब पर बेचने की तैयारी कर रहे हैं। हमारा सपना है कि कैशफ़्लो गेम अफ्रीका, एशिया, ऑस्ट्रेलिया, अल्बानिया और अमेरिका में एक साथ खेला जा सके। इस वेबसाइट पर खिलाड़ियों का समुदाय होगा, जो नाम मात्र की मासिक फ़ीस देंगे और खेलते-खेलते सीखेंगे। उन्हें डिस्टेंस लर्निंग कोर्स के माध्यम से कर्मचारी बनने का नहीं, बल्कि अमीर बनने का प्रशिक्षण दिया जाएगा। इस वेबसाइट का उद्देश्य यह है कि खिलाड़ियों का समुदाय जवानी में अमीर बनकर रिटायर होने में एक दूसरे की मदद करे। यह सारा काम सिर्फ़ एक उद्देश्य के लिए किया जा रहा है- ज़्यादा से ज़्यादा लोगों की सेवा करना। उदार बनने पर ध्यान केंद्रित करके हमने एक ऐसी संपत्ति बना ली है, जिसका विश्वव्यापी नेटवर्क है।

## 6.5 बिलियन संभावित ग्राहक

अब अगर आप रेशो लागू करें और उन संभावित बाज़ारों पर नज़र डालें, जिनका दोहन किसी ऑनलाइन गेम ने नहीं किया है, तो क्या आप उस संपत्ति का मूल्य आँक सकते हैं, जिसे richdad.com बना रही है। आज दुनिया में लगभग 6.5 बिलियन लोग हैं। इन 6.5 बिलियन लोगों में से लगभग 2 बिलियन संभावित ग्राहक हैं। टेड टर्नर द्वारा स्थापित सीएनएन के दुनिया भर में लगभग 30 मिलियन ग्राहक हैं। इन 30 मिलियन ग्राहकों के नेटवर्क ने टेड टर्नर को इतना अमीर बना दिया कि उन्होंने युनाइटेड नेशन्स को एक बिलियन डॉलर का दान दे दिया।

अगर richdad.com पर हम 1 मिलियन ग्राहकों को इसमें शामिल कर लेते हैं और उनसे नाम मात्र की मासिक फ़ीस लेते हैं, तो मेटकॉफ़ के नियम के अनुसार richdad.com का आर्थिक मूल्य क्या होगा? और अगर ग्राहक 5 मिलियन, 10 मिलियन, 30 मिलियन हो गए तो? सवाल दरअसल यह है, अमीर बनना सीखने के इच्छुक लोगों का विश्वव्यापी बाज़ार क्या है? क्या होगा, जब इंटरनेट विभिन्न देशों के लोगों के लिए अलग-अलग भाषाओं का फ़ौरन अनुवाद कर सकेगा, ताकि वे विभिन्न देशों और भाषाओं के लोगों के साथ मिलकर सीख सकें और खेल सकें? (जो ऑनलाइन गेम की हमारी योजना है!) निवेश बाज़ार में क्या होगा, जब कोई वेबसाइट फ़ीनिक्स, टोकियो, सिओल, डेट्रॉयट, वर्जीनिया बीच, सिंगापुर, कुआलालंपुर, हाँगकाँग, पोर्टलैंड, दुबई, कैरो, सिडनी, पर्थ, शंघाई, जोहान्सबर्ग, फ़्लोरेंस, यॉर्क, ब्रसेल्स, साओ

पाओलो, मेक्सिको सिटी, हनोई, लंदन, लीमा, टोरंटो, न्यूयॉर्क जैसे बहुत से शहरों में गर्मागर्म निवेश प्रवृत्तियों का प्रचार-प्रसार करेगी? वह वेबसाइट कितने सारे लोगों को आकर्षित करेगी और तब इस बिज़नेस का आर्थिक मूल्य क्या होगा? इस तरह के विश्वव्यापी नेटवर्क को बनाने में कितना ख़र्च आएगा? क्या इसमें उतना ही ख़र्च आएगा, जितना रॉकफ़ेलर, फ़ोर्ड या टेड टर्नर को उनका नेटवर्क बनाने में आया था?

Richdad.com एक और नेटवर्क का लक्ष्य बना रही है और वह है शैक्षणिक संस्थान। इसमें ऐसे पाठ्यक्रम तैयार किए जाएँगे, जो बच्चों को सिखा सकें कि अपने पैसे का ज़िम्मेदारी से प्रबंधन और निवेश कैसे करना है और अपने पोर्टफ़ोलियो का प्रबंधन कैसे करना है। इसमें हम कितने सारे शैक्षणिक नेटवर्क्स का दोहन कर सकते हैं? अगर हम दुनिया भर के स्कूल नेटवर्क्स के पाठ्यक्रम का हिस्सा बन जाएँ, तो हमारा आर्थिक मूल्य कितना होगा?

भविष्य में, जब वर्ल्ड वाइड वेब पर बैंडविड्थ की नई टेक्नोलॉजी आ जाएगी, और अगर हम ऐसा बिज़नेस बना लें, जिसका वेब पर निजी टेलीविज़न नेटवर्क हो, तो हमारा आर्थिक मूल्य कितना होगा? मैं जानता हूँ कि यह अब भी भविष्य की बात है, लेकिन जैसा अमीर डैडी ने कहा था, "तुम्हारा काम ख़ुद को सही जगह पर रखना और तैयार करना है, ताकि जब अवसर सामने आए, तो तुम चूक न जाओ।" उन्होंने यह भी कहा था, "एक दिन की देर होने से अच्छा है कि पाँच साल जल्दी तैयार रहो।"

मैं अपनी बिज़नेस योजना डींगें हाँकने के लिए नहीं बता रहा हूँ या इसलिए भी नहीं बता रहा हूँ कि यह सच हो जाएगी। यह एक योजना है और जैसा कि हम सभी जानते हैं, हर चीज़ योजना के अनुसार नहीं होती है। मुझे एहसास है कि हम इसे रास्ते में बदल सकते हैं या असफल भी हो सकते हैं ... लेकिन जैसा आपको पता ही है, मैं पहले भी असफल हो चुका हूँ और अगर मैं दोबारा असफल होता हूँ, तो हमारी कंपनी सुधार करेगी, सीखेगी और ज़्यादा स्मार्ट तथा मज़बूत बनकर उभरेगी। हमारी बिज़नेस योजना बताने का उद्देश्य लीवरेज की विस्फोटक शक्ति का उदाहरण देना है, जिससे अलग-अलग नेटवर्क्स के माध्यम से ज़्यादा से ज़्यादा लोगों को जोड़ा जा सकता है। हममें से बहुत कम लोग उस तरह का टेलीविज़न नेटवर्क बनाने का ख़र्च उठा सकते हैं, जैसा टेड टर्नर ने किया था। लेकिन हममें से ज़्यादातर लोग 500 डॉलर का पुराना कंप्यूटर ख़रीदकर एक विश्वव्यापी नेटवर्क बनाना शुरू कर सकते हैं।

कुछ सालों में जो लोग तैयार होंगे और ख़ुद को सही जगह पर रख लेंगे, वे उस विस्फोटक शक्ति का लाभ उठा लेंगे, जो बैंडविड्थ अपने साथ लेकर आएगी। जो लोग नई टेक्नोलॉजी का लाभ लेते हैं, वे उससे भी ज़्यादा अमीर बन सकते हैं, जितने टेड टर्नर टेलीविज़न से बने थे या बिल गेट्स कंप्यूटर सॉफ़्टवेयर से बने थे या जेफ़ बेज़ोस इंटरनेट से बने थे।

बरसों पहले अमीर डैडी ने मुझसे कहा था, "क्वाड्रैंट के बी और आई वाले हिस्से में लोगों की पहुँच असीमित दौलत तक होती है। ई और एस वाले पहलू के लोग अपनी शारीरिक मेहनत की सीमाओं से बँधे होते हैं। ई और एस वाले हिस्से के लोगों को बी और आई वाले हिस्से में पहुँचने के लिए पहला बदलाव तो यह करना होगा कि वे उदार बनें ... पहले भुगतान पाने के बजाय पहले ज़्यादा लोगों की सेवा करने की इच्छा।"

वाल-मार्ट के सैम वाल्टन को देखें! उन्होंने क्या किया था? उन्होंने तो बस बड़े डिस्काउंट स्टोर्स का एक नेटवर्क बनाया, जिसकी बदौलत लाखों-करोड़ों लोगों को बेहतरीन सामान सस्ते से सस्ते दामों पर मिला। इसीलिए सैम वाल्टन 750 डॉलर प्रति घंटे की फ़ीस लेने वाले वकील से ज़्यादा मूल्यवान थे। कुंजी उदारता है।

## उदारता पर एक आख़िरी बात

डॉट-कॉम दीवानगी के दौरान पुरानी अर्थव्यवस्था और नई अर्थव्यवस्था के व्यवसायों के बारे में काफ़ी बातचीत हुई। व्यवसाय पुरानी अर्थव्यवस्था का हो या नई अर्थव्यवस्था का, सभी सफल व्यवसायों और व्यक्तियों को कुछ निश्चित शाश्वत सिद्धांतों और नियमों का पालन करना चाहिए।

उदारता का शाश्वत नियम है पारस्परिकता या लेन-देन (reciprocity) का नियम। यह नियम कहता है, "दोगे, तो मिलेगा।" यह नियम यह नहीं कहता है, "मिलेगा ... तब देना।" यह नियम युगों-युगों से खरा उतरा है और यह भविष्य में भी खरा उतरेगा। आज यह पहले से भी ज़्यादा महत्वपूर्ण है कि आप अपनी और अपने प्रियजनों की देखभाल करें ... लेकिन अगर आप अमीर बनना चाहते हैं, तो आपको सबसे पहले ज़्यादा से ज़्यादा लोगों की आवश्यकताओं की पूर्ति के बारे में सोचना होगा ... सबसे पहले। यही नियम है।

अमीर डैडी पारस्परिकता के नियम और इस विचार में यक़ीन करते थे कि बहुत, बहुत अमीर बनने का सबसे अच्छा तरीक़ा उदार बनना है। यह जीवन के बारे में उनका संदर्भ था और उनके कार्य उनके संदर्भ के अनुरूप थे।

अमीर डैडी अक्सर उदाहरण देकर बताते थे कि पारस्परिकता के नियम का प्रयोग किस तरह किया जाए। वे लगातार याद दिलाते थे कि हमें उदार बनना चाहिए। उनका कहना था, "अगर आप मुस्कराहट चाहते हैं, तो पहले मुस्कराहट दें। अगर आप प्यार चाहते हैं, तो पहले प्यार दें। अगर आप समझे जाना चाहते हैं, तो पहले समझें।" वे यह भी कहते थे, "अगर आप मुँह पर मुक्का खाना चाहते हैं, तो पहले किसी के मुँह पर मुक्का जड़ दें।"

अमीर डैडी न सिर्फ़ ज़्यादा से ज़्यादा लोगों की सेवा करके उदार बनने में यक़ीन रखते थे, बल्कि अपने पैसे के साथ उदार होने में भी यक़ीन करते थे।

वे पैसा दान देने (tithing) की शक्ति में सच्चा यक़ीन रखते थे। इसीलिए अमीर डैडी ने अपने चर्च, परोपकारी संस्थाओं और स्कूलों को उदारता से दान दिया। उन्होंने पैसा इसलिए दिया, क्योंकि वे ज़्यादा पैसा चाहते थे। वे अक्सर कहते थे, "ईश्वर को पाने की ज़रूरत नहीं है, लेकिन इंसान को देने की ज़रूरत है।"

वे कहते थे, "कई लोग कहते हैं कि वे अपने समय के मामले में उदार हैं, क्योंकि उनके पास पैसा नहीं है। जो लोग अपने समय के मामले में उदार हैं, उनके पास बहुत सारा समय इसीलिए होता है, क्योंकि वे अपना समय देते हैं। उनके पास ज़्यादा पैसा नहीं होता है, क्योंकि वे पैसा नहीं देते हैं। वे पैसा इसलिए नहीं देते, क्योंकि वे पैसे के मामले में कंजूस होते हैं और हमेशा डरते हैं कि पैसा पर्याप्त नहीं है ... इसलिए उनका डर सच हो जाता है। अगर आप ज़्यादा पैसे चाहते हैं, तो समय नहीं ... पैसे दें। अगर आप ज़्यादा समय चाहते हैं, तो समय दें।"

अगर इस समय आपको पैसे देने में बहुत मुश्किल हो रही है, तो आप नियमित आधार पर थोड़े पैसे दान में देना शुरू करें। हर बार जब आप देंगे, तो आप सुनेंगे कि आपका संदर्भ या आपकी वास्तविकता आपसे चीख़-चीख़कर बोल रही है। जिस पल आप अपनी वास्तविकता को ख़ुद से बात करते सुनें और इसे ग़रीब व्यक्ति की वास्तविकता पाएँ, तो यह जान लें कि आपके पास अपनी वास्तविकता को दोबारा चुनने का मौक़ा है। जिस पल आप अपने चर्च या प्रिय परोपकारी संस्था को एक डॉलर का दान देते हैं, आपकी दुनिया बदल जाती है। जिस पल आप सचमुच बिज़नेस बनाते हैं या ज़्यादा लोगों को अपनी सेवा देने के लिए निवेश करते हैं, उसी पल आप बहुत दौलतमंद बनने और जवानी में अमीर बनकर रिटायर होने की अपनी संभावना को हमेशा बढ़ा लेते हैं।

## हमारी कंपनी की नीति

आपमें से जिन लोगों ने *कैशफ़्लो* खेला होगा, उन्होंने ग़ौर किया होगा कि कई चौखाने परोपकारी संस्थाओं या अन्य सामाजिक प्रतिबद्धता वाली चीज़ों के लिए समर्पित हैं। यह खेल अमीर डैडी के सबक़ को ध्यान में रखकर बनाया गया था।

इसके अलावा दिसंबर में छुट्टियों के समय में हम richdad.com के हर कर्मचारी के सम्मान में उसके पसंदीदा चर्च या परोपकारी संस्था को निश्चित धनराशि दान देते हैं। हमारे कर्मचारी यह फ़ैसला करने में हमारी मदद करते हैं कि कंपनी कहाँ दान दे। दान कंपनी देती है, लेकिन कर्मचारियों के सम्मान में, क्योंकि हम जानते हैं कि हमारी कंपनी की सफलता पूरी टीम की कोशिशों का परिणाम है – इसलिए टीम को यह तय करने में मदद करनी चाहिए कि कंपनी दान कहाँ दे। यह हमारे प्रोडक्ट्स और अमीर डैडी के दर्शन व सबक़ों के बीच एकरूपता लाने का तरीक़ा है। यह बहुत ख़ुशी की बात भी है। हमने

पाया है कि उदार बनने का लीवरेज सबसे अच्छे लीवरेजों में से एक है।

## ख़ुद के प्रति उदारता से शुरू करें

अमीर डैडी हमेशा कहते थे, "छोटी शुरुआत करो और बड़ा सपना देखो।" जब बात आपके लीवरेज रेशो को सुधारने की आती है, तो अमीर डैडी की सलाह आज भी सच है। रिच डैड सीरीज़ की चौथी पुस्तक *रिच किड स्मार्ट किड* में मैंने बच्चों को तीन पिगी बैंक सिस्टम पर अमल करने की सलाह दी है। किम और मैं आज भी इस सिस्टम पर चलते हैं। एक पिगी बैंक बचत के लिए है, दूसरा निवेश के लिए और तीसरा टाइदिंग (tithing) यानी चर्च और परोपकारी संस्थाओं को दान देने के लिए। आपका लीवरेज रेशो तीन पिगी बैंकों जैसे आसान तरीक़े से भी सुधर सकता है, जब आप हर बैंक में हर दिन दस सेंट, पचास सेंट या एक डॉलर डालते हैं। अगर आप हर बैंक में हर दिन 1 डॉलर डालते हैं, तो महीने के आख़िर में आपके रेशो इस तरह दिखेंगे :

| | |
|---|---|
| बचत | 1:30 |
| निवेश | 1:30 |
| टाइदिंग | 1:30 |

यह बहुत बढ़िया शुरुआत है। एक महीने में आपके रेशो हर दिन बढ़ रहे हैं। कल्पना करें कि तीस साल में क्या हो सकता है। याद रखने वाली बात यह है कि आप सचमुच ख़ुद को पहले भुगतान करने या अपने प्रति उदार बनने की आदत या अनुशासन को बढ़ा रहे हैं। अमीर डैडी ने कहा था, "ग़रीब लोगों के ग़रीब रहने का एक कारण यह है कि वे ख़ुद के साथ ग़रीबों जैसा व्यवहार करते हैं।" और इस बात से उनका मतलब यह नहीं था कि दौड़कर बाहर जाओ और नई ड्रेस या नए गोल्फ़ क्लब ख़रीद लाओ। उनका मतलब था कि ग़रीब लोग वे काम नहीं करते हैं, जो उन्हें वित्तीय रूप से समृद्ध बनाएँगे। ख़ुद को पहले भुगतान करके आप वित्तीय दृष्टि से ख़ुद को, अपनी आत्मा को और अपने भविष्य को समृद्ध बना रहे हैं।

# खंड – 3

# आपके कार्यों का लीवरेज

"बस इसे कर दें।"

-नाइक

"शब्द सस्ते होते हैं। अपनी आँखों से सुनना सीखें।
काम शब्दों से ज़्यादा तेज़ आवाज़ में बोलते हैं। व्यक्ति कहता क्या है,
यह देखने के बजाय यह देखें कि वह करता क्या है।"

-अमीर डैडी

## क्या हर व्यक्ति अमीर बन सकता है?

मैंने एक बार अमीर डैडी से पूछा था कि क्या कोई भी अमीर बन सकता है। उनकी प्रतिक्रिया थी, "हाँ। अमीर बनने के लिए इंसान को जो करना चाहिए, वह ज़्यादा मुश्किल नहीं है। सच तो यह है कि अमीर बनना आसान है। समस्या यह है कि ज़्यादातर लोग मुश्किल तरीक़े से यह काम करना चाहते हैं। कई लोग ज़िंदगी भर कड़ी मेहनत करके अपने संसाधनों से नीचे के स्तर पर जीते हैं; वे ऐसी चीज़ों में निवेश करते हैं, जिनके बारे में वे कुछ नहीं समझते हैं; वे ख़ुद को अमीर बनाने के लिए कड़ी मेहनत करने के बजाय अमीरों के लिए कड़ी मेहनत करते हैं। इसके अलावा अमीर लोगों की देखादेखी काम करने के बजाय वे बाक़ी सबकी देखादेखी काम करते हैं।"

इस पुस्तक के पहले दो खंड मूलतः प्रचुर दौलत हासिल करने की मानसिक और नियोजन प्रक्रिया के बारे में हैं। जवानी में अमीर बनकर रिटायर होने के लिए दोनों ही प्रक्रियाएँ महत्वपूर्ण हैं। अगला खंड इस बारे में है कि जवानी में अमीर बनकर रिटायर होने के लिए व्यक्ति को क्या करना चाहिए और वह क्या कर सकता है। हालाँकि मानसिक और नियोजन प्रक्रियाएँ महत्वपूर्ण हैं, लेकिन अंततः महत्वपूर्ण यह है कि आप अपने ज्ञान के सहारे करते क्या हैं। जैसा अमीर डैडी ने कहा भी था, "शब्द सस्ते हैं।"

अमीर कैसे बनें, इस बारे में बहुत सी पुस्तकें लिखी जा चुकी हैं। उनमें से कइयों के साथ समस्या यह है कि वे आपको ऐसे काम करने की सलाह देती हैं, जिन्हें करना ज़्यादातर लोगों को अक्सर मुश्किल लगता है। इस पुस्तक का यह खंड आसान कामों के बारे में है, जिन्हें लगभग हर व्यक्ति कर सकता है। इस खंड को पढ़ने के बाद आप जान जाएँगे कि आपमें बेहद अमीर बनने की क्षमता है ... बशर्ते आप बनना चाहते हों। या कम से कम एक-दो काम तो ऐसे पाएँगे, जिन्हें आप कर सकते हैं और जो आपको ज़्यादा अमीर बना देंगे, बशर्ते आप उन्हें करने का विकल्प चुनें। इस खंड को पढ़ने के बाद इकलौता सवाल यही होगा : आप अमीर बनने के लिए कितने बेक़रार हैं ?

# अध्याय - 14
# आदतों का लीवरेज

अमीर डैडी ने कहा था, "कुछ आदतें आपको अमीर बनाती हैं और कुछ आदतें आपको ग़रीब बनाती हैं। ग़रीब लोग ग़रीब आदतों के कारण ग़रीब रहते हैं। अगर आप अमीर बनना चाहते हैं, तो आपको बस ख़ुद को अमीर आदतों का प्रशिक्षण देना होगा।"

यदि आप अमीर बनने के बारे में गंभीर हैं, तो आपको नीचे दिए गए काम बार-बार करना चाहिए, इस समय से हमेशा के लिए, ज़िंदगी भर। पाश्चात्य जगत में रहने वाला हर व्यक्ति इस सलाह का पालन कर सकता है और इसका ख़र्च उठा सकता है। समस्या यह है कि सिर्फ़ कुछ ही लोग ये काम करते हैं, करते हैं और बार-बार करते हैं।

## आदत # 1 : एक बुककीपर रख लें

इस पुस्तक की शुरुआत में मैंने लिखा था कि एक मिलियन डॉलर उधार लेना एक मिलियन डॉलर की बचत करने से ज़्यादा आसान है। इसमें बस एक पेंच है। एक मिलियन डॉलर उधार देने से पहले आपका बैंकर यह जानना चाहेगा कि पैसे के मामले में आप कितने विश्वसनीय हैं। इतना सारा पैसा आपको उधार देते समय आपका बैंकर आरामदेह तब महसूस करेगा, जब आपके पास फ़ाइनैंशियल स्टेटमेंट के रूप में साफ़-सुथरा प्रोफ़ेशनल वित्तीय रिकॉर्ड होगा।

ज़्यादातर लोग बड़े लोन लेने की पात्रता नहीं रखते हैं, क्योंकि उनके पास ग़रीब रिकॉर्ड होते हैं। कई लोग ज़रूरत से ज़्यादा ऊँची ब्याज दर सिर्फ़ इसलिए चुकाते हैं, क्योंकि उनके वित्तीय रिकॉर्ड कमज़ोर होते हैं। *रिच डैड पुअर डैड* में मैंने वित्तीय साक्षरता का महत्व बताया है। वित्तीय साक्षरता का आधार फ़ाइनैंशियल स्टेटमेंट है और आपका बैंकर आपको कोई महत्वपूर्ण रक़म उधार देने से पहले इसे ही देखना चाहेगा।

भले ही आप किसी बिज़नेस के मालिक न हों, लेकिन आपका व्यक्तिगत

जीवन भी एक बिज़नेस है और हर सच्चे बिज़नेस में एक बुककीपर होता है। इसीलिए मैं इस बात की प्रबल सलाह देता हूँ कि आप एक बुककीपर रख लें और ज़िंदगी भर के लिए रखें। अपनी आमदनी, ख़र्च, संपत्तियों और दायित्वों का सही ब्योरा रखने के लिए बुककीपर रखकर आप प्रोफ़ेशनल रिकॉर्ड्स रखने लगते हैं। मैं इस बात की भी प्रबल सलाह देता हूँ कि आप अपने बुककीपर के साथ हर महीने बैठकर सारे आँकड़ों पर ग़ौर करें। बार-बार दोहराने से हम सीखते हैं। अपने मासिक आय-व्यय को बार-बार दोहराकर आप न सिर्फ़ एक अच्छी आदत डाल लेते हैं, बल्कि आपको अपनी ख़र्च की आदतों का भी ज्ञान होता है, आप ज़्यादा जल्दी सुधार कर सकते हैं और अंततः आप अपने वित्तीय जीवन पर नियंत्रण हासिल कर लेते हैं।

यह काम ख़ुद क्यों न करें? इसके लिए किसी बाहरी व्यक्ति को क्यों रखें? इसके कुछ कारण हैं :

1. आप प्रोफ़ेशनल बी या आई क्वाड्रैंट के व्यक्ति बनना चाहते हैं। बी और आई क्वाड्रैंट के सभी प्रोफ़ेशनल लोगों के पास प्रोफ़ेशनल बुककीपर्स होते हैं। इसलिए आप अभी से अपने वित्तीय जीवन को बिज़नेस मान लें। जैसा *रिच डैड पुअर डैड* में वर्णन किया गया है, अमीर डैडी के छह सबक़ों में से एक था, "अपने काम से काम रखो," और यह प्रोफ़ेशनल बुककीपर रखने से शुरू होता है।

2. आपको एक निष्पक्ष बाहरी व्यक्ति चाहिए, जो आपके पैसे और ख़र्च की आदतों को निष्पक्षता से देख सके। जैसा आप जानते हैं, पैसा भावनात्मक विषय हो सकता है, ख़ास तौर पर अगर यह आपका हो। जो व्यक्ति आपके पैसे से भावनात्मक रूप से नहीं जुड़ा है, वह स्थिति को व्यवस्थित कर सकता है और आपसे स्पष्टता तथा तर्कपूर्ण ढंग से बातचीत कर सकता है। मुझे याद है कि मेरे मम्मी-डैडी पैसों के बारे में बातचीत नहीं करते थे। वे तो पैसे के बारे में बहस करते थे और रोना रोते थे। यह तो निष्पक्ष धन प्रबंधन या चर्चा नहीं है।

3. मेरे ग़रीब डैडी अपनी आर्थिक स्थिति की ओर देखना भी नहीं चाहते थे। वे अपनी वित्तीय मुश्किलों को छिपाकर रखते थे। वे इन्हें ख़ुद से, परिवार से और बाक़ी सबसे छिपाकर रखते थे। बचपन में हम जानते थे कि हमारा परिवार आर्थिक मुश्किलों में है ... लेकिन हम इस बारे में बातचीत नहीं करते थे और अपनी वित्तीय समस्याओं को गोपनीय रखते थे। मनोवैज्ञानिक कहते हैं कि *पारिवारिक रहस्य ज़हर बन जाते हैं*, जिसका मतलब है कि रहस्यों से पारिवारिक जीवन में ज़हर घुल जाता है। मैं जानता हूँ कि हमारे वित्तीय संघर्षों से कितना भावनात्मक दर्द उत्पन्न हुआ, जिसने गोपनीय रखे जाने के बावजूद हम सभी को सचमुच प्रभावित किया।

4. भावनात्मक रूप से विरक्त प्रोफ़ेशनल बुककीपर रखने से आप अपनी वित्तीय मुश्किलों को खुले में ला सकते हैं। अपने फ़ाइनैंशियल स्टेटमेंट्स पर

प्रोफ़ेशनल बुककीपर के साथ खुलकर चर्चा करके आप पैसे के विषय और अपने जीवन के बिज़नेस को खुले में ले आते हैं। अगर यह खुले में आ जाता है और आप अपनी वित्तीय स्थिति पर किसी प्रोफ़ेशनल के साथ बातचीत करते हैं, तो आप वे कठोर परिवर्तन करने में ज़्यादा सक्षम हो जाते हैं, जो आपको करने चाहिए ... इससे पहले कि वित्तीय समस्याएँ ज़हरीली बन जाएँ।

5. अगर आप 50,000 डॉलर से कम कमाते हैं और ई क्वाड्रैंट में हैं, तो प्रोफ़ेशनल बुककीपर की फ़ीस 100 या 200 डॉलर महीने से ज़्यादा नहीं होनी चाहिए। मैं लोगों के मुँह से सुनता हूँ कि वे इस पैसे को कपड़ों या भोजन पर ख़र्च करना ज़्यादा पसंद करेंगे। इस तरह की सोच में समस्या यह है कि पैसे को भोजन या कपड़ों पर ख़र्च करने से आपकी धन संबंधी समस्याएँ नहीं सुलझेंगी और आप ज़्यादा अमीर नहीं बन पाएँगे। जैसा अमीर डैडी हमेशा कहते थे, "अच्छा क़र्ज़ भी होता है, बुरा क़र्ज़ भी होता है; अच्छी आमदनी भी होती है, बुरी आमदनी भी होती है; अच्छे ख़र्च भी होते हैं, बुरे ख़र्च भी होते हैं।" उन्होंने मुझे बताया था कि बुककीपर और अन्य प्रोफ़ेशनल वित्तीय सलाहकार रखने में ख़र्च होने वाला पैसा *अच्छे ख़र्च* की श्रेणी में आता है, क्योंकि यह ख़र्च आपको ज़्यादा अमीर बनाएगा, आपकी ज़िंदगी को ज़्यादा आसान बनाएगा और आपको बेहतर भविष्य के लिए तैयार करेगा।

अगर आप बुककीपर का ख़र्च सचमुच नहीं उठा सकते हैं, तो किसी बुककीपर को खोजकर सेवाओं का आदान-प्रदान कर लें। आप उसके मकान या आँगन की सफ़ाई कर सकते हैं और बदले में वह आपकी बुककीपिंग कर सकता है। सबसे महत्वपूर्ण बात इसे करना है, क़ीमत चाहे जो भी हो ... क्योंकि इसकी दीर्घकालीन क़ीमत बहुत ज़्यादा है। जैसा अमीर डैडी कहते थे, "ज़िंदगी में सबसे बड़ा ख़र्च वह पैसा है, *जिसे आप नहीं* कमाते हैं।"

6. सबसे महत्वपूर्ण बात यह है कि प्रोफ़ेशनल बुककीपर रखने से आप अपने सामने इस बात की पुष्टि कर देते हैं कि आप अपने वित्तीय जीवन को गंभीरता से ले रहे हैं। इसका मतलब है कि महीने में कम से कम एक बार आप अपने बुककीपर के साथ बैठते हैं, जवाबदेह बनते हैं और सीखते हैं, सुधार करते हैं तथा अपने वित्तीय भविष्य को दोबारा दिशा देते हैं।

*रिच किड स्मार्ट किड* की प्रस्तावना इस वाक्य से शुरू होती है, "आपका बैंकर आपसे आपका रिपोर्ट कार्ड नहीं माँगता है।" आपका बैंकर तो आपका फ़ाइनैंशियल स्टेटमेंट माँगता है। अमीर डैडी ने कहा था, "स्कूल छोड़ने के बाद आपका फ़ाइनैंशियल स्टेटमेंट ही आपका रिपोर्ट कार्ड है।" स्कूल में हमें कम से कम हर तीन महीने में रिपोर्ट कार्ड मिलता था। भले ही आपके ग्रेड ख़राब हों, लेकिन रिपोर्ट कार्ड आपको और आपके माता-पिता को यह बता देता था कि आप किन विषयों में अच्छे हैं और किनमें कमज़ोर ... और इसके बाद यह आपको सुधार करने का अवसर देता था। असली ज़िंदगी में जिन लोगों के पास

फ़ाइनैंशियल स्टेटमेंट या रिपोर्ट कार्ड नहीं है, वे सुधार नहीं कर सकते हैं, क्योंकि वे यही नहीं जानते हैं कि वे उस महीने, तिमाही या साल में कहाँ हैं। अपने फ़ाइनैंशियल स्टेटमेंट को अपना रिपोर्ट कार्ड मानें और फिर डटकर मेहनत करें, ताकि आपके वित्तीय रिपोर्ट कार्ड का मूल्य मिलियनों या शायद बिलियनों डॉलर में आँका जाए। इसीलिए आपका बुककीपर महत्वपूर्ण है। आपका बुककीपर हर महीने आपको आपका रिपोर्ट कार्ड देता है।

इन तीन क़दमों का पालन करें :

1. एक बुककीपर खोजें और उसकी सेवाएँ हासिल करें।
2. हर महीने अपनी वित्तीय स्थिति का सटीक लेखा-जोखा रखें।
3. हर महीने अपने सलाहकार के साथ बैठकर अपने फ़ाइनैंशियल स्टेटमेंट्स की समीक्षा करें, ताकि आप तत्काल सुधार कर सकें।

## आदत # 2 : विजेता टीम बनाएँ

*रिच डैड्स गाइड टु इनवेस्टिंग* में मैंने लिखा था कि बी और आई क्वाड्रैंट टीम के खेल हैं। ई और एस क्वाड्रैंट के लोगों को इन क्वाड्रैंटों में क़दम रखने में मुश्किल कई बार इसलिए भी आती है, क्योंकि उन्हें इस बात की आदत ही नहीं होती कि उनकी वित्तीय योजनाओं और निर्णयों में टीम उनकी मदद करे।

बचपन में मैंने देखा था कि मेरे ग़रीब डैडी अपनी वित्तीय समस्याओं को ख़ुद ही सुलझाते थे। अगर वे मुश्किल में होते थे, तो डिनर के समय चुपचाप बैठ जाते थे। अगर वे पैसे के बारे में परेशान होते थे, तो मम्मी के साथ झगड़ने लगते थे और देर रात तक अकेले बैठे रहते थे और किसी तरह महीना काट लेने की कोशिश करते थे। कई बार मैंने घर लौटने पर अपनी माँ को रोते देखा, क्योंकि वे जानती थीं कि हम वित्तीय मुश्किल में हैं, लेकिन वे किसी से बात नहीं कर सकती थीं। पैसे के मामले में मेरे डैडी घर के मालिक थे और वे अपनी वित्तीय चुनौतियों पर कभी किसी के साथ बातचीत नहीं करते थे।

दूसरी तरफ़, मेरे अमीर डैडी अपने रेस्तराँ में एक टेबल पर अपनी टीम के साथ बैठ जाते थे और खुलकर अपनी वित्तीय समस्याओं पर बातचीत करते थे। अमीर डैडी ने कहा था, "हर व्यक्ति के पास वित्तीय समस्याएँ होती हैं। अमीरों के पास भी पैसे की समस्याएँ होती हैं। ग़रीबों, कंपनियों, सरकारों और चर्चों के पास भी होती हैं। कोई व्यक्ति अमीर बनेगा या ग़रीब, यह इस बात से तय होता है कि वह उन समस्याओं को कितनी अच्छी तरह सुलझाता है। ग़रीब लोग सिर्फ़ इसलिए ग़रीब बने रहते हैं, क्योंकि वे अपनी पैसे की समस्याओं को ग़रीब तरीक़े से सुलझाते हैं।" इसीलिए अमीर डैडी अपनी पैसे की समस्याओं के बारे में अपनी वित्तीय टीम से खुलकर बातचीत करते थे। वे कहते थे, "कोई अकेला व्यक्ति सब कुछ नहीं जानता है। अगर आप पैसे के

खेल में जीतना चाहते हैं, तो आपको अपनी टीम में सबसे अच्छे और स्मार्ट लोग चाहिए।" मेरे ग़रीब डैडी इसलिए हारे, क्योंकि वे सोचते थे कि उन्हें सारे जवाब मालूम होने चाहिए... लेकिन उन्हें नहीं मालूम थे।

जब आपका बुककीपर आपको आपका मासिक फ़ाइनैंशियल स्टेटमेंट दे, तो उसके बाद हर महीने अपनी टीम से मिलें। हो सकता है, आपको अपनी टीम में बैंकर, अकाउंटेंट, वकील, स्टॉकब्रोकर, रियल एस्टेट ब्रोकर, बीमा एजेंट और बाक़ी लोगों की ज़रूरत हो। हर प्रोफ़ेशनल का दृष्टिकोण अलग होता है और वह आपकी समस्याओं को सुलझाने के अलग तरीक़े सुझाता है। आपको कई सलाहें मिलती हैं, इसका यह मतलब नहीं है कि आपको उन पर अमल करना ही होगा। सबसे महत्वपूर्ण बात यह है कि आप अपनी धन संबंधी समस्याओं को गोपनीय नहीं रखते हैं। आप अलग-अलग क्षेत्रों के विशेषज्ञों की राय सुनते हैं, जो अपने क्षेत्र में आपसे ज़्यादा स्मार्ट हैं। और अंततः इसके बाद आप अपना निर्णय लेते हैं।

जब लोग मुझसे पूछते हैं कि मैंने पैसे, निवेश और बिज़नेस के बारे में इतना कुछ कैसे सीखा, तो मैं बस यही जवाब देता हूँ, "मेरी टीम मुझे सिखाती है।" मैंने स्कूल से बाहर निकलकर बिज़नेस और निवेश करने के बारे में ज़्यादा इसलिए सीखा, क्योंकि मैं अपनी ज़िंदगी को ही स्कूल जैसा मानता हूँ। मैंने पाया है कि मैं स्कूल में बैठकर काल्पनिक समस्याओं को सुलझाने के बजाय अपनी ख़ुद की समस्याओं को सुलझाने में ज़्यादा दिलचस्पी लेता हूँ।

नीचे एक उदाहरण है कि मैं सीखने के लिए अपनी टीम का प्रयोग कैसे करता हूँ। कुछ समय पहले मैं एक वकील से मिला, जिसने मुझे यह समझाने की कोशिश की कि सरकारी टैक्स मुक्त बॉण्ड्स का प्रयोग कैसे किया जाए। उसका स्पष्टीकरण मेरे सिर के ऊपर से निकल गया, क्योंकि उसकी शब्दावली में ऐसे शब्द थे, जिनका प्रयोग मैंने पहले कभी नहीं किया था। सब कुछ समझने का नाटक करके समय बर्बाद करने के बजाय मैंने मीटिंग बीच में ही रोक दी और दूसरी मीटिंग तय कर ली। अगली मीटिंग में इस वकील के साथ मैं अपने अकाउंटेंट और किम के साथ बैठा और उन दोनों ने मिलकर मुझे अपनी भाषा में यह समझाया कि वह हमसे क्या कह रहा है।

मैंने पहले कहा था कि शब्द मस्तिष्क के औज़ार हैं। हर प्रोफ़ेशन में अलग-अलग शब्दों का इस्तेमाल होता है। उदाहरण के लिए, वकील अकाउंटेंट्स या बुककीपर्स से अलग शब्दों का प्रयोग करते हैं। शब्दों को पूरी तरह समझने में अपना समय लगाने और उनके अर्थ का अनुवाद कराने के बाद मैं उन शब्दों का बेहतर उपयोग कर पाया और उन्हें अपनी ज़िंदगी का हिस्सा बना पाया। इसका मतलब यह है कि मैं अनुवादक के रूप में अलग-अलग प्रोफ़ेशनल्स का उपयोग करता हूँ, ताकि मैं अपनी ज़िंदगी में उनके शब्दों का प्रयोग कर पाऊँ। मैं जितने ज़्यादा शब्द समझ सकता हूँ और उनका प्रयोग कर सकता हूँ, उतनी

ही ज़्यादा तेज़ी से मैं ज़्यादा पैसे कमा सकता हूँ और मेरा वित्तीय भविष्य उतना ही बेहतर बन जाता है।

उस मीटिंग में मुझे कुछ सौ डॉलर की फ़ीस देनी पड़ी, लेकिन मैं जानता हूँ कि इससे मुझे ज़बर्दस्त लाभ होगा। इससे मैं यह समझा कि सरकार से बहुत कम ब्याज दर पर करोड़ों डॉलर उधार कैसे लिए जा सकते हैं। इस विषय पर मेरे वकील और मेरे अकाउंटेंट की मिली-जुली शिक्षा मेरे लीवरेज रेशो को बहुत तेज़ गति से बढ़ा देगी। जैसा मैं पहले कह चुका हूँ, आप अपनी आमदनी या तो सामान्य गति से बढ़ा सकते हैं या फिर एक्सपोनेंशियल गति से बढ़ा सकते हैं। अपनी शब्दावली और समझ में निवेश करने से मेरी दौलत एक्सपोनेंशियल गति से बढ़ेगी।

तो अपनी टीम बनाएँ। अगर आप महँगी टीम का ख़र्च नहीं उठा सकते हैं, तो किसी रिटायर्ड व्यक्ति को खोज लें, जिसे लोगों की मदद करने और उन्हें मार्गदर्शन देने में आनंद आता हो। कई बार, आपको उन्हें बस लंच कराना होगा। आप हैरान होंगे कि कितने सारे लोगों को इसमें मज़ा आता है कि लोग उनसे उनकी ज़िंदगी के अनुभव पूछें और उनसे मदद माँगें। आपको तो बस उनका सम्मान करना है। बहस न करें और पूरे ध्यान से सुनें। महीने में एक बार यह काम करेंगे, तो आपका भविष्य हमेशा के लिए समृद्ध बन जाएगा।

## आदत # 3 : लगातार अपने संदर्भ और सामग्री का विस्तार करते रहें

आप औद्योगिक युग में नहीं, सूचना युग में रह रहे हैं। सूचना युग में आपकी सबसे बड़ी संपत्ति आपके शेयर, बॉण्ड, म्यूचुअल फ़ंड, कंपनियाँ या रियल एस्टेट नहीं है। आपकी सबसे बड़ी संपत्ति तो आपके दिमाग़ के भीतर की जानकारी है और उस जानकारी की भी उम्र होती है। बहुत सारे लोग इसलिए पीछे रह जाते हैं, क्योंकि उनके दिमाग़ के भीतर की जानकारी पुराना इतिहास होती है या फिर वे उन जवाबों को पकड़े रहते हैं, जो बीते हुए कल में तो सही थे, लेकिन आज ग़लत हैं। अगर आप जवानी में अमीर बनकर रिटायर होना चाहते हैं, तो आपको तेज़ी से बदलती जानकारी के संसार से क़दम मिलाकर चलना होगा।

तो आप सूचना युग के साथ कैसे चल सकते हैं? नीचे कुछ बातें बताई गई हैं, जो मैं लगातार सीखते रहने के लिए करता हूँ। मैं आपसे यह नहीं कह रहा हूँ कि आप भी मेरा अनुकरण करें। मैं तो सिर्फ़ आपको बता रहा हूँ कि मैं क्या करता हूँ। अगर यह आपके लिए काम करता हो, तो अच्छी बात है और अगर नहीं करता हो, तो फिर ऐसी चीज़ खोज लें, जो आपके लिए काम करे।

1. नाइटिंगेल-कॉनैन्ट की ऑडियो लाइब्रेरी। 1974 में जब मैंने अपने अमीर

डैडी की राह पर चलने का फ़ैसला किया, तो मैं जानता था कि मुझे अपने अमीर डैडी के अलावा भी अन्य मार्गदर्शक खोजने की ज़रूरत है। मैं जानता था कि मैं जो जानकारी चाहता था, वह पारंपरिक शिक्षा के क्षेत्र में नहीं मिलेगी। 1974 में मैंने ऑडियोकैसेट्स देखे, जिनमें बेशक़ीमती जानकारी थी, ऐसी जानकारी जो न सिर्फ़ मेरी *सामग्री* को बढ़ाती थी, बल्कि मेरे *संदर्भ* का भी विस्तार करती थी। इन कैसेट्स ने मुझे प्रासंगिक और सही जानकारी दी। इसके अलावा इन्होंने मेरी वास्तविकता का भी विस्तार किया, जिससे मैं उस जानकारी का प्रयोग कर सका।

आज पच्चीस साल बाद भी मैं नाइटिंगेल-कॉनैन्ट के प्रोडक्ट्स का इस्तेमाल करता हूँ। जब भी मुझे जानकारी की ज़रूरत होती है, मैं उनके कैटेलॉग में उससे संबंधित ऑडियो या वीडियो टेप की तलाश करता हूँ, जो मुझे वह सिखा सके, जो मैं सीखना चाहता हूँ। जब मुझे दुनिया के महारथियों के शाश्वत और बेशक़ीमती ज्ञान की ज़रूरत होती है, तो मैं उनका कैटेलॉग देखने लगता हूँ।

नीचे कुछ ऑडियो टेप्स के नाम दिए गए हैं, जो आपके काम आ सकते हैं :

1. *लीड द फ़ील्ड : अर्ल नाइटिंगेल*। यह बहुत ही ज़बर्दस्त और उपयोगी टेप है, जो हमेशा प्रासंगिक रहेगा। अर्ल नाइटिंगेल आधुनिक व्यवसाय और प्रेरक शिक्षा के अग्रणी लीडर हैं। अगर हम सूचना युग में आगे रहना चाहते हैं, तो हम सभी को लीडरशिप पर शाश्वत बुद्धिमत्ता की ज़रूरत है।

2. *मेकिंग मनी ऑन द वेब* : सेथ गोडिन। इस टेप सेट में व्यावहारिक, मूलभूत और उपयोगी जानकारी दी गई है कि आप अपना विश्वव्यापी बिज़नेस नेटवर्क कैसे शुरू कर सकते हैं। भले ही आप वेब पर बिज़नेस करने की योजना न बना रहे हों, लेकिन इस टेप में ऐसी कॉमन सेंस बिज़नेस सलाह दी गई है, जो अमीर बनने की इच्छा रखने वाले हर व्यक्ति के लिए अनिवार्य है।

3. *थिंकिंग बिग* : ब्रायन ट्रेसी। यह टेप सेट हर उस व्यक्ति के लिए अनिवार्य है, जिसे इस बात का एहसास हो रहा हो कि वह बहुत छोटा सोच रहा है। लोगों में अभाव या पैसे की कमी का संदर्भ होता है, इसका एक सामान्य कारण यह है कि वे बहुत छोटा सोचने के आदी होते हैं। यह टेप सेट आपके दिमाग़ को ज़िंदगी की ज़्यादा बड़ी संभावनाओं की तरफ़ खोल देगा।

4. *द आर्ट ऑफ़ एक्सेप्शनल लिविंग* : जिम रॉन। यह शैक्षणिक टेप प्रोग्राम संदर्भ का बेहतरीन तरीक़े से विस्तार कर देता है। यह एक महान टेप सेट है, क्योंकि कई लोग सोचते हैं कि महान बनने के लिए उन्हें महान काम करने होंगे या बड़ी बाधाओं को पार करना होगा। जिम रॉन बताते हैं कि महान काम करने और *असाधारण जीवन* जीने में ... जीवन की आसान चीज़ों को *असाधारण तरीक़े* से करने में ... फ़र्क़ होता है। जैसा इस पुस्तक में मैं पहले ही बता चुका हूँ, मुझे नहीं लगता है कि मुझे बहुत महान प्रतिभा, सुंदरता, व्यक्तित्व या दिमाग़ का

उपहार मिला है। मैंने महान काम करने पर ध्यान देना छोड़ दिया और मैं जो भी काम करता था, उसे असाधारण रूप से अच्छे तरीक़े से करने पर ध्यान केंद्रित किया।

5. *हाऊ टु बी अ नो-लिमिट पर्सन* : डॉ. वेन डायर। यह बेहतरीन टेप सेट सिखाता है कि अपनी ज़िंदगी के हर दिन को महत्वपूर्ण कैसे बनाया जाए। यह आपके संदर्भ या वास्तविकता का विस्तार करता है। इसके द्वारा आपको अधिक अवसर, बेहतर सेहत, ज़्यादा ख़ुशी मिल सकती है और आप बेहतर नज़रिए से समस्याओं का सामना कर सकते हैं।

जब भी मैं जिम जाता हूँ या अपनी कार चलाता हूँ, तो मैं अक्सर नाइटिंगेल-कॉनैन्ट लाइब्रेरी के किसी महान मार्गदर्शक का ऑडियो कैसेट चला देता हूँ। जब भी कोई मुझसे मार्गदर्शक खोजने के बारे में पूछता है, तो मैं उसे सलाह देता हूँ कि वह टेप्स का कैटेलॉग देखकर उस मार्गदर्शक को खोज ले, जिससे वह सीखना चाहता है।

2. मैं इन वित्तीय और बिज़नेस न्यूज़लेटर्स का नियमित ग्राहक हूँ :

अ. *लुइस रुकीज़र्स वॉल स्ट्रीट* : लुइस रुकीज़र। मैं इसमें दी गई जानकारी को ज्ञानवर्धक मानता हूँ। यह न्यूज़लेटर हर उस व्यक्ति के लिए महत्वपूर्ण है, जो अमेरिकी शेयर बाज़ार की घटनाओं की ताज़ा जानकारी चाहता है।

ब. *स्ट्रेटेजिक इनवेस्टमेंट* : जेम्स डेल डेविडसन और लॉर्ड रीस-मॉग। इन दोनों व्यक्तियों का दुनिया की अर्थव्यवस्था के बारे में वैश्विक दृष्टिकोण है। मैं इनकी जानकारी को ज्ञानवर्धक पाता हूँ, जो अक्सर कॉन्ट्रेरियन होती है और ख़ास तौर पर अमीर निवेशक के लिए अच्छी होती है।

स. *ऑडियो-टेक बिज़नेस बुक समरीज़*। यह संगठन हर महीने किसी नवीनतम पुस्तक का सार और ऑडियो कैसेट कार्यक्रम भी प्रदान करता है। मुझे यह अच्छा लगता है कि मैं संक्षेप पढ़ने और टेप सुनने के बाद ही यह फ़ैसला करूँ कि मैं किस पुस्तक को पढ़ना चाहता हूँ।

हम अभूतपूर्व अवसर के युग में क़दम रख रहे हैं ... हम उद्यमी युग में प्रवेश कर रहे हैं। अगर आपको सिर्फ़ ज़्यादा ऊँची तनख़्वाह चाहिए, तो आप इस युग को चूक जाएँगे, जबकि बाक़ी लोग बेहद अमीर बन जाएँगे। अगर आप इस युग में नहीं चूकना चाहते हैं, तो मैं सुझाव देता हूँ कि आप भीड़ से आगे रहने की आदत डाल लें और उस भविष्य को देखने की भी, जिसे भीड़ नहीं देख सकती।

## आदत # 4 : बड़े होते रहें

कुछ समय पहले मेरा एक दोस्त शिकायत कर रहा था कि शेयर बाज़ार में उसे कई मिलियन डॉलर का नुक़सान हो गया। उसने 1995 से पहले कभी निवेश नहीं किया था और उसने उधार लेकर शेयर ख़रीद लिए थे। शेयर बाज़ार के क्रैश होने पर अब उसने अपना सब कुछ गँवा दिया है, अपना मकान भी। वह चिल्ला-चिल्लाकर शिकायत करता रहा और आख़िर मेरा सब्र ख़त्म हो गया। मैंने कहा, "बड़े बन जाओ। अब तुम वयस्क हो चुके हो। तुमने यह कैसे सोच लिया था कि शेयर बाज़ार हमेशा ऊपर ही जाता रहेगा?"

मेरी टिप्पणी से उसका रोना-धोना बंद नहीं हुआ। वह आगे भी कहता रहा, "एलन ग्रीनस्पैन ने ब्याज दर पहले कम क्यों नहीं की? उसने उन्हें बढ़ाया क्यों? उसकी और मेरे ब्रोकर की ग़लतियों की वजह से मैंने अपना सब कुछ गँवा दिया। मैं इतना सारा क़र्ज़ उतारूँगा कैसे? सरकार शेयर बाज़ार के नुक़सान के बारे में कुछ करती क्यों नहीं है?"

उससे विदा लेते समय मैंने वही दोहराया, जो पहले कहा था, "बड़े बन जाओ।"

अमीर डैडी अक्सर कहते थे, "लोगों की उम्र बढ़ने का हमेशा यह मतलब नहीं होता है कि वे बड़े हो जाते हैं। कई लोग अपने मम्मी-डैडी की शरण से बाहर निकलकर कंपनी या सरकार की शरण में चले जाते हैं। कई उम्मीद करते हैं कि कोई और उनकी परवाह करेगा या उनकी समझदारी तथा कॉमन सेंस की कमी के लिए ज़िम्मेदार होगा। इसीलिए वे नौकरी की सुरक्षा या सरकार की शरण चाहते हैं। बहुत सारे लोग गारंटी की तलाश और जोखिम से बचने में ज़िंदगी गुज़ार देते हैं। वे बड़े होने से बचते हैं और हमेशा किसी अभिभावक की तलाश करते हैं, जो उनकी देखभाल करे।" मैं कई लोगों को जानता हूँ, जो सोशल सिक्युरिटी के बिना ज़िंदा नहीं रह सकते। मैं कई ऐसे लोगों को भी जानता हूँ, जो अभी सोशल सिक्युरिटी लेने लायक़ बूढ़े नहीं हुए हैं, लेकिन वे सोशल सिक्युरिटी और मेडिकेयर पर आस लगाए बैठे हैं। सरकार के ये सेफ़्टी नेट औद्योगिक युग में बहुत ज़रूरतमंद लोगों के लिए बनाए गए थे। आज दुर्भाग्य से उच्च शिक्षित और ऊँची तनख़्वाह वाले बहुत से लोग भी सरकार से देखभाल की आस लगाए बैठे हैं। हम सूचना युग में रह रहे हैं और अब समय आ चुका है कि हमारे देशवासी बड़े और वित्तीय दृष्टि से वयस्क बन जाएँ। सरकार के सेफ़्टी नेट्स और सामाजिक योजनाओं को उन लोगों के लिए छोड़ दें, जिन्हें सचमुच उनकी ज़रूरत है।

जब मैं हाई स्कूल से निकला, तो मैंने सोचा कि मैं बड़ा हो गया हूँ और सारे जवाब जानता हूँ। आज मैं अक्सर कहता हूँ, "काश मैं उस समय वह सब जानता, जो आज जानता हूँ।" अतीत में मैंने ऐसे कई काम किए हैं, जिनके

लिए मुझे ख़ुशी है कि मैंने वे किए, लेकिन आज मैं वे काम नहीं करूँगा। मुझे यक़ीन है कि बड़े होने का मतलब यह एहसास है कि उम्र बढ़ने के साथ हम अलग तरीक़े से काम करेंगे। ज़िंदगी में हर दिन लगातार वही पुराना काम करते रहना कई मायनों में मानसिक और भावनात्मक विकास को रोकना है। दुनिया बदल रही है, ज़्यादा परिष्कृत बन रही है और इसलिए हमें भी बदलना चाहिए, परिष्कृत बनना चाहिए।

दुनिया इस तरह भी बदल रही है कि अब नौकरी की ज़्यादा सुरक्षा नहीं रह गई है और आर्थिक सुरक्षा भी नहीं है। कंपनियाँ लोगों को बेरहम संसार में धकेलकर उनसे कह रही हैं, "हमसे उम्मीद मत करो कि जब तुम हमारे यहाँ काम करना बंद कर दोगे, उसके बाद हम तुम्हारी देखभाल करेंगे।" वे यह भी कह रही हैं, "बेहतर यही होगा कि रिटायर होने के बाद अपनी देखभाल के लिए आप शेयर बाज़ार से आस लगाएँ।" लेकिन असली बेरहम संसार में शेयर बाज़ार से हमेशा ऊपर जाने की उम्मीद करना बचकाना सपना है। इसकी उम्मीद करना उतना ही मूर्खतापूर्ण है जितना यह सोचना कि कोई परी आपके डेंटिस्ट के बिल का भुगतान कर देगी। बड़े होने का मतलब है अपने लिए, अपने कामों के लिए, अपनी सतत शिक्षा के लिए और अपनी परिपक्वता के लिए ज़्यादा से ज़्यादा ज़िम्मेदारी लेने का इच्छुक बनना। अगर आप अमीर और सुरक्षित वित्तीय भविष्य चाहते हैं, तो यह जानना अनिवार्य है कि शेयर बाज़ार ऊपर-नीचे होता रहता है और आपकी रक्षा करने वाला कोई नहीं है। हम जितनी जल्दी बड़े होकर इस सच्चाई का सामना कर लें, उतनी ही ज़्यादा परिपक्वता और बेहतर तरीक़े से भविष्य का सामना कर सकते हैं। सूचना युग में हममें से ज़्यादातर लोगों को बड़े होने और पुराने औद्योगिक युग के इन विचारों को छोड़ने की ज़रूरत है कि हमारी नौकरी की सुरक्षा और वित्तीय सुरक्षा के लिए कोई दूसरा ज़िम्मेदार है।

मुझे डर है कि बीस साल से भी कम समय में यह स्पष्ट हो जाएगा कि औद्योगिक युग की मौत हो चुकी है और यह जा चुका है। हम यह बात तब जान जाएँगे, जब सरकार आख़िरकार यह मान लेगी कि वह दिवालिया हो चुकी है और वह अपने कई वित्तीय वादे पूरे नहीं कर पाएगी। अगर बीस साल में बहुत सारे लोग दहशत में आकर अपनी 401 (k) योजनाओं से पैसा निकालने लगेंगे, तो शेयर बाज़ार क्रैश हो जाएगा, बहुत से लोग निराश हो जाएँगे और अमेरिका गहरे रेसेशन में जा सकता है, शायद डिप्रेशन में भी। अगर यह होता है, तो करोड़ों बेबी बूमर्स और उनके बच्चों को आख़िरकार बड़ा होना पड़ेगा। बड़े होने से मेरा मतलब है कि आप दूसरों पर कम से कम निर्भर होते हैं और आप अपने साथ-साथ दूसरों की आवश्यकताओं की देखभाल करने में ज़्यादा से ज़्यादा समर्थ बनते हैं। मेरे लिए, बड़ा होना एक ऐसी आजीवन प्रक्रिया है, जिससे कई लोग अब भी बच रहे हैं। वे आज भी चाहते हैं कि कोई दूसरा उन्हें

नौकरी की सुरक्षा और वित्तीय सुरक्षा दे ... वे ख़ुद यह नहीं करना चाहते हैं।

लगातार बड़े बनना एक अहम आदत है। अगर आप जवानी में अमीर बनकर रिटायर होना चाहते हैं, तो आपको अधिकांश लोगों से ज़्यादा तेज़ी से बड़ा होना पड़ेगा।

## आदत # 5 : ज़्यादा असफल होने की इच्छा रखना

मेरे अमीर डैडी और मेरे ग़रीब डैडी में एक बड़ा अंतर यह था कि ग़रीब डैडी असफल नहीं होना चाहते थे। वे सोचते थे कि ग़लतियाँ करना असफलता का लक्षण है ... आख़िर, वे टीचर थे। ग़रीब डैडी सोचते थे कि ज़िंदगी में सिर्फ़ एक ही सही जवाब होता है।

मेरे अमीर डैडी लगातार अनजाने क्षेत्रों में क़दम रखते थे। अमीर डैडी बड़े सपने देखने, नए काम करने और छोटी ग़लतियाँ करने में यक़ीन करते थे। उन्होंने अपने जीवन के अंतिम दौर में मुझसे कहा था, "तुम्हारे डैडी ने ज़िंदगी भर यह नाटक किया है कि वे सारे सही जवाब जानते हैं। वे ज़िंदगी भर ग़लतियाँ करने से बचते रहे। इसीलिए अपने जीवन के अंतिम दिनों में उन्होंने इतनी बड़ी ग़लतियाँ कीं।" अमीर डैडी ने यह भी कहा, "नए काम करने और ग़लतियाँ करने का इच्छुक होने में एक बढ़िया बात यह है कि ग़लतियाँ करने से आप विनम्र रहते हैं। जो लोग विनम्र रहते हैं, वे घमंडी लोगों से ज़्यादा सीखते हैं।"

बरसों तक मैं देखता रहा कि अमीर डैडी ऐसे बिज़नेस, क्षेत्रों और प्रोजेक्ट्स में क़दम रखते रहे, जिनके बारे में आम तौर पर उन्हें कोई जानकारी नहीं होती थी। वे घंटों, दिनों और महीनों तक बैठकर सुनते थे, सवाल पूछते थे और वह ज्ञान हासिल करते थे, जिसकी उन्हें ज़रूरत थी। वे हमेशा विनम्र बनने और मूर्खतापूर्ण सवाल पूछने की इच्छा रखते थे। इसके बारे में उनका कहना था, "मूर्खतापूर्ण तो यह नाटक करना है कि आप स्मार्ट हैं। जब आप स्मार्ट बनने का ढोंग करते हैं, तो आप मूर्खता के शिखर पर होते हैं।"

अमीर डैडी ग़लत होने के भी इच्छुक थे। अगर उनसे कोई ग़लती हो जाती थी, तो वे हमेशा माफ़ी माँगने के लिए तैयार रहते थे। वे हर वक़्त सही होने की कोशिश नहीं करते थे। वे कहते थे, "स्कूल में सिर्फ़ एक सही जवाब होता है। असली ज़िंदगी में एक से ज़्यादा सही जवाब होते हैं। अगर किसी के पास आपसे ज़्यादा सही जवाब है, तो उसे ग्रहण कर लें। फिर आपके पास दो सही जवाब हो जाते हैं।" वे यह भी कहते थे, "जिन लोगों के पास सिर्फ़ एक ही सही जवाब होता है, उनमें अक्सर ये तीन बातें होती हैं। पहली, वे आम तौर पर बहस करने वाले या रक्षात्मक होते हैं। दूसरी, वे अक्सर बहुत बोरिंग होते हैं। और तीसरी, वे प्रायः दक़ियानूसी हो जाते हैं, क्योंकि उनका ध्यान इस बात पर जाता ही नहीं है कि कभी सही रहा उनका जवाब आज ग़लत हो गया है।"

तो अमीर डैडी की सलाह यह थी, "थोड़ा खुलकर जियो। हर दिन थोड़ा साहसी या जोखिम भरा काम करो। अगर आप अमीर नहीं बनते हैं, तो भी यह आदत आपकी ज़िंदगी में रोमांच भरेगी और आपको बरसों तक ज़्यादा युवा बनाए रखेगी।"

दुर्भाग्य से, मेरे ग़रीब डैडी ने सही काम करने में ही ज़िंदगी बिता दी। जब वे स्कूल गए, तो उन्होंने सही काम किया। उन्होंने टीचर की नौकरी की, क्योंकि उनके हिसाब से यह सही काम था। उन्होंने कड़ी मेहनत की और सीढ़ी पर चढ़े, क्योंकि यह सही काम था। सरकारी तंत्र में व्याप्त भ्रष्टाचार से विचलित होकर वे अपने बॉस के ख़िलाफ़ चुनाव में खड़े हुए, क्योंकि यह सही काम था। अपने जीवन के अंतिम दौर में उन्होंने टीवी सेट के सामने बीस साल बिताए और नाराज़ होते रहे कि उन्होंने ज़िंदगी भर सही काम किए थे, लेकिन किसी को भी परवाह नहीं थी कि उन्होंने सभी सही काम किए थे। जब उन्होंने अपने उन सहकर्मियों के बारे में सोचा, जिन्होंने उनके हिसाब से ग़लत काम किए थे, लेकिन अब वे अमीर बन गए थे या ऊँचे पदों पर पहुँच गए थे, तो वे और भी ज़्यादा नाराज़ हो गए।

अमीर डैडी ने कहा था, "कई बार जीवन की शुरुआत में आपके लिए जो सही काम होता है, वह आपके जीवन के अंत में आपके लिए सही काम नहीं होता है। बहुत सारे लोग इस कारण असफल होते हैं, क्योंकि वे परिवर्तन से डरते हैं या समय के साथ बदल नहीं पाते हैं। वे परिवर्तन इसलिए नहीं कर पाते हैं, क्योंकि उन्हें ग़लत होने में डर लगता है। कई बार, सही होने के लिए हम सभी को ग़लत होने की ज़रूरत होती है। अगर हम साइकल चलाना सीखना चाहते हैं, तो हमें कुछ समय तक ग़लत होने की प्रक्रिया से गुज़रना होगा। अधिकांश लोग इसलिए असफल रहते हैं, क्योंकि वे सही तो होना चाहते हैं, लेकिन ग़लत नहीं होना चाहते हैं। असफलता के डर के कारण वे असफल हो जाते हैं। पूर्णतः आदर्श बनने की इच्छा के कारण वे अपूर्ण रह जाते हैं। बुरा दिखने के डर के कारण अंततः वे ख़ुद के बारे में बुरा महसूस करते हैं।"

जो लोग असफल होने से डरते हैं, या ग़लतियाँ करने से घबराते हैं, उनके लिए मैंने नाइटिंगेल कॉनैन्ट के साथ मिलकर एक ऑडियो कैसेट तैयार किया है, जिसका शीर्षक है *रिच डैड सीक्रेट्स*। अमीर डैडी का रहस्य यह था कि दुनिया इस तरह से बनाई गई है, ताकि हम असफल न हों। दुनिया इस तरह से बनाई गई है, ताकि हम जीतें। चुनौती यह है कि जीतने से पहले आप असफल होने के लिए तैयार रहें। इस टेप सेट की मदद से इंसान अपनी असफलता के डर को दूर कर सकता है। जब आप *रिच डैड सीक्रेट्स* को समझ लेंगे, तो आप जीतने की ख़ातिर असफल होने की ज़्यादा इच्छा रखने लगेंगे। जैसा अमीर डैडी अक्सर कहते थे, "जो लोग असफलता से बचते हैं, वे सफलता से भी बचते हैं। असफलता सफलता का अनिवार्य हिस्सा है।"

संक्षेप में, मेरे अमीर डैडी हर दिन थोड़े असफल होने के लिए तैयार थे। मेरे ग़रीब डैडी ने बिलकुल भी असफल न होने की सबसे अच्छी कोशिश की। आदतों के इस छोटे से अंतर ने उनके जीवन के अंत में बहुत बड़ा अंतर पैदा कर दिया।

## आदत # 6 ख़ुद की बात सुनें

जवानी में अमीर बनकर रिटायर होने के इच्छुक व्यक्ति के लिए सबसे अंतिम और सबसे महत्वपूर्ण आदत यह है कि वह अपनी बात सुने। अमीर डैडी अक्सर कहते थे, "मेरे पास सबसे महत्वपूर्ण शक्ति वह है, जो मैं ख़ुद से कहता हूँ और जिसमें मैं यक़ीन करता हूँ।" यह आदत आपकी वास्तविकता या आपके संदर्भ को व्यक्त करने का एक और तरीक़ा है। *सबसे महत्वपूर्ण शक्ति* से अमीर डैडी का जो मतलब था, वह बाइबल की अवधारणा तक जाता है कि आपके शब्द हक़ीक़त बन जाते हैं। दूसरे शब्दों में, आप ख़ुद से जो कह रहे हैं, उस पर बहुत पैनी नज़र रखें, क्योंकि आप ख़ुद से जो कह रहे हैं, वही आप हर दिन बन रहे हैं।

अमीर डैडी कहते थे, "पराजित लोग अपनी मनचाही चीज़ों के बजाय उन बातों पर ज़्यादा ध्यान केंद्रित करते हैं, जो वे ज़िंदगी में नहीं चाहते हैं। उनका यही काम अलग होता है। यह एक आदत है। यही पैसे के बारे में सही है।"

मैंने कहा, "तो 'मैं ग़रीब नहीं बनना चाहता' कहने वाले और 'मैं अमीर बनना चाहता हूँ,' कहने वाले व्यक्तियों के बीच बड़ा अंतर होता है?"

अमीर डैडी ने सिर हिलाकर कहा, "मुझे लगता है कि इंसान का दिमाग़ *नहीं* शब्द नहीं सुनता है। यह तो बस इतना सुनता है कि किस विषय पर बातचीत हो रही है ... मोटे, स्वस्थ, ग़रीब और अमीर जैसे शब्द। विषय चाहे जो हो, आप वही बन जाते हैं।"

मैं अमीर डैडी के सबक़ को ज़्यादा स्पष्ट रूप से समझना चाहता था, इसलिए मैंने पूछ लिया, "तो जब कोई कहता है, 'मैं पैसे नहीं गँवाना चाहता,' तो दिमाग़ यह सुनता है, 'मैं पैसे गँवाना चाहता हूँ?'"

अमीर डैडी बोले, "मुझे तो यही लगता है।"

मैंने कहा, "यानी ज़्यादातर लोग इस बारे में बात करते हैं कि वे क्या नहीं चाहते हैं या इस बारे में बात करते हैं कि वे क्या नहीं पा सकते।"

"यह सही है। लेकिन मैं इससे अलग काम करता हूँ। यह मेरी एक आदत है," अमीर डैडी ने कहा।

मैंने पूछा, "यानी आप जो चाहते हैं, उसके बारे में बात करने से भी ज़्यादा कुछ करते हैं?"

अमीर डैडी ने सिर हिलाया और ज़िंदगी की एक बहुत महत्वपूर्ण आदत

बताई, जो बाद में मेरे लिए काफ़ी महत्वपूर्ण साबित हुई। उन्होंने कहा, "हम सभी कई बार भयभीत, अनिश्चित और शंकालु होते हैं। यह इंसान होने का हिस्सा है। जब मैं इस तरीक़े से महसूस करता हूँ, तो सबसे पहले तो मैं अपने विचारों की जाँच करता हूँ। अगर मैं बुरा या डरा हुआ महसूस करता हूँ, तो मैं जानता हूँ कि मैं कुछ ऐसा कह या सोच रहा हूँ, जिसके कारण मैं इस तरह से महसूस कर रहा हूँ।"

"ठीक है," मैंने कहा। "अब अगला क़दम क्या है?"

"मैं अपने विचारों या शब्दों को बदल लेता हूँ और मनचाही चीज़ों वाले शब्दों का प्रयोग करने लगता हूँ," अमीर डैडी ने कहा। "उदाहरण के लिए, अगर मुझे हारने से डर लग रहा है, तो मैं ख़ुद से कहता हूँ, 'मुझे किस चीज़ से डर लग रहा है? मैं इसके बजाय क्या चाहता हूँ? और अपनी मनचाही चीज़ तक पहुँचने के लिए मुझे क्या करने की ज़रूरत है?' अगर आप ध्यान दें, तो ये सभी सवाल मेरी वास्तविकता को नई संभावनाओं और वास्तविकताओं की ओर खोलते हैं।"

मैंने सिर हिलाकर कहा, "फिर क्या?"

"फिर मैं चुपचाप बैठता हूँ, जब तक कि डर की भावना चली नहीं जाती है और मेरी मनचाही भावना मेरे दिल, सीने और पेट के हिस्से में नहीं आ जाती है। जब मैं अपनी मनचाही भावना महसूस करने लगता हूँ और मेरे दिमाग़ में मनचाहे विचार आ जाते हैं, तो मैं क़दम उठाता हूँ। मैं पहले ख़ुद को तैयार करता हूँ, सही मानसिकता बनाता हूँ, अनचाही भावनात्मक स्थिति के बजाय मनचाही भावनात्मक स्थिति उत्पन्न करता हूँ, और फिर क़दम उठाता हूँ।"

इस प्रक्रिया का सार यह है :

1. उन विचारों पर ग़ौर करें, जिन्हें आप नहीं चाहते हैं... उन्हें मनचाही चीज़ों के विचारों में बदल लें।
2. उन भावनाओं पर ग़ौर करें, जिन्हें आप नहीं चाहते हैं... उन्हें मनचाही भावनाओं में बदल लें।
3. कर्म करें और आगे बढ़ते रहें, अगर ज़रूरत हो तो सुधार करें, जब तक कि आप अपनी मनचाही चीज़ न पा लें... बजाय उस चीज़ के, जिसे आप नहीं चाहते हैं।

## इस पर अमल करना

कुछ साल पहले मैं एक रात लास वेगास में था। मैं ज़्यादा जुआ नहीं खेलता हूँ, लेकिन मेरे पास ख़ाली समय था, इसलिए मैंने ब्लैकजैक खेलने का फ़ैसला

किया। जैसे ही मैं टेबल के पास पहुँचा, मैंने ग़ौर किया कि हारने के डर के कारण मेरा शरीर सख़्त होने लगा था और मेरा दिमाग़ कहने लगा था, "तुम सिर्फ़ 200 डॉलर हारना। फिर रुक जाना।"

तत्काल मैंने अपने विचार बदलकर ये कर लिए, "मेरे पास खेलने के लिए 200 डॉलर हैं और 500 डॉलर जीतने के बाद मैं रुक जाऊँगा।" मेरे अंदर जाने और बाहर निकलने की रणनीति तैयार थी। फिर मैं टेबल पर बैठा और मैंने खेल को चलते देखा, लेकिन मैंने पैसा नहीं लगाया। मैं अब भी अपने सीने की गहराई में हार के डर को महसूस कर सकता था। मैंने उस हारने वाली भावना को जीतने वाली भावना में बदलने पर ध्यान केंद्रित किया। जब मैं अपने सीने, दिल और पेट में विजेता का आत्मविश्वास महसूस करने लगा, तभी मैंने जुआ खेलना शुरू किया। हालाँकि पहले कुछ दाँव मैं हारा, लेकिन मैंने जीत के विचारों और भावनाओं पर ही ध्यान केंद्रित किया। एक घंटे बाद मैं 500 डॉलर जीतकर उठ गया।

कुछ समय पहले मैं एक बार फिर लास वेगास में था। एक बार फिर मैं इस प्रक्रिया से गुज़रा। मुश्किल यह थी कि अपने विचारों और भावनाओं को लाख केंद्रित करने के बावजूद इस बार मैं नहीं जीत पाया। जब मेरे 200 डॉलर चले गए, तो मुझे ज़्यादा पैसा लगाने की अपनी भावनाओं से जूझना पड़ा। टेबल से दूर जाना मेरे द्वारा किए गए सबसे मुश्किल कामों में से एक था। मैं अपने पैसे के पीछे भागना चाहता था।

जब मैं दूर जाने लगा, तो मुझे मेरे अमीर डैडी की बात याद आई, "सबसे अच्छे विचारों और सबसे अच्छी भावनाओं के बावजूद कई बार चीज़ें आपके हिसाब से नहीं होती हैं। विजेता जानता है कि कब बाहर निकलकर चल देना है। विजेता को यह मालूम होना चाहिए कि हारना जीतने का हिस्सा है। सिर्फ़ हारने वाला ही ग़लत टेबल पर हमेशा मौजूद रहता है और सब कुछ गँवा देता है और यह साबित करने की आशा करता है कि वह पराजित नहीं है।"

## सुखद संबंध

आप क्या सोचते और महसूस करते हैं, यह चुनने की प्रक्रिया संबंधों के क्षेत्र में भी काम करती है। मैंने ग़ौर किया है कि मैं दुखी महसूस करता हूँ, जब मैं उन सारी चीज़ों के बारे में सोचता हूँ, जो मेरी पत्नी किम नहीं करती है ... और मैं उससे दीवानों की तरह प्यार करता हूँ, जब मैं उन सारी अद्‌भुत चीज़ों के बारे में सोचता हूँ, जो वह और हम एक साथ करते हैं।

राइटियस ब्रदर्स का एक हिट गीत है, "यू हैव लॉस्ट दैट लवली फ़ीलिंग।" बिज़नेस और निवेश में भी यह सही साबित होता है। कई लोगों ने सचमुच "उस विजेता भावना को गँवा दिया है।"

## विश्वास रखना

1985 से 1994 के बीच किम और मैंने उस पर ध्यान केंद्रित किया, जो हम चाहते थे। हमने अपनी मनचाही चीज़ों को महसूस करने की सर्वश्रेष्ठ कोशिश की। हमने सोचा कि हमारे सपने सच होने पर हम कैसा महसूस करेंगे। हालाँकि कई मौक़े आए, जब चीज़ें हमारे मनचाहे तरीक़े से नहीं हुईं, लेकिन अपनी मनचाही चीज़ों पर ध्यान केंद्रित करने और अपनी मनचाही भावनाओं को महसूस करने के कारण ही हम वे मुश्किल वक़्त पार कर पाए। आप कैसा महसूस करना और सोचना चाहते हैं, इस बात का चुनाव करने की आदत अमीर डैडी की सिखाई एक बहुत महत्वपूर्ण आदत है। काश अभी मैं अपने सामने के ठंडे हरे सलाद के बारे में उसी तरह सोच सकूँ और उसी तरह की भावना ला सकूँ!

इस आदत का परिणाम यह है कि जब मैं डर या आत्म-शंका महसूस करता हूँ, तो मैं विचार और भाव की प्रक्रिया से गुज़रता हूँ। यह अपनी शंका और अनिश्चितता की भावनाओं को ज़िंदगी पर हावी होने देने से ज़्यादा अच्छी आदत है। हालाँकि इस प्रक्रिया से मेरी जीत हमेशा सुनिश्चित नहीं होती है, लेकिन फिर भी यह एक अच्छी आदत है, जिसने मुझे कई बार तब भी जिताया है, जब परिस्थितियाँ मेरे प्रतिकूल थीं और मैं उनसे बचकर भागना चाहता था। हमेशा याद रखें कि सभी विजेता कभी-कभार हारते भी हैं ... लेकिन इसका मतलब यह नहीं होता है कि वे पराजित लोगों की तरह सोचने या महसूस करने लगें।

जैसा नाइक का संदेश है, "बस इसे कर दें।" ज़िंदगी में विजेता अपनी मनचाही चीज़ों पर ध्यान केंद्रित करते हैं और पराजित लोग अपनी अनचाही चीज़ों पर। इसीलिए ख़ुद की बात नियमित रूप से सुनने की आदत डालना महत्वपूर्ण है। न जीतने के बावजूद विजेता अपनी विजेता भावनाओं और विजेता विचारों को क़ायम रखते हैं। यह बहुत अहम आदत है।

## क्या आप इन आदतों को अपना सकते हैं?

आगे बढ़ने से पहले मैं इस बात पर दोबारा ज़ोर देना चाहता हूँ कि मेरे हिसाब से ये बुनियादी आदतें बहुत महत्वपूर्ण हैं। ये बड़ी ही आसान आदतें हैं, जिन पर अठारह साल से ज़्यादा उम्र का कोई भी व्यक्ति अमल कर सकता है। हालाँकि ये आसान हैं, लेकिन मुझे डर है कि बहुत कम व्यक्ति ही इन आदतों को अपनी ज़िंदगी में उतारेंगे।

अगर आप इन आसान आदतों को आजीवन अपना सकें, तो आगामी अध्यायों के कार्य-क़दम आपके लिए आसान हो जाएँगे और आप इतने अमीर बन सकते हैं, जितनी आपने सपने में भी कल्पना नहीं की होगी। जैसा अमीर डैडी ने कहा था, "*थ्री लिटिल पिग्स* कहानी परीकथा से बढ़कर है। यह सच्चाइयों से भरी कहानी है। अगर आप ईंटों का मकान बनाना चाहते हैं, तो आपको अच्छी आदतों की ज़रूरत है ... क्योंकि अच्छी आदतें ही अमीरों की ईंट हैं।"

# अध्याय - 15

# आपके पैसे का लीवरेज

## कौन ज़्यादा मेहनत करता है? आप या आपका पैसा?

12 मार्च 2001 को शेयर बाज़ार के क्रैश होने पर वित्तीय चैनल विलाप कर रहे थे। 10 मार्च 2000 को यानी ठीक एक साल पहले नैसडेक अपने सर्वोच्च शिखर 5048.62 पर था। और अब 12 मार्च 2001 को नैसडेक 1923 अंकों पर था यानी एक साल में इसमें लगभग 62 प्रतिशत की गिरावट हुई थी। इस दिन शेयरहोल्डरों ने सभी एक्सचेंजों पर एक ही दिन में 554 बिलियन डॉलर गँवा दिए थे। ज़ाहिर है, बहुत सारे लोग बहुत चिंतित, भयभीत या नाराज़ थे।

एक चैनल पर एक कमेंटेटर ने ऐसी बात कही, जिसके बारे में मैं बरसों से चिंतित रहा हूँ। उसने कहा, "कई अमीर निवेशक इस क्रैश में भी अमीर बन रहे हैं। वे लगातार इसलिए अमीर बनते जाते हैं, क्योंकि वे बाज़ार से अंदर-बाहर होते रहते हैं। मैं तो उस मेहनती आदमी के बारे में सोच-सोचकर दुखी हूँ, जिसकी पेंशन योजना अभी-अभी मिट गई है। उसने अपने रिटायमेंट का पैसा बाज़ार में लगाए रखा था, क्योंकि उसके पास और कोई चारा नहीं था।"

यह कार्यक्रम देख रही मेरी पत्नी किम भी कमेंटेटर की बात सुन रही थी। किम ने कहा, "रिटायरमेंट योजना को मिटते हुए देखना तो ऐसा होगा, जैसे अपने घर को जलते हुए देखना और आग बुझाने के लिए ज़रा सा भी पानी न होना।"

*रिच डैड्स गाइड टु इनवेस्टिंग* में मैंने लिखा था कि ग़रीब और मध्य वर्गीय लोग म्यूचुअल फ़ंड्स में निवेश करते हैं, जबकि अमीर लोग हेज फ़ंड्स में निवेश करते हैं। हालाँकि कई लोगों का दावा है कि हेज फ़ंड बहुत ज़्यादा ख़तरनाक होते हैं, लेकिन मैं यह नहीं मानता हूँ। मैं सोचता हूँ कि म्यूचुअल फ़ंड बहुत ज़्यादा ख़तरनाक हैं, सिर्फ़ इसलिए क्योंकि ज़्यादातर म्यूचुअल फ़ंड्स का प्रदर्शन

सिर्फ़ चढ़ते बाज़ार में ही अच्छा रहता है। कम से कम कुछ हेज फ़ंड्स में आप चढ़ते और गिरते दोनों तरह के बाज़ार में पैसे कमा सकते हैं। आपको क्या लगता है, लंबे समय में किसमें ज़्यादा जोखिम है? आप कैसा महसूस करेंगे, अगर आप रिटायर होने की तैयारी कर रहे हों और आप अपने रिटायरमेंट फ़ंड को आधा होते देखें? अगर आपके पास फ़ायर इंश्योरेंस है, तो आप घर जल के ख़ाक हो जाने पर उसे एक साल से भी कम समय में दोबारा बनवा सकते हैं। अगर जीवन के उत्तरार्ध में रिटायरमेंट फ़ंड आधा हो जाए, तो कई लोगों के पास उसे दोबारा बनाने के लिए पर्याप्त समय नहीं होता है।

## क्या आपका पैसा कुछ नहीं कर रहा है?

लोग ज़िंदगी भर कड़ी मेहनत करते हैं, इसका एक कारण यह है कि उन्हें अपने पैसे से ज़्यादा कड़ी मेहनत करना सिखाया गया है। जब ज़्यादातर लोग निवेश करने के बारे में सोचते हैं, तो वे अपना पैसा बस किसी बचत खाते या रिटायरमेंट अकाउंट में *पार्क* कर देते हैं और अपनी कड़ी मेहनत वाली ज़िंदगी जारी रखते हैं। ख़ुद काम करते समय वे उम्मीद करते हैं कि उनका पैसा भी काम कर रहा होगा। फिर जब वित्तीय तबाही जैसी कोई चीज़ आ जाती है, तो उनका पार्क किया हुआ पैसा डूब जाता है और ज़्यादातर लोगों के पास वित्तीय तबाही का कोई बीमा नहीं होता है।

अमीर डैडी ने कहा था, "ज़्यादातर लोग अपनी ज़िंदगी घास-फूस के वित्तीय मकान बनाने में लगा देते हैं, ऐसे मकान जिन्हें आँधी, बारिश, आग और बदमाश नुक़सान पहुँचा सकते हैं।"

इसीलिए अमीर डैडी ने अपने बेटे और मुझे सिखाया कि हम अपने पैसे को गतिशील कैसे रखें। इस बिंदु का उदाहरण देना चाहूँगा। एक दिन एक कैंपिंग ट्रिप पर उन्होंने बार-बार माइक और मुझसे धधकती हुई कैंपफ़ायर के ऊपर से कूदने को कहा। उन्होंने कहा, "अगर तुम हिल रहे हो, तो आग भी तुम्हें नुक़सान नहीं पहुँचा पाएगी। लेकिन अगर तुम आग के पास स्थिर खड़े रहो, तो आग के बीच नहीं होने के बावजूद गर्मी अंततः तुम तक आ ही जाएगी।" उस सुबह जब मैंने शेयर बाज़ार को नीचे, और नीचे जाते देखा, तो मुझे अमीर डैडी याद आ गए, जो उस दिन अपने बेटे और मुझे यह बात बता रहे थे। जो लोग अपने पार्क किए हुए पैसे के साथ स्थिर खड़े रहते हैं, उन्हें ही गर्मी लगती है। अगर आप जवानी में अमीर बनकर रिटायर होना चाहते हैं, तो आपको ज़्यादा तेज़ और कड़ी मेहनत करने की ज़रूरत है। आपके पैसे को भी ऐसी ही मेहनत करनी चाहिए। अपने पैसे को एक जगह बैठाकर छोड़ देना तो पतझड़ की सूखी पत्तियों के ढेर को देखने की तरह है, जो किसी चिंगारी का इंतज़ार कर रहा है ... उस चिंगारी का, जो पत्तियों को जलाकर राख कर देगी।

## आपका पैसा कितना तेज़ है?

किम और मैं जल्दी रिटायर हो पाए, इसका एक कारण यह था कि हमने अपने पैसे को गतिशील रखा। अमीर डैडी अक्सर इस अवधारणा को *धन का वेग* (velocity) कहते थे। उन्होंने कहा था, "तुम्हारे पैसे को अच्छे शिकारी कुत्ते जैसा होना चाहिए। यह पक्षी खोजने में तुम्हारी मदद करता है, पक्षी को पकड़ता है और फिर बाहर निकलकर एक और पक्षी ले आता है। ज़्यादातर लोगों का पैसा तो उस पक्षी की तरह काम करता है, जो बस खिड़की से बाहर निकलकर उड़ जाता है।" अगर आप जवानी में अमीर बनकर रिटायर होना चाहते हैं, तो यह बहुत महत्वपूर्ण है कि आपका पैसा शिकारी कुत्ता बने और हर दिन बाहर जाकर आपके लिए ज़्यादा से ज़्यादा संपत्तियाँ लाए।

आज कई वित्तीय नियोजक और म्यूचुअल फ़ंड मैनेजर आम निवेशकों से कहते हैं, "बस हमें अपना पैसा दे दो और हम आपके पैसे से आपके लिए काम करवाएँगे।" ज़्यादातर निवेशक सहमति में सिर हिला देते हैं और यह मंत्र दोहराते हैं, "लंबे समय के लिए निवेश करो, ख़रीदो और रोककर रखो और डाइवर्सिफ़ाई करो।" उनका पैसा पार्क हो जाता है और वे अपनी नौकरी पर लौट जाते हैं। ज़्यादातर निवेशकों के लिए ये काफ़ी अच्छे विचार हैं। लेकिन सिर्फ़ तभी, जब यह सीखने में कोई दिलचस्पी न हो कि अपने पैसे से कैसे काम करवाया जाए, क्योंकि वे अपने पैसे की तुलना में ख़ुद ज़्यादा कड़ी मेहनत करना पसंद करते हैं। आम निवेशकों की इन योजनाओं के साथ दिक़्क़त यह है कि ये निवेश रणनीतियाँ अनिवार्यतः लाभकारी या सुरक्षित नहीं हैं।

जवानी में रिटायर होने के लिए किम और मैंने अपने रिटायरमेंट अकाउंट में पैसा जमा नहीं किया। हम जानते थे कि हमें अपने पैसे से काम करवाना है और कड़ी मेहनत करवाना है, ताकि वह ज़्यादा से ज़्यादा संपत्तियाँ बनाए। जब हमारा पैसा कोई संपत्ति बना देता था, तो हम उस पैसे को जल्दी ही दोबारा बाहर भेजकर उससे एक और संपत्ति बनवाते थे। हमने अपने पैसे को गतिशील रखकर ज़्यादा से ज़्यादा संपत्तियाँ बनाईं और यह एक ऐसी रणनीति है, जिसका इस्तेमाल कोई भी कर सकता है। जैसा कि वादा किया गया है, यह पुस्तक ऐसे कामों की सूची बताएगी, जिन्हें अमीर बनने की इच्छा रखने वाला हर व्यक्ति कर सकता है।

## पैसे को गतिशील रखना

हमने अपने पैसे को गतिशील रखने के लिए एक रणनीति का इस्तेमाल किया। हम एक रेंटल हाउस ख़रीदते थे और एक-दो साल में अपना डाउन पेमेंट वापस निकालकर उससे दूसरा रेंटल हाउस ख़रीद लेते थे। यह अमीर डैडी की सलाह पर अमल था, जिसमें उन्होंने पैसे का इस्तेमाल शिकारी कुत्ते की तरह करने की

सलाह दी थी। आम आदमी इस प्रक्रिया को *होम इक्विटी लोन* कहता है। कुछ लोग अपने क्रेडिट कार्ड के क़र्ज़ चुकाते समय इसे *बिल कनसॉलिडेशन लोन* कहते हैं। आपने ध्यान दिया होगा कि किम और मैंने निवेश करने के लिए क़र्ज़ लिया, जबकि आम आदमी बुरे क़र्ज़ को चुकाने के लिए क़र्ज़ लेता है। यह खिड़की से पक्षी के बाहर उड़ने का उदाहरण है। हालाँकि यह भी धन का वेग (velocity) है, लेकिन इसमें पैसा आपके लिए संपत्तियाँ नहीं बनाता है, बल्कि तेज़ी से उड़कर आपसे दूर चला जाता है।

## एक सरल उदाहरण

नीचे एक उदाहरण दिया गया है कि हमने किस तरह निवेश किया और फिर पैसे उधार लेकर दूसरी संपत्तियों में निवेश किया। 1990 में किम और मैंने देखा कि पोर्टलैंड, ओरेगॉन के एक सुंदर इलाक़े में एक मकान बिकाऊ था। मकान मालिक 95,000 डॉलर माँग रहा था, लेकिन वह मकान बिक नहीं रहा था। अर्थव्यवस्था की हालत ख़राब थी, कर्मचारियों की छँटनी हो रही थी और कई मकान बाज़ार में बिकने के लिए खड़े थे। हमने और जल्दी प्रस्ताव दे दिया होता, लेकिन वह मकान हमारी निवेश प्रोफ़ाइल में फ़िट नहीं हो रहा था। यह बहुत महँगा था और बहुत अच्छा था, इसलिए इसे दीर्घकालीन रेंटल हाउस नहीं माना जा सकता था। अगर यह मकान सैन फ्रांसिस्को में होता, तो इसकी क़ीमत 4,50,000 डॉलर होती। फिर भी इस पर हमारी नज़र बनी रही, क्योंकि हमें इसमें बहुत मूल्य और संभावना नज़र आ रही थी।

हवाई अड्डे आते-जाते समय हम इस मकान के पास से गुज़रकर देखते थे कि यह अब तक बिका है या नहीं। लगभग छह महीने बाद हमने आख़िरकार उसका दरवाज़ा खटखटाया और हमें यह पता चला कि मकान मालिक बेचने के लिए बहुत परेशान था और वह किसी भी प्रस्ताव को सुनने को तैयार था। उस पर 56,000 डॉलर का क़र्ज़ था, इसलिए मैंने 60,000 डॉलर का प्रस्ताव दिया और आख़िरकार 66,000 डॉलर में सौदा हो गया। मैंने उसे 10,000 डॉलर दे दिए और हमने उसका बक़ाया हाउस लोन अपने नाम पर करवा लिया। एक महीने बाद मकान मालिक और उसका परिवार मकान ख़ाली करके कैलिफ़ोर्निया चले गए। वे मकान बेचकर ख़ुश थे। उन्हें ज़्यादा फ़ायदा नहीं हुआ और ज़्यादा नुक़सान भी नहीं हुआ। हमारा ख़रीदा मकान तत्काल किराए पर उठ गया और क़र्ज़ तथा अन्य ख़र्च निकालने के बाद हमें हर महीने 75 डॉलर का सकारात्मक कैशफ़्लो मिलने लगा। लगभग दो साल बाद बाज़ार सुधर गया और कई लोग इसे ख़रीदने के लिए हमारे पास आने लगे। सबसे अच्छा प्रस्ताव 86,000 डॉलर का था। किम और मैंने इस प्रस्ताव को मंजूर नहीं किया, हालाँकि यह काफ़ी लुभावना था। अगर हमने बेच दिया होता, तो हमें अपने डाउन पेमेंट पर हर साल लगभग 100 प्रतिशत लाभ होता। नीचे दिए आँकड़े देखें।

$ 86,000 का प्रस्ताव
– 66,000 की ख़रीदी क़ीमत
20,000 का लाभ

20,000 = 10,000 के डाउन पेमेंट पर लगभग 200 प्रतिशत लाभ, यानी हर साल 100 प्रतिशत लाभ। (मैं लगभग इसलिए कह रहा हूँ, क्योंकि इस सौदे में अन्य ख़र्च भी शामिल थे और इसमें चक्रवृद्धि के हिसाब से गणना नहीं की गई है।)

हालाँकि 100 प्रतिशत लाभ आकर्षक था, लेकिन हमने मकान नहीं बेचा। मकान अच्छे इलाक़े में था और हमें लगा कि मकान अंततः तीन से पाँच साल में 1,50,000 डॉलर की श्रेणी में पहुँच जाएगा। उस मकान को बेचने के बजाय हमने और मकान ख़रीदने का फ़ैसला किया, क्योंकि अब बाज़ार में बेचने की क़ीमत और किराए की आमदनी दोनों बढ़ने लगी थीं।

बाज़ार के प्रबल संकेतों को देखते हुए किम और मैंने होम इक्विटी लोन के लिए आवेदन दे दिया। हाउस लोन में अब 55,000 डॉलर से कम राशि बची थी और इसका मूल्य लगभग 95,000 डॉलर आँका गया। किराए में लगभग 70,000 डॉलर के हाउस लोन की क़िस्त पट सकती थी, इसलिए हमने उस मकान को दोबारा फ़ाइनैंस करवाया और 15,000 डॉलर अपनी जेब में रख लिए। हमें अपना पैसा वापस मिल गया था और संपत्ति हमारे पास अब भी मौजूद थी। कुत्ता पक्षी को ले आया था और अब हम बाहर निकलकर दूसरे पक्षी को खोज सकते थे। सबसे बड़ी बात यह कि कुत्ते का मूल्य अब 15,000 डॉलर हो गया था।

कुछ महीनों के भीतर सैकड़ों जायदादों को देखने के बाद हमें अपना नया टारगेट मिल गया। यह बेहतरीन मकान भी उसी इलाक़े में था। मकान की हालत अच्छी नहीं थी, क्योंकि मकान मालिक ने अपने बच्चों को उसमें बरसों तक बिना किराए के रहने दिया था। उसने 98,000 डॉलर माँगे और काफ़ी प्रस्ताव देने तथा नकारे जाने के बाद आख़िरकार हमने इसे 72,000 डॉलर में ख़रीद लिया। हमने इसकी रंगाई-पुताई और मरम्मत में 4,000 डॉलर लगाए और फिर इसे किराए पर उठा दिया।

1994 के अंत में हमने दोनों मकान लगभग 3,00,000 डॉलर में बेच दिए और उस पैसे से एरिज़ोना में एक ज़्यादा बड़ा अपार्टमेंट हाउस ख़रीद लिया, जहाँ क़ीमतें अब भी कम थीं।

अपने पैसे को गतिशील रखने के अलावा भी मैं आपका ध्यान कुछ बिंदुओं की तरफ़ दिलाना चाहूँगा।

1. हमारा प्रदर्शन इसलिए अच्छा रहा, क्योंकि बाज़ार में मंदी छाई हुई थी,

इसलिए हमें समझदारी भरे निवेशों की तलाश करने और सौदेबाज़ी करने का समय मिल गया। अगर बाज़ार चढ़ रहा होता, तो हमें ज़्यादा ग़ौर से देखना होता और ज़्यादा सावधान रहना पड़ता।

2. निवेशों को आने वाले कल में नहीं, बल्कि *आज* समझदारीपूर्ण होना चाहिए। मैं यह बात इसलिए कहता हूँ, क्योंकि बहुत सारे लोग *ख़रीदो, रोको* और *प्रार्थना करो* की रणनीति पर चलते हैं। अमीर डैडी हमेशा कहते थे, "आपको फ़ायदा बेचते समय नहीं, बल्कि ख़रीदते समय होता है।" हमने जो भी जायदाद ख़रीदी, उसका कैशफ़्लो पहले दिन से ही सकारात्मक था और बुरी अर्थव्यवस्था में भी इसका कैशफ़्लो सकारात्मक रहने की संभावना थी। अगर बाज़ार ऊपर नहीं जाता, तब भी किम और मैं इस निवेश में ख़ुश रहते।

3. जैसा इस पुस्तक में पहले बताया गया है, बाज़ार में क़दम रखने से पहले हर निवेशक के पास बाहर निकलने की रणनीति भी होनी चाहिए। हालाँकि यह भी रियल एस्टेट का निवेश था, लेकिन यह एक नए क़िस्म का बाज़ार था और एक अलग तरह का रियल एस्टेट निवेश था। इस अंतर के कारण यह ज़रूरी था कि हम दोबारा शुरू करें, अपना शोध करें और अंदर जाने तथा बाहर निकलने की रणनीतियाँ सोचें।

4. वे दोनों मकान आज 4,00,000 से 5,00,000 डॉलर में बिक जाते, क्योंकि अब पोर्टलैंड का बाज़ार उठ चुका है। हमने जल्दी इसलिए बेच दिया, क्योंकि हम अगले ख़रीदार के लिए कुछ पैसे टेबल पर छोड़ना चाहते थे। इसके अलावा हम फ़ीनिक्स के बाज़ार का लाभ उठाना चाहते थे, जो मंदी में था, लेकिन ऊपर उठने वाला था। एक कारण यह भी था कि हमारा निवेश पोर्टफ़ोलियो बदल गया था। अब हम एकल परिवार वाले मकान नहीं ख़रीदते थे। अब हम ज़्यादा बड़े अपार्टमेंट हाउस ख़रीदते थे, ताकि हमें ज़्यादा लीवरेज मिल सके।

5. *निवेशक* और *ट्रेडर* बनने के फ़र्क़ को जान लें। जब हम जायदाद ख़रीदकर कैशफ़्लो के लिए उसे रोककर रख रहे थे, तो हम निवेशक थे। जब हम अपनी अंदर जाने और बाहर निकलने की रणनीति बनाकर काम कर रहे थे, तो हम ट्रेडर थे। दूसरे शब्दों में, निवेशक रोककर रखने के लिए ख़रीदता है, जबकि ट्रेडर बेचने के लिए ख़रीदता है। अगर आप अमीर बनकर रिटायर होना चाहते हैं, तो आपको यह जानने की ज़रूरत है कि इन दोनों में क्या फ़र्क़ होता है और आप दोनों ही कैसे बन सकते हैं।

मेरी राय में इतने सारे लोगों ने शेयर बाज़ार के इस नवीनतम क्रैश में इतना सारा पैसा इसलिए गँवा दिया, क्योंकि वे दरअसल ट्रेडर थे, लेकिन ख़ुद को निवेशक समझ रहे थे। एक बार फिर इससे शब्दों की परिभाषा जानने का महत्व पता चलता है।

6. किम और मैं लंबे समय के लिए निवेश करते हैं। लेकिन लंबे समय के लिए निवेश करने का यह मतलब नहीं होता है कि पैसा पार्क कर दें, इसका ढेर लगाकर छोड़ दें, यह सोचें कि आपने डाइवर्सिफ़ाई कर लिया है, जबकि दरअसल आपके सारे निवेश एक ही साधन में हों, जैसे म्यूचुअल फ़ंड और फिर आशा करें कि तूफ़ान न आए या आग न लग जाए। हमारे लिए निवेश का मतलब हर दिन बाज़ार में रहना, ज़्यादा से ज़्यादा जानकारी इकट्ठी करना और ज़्यादा से ज़्यादा अनुभव हासिल करना था और अपने पैसे को आग के ऊपर से चलायमान रखना था। हम ख़रीदो, रोको और प्रार्थना करो की रणनीति पर नहीं चलते हैं, जो लाखों लोगों के लिए *दीर्घकालीन* का मतलब है।

## "मैं अपना पैसा वापस चाहता हूँ"

ज़्यादातर ख़रीदार जानते हैं कि अगर उन्हें ख़रीदा गया सामान पसंद नहीं आया, तो उन्हें उनका पैसा वापस मिल सकता है। ज़्यादातर समझदार दुकानदार ग्राहक के संतुष्ट न होने पर मनी-बैक गारंटी देते हैं। ज़्यादातर मनी-बैक गारंटियों में समस्या यह होती है कि अपना पैसा वापस पाने के लिए आपको पहले सामान लौटाना होगा। अगर आप परिष्कृत निवेशक हैं, तो आप अपना पैसा भी वापस चाहते हैं और उस संपत्ति को भी रखना चाहते हैं। इसी कारण मुझे निवेश से प्रेम है। मैं ख़रीदा हुआ सामान भी रखता हूँ और अपना पैसा भी वापस पा लेता हूँ। इसीलिए अमीर डैडी ने कहा था, "सच्चे निवेशक को एक बहुत महत्वपूर्ण चीज़ कहनी चाहिए, 'मैं अपना पैसा वापस चाहता हूँ। मैं अपना निवेश भी अपने पास रखना चाहता हूँ।'"

अगर आप निवेश के इस सिद्धांत को समझ सकें, तो आप धन के वेग (velocity) का मतलब समझ जाएँगे। इसका मतलब यह है कि आप अपना पैसा जल्दी से जल्दी वापस पाना चाहते हैं, ताकि दूसरी संपत्तियों को हासिल करने में इसका दोबारा निवेश किया जा सके।

## आपके धन का वेग बढ़ाने के एक से ज़्यादा तरीक़े

धन के वेग का विचार सिर्फ़ रियल एस्टेट में ही लागू नहीं होता है। धन के वेग का विचार दरअसल अमीरों का सिद्धांत या मानसिक औज़ार है। जब आप इस सिद्धांत को समझ लेते हैं, तो आप इसे अपने हर काम में लागू करना चाहेंगे। धन का वेग लीवरेज का एक महत्वपूर्ण पहलू है।

धन का वेग बढ़ाने का एक और तरीक़ा टैक्स क़ानूनों को जानना और कंपनियाँ बनाने का प्रयोग करना है। उदाहरण के लिए, मान लें कोई व्यक्ति किसी कंपनी का मालिक है और वह किसी दूसरी कंपनी का भी आंशिक मालिक है, जो रियल एस्टेट में निवेश करती है। यह डायग्राम और स्पष्टीकरण

इस तरह दिखता है।

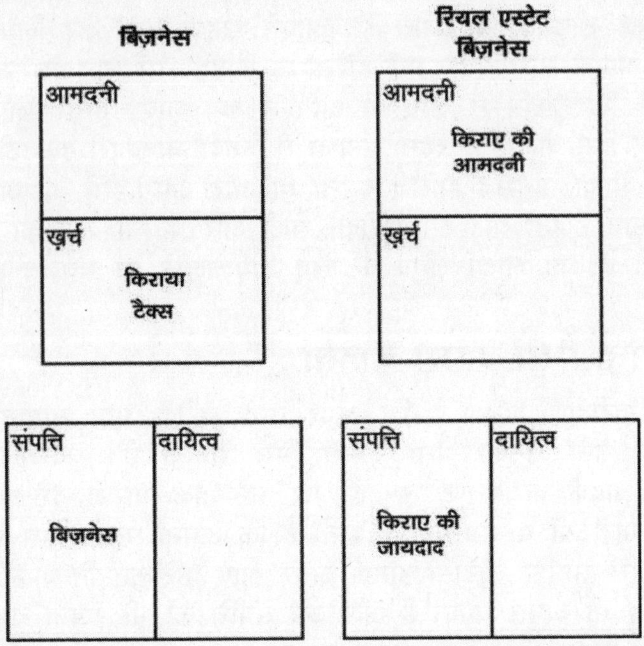


एक कंपनी का *किराए का ख़र्च* दूसरी कंपनी की *किराए की आमदनी* बन जाता है। आपको एहसास नहीं होगा कि यह क्यों महत्वपूर्ण है। जैसा कि आप जानते होंगे, कंपनियों पर ख़र्च के बाद टैक्स लगता है, जबकि व्यक्तियों पर ख़र्च से पहले टैक्स लगता है। इसलिए जो व्यक्ति मकान किराया देता है, वह टैक्स चुकाने के बाद के डॉलरों से किराया देता है। कंपनी उस किराए को टैक्स से पहले के डॉलरों से चुकाती है। किराए की आमदनी दूसरी कंपनी को मिलती है, लेकिन यह आमदनी अब *अर्जित* नहीं, *निष्क्रिय* आमदनी की श्रेणी में आती है। (इसका एक अपवाद है। जहाँ दोनों कंपनियों के मालिक एक हों, वहाँ आमदनी को अर्जित आमदनी माना जाएगा। उदाहरण के लिए, अगर आपके घर पर कंपनी का ऑफ़िस हो और आप ख़ुद को किराया देते हों, तो आपको उस आमदनी को *अर्जित* आमदनी मानना होगा।) निष्क्रिय आमदनी का सही प्रबंधन करने पर वह व्यक्ति या कंपनी के पास लौट आती है और उसे उस पर बहुत कम टैक्स देना पड़ता है। हमेशा की तरह यहाँ भी हम यही सलाह देते हैं कि ऐसा कुछ करने से पहले आप सुयोग्य टैक्स और क़ानूनी सलाह ले लें।

जो व्यक्ति अपने बिज़नेस और निवेश पोर्टफ़ोलियो का इस तरह प्रबंधन करता है, उसका पैसा ज़्यादा तेज़ी से चलता है और वह टैक्स भी कम देता है। अगर यह पैसा सिर्फ़ एक कंपनी में ही रहता, तो यह स्थिर रहता और इस

पर तगड़ा टैक्स लगता।

दोनों कंपनियों की संपत्तियों वाले कॉलम देखने पर आप ग़ौर करेंगे कि एक कॉलम में संपत्ति के रूप में बिज़नेस है, जबकि दूसरे में संपत्ति वाले कॉलम में किराए की जायदाद है। इस उदाहरण में, इस व्यक्ति का पैसा टैक्स बचाते हुए दो संपत्तियों को हासिल करने के लिए लगाया गया है। यह भी पैसे के पार्क होने के बजाय काम करने यानी धन के वेग का एक उदाहरण है।

## आप ऐसा नहीं कर सकते

जब मैं अपनी निवेश कक्षाओं में ऊपर दिया उदाहरण बताता हूँ, तो मुझे अक्सर पाँच शब्द सुनने को मिलते हैं, "आप ऐसा नहीं कर सकते।" जैसा आप जानते हैं, ये शब्द किसी व्यक्ति की वास्तविकता या संदर्भ को परिभाषित करते हैं। अपने शुरुआती दिनों में मैं छोटी कंपनियों में जाता था और कंपनी के कर्मचारियों के सामने ये रणनीतियाँ बताता था।

अपने व्याख्यान के बाद मुझे लगभग हमेशा यह सुनने को मिलता था, "विचार तो अच्छे हैं, लेकिन आप ऐसा कर नहीं सकते।" लोग अक्सर इस तरह की बातें कहते थे, "आप रियल एस्टेट इतने सस्ते में नहीं ख़रीद सकते।" या "आप बैंकर की सहमति या हाउस लोन के बिना मकान नहीं ख़रीद सकते।" या "आप एक साथ बिज़नेस के और उस कंपनी के भी मालिक नहीं बन सकते, जो आपके बिज़नेस को रियल एस्टेट किराए पर देती हो।" या "यह अमेरिका में काम कर सकता है, लेकिन मेरे देश में नहीं कर सकता।"

मैं अब कर्मचारियों या सेल्फ़-एम्प्लॉयड लोगों के सामने इस तरह के निवेश व्याख्यान नहीं देता हूँ। मैं अब सिर्फ़ उन लोगों के सामने ऐसे व्याख्यान देता हूँ, जो बिज़नेस मालिक या निवेशक हैं या बनना चाहते हैं। मैं कर्मचारियों या सेल्फ़-एम्प्लॉयड व्यक्तियों के समूहों के सामने व्याख्यान देने का काम पारंपरिक निवेश सलाहकारों के लिए छोड़ देता हूँ, इसलिए नहीं क्योंकि इन व्यक्तियों में कोई गड़बड़ है, बल्कि ऐसे समूहों की सामूहिक चेतना के कारण। जैसा कि पहले बताया गया है, "मैं नहीं कर सकता" आम तौर पर ऐसे शब्द हैं, जो यह बता देते हैं कि व्यक्ति किस क्वाड्रैंट से आया है।

ऊपर दिया गया उदाहरण दुनिया भर में हर दिन घटित होता है। मैंने जिन देशों में बिज़नेस किया है, वहाँ यह आम नीति है कि हाउस लोन लेकर मकान ख़रीदा जाए। लेकिन यह मूलतः ज़्यादा बड़े निवेशों में किया जाता है। एक ही मालिक की एक कंपनी उसी की दूसरी कंपनी से रियल एस्टेट किराए पर लेती है। यह भी हर समय किया जाता है। यह आम नीति है। मैकडॉनल्ड्स इसी फ़ॉर्मूले का प्रयोग करता है। यह किसी व्यक्ति को फ्रैंचाइज़ी बिज़नेस बेचता है। वह व्यक्ति मैकडॉनल्ड्स को फ्रैंचाइज़ी फ़ीस देता है और रियल एस्टेट के

लिए मैकडॉनल्ड्स को किराया भी चुकाता है। *रिच डैड पुअर डैड* में मैंने बताया था कि मैकडॉनल्ड्स के संस्थापक रे क्रॉक ने कहा था, "मेरा बिज़नेस हैमबर्गर नहीं है; मेरा बिज़नेस तो रियल एस्टेट है।" रे क्रॉक और उनकी टीम स्पष्ट रूप से धन के वेग को समझती थी और यह भी कि धन का प्रयोग एक से ज़्यादा संपत्ति हासिल करने में कैसे किया जाए।

## पेपर एसेट्स में धन का वेग

धन के वेग का विचार सभी संपत्तियों पर लागू होता है, पेपर एसेट्स पर भी। जब कोई किसी शेयर के पी/ई रेशो को देखता है, तो वह कई मायनों में वेग को देख रहा है। जब कोई कहता है कि किसी शेयर का पी/ई रेशो 20 है, तो इसका मतलब है कि आज के भाव और आमदनी के आधार पर आपको बीस साल में अपना पैसा मिलेगा। उदाहरण के लिए, अगर किसी शेयर का भाव आज 20 डॉलर है और यह 1 डॉलर वार्षिक डिविडेंड दे रहा है, तो आपको अपना पैसा वापस पाने में बीस साल लग जाएँगे।

## 72 का नियम

72 का नियम धन के वेग को मापने का एक और तरीक़ा है। यह नियम किसी चीज़ की ब्याज दर या वार्षिक वृद्धि प्रतिशत का पता लगाता है। उदाहरण के लिए, अगर आपको अपनी बचत पर 10 प्रतिशत ब्याज मिलता है, तो आपका पैसा 7.2 साल में दोगुना हो जाएगा। अगर आपके शेयर का भाव हर साल 5 प्रतिशत बढ़ रहा है, तो इसका मतलब है कि आपके पैसे को दोगुना होने में 14.4 साल लग जाएँगे। अगर यह 20 प्रतिशत की दर से बढ़ रहा है, तो इसे दोगुना होने में 3.6 साल लगेंगे। 72 का नियम बस यह है कि आप 72 में से ब्याज दर या लाभ के प्रतिशत का भाग दे दें। इससे आपको यह पता चल जाएगा कि आपका पैसा कितने सालों में दोगुना हो जाएगा।

1995 के बाद जो आर्थिक बूम आया, उसमें कई वित्तीय नियोजक और निवेश सलाहकार 72 के नियम का प्रचार कर रहे थे। कुछ साल पहले एक युवा निवेश सलाहकार ने मुझे बताया कि उसका पोर्टफ़ोलियो हर पाँच साल में दोगुना हो रहा है। मैंने उससे पूछा कि ऐसा कैसे है, क्योंकि वह तो सिर्फ़ तीन साल से निवेश कर रहा है। इस पर उसका जवाब था, "क्योंकि मैंने जिस म्यूचुअल फ़ंड में निवेश किया है, उसमें पिछले दो साल से 15 प्रतिशत *औसत* लाभ हो रहा है।" वह उत्साह में मुझे म्यूचुअल फ़ंड बेचने की कोशिश कर रहा था, लेकिन मैंने धन्यवाद देते हुए इंकार कर दिया। मैं हैरान हूँ कि वह आज क्या कह रहा होगा? मैंने उसे बुल और बियर की कहानी सुनाने का विचार किया। बुल और बियर की कहानी यह है कि बुल (तेजड़िया) सीढ़ियों से चढ़कर ऊपर

जाता है, जबकि बियर (मंदड़िया) खिड़की से छलाँग लगाकर सीधा नीचे आता है। दूसरे शब्दों में, जैसा अमीर डैडी कहते थे, "औसत आँकड़े सिर्फ़ औसत निवेशकों के लिए होते हैं।"

## हाउस मनी से खेलना

निवेशक एक और तरीक़े से पैसे के वेग से फ़ायदा उठा सकता है। और वह है *हाउस मनी से खेलना*।

मैं दो कारणों से स्मॉल कैप स्टॉक्स को पसंद करता हूँ। पहला कारण यह है कि मैं कंपनी वाला आदमी होने के बजाय उद्यमी हूँ। मैं छोटी शुरुआती कंपनियों की समस्याओं को जानता-समझता हूँ और यह भाँप सकता हूँ कि उस बिज़नेस में विकास की संभावना है या नहीं। दूसरा कारण यह है कि स्मॉल कैप स्टॉक ब्लू चिप स्टॉक की तुलना में ज़्यादा तेज़ी से दोगुना या तिगुना हो सकता है। चूँकि लार्ज कैप स्टॉक के बजाय स्मॉल कैप स्टॉक के ज़्यादा तेज़ी से दोगुना या तिगुना होने की ज़्यादा संभावना होती है, इसलिए बाज़ार की स्थिति सही होने पर हाउस मनी से खेलना ज़्यादा आसान होता है। नीचे हाउस मनी से खेलने का एक उदाहरण दिया गया है।

मान लें, आप 5 डॉलर प्रति शेयर में एक्सवायज़ेड कंपनी के 5,000 शेयर ख़रीदते हैं। अब आपने बाज़ार में 25,000 डॉलर लगा दिए हैं। बाज़ार आप पर मेहरबान हो जाता है और एक साल से भी कम समय में एक्सवायज़ेड के शेयर का भाव 10 डॉलर प्रति शेयर हो जाता है। अब आपके शेयरों का बाज़ार भाव 50,000 डॉलर है। लोभी निवेशक, जो मैं कभी था, यह कहेगा, "बाज़ार ऊपर जाता रहेगा, इसलिए मैं इसे रोककर रखूँगा।" एक बार फिर, बाज़ार में क़दम रखने से पहले ही बाहर निकलने की रणनीति बना लेना महत्वपूर्ण है।

रोककर रखने और अपना पैसा पार्क करने के बजाय अपने पैसे का वेग बढ़ाने का एक तरीक़ा यह है कि आप 25,000 डॉलर के शेयर बेच दें। इस तरह आपके पास अब भी 25,000 डॉलर के शेयर बचे हैं, हालाँकि अब ये आधे हो चुके हैं और आपका पैसा आपके पास लौट आया है। बचे हुए शेयर, जिनका बाज़ार भाव उस वक़्त 25,000 डॉलर है, *हाउस मनी से खेलना है*, क्योंकि उनमें आपका पैसा ही नहीं लगा है।

मैं इस रणनीति का प्रयोग अक्सर करता हूँ, लेकिन हमेशा नहीं। ऐसे भी समय रहे हैं, जब शेयर का भाव 5 डॉलर से 8 डॉलर हो गया है और 10 डॉलर के निर्गम भाव तक पहुँचा ही नहीं, इसलिए मैंने रोककर रखा। कई बार, शेयर का भाव 5 डॉलर से भी कम हो गया, जिस कारण या तो मेरा पैसा डूब गया या वह शेयर अब भी मेरे पास है। मैं स्वीकार करूँगा कि जब मैंने शेयर बेचकर अपनी मूल निवेश पूँजी बाहर निकालने की इस रणनीति का पालन किया है,

तो मुझे अपने निवेश के बारे में ज़्यादा अच्छा महसूस हुआ है, भले ही मुझे इसमें ज़्यादा कमाई नहीं हुई हो, क्योंकि मैंने टेबल पर से आधे शेयर हटा लिए थे।

## बाय-बाय मनी

मेरे दोस्त कीथ कनिंघम अक्सर एक छोटी कविता दोहराते हैं :

पैसा बोलता है, मैं इंकार नहीं कर सकता।
एक बार मैंने इसकी बात सुनी थी,
इसने बाय-बाय कहा था।

मैं कभी नहीं समझ पाया कि लोग निवेश बाज़ार में पैसा गँवाने के बाद रोते क्यों हैं। वे तब तो नहीं रोते हैं, जब वे किराने की दुकान पर जाकर पैसा ख़र्च करते हैं, जो उनके पास लौटकर नहीं आता है। वे तब भी नहीं रोते हैं, जब वे कोई कार ख़रीदते हैं और फिर उसे बेचने पर घाटा उठाते हैं। तो निवेश करना क्यों अलग है?

मैं अक्सर निवेशकों को यह कहते हुए सुनता हूँ, "आपको तब तक कोई नुक़सान नहीं होता है, जब तक कि आप शेयर बेच नहीं देते हैं।" जब मैं किसी को इस तरह की बात कहते सुनता हूँ, तो अक्सर इसका यह मतलब होता है कि उसने ऊँचे भाव पर ख़रीदा था और अब भाव कम हो गया है और वह भाव बढ़ने का इंतज़ार कर रहा है। इस तरीक़े से सोचने में कुछ दम तो है, लेकिन सिर्फ़ ख़ास स्थितियों वाले मामलों में ही। इसके बिलकुल विपरीत यह विचार है कि अपने नुक़सान को जल्दी कम कर लें। ऐसे मौक़े रहे हैं, जब मैंने ग़लत निवेश कर दिया और मेरे निवेश का भाव चढ़ने के बजाय कम हो गया। अगर शेयर का भाव 10 प्रतिशत से ज़्यादा घट जाता है, तो मैं अक्सर उसे बेचकर अपने नुक़सान को कम कर लेता हूँ और किसी नई चीज़ की तलाश करता हूँ। मैं दो कारणों से ऐसा करता हूँ :

कारण # 1 : अगर मेरा ध्यान नुक़सान पर बहुत ज़्यादा केंद्रित है और मैं बुरा निर्णय लेने के लिए अफ़सोस करता हूँ, तो मैं बेच दूँगा। मैं बस नुक़सान कम करके बाहर निकलना चाहता हूँ। जैसा मैं अन्य पुस्तकों में बता चुका हूँ, मैं यह संभावना जानता हूँ कि दस निवेशों में से दो या तीन बुरे होंगे, दो या तीन अच्छे होंगे और बाक़ी आलसी कुत्तों की तरह पड़े रहेंगे। मैं अक्सर आलसी कुत्तों को पड़े रहने देता हूँ, जब तक कि वे पैसों का नुक़सान न कर रहे हों। अगर वे असली कुत्ते बनकर काटने को दौड़ते हैं, तो मैं उन्हें बेचकर अपना नुक़सान कम कर लेता हूँ, अपनी ग़लतियों की समीक्षा करता हूँ और सबक़ सीख लेता हूँ।

कारण # 2 : मुझे ख़रीदारी करना पसंद है। इसलिए अगर मेरे पास कम

पैसे भी हों, तब भी मैं शॉपिंग करना पसंद करता हूँ। मैं ख़रीदने, रोककर रखने और प्रार्थना करने में यक़ीन नहीं रखता हूँ कि निवेश किसी दिन ऊपर हो जाएगा। जैसा मैंने कहा, ज़्यादातर लोग तब नहीं रोते हैं, जब वे अपनी कभी नई और अब पुरानी हो चुकी कार को नुक़सान में बेचते हैं। वे इसलिए नहीं रोते हैं, क्योंकि वे आम तौर पर एक नई कार की शॉपिंग कर रहे होते हैं।

## ब्लू चिप शेयर कब तक ब्लू रहते हैं?

मैंने एक और निवेश रणनीति के बारे में अक्सर सुना है, "लंबे समय के लिए निवेश करो और सिर्फ़ ब्लू चिप शेयर ही ख़रीदो।" मेरे हिसाब से यह दक़ियानूसी विचार है, क्योंकि यह औद्योगिक युग में काम करता था, लेकिन सूचना युग में काम नहीं करता है। यह पुरानी रणनीति अब इसलिए बेकार है, क्योंकि ब्लू चिप शेयर अब ब्लू चिप नहीं रह गए हैं। उदाहरण के लिए, अगर आपने बीस साल पहले ज़ेरॉक्स में निवेश किया होता, तो आप इस वक़्त दर्द से तड़प रहे होते, हालाँकि यह ब्लू चिप शेयर है। हममें से हर एक को जो असली सवाल पूछना चाहिए, वह यह है कि ब्लू चिप शेयर कितने लंबे समय तक ब्लू चिप रहेगा?

आज की *फ़ॉरचून* 500 कंपनियों में से कई आज से दस साल बाद शायद मौजूद ही न रहें, क्योंकि टेक्नोलॉजी बहुत तेज़ी से बदल रही है और नए-नए आविष्कार हो रहे हैं। ब्लू चिप कंपनियाँ, जो पहले पैंसठ साल तक क़ायम रहती थीं, अब सिर्फ़ दस साल तक क़ायम रह पाती हैं। ये बिंदु दर्शाते हैं कि बिज़नेस की पुरानी रणनीति आज की दुनिया में काम नहीं कर रही है।

तेज़ी से बदलती टेक्नोलॉजी के इस युग में कोई कंपनी सिर्फ़ चंद सालों में उठ और गिर सकती है। परिवर्तन की इस तीव्र गति के कारण हम सभी को ज़्यादा सतर्क रहना चाहिए और अपने पैसे को गतिशील बनाने पर ध्यान केंद्रित रखना चाहिए, बजाय इसके कि हम इसे पार्क करके छोड़ दें और बाज़ार के हमेशा चढ़ते रहने का इंतज़ार करें। ख़रीदो, रोककर रखो और प्रार्थना करो की रणनीति औसत निवेशक के लिए ठीक है, लेकिन यह उस व्यक्ति के लिए ज़्यादा अच्छी रणनीति नहीं है, जो जवानी में ही अमीर बनकर रिटायर होना चाहता है।

# अध्याय - 16

# रियल एस्टेट का लीवरेज

## अपने बैंकर के पैसे से निवेश करना

एक रात को मैंने अपनी दोस्त और उसके पिता के साथ डिनर किया। पिता रिटायर्ड एयरलाइन पायलट हैं। शेयर बाज़ार उसी दिन 3 प्रतिशत गिरा था और वे बहुत विचलित थे, क्योंकि उनके रिटायरमेंट अकाउंट का लाभ कम होता जा रहा था। जब मैंने उनसे पूछा कि वे बाज़ार के बारे में क्या सोचते हैं, तो उन्होंने कहा, "मेरी दूसरी बेटी ने फ़ोन करके कहा है कि अगर मेरा सारा पैसा डूब जाए, तो मैं उसके घर आकर रह सकता हूँ।"

मैंने सावधानी से पूछा, "आपके कहने का मतलब यह है कि आपने सिर्फ़ शेयर बाज़ार में ही सारा निवेश किया है?"

"हाँ," उन्होंने कहा, "बाक़ी क़िस्म के निवेश हैं ही कहाँ? शेयर बाज़ार ही वह इकलौती जगह है, जिसके बारे में मैं जानता हूँ। और किस जगह निवेश किया जा सकता है?"

## अपने पोर्टफ़ोलियो को डि-वर्सिफ़ाई करना

आज हर जगह यह मंत्र सुना जाता है, "लंबे समय के लिए निवेश करो, एवरेजिंग करो, अपने पोर्टफ़ोलियो को *डाइवर्सिफ़ाई* करो, वगैरह, वगैरह।" यह उन लोगों के लिए बेहतरीन मंत्र है, जो निवेश के बारे में ज़्यादा कुछ नहीं जानते हैं। मैंने हमेशा *डाइवर्सिफ़ाई* शब्द पर सवाल उठाया है। जब मैं किसी को यह कहते सुनता हूँ कि उसका पोर्टफ़ोलियो डाइवर्सिफ़ाइड है, तो मैं अक्सर उससे पूछता हूँ कि इस शब्द से उसका क्या मतलब है। आम तौर पर वह इस तरह की बात कहता है, "मेरे पास कुछ ग्रोथ फ़ंड्स हैं, कुछ बॉण्ड फ़ंड्स हैं, इंटरनेशनल फ़ंड्स हैं, सेक्टर फ़ंड्स हैं, मिड कैप फ़ंड्स हैं," और ऐसे ही कई अन्य फ़ंड्स।

मेरा अगला सवाल यह होता है, "क्या ये सभी म्यूचुअल फ़ंड्स हैं?" एक

बार फिर ज़्यादातर मामलों में जवाब होता है, "हाँ, मेरे ज़्यादातर निवेश अलग-अलग म्यूचुअल फ़ंड्स में डाइवर्सिफ़ाइड हैं।" हालाँकि उसके म्यूचुअल फ़ंड्स डाइवर्सिफ़ाइड हो सकते हैं, लेकिन सच तो यह है कि उसका चुना हुआ निवेश साधन यानी म्यूचुअल फ़ंड डाइवर्सिफ़ाइड नहीं है। अगर वह कहता है, "मैं शेयरों में उठापटक करता हूँ, आरईआईटी में निवेश करता हूँ और मेरे पास पेंशन पॉलिसी है," तब भी कठोर सच्चाई यही है कि ज़्यादातर लोग सिर्फ़ पेपर एसेट की श्रेणी में ही निवेश करते हैं। क्यों? ... क्योंकि पेपर एसेट्स को ख़रीदना और उनका प्रबंधन करना ज़्यादा आसान होता है। जैसा अमीर डैडी ने कहा था, "पेपर एसेट्स ज़्यादा रोगाणु रहित होते हैं। वे ज़्यादा साफ़ और स्वच्छ होते हैं। ज़्यादातर लोग बी क्वाड्रैंट से नहीं आए हैं, इसलिए वे कभी बी क्वाड्रैंट का बिज़नेस नहीं बनाएँगे। और ज़्यादातर लोग रियल एस्टेट में भी निवेश नहीं करेंगे, क्योंकि इसमें ख़रीदने, बेचने और प्रबंधन करने की चुनौतियाँ होती हैं।"

सिर्फ़ अमेरिका में ही 11,000 से ज़्यादा म्यूचुअल फ़ंड्स हैं और यह संख्या लगातार बढ़ रही है। म्यूचुअल फ़ंड्स की संख्या उन कंपनियों से भी ज़्यादा है, जिनमें वे निवेश करते हैं। इतने सारे म्यूचुअल फ़ंड्स क्यों हैं? ऊपर दिए कारणों से। वे रोगाणुरहित हैं और अक्सर उन्हें जनता की सुरक्षा के नाम पर रोगाणुरहित बनाया गया है। आम आदमी के लिए समस्या यह पता लगाना है कि इन 11,000 फ़ंड्स में से उसके लिए सबसे अच्छा फ़ंड कौन सा है। आपको कैसे पता चलेगा कि आज जो हॉट फ़ंड है, वह आने वाले कल में भी हॉट फ़ंड रहेगा? आप कल के रिटायरमेंट के लिए आज विजेता फ़ंड कैसे चुनें? और अगर आपके निवेश पोर्टफ़ोलियो का ८० प्रतिशत से ज़्यादा हिस्सा म्यूचुअल फ़ंड्स में है, तो क्या यह असली डाइवर्सिफ़िकेशन है और क्या यह स्मार्ट नीति है? व्यक्तिगत रूप से मैं ऐसा नहीं मानता हूँ। जिसके पोर्टफ़ोलियो का ८० प्रतिशत या ज़्यादा हिस्सा अलग-अलग फ़ंड्स में है, वह दरअसल डाइवर्सिफ़ाई नहीं कर रहा है, वह तो अपने पोर्टफ़ोलियो को *डि-वर्सिफ़ाई* (de-worsify) कर (बुरा बना) रहा है।

## म्यूचुअल फ़ंड्स का दुखद दोष

आपमें से कुछ लोग म्यूचुअल फ़ंड्स के छिपे टैक्स दोषों के बारे में जानते होंगे। दुर्भाग्य से कई म्यूचुअल फ़ंड निवेशक इस टैक्स दोष के बारे में अनजान हैं, जिसकी वजह से निवेशकों पर कैपिटल गेन्स टैक्स लगता है। इसका मतलब है, अगर लाभ होता है और उसके परिणामस्वरूप कैपिटल गेन्स टैक्स लगता है, तो वह टैक्स फ़ंड नहीं, बल्कि निवेशक चुकाता है। यह दोष गिरते बाज़ार में ख़ास तौर पर अखरता है। बहरहाल, इसके अपवाद होते हैं। जैसे कुछ रिटायरमेंट फ़ंड्स में म्यूचुअल फ़ंड्स में होने वाला कैपिटल गेन टलता जाता है।

मान लेते हैं कि यह फ़ंड कई सालों तक बहुत सफल होता है। इसने ऐसे

शेयर ख़रीदे हैं, जिनका भाव काफ़ी बढ़ा है। अचानक बाज़ार लुढ़क जाता है, निवेशक दहशत में आ जाते हैं और वे अपना पैसा वापस माँगने लगते हैं। निवेशकों का पैसा लौटाने के लिए फ़ंड को अपने सबसे अच्छे शेयर फ़ौरन बेचने पड़ेंगे। जब फ़ंड अपने शेयर बेचता है, तो उसे कैपिटल गेन्स टैक्स देना पड़ता है। उदाहरण के लिए, फ़ंड ने एक्सवायज़ेड कॉरपोरेशन के शेयर दस साल पहले 10 डॉलर के भाव पर ख़रीदे थे और अब वह इसे 50 डॉलर के भाव पर बेचता है। फ़ंड मैनेजर ने उस शेयर को जल्दी चुनकर अच्छा काम किया था, लेकिन अब बेचते समय निवेशक को इस 40 डॉलर के लाभ पर कैपिटल गेन्स टैक्स चुकाना होगा। ऐसे समय में निवेशक पैसा गँवा सकता है, क्योंकि फ़ंड का एनएवी कम हो सकता है। इसके अलावा, निवेशक को कैपिटल गेन्स टैक्स भी चुकाना होगा। तो म्यूचुअल फ़ंड में निवेशक को कैपिटल गेन्स टैक्स चुकाना पड़ सकता है, हालाँकि उसने पैसा कमाने के बजाय गँवाया है। व्यक्तिगत रूप से मैं नुक़सान होने पर टैक्स चुकाना पसंद नहीं करता हूँ। यह तो उस आमदनी पर इन्कम टैक्स देने की तरह है, जो आपको मिली ही नहीं है। 2001 की शुरुआत में कई निवेशकों के म्यूचुअल फ़ंड का मूल्य आधा हो गया था, लेकिन उन्हें म्यूचुअल फ़ंड द्वारा बताए गए लाभ पर कैपिटल गेन्स टैक्स चुकाना पड़ा। मेरे लिए यह दुखद दोष है।

क्या मैं यह कह रहा हूँ कि आप म्यूचुअल फ़ंड में निवेश न करें? नहीं, मैं ख़ुद म्यूचुअल फ़ंड्स में पैसों का निवेश करता हूँ। *रिच डैड्स गाइड टु इनवेस्टिंग* में मैंने सुरक्षित, आरामदेह और अमीर बनने की वित्तीय योजनाओं के बारे में बात की थी। म्यूचुअल फ़ंड सुरक्षित और आरामदेह बनने की आपकी वित्तीय योजनाओं में महत्वपूर्ण भूमिका निभा सकते हैं। अपने लिए सही वित्तीय योजना बनाने में सुयोग्य वित्तीय सलाहकारों की मदद लें, लेकिन आप हर उपलब्ध वित्तीय निवेश के बारे में ख़ुद को जितना ज़्यादा शिक्षित करेंगे, आप वित्तीय रूप से उतने ही ज़्यादा साक्षर बनेंगे। कुछ बहुत अच्छे म्यूचुअल फ़ंड्स हैं, जो फ़ंडामेंटल्स के अध्ययन के आधार पर निवेश के लिए कंपनियाँ चुनने की बहुत अच्छी नीतियों का प्रयोग करते हैं।

## रियल एस्टेट में निवेश की अच्छी बात

रिटायर्ड एयरलाइन पायलट यानी मेरी दोस्त के पिता सोचते थे कि पेपर एसेट्स ही निवेश का एकमात्र प्रकार हैं। अब उन्हें म्यूचुअल फ़ंड्स के दुखद दोषों का पता चल रहा था। जब डिनर ख़त्म होने वाला था, तो उन्होंने कहा, "मैंने अपनी ज़्यादातर बचत गँवा दी है, क्योंकि मेरे फ़ंड्स की एनएवी घट गई है और इसके घटने के बावजूद मुझे कैपिटल गेन्स टैक्स देना पड़ेगा। काश कोई और चीज़ होती, जिसमें मैं निवेश कर सकता!"

मैंने पूछा, "आप रियल एस्टेट में निवेश क्यों नहीं करते हैं?"

उन्होंने पूछा, "क्यों? इसमें क्या फ़र्क़ है?"

"कई फ़र्क़ हैं," मैंने जवाब दिया। "मैं आपको एक फ़र्क़ बता देता हूँ, जो सचमुच बहुत दिलचस्प है।"

रिटायर्ड पायलट ने कॉफ़ी की एक चुस्की ली और बोले, "मुझे बताओ। मैं सुनने के लिए बेताब हूँ।"

मैंने कहा, "रियल एस्टेट में मैं पैसे कमा सकता हूँ और सरकार मेरी इस आमदनी को नुक़सान मानेगी।"

पायलट ने कहा, "आपका मतलब है कि आप पैसे कमाते हैं और आमदनी पर टैक्स देने के बजाय आपको टैक्स में छूट मिलती है?"

"सरकार मेरे कैपिटल गेन्स पर टैक्स लेने के बजाय मुझे टैक्स में छूट देती है," मैंने कहा। "सरकार मुझे ज़्यादा टैक्स चुकाने के बजाय ज़्यादा पैसे अपने पास रखने देती है। इसका एक तरीक़ा डिप्रिसिएशन या मेरे अमीर डैडी का *छद्‌म कैशफ़्लो है*, जिसे आम निवेशक नहीं देख सकता।"

रिटायर्ड पायलट ने एक पल के लिए ख़ामोशी में विचार किया और आख़िर बोले, "क्या और भी फ़र्क़ हैं?"

"बहुत से हैं," मैंने कहा। "सरकार मुझे और भी ज़्यादा पैसा देती है।"

"कैसे?" उन्होंने पूछा।

"अगर कोई इमारत ऐतिहासिक है, तो सरकार निवेश को बेहतर बनाने के लिए मुझे टैक्स क्रेडिट दे सकती है, जो टैक्स की कटौती से बहुत बेहतर बात है," मैंने कहा। "क्या आपको लगता है कि सरकार आपको ज़्यादा म्यूचुअल फ़ंड्स ख़रीदने के लिए टैक्स क्रेडिट देगी?"

"मुझे तो ऐसी कोई जानकारी नहीं है," पायलट ने कहा। "मुझे तो बस इतना पता है कि मुझे उस पैसे पर भी कैपिटल गेन्स टैक्स देना पड़ता है, जो मैंने कभी कमाया ही नहीं, उल्टा गँवाया है। ऐसा लगता है, जैसे मैं गँवाए हुए पैसे पर टैक्स दे रहा हूँ और आप कमाए हुए पैसे पर टैक्स में छूट ले रहे हैं। कोई और चीज़, जो मुझे मालूम होनी चाहिए?"

"हाँ," मैंने कहा। "अगर आप अपनी व्यावसायिक इमारत में डिसएबिलिटीज़ एक्ट वाले लोगों से संबंधित सुधार करते हैं, तो आपको उसकी आधी लागत की टैक्स क्रेडिट मिल सकती है। उदाहरण के लिए, अगर आप अपनी व्यावसायिक इमारत तक विकलांग लोगों के पहुँचने के लिए 10,000 डॉलर में एक व्हीलचेयर रैम्प बनाते हैं, तो आपको अधिकतम 5,000 डॉलर की टैक्स क्रेडिट मिल सकती है।"

"आपको 5,000 डॉलर की टैक्स क्रेडिट मिलती है?" पायलट ने कहा, "और अगर व्हीलचेयर रैम्प की लागत 10,000 डॉलर न हो? अगर इसे बनाने

में आपको सिर्फ़ 1,000 डॉलर की लागत आई हो?"

"आपको फिर भी सुधार की क़ीमत का 50 प्रतिशत टैक्स क्रेडिट में मिलेगा," मैंने कहा। "लेकिन ज़ाहिर है, मैं आपको यह प्रबल सुझाव देना चाहूँगा कि ऐसा कुछ करने से पहले आप अपने सीपीए से सलाह ज़रूर लें। आपको यह सुनिश्चित कर लेना चाहिए कि कुछ करने से पहले वर्तमान नियमों और लाभों को जान लें।"

पायलट कुछ देर तक चुपचाप सोचता रहा और फिर बोला, "और कुछ?"

"बहुत कुछ है। दरअसल इतना ज़्यादा है कि सारी बातें डिनर पर नहीं बताई जा सकतीं," मैंने कहा। "लेकिन मैं आपको रियल एस्टेट के तीन अन्य लाभ बता सकता हूँ, जो म्यूचुअल फ़ंड में नहीं होते हैं।"

"बस तीन?" पायलट ने व्यंग्यात्मक मुस्कान के साथ कहा।

"एक अन्य लाभ यह है कि बैंक आपको रियल एस्टेट ख़रीदने के लिए पैसे उधार देते हैं। जहाँ तक मैं जानता हूँ, शायद बैंक म्यूचुअल फ़ंड्स या शेयरों में निवेश करने के लिए आपको पैसे उधार नहीं देंगे। वे इस तरह की संपत्तियों को गिरवी रख सकते हैं, लेकिन तभी जब आपने उन्हें हासिल करने के लिए अपने पैसे का निवेश कर दिया हो।"

पायलट ने सहमति में अपना सिर हिलाया और बोला, "और दूसरा फ़ायदा?"

"दूसरा फ़ायदा यह है कि कोई कैपिटल गेन्स टैक्स नहीं लगता है," मैंने कहा, "बशर्ते आप जानते हों कि आप क्या कर रहे हैं।"

"आपका मतलब है कि मुझे पैसे के नुक़सान पर भी कैपिटल गेन्स टैक्स देना पड़ रहा है, जबकि रियल एस्टेट में आप आमदनी पर भी कैपिटल गेन्स टैक्स से बच सकते हैं?"

मैंने अपना सिर हिलाया, "यह हमेशा होता है। यह 1031 एक्सचेंज के माध्यम से किया जाता है। उदाहरण के लिए, मैं 50,000 डॉलर में एक मकान ख़रीदता हूँ, उसके लिए सिर्फ़ 5,000 डॉलर का डाउन पेमेंट देता हूँ और बाक़ी का 45,000 डॉलर बैंक से क़र्ज़ ले लेता हूँ। अगर हम मान लें कि किराया उस मकान पर होने वाले मेरे मासिक ख़र्च से ज़्यादा आता है, तो मुझे अपने निवेश से कैशफ़्लो मिलता है।"

"तो आपका पैसा आपके लिए काम कर रहा है," पायलट ने कहा।

"हाँ," मैंने कहा, "और यह निष्क्रिय आमदनी है, इसलिए इस पर कम दर से टैक्स लगता है, जबकि अर्जित आमदनी पर ज़्यादा ऊँची दर से टैक्स लगता है, जैसे तनख़्वाह, बचत और आपके 401 (k) से होने वाली आमदनी।"

पायलट ने ख़ामोशी से अपना सिर हिलाया। उस शाम हम पहले ही अर्जित

आमदनी, पोर्टफ़ोलियो आमदनी और निष्क्रिय आमदनी के फ़र्क़ पर बातचीत कर चुके थे।

मैंने आगे कहा, "कुछ साल बाद आप पाते हैं कि आपका 50,000 डॉलर का मकान अब 85,000 डॉलर का हो चुका है। आप इसे बेचकर 35,000 डॉलर का लाभ ले लेते हैं, लेकिन आपको इस पर कोई कैपिटल गेन्स टैक्स नहीं चुकाना पड़ता है, बशर्ते आप अपना लाभ किसी ज़्यादा बड़े निवेश में लगा दें।"

एक बार फिर पायलट ने मौन रहते हुए अपना सिर हिलाया और कहा, "इस उदाहरण में आपको 35,000 डॉलर का लाभ होता है, लेकिन आप कोई कैपिटल गेन्स टैक्स नहीं चुकाते हैं। मैं अपने म्यूचुअल फ़ंड्स में पैसे गँवाता हूँ और कैपिटल गेन्स टैक्स भी देता हूँ। आपको कैशफ़्लो मिलता है और वह आमदनी छद्म नुक़सानों तथा ख़र्च में बराबर हो जाती है और आप अपनी बाक़ी आमदनी पर कम टैक्स देते हैं, क्योंकि यह अर्जित आमदनी न होकर निष्क्रिय आमदनी है।"

"और यह भी न भूलें कि व्यावसायिक जायदाद में एडीए के लिए किए सुधारों और ऐतिहासिक जायदाद के लिए टैक्स क्रेडिट भी मिलती है," मैंने आगे कहा।

"ओह नहीं," पायलट ने कहा। "मैं टैक्स क्रेडिट्स को कैसे भूल सकता हूँ? हर कोई टैक्स क्रेडिट्स के बारे में जानता है। तो तीसरा बिंदु क्या है?"

मैंने कहा, "तीसरा बिंदु यह है कि रियल एस्टेट निवेश जितना ज़्यादा होगा, बैंक और सरकार आपको उतना ही ज़्यादा उधार देना चाहेंगे।"

"ऐसा क्यों?" पायलट ने पूछा।

"जब आप अपने बैंकर के पास रियल एस्टेट में निवेश करने के लिए दस लाख डॉलर से ज़्यादा उधार माँगने जाते हैं, तो बैंकर आपको पैसे उधार नहीं दे रहा है। वह तो जायदाद पर पैसे उधार दे रहा है।"

पायलट ने कहा, "इसमें फ़र्क़ क्या है?"

"जब आम आदमी बैंक जाकर लोन माँगता है, तो बैंक उस आदमी की क़र्ज़ संबंधी विश्वसनीयता का मूल्यांकन करता है। मान लीजिए, जब यही व्यक्ति कम किराए वाली कोई जायदाद ख़रीदना चाहता है, जैसे अकेला कॉन्डोमिनियम या मकान या डुप्लेक्स, तब भी बैंकर को मूलतः व्यक्ति का ही मूल्यांकन करना होता है। जब तक उसके पास स्थायी नौकरी है और उन छोटी जायदादों की क़िस्तों का भुगतान करने के लिए पर्याप्त आमदनी हो, तब तक बैंक अक्सर आपको पैसे उधार दे देते हैं। लेकिन ध्यान रहे, उधार जायदाद को नहीं, आपको मिलता है।"

"लेकिन ज़्यादा बड़ी जायदादों पर, जब जायदाद की क़ीमत व्यक्ति की

आमदनी से काफ़ी ज़्यादा होती है, तब बैंक जायदाद से होने वाली आमदनी और उसके ख़र्च देखते हैं," पायलट ने कहा। "क्या यही फ़र्क़ है?"

"काफ़ी क़रीब है," मैंने कहा। "ज़्यादा बड़ी जायदादों के मामले में संपत्ति दरअसल जायदाद और इससे आने वाली आमदनी की धारा है, न कि व्यक्तिगत क़र्ज़दार की आमदनी की धारा।"

पायलट ने कहा, "तो छोटी जायदाद के बजाय बड़ी जायदाद ख़रीदना ज़्यादा आसान हो सकता है?"

"बशर्ते आप जानते हों कि आप क्या कर रहे हैं," मैंने कहा। "यही सरकार से उधार लेने के बारे में सही है। अगर आप सरकार के पास 1,50,000 डॉलर की जायदाद के साथ जाते हैं, तो कई मामलों में सरकारी एजेंसी कोई रुचि नहीं लेगी। लेकिन अगर आप ऐसी जायदाद हासिल करना चाहते हैं, जहाँ झुग्गियाँ हों और उसे कम आमदनी वाले सुरक्षित मकानों में बदलना चाहते हैं, तो सरकार आपको करोड़ों डॉलर उधार दे सकती है। दरअसल, अगर आपका निवेश 5 मिलियन डॉलर से ज़्यादा नहीं है, तो सरकार का कोई व्यक्ति आपकी जायदाद में शायद ही दिलचस्पी लेगा।"

"और कुछ?" पायलट ने पूछा।

"सूची बहुत लंबी है," मैंने जवाब दिया। "लेकिन मैं आपको रियल एस्टेट के कुछ नुक़सान भी बताना चाहूँगा।"

"जैसे?" पायलट ने कहा।

"रियल एस्टेट ज़्यादातर मामलों में पेपर एसेट्स जितनी जल्दी ख़रीदी या बेची नहीं जा सकती। इसका मतलब है कि रियल एस्टेट बेचने और ख़रीदने में ज़्यादा वक़्त लग सकता है। रियल एस्टेट मार्केट पेपर एसेट्स मार्केट जितना कार्यकुशल नहीं है। और रियल एस्टेट में प्रबंधन की ज़रूरत भी पड़ सकती है," मैंने मुस्कराते हुए कहा।

"आप मुस्करा क्यों रहे हैं?" पायलट ने कहा।

"क्योंकि ये हानियाँ अक्सर प्रोफ़ेशनल रियल एस्टेट निवेशक के लिए सबसे लाभकारी बातें बन जाती हैं," मैंने कहा। "ये हानियाँ तो अक्सर सिर्फ़ नए या अनगढ़ निवेशकों के लिए ही हानियाँ होती हैं।"

"मुझे कोई उदाहरण बताएँ," पायलट ने कहा।

"बहुत संक्षेप में," मैंने जवाब दिया। "चूँकि रियल एस्टेट ज़्यादा जल्दी ख़रीदी-बेची नहीं जा सकती और ख़रीदार या विक्रेता को खोजना ज़्यादा मुश्किल हो सकता है, इसलिए प्रोफ़ेशनल निवेशक अक्सर सौदा करने में अपना समय ले सकता है।"

पायलट ने कहा, "आपका मतलब है कि आप बेचने वाले के साथ

आमने-सामने बैठकर सौदा कर सकते हैं?"

"या ख़रीदार के साथ," मैंने जवाब दिया। "शेयर बाज़ार में आप अक्सर अनजान व्यक्तियों के साथ ख़रीदने-बेचने का काम करते हैं। ख़रीदार और विक्रेता के बीच आमने-सामने के सौदे जैसी चीज़ बहुत दुर्लभ होती है ... कम से कम अधिकांश निवेशकों के लिए।"

पायलट ने पूछा, "आपका मतलब है कि शेयर बाज़ार में भी ख़रीदारों और विक्रेताओं के बीच आमने-सामने के सौदे हो सकते हैं?"

"हाँ," मैंने जवाब दिया। "ये इनसाइडर्स और प्रोफ़ेशनल खिलाड़ियों के ग्रे मार्केट में होते हैं, लेकिन सामान्यतः आम निवेशक उन्हें नहीं करता है।"

"ओह," पायलट ने कहा। "लेकिन यह रियल एस्टेट में हर समय होता है।"

"यही तो रियल एस्टेट का मज़ा है," मैंने जवाब दिया। "यहीं पर तो आप रचनात्मक बन सकते हैं, शर्तों पर सौदेबाज़ी कर सकते हैं, बढ़िया सौदा कर सकते हैं, क़ीमत कम करवा सकते हैं या बढ़वा सकते हैं। बेचने वाले से एक नाव भी साथ देने या अपनी तरफ़ से डाउन पेमेंट देने को कह सकते हैं। जब आप यह खेल खेलना सीख जाते हैं, तो यह मज़ेदार बन जाता है।"

"और क्या?" पायलट ने पूछा।

"आप ख़र्च कम कर सकते हैं, अपनी जायदाद के मूल्य में सुधार कर सकते हैं, एक अतिरिक्त बेडरूम बढ़ा सकते हैं, रंगाई-पुताई कर सकते हैं, अतिरिक्त ज़मीन बेच सकते हैं आदि। रियल एस्टेट उस रचनात्मक निवेशक के लिए बहुत बढ़िया है, जो बहुत अच्छा सौदेबाज़ है। अगर आप रचनात्मक हैं और अच्छे सौदेबाज़ हैं, तो आप रियल एस्टेट में ढेर सारी दौलत कमा सकते हैं। साथ ही इसमें आपको मज़ा भी आएगा।"

"मैंने इसे इस तरीक़े से कभी देखा ही नहीं," पायलट ने कहा। "मैंने तो बस वे मकान ख़रीदे और बेचे हैं, जिनमें मेरा परिवार रहता था। लेकिन अब जब मैं सोचता हूँ, तो उसमें मुझे मज़ा आया था और म्यूचुअल फ़ंड से ज़्यादा कमाई मुझे अपने मकान बेचने में हुई है।"

मुझे दिख रहा था कि उनके दिमाग़ की बत्ती जल गई है। अब वे देख सकते थे कि अपने पोर्टफ़ोलियो को म्यूचुअल फ़ंड्स से डि-वर्सिफ़ाई करने के अलावा भी निवेश करने की जगह है। जब उनके दिमाग़ की बत्ती जल रही थी, तो रात गहरा रही थी और घर जाने का समय हो गया था ... और वह मुलाक़ात जल्दी ही ख़त्म हो गई। कुछ सप्ताह बाद उन्होंने मुझे फ़ोन करके बताया कि वे अपनी पहली रेंटल प्रॉपर्टी देख रहे हैं और उन्हें चिंता होने के बजाय मज़ा आ रहा है। उन्होंने कहा, "हालाँकि मेरी किराए की आमदनी मेरे

ख़र्च के बराबर है, लेकिन मैं इसके बावजूद रियल एस्टेट में पैसे बना सकता हूँ। छद्म कैशफ़्लो और टैक्स क़ानून को समझना पैसा बनाए बिना वित्तीय रूप से जीतने जैसा है।"

मैं सिर्फ़ यही कह सकता था, "आप समझने लगे हैं।"

## सलाहकारों की बुरी सलाह

वित्तीय सलाहकार महत्वपूर्ण होते हैं। समस्या यह है, कई वित्तीय सलाहकार अमीर नहीं हैं, न ही वे सफल निवेशक हैं। एक प्रमुख अमेरिकी प्रकाशन में एक सर्टिफ़ाइड फ़ाइनैंशियल प्लानर ने रियल एस्टेट पर मेरी सलाह के बारे में लिखा था, "बहुत से लोगों ने रियल एस्टेट में बहुत सा पैसा बनाया है, लेकिन मूलतः कैलिफ़ोर्निया, कनेक्टिकट जैसी जगहों पर। मिडवेस्ट के हमारे ग्राहकों को तो कभी इस तरह की चीज़ का अनुभव ही नहीं हुआ है।"

उसके ग्राहकों को उसे निकाल बाहर करना चाहिए। मिडवेस्ट के उसके ग्राहकों ने रियल एस्टेट में पैसा इसलिए नहीं बनाया, क्योंकि वह उनकी सलाहकार थी। अगर आप रियल एस्टेट, टैक्स कानूनों और कॉरपोरेट कानूनों को समझते हैं और आपके पास एक अच्छा ब्रोकर तथा अकाउंटेंट है, तो आप रियल एस्टेट में पैसे बना सकते हैं, भले ही जायदाद का मूल्य न बढ़े या किराए की आमदनी से लाभ न हो। उस महिला की यह बात भी ग़लत थी कि जायदाद की क़ीमत सिर्फ़ कैलिफ़ोर्निया और कनेक्टिकट में बढ़ी है। अगर उसे प्रॉपर्टी मार्केट का ज्ञान होता, तो उसे पता होता कि अमेरिका में सबसे तेज़ी से बढ़ रहे रियल एस्टेट बाज़ार छोटे शहरों में लास वेगास, नेवाडा थे, और बड़े शहरों में फ़ीनिक्स, एरिज़ोना थे। उसने सिर्फ़ कैलिफ़ोर्निया और कनेक्टिकट के बारे में ही सुना था, क्योंकि उसे सिर्फ़ वही पता है जो टीवी न्यूज़ में आता है और टीवी पर अधिकांश निवेश समाचार पेपर एसेट्स के बारे में होते हैं। उसे प्रोफ़ेशनल रियल एस्टेट निवेशकों जितनी जानकारी नहीं है, लेकिन फिर भी वह इस तरह सलाह देती है, जैसे उसे सब कुछ मालूम हो।

जैसा अमीर डैडी अक्सर कहते थे, "कभी भी बीमा सेल्समैन से यह मत पूछो कि आपको बीमा कराना चाहिए या नहीं।" ज़्यादातर वित्तीय नियोजक मूलतः निवेशक नहीं, बल्कि बीमा सेल्समैन हैं। बीमा एक बहुत महत्वपूर्ण निवेश प्रोडक्ट है, लेकिन यह इकलौता निवेश प्रोडक्ट नहीं है।

## बेहतरीन निवेश कैसे खोजें

अक्सर मुझसे पूछा जाता है, "मैं अच्छा रियल एस्टेट निवेश कैसे खोजूँ?" मैं जवाब देता हूँ, "आपको अपने दिमाग़ को प्रशिक्षित करना चाहिए कि वह ऐसी चीज़ें देख ले, जिन्हें बाक़ी लोग नहीं देख पाते हैं।"

अगला सवाल यह है, "मैं ऐसा कैसे कर सकता हूँ?"

जवाब है, "उसी तरह, जिस तरह कोई शॉपिंग करने वाला बेहतरीन सौदा खोजता है।" इस पुस्तक की शुरुआत में मैंने उन लोगों के बारे में लिखा था, जो सस्ते खाद्य पदार्थों के सौदों की तलाश में एक स्टोर से दूसरे स्टोर तक जाने पर ध्यान केंद्रित करते थे। यही रियल एस्टेट या किसी अन्य निवेश में सच है ... आपको प्रोफ़ेशनल शॉपिंग करनी होगी।

100:10:3:1

मेरे पुराने दोस्त डॉ. डोल्फ़ डेरूस ने रिच डैड एडवाइज़र्स सीरीज़ के लिए एक पुस्तक लिखी है, जिसका शीर्षक है, *रियल एस्टेट रिचेस: हाऊ टु बिकम रिच यूज़िंग युअर बैंकर्स मनी*। ज़ाहिर है, हम शीर्षक पर एकमत थे। इस पुस्तक में वे विस्तार से बताते हैं कि ऐसे रियल एस्टेट सौदे कैसे खोजे जाएँ, जिन्हें ज़्यादातर लोग चूक जाते हैं। वे यह भी बताते हैं कि अपनी जायदाद का मूल्य बढ़ाने के लिए आप उसमें क्या सुधार कर सकते हैं। वे मूलभूत बात यह कहते हैं कि जायदाद की ख़रीदारी कैसे की जाए। वे इसे जायदाद ख़रीदने की 100:10:3:1 की नीति कहते हैं। इसका मतलब है कि वे 100 जायदादों का विश्लेषण करते हैं, उनमें से 10 पर ऑफ़र देते हैं, तीन बेचने वाले हाँ करते हैं और वे एक ख़रीद लेते हैं। दूसरे शब्दों में, एक जायदाद ख़रीदने के लिए 100 से ज़्यादा जायदाद देखने की ज़रूरत होती है।

## बहुत से मेंढकों को चूमें

जैसा कि आप जानते हैं, अमीर डैडी परीकथाओं से प्रेम करते थे और उन्हें सिखाने का साधन मानते थे। उन्हें उस राजकुमारी की कहानी पसंद थी, जिसे आकर्षक राजकुमार पाने के लिए मेंढक को चूमना पड़ा। अमीर डैडी अक्सर कहते थे, "आपको बहुत से मेंढकों को चूमना पड़ेगा, ताकि आपको यह पता चल सके कि उनमें से कौन सा राजकुमार है।" निवेश और ज़िंदगी के कई मामलों में यह बात सच है। आज मैं हमेशा हैरान हो जाता हूँ, जब मैं सुनता हूँ कि किसी ने पच्चीस साल की उम्र में नौकरी शुरू की और वह ज़िंदगी भर उसी जगह नौकरी करता रहा। मैं हैरान होता हूँ कि वह अच्छी नौकरी और बुरी नौकरी के फ़र्क़ को कैसे जानता है। जब मैं ऐसे व्यक्ति से मिलता हूँ, जिसने पंद्रह साल की उम्र में डॉक्टर बनने का फ़ैसला कर लिया था, तो मैं हैरान होता हूँ कि क्या उसने अपने फ़ैसले लेने के लिए सचमुच अपनी वास्तविकता का इस्तेमाल किया था।

अमीर डैडी कहते थे, "ज़्यादातर लोग मेंढक चूमने से कतराते हैं, इसलिए वे उनसे शादी कर लेते हैं।" अमीर डैडी का यह मतलब था कि जब निवेश और भविष्य की बात आती है, तो ज़्यादातर लोग चूमने में पर्याप्त समय नहीं लगाते

हैं। अच्छे निवेशों की तलाश करने में समय लगाने के बजाय ज़्यादातर लोग मूड या हॉट टिप के आधार पर काम करते हैं या किसी दोस्त या रिश्तेदार को अपने वित्तीय निवेशों का प्रबंधन करने देते हैं।

## मेंढक से शादी करना

मेरी एक दोस्त मेरे पास आकर बोली, "मैंने आपकी सलाह मान ली है और एक रेंटल प्रॉपर्टी में निवेश कर दिया है।"

जिज्ञासा से मैंने पूछा, "आपने क्या ख़रीदा?"

"मैंने सैन डिएगो में बीच के पास एक सुंदर कॉन्डो ख़रीदा है।"

मैंने पूछा, "आपने कितनी जायदादें देखीं?"

"दो," उसने कहा। "ब्रोकर ने मुझे उसी कॉम्प्लेक्स में दो यूनिट दिखाए और मैंने उनमें से एक ख़रीद लिया।"

लगभग एक साल बाद मैंने उससे पूछा कि उसका रियल एस्टेट निवेश कैसा चल रहा है। उसने जवाब दिया, "मुझे हर महीने लगभग 460 डॉलर का नुक़सान हो रहा है।"

"इतना नुक़सान क्यों?"

"एक कारण तो यह है कि होमओनर्स एसोसिएशन के बोर्ड ने मासिक मेंटेनेंस फ़ीस बढ़ा दी है। दूसरा कारण यह है कि मुझे पता नहीं था कि मुझे हर महीने कितना किराया मिल सकता है। किराया मेरी उम्मीद से काफ़ी कम है," उसने थोड़ा खिसियाकर कहा। "मैंने इसे बेचने की कोशिश की है, लेकिन मैंने पाया कि मैंने बाज़ार भाव से 25,000 डॉलर ज़्यादा चुका दिए हैं। अब मैं हर महीने का नुक़सान नहीं चाहती हूँ और मैं इसे ख़रीदी की क़ीमत से 25,000 डॉलर कम में बेचकर भी घाटा नहीं उठाना चाहती हूँ।"

जैसा अमीर डैडी कहते, "यही पर्याप्त मेंढकों को न चूमने की क़ीमत है। अगर आप पर्याप्त मेंढकों को नहीं चूमते हैं, तो अंत में आपकी शादी मेंढक से हो सकती है।" चूँकि मेरी दोस्त ने अपना होमवर्क नहीं किया था, इसलिए उसकी शादी अंत में मेंढक से हो गई, वह भी महँगे वाले से।

आप अच्छे रियल एस्टेट निवेश का मूल्यांकन कैसे करते हैं? अनुभव सबसे बड़ा शिक्षक है। नीचे दस बहुत महत्वपूर्ण सबक़ दिए गए हैं, जो मेरे दोस्तों और मैंने इस राह में सीखे हैं। इसके अलावा, मैं आपको कुछ अन्य संसाधन भी बताऊँगा, जो आपके लिए मददगार हो सकते हैं।

## शॉपिंग न करने की क़ीमत

जब लोग मुझसे पूछते हैं कि मैंने बेहतरीन रियल एस्टेट निवेश खोजना कैसे सीखा, तो मैं बस इतना कहता हूँ, "आपको शॉपिंग करने की ज़रूरत होती है।"

मैं बेहतरीन निवेश खोजने के डोल्फ़ डेरूस के 100:10:3:1 के फ़ॉर्मूले से सहमत हूँ। बरसों तक किम और मैंने हज़ारों जायदाद देखी हैं और उनका विश्लेषण किया है। जब हमसे पूछा जाता है, "आपने रियल एस्टेट के बारे में इतना ज़्यादा कैसे सीखा?" तो हम सिर्फ़ इतना कहते हैं, "हमने हज़ारों निवेश अवसर देखे हैं।" हमने जायदाद ख़रीदने के सैकड़ों ऑफ़र भी दिए हैं। इनमें से कई ऑफ़र तो ऐसे थे, जिन पर लोग हँसे थे। सबक़ यह है, हमने जो जायदाद देखी, और जिस पर ऑफ़र दिया, ऐसी हर जायदाद के साथ रियल एस्टेट मार्केट और मानव स्वभाव के बारे में हमारा ज्ञान व अनुभव बढ़ता चला गया।

जब हमसे पूछा जाता है, "जब आपके पास पैसा नहीं होता है, तब आप क्या करते हैं?" हमारा जवाब होता है : "शॉपिंग करते रहते हैं।" अपने निवेश सेमिनारों में मैं अक्सर कहता हूँ, "जब आप किसी शॉपिंग सेंटर में जाते हैं, तो कोई आपसे नहीं पूछता है कि आपके पास पैसा है या नहीं। दुकानदार चाहते हैं कि आप शॉपिंग करें और सामान देखें। यही ज़्यादातर निवेशों के बारे में सच है। शॉपिंग करना, सवाल पूछना, सौदों का विश्लेषण करना - मैंने इसी तरह अपनी शिक्षा हासिल की है। मैंने निवेश के बारे में जो सीखा है, वह किसी पुस्तक में नहीं मिल सकता। जिस तरह आप पुस्तक पढ़कर गोल्फ़ खेलना नहीं सीख सकते, उसी तरह आप पुस्तक पढ़कर अपने दिमाग़ को प्रशिक्षित नहीं कर सकते कि यह ऐसे निवेश देख ले, जिन्हें दूसरे नहीं देख सकते। इसके लिए आपको बाहर निकलकर शॉपिंग करनी ही होगी।"

## अतीत-दृष्टि 20/20 होती है

मेरी जिस दोस्त ने मेंढक से शादी की थी, वह कुछ मूल्यवान सबक़ सीख सकती थी, बशर्ते वह यह कहने का फ़ैसला नहीं करती, "रियल एस्टेट घटिया निवेश है। आप रियल एस्टेट में पैसे नहीं बना सकते।" जब मैंने उससे पूछा कि उसने क्या सीखा, तो वह ग़ुस्से में बोली, "मुझे कभी आपकी बात नहीं सुननी चाहिए थी। बाज़ार बदल गया है और आज की तारीख़ में आप रियल एस्टेट में पैसे नहीं बना सकते।"

एक कहावत है, "अतीत-दृष्टि 20/20 है।" इसका मतलब है, यह शत-प्रतिशत सही होती है। समस्या यह है, आपको पीछे मुड़ना और देखना पड़ेगा। मेरी दोस्त ने पीछे मुड़कर न तो देखा, न ही सीखा। जब मैंने क़दम उठाने के लिए उसे बधाई दी, तब भी उसे विश्वास था कि रियल एस्टेट घटिया निवेश है, जिसका मतलब है कि रियल एस्टेट में उसका क़दम बहुत महँगा था, क्योंकि वह अपनी बेशक़ीमती ग़लतियों से सबक़ सीखने में असफल रही थी ... ऐसी ग़लतियाँ और सबक़, जो उसे भविष्य में ज़्यादा स्मार्ट और अमीर बना सकते थे। यही उस संदर्भ की क़ीमत है, जो कहता है, "ग़लतियाँ बुरी हैं।" अगर उसके पास ऐसा संदर्भ होता, जो कहता, "मैंने क़दम उठा लिया है, मैंने कुछ ग़लतियाँ

की हैं और अब मैं उन ग़लतियों से सीख सकती हूँ," तो वह ज़्यादा अमीर बन जाती। जो लोग परिपूर्ण बनना चाहते हैं या ग़लतियाँ नहीं करना चाहते हैं, वे अक्सर ऐसे लोग होते हैं, जिनमें 20/20 की अतीत-दृष्टि नहीं होती है। अक्सर वे लोग वही पुरानी ग़लती दोहराते हैं, क्योंकि वे अपनी ग़लतियों से सीखने में नाकाम रहते हैं।

मेरी दोस्त को इस सामान्य निवेश से ये सबक़ लेने चाहिए थे, लेकिन उसने उन्हें अनदेखा कर दिया :

1. ज़्यादा जायदाद देखें।

2. अपना समय लें। अच्छे सौदे एक से ज़्यादा होते हैं। बहुत सारे लोग इसलिए ख़रीद लेते हैं, क्योंकि उन्हें यक़ीन होता है कि जो सौदा उन्हें मिल रहा है, वही दुनिया का इकलौता सौदा है।

3. किराए के बाज़ार के साथ-साथ ख़रीदी के बाज़ार का भी विश्लेषण करें।

4. एक से ज़्यादा रियल एस्टेट सेल्समैन से बात करें।

5. कॉन्डोमिनियम्स में निवेश करने से सावधान रहें। अक्सर कॉन्डोमिनियम्स में एक बोर्ड ऑफ़ डायरेक्टर्स होता है, जिसमें होमओनर्स होते हैं। होमओनर्स और निवेशकों का दृष्टिकोण भिन्न होता है। ज़्यादातर होमओनर्स चाहते हैं कि उनकी जायदाद अच्छी हालत में रहे, इसलिए वे मेंटेनेंस पर बहुत ज़्यादा ख़र्च करते हैं। हालाँकि अपनी जायदाद को अच्छी हालत में रखना अच्छी बात है, लेकिन निवेशक निवेश के एक बहुत महत्वपूर्ण क्षेत्र यानी ख़र्च पर नियंत्रण गँवा देता है।

6. अगर ख़र्च नियंत्रण से बाहर है, तो यह जायदाद के भविष्य में बिकने की क़ीमत को भी प्रभावित करता है।

7. कभी भी इस उम्मीद से न ख़रीदें कि जायदाद की क़ीमत ऊपर ही जाएगी। जायदाद अच्छी और बुरी दोनों तरह की अर्थव्यवस्था में अच्छा निवेश होनी चाहिए। जैसा अमीर डैडी हमेशा कहते थे, "आपको लाभ बेचते समय नहीं, बल्कि ख़रीदते समय होता है।"

8. कभी भी भावुकता में बहकर निवेश न करें। जब आप अपना निजी मकान ख़रीदते हैं, तो भावुक होना ठीक है। लेकिन जब आप निवेश के उद्देश्य से जायदाद ख़रीदते हैं, तो भावनाएँ आपको अंधा कर सकती हैं। मेरी दोस्त रिटर्न ऑन इनवेस्टमेंट के बारे में उतनी रोमांचित नहीं थी, जितनी इस बारे में थी कि जायदाद समुद्र तट के पास थी। उसने फ़ाइनैंशियल स्टेटमेंट्स के बजाय समुद्र तट देखा।

9. जायदाद को सुधारने के लिए वह ज़्यादा कुछ नहीं कर सकती थी। अगर आप जायदाद के मूल्य को बढ़ाने के लिए उसमें बदलाव, या सुधार

कर सकें, तो इस तरह आप बहुत सा पैसा कमा सकते हैं ... ऐसा शेयरों या म्यूचुअल फ़ंड्स के मामले में नहीं किया जा सकता। कई बार तो सिर्फ़ एक गैरेज बढ़ाने या एक अतिरिक्त कमरा बनवाने से ही आपकी रिटर्न ऑन इनवेस्टमेंट काफ़ी बढ़ सकती है।

10. उसने इस अनुभव से नहीं सीखा। हालाँकि यह तुलनात्मक दृष्टि से महँगा सबक़ है, लेकिन वह इस सबक़ से मिलियनों डॉलर कमा सकती थी, बशर्ते उसमें विनम्र बनने, सीखने और दोबारा कोशिश करने की इच्छा होती। इसके बजाय, उसने यह कहना पसंद किया, “आप रियल एस्टेट में पैसा नहीं बना सकते।”

## ग़लतियाँ आपकी दृष्टि सुधारती हैं

हज़ारों निवेशों के विश्लेषण में समय लगाने से मेरी दृष्टि धीरे-धीरे सुधर गई। जब भी मैंने किसी जायदाद को ख़रीदने के लिए ऑफ़र दिया, तो हर बार मैंने कुछ सीखा, हालाँकि मेरे कई ऑफ़र्स की या तो हँसी उड़ाई गई या उन्हें सीधे-सीधे नकार दिया गया। हर बार जब मैंने किसी बैंकर से फ़ाइनैंसिंग करवाया, तो मैंने हर बार कुछ न कुछ सीखा। जब मैंने कोई जायदाद ख़रीदी, तो हर बार मैंने कुछ नया और मूल्यवान सीखा, फिर भले ही मैंने उस जायदाद में नुक़सान उठाया हो। आज उन तमाम अच्छे और बुरे सबक़ों का संग्रह ही वह शिक्षा और अनुभव है, जो मुझे अमीर बनाता है और मेरी पत्नी तथा मुझे रियल एस्टेट में ज़्यादा से ज़्यादा पैसा बनाने की अनुमति देता है।

बेहतरीन निवेश और कहीं नहीं, बल्कि मस्तिष्क की आँख से देखे जाते हैं। असल दुनिया में “बिकाऊ है” के साइनबोर्ड पर यह नहीं लिखा होता है, “यह एक बेहतरीन सौदा है।” साइनबोर्ड तो बस इतना कहता है, “बिकाऊ है।” अपने मस्तिष्क को बेहतरीन सौदा देखने के लिए प्रशिक्षित करना आपका काम है। बेहतरीन सौदे के लिए सौदेबाज़ी करना भी आपका काम है। इसके लिए लगन और अभ्यास की ज़रूरत होती है।

## हर व्यक्ति यह काम कर सकता है

मैंने वादा किया था कि अमीर बनने के लिए आवश्यक काम हर व्यक्ति कर सकता है। हर व्यक्ति रियल एस्टेट की शॉपिंग कर सकता है। अगर आप और आपका कोई पार्टनर एक सप्ताह में पाँच, दस, बीस या पच्चीस जायदादों को देखने के लिए तैयार हों, भले ही आपके पास पैसा न हो, तो मैं वादा करता हूँ कि आपकी दृष्टि बेहतर हो जाएगी। 100 सौदों का विश्लेषण करने के बाद मैं जानता हूँ कि आपको एक या दो ऐसे निवेश मिलेंगे, जिनसे आप रोमांचित हो उठेंगे। जब आप अमीर बनने को लेकर रोमांचित हो जाते हैं, तो आपका

मस्तिष्क एक नए संदर्भ में पहुँच जाता है और आप नई सामग्री खोजने लगते हैं, जो इस सवाल का जवाब दे सकती है, "मैं अमीर बनने के लिए पैसा कैसे उगाह सकता हूँ?"

हर व्यक्ति यह काम कर सकता है, भले ही उसके पास पैसा न हो। किम और मैं नियमित रूप से ऐसा करते हैं। अब हमारे पास थोड़ा ज़्यादा अनुभव है, इसलिए जायदाद में निवेश की प्रक्रिया और तेज़ हो गई है। अच्छी से अच्छी और बुरी से बुरी अर्थव्यवस्था में हमने हमेशा बेहतरीन सौदे खोज निकालने में सफलता पाई है। हम हमेशा उन्हें नहीं ख़रीद पाते हैं और कई बार तो उनके लिए ऑफ़र भी नहीं देते हैं, लेकिन निवेशों की तलाश करने और उनका विश्लेषण करने की प्रक्रिया हमारे दिमाग़ को पैना बनाए रखती है। इसके अलावा यह हमें उन प्रचुर अवसरों के संपर्क में भी रखती है, बशर्ते आप उनकी तलाश करें।

रियल एस्टेट निवेश कैरियर में एक प्रोडक्ट आपकी मदद कर सकता है। यह *फ़ाइनैंशियल लिटरेसी* नामक ऑडियोटेप है। इस टेप में अलग-अलग वित्तीय फ़ॉर्म्स के सैंपल हैं, जिन्हें पढ़ना आपको आना चाहिए। एक फ़ॉर्म है, "ड्यू डिलिजेंस चेकलिस्ट।" ड्यू डिलिजेंस चेकलिस्ट किसी इमारत की भौतिक स्थिति की जाँच करने के लिए अति महत्वपूर्ण होती है। हालाँकि फ़ाइनैंशियल स्टेटमेंट्स और प्रोफ़ॉर्मा स्टेटमेंट्स आपको विश्लेषण के लिए वित्तीय बिंदु प्रदान करते हैं, लेकिन यह ड्यू डिलिजेंस चेकलिस्ट वास्तविक प्रॉपर्टी की जाँच करने में आपका मार्गदर्शन करती है। यह चेकलिस्ट आपका पैसा बचा सकती है और आपके लिए पैसा बना भी सकती है। इसका इस्तेमाल विश्लेषण और सौदेबाज़ी के साधन के रूप में भी किया जा सकता है। जैसा अमीर डैडी ने कहा था, "वित्तीय साक्षरता का अर्थ अंकों से कहीं अधिक है। वित्तीय साक्षरता तो उन शब्दों को जानना है, जो आपके मस्तिष्क को निवेश की शक्तियों और कमज़ोरियों का संकेत देते हैं। वित्तीय साक्षरता यह जानना है कि आप उन चीज़ों को कैसे देखें, जो आम निवेशकों को दिखाई नहीं देती हैं।" Richdad.com वेबसाइट पर इस प्रोडक्ट का ऑर्डर दिया जा सकता है।

एक आख़िरी बिंदु। रियल एस्टेट या किसी अन्य निवेश प्रोडक्ट में निवेश करने के लिए सिर्फ़ इसी बात की ज़रूरत नहीं होती है कि आप एक चीज़ ख़रीद लें और फिर उसी प्रोडक्ट से यह उम्मीद लगाएँ कि वह आपको अमीर बना देगा। रियल एस्टेट में किम और मेरी योजना दस जायदाद ख़रीदने की है, जिसका मतलब है कि हम 1,000 जायदाद देखेंगे। इन दस जायदादों में से हम दो बेहतरीन निवेशों की उम्मीद करते हैं। दो निवेशों पर हम पैसा गँवा सकते हैं। इन्हें आम तौर पर जल्दी ही बेच दिया जाता है। अब छह निवेश बचेंगे, जिन्हें हमें या तो बेहतर बनाना होगा या फिर बेचना होगा। रियल एस्टेट हो, शेयर हों, म्यूचुअल फ़ंड हों या कंपनियाँ हों, रेशो या अनुपात वही बना रहता है। हर प्रोफ़ेशनल निवेशक यह बात जानता है।

## पुरस्कार जो बाक़ी लोग चूक गए

हर मछुआरा "वह जो चला गया" कहानी जानता है। हर रियल एस्टेट निवेशक के पास भी किसी ऐसी खोज की कहानी होती है, जो उसने की थी, जबकि बाक़ी लोग चूक गए थे। नीचे दो कहानियाँ दी गई हैं, जो आपको प्रेरित करने के उद्देश्य से लिखी गई हैं, ताकि आप अपने पहले 100 निवेश देखना शुरू कर सकें।

## समस्याओं को अवसरों में बदलना

पहली कहानी : कुछ साल पहले, किम और मैं पहाड़ों की सैर कर रहे थे और अपने घर से कुछ घंटों की दूरी पर थे। हमने कुछ दिनों की छुट्टी मनाने और जंगल की शांति तथा एकांत का आनंद लेने का फ़ैसला किया। जैसा हम हमेशा करते हैं, हम एक रियल एस्टेट ऑफ़िस में रुके और हमने देखा कि वहाँ क्या बिकाऊ था। एजेंट ने हमें आम तौर पर बहुत महँगी जायदादें दिखाईं, जिनमें हमने कोई दिलचस्पी नहीं ली। फिर उसकी सेल्स बुक में हमें एक छोटा सा केबिन भी दिख गया, जिसके साथ पंद्रह एकड़ ज़मीन थी, लेकिन उसकी क़ीमत सिर्फ़ 43,000 डॉलर थी। मैंने उससे पूछा कि इसकी क़ीमत इतनी कम क्यों है।

उसका जवाब था, "वहाँ पानी की दिक़्क़त है।"

मैंने पूछा, "किस तरह की दिक़्क़त?"

"कुआँ पर्याप्त पानी नहीं देता है। कभी देता है, कभी नहीं देता है। इसीलिए यह बरसों से बिकाऊ है। हर कोई इसे पसंद करता है, लेकिन वहाँ पर्याप्त पानी नहीं है।"

मैंने कहा, "मुझे वह दिखाने ले चलें।"

"ओह, आपको यह पसंद नहीं आएगा," उसने जवाब दिया। "लेकिन मैं आपको वहाँ ले चलती हूँ।"

आधा घंटे बाद हम लोग जंगल की ज़मीन के इस प्यारे टुकड़े पर चल रहे थे, जहाँ एक प्यारा-सा पुराना केबिन बना था। "समस्या यह है," रियल एस्टेट एजेंट ने कहा, जब वह हमें कुएँ तक ले गई, "इस कुएँ और ज़मीन में पर्याप्त पानी नहीं रहता है।"

सहमति में सिर हिलाते हुए मैंने कहा, "हाँ, पानी की यह समस्या गंभीर है।"

अगले दिन मैं उस इलाक़े के एक कूप विशेषज्ञ के साथ उस जायदाद पर गया। उसने कुएँ को देखकर कहा, "यह समस्या आसानी से सुलझाई जा सकती है। कुआँ पर्याप्त पानी देता है, लेकिन यह अलग-अलग समय पर देता है।

आपको तो बस एक अतिरिक्त जलसंग्रहण टैंक लगवाना पड़ेगा और फिर समस्या सुलझ जाएगी।"

"जलसंग्रहण टैंक का ख़र्च कितना आएगा?" मैंने पूछा।

उसने कहा, "3,000 गैलन के टैंक का ख़र्च इंस्टालेशन सहित 2,300 डॉलर आएगा।"

मैंने सिर हिला दिया। एक बार फिर मैं रियल एस्टेट ऑफ़िस पहुँचा और अपना ऑफ़र दिया। "मैं इस प्रॉपर्टी के लिए 24,000 डॉलर देने के लिए तैयार हूँ।"

वह बोली, "पानी की समस्या के बावजूद यह रक़म तो बहुत ही कम है।"

"यही मेरा ऑफ़र है," मैंने जवाब दिया। "वैसे आख़िरी बार किसी ने ऑफ़र कब दिया था?"

"बहुत समय हो चुका है," उसने कहा। "मुझे लगता है कि एक साल से ज़्यादा हो गया है।"

उस रात को एजेंट ने फ़ोन करके कहा, "मुझे यक़ीन नहीं हो रहा है। आपका ऑफ़र स्वीकार कर लिया गया है। मुझे यक़ीन ही नहीं हो रहा है कि उन्होंने आपका भाव और शर्तें मान ली हैं।"

"धन्यवाद," मैंने बस इतना ही कहा। रोमांच के मारे मेरा दिलोदिमाग़ बल्लियों उछल रहा था। बेचने वाले को एक साल से ज़्यादा समय से कोई ऑफ़र नहीं मिला था। वह उकता गया था कि उसे मकान की मरम्मत पर ख़र्च करना पड़ रहा था। उसने मेरा भाव मंजूर कर लिया, जिसमें मैंने सिर्फ़ 2,000 डॉलर के डाउन पेमेंट और बाक़ी राशि एक साल में चुकाने का प्रस्ताव रखा था। दूसरे शब्दों में, मुझे वह जायदाद बहुत कम डाउन पेमेंट में मिल गई और बाक़ी पैसा एक साल बाद देना था।

अगली सुबह मैं उसी कूप विशेषज्ञ से मिला और उससे 3,000 गैलन के दो टैंक लगवा लिए। पानी की समस्या 5,000 डॉलर से भी कम में सुलझ गई। एक महीने बाद किम और मैं अपने नए केबिन में रहने गए, जहाँ ढेर सारा ताज़ा पानी था। शहर लौटने पर हमने उस जायदाद को बिकाऊ सूची में रखवा दिया। हमने 66,000 डॉलर क़ीमत तय की और वह दो हफ़्ते बाद बिक गई। समस्या सुलझ गई थी और वह जायदाद एक युवा दंपति के हाथों में है, जो अब पहाड़ पर अपने सपनों के मकान में रह रहा है।

## संदर्भ का परिवर्तन

कहानी नंबर दो। मेरा एक दोस्त जेफ़ लैंडस्केप आर्किटेक्ट है। उसने मुझे एक बेहतरीन रियल एस्टेट निवेश कहानी सुनाई, जो मैं अब आपको सुनाऊँगा।

जेफ़ ने शुरू करते हुए कहा, "लगभग एक साल पहले एक महिला ने आकर कहा, 'मेरे पास चालीस एकड़ ज़मीन है और मैं चाहती हूँ कि आप उसे देख लें।' उसने ऑप्शन पर यह ज़मीन 2,75,000 डॉलर में ख़रीदी थी। जिस छोटे क़स्बे में यह ज़मीन थी, वह किसी भी तरह के डेवलपमेंट के ख़िलाफ़ था"।

मैंने पूछा, "उसने आपको क्यों बुलाया?"

"वह चाहती थी कि मैं भविष्य का एक सपना तैयार करूँ, क़स्बे के लिए भी और जायदाद के लिए भी। उसने टीम में एक पूर्व नगर नियोजक को भी रख लिया था।"

मैंने पूछा, "फिर क्या हुआ?"

उसने कहा, "हमने ड्रॉइंग्स तैयार कीं, भविष्य के लिए अपना प्रस्ताव तैयार किया और इनके साथ हम सिटी काउंसिल के सामने गए। हमें तीन बार ठुकराया गया।"

"क्यों?"

"सिटी काउंसिल की कुछ चिंताएँ थीं और वे हमसे बार-बार हमारी ड्रॉइंग्स और प्रस्ताव को रिवाइज़ करने की बात कहते रहे।"

"वे आपको बार-बार बुलाते रहे?"

"कमोबेश। वास्तव में, हम उनकी चिंताएँ पूछते रहे और बार-बार उन्हें दूर करने की योजनाएँ तथा ड्रॉइंग लेकर जाते रहे। आख़िरकार काउंसिल ने हमारी योजना को सहमति दे दी और हमने उस जायदाद की ज़ोनिंग बदलवाकर कृषि से कमर्शियल करवा ली।"

"उन्होंने आपकी जायदाद को ज़ोनिंग बदलने की अनुमति दे दी?" मैंने पूछा। "कृषि से कमर्शियल? इस परिवर्तन से जायदाद की क़ीमत कितनी बढ़ी?" मैंने पूछा।

"योजनाओं को सहमति मिलने के बाद उस महिला ने वह जायदाद 6.5 मिलियन डॉलर में एक नेशनल इंश्योरेंस कंपनी को बेच दी। अब वहाँ एक बड़ा होटल बन रहा है।"

"इस प्रक्रिया में कितना समय लगा?" मैंने पूछा।

"कुल नौ महीने," जेफ़ ने कहा। "उसने मुझे और नगर नियोजक को अनुबंध के अनुसार 25-25 हज़ार डॉलर दे दिए।"

"तो उसने 50,000 डॉलर ख़र्च किए और लगभग 6 मिलियन डॉलर का फ़ायदा कमाया?" मेरी साँस तेज़ी से निकल गई।

मेरे दोस्त जेफ़ ने मुस्कराकर सिर हिलाया। "उसने उस जायदाद को बरसों से रोककर रखा था। हर एक ने इसकी ओर देखकर कहा था कि यह बहुत

ज़्यादा महँगी है। लेकिन वह उस चीज़ को देख सकती थी, जिसे हम नहीं देख सकते थे और उसने व्यावसायिक अंदाज़ में हम सभी को दिखा दिया कि हमारी नाक के नीचे क्या था।"

मैंने पूछा, "क्या आपको इस बात का बुरा लग रहा है कि आपको सिर्फ़ 25,000 डॉलर मिले?"

"नहीं। मैंने जितना काम किया, उतना मुझे पैसा मिला। इसके अलावा मैंने इतनी ही राशि का अनुबंध किया था और पूरा जोखिम उसका था। अगर जायदाद की ज़ोनिंग नहीं बदलती, तो उसका पैसा डूब जाता। लेकिन मैं हमेशा इस बात के लिए कृतज्ञ रहूँगा कि उसने मुझे भविष्य-दृष्टि दी। उसने मुझे वह देखना सिखाया, जो मैं कभी नहीं देख सकता था। उसने मुझे वह प्रचुरता देखना सिखाया, जो हममें से हर एक के सामने रहती है, बशर्ते हम उसे देखने के लिए अपनी आँखों और मस्तिष्क को प्रशिक्षित करने का समय लगाएँ।"

उसकी नई वास्तविकता के लिए उसे बधाई देते हुए मैंने कहा, "आपने अपने 25,000 डॉलर की फ़ीस से ज़्यादा मूल्यवान चीज़ हासिल कर ली है, है ना?"

जेफ़ ने मुस्कराकर कहा, "हाँ, सचमुच इससे ज़्यादा मूल्यवान चीज़। नगर नियोजक को लगता है कि उसका शोषण हुआ है, लेकिन मुझे ऐसा नहीं लगता है। मैंने हमेशा आपकी बातें सुनी थीं, जब आप अमीर डैडी के संदर्भ और वास्तविकता के बारे में बात करते थे, लेकिन मुझे इन शब्दों का मतलब ज़्यादा समझ नहीं आया था। अब आ गया है। मुझे इस बात का एहसास हुआ कि अपने संदर्भ से मैंने हज़ारों डॉलर के बारे में सोचा। मुझे एहसास हो गया है कि वह ज़्यादा अमीर इसलिए है, क्योंकि उसका संदर्भ ज़्यादा बड़ा है और वह मिलियनों डॉलर के संदर्भ में सोचती है। मुझे यह भी एहसास हुआ कि मैं अब भी एस क्वाड्रैंट से सोचता हूँ और वह बी तथा आई क्वाड्रैंटों से सोचती है। भले ही उसने मुझे कोई फ़ीस नहीं दी होती, लेकिन मैंने जो सीखा है वह बेशक़ीमती है, क्योंकि इसने मेरी ज़िंदगी हमेशा के लिए बदल दी है। उसने मुझे सिखाया कि अमीर कैसे बनना है।"

रियल एस्टेट का ज़ोन बदलवाना संदर्भ का परिवर्तन है। ग़रीब से अमीर का परिवर्तन भी संदर्भ का परिवर्तन ही है। हर व्यक्ति यह कर सकता है, बशर्ते वह करना चाहे।

## अपना पैसा कहाँ रखें

किशोरावस्था में डोल्फ़ डेरूस ने अमीरों का वृहद अध्ययन किया। सत्रह साल की उम्र में उन्होंने एक शोध किया, जिससे उन्हें पता चला कि ज़्यादातर अमीर लोग अपना पैसा रियल एस्टेट में बनाते हैं या उनकी कमाई हुई ज़्यादातर दौलत

रियल एस्टेट में निवेशित रहती है। अमीर डैडी भी यही करते थे। हालाँकि उन्होंने अपने व्यवसायों और शेयर बाज़ार में बहुत पैसा बनाया, लेकिन उन्होंने अपनी सारी दौलत रियल एस्टेट में निवेश कर दी।

अमीर डैडी के ऐसा करने के पीछे कई कारण थे :

1. टैक्स क़ानून इस बात को प्रोत्साहित करते हैं कि अमीर लोग रियल एस्टेट में निवेश करें।

2. रियल एस्टेट में ज़्यादा लीवरेज होता है। अमीर व्यक्ति अपने बैंकर के पैसे का निवेश करके ज़्यादा अमीर बन सकता है।

3. रियल एस्टेट से होने वाली आमदनी निष्क्रिय आमदनी होती है, जिस पर सबसे कम टैक्स लगता है। अगर जायदाद बेचने के कारण कैपिटल गेन्स हों, तो इस पर लगने वाले टैक्स को बरसों तक टाला जा सकता है और निवेशक उस पैसे का दोबारा निवेश कर सकता है, जो अन्य स्थितियों में उसे सरकार को देना पड़ता।

4. रियल एस्टेट निवेशक को उसकी संपत्ति पर ज़्यादा नियंत्रण देती है।

5. यह पैसा पार्क करने के लिए ज़्यादा सुरक्षित जगह है, बशर्ते निवेशक जानता हो कि पैसे और जायदाद का प्रबंधन कैसे करना है।

औसत निवेशक जब अपनी दौलत के अधिकांश हिस्से को पेपर एसेट्स में रखता है, तो वह ज़बर्दस्त जोखिम लेता है। जैसा इस पूरी पुस्तक में बताया गया है, अगर किसी रिटायर होने वाले व्यक्ति का पेपर पोर्टफ़ोलियो बाज़ार के क्रैश में डूब जाता है, तो क्या होता है? सब कुछ डूब जाता है? जवाब है नहीं, बशर्ते व्यक्ति जानता हो कि बियर मार्केट में पेपर एसेट्स को किस तरह सुरक्षित रखा जाता है और नुक़सान से कैसे बचा जाता है। अगर आप अपनी दौलत पेपर एसेट्स में रखना चाहते हैं, तो अगला अध्याय आपके लिए बहुत महत्वपूर्ण है।

# अध्याय - 17

# पेपर एसेट्स का लीवरेज

## कम जोखिम में ज़्यादा लाभकारी निवेश कैसे करें

कुछ महीने पहले मेरे एक दोस्त ने मुझे बताया कि बाज़ार में उसे दस लाख डॉलर से ज़्यादा का नुक़सान हो गया है। उसे अब दोबारा नौकरी करनी पड़ेगी। जब मैंने उससे पूछा कि उसे इतना ज़्यादा नुक़सान क्यों हुआ, तो उसने कहा, "मैं और क्या कर सकता था? मैंने वही किया, जो मेरे सलाहकारों ने करने की सलाह दी थी, 'गिरते बाज़ार में ख़रीदो।' मैं गिरते भाव पर ख़रीदता गया और मेरा नुक़सान बढ़ता रहा। अब मैं दस लाख डॉलर से ज़्यादा गँवा चुका हूँ और वही सलाहकार मुझसे कह रहे हैं कि मैं हाथ पर हाथ धरकर बैठा रहूँ और लंबी अवधि के लिए निवेश करूँ। समस्या यह है कि मेरे पास इंतज़ार करने के लिए ज़्यादा साल नहीं हैं।"

निवेश हमेशा ख़तरनाक नहीं होता है। जैसा अमीर डैडी ने कहा था, "हालाँकि जोखिम तो होता है, लेकिन निवेश का ख़तरनाक होना ज़रूरी नहीं है।" इसके अलावा यह भी ज़रूरी नहीं है कि बाज़ार की दिशा बदलने पर आपको नुक़सान हो। दरअसल, बाज़ार के लुढ़कने पर कई अनुभवी और समझदार निवेशक उसमें भी बहुत सा पैसा बना लेते हैं। नीचे मेरे अमीर डैडी के सबक़ दिए गए हैं कि किस तरह शेयर बाज़ार में निवेश करके पैसा बनाया जा सकता है, चाहे बाज़ार ऊपर जाए या नीचे।

## खुला संदर्भ रखें

पुस्तक के इस खंड में खुला दिमाग़ और लचीला संदर्भ रखना महत्वपूर्ण हैं। अगर आप अपने संदर्भ को यह कहते सुनते हैं, "यह असंभव है," या "आप ऐसा नहीं कर सकते," या "यह ग़ैर-क़ानूनी है" या "यह बहुत ख़तरनाक है," या "यह सीखना मेरे लिए बहुत मुश्किल होगा," तो ख़ुद को यह याद दिलाएँ कि आपको अपना संदर्भ खुला रखना है, ताकि आप उस सामग्री को सुन सकें,

जो आपको बताई जा रही है।

## पेपर एसेट्स में बीमे के साथ निवेश करना

"क्या तुम बिना बीमे के कार चलाओगे?" अमीर डैडी ने मुझसे पूछा।

"नहीं," मैंने जवाब दिया। "यह मूर्खतापूर्ण होगा। आप मुझसे यह सवाल क्यों पूछ रहे हैं?"

अमीर डैडी ने मुस्कराकर पूछा, "क्या तुम बिना बीमे के निवेश करोगे?"

"नहीं," मैंने जवाब दिया। "लेकिन मैं रियल एस्टेट में निवेश कर रहा हूँ। नुक़सान से बचने के लिए मैं हमेशा अपनी जायदाद का बीमा करवा लेता हूँ। दरअसल बैंक यह शर्त रखता है कि मैं अपनी पूरी जायदाद का बीमा करवा लूँ।"

"अच्छा जवाब है," अमीर डैडी ने जवाब दिया।

मैंने दोबारा पूछा, "आप मुझसे बीमे के बारे में ये सवाल क्यों पूछ रहे हैं?"

"क्योंकि अब तुम्हारे यह सीखने का समय आ गया है कि पेपर एसेट्स में निवेश कैसे किया जाए। जैसे स्टॉक्स, बॉण्ड्स और म्यूचुअल फ़ंड।"

"आप पेपर एसेट्स के निवेश में भी बीमा करवा सकते हैं?" मैंने पूछा। "आपका मतलब है कि आप नुक़सान के ख़िलाफ़ बीमा करवा सकते हैं या अपने नुक़सान को न्यूनतम कर सकते हैं?"

अमीर डैडी ने सहमति में सिर हिलाया।

मैंने पूछा, "तो यह ज़रूरी नहीं है कि पेपर एसेट्स में निवेश करना ख़तरनाक हो?"

"नहीं, क़तई नहीं," अमीर डैडी ने कहा। "यह ज़रूरी नहीं है कि निवेश करना ख़तरनाक हो, बशर्ते आप जानते हों कि आप क्या कर रहे हैं।"

"लेकिन क्या औसत पेपर एसेट निवेशक के लिए निवेश करना ख़तरनाक नहीं है?" मैंने पूछा। "क्या औसत निवेशक बिना बीमे के निवेश नहीं कर रहा है?"

अमीर डैडी ने एक बार फिर सिर हिलाया और मेरी आँखों में देखते हुए बोले, "इसीलिए तो मैं तुम्हें यह सिखा रहा हूँ। मैं नहीं चाहता कि तुम औसत (average) निवेशक बनो। औसत निवेशक औसत आँकड़ों में दिलचस्पी लेता है, इसीलिए वह औसत होता है। इसीलिए शेयर बाज़ार में एक डाऊ जोन्स इंडस्ट्रियल एवरेज होता है। औसत सिर्फ़ औसत लोगों के लिए होता है। इसीलिए इतने सारे लोग अपने वित्तीय सलाहकार की बात सुनते हैं और यह सुनते ही रोमांचित हो जाते हैं, 'बाज़ार पिछले चालीस साल से 12 प्रतिशत औसत लाभ दे रहा है।' या 'यह म्यूचुअल फ़ंड पिछले पाँच साल से 16 प्रतिशत औसत लाभ दे रहा है।' औसत निवेशकों को औसत आँकड़े पसंद होते हैं।"

मैंने पूछा, "औसत आँकड़ों में क्या ग़लत है?"

"दरअसल कुछ नहीं," अमीर डैडी ने कहा। "लेकिन अगर आप अमीर बनना चाहते हैं, तो आपको औसत से बहुत बेहतर बनने की ज़रूरत है।"

मैंने पूछा, "औसत आपको अमीर बनने से क्यों रोकते हैं?"

"क्योंकि औसत आँकड़े लाभ और नुक़सान को मिलाकर निकाले जाते हैं," अमीर डैडी ने कहा। "उदाहरण के लिए, हालाँकि यह सच है कि शेयर बाज़ार पिछले चालीस सालों से ज़्यादा समय से औसत के हिसाब से ऊपर जा रहा है, लेकिन दरअसल यह इस दौरान कई बार ऊपर गया है और नीचे भी आया है।"

"तो उससे क्या?" मैंने कहा। "क्या ज़्यादातर लोग यह बात नहीं जानते हैं?"

"हाँ, ज़्यादातर लोग यह बात जानते हैं" अमीर डैडी ने कहा। "लेकिन नुक़सान क्यों उठाना, जब इसकी कोई ज़रूरत ही न हो? औसत निवेशक बाज़ार के ऊपर जाते समय पैसे बनाते हैं और बाज़ार के लुढ़कने पर पैसे गँवाते हैं। इसीलिए वे औसत होते हैं। आपका औसत क्या होगा, अगर बाज़ार ऊपर जाने पर आप पैसे कमाएँ और बाज़ार लुढ़कने पर भी आप पैसे बनाएँ?"

"यह बहुत अच्छा होगा," मैंने जवाब दिया। "लेकिन परिष्कृत निवेशक क्या करते हैं?" मैंने पूछा। "क्या वे औसत का प्रयोग नहीं करते हैं?"

"हाँ, वे औसत का प्रयोग करते हैं, लेकिन वे अलग औसत का प्रयोग करते हैं। मैं यहाँ पर यह बात कह रहा हूँ कि औसत निवेशक सिर्फ़ यह जानता है कि बुल मार्केट में पैसा कैसे कमाना है, इसलिए वह यह सुनकर ख़ुश होता है कि बाज़ार औसत के हिसाब से बरसों से ऊपर जा रहा है। परिष्कृत (sophisticated) निवेशक औसत जानकारी की तलाश नहीं करता है। उसे दरअसल यह परवाह ही नहीं होती है कि बाज़ार औसत के हिसाब से ऊपर जा रहा है या नीचे, क्योंकि वह किसी भी तरह के बाज़ार में पैसे बना सकता है।"

मैंने पूछा, "आपका मतलब है, उसे कभी नुक़सान नहीं होता है?"

"नहीं। मैंने यह नहीं कहा है। सभी निवेशकों को कभी न कभी नुक़सान होता ही है। लेकिन मेरा मतलब यह है कि परिष्कृत निवेशक चढ़ते और गिरते दोनों तरह के बाज़ारों में जीतने में *सक्षम* होता है। औसत निवेशक के पास सिर्फ़ चढ़ते बाज़ार में जीतने की रणनीति होती है और वह गिरते बाज़ार में नुक़सान उठाता है। परिष्कृत निवेशक उस तरह के वित्तीय नुक़सान को पसंद नहीं करता है, जो औसत निवेशक को होता है। परिष्कृत निवेशक हमेशा सही नहीं होता है और उसे भी नुक़सान हो सकता है ... लेकिन फ़र्क़ यह है कि उसके प्रशिक्षण, योग्यताओं, साधनों और रणनीतियों के कारण उसका नुक़सान आम तौर पर काफ़ी कम होता है और उसका लाभ आम निवेशक की तुलना में काफ़ी ज़्यादा होता है।"

बरसों तक यह मुझे अजीब लगता रहा कि लोग अपनी मेहनत की कमाई का निवेश करते हैं, लेकिन निवेश करना सीखने में ज़्यादा समय नहीं लगाते हैं। अमीर डैडी के साथ इतने बरस रहने के बाद मैं यह कभी नहीं समझ पाया कि इतने सारे लोग ज़िंदगी भर कड़ी मेहनत क्यों करते हैं। इसके बजाय वे अपने पैसे से अपने लिए कड़ी मेहनत करवाना क्यों नहीं सीखते हैं। और जब वे अपनी मेहनत की कमाई का शेयर बाज़ार में निवेश कर देते हैं, तो वे नुक़सान से बचने के लिए कोई बीमा क्यों नहीं करवाते हैं और ख़ुद ही सारा जोखिम लेने के इच्छुक क्यों रहते हैं। मैंने अपने ग़रीब डैडी के बारे में सोचा, जिन्होंने कड़ी मेहनत की थी और जो हमेशा कहते थे, "निवेश ख़तरनाक होता है।" वे बिना किसी निवेश संबंधी शोध या प्रशिक्षण के यह बात कहा करते थे। अमीर डैडी ने मुझे सिखाया कि रियल एस्टेट में सुरक्षित तरीक़े से निवेश कैसे किया जाए और अब वे मुझे यह सिखा रहे थे कि पेपर एसेट्स में सुरक्षित तरीक़े से निवेश कैसे किया जा सकता है।

"तो यह ज़रूरी नहीं है कि शेयर बाज़ार में निवेश करना ख़तरनाक हो?" मैंने ज़्यादा स्पष्ट करवाने के लिए पूछा।

"नहीं। बिलकुल नहीं," अमीर डैडी बोले।

"फिर भी लाखों-करोड़ों लोग बिना किसी शिक्षा या नुक़सान से बिना किसी बचाव के निवेश करते हैं और इसी कारण वे ख़तरनाक निवेशक बन जाते हैं।"

"बेहद ख़तरनाक," अमीर डैडी ने कहा। "इसीलिए मैंने पूछा था कि क्या तुम्हारे रियल एस्टेट निवेशों का बीमा है। मैं जानता था कि बीमा होगा, क्योंकि यह तुम्हारे बैंकर की शर्त होगी। लेकिन शेयर बाज़ार में औसत व्यक्ति के पास कोई बीमा नहीं होता है। लाखों लोग भयंकर नुक़सान से बचाव के बीमे के बिना अपने भावी रिटायरमेंट के लिए निवेश कर रहे हैं। यह ख़तरनाक है। बहुत ख़तरनाक है।"

मैंने पूछा, "तो वित्तीय सलाहकार, ब्रोकर्स और म्यूचुअल फ़ंड के सेल्समैन उन्हें यह बात क्यों नहीं बताते हैं?"

"मैं नहीं जानता," अमीर डैडी ने कहा। "मैं अक्सर इस बारे में हैरान हुआ हूँ। मैं सोचता हूँ, इसका कारण यह है कि ज़्यादातर वित्तीय सलाहकार, ब्रोकर्स और म्यूचुअल फ़ंड सलाहकार दरअसल ख़ुद निवेशक नहीं होते हैं, परिष्कृत निवेशक की बात तो रहने ही दें। ज़्यादातर वित्तीय सेवाओं वाले लोग तनख़्वाह या कमीशन वाले सेल्समैन हैं, जो उसी तरह अपनी तनख़्वाह के लिए काम कर रहे हैं, जिस तरह उनके ग्राहक अपनी तनख़्वाह के लिए काम कर रहे हैं।"

"और वे दूसरे लोगों यानी औसत निवेशकों को सलाह देते हैं," मैंने कहा। "अपनी ही तरह के लोगों को।"

अमीर डैडी ने सिर हिलाया। "परिष्कृत निवेशक चढ़ते और गिरते दोनों

तरह के बाज़ार में पैसे बना सकता है। औसत निवेशक कभी-कभार चढ़ते बाज़ार में पैसे बनाता है और गिरते बाज़ार में पैसे गँवाता है। फिर बहुत सा पैसा गँवाने के बाद औसत निवेशक अपने सलाहकार के पास जाकर पूछता है, 'अब मैं क्या करूँ?' "

मैंने पूछा, "और उनका ब्रोकर क्या कहता है?"

"वह अक्सर कहता है, 'शांत रहो, बाज़ार कुछ महीनों में सुधर जाएगा।' या फिर वह कहता है, 'और ख़रीदकर एवरेजिंग कर लो।' "

"आप ऐसा नहीं करते हैं," मैंने कहा।

"नहीं," अमीर डैडी ने कहा। "मैं ऐसा नहीं करता हूँ। लेकिन औसत निवेशक करता है।"

"आप मुझे यह बता रहे हैं कि मैं कम जोखिम के साथ निवेश कर सकता हूँ और शेयर बाज़ार में ज़्यादा पैसे बना सकता हूँ।"

अमीर डैडी ने कहा, "यह सही है। इसके लिए तुम्हें तो बस इतना करना है कि तुम औसत निवेशक न बनो।"

## शब्द जो आपको अमीर बनाते हैं

रिच डैड सीरीज़ की चौथी पुस्तक *रिच डैड्स गाइड टु इनवेस्टिंग* में मैंने लिखा था कि ग़रीब और मध्य वर्गीय लोग मूलतः म्यूचुअल फ़ंड में निवेश करते हैं। फिर मैंने लिखा था कि अमीर लोग हेज फ़ंड को ज़्यादा पसंद करते हैं। एक बार फिर, खेल में शब्दों की शक्ति महत्पूर्ण है। *हेज* शब्द परिष्कृत निवेशक के लिए एक महत्त्वपूर्ण शब्द होता है। म्यूचुअल फ़ंड और हेज फ़ंड में ज़मीन-आसमान का फ़र्क़ होता है। हममें से ज़्यादातर लोगों ने सुना है, "अपने दाँव को सुरक्षित रखो।" इस संदर्भ में *हेज* शब्द का मतलब *बीमा* होता है। जिस तरह माली चरने वाले जानवरों से अपने बगीचे को सुरक्षित रखने के लिए *हेज* यानी बाड़ लगाता है, उसी तरह परिष्कृत निवेशक भी अपनी संपत्तियों की रक्षा करने के लिए *हेज* लगा लेता है।

सरल भाषा में, इस संदर्भ में *हेज* शब्द का मतलब नुक़सान से सुरक्षा है। जिस तरह आपको बीमे के बिना कार नहीं चलानी चाहिए, उसी तरह निवेशक के रूप में आपको बड़े नुक़सान से अपनी रक्षा करने के लिए बिना हेज या बीमे के निवेश नहीं करना चाहिए। हालाँकि यह कॉमन सेंस की बात है, लेकिन फिर भी औसत निवेशक *नेकेड* निवेश करता है, जो परिष्कृत निवेशकों द्वारा प्रयुक्त एक और शब्द है। इस संदर्भ में *नेकेड* शब्द का मतलब इंसान के नग्न शरीर से नहीं है। इसका मतलब तो ऐसी संपत्ति है, जिसमें नुक़सान से बचाव का कोई प्रावधान नहीं होता है। परिष्कृत निवेशक *नेकेड*

निवेश को पसंद नहीं करता है, जिसका मतलब है अनावश्यक जोखिम लेना। परिष्कृत निवेशक अपने वित्तीय निवेशों को ढँककर सुरक्षित रखता है। जिस तरह बीमा सेल्समैन पूछता है, "क्या आप कवर्ड हैं?" ... उसी तरह परिष्कृत निवेशक भी ख़ुद से यही सवाल पूछते हैं। आम तौर पर औसत निवेशक और म्यूचुअल फ़ंड निवेशक *नेकेड* निवेश करते हैं, क्योंकि उनके पास नुक़सान के ख़िलाफ़ *कवर* नहीं है।

## अपनी संपत्तियों की सुरक्षा न करना ख़तरनाक है

कुछ दिनों पहले मैं निवेशकों के लिए होने वाली कॉन्फ्रेंस में भाषण देने गया। प्रमुख वक्ता एक बहुत मशहूर टेलीविज़न हस्ती थी, जो एक बड़े वित्तीय टेलीविज़न नेटवर्क की रिपोर्टर थी। उसका भाषण ज्ञानवर्धक था और मैंने काफ़ी कुछ सीखा। बहरहाल, मुझे उसकी यह बात बड़ी दिलचस्प लगी कि वह सिर्फ़ म्यूचुअल फ़ंड्स में ही निवेश करती है।

अचानक एक श्रोता ने अपना हाथ उठाकर सवाल पूछा, "क्या आपको अपराधबोध नहीं होता है कि आप उन बिलियनों डॉलर के नुक़सान के लिए ज़िम्मेदार हैं, जो आपके दर्शकों ने शेयर बाज़ार में गँवाए हैं?" उसकी आवाज़ में ग़ुस्सा था और उसके बोलते समय मुझे यह एहसास हो गया कि कई निवेशक उसके साथ थे। ऐसा लग रहा था कि कई निवेशक इस कॉन्फ्रेंस में यह सीखने नहीं आए थे कि उन्हें अपना पैसा कहाँ निवेश करना चाहिए, बल्कि यह पता लगाने आए थे कि उनके उस पैसे का क्या हुआ, जो उन्होंने गँवा दिया था।

"मुझे अपराधबोध क्यों होना चाहिए?" उसने जवाब दिया। "मेरा काम आपको जानकारी देना है और मैं आपको बहुत सी जानकारियाँ देती हूँ। मैं आपको निवेश सलाह नहीं देती हूँ। मैं तो आपको सिर्फ़ बाज़ार की जानकारी देती हूँ। आप यह क्यों कहते हैं कि मुझे अपराधबोध होना चाहिए?"

"क्योंकि आप उस बुल मार्केट के उछाल में चियरलीडर थीं?" नाराज़ श्रोता बोला। "क्योंकि आपके ही कारण मैं निवेश करता रहा और अब मैं अपना सब कुछ गँवा चुका हूँ।"

"मैं चियरलीडर नहीं थी," उस महिला ने कहा। "मैं तो सिर्फ़ चढ़ते बाज़ार में आपको जानकारी दे रही थी, जिस तरह आज लुढ़कते बाज़ार में दे रही हूँ।"

अगले पाँच मिनट तक कमरे में ग़ुस्सा धधकता रहा। कुछ लोग ग़ुस्सैल प्रतिभागी से सहमत थे और बाक़ी उस महिला रिपोर्टर के पक्ष में थे। आख़िरकार माहौल शांत हुआ। टेलीविज़न रिपोर्टर ने और सवाल आमंत्रित किए। एक हाथ ऊपर हुआ और उस व्यक्ति ने पूछा, "आपने अपने श्रोताओं को यह क्यों नहीं बताया कि वे ऑप्शन्स का प्रयोग करके अपने जोखिम को

कम कर लें?" यह प्रतिभागी नाराज़ नहीं था। उसकी आवाज़ में तो सिर्फ़ जिज्ञासा झलक रही थी और वह श्रोताओं को यह बताना चाहता था कि वे ऑप्शन्स का प्रयोग करके अपने जोखिम को कम कर सकते थे।

"ऑप्शन्स?" उस रिपोर्टर ने कहा। "मैं उन्हें ऑप्शन्स के बारे में क्यों बताती?"

उसने कहा, "बियर मार्केट में नुक़सान से बचने के लिए।"

"ओह, मैं ऐसा कभी नहीं करूँगी," रिपोर्टर ने जवाब दिया। "ऑप्शन्स बहुत ख़तरनाक होते हैं। कोई और सवाल?" इसके साथ ही उसने ऑप्शन्स की बात उठाने वाले व्यक्ति को बैठने का संकेत किया।

मैं जो सुन रहा था, मुझे उस पर यक़ीन नहीं हुआ। यह टीवी रिपोर्टर वित्तीय पत्रकारिता के क्षेत्र में बहुत सम्मानित हस्ती थी। कई लोग निवेश सलाह के लिए उसकी ओर देखते थे और वह कह रही थी, "ऑप्शन्स ख़तरनाक होते हैं।" मेरे हिसाब से अपनी संपत्तियों को सुरक्षित नहीं रखना ख़तरनाक होता है। मेरे हिसाब से वित्तीय अज्ञान ख़तरनाक होता है। ऑप्शन्स का प्रयोग करके अपने पेपर एसेट्स की रक्षा कैसे की जाती है, यह जानना सरल है और इसे करना भी ख़ास मुश्किल नहीं है। दरअसल, अगर आपके पास एक अच्छा ब्रोकर हो, तो यह प्रक्रिया काफ़ी आसान होती है। कोई बच्चा भी यह कर सकता है। आपको तो बस कुछ नए शब्दों की परिभाषाएँ सीखना है, एक अच्छा ब्रोकर खोजना है और फिर कुछ अनुभव हासिल करने के लिए छोटी शुरुआत करनी है। इसके बजाय मैंने हॉल में कई हज़ार लोगों को सिर हिलाकर इस बात से सहमत होते देखा कि ऑप्शन्स में निवेश करना ख़तरनाक होता है।

जब मैंने वहाँ बैठकर उसके वफ़ादार समर्थकों को सहमति में सिर हिलाते देखा कि ऑप्शन्स ख़तरनाक होते हैं, तो मेरा दिमाग़ अमीर डैडी के पुराने सबक़ की ओर गया, जब उन्होंने मुझे पेपर एसेट्स में निवेश करने के बारे में सिखाया था। मुझे उनकी बात याद आ गई, "सैकड़ों साल पहले प्राचीन जापान में किसान अपने चावल की फ़सल के भाव को सुरक्षित रखने के लिए ऑप्शन्स का प्रयोग करते थे।"

"सैकड़ों साल पहले?" मैंने पूछा। "सैकड़ों साल पहले वे नुक़सान से हेजिंग करने के लिए ऑप्शन्स का प्रयोग करते थे?"

अमीर डैडी ने सिर हिलाया, "हाँ, सैकड़ों साल पहले। कृषि युग में स्मार्ट बिज़नेसमैन अपने बिज़नेस को नुक़सान से सुरक्षित रखने के लिए ऑप्शन्स का प्रयोग करते थे। स्मार्ट बिज़नेसमैन आज तक ऐसा कर रहे हैं।"

मेरा दिमाग़ शिकागो के उस कमरे में लौटा, जहाँ टीवी पत्रकार बोल रही थी। मैंने ख़ुद से कहा, "अगर स्मार्ट बिज़नेसमैन बरसों से ऑप्शन्स का प्रयोग कर रहे हैं, तो ऐसा क्यों है कि यह बहुत प्रभावशाली महिला अपने दर्शकों को ग़लत जानकारी दे रही है?" फिर मैंने ख़ुद से पूछा, "ज़्यादा ख़तरनाक क्या

है ? ऑप्शन्स ख़रीदकर बीमा करना ? या फिर शेयर या म्यूचुअल फ़ंड ख़रीदकर उसका भाव 40 से 60 प्रतिशत, यहाँ तक कि 90 प्रतिशत गिरते देखना और अपनी सुरक्षा न करना ? मेरा बैंकर मेरी रियल एस्टेट का बीमा अनिवार्यतः करवाता है। फिर पेपर एसेट उद्योग में यह ज़रूरी क्यों नहीं होता है कि सभी निवेशक अपने पेपर एसेट्स का बीमा ख़रीदें ... ऐसी संपत्तियाँ, जिन पर लाखों लोग अपने बुढ़ापे के लिए आस लगाए हैं ?" आज तक मेरे पास इन सवालों के जवाब नहीं हैं। जैसा मैंने पहले कहा था, अगर आपका मकान जल जाता है, तो इसे एक साल से कम समय में दोबारा बनवाया जा सकता है और इसका ख़र्च आपकी बीमा कंपनी देगी। लेकिन अगर आपके रिटायर होने के बाद शेयर बाज़ार के क्रैश में आपका रिटायरमेंट प्लान खल्लास हो जाता है, तो आप क्या करेंगे ? दोबारा ख़रीदेंगे, रोककर रखेंगे और प्रार्थना करेंगे ? एक और बुल मार्केट की उम्मीद करेंगे ? मैं लगातार हैरान होता हूँ कि रियल एस्टेट बैंकर अनिवार्य रूप से निवेशकों से बीमा करवाने की शर्त रखते हैं, लेकिन पेपर एसेट उद्योग में ऐसी कोई शर्त नहीं होती है। मुझे आश्चर्य होता है कि प्रोफ़ेशनल निवेशक तो बीमे के साथ निवेश करते हैं, जबकि औसत निवेशक, जो रिटायरमेंट के बाद अपनी वित्तीय सुरक्षा को शेयर बाज़ार में दाँव पर लगा रहा है, बिना सुरक्षा के नेकेड निवेश क्यों करता है ?

## बीमे की शब्दावली

अगर आप जवानी में अमीर बनकर रिटायर होना चाहते हैं, तो यह महत्वपूर्ण है कि आप यह सीखने में कुछ समय लगाएँ कि अपनी संपत्तियों को कैसे सुरक्षित रखना है, ख़ासकर तब जब आप पेपर एसेट्स में अपनी संपत्ति रखने की योजना बना रहे हों। मेरे अमीर डैडी के अनुसार आप "परिष्कृत निवेशक की भाषा" सीखकर और समझकर ऐसा कर सकते हैं। अपने निवेश सेमिनारों में मैं इसे बीमे की शब्दावली कहता हूँ।

इन शब्दों में जाने से पहले मेरे हिसाब से कुछ अन्य शब्दों पर ग़ौर करना महत्वपूर्ण है। नीचे कुछ शब्द दिए गए हैं, जिन्हें बीमे के शब्दों में जाने से पहले परिभाषित करने की ज़रूरत है :

1. निवेशक और ट्रेडर : ख़ुद को निवेशक मानने वाले ज़्यादातर लोग दरअसल ट्रेडर होते हैं। जिस तरह ज़्यादातर लोग अपने दायित्वों को अपनी संपत्तियाँ मान लेते हैं, उसी तरह कई निवेशक निवेशक न होकर ट्रेडर्स होते हैं। एक और बात, जो लोग ख़ुद को *निवेशक* मानते हैं, उनमें से कई दरअसल *बचत करने वाले* होते हैं। इसीलिए ज़्यादातर लोगों के पास 401 (k) रिटायरमेंट योजना या आईआरए, कियोघ प्लान्स होते हैं। वे अक्सर कहते हैं, "मैं रिटायरमेंट के लिए बचा रहा हूँ।" बचत करने वाला बस अपना पैसा किसी अकाउंट में डाल देता है और इसके अलावा कुछ नहीं करता है। निवेशक वह

व्यक्ति होता है, जो अपने पोर्टफ़ोलियो या अकाउंट का सक्रिय प्रबंधन करता है।

तो निवेशक और ट्रेडर में क्या फ़र्क़ होता है? निवेशक रोककर रखने के लिए ख़रीदता है और ट्रेडर बेचने के लिए ख़रीदता है। जब कोई व्यक्ति कहता है, "मैंने यह शेयर या रियल एस्टेट इसलिए ख़रीदी है, क्योंकि मैं जानता हूँ कि भाव बढ़ रहा है," तो मैं जान जाता हूँ कि वह दरअसल एक ट्रेडर है ... दूसरे शब्दों में वह सिर्फ़ लाभ कमाने के लिए ख़रीद रहा है, इस्तेमाल करने के लिए नहीं ख़रीद रहा है। इसीलिए मैं कहता हूँ कि ज़्यादातर लोग निवेशक नहीं, ट्रेडर होते हैं। ट्रेडर आम तौर पर चाहता है कि उसकी संपत्ति का भाव बढ़ जाए, ताकि वह मुनाफ़े में उसे बेच सके। निवेशक यह चाहता है कि उसका पैसा जल्दी से जल्दी लौट आए और वह अपनी संपत्ति को भी अपने पास रख सके। अमीर डैडी ने कहा था, "निवेशक भेड़ को उसके दूध और मेमनों के लिए ख़रीदता है। ट्रेडर भेड़ को उसके माँस के लिए ख़रीदता है।"

अगर आप निवेश की दुनिया में सफल होना चाहते हैं, भले ही यह पेपर एसेट्स हो, व्यवसाय हो या रियल एस्टेट हो, तो आपको निवेशक और ट्रेडर दोनों बनने की ज़रूरत है। निवेशक जानता है कि निवेश का विश्लेषण और प्रबंधन कैसे करना है, जबकि ट्रेडर यह जानता है कि कैसे और कब ख़रीदना-बेचना है। निवेशक आम तौर पर किसी संपत्ति से कैशफ़्लो चाहता है, जबकि ट्रेडर सस्ते में ख़रीदकर और महँगे में बेचकर लाभ कमाना चाहता है।

2. फ़ंडामेंटल निवेशक बनाम टेक्निकल निवेशक : फ़ंडामेंटल निवेशक किसी कंपनी या जायदाद का फ़ाइनैंशियल स्टेटमेंट देखता है। फ़ंडामेंटल निवेशक अक्सर आमदनी, मैनेजमेंट टीम और किसी व्यवसाय की दीर्घकालीन संभावनाओं की चिंता करता है। विशुद्ध टेक्निकल निवेशक को कंपनी के फ़ंडामेंटल्स की परवाह नहीं होती है। उसे तो यह परवाह भी नहीं होती है कि कंपनी लाभकारी है या नहीं या उसका मैनेजमेंट अच्छा है या नहीं। टेक्निकल निवेशक तो सिर्फ़ उस वक़्त बाज़ार के मूड की चिंता करता है। जहाँ फ़ंडामेंटल निवेशक फ़ाइनैंशियल स्टेटमेंट्स को देखता है, वहीं टेक्निकल निवेशक बाज़ार का मूड बताने वाले ऐतिहासिक चार्ट देखता है। इस अध्याय में बाद में कुछ चार्ट भी दिए जाएँगे, जिन्हें आप देख सकते हैं।

टेक्निकल निवेशक अच्छा टेक्निकल निवेशक होने के बावजूद पैसे गँवा सकता है, क्योंकि उसमें सही फ़ंडामेंटल्स की कमी होती है। कई "डे-ट्रेडर्स" अंततः पैसे गँवा देते हैं या दिवालिया हो जाते हैं, क्योंकि उनके व्यक्तिगत धन प्रबंधन फ़ंडामेंटल्स गड़बड़ होते हैं। यही फ़ंडामेंटल निवेशकों के बारे में सही है। कई फ़ंडामेंटल निवेशक हैरान होते हैं कि अच्छी, दमदार, लाभकारी कंपनियों में निवेश क़रने के बावजूद उन्हें कमाई क्यों नहीं हो रही है या उल्टे नुक़सान क्यों हो रहा है। कई फ़ंडामेंटल निवेशक अच्छे फ़ंडामेंटल्स वाली कंपनियों में निवेश करने के बावजूद नुक़सान इसलिए उठाते हैं, क्योंकि उन्हें टेक्निकल ट्रेडिंग का

ज्ञान नहीं होता है।

सच्चाई यह है कि अमीर डैडी अपने बेटे और मुझे सुयोग्य या परिष्कृत निवेशक बनाना चाहते थे, जिसमें अच्छी फ़ंडामेंटल योग्यताओं के साथ-साथ अच्छी टेक्निकल योग्यताएँ भी हों।

3. औसत निवेशक बनाम परिष्कृत निवेशक : औसत निवेशक को बहुत कम जानकारी होती है कि फ़ाइनैंशियल स्टेटमेंट क्या होता है। औसत निवेशक के हिसाब से तो यही बेहतर होता है कि वह लंबे समय के लिए निवेश करे, अपने पोर्टफ़ोलियो को डि-वर्सिफ़ाई करे, म्यूचुअल फ़ंड्स में निवेश करे तथा फिर ख़रीदे, रोके और प्रार्थना करे। परिष्कृत निवेशक वह होता है, जिसके पास पैसा तो होता ही है, साथ ही फ़ंडामेंटल निवेश तकनीकों और टेक्निकल ट्रेडिंग की तकनीकों की समझ भी होती है।

## वे शब्द, जो आपको हर तरह के बाज़ार में जिता सकते हैं

अगर आप जवानी में अमीर बनकर रिटायर होना चाहते हैं, तो भयंकर नुक़सान से अपनी संपत्तियों का बीमा करवाना या उन्हें सुरक्षित रखना अनिवार्य है। पेपर एसेट्स का औसत निवेशक कभी सुरक्षित महसूस नहीं करता है। इसीलिए औसत निवेशक को लगता है कि निवेश करना ख़तरनाक है और उसके लिए यह सही बात भी है। असुरक्षित महसूस करने की वजह से वह अपना पैसा फ़ंड मैनेजर या किसी ब्रोकर या फ़ाइनैंशियल प्लानर के हवाले कर देता है। फिर वह यह उम्मीद और प्रार्थना करता है कि वह व्यक्ति उसे बाज़ार के हादसों से सुरक्षित रखेगा। समस्या यह है कि औसत म्यूचुअल फ़ंड मैनेजर या स्टॉक ब्रोकर उन्हें क्रैश से सुरक्षित नहीं रख सकता, न ही वह तिरछे चलने वाले बाज़ार में पैसा बना सकता है।

किसी भी तरह के बाज़ार में जीतने और अपनी संपत्तियों को सुरक्षित रखने का तरीक़ा फ़ंडामेंटल और टेक्निकल निवेशक की शब्दावली सीखना और सचमुच समझना है, ख़ास तौर पर पेपर एसेट्स में। ऐसा करना आसान है, बशर्ते आप थोड़ा समय लगाएँ। जिस तरह रियल एस्टेट बैंकर आपको लोन देने से पहले आपका फ़ाइनैंशियल स्टेटमेंट देखना चाहता है (यानी फ़ंडामेंटल चीज़) और वह चाहता है कि आपके पास रियल एस्टेट के निवेश का मालिकाना हक़ और बीमा हो (यानी टेक्निकल या जोखिम का बीमा हो), उसी तरह पेपर एसेट्स में निवेश करते समय आपको भी करना चाहिए। आप ऐसा तभी कर सकते हैं, जब आप पेपर एसेट्स में निवेश करते समय बीमे के शब्दों को समझ लें। इनमें से कुछ शब्द हैं :

1. रुझान (trend)

2. मूविंग एवरेज
3. स्टॉप ऑर्डर
4. कॉल ऑप्शन्स
5. पुट ऑप्शन्स
6. स्ट्रैडल या कॉलर
7. शॉर्ट करना
8. और कई अन्य शब्द

औसत निवेशक ने शायद इनमें से कुछ शब्द सुने होंगे, लेकिन उसने उनका मतलब नहीं समझा होगा या कभी उनका इस्तेमाल नहीं किया होगा। कई औसत निवेशक यह कहकर इन बहुत महत्वपूर्ण शब्दों को नकार देते हैं, "यह बहुत ख़तरनाक है।" किसी चीज़ को ख़तरनाक कहने का मतलब यह भी हो सकता है, "मैं इतना आलसी हूँ कि इस विषय का अध्ययन ही नहीं करना चाहता।"

## आपको क्या पता होना चाहिए

अगर आप पेपर एसेट्स में अपनी दौलत रखना चाहते हैं, तो आपको पता होना चाहिए कि बाज़ार लुढ़कने से अपने पेपर एसेट्स का बीमा कैसे किया जाता है। नीचे बताया गया है कि आपको क्या जानना चाहिए। एक बार फिर, यह शब्दों से शुरू होता है।

## रुझान

हर परिष्कृत निवेशक को रुझान (trend) की जानकारी होनी चाहिए। परिष्कृत निवेशकों में एक कहावत बड़ी लोकप्रिय है, "रुझान आपका दोस्त होता है।" इस कहावत को याद रखें और इसका सदुपयोग करें।

रुझान क्या होता है? इसे स्पष्ट करने का सबसे अच्छा तरीक़ा आपको एक कहानी बताना है। जब मैं किशोर था और हवाई में बड़ा हो रहा था, तो मेरे ज़्यादातर दोस्त बड़ी लहरों पर सर्फ़िंग करने का प्रशिक्षण ले रहे थे। हर जाड़े में जब उत्तर से बड़ी लहरें आती थीं, तो हम अपने साहस का सबूत देने और अपनी योग्यताओं को सुधारने के लिए पानी में चले जाते थे। एक बार मैदानी इलाक़े का एक नया विद्यार्थी वहाँ आया। वह गर्मी की छोटी लहरों पर अच्छी सर्फ़िंग कर लेता था। जब जाड़ा आया, तो वह पानी में यह सोचकर उतरा कि कुछ नहीं बदला है, सिर्फ़ लहरों की ऊँचाई बदली है। बड़ी लहर पर पहली चढ़ाई में वह नियंत्रण खो बैठा और लहर के नीचे पहुँच गया। बड़ी लहर उसके ऊपर चढ़ गई और वह काफ़ी समय तक नज़र नहीं आया। आख़िरकार, वह हमसे कुछ दूरी पर दिखा। वह हाँफते हुए तैर रहा था। उसके साथ सर्फ़िंग कर रहे लोगों

यानी हमने जो देखा, उस पर हमें यक़ीन नहीं हुआ। हमें यह यक़ीन नहीं हुआ कि वह बहाव के ख़िलाफ़ तैरने की कोशिश कर रहा था। आख़िर हममें से एक बोल ही पड़ा, "ओह, नहीं। मैं यक़ीन नहीं कर सकता कि वह बहाव के ख़िलाफ़ तैरने की कोशिश कर रहा है। कोई भी तैराक इतना शक्तिशाली नहीं होता है।"

जब बड़ी लहरें किनारे से टकराती हैं, तो उस पानी को समुद्र तक लौटने का तरीक़ा खोजना होता है। पानी के समुद्र तक लौटने के कारण एक रिप करेंट उत्पन्न होता है। ऐसा लगता है, जैसे समुद्र तट के पास एक नदी चल रही है और फिर समुद्र में मिल रही है। टापुओं पर बड़े होने के कारण हम लोग जानते थे कि कैसे ख़ुद को ढीला छोड़ना है, ताकि वह धारा हमें ज़्यादा गहरे पानी तक ले जाए। जब धारा का प्रवाह कम हो जाता था, तो हम जानते थे कि हम ज़्यादा सुरक्षित धारा में तैर सकते हैं या सर्फ़िंग कर सकते हैं। हमारा नया दोस्त यह नहीं जानता था कि रिप करेंट कितना शक्तिशाली हो सकता है। बहाव के साथ बहने के बजाय उसने इससे संघर्ष करने की कोशिश की। परिणाम यह हुआ कि वह थक गया और डूबते-डूबते बचा। यही नए निवेशकों के साथ होता है।

निवेश के चक्र भी समुद्र की लहरों की तरह ही आते हैं। लहरों की तरह ही वे भी मौसम के साथ बदलते रहते हैं। सर्फ़िंग करने वालों को मौसम के हर परिवर्तन के साथ लहरों और पानी की शक्ति में हुए परिवर्तन का सम्मान करना होता है। परिष्कृत निवेशक भी यही काम करते हैं। इसीलिए परिष्कृत निवेशक कहते हैं, "रुझान आपका दोस्त होता है।" जिस तरह अनुभवी सर्फ़र यह सीखते हैं कि लहरों या धाराओं के ख़िलाफ़ नहीं तैरना चाहिए, उसी तरह परिष्कृत निवेशक रुझानों के साथ जाते हैं। बहरहाल, सही समय आने पर वे अपनी रणनीतियाँ बदल लेते हैं या बहुत गड़बड़ परिस्थितियों में किनारे पर खड़े हो जाते हैं। औसत निवेशक ख़रीदते और रोककर रखते हैं, भाव गिरने पर ख़रीद लेते हैं या जब उनकी पिटाई होती है, तो अपने ब्रोकर को फ़ोन करके पूछते हैं, "क्या तलहटी आ चुकी है?"

## तीन मूलभूत रुझान

तीन मूलभूत रुझान होते हैं, जो पेपर एसेट्स और बाक़ी सभी निवेश साधनों को प्रभावित करते हैं। एक है चढ़ता बाज़ार, जिसे अक्सर बुल मार्केट कहा जाता है। दूसरा रुझान है गिरता बाज़ार, जिसे बियर मार्केट कहा जाता है। तीसरा रुझान है झूलता बाज़ार, जो न नीचे गिरता है, न ऊपर चढ़ता है, बल्कि तिरछा चलता है। परिष्कृत निवेशक अलग-अलग रुझानों के लिए अलग-अलग रणनीतियों का प्रयोग करता है। औसत निवेशक के पास सिर्फ़ एक ही रणनीति होती है और वह इसी का प्रयोग तीनों रुझानों में करता है। इसीलिए वह अंततः नुक़सान उठाता है। लंबे समय के लिए निवेश करने का विचार बुनियादी तौर पर अच्छा है, लेकिन सिर्फ़ एक ही रणनीति से दीर्घकालीन निवेश करना

पराजितों की निवेश तकनीक है।

जानवर भी मौसम के बदलावों के बारे में जागरूक रहते हैं। जब जाड़े की पहली ठंडक आती है, तो ज़्यादातर जानवर जान जाते हैं कि उन्हें जाड़े के लिए परिवर्तन की तैयारी करने की ज़रूरत है। यही परिष्कृत निवेशकों के बारे में भी सही है। सिर्फ़ औसत निवेशक ही अपने वित्तीय सलाहकार के शब्दों पर यक़ीन करता है, “लंबे समय के लिए निवेश करो। भले ही बाज़ार नीचे जा रहा हो, लेकिन ख़रीदो और रोककर रखो।” जब जानवर तक यह जान लेते हैं कि कब स्थिति बदलती है, तो फिर इंसान इतने स्मार्ट क्यों नहीं होते हैं?

## मूविंग एवरेज

रुझान ख़रीदारों और बेचने वालों द्वारा तय होते हैं। अगर ख़रीदने वाले ज़्यादा हैं, तो रुझान ऊपर की तरफ़ होगा। अगर बेचने वाले ज़्यादा हैं, तो रुझान नीचे की तरफ़ होगा। औसत निवेशक राहत महसूस करता है, जब उसका वित्तीय सलाहकार उसे बताता है, “बाज़ार पिछले चालीस सालों से ऊपर गया है।” परिष्कृत निवेशक दीर्घकालीन एवरेज नहीं देखता है, वह तो मूविंग एवरेज देखता है। जिस तरह सर्फ़र हर दिन लहरों का उठना और गिरना देखता है, उसी तरह परिष्कृत निवेशक बाज़ार में पैसा अंदर आने और बाहर जाने के उतार-चढ़ाव देखता है। परिष्कृत निवेशक चार्ट देखता है, क्योंकि ये चार्ट उसे बता देते हैं कि रणनीति कब बदलनी है।

नीचे दिया गया डायग्राम मूविंग एवरेज का है। जैसा कि पहले बताया जा चुका है, फ़ंडामेंटल निवेशक फ़ाइनैंशियल स्टेटमेंट्स और मैनेजमेंट टीम देखते हैं, जबकि टेक्निकल निवेशक चार्ट देखते हैं और वे नीचे दिया गया डायग्राम भी देखते हैं।

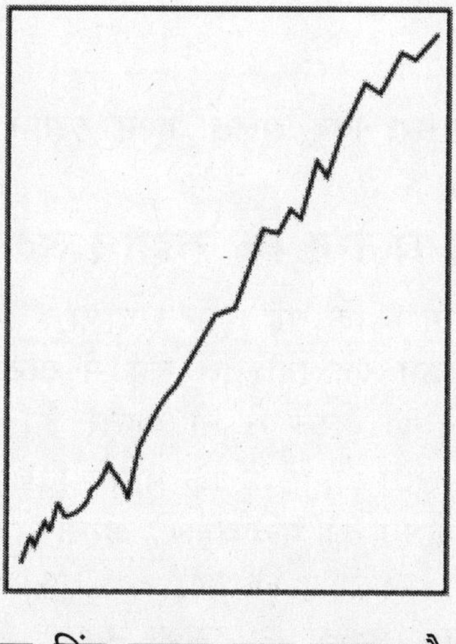

पहला बिंदु चढ़ता हुआ रुझान है।

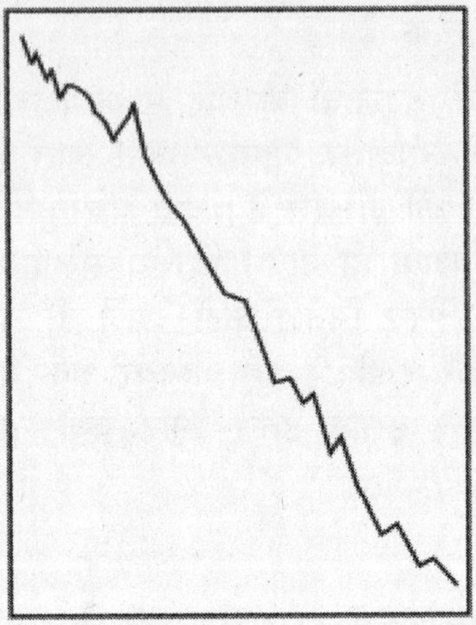

दूसरा बिंदु गिरता हुआ रुझान है

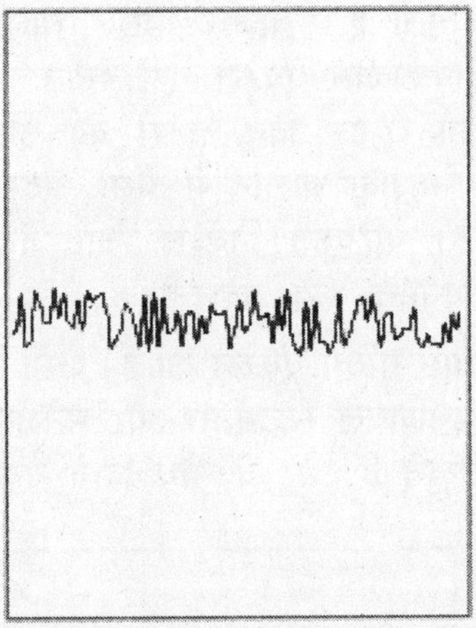

तीसरा बिंदु झूलता हुआ रुझान है।

## आपको कैसे पता चलेगा कि रुझान बदल रहा है?

क्या बाज़ार संकेत दे देता है कि यह बदलने वाला है? जवाब है हाँ। यह सटीक विज्ञान तो नहीं है, लेकिन यह निश्चित रूप से अटकलों, अनुमानों और हॉट टिप्स के आधार पर निवेश करने से तो बेहतर है।

हममें से ज़्यादातर लोग जानते हैं कि मौसम-विज्ञानी तूफ़ान की भविष्यवाणी कर सकते हैं। हालाँकि मौसम की भविष्यवाणी करना सटीक विज्ञान नहीं है, लेकिन हमें पर्याप्त चेतावनी मिल जाती है कि कोई बड़ा तूफ़ान आने वाला है। टेक्निकल ट्रेडर भी लगभग यही कर सकता है। इसका मतलब है कि जब औसत निवेशक

शेयर रोककर प्रार्थना करता है कि बाज़ार ऊपर बना रहे, उस वक़्त प्रोफ़ेशनल निवेशक बेचने लगते हैं, ताकि तूफ़ान आने से पहले वे सुरक्षित हो जाएँ।

टेक्निकल ट्रेडर कई चीज़ों पर नज़र रखता है। नीचे दिए गए चार्ट एक मशहूर पैटर्न दिखाते हैं, जिसकी तलाश टेक्निकल निवेशक करता है।

## डबल टॉप

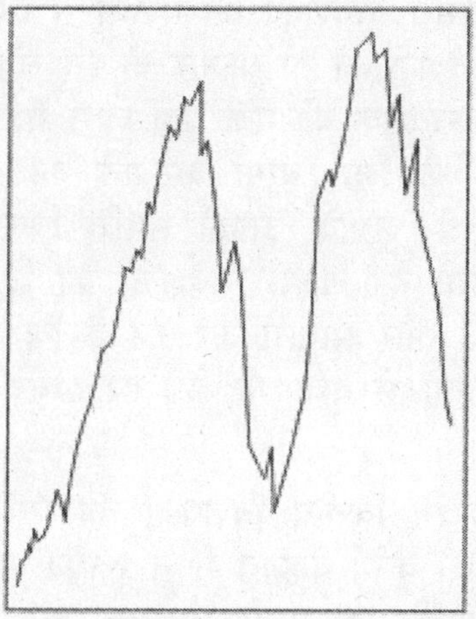

टेक्निकल ट्रेडर्स इस चार्ट को डबल टॉप कहते हैं। इस पैटर्न को देखते ही टेक्निकल निवेशक सावधान हो जाते हैं और अपनी निवेश रणनीतियाँ बदलने लगते हैं या बाज़ार से पूरी तरह बाहर निकल जाते हैं। ग़ौर से देखें, डबल टॉप के बाद शेयर का भाव तेज़ी से लुढ़का था।

## डबल बॉटम

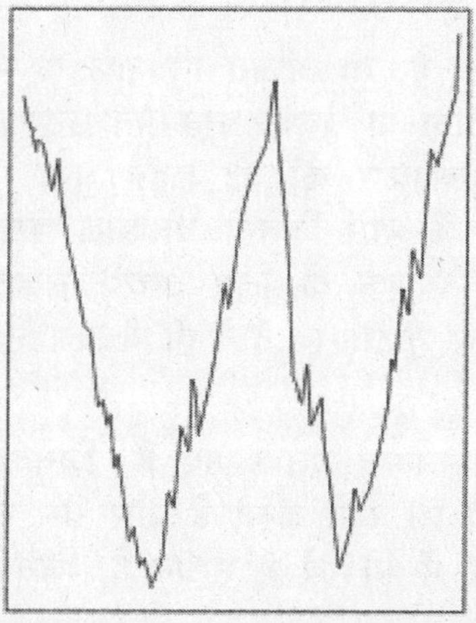

इसी तरह का पैटर्न बाज़ार की तलहटी में बनता है। इस पैटर्न को डबल बॉटम कहते हैं। जब टेक्निकल निवेशक इस पैटर्न को देखते हैं, तो वे एक बार फिर रणनीति बदल लेते हैं और शेयर ख़रीदने लगते हैं, जबकि औसत निवेशक उम्मीद छोड़कर बेचने लगते हैं।

टेक्निकल निवेशकों को कई तरह के पैटर्न्स पर नज़र रखनी होती है, हालाँकि इनके सही होने की कोई पक्की गारंटी नहीं होती है। बहरहाल, ये परिष्कृत निवेशक को औसत निवेशकों की तुलना में ज़्यादा अच्छी स्थिति में ले आते हैं, क्योंकि आम निवेशक को तो बाज़ार के इन संकेतों का ज़रा भी अंदाज़ा नहीं होता है। टेक्निकल निवेशक को एक बड़ा लाभ यह मिला है कि उसके पास अपनी संपत्ति की रक्षा के लिए बीमा करवाने का समय होता है। औसत निवेशक तो बैठा रहता है, जबकि उसकी संपत्ति बिलकुल नेकेड, बीमा रहित और असुरक्षित पड़ी रहती है। लाखों निवेशकों का वित्तीय भविष्य जोखिम में है। वे उम्मीद कर रहे हैं और प्रार्थना कर रहे हैं कि उनके वित्तीय सलाहकार की सलाह उन्हें उन तूफ़ानों से बचाएगी, जो हर शेयर बाज़ार में नियमित रूप से आते ही रहते हैं।

जब भी मैं तथाकथित वित्तीय विशेषज्ञों को ऐसी सलाह देते सुनता हूँ, "लंबे समय के लिए निवेश करें। दहशत में न आएँ। शांत बैठे रहें। हमेशा याद रखें कि बाज़ार पिछले चालीस सालों से औसतन ऊपर ही गया है," तो मैं हर बार काँप उठता हूँ। जब मैं इन विशेषज्ञों के मुँह से ये शब्द सुनता हूँ, तो मैं असहमति में सिर हिलाने लगता हूँ और उन लाखों लोगों के लिए बुरा महसूस करता हूँ, जो इन विशेषज्ञों की बात सुनते हैं और अपने वित्तीय भविष्य की बागडोर उनके हाथ में थमा देते हैं। निवेश का ख़तरनाक होना ज़रूरी नहीं है, बशर्ते आप जानते हों कि आप क्या कर रहे हैं।

## परिष्कृत निवेशक के साधन

जब बाज़ार दिशा बदलता है, तो औसत निवेशक के पास दो ही विकल्प होते हैं। रोककर नुक़सान उठाना या बेचकर नुक़सान उठाना। कुछ समय पहले मैंने एक सम्मानित निवेश सलाहकार को यह कहते सुना, "फ़रवरी 2000 में मैंने आपसे कहा था कि आपके पास जितना भी माल पड़ा हो, सब बेच दें।" हो सकता है यह औसत निवेशक के लिए अच्छी सलाह हो, लेकिन परिष्कृत निवेशक के पास ख़रीदकर नुक़सान उठाने या बेचकर नुक़सान उठाने के अलावा भी कई विकल्प होते हैं।

नीचे कुछ मानसिक साधन बताए गए हैं, जिनका प्रयोग करके परिष्कृत निवेशक अपनी संपत्तियों की रक्षा करते हैं और पैसे बनाते हैं : चढ़ते बाज़ार में भी और गिरते बाज़ार में भी। ये वे साधन हैं, जिनसे वे पैसा बनाते हैं और

बाज़ार नीचे जाने पर अपने पैसे को सुरक्षित रखते हैं।

## स्टॉप ऑर्डर

हो सकता है, परिष्कृत निवेशक अपने ब्रोकर को फ़ोन करके स्टॉप ऑर्डर लगाने को कहे। वह ऐसा तब करेगा, जब उसे यह शंका हो कि उसके शेयर का भाव नीचे आ सकता है, ख़ासकर तब, जब बाज़ार का रुझान नीचे की ओर हो। औसत निवेशक कुछ नहीं करता है और अगर उसके शेयर का भाव नीचे आता है, तो वह बस उसे नीचे आते हुए देखता रहता है। उसे पता ही नहीं होता है कि क्या करना चाहिए, इसलिए उसकी "ख़रीदो, रोककर रखो और प्रार्थना करो" की रणनीति "ख़रीदो, रोककर रखो और नुक़सान उठाओ" की रणनीति में बदल जाती है।

स्टॉप ऑर्डर इस तरह काम करता है। मान लीजिए, आपके शेयर का भाव आज 50 डॉलर है और चार्ट्स आपको बताते हैं कि बाज़ार का रुझान नीचे की तरफ़ है। आपको तो बस इतना करना है कि आप अपने ब्रोकर को फ़ोन करके कहें कि वह 48 डॉलर पर स्टॉप ऑर्डर लगा दे। अगर बाज़ार में बेचने वालों की संख्या बढ़ने के कारण शेयर का भाव 30 डॉलर तक गिर जाता है, तो आपका स्टॉप ऑर्डर मार्केट ऑर्डर बन जाता है और शेयर 48 डॉलर में बिक जाता है। आपको सिर्फ़ 2 डॉलर का ही नुक़सान होता है। औसत निवेशक शेयर को पकड़े रहता है और 18 डॉलर का नुक़सान उठाता है।

हालाँकि निवेशक स्टॉप ऑर्डर का इस्तेमाल अक्सर "बीमे" के रूप में करते हैं, लेकिन परिष्कृत निवेशक हमेशा इसका इस्तेमाल नहीं करते हैं। अक्सर शेयर का भाव शुरुआत में ही गैप के साथ नीचे खुलता है और परिष्कृत निवेशकों को यह बात पहले से ही पता होती है। वे पहले ही यह फ़ैसला कर चुके होते हैं कि उन्हें अपने शेयर बेचना हैं या स्टॉप लिमिट ऑर्डर को रद्द करना है। नीचे दो कारण बताए जा रहे हैं कि गिरते बाज़ार में स्टॉप ऑर्डर सफल क्यों नहीं हो सकते।

प्रोफ़ेशनल निवेशक स्टॉप ऑर्डर का प्रयोग नहीं करता है, इसका पहला कारण यह होता है कि रुझान बहुत तेज़ी से नीचे जा रहा है। तेज़ी से गिरते बाज़ार में कई बार स्टॉप ऑर्डर एक्ज़ीक्यूट नहीं हो पाता है। उदाहरण के लिए, मान लेते हैं कि शेयर का भाव 50 डॉलर है। चूँकि रुझान नीचे की तरफ़ है, इसलिए निवेशक 48 डॉलर पर स्टॉप ऑर्डर डाल देता है। इसका मतलब है कि जब भाव घटकर 48 डॉलर हो जाएगा, तो शेयर अपने आप बिक जाएगा। लेकिन अगर बाज़ार तेज़ी से गिर रहा है, तो यह संभव है कि भाव 48 डॉलर पर आए बिना ही नीचे चला जाए। इसका मतलब है कि इतने सारे लोग बेच रहे हैं कि 48 डॉलर पर कोई ख़रीदार नहीं है, इसलिए स्टॉप ऑर्डर काम नहीं करेगा। अगर शेयर का भाव 40 डॉलर पर रुकता है, क्योंकि वहाँ कुछ ख़रीदार आ गए हैं,

तो निवेशक सबसे अच्छा काम यह कर सकता है कि वह 40 डॉलर पर बेच दे या फिर शेयर को रोककर रख ले। उसका स्टॉप ऑर्डर नाकाम हो चुका है।

प्रोफ़ेशनल निवेशक एक और कारण से स्टॉप का प्रयोग नहीं करते हैं। ऐसा इसलिए होता है, क्योंकि वे बाज़ार के रुझान के बारे में निश्चित नहीं होते हैं। उदाहरण के लिए, शेयर का भाव 50 डॉलर है और निवेशक ने 48 डॉलर का स्टॉप ऑर्डर डाल दिया है। जैसी आशंका थी, शेयर का भाव गिरकर 47 डॉलर तक आता है और शेयर 48 डॉलर में बिक जाता है। निवेशक को कुछ समय की राहत महसूस होती है, लेकिन फिर वह यह देखकर अफ़सोस करने लगता है कि बाज़ार का रुझान अचानक ऊपर की तरफ़ हो गया है और उसके शेयर का भाव बढ़कर अब 65 डॉलर हो गया है। न सिर्फ़ उसे प्रति शेयर 2 डॉलर नुक़सान हुआ, बल्कि वह 17 डॉलर की बढ़ोतरी से भी वंचित रह गया।

## क़त्लेआम मचाना या क़त्ल हो जाना

हम सबने अक्सर किसी को कहते सुना होगा, “मैं शेयर बाज़ार में क़त्लेआम मचा (making a killing) रहा हूँ।” डॉट-कॉम बूम और बस्ट के दौरान ऐसे कई लोग थे, जो दीवानगी के उस दौर में क़त्लेआम मचाने के इरादे से गए थे, लेकिन इसके बजाय उन्हीं का क़त्ल हो गया। आज डॉट-कॉम दीवानगी के बारे में सुनकर लोग हँसते हैं और कहते हैं, “लोग इतने मूर्ख कैसे थे?” ज़्यादातर लोग तो दरअसल उन निवेशकों के बारे में जानते ही नहीं है, जिन्होंने डॉट-कॉम दौर में ऊपर जाते समय भी क़त्लेआम मचाया था और नीचे आते समय भी।

मेरे एक दोस्त ने डॉट-कॉम के आईपीओ की दीवानगी में शेयर ख़रीदकर दौलत बनाई। एक तरह से उसने क़त्लेआम मचा दिया था। उसने क्रैश के समय भी क़त्लेआम मचाया। बाज़ार के शिखर पर पहुँचने से थोड़ा पहले यानी 1999 के उत्तरार्ध में उसने अपने सारे डॉट-कॉम शेयर बेच डाले। जब शिखर क़रीब नज़र आने लगा, तो वह छाँटकर शेयर शॉर्ट करने लगा (जिसके बारे में आगे समझाया गया है)। वह उन्हीं डॉट-कॉम कंपनियों के शेयर शॉर्ट कर रहा था, जिन्होंने उसे अमीर बनाया था। उनमें से तीन कंपनियाँ तो इतनी तेज़ी से इतनी ज़्यादा गिरीं कि दिवालिया ही हो गईं। इस तरह मेरे इस दोस्त ने ऊपर जाते समय तो दौलत कमाई ही, नीचे आते समय भी कमाई और वह भी ज़्यादा तेज़ी से। क्यों? नीचे आते समय उसने ज़्यादा दौलत इसलिए कमाई, क्योंकि उसने अपने पैसे का इस्तेमाल नहीं किया और उसे दिवालिया हो चुकी कंपनियों के शेयर शॉर्ट करने पर कैपिटल गेन्स टैक्स भी नहीं देना पड़ा।

जब मैंने उससे इसका कारण पूछा, तो वह बोला, “मैंने शिखर पर शेयर शॉर्ट किए थे, जिसका मतलब है कि मैंने उन्हें उधार लिया था। फिर वे कंपनियाँ नीचे गिरने लगीं और दिवालिया हो गईं। मुझे अब भी टैक्स देना बाक़ी है। चूँकि अभी सौदा पूरा नहीं हुआ है, इसलिए मुझ पर कोई टैक्स नहीं लगा है। मैंने

तो बस ऐसे शेयर बेचे थे, जिनका मैं मालिक नहीं था या जिन्हें मैंने उन्हें उधार लिया था और अब मैं उस समय का इंतज़ार कर रहा हूँ, जब मैं उन्हें दोबारा ख़रीद कर उस व्यक्ति को लौटा सकूँ, जिससे मैंने उधार लिया था।" आज उसके पास लगभग 8,75,000 डॉलर हैं, जिन्हें उसने शेयर शॉर्ट करके कमाया है। यह पैसा टैक्स-मुक्त म्युनिसिपल बॉण्ड फ़ंड में लगा हुआ है और इस पर टैक्स-मुक्त ब्याज मिल रहा है : ऐसे शेयर बेचकर कमाए गए पैसे का ब्याज, जिनका वह मालिक भी नहीं था। वह कहता है, "मैं तो उन शेयरों को दोबारा ख़रीदने के मौक़े का इंतज़ार कर रहा हूँ, लेकिन तब तक मैं टैक्स-मुक्त कैपिटल गेन्स पर टैक्स-मुक्त ब्याज वसूल करता रहूँगा।"

अगर आप इस सौदे को नहीं समझ पाए हों, तो चिंता न करें। ज़्यादातर लोग नहीं समझ पाते हैं। अगर आप इसे ज़्यादा अच्छी तरह समझना चाहते हैं, तो अपने ब्रोकर या अकाउंटेंट से संपर्क करें और उससे कहें कि वह इसे आपको अच्छी तरह समझाए।

मुद्दे की बात यह है, अगर आप चढ़ते बाज़ार में क़त्लेआम मचाना चाहते हैं, तो आपको यह जानने की भी ज़रूरत है कि गिरते बाज़ार में क़त्लेआम कैसे मचाया जाता है। अगर आप यह नहीं जानते हैं, तो अक्सर आपका ही क़त्ल हो जाएगा और ऐसा वे लोग करेंगे, जिन्हें गिरते बाज़ार में क़त्लेआम मचाना आता होगा।

स्टॉप जैसे प्रोफ़ेशनल ट्रेडिंग साधनों के प्रयोग के बारे में बहुत कुछ सीखा जा सकता है। इन साधनों से निवेश करने का सिर्फ़ यही मतलब नहीं होता है कि आप ब्रोकर से सेल स्टॉप या दूसरी दिशा में बाय स्टॉप लगाने को कह दें। परिष्कृत निवेशकों को औसत निवेशकों से बहुत ज़्यादा साधनों की ज़रूरत होती है। अगर उनके पास ये साधन नहीं होंगे, तो वे भी क़त्ल हो जाएँगे, जबकि उनके साथी क़त्लेआम मचा रहे होंगे।

परिष्कृत निवेशकों को यह भेदभावपूर्ण लाभ मिलता है। इसीलिए जब मुझसे पूछा जाता है, "आप औसत निवेशक को क्या सलाह देना चाहेंगे?" तो मेरा जवाब होता है, "औसत मत बनो।" मैं ऐसा इसलिए कहता हूँ, क्योंकि आपका वित्तीय भविष्य और आपकी वित्तीय सुरक्षा इतनी महत्वपूर्ण है कि आपको औसत नहीं बनना चाहिए।

**सावधानी और चेतावनी :** यह पुस्तक टेक्निकल ट्रेडिंग के बारे में नहीं है। स्टॉप पर ऊपर दिया गया उदाहरण बहुत ही सामान्य स्पष्टीकरण है। परिष्कृत निवेशक जानता है कि शॉर्ट का प्रयोग कब और कैसे करना है। ऐसे समय होते हैं, जब स्टॉप ऑर्डर अच्छी तरह काम करते हैं और ऐसे समय भी होते हैं, जब वे बिलकुल काम नहीं करते हैं। इनमें से किसी भी तकनीक का प्रयोग करने से पहले मेहरबानी करके अध्ययन करें, पूछें, प्रशिक्षण लें और अनुभव हासिल करें। मैंने जो तकनीकें अब तक बताई हैं या आगे बताऊँगा, उनका प्रयोग करने से पहले सुयोग्य सलाह अवश्य लें।

मैं इनमें से कुछ तकनीकों की सूची दे रहा हूँ, इसका प्रमुख कारण निवेश को ख़तरनाक मानने वाले लोगों को यह बताना है कि दरअसल निवेश का ख़तरनाक होना ज़रूरी नहीं है। यह तो व्यक्ति पर निर्भर करता है कि अगर वह इन तकनीकों का प्रयोग करना चाहता है, तो इनके बारे में ज़्यादा ज्ञान हासिल करे।

## कॉल ऑप्शन्स

ऑप्शन्स का दूसरा नाम है बीमा। सरल भाषा में, कॉल ऑप्शन में ऑप्शन के मालिक को यह अधिकार मिल जाता है कि वह किसी शेयर को निश्चित भाव पर निर्धारित अवधि के बाद ख़रीद सके। कॉल ऑप्शन बीमा पॉलिसी है, जो शेयर के भाव तेज़ी से बढ़ने पर निवेशक की सुरक्षा करती है। उदाहरण के लिए मान लें, रुझान और मूविंग एवरेज चार्ट्स बताते हैं कि बाज़ार में ज़्यादा ख़रीदार दाख़िल हो रहे हैं, इसलिए भाव बढ़ रहे हैं। निवेशक यह बीमा करना चाहता है कि वह किसी शेयर का भाव बढ़ने के बावजूद उसे वर्तमान भाव पर ख़रीद सकता है। हम इसके उदाहरण के रूप में ऐसे शेयर को ले लेते हैं, जिसका भाव आज 50 डॉलर है। निवेशक अपने ब्रोकर को फ़ोन करके कहता है कि वह 50 डॉलर प्रति शेयर के भाव पर 100 शेयर का कॉल ऑप्शन ख़रीदना चाहता है। हो सकता है कि वह इस कॉल ऑप्शन के लिए 1 डॉलर प्रति शेयर दे, जिससे उसे 100 डॉलर लागत आएगी (अमेरिका में हर ऑप्शन में 100 शेयर होते हैं)। वह अचानक ऊपर आने वाले उछाल से अपनी सुरक्षा कर रहा है।

तीन हफ़्ते बाद निवेशक मछली पकड़ने की ट्रिप से लौटता है और उसे पता चलता है कि शेयर का भाव 60 डॉलर प्रति शेयर हो गया है। कॉल ऑप्शन तकनीकी दृष्टि से निवेशक को 50 डॉलर के भाव पर 100 शेयर ख़रीदने की अनुमति देता है। इसके बाद अगर वह चाहे, तो उन्हीं 100 शेयरों को 60 डॉलर के भाव पर बेच सकता है।

अगर शेयर का भाव 50 डॉलर ही रहता या उससे कम हो जाता, तो ऑप्शन एक्सपायर यानी बेकार हो जाता।

शेयर का भाव 60 डॉलर होने के उदाहरण में औसत निवेशक 50 डॉलर के भाव पर 100 शेयर ख़रीदने के अपने अधिकार का प्रयोग करता और 5,000 डॉलर चुकाता। साथ ही वह 6,000 डॉलर में शेयर बेच देता, जिससे उसे 900 डॉलर का फ़ायदा होता (6,000 डॉलर में से 5,000 डॉलर और ऑप्शन की लागत 100 डॉलर घटाने के बाद)। दूसरी तरफ़, परिष्कृत निवेशक अपने ऑप्शन को 10 डॉलर प्रति शेयर में बेचने का चुनाव करेगा, यानी 100 शेयरों के यूनिट को 1000 डॉलर में बेचने का, जिससे उसे 900 डॉलर का लाभ मिलेगा (1000 डॉलर में से 100 डॉलर की ऑप्शन की लागत कम करने

के बाद)।

जब आप सौदे की जाँच करते हैं, तो औसत निवेशक ने 900 डॉलर लाभ के लिए 5,000 डॉलर लगाए। परिष्कृत निवेशक ने उसी 900 डॉलर के लाभ के लिए 100 डॉलर लगाए। इस बहुत सतही उदाहरण में किस निवेशक ने अपने पैसे से ज़्यादा पैसा बनाया?

मेरा जवाब होगा, ऑप्शन्स ख़रीदने और बेचने वाले परिष्कृत निवेशक ने। औसत निवेशक ने 900 डॉलर बनाने के लिए 5,000 डॉलर लगाए यानी उसे एक महीने में 18 प्रतिशत लाभ हुआ। परिष्कृत निवेशक ने 100 डॉलर लगाए और एक महीने से भी कम समय में 900 डॉलर का लाभ लिया, यानी उसे 900 प्रतिशत लाभ हुआ।

एक बार फिर, यह बहुत ही सरल उदाहरण है और मैं आपको प्रबलता से सलाह देता हूँ कि आप अधिक अध्ययन करें, अनुभव हासिल करें और इस सीखने की प्रक्रिया में किसी सुयोग्य स्टॉकब्रोकर की सहायता लें।

यह उदाहरण बताता है कि अमीर डैडी ज़्यादा चीज़ों के मालिक क्यों नहीं बनना चाहते थे, बल्कि इसके बजाय वे उन पर नियंत्रण करना चाहते थे। ऑप्शन्स ख़रीदने और बेचने की प्रक्रिया पर नियंत्रण देते हैं। यह इस बात का भी उदाहरण है कि किस तरह पेपर एसेट्स में लीवरेज का इस्तेमाल किया जा सकता है। इस लीवरेज का प्रयोग कम जोखिम में ज़्यादा लाभ कमाने के लिए किया जा सकता है, बशर्ते आप जानते हों कि आप क्या कर रहे हैं। इस उदाहरण में, परिष्कृत निवेशक ने प्रति ऑप्शन सिर्फ़ 1 डॉलर का जोखिम लिया, जबकि औसत निवेशक ने 50 डॉलर प्रति शेयर का जोखिम लिया। जब आप पैसे के वेग (velocity) संबंधी पहले कही बात को याद करते हैं, तो किस निवेशक का पैसा ज़्यादा तेज़ गति से चल रहा है? कौन सा निवेशक ज़्यादा तेज़ी से ज़्यादा अमीर बन सकता है?

## अमीर लोग चीज़ों के मालिक बनना पसंद नहीं करते हैं

आपने इस आख़िरी उदाहरण में एक बात पर ग़ौर किया होगा। शायद आपने ग़ौर किया होगा कि ऑप्शन का मालिक बनने के लिए शेयर मालिक बनना ज़रूरी नहीं है। इसे अक्सर अनदेखा कर दिया जाता है, लेकिन अगर आप इसे समझ लेते हैं, तो इसके ज़बर्दस्त वित्तीय परिणाम हो सकते हैं।

सबक़ यह है, मेरे अमीर डैडी किसी चीज़ के मालिक नहीं बनना चाहते थे, जबकि मेरे ग़रीब डैडी हर चीज़ के मालिक बनना चाहते थे। मेरे ग़रीब डैडी अक्सर कहते थे, "यह मकान मेरे नाम पर है।" "मेरी कार मेरे नाम पर है।"

मेरे अमीर डैडी कहते थे, "आपको किसी चीज़ का मालिक नहीं बनना है। आपको तो उसे बस नियंत्रित करना है।" ऑप्शन्स इस नज़रिए से सोचने का एक और उदाहरण हैं। मेरे ग़रीब डैडी शेयर रखना चाहते थे, जबकि मेरे अमीर डैडी सिर्फ़ ऑप्शन्स के मालिक बनना चाहते थे, ताकि वे शेयर बेच या ख़रीद सकें। आज मैं देखता हूँ कि कई लोग शेयर के मालिक बनने में गर्व महसूस करते हैं, जबकि कई मायनों में ऑप्शन्स बेचने और ख़रीदने में ज़्यादा बेहतर लीवरेज मिलता है। दूसरे शब्दों में, शेयर ख़रीदने के बजाय ऑप्शन्स की ट्रेडिंग में बहुत कम निवेश करके बहुत सारा पैसा कमाया जा सकता है।

## पुट ऑप्शन्स

पिछले उदाहरण में आपने देखा कि किस तरह चढ़ते रुझान यानी बुल मार्केट में पैसा बनाने के लिए कॉल ऑप्शन्स का प्रयोग किया जाता है। जब बाज़ार का रुझान नीचे की तरफ़ हो, तो परिष्कृत निवेशक पुट ऑप्शन्स का प्रयोग करेगा। वह ऐसा न सिर्फ़ पैसे बनाने के लिए करेगा, बल्कि भाव गिरने की स्थिति में अपने शेयर के मूल्य को सुरक्षित रखने के लिए भी करेगा।

उदाहरण के लिए, किसी शेयर का भाव 50 डॉलर है। बाज़ार नीचे चला जाता है और शेयर का भाव 40 डॉलर हो जाता है। औसत निवेशक को 10 डॉलर प्रति शेयर का नुक़सान हो गया है। अगर उसके पास 100 शेयर हैं, तो पेपर एसेट्स में उसे 1,000 डॉलर का नुक़सान हो गया है। यहाँ पर ध्यान देने वाली बात यह है कि निवेशक का पैसा असल में नहीं, सिर्फ़ क़ागज़ों पर डूबा है। जब वह 40 डॉलर में शेयर बेचेगा तब उसे वास्तविक नुक़सान होगा। नुक़सान सिर्फ़ काग़ज़ पर हुआ है, इसी विचार के कारण कई हारने वाले निवेशक अचानक कहने लगते हैं, "मैं दीर्घकालीन निवेशक हूँ।" इन शब्दों का आम तौर पर यह मतलब होता है कि अब निवेशक तब तक इंतज़ार करेगा, जब तक कि शेयर का भाव 50 डॉलर तक नहीं पहुँच जाता, जो एक दिन में भी हो सकता है, इसमें कई साल भी लग सकते हैं या शायद यह वहाँ तक कभी पहुँचे ही नहीं। यही उस व्यक्ति की ख़रीदो, रोककर रखो और नुक़सान सहो की रणनीति है, जो शाश्वत आशावादी है या ऐसे व्यक्ति की, जो यह स्वीकार करने से नफ़रत करता है कि उससे ग़लती हो गई और उसे नुक़सान हो गया।

परिष्कृत निवेशक अलग तरह से निवेश करेगा। अपने शेयर के गिरते भाव की चिंता करने के बजाय निवेशक अपने ब्रोकर से स्टॉप ऑर्डर लगाने को कहेगा या पुट ऑप्शन ख़रीद लेगा। एक बार फिर, स्टॉप और पुट ऑप्शन का प्रयोग करने के अलग-अलग कारण होते हैं, और वे कारण इस पुस्तक की विषयवस्तु से बाहर की चीज़ हैं। यहाँ पर मुद्दे की बात यह है कि अगर बाज़ार दिशा बदल लेता है और रुझान नीचे की तरफ़ होने लगता है, तो परिष्कृत निवेशक कुछ न कुछ तो करेगा।

यह प्रार्थना करने के बजाय कि बाज़ार नीचे न जाए, मान लेते हैं कि परिष्कृत निवेशक पुट ऑप्शन ख़रीद लेता है, जिससे उसे 1 डॉलर प्रति शेयर में अपने शेयर 50 डॉलर प्रति शेयर में बेचने का अधिकार मिल जाता है। इस पुट की लागत उसे 100 डॉलर आएगी यानी 100 शेयरों के लिए 1 डॉलर प्रति शेयर। बाज़ार में ज़्यादा बेचने वालों के आने के कारण भाव घट जाता है और शेयर का भाव 40 डॉलर तक लुढ़क जाता है। परिष्कृत निवेशक ख़ुश होता है, क्योंकि उसने 50 डॉलर के भाव पर बीमा करवा लिया है। शेयर का भाव 50 डॉलर से घटने पर उसे अपने शेयरों में जो नुक़सान हुआ, उसे उसने पुट के बढ़ते भाव में वसूल कर लिया। पुट ऑप्शन के बिना निवेशक को शेयर के भाव गिरने पर घाटा होता। परिष्कृत या हेजिंग करने वाला निवेशक दरअसल न घाटे, न नुक़सान की स्थिति में रहता है। शेयर पर हुए नुक़सान की भरपाई पुट में हुए लाभ से हो गई है।

ज़रा देखें, परिष्कृत निवेशक पुट से किस तरह पैसा बनाता है, जबकि औसत निवेशक गँवाता है। परिष्कृत निवेशक अपने पुट का इस्तेमाल कर सकता है। यानी वह 50 डॉलर प्रति शेयर में 100 शेयर बेचने के अपने अधिकार का प्रयोग कर सकता है, जिससे उसे 5,000 डॉलर मिल जाएँगे। अगर वह चाहे, तो बाज़ार में जाकर 40 डॉलर के भाव पर 4,000 डॉलर में 100 शेयर ख़रीद सकता है। कुल परिणाम यह होता है कि उसके पास 100 शेयर होते हैं और अतिरिक्त 900 डॉलर भी होते हैं (1,000 डॉलर में से 100 डॉलर पुट की लागत निकालने के बाद)। (बहरहाल, इसके कई नियम होते हैं, जिनका पालन करना होता है और जिनका ध्यान रखना होता है।)

औसत निवेशक के पास कोई पुट ऑप्शन नहीं होता है। उसके पास तो सिर्फ़ उसके शेयर होते हैं, जिनका मूल्य अब घट चुका है और उसका पैसा अब तक फँसा हुआ है।

अगर यह आपको दुविधापूर्ण लग रहा हो, तो चिंता न करें। यह पहली बार में ज़्यादातर लोगों को दुविधापूर्ण ही लगता है। जैसा इस पुस्तक में पहले बताया गया है, यह याद रखना महत्वपूर्ण है कि आपको विपरीत दिशा में सोचने की ज़रूरत है। कई लोगों के लिए ऑप्शन्स का प्रयोग सीखना काफ़ी हद तक बाएँ हाथ से खाना सीखने की तरह है, जबकि आपने बरसों तक अपने दाएँ हाथ से खाना खाया है। ऐसा किया जा सकता है। बस इसमें थोड़े से अभ्यास की ज़रूरत होती है। याद रखने वाली बात यह है कि अपनी संपत्तियों की रक्षा करने और पैसा बनाने के लिए ऑप्शन्स के प्रयोग की प्रक्रिया जटिल नहीं है। ध्यान रहे, इससे चढ़ते या गिरते कैसे भी बाज़ार में पैसा बनाया जा सकता है। ज़्यादातर लोग इसे सीख सकते हैं, बशर्ते वे इसे समझने में थोड़ा समय लगाएँ। दोबारा बता दूँ, क्योंकि यह महत्वपूर्ण है : यह ज़रूरी नहीं है कि निवेश ख़तरनाक है, बशर्ते आपके पास सही सलाह और सलाहकार हों। आपको अपनी

ज़िंदगी इस चिंता में बिताने की ज़रूरत नहीं है कि आपका पेपर एसेट पोर्टफ़ोलियो बाज़ार के क्रैश में मिट जाएगा। बाज़ार के क्रैश की चिंता करने के बजाय आप ज़्यादा अमीर बनने की तैयारी कर सकते हैं, चाहे बाज़ार ऊपर जाए, नीचे जाए या झूलता रहे।

यह ध्यान रखना महत्वपूर्ण है कि औसत निवेशक पैसा गँवाता है, वह अक्सर बैठा रहता है, इंतज़ार करता है और अपने वित्तीय सलाहकार की सलाह पर अमल करता है, "रोककर रखो और लंबे समय के लिए निवेश करो।" वह ऐसा इसलिए करता है, क्योंकि उसके पास बाज़ार के एक ही रुझान की रणनीति होती है और जैसा कि आप अब जान गए हैं, बाज़ार के तीन अलग-अलग रुझान होते हैं।

## हो सकता है परिष्कृत निवेशक शेयर ही न ख़रीदें

ऐसे परिष्कृत निवेशक भी होते हैं, जो कभी शेयर ख़रीदते या बेचते ही नहीं हैं। वे सिर्फ़ ऑप्शन्स में ट्रेडिंग करते हैं। जब मैंने अपने एक ऑप्शन ट्रेडर मित्र से पूछा कि वह शेयरों के बजाय सिर्फ़ ऑप्शन्स में ही निवेश क्यों करता है, तो उसने कहा, "शेयरों में निवेश करना बहुत धीमा होता है। मैं ऑप्शन्स में कम पैसों का निवेश करके बहुत ज़्यादा पैसे कमा सकता हूँ। मैं कम समय में ज़्यादा पैसे भी कमा सकता हूँ। शेयरों में निवेश करना और पैसे बनाने की उम्मीद करना बैठकर पेंट सूखने का इंतज़ार करने की तरह है।"

## स्ट्रैडल्स या कॉलर्स

स्ट्रैडल्स या कॉलर्स अंतिम बीमा सुरक्षा है। बहुत सरल भाषा में, स्ट्रैडल या कॉलर किसी भाव के आस-पास पुट और कॉल दोनों ख़रीदना है। उदाहरण के लिए, अगर निवेशक के शेयर का भाव 50 डॉलर प्रति शेयर है, तो परिष्कृत निवेशक 52 डॉलर पर कॉल ऑप्शन ख़रीद लेता है और 48 डॉलर पर पुट ऑप्शन ख़रीद लेता है। अगर भाव अचानक बढ़कर 62 डॉलर पर पहुँच जाता है, तो निवेशक के पास अब भी अपने शेयर 52 डॉलर पर ख़रीदने का मौक़ा होता है। अगर भाव घटकर 42 डॉलर पर पहुँच जाता है, तो निवेशक के पास 48 डॉलर में अपने शेयर बेचकर अपना नुक़सान कम करने का मौक़ा होता है। अगर बाज़ार भाव 42 डॉलर है और निवेशक के पास 48 डॉलर के भाव पर शेयर बेचने का पुट ऑप्शन है, तो वह ऑप्शन अचानक बहुत मूल्यवान बन जाता है। कई मायनों में तो वह ऑप्शन शेयर से ज़्यादा मूल्यवान बन जाता है। सबक़ यह है, कॉलर या स्ट्रैडल का प्रयोग ऊपर और नीचे दोनों तरह के जोखिमों व अवसरों की सुरक्षा के लिए किया जाता है। यह बहुत ही सुरक्षित नीति है, बशर्ते आप जानते हों कि आप क्या कर रहे हैं।

एक बार फिर कहूँगा, यह पुस्तक ऑप्शन्स ट्रेडिंग के बारे में नहीं है। ज़ाहिर है, मैंने प्रक्रिया को बहुत सरल तरीक़े से बताया है, जिसका एकमात्र उद्देश्य यह है कि आपको ऑप्शन्स की मूलभूत समझ हो जाए। इसके अलावा बहुत सी परिष्कृत रणनीतियाँ होती हैं, जिनका प्रयोग संपत्तियों को सुरक्षित रखने और लाभ बढ़ाने के लिए किया जा सकता है और किया जाता है।

## शॉर्ट करना

जब मैं बच्चा था, तो मुझसे कहा गया था कि मैं उन चीज़ों को हाथ न लगाऊँ या उनका इस्तेमाल न करूँ, जो मेरी नहीं हैं। यह शेयर बाज़ार में सच नहीं है। जब कोई शेयर को शॉर्ट करता है, तो इसका मतलब यह है कि वह किसी ऐसी चीज़ को बेच रहा है, जो उसकी नहीं है। अगर मेरी माँ को पता चल जाता कि मैं ऐसा कर रहा हूँ, तो उन्होंने मेरे साथ बड़ी सख़्त और लंबी बातचीत की होती। लेकिन सौभाग्य से, मेरी माँ निवेशक नहीं थीं।

सबसे पहले, *शॉर्ट* का मतलब ऑप्शन नहीं होता है। जब कोई कहता है, "मैं इस शेयर को शॉर्ट कर रहा हूँ," तो वह ऑप्शन्स में नहीं, शेयरों में ट्रेडिंग कर रहा है। परिष्कृत निवेशक शॉर्ट करने और ऑप्शन्स का फ़र्क़ जानता है और वह यह भी जानता है कि कब किसका प्रयोग किया जाना चाहिए। एक बार फिर कह दूँ, कब प्रयोग करना है और कब नहीं करना है, यह बताना इस पुस्तक का लक्ष्य नहीं है।

किसी शेयर को शॉर्ट क्यों करें? आम तौर पर, अगर निवेशक महसूस करता है कि किसी शेयर का भाव बहुत ज़्यादा है और बाज़ार का रुझान नीचे की तरफ़ है, तो परिष्कृत निवेशक को शॉर्ट का प्रयोग करना लाभकारी लग सकता है। शेयर को शॉर्ट करने का मतलब किसी दूसरे के शेयर उधार लेकर उन्हें बाज़ार में बेचना है और पैसा अपनी जेब में रखना है। जब शेयर का भाव घट जाता है, तो निवेशक शेयर को ख़रीद लेता है और उस व्यक्ति को लौटा देता है, जिससे उसने शेयर उधार लिया था।

उदाहरण के लिए, मान लेते हैं कि एक्सवायज़ेड कॉरपोरेशन के शेयर का भाव 50 डॉलर है और बाज़ार का रुझान नीचे की तरफ़ है। नीचे घटनाओं का एक सिलसिला दिया है, जो किसी शेयर को शॉर्ट करते समय होती हैं :

1. निवेशक अपने ब्रोकर को फ़ोन करता है और एक्सवायज़ेड शेयर के 100 शेयर शॉर्ट करने को कहता है।

2. ब्रोकर किसी दूसरे ग्राहक के अकाउंट से 100 शेयर उधार लेता है और उन्हें 5,000 डॉलर में बेच देता है।

3. फिर ब्रोकर 5,000 डॉलर निवेशक के खाते में जमा कर देता है ...

उस निवेशक के खाते में, जो उस शेयर का मालिक नहीं है।

4. जिस ग्राहक के खाते से शेयर उधार लिए गए हैं, वहाँ 5,000 डॉलर नहीं पहुँचते हैं, बल्कि 100 शेयरों का आईओयू पहुँचता है।

5. कुछ समय बाद एक्सवायज़ेड शेयर का भाव घटकर 40 हो जाता है।

6. जिस निवेशक ने शेयर उधार लिए थे, वह ब्रोकर को फ़ोन करके कहता है, "मुझे 40 डॉलर के भाव पर एक्सवायज़ेड के 100 शेयर ख़रीद दो।"

7. ब्रोकर 40 डॉलर के भाव पर 100 शेयर ख़रीद लेता है और उन्हें उस ग्राहक के अकाउंट में लौटा देता है, जिससे उधार लेकर उसने निवेशक को वे शेयर दिए थे।

8. ब्रोकर निवेशक के ख़ाते में रखे 5,000 डॉलरों में से भुगतान कर देता है। ये 5,000 डॉलर 50 डॉलर के भाव पर 100 शेयरों को शॉर्ट करने पर मिले थे।

9. शॉर्ट करने वाले निवेशक को 1,000 डॉलर का लाभ हुआ, जिसमें से फ़ीस, कमीशन और टैक्स नहीं घटाए गए हैं, जबकि उसने ऐसे शेयर बेचे, जो उसके नहीं थे। निवेशक ने बिना पैसे लगाए पैसे बना लिए। यह सरल भाषा में किसी शेयर को शॉर्ट करने की प्रक्रिया है।

कुछ और बिंदु :

बिंदु # 1 : जिस पल निवेशक 40 डॉलर पर शेयर ख़रीदता है और 100 शेयर मूल निवेशक को लौटाता है, उस पल शॉर्ट करने वाला निवेशक अपनी "शॉर्ट पोज़ीशन कवर कर लेता है।" इन शब्दों को याद रखना बहुत महत्वपूर्ण होता है।

बिंदु # 2 : जैसा कि आप जान सकते हैं, शेयर शॉर्ट करने में ज़बर्दस्त जोखिम होता है। अगर बाज़ार का रुझान ऊपर की तरफ़ हो जाए और शेयर का भाव बढ़ जाए, तो शॉर्ट करने वाले व्यक्ति को बहुत नुक़सान हो सकता है। इस उदाहरण में, अगर शेयर का भाव 60 डॉलर हो जाता, तो इसी निवेशक को 1,000 डॉलर का नुक़सान हो जाता। लेकिन जैसा अमीर डैडी अक्सर कहते थे, "सिर्फ़ जोखिम होने का यह मतलब नहीं है कि यह ख़तरनाक है।" परिष्कृत निवेशक 51 डॉलर का कॉल ऑप्शन ख़रीदकर अपने शॉर्ट का बीमा करा लेते हैं। अगर रुझान ऊपर होता है और शेयर का भाव 60 डॉलर हो जाता है, तो निवेशक 60 डॉलर के बजाय 51 डॉलर प्रति शेयर पर भुगतान करेगा और इस तरह एक बार फिर अपने नुक़सान को कम कर लेगा।

बिंदु # 3 : आपने ग़ौर किया होगा कि मैंने बाज़ार के रुझानों का ज़िक्र किया है। इस कहावत को याद रखें, "रुझान आपका दोस्त होता है।" आप मेरे उस दोस्त जैसे न बनें, जिसने बहाव के ख़िलाफ़ तैरने की कोशिश की थी।

शॉर्ट, स्ट्रैडल, कॉल ऑप्शन्स आदि शब्दों की परिभाषाओं को जानने से ज़्यादा महत्वपूर्ण यह जानना है कि उनका आपस में क्या संबंध है। दूसरे शब्दों में, गिरते रुझान वाले बाज़ार में शॉर्ट का प्रयोग करना काफ़ी सुरक्षित है, लेकिन चढ़ते या झूलते बाज़ार में यह ज़्यादा ख़तरनाक है।

बिंदु # 4 : अभी हमने जो बातें कही हैं, अगर आप उन्हें पूरी तरह न समझ पाए हों, तो चिंता न करें। इन शब्दों को अपनी शब्दावली का हिस्सा बनाने में सिर्फ़ थोड़ा समय और थोड़ा अभ्यास लगता है। इसका सबसे मुख्य बिंदु यह है कि निवेश ख़तरनाक नहीं होता है, बशर्ते आप अपनी शिक्षा को बढ़ाने में थोड़े समय का निवेश करने के इच्छुक रहते हैं, जैसा आप इस वक़्त कर ही रहे हैं। जब आप जोखिम को न्यूनतम करना सीख लेते हैं, तो आप अपने लाभ को बहुत बढ़ा सकते हैं, क्योंकि आप वह नहीं कर रहे हैं, जो औसत निवेशक करते हैं।

## पैसा बनाने के लिए पैसे की ज़रूरत क्यों नहीं होती है

लोग अक्सर मुझसे पूछते हैं, "क्या पैसे बनाने के लिए पैसे की ज़रूरत नहीं होती है?" अगर आप शेयर को शॉर्ट करने की प्रक्रिया समझते हैं, तो आप इस सवाल का जवाब जान जाएँगे। जब कोई व्यक्ति शेयर को शॉर्ट करता है, तो उसे वह चीज़ बेचने के लिए पैसा मिलता है, जिसका वह मालिक नहीं है। इसलिए पैसा बनाने के लिए दरअसल पैसे की ज़रूरत ही नहीं होती है। बहरहाल, "क्या पैसे बनाने के लिए पैसे की ज़रूरत नहीं होती है?" सवाल का असली जवाब यह है, "यह उस व्यक्ति पर निर्भर करता है, जो निवेश कर रहा है।"

अमीर डैडी ने कहा था, "आपमें जितनी कम वित्तीय बुद्धि होती है, आपको थोड़ा पैसा बनाने के लिए उतने ही ज़्यादा पैसों की ज़रूरत होती है। अगर आपमें वित्तीय बुद्धि है, तो बहुत सा पैसा बनाने के लिए भी पैसे की ज़रूरत नहीं होती है।" नीचे दिया उदाहरण इस बात को रेखांकित करता है और अमीर वित्तीय शब्दावली के महत्व को भी बताता है।

कुछ महीने पहले मैंने अपने स्टॉकब्रोकर को फ़ोन करके कहा, "एक्सवायज़ेड पर नेकेड पुट ऑप्शन लिख दो। दस कॉन्ट्रैक्ट का पुट ऑप्शन लिखना।"

मेरे ब्रोकर टॉम ने मुझसे कुछ सवाल पूछे और फिर बोला, "ठीक है।" उसने मुझसे उस ऑप्शन की समयसीमा पूछी और कुछ अन्य सवाल पूछे, जो इस पुस्तक के क्षेत्र के बाहर हैं।

मैंने अभी-अभी पुट ऑप्शन बेचे थे, उन्हें ख़रीदा नहीं था। यह एक महत्वपूर्ण बिंदु है। यह महत्वपूर्ण इसलिए है, क्योंकि अब तक ऑप्शन का प्रयोग

बीमा पॉलिसी के रूप में किया गया है, जिसके लिए ज़्यादातर लोग ऑप्शन्स ख़रीदते हैं। जब आप "ऑप्शन लिखना" (writing options) शब्द का प्रयोग करते हैं, तो इसका मतलब है कि आप ऑप्शन ख़रीद नहीं रहे हैं, बल्कि बेच रहे हैं। बहुत अमीर लोग ऑप्शन्स बेचते हैं, जिस तरह बहुत अमीर लोग शेयर ख़रीदते नहीं, बेचते हैं। बिल गेट्स माइक्रोसॉफ़्ट के शेयर ख़रीदकर नहीं, बल्कि बेचकर दुनिया के सबसे अमीर आदमी बने हैं। यही ऑप्शन्स की दुनिया में सही है ... सिर्फ़ यह कहीं ज़्यादा तेज़, ज़्यादा आसान है और ज़्यादा लाभदायक हो सकता है, बशर्ते आप जानते हों कि आप क्या कर रहे हैं।

जब मैंने अपने ब्रोकर से कहा, "नेकेड पुट ऑप्शन लिख दो," तो मैं कह रहा था, "मैं उस शेयर के ऑप्शन्स बेचना चाहता हूँ, जिनका मैं मालिक नहीं हूँ।" इस मामले में ये पुट ऑप्शन्स हैं और मैं दस कॉन्ट्रैक्ट बेचना चाहता था, जिसका मतलब 1,000 शेयर है, क्योंकि एक कॉन्ट्रैक्ट 100 शेयरों का होता है।

टॉम ने उस दिन मुझे फ़ोन करके बताया, "आपको 5 डॉलर मिले हैं।"

मैंने कहा, "धन्यवाद," और सौदा कुछ समय के लिए पूरा हो गया। मुझे बाज़ार या शेयर को देखना नहीं पड़ा और मैं जो करना चाहता था, उसे करने के लिए स्वतंत्र था। जब टॉम ने कहा कि मुझे 5 डॉलर "मिले" हैं, तो उसका मतलब था कि उसने उस दिन मेरे अकाउंट में 5,000 डॉलर डाल दिए हैं। दूसरे शब्दों में मुझे 5,000 डॉलर बनाने में 5 मिनट से भी कम समय लगा। इसके अलावा, मैंने कोई पैसा नहीं लगाया, न ही मैंने कोई दिखने वाली चीज़ बेची। एक तरह से मैंने कुछ नहीं बेचा और पाँच मिनट से भी कम समय में 5,000 डॉलर बना लिए। (एक बात साफ़ करना चाहूँगा, हालाँकि मैंने कोई पैसा नहीं लगाया या कोई दिखने वाली चीज़ नहीं बेची, लेकिन मेरे ब्रोकरेज अकाउंट में अन्य संपत्तियाँ थीं, जो उस सौदे के लिए गिरवी का काम कर रही थीं, जिसकी वजह से मैं अपने ब्रोकर को वह ऑर्डर दे पाया और उसने मेरे कहे अनुसार काम किया।)

कुछ सप्ताह बाद टॉम ने मुझे फ़ोन करके कहा, "ऑप्शन एक्सपायर हो गया।"

"बहुत बढ़िया," मैंने जवाब दिया। "अच्छा, हम गोल्फ़ कब खेल रहे हैं?"

## अनुवाद

पहले तो मैं यह बता दूँ कि मैंने अपने मुँह मियाँ-मिट्ठू बनने के लिए इस सौदे के बारे में नहीं लिखा है। मैंने इस वास्तविक सौदे के बारे में इसलिए लिखा है, ताकि आपको शब्दों की शक्ति की मिसाल दे सकूँ। ये शब्द मेरे लिए महज़ शब्दों से बढ़कर हैं। ये मेरे मस्तिष्क में वास्तविक और सजीव हैं। ये शब्द ऐसे साधन हैं, जो मुझे अमीर बनाते हैं ... ऐसे साधन, जो बिना पैसे के मुझे पैसा

बनाने देते हैं। जैसा अमीर डैडी हमेशा कहा करते थे, "कुछ शब्द आपको अमीर बनाते हैं और कुछ शब्द आपको ग़रीब बनाते हैं।"

जब मैंने टॉम से कहा था, "एक्सवायज़ेड पर एक नेकेड पुट ऑप्शन लिख दो," तो मैं कह रहा था, "किसी को मुझे निश्चित भाव पर शेयर बेचने का अधिकार बेच दो।" उस दिन एक्सवायज़ेड का भाव 45 डॉलर के आस-पास था। मेरे पुट ऑप्शन ने पुट ऑप्शन ख़रीदने वाले को आश्वस्त कर दिया कि मैं उसका शेयर 40 डॉलर के भाव पर ख़रीद लूँगा। दूसरे शब्दों में, मैं एक्सवायज़ेड शेयर के मालिक को बीमा बेच रहा था। अगर शेयर का भाव गिरकर 40 डॉलर हो जाता और पुट सक्रिय हो जाता, तो मैं उसे उस भाव पर ख़रीद लेता और आगे होने वाले नुक़सान से पुट ऑप्शन ख़रीदने वाले की रक्षा करता।

जब टॉम ने बाद में मुझे फ़ोन करके बताया, "आपको 5 डॉलर मिले हैं," तो उसका मतलब था कि हर पुट ऑप्शन पर मेरा 5 डॉलर का कवर है। ऑप्शन्स ट्रेडर्स की शब्दावली में, "लिखने" का मतलब बेचना होता है। यह वही शब्द है, जो बीमा उद्योग में इस्तेमाल होता है। हममें से कइयों के बीमा सेल्समैन ने कहा होगा, "मैं आपकी जीवन बीमा पॉलिसी लिख रहा हूँ, जिसमें डैथ बेनिफ़िट 1,00,000 डॉलर है।" बीमा उद्योग में एक और शब्द का इस्तेमाल होता है, वह है "अंडरराइटिंग," जिसका मतलब है कि वे आपको निश्चित क़ीमत पर किसी चीज़ की गारंटी दे रहे हैं। दूसरे शब्दों में, बीमा जगत और ऑप्शन्स के संसार में लिखने का मतलब बेचना होता है। इस मामले में मैं 5 डॉलर प्रति शेयर की क़ीमत पर निवेशक के 45 डॉलर के जोखिम की अंडरराइटिंग कर रहा था। मैं निवेशक को गारंटी दे रहा था कि अगर शेयर का भाव 40 डॉलर से नीचे चला गया, तो मैं उससे शेयर ख़रीद लूँगा। इस मामले में मैं बीमा कंपनी बन गया था, इसीलिए मैं "नेकेड पुट ऑप्शन लिख रहा था।" मैं ऐसी चीज़ का बीमा कर रहा था, जिसका मैं स्वामी नहीं था। मैं वही काम कर रहा था, जो बीमा कंपनियाँ करती हैं।

## पराजित व्यक्ति का संदर्भ

अब मैं सुन सकता हूँ कि आपमें से कुछ लोगों के दिमाग़ का संदर्भ यह कह रहा होगा, "लेकिन यह बहुत ख़तरनाक है। मान लें, शेयर बाज़ार क्रैश हो जाए? अगर आपको 40 डॉलर पर शेयर ख़रीदना पड़े, तो क्या होगा?" जैसा इस पुस्तक में बार-बार बताया गया है, अगर कोई व्यक्ति कुछ सीखना चाहता है, तो उसे अपने संदर्भ को खुला रखने की ज़रूरत है। या जैसा अमीर डैडी ने कहा था, "जोखिम होने का मतलब यह नहीं है कि यह ख़तरनाक है।"

मैंने इस खंड को इस पुस्तक के अंत में इसलिए रखा है, क्योंकि मैं यह सुनिश्चित करना चाहता था कि इस जानकारी को पाने के लिए आपका संदर्भ कुछ हद तक तैयार हो जाए। मैंने इसके बारे में पहले कभी इसलिए नहीं लिखा

है, क्योंकि इससे पहले मैंने कभी संदर्भ के महत्व के बारे में नहीं लिखा है। स्वीकार करने की बात तो रहने ही दे, ज़्यादातर लोगों का संदर्भ उस जानकारी को समझ ही नहीं पाता है, जिसे मैं समझाने वाला हूँ। अगर आप मेरे साथ इतनी दूर तक आ गए हैं, तो मैं कहता हूँ, "बधाइयाँ।" जब मैं पराजित व्यक्ति के संदर्भ वाले अपने कुछ दोस्तों या बाक़ी लोगों से बात करता हूँ, तो उनका संदर्भ हार के डर से संचालित होता है। उनके डर का शोर बहुत तेज़ होता है। वे वह नहीं सुन सकते हैं, जो मैं कह रहा हूँ या कहने वाला हूँ। जोखिम और हार का उनका डर बीच में आ जाता है और उनके दिमाग़ बंद हो जाते हैं। वे यह कहने लगते हैं, "यह बहुत ख़तरनाक है। मुझे आगे मत बताओ। मैं यह नहीं कर सकता।" तो इतने समय तक मेरे साथ बने रहने के लिए धन्यवाद।

उस पाँच मिनट के सौदे में मैं मूलतः एक्सवायज़ेड स्टॉक के 1,000 शेयर 40 डॉलर के भाव पर ख़रीदने के लिए सहमत हुआ था, बशर्ते उस शेयर का मालिक मुझे 5 डॉलर प्रति शेयर का प्रीमियम चुकाए। पैसा यानी 5,000 डॉलर मेरे अकाउंट में जमा हो गए। कुछ सप्ताह बाद शेयर का भाव 43 डॉलर के आस-पास आ गया, इसलिए ऑप्शन या बीमा पॉलिसी एक्सपायर हो गई। 5,000 डॉलर मुझे मिल गए, जिसमें से कमीशन, फ़ीस और टैक्स घटाने थे। मैं यहाँ इस बात पर ज़ोर देना चाहता हूँ कि इसमें मुझे पाँच मिनट से भी कम समय लगा, मैंने कुछ नहीं बेचा और उसके बाद कुछ नहीं किया। इसका मतलब यह है कि मुझे कंप्यूटर स्क्रीन पर बैठकर बाज़ार के उतार-चढ़ाव को नहीं देखना पड़ा और इसके बावजूद मैंने 5,000 डॉलर बना लिए। कई लोग हर महीने 5,000 डॉलर नहीं कमा पाते हैं और अगर वे ऐसा करते हैं, तो वे मेरे कमाए पैसे की तुलना में ज़्यादा टैक्स देते हैं। कर्मचारी उस 5,000 डॉलर पर सेल्फ़-एम्प्लॉयमेंट टैक्स चुकाता है, लेकिन मुझे नहीं चुकाना पड़ेगा, क्योंकि यह उस तरह की आमदनी नहीं थी। कर्मचारी *अर्जित* आमदनी में 5,000 डॉलर कमाता है, मैंने 5,000 डॉलर *पोर्टफ़ोलियो* आमदनी में कमाए थे।

## हवा से पैसा बनाना

आगे जाने से पहले मैं सोचता हूँ कि आपके लिए इस पर विचार करना महत्वपूर्ण है कि ये 5,000 डॉलर कैसे बनाए गए थे। ये हवा में से बनाए गए थे। इस सौदे की जाँच करने पर आपको एहसास होगा कि मैंने यह पैसा ऐसी चीज़ बेचकर बनाया था, *जिसका मैं मालिक नहीं था।* मैंने यह पैसा ऐसी चीज़ बेचकर बनाया था, जो *अस्तित्व में ही नहीं थी*, जब तक कि मैंने इसे अस्तित्व में लाने का फ़ैसला नहीं कर लिया। सौदा हवा में से पैसा बनाने की तरह था। अगर आप सचमुच समझ सकें कि इस सौदे में क्या हुआ था, भौतिक रूप से भी और मानसिक रूप से भी, तो आप यह समझ सकते हैं कि आपके मस्तिष्क में इतनी शक्ति है कि यह शून्य से पैसा बना सके। इस शक्ति को अक्सर

कीमिया (alchemy) की शक्ति कहा जाता है। अब आप आगे यह समझ सकते हैं कि अमीर डैडी ने बचपन में मुझसे मुफ़्त में काम क्यों करवाया था। वे मुझे प्रशिक्षित करना चाहते थे, ताकि मैं पैसे के लिए काम करने के बजाय पैसा बनाने के बारे में सोच सकूँ। वे चाहते थे कि मैं एक अलग संदर्भ विकसित करूँ, एक ऐसा संदर्भ, जो अमीर बनने के लिए कड़ी मेहनत पर निर्भर न हो।

## पराजितों को ख़ुश बनाना

मैं लोगों को शायद ही कभी इस प्रक्रिया के बारे में बताता हूँ। मैं पराजित व्यक्ति के संदर्भ के सामने इस प्रक्रिया को स्पष्ट करने की कोशिश करते-करते थक चुका हूँ। मैं इस बारे में बहस करते-करते थक चुका हूँ। मैंने इस ऑप्शन प्रक्रिया के बारे में जब भी बात की है, मुझे इस तरह की बातें सुनने को मिली हैं :

1. इसमें बहुत ज़्यादा समय लगता है। मैं बाज़ार देखने में अपने दिन बर्बाद नहीं करना चाहता।
2. यह बहुत ख़तरनाक है और मैं पैसा नहीं गँवाना चाहता हूँ।
3. मुझे ज़रा भी अंदाज़ा नहीं है कि आप किस बारे में बात कर रहे हैं।
4. आप ऐसा नहीं कर सकते। यह ग़ैर-क़ानूनी है।
5. मेरा स्टॉकब्रोकर कहता है कि यह इतना सरल भी नहीं है।
6. अगर आप ग़लत हुए और आपसे कोई ग़लती हो गई, तो या होगा?
7. आप झूठ बोल रहे हैं। आप ऐसा नहीं कर सकते।

दूसरे शब्दों में, पराजित व्यक्ति इसलिए पराजित होते हैं, क्योंकि वे अपने संदर्भ के विरोध में कोई बात सुन ही नहीं सकते हैं। यह पुस्तक व्यक्ति के संदर्भ और वास्तविकता के बारे में है। मैं लोगों को यह सामग्री देने में इसलिए झिझकता हूँ, क्योंकि ज़्यादातर लोगों का संदर्भ उस सामग्री को नहीं सँभाल सकता है, जिसका मैंने अभी-अभी ज़िक्र किया है। अब जब यह पुस्तक ख़त्म होने की ओर बढ़ रही है, तो मैं आपको वह सामग्री देने का ज़्यादा इच्छुक हूँ, जिसे बहुत सारे लोग चाहते हैं। मैं बस यक़ीन करता हूँ कि आपका संदर्भ आपको इसे ग्रहण करने, इसका प्रयोग करने और इसके आधार पर काम करने की अनुमति देगा।

दूसरे शब्दों में, जब मुझसे यह बताने को कहा जाता है कि मैं क्या करता हूँ और मैं उन्हें बता देता हूँ, तो कई मामलों में उनका संदर्भ जूझने लगता है। उनका संदर्भ जूझने लगता है, दिमाग़ को बंद कर देता है, बहस करता है या ऐसे कारण खोजता है कि यह काम क्यों नहीं किया जा सकता। अब जब मैंने संदर्भ को स्पष्ट करने में समय लगा दिया है, तो मैं आपको अंतिम सामग्री दूँगा

कि इस नेकेड पुट ऑप्शन को लिखना कम जोखिम और ज़्यादा लाभ वाला निवेश क्यों था, भले ही स्थितियाँ मेरी आशा के अनुरूप नहीं होतीं।

## भाव घटकर 35 डॉलर हो जाता है

पहली बात तो यह है कि मुझे दरअसल इस बात की चिंता नहीं थी कि मुझे अपनी नेकेड पोजीशन को कवर करने के लिए 40,000 डॉलर की व्यवस्था करनी होगी। तीन कारणों से मैं ग़लत होने के बारे में चिंतित नहीं था। वे कारण हैं :

1. अगर मुझे वे शेयर सचमुच ख़रीदने पड़ते, तो मेरे पास अपनी पोज़ीशन को कवर करने के लिए पर्याप्त पैसे थे।

2. इतिहास बताता है कि 85 प्रतिशत ऑप्शन्स एक्सपायर हो जाते हैं। यानी कि शेयर बाज़ार या लास वेगास के जुआघरों में क़िस्मत आज़माने के बजाय यहाँ पर जीतने की 85 प्रतिशत बेहतर संभावना होती है।

3. मैं उस शेयर को वैसे भी ख़रीदना चाहता था। मैं तो बस उसे कम भाव पर ख़रीदना चाहता था।

तो सवाल यह है, क्या शेयर का भाव घट सकता था और क्या मुझे 40 डॉलर के भाव पर ख़रीदने के लिए मजबूर किया जा सकता था? जवाब है हाँ। नेकेड पुट ऑप्शन बेचते समय मैं ख़ुद इस बात के लिए तैयार हुआ था। फ़र्क़ यह है कि विजेता के संदर्भ वाला व्यक्ति जानता है कि वह हारने के बावजूद जीत सकता है। इसीलिए उसे हारने का डर नहीं होता है। पराजित व्यक्ति सिर्फ़ हारने के बारे में सोचता है और इसीलिए वह शायद ही कभी जीत पाता है।

मान लेते हैं कि शेयर का भाव घटकर 35 डॉलर हो जाता है। पराजित संदर्भ वाला व्यक्ति सिर्फ़ नुक़सान को देखेगा और कभी जीत को नहीं देखेगा। पराजित व्यक्ति कहेगा, "मुझे अभी-अभी 40,000 डॉलर का नुक़सान हो गया, क्योंकि मुझे 40 डॉलर के भाव पर 1,000 शेयर ख़रीदने पड़े।" पराजित व्यक्ति यह देखेगा कि कितना जोखिम है, इसलिए वह कभी सौदा नहीं करेगा। उसका संदर्भ दिमाग़ को बंद कर देगा या मुँह को खोल देगा कि यह विचार कितना ख़तरनाक है। वह इससे आगे सोच ही नहीं पाएगा, क्योंकि उसकी भावनाएँ उसके दिमाग़ पर हावी हो जाएँगी। पराजित व्यक्ति 40,000 डॉलर के संभावित जोखिम को देखेगा; वह पाँच मिनट में 5,000 डॉलर के लाभ को नहीं देखेगा। इसके बजाय, अगर शेयर का भाव घटकर 35 डॉलर आ जाता है, तो वह 5,000 डॉलर के अतिरिक्त नुक़सान को देखेगा। पराजित व्यक्ति का संदर्भ उसके दिमाग़ पर पूरी तरह हावी हो चुका है।

मैंने इस पुस्तक की शुरुआत में मस्तिष्क के लीवरेज पर इतना समय

इसलिए लगाया है, क्योंकि इस तरह के सौदों के लिए यह ज़रूरी है। जब मैं लोगों को बताता हूँ कि मैं क्या करता हूँ, चाहे यह बिज़नेस बनाने में हो, रियल एस्टेट में निवेश करने में हो या पेपर एसेट्स में निवेश करने में हो, तो अक्सर व्यक्ति का संदर्भ मेरी सामग्री की वास्तविकता को तय करता है। पराजित व्यक्ति हमेशा - और मेरा मतलब है हमेशा - यही सोचता है कि मैं जो करता हूँ, वह बहुत ख़तरनाक है, भले ही यह वास्तव में ख़तरनाक न हो। ग़रीब व्यक्ति हमेशा - और मेरा मतलब है हमेशा - सोचता है कि वह मेरे जैसे काम नहीं कर सकता। मेहनती व्यक्ति अक्सर कहेगा, "मेरे पास आपके जैसा काम करने का वक़्त नहीं है, क्योंकि मैं इतना व्यस्त हूँ कि मुझे फ़ुरसत ही नहीं है।" और मेरे काम में जिस व्यक्ति की दिलचस्पी नहीं है, वह कहेगा, "यह बहुत जटिल लगता है। मैं इसे समझ ही नहीं पाता हूँ। इसके अलावा, पैसे में मेरी इतनी दिलचस्पी भी नहीं है।"

ज़्यादातर लोग कभी जवानी में अमीर बनकर रिटायर नहीं होंगे, सिर्फ़ इसलिए क्योंकि उनके पास वह संदर्भ ही नहीं होगा, जो विचार को वास्तविकता में बदल दे। इसीलिए मैंने इस पुस्तक की शुरुआत में आपके मस्तिष्क के लीवरेज और आपकी योजना के लीवरेज पर इतना ज़्यादा समय लगाया है। संदर्भ सामग्री से ज़्यादा महत्वपूर्ण होता है। जवानी में अमीर बनकर रिटायर होने के लिए मैंने जो किया था और जो मैं आज तक कर रहा हूँ, वह सरल है, बशर्ते आपके पास सही संदर्भ हो। मैं जो करता हूँ, वह मुश्किल या जटिल नहीं है। जैसा कि मैंने कहा, मुझे 5,000 डॉलर बनाने में पाँच मिनट से भी कम समय लगा। कई लोगों के लिए यह संभावना ही उनके संदर्भ यानी वास्तविकता से बाहर होती है। कई लोग तो 5,000 डॉलर बनाने के लिए तीस दिन तक मेहनत करना चाहते हैं। वे तीस दिन तक काम इसलिए करना चाहते हैं, क्योंकि उनका संदर्भ सोचता है कि तीस दिन में 5,000 डॉलर संभव या वास्तविक हैं। लेकिन पाँच मिनट में 5,000 डॉलर उनके संदर्भ में ही नहीं हैं, इसलिए यह विचार सुनकर वे कहते हैं, "यह आदमी झूठ बोल रहा है। यह काम बहुत ख़तरनाक है। मैं ऐसा नहीं कर सकता।" दूसरे शब्दों में, उनका संदर्भ इस संभावना को नकार देता है। इसके बजाय उनका संदर्भ ऐसे विचार लेकर आता है, जो उनके संदर्भ में फ़िट होते हैं। इसीलिए बहुत सारे लोग अपने संदर्भ का विस्तार करने के लिए मेहनत करने के बजाय ज़िंदगी भर शारीरिक रूप से कड़ी मेहनत करते हैं। वे पैसे के लिए शारीरिक रूप से कड़ी मेहनत करते हैं। वे अपने वित्तीय संदर्भ का विस्तार नहीं करते हैं और अपने मस्तिष्क में रखी हुई वित्तीय सामग्री को भी नहीं बढ़ाते हैं।

## विजेता का संदर्भ

विजेता के संदर्भ वाला व्यक्ति यह सवाल पूछेगा, "मैं हारने के बाद भी किस तरह जीत सकता हूँ?" "क्या होगा, अगर एक्सवायज़ेड का भाव 40 डॉलर से

नीचे चला जाए? मैं तब कैसे जीत सकता हूँ?" यह विजेता का संदर्भ है। विजेता जानते हैं कि वे हारने के बाद भी जीत सकते हैं। सबसे ज़्यादा महत्वपूर्ण बात यह है कि उनका दिमाग़ खुला रहता है, भले ही कही जाने वाली बात उनके संदर्भ के परे हो। दूसरे शब्दों में, विजेता खुला दिमाग़ रख सकता है, भले ही जो वह सुन रहा हो, उससे उसे डर लग रहा हो या वह उसके लिए बिलकुल नई बात हो। जैसा अमीर डैडी हमेशा कहते थे, "पराजित व्यक्ति का दिमाग़ विजेता के दिमाग़ से ज़्यादा तेज़ी से बंद होता है।"

इस पुस्तक में पहले मैंने बाहर निकलने की रणनीति के महत्व के बारे में लिखा था। विजेता हमेशा विजेता के रूप में बाहर निकलने की रणनीति की तलाश करता है, भले ही उसे नुक़सान हो रहा हो। नेकेड पुट ऑप्शन के उदाहरण में इसका प्रयोग करके देख लेते हैं। इस सौदे को रोकने से पहले ही मैंने बाहर निकलने की रणनीति बना ली थी, जिससे मैं जीत सकता था, भले ही स्थितियाँ मेरी आशा के अनुरूप नहीं होतीं। एक बार फिर, संदर्भ सामग्री से ज़्यादा महत्वपूर्ण होता है। शेयर बाज़ार हो, रियल एस्टेट हो या बिज़नेस हो, विजेता संदर्भ ही विजेताओं को जीतने की अनुमति देता है, भले ही वे हार रहे हों। इस उदाहरण में, विजेता की बाहर निकलने की रणनीति विजेता के संदर्भ का हिस्सा है। पराजित व्यक्ति सिर्फ़ जोखिम या नुक़सान को देखता है और कभी जीतने की संभावना को नहीं देखता है, भले ही वह हार जाए। पराजित व्यक्ति सिर्फ़ तभी जोखिम लेता है, जब उसे गारंटी दे दी जाए कि चीज़ें उसके हिसाब से होंगी। इसीलिए इतने सारे लोग गारंटी वाली तनख़्वाह और गारंटी वाले लाभ चाहते हैं। वे संभावनाओं के बजाय गारंटी चाहते हैं। विजेता अवसरों की तलाश करता है, क्योंकि वह जानता है कि अगर चीज़ें उसके हिसाब से नहीं होंगी, तब भी वह जीत जाएगा। यह सिर्फ़ आशावादी होने वाली बात नहीं है। जैसा अमीर डैडी ने कहा था, "बहुत से लोग सकारात्मक विचार सोचते हैं, लेकिन वे उन विचारों को पराजित व्यक्ति के संदर्भ से सोचते हैं। विजेता संदर्भ होने का मतलब यह जानना है कि आप हारने के बाद भी जीत जाएँगे।"

## हारने के बाद कैसे जीतें

जिस दिन मैंने टॉम को फ़ोन किया, मैं अपना होमवर्क कर चुका था, जिसमें एक मिनट से भी कम समय लगा। वह ऑर्डर देने से पहले मैं यह जानता था :

1. बाज़ार का रुझान नीचे की तरफ़ था।

2. एक्सवायज़ेड का भाव हाल ही में बुरी तरह नीचे हुआ था। यह 65 डॉलर से 20 डॉलर घटकर 45 डॉलर तक आ गया था। जिन निवेशकों के पास यह शेयर था, वे काफ़ी घबरा रहे थे।

3. मैं जानता था कि एक्सवायज़ेड अच्छी कंपनी है, इसकी आमदनी और

डिविडेंड अच्छे हैं, इसका मैनेजमेंट अच्छा है और यह अच्छी और बुरी दोनों अर्थव्यवस्थाओं में अच्छा प्रदर्शन करेगी।

4. यह कंपनी निवेशकों में लोकप्रिय थी, जिसका मतलब था कि इसमें बहुत से निवेशकों की दिलचस्पी थी।

5. यह एक ऐसी कंपनी थी, जिसके शेयर मैं ख़रीदना चाहता था और रोककर रखना चाहता था, बशर्ते क़ीमत सही हो।

6. मेरे पास ब्याज वाले अकाउंट में 1,00,000 डॉलर पड़े थे, जिससे मैं शेयर ख़रीद सकता था। टॉम को तो बस उस पैसे को ट्रांसफ़र करना था और उसके पास ऐसा करने की अथॉरिटी थी।

अगर शेयर का भाव घटकर 35 डॉलर हो जाता, तो मैं बहुत ख़ुश होता, भले ही मुझे अपने पुट ऑप्शन अनुबंध को पूरा करने के लिए 40,000 डॉलर देने पड़ते। क्यों? एक बार फिर, जवाब है मेरी बाहर निकलने की रणनीति।

मान लें, मुझे 1,000 शेयरों के लिए 40,000 डॉलर देने पड़े। शेयर का मेरा असली भाव क्या है?

जवाब है 35,000, क्योंकि उस ऑप्शन के लिए 5,000 डॉलर तो पहले ही मुझे मिल चुके हैं। तो अगर भाव मेरे पुट ऑप्शन के भाव 40 डॉलर प्रति शेयर से नीचे गिर जाता है, तो मैं सिर्फ़ 35 डॉलर प्रति शेयर देता, जो उस शेयर का बहुत अच्छा भाव होता और उस स्थिति में मैं उस शेयर का मालिक बनना चाहता।

अगला क़दम यह हो सकता था कि मैं जिन 1,000 शेयर का स्वामी हूँ, *उसके तत्काल दस कवर्ड कॉल ऑप्शन (हर कॉल ऑप्शन में 100 शेयर होते हैं)* 5 डॉलर प्रति शेयर के भाव पर बेच देता। यह *कवर्ड* इस कारण है, क्योंकि इस बार मैं सचमुच उन शेयर्स का स्वामी हूँ, जिनके लिए ऑप्शन बेच रहा हूँ। मैंने *पुट ऑप्शन* में *नेकेड* शब्द का प्रयोग इसलिए किया था, क्योंकि मैं उन शेयर्स का मालिक नहीं था। एक बार फिर, ज़्यादातर लोग यही कहेंगे, “जो चीज़ आपके पास नहीं है, उसे बेचना बहुत ख़तरनाक है।” और यह वाक़ई ख़तरनाक है, अगर आपके पास सही संदर्भ और सामग्री न हो।

कवर्ड कॉल क्यों बेचें? जवाब है *पैसे का वेग*, एक ऐसी शब्दावली जिसके बारे में हम पहले ही बात कर चुके हैं। मान लें, कवर्ड कॉल बेचकर मैं तेज़ी से भाव बढ़ने की स्थिति में 40 डॉलर के भाव पर बेचने के लिए सहमत होता हूँ। जो व्यक्ति चढ़ते बाज़ार को चूकने से डरता है, वह ऑप्शन के लिए पैसे देगा। मान लें, अगर शेयर का भाव बढ़कर 50 डॉलर हो जाता है, तो मुझे अपने 1,000 शेयर 40,000 डॉलर में बेचने की बाध्यता होगी। इस मामले में मुझे अपना सारा पैसा वापस मिल जाएगा, साथ ही वह पैसा भी, जो मुझे

ऑप्शन्स से मिला था। तो इस तरह हारने के बाद भी मैं जीत जाता।

अगर शेयर का भाव ऊपर नहीं जाता, तब भी मेरे पास कुछ पैसा होता, इस मामले में कॉल ऑप्शन्स के 5,000 डॉलर, भले ही शेयर का भाव वहीं रहता। औसत निवेशक उस शेयर में नुक़सान की स्थिति में रहता और वित्तीय सलाहकार की बात सुन रहा होता, "लंबे समय के लिए निवेश करो। धैर्य रखो। शेयर बाज़ार पिछले चालीस सालों से औसतन ऊपर गया है। इसलिए शांत रहो और इंतज़ार करो।" यह ख़रीदो, रोककर रखो और प्रार्थना करो की मानसिकता है, जो ज़्यादातर निवेशकों और कई निवेश सलाहकारों की होती है।

कवर्ड कॉल ऑप्शन्स बेचकर मैं अपनी जेब में 5,000 डॉलर और रख सकता था, एक बार फिर अपने शेयर के असली भाव को घटाकर 30 डॉलर प्रति शेयर कर सकता था, जिससे मैं और भी ख़ुश हो जाता, क्योंकि मैं वैसे भी उस शेयर को ख़रीदना चाहता था। जिस शेयर को मैं ख़रीदना चाहता था, उसके लिए 40,000 डॉलर देने के बजाय पुट और कॉल बेचने के कारण मैं दरअसल 30,000 डॉलर चुका रहा था, हालाँकि इस उदाहरण में बाज़ार भाव 35,000 डॉलर होता।

## यह दूसरे हाथ से खाना सीखने की तरह है

एक बार फिर, अगर आप इसे पूरी तरह न समझे हों, तो चिंता न करें। यह सिद्धांततः सरल है और इसे समझना भी मुश्किल नहीं है, बशर्ते आप इस विषय का अध्ययन करने में थोड़ा समय लगाएँ। यह काफ़ी हद तक बाएँ हाथ से खाना सीखने की तरह है, अगर आपने ज़िंदगी भर दाएँ हाथ से खाया हो। यह सिद्धांततः सरल है और जब आप इसे करना सीख लेते हैं, तब इसे करना भी सरल है। कई बार तो अलग तरीक़े से सोचना और काम करना सीखना ही मुश्किल होता है।

## जो हर व्यक्ति कर सकता है

मुझे तो संपत्तियों की सुरक्षा करने के लिए ऑप्शन ख़रीदने में समझदारी लगती है और कैशफ़्लो के लिए ऑप्शन बेचना मज़ेदार लगता है। मैं पैसे के बारे में चिंता नहीं करता हूँ, इसका एक कारण यह है कि मैं जानता हूँ कि मैं बाज़ार में जाकर चंद मिनटों में उससे ज़्यादा पैसा कमा सकता हूँ, जितना कमाने में ज़्यादातर लोगों को महीनों लगेंगे ... और इसमें मैं टैक्स भी कम चुकाता हूँ।

क्या हर व्यक्ति वह कर सकता है, जो मैं करता हूँ? बिलकुल ... लेकिन सिर्फ़ तभी, जब वह अपने संदर्भ का विस्तार करने और अपनी वित्तीय सामग्री को बढ़ाने में समय लगाए।

तो हर व्यक्ति क्या कर सकता है? नीचे कुछ सुझाव दिए गए हैं :

1. लाइब्रेरी से ऑप्शन्स ट्रेडिंग पर कोई पुस्तक लें। पहले शब्दों की परिभाषाएँ सीखें और फिर ज़्यादा अच्छी तरह समझने के लिए पढ़ें।

2. बुकस्टोर से कोई पुस्तक ख़रीदें या ऑनलाइन ऑर्डर दें। मेरी सलाह है आप ख़रीदने से पहले इसे अपनी आँखों से देख लें, क्योंकि आपको सरल पुस्तक से शुरुआत करनी चाहिए।

3. ऑप्शन्स ट्रेडिंग पर होने वाले सेमिनार में जाएँ। ऐसे कई सेमिनार होते रहते हैं।

4. कोई स्टॉकब्रोकर खोजें, जो आपको यह प्रक्रिया सिखाए और मार्गदर्शन दे।

5. कम से कम बारह बार कैशफ़्लो खेलें, ताकि आप फ़ंडामेंटल निवेशक की मानसिकता सीख लें।

जब आप कैशफ़्लो 101 में महारत हासिल कर लें, तो आप कैशफ़्लो 202 पर पहुँच सकते हैं। यह गेम सिखाता है कि कॉल ऑप्शन्स, पुट ऑप्शन्स, शॉर्ट्स और स्ट्रैडल्स का प्रयोग कैसे करना है। सबसे ज़्यादा महत्वपूर्ण बात यह है कि कैशफ़्लो 202 आपको बाज़ार के बदलते रुझानों के अनुसार कई दिशाओं में सोचना सिखाता है। मुझे यक़ीन है कि कैशफ़्लो 202 का सबसे सशक्त पहलू यह है कि यह सीखने का शारीरिक, मानसिक और भावनात्मक तरीक़ा है- एक बहुआयामी विषय। दूसरे शब्दों में, यह खेल आपको कई दिशाओं में सोचना सिखाता है। ज़्यादातर निवेशक इसलिए नुक़सान उठाते हैं, क्योंकि उन्हें घर, स्कूल और ऑफ़िस में सिर्फ़ एक ही दिशा में सोचने का प्रशिक्षण मिला है। परिष्कृत निवेशक को यह सोचने की ज़रूरत होती है कि ऊपर के रुझान वाले बाज़ार, नीचे के रुझान वाले बाज़ार और झूलते रुझान वाले बाज़ार में पैसा कैसे बनाया जाए। कैशफ़्लो 202 आपको इस तरह से सोचना सिखाता है। इसे खेलने में मज़ा आता है और आप असली पैसे के बजाय नक़ली पैसे का इस्तेमाल करके सीखते हैं।

## क्या निवेश ख़तरनाक है?

तो क्या निवेश ख़तरनाक है? मेरा जवाब है, बिलकुल नहीं। मेरी राय में अज्ञानी होना ख़तरनाक है। अगर आप जवानी में अमीर बनकर रिटायर होना चाहते हैं, तो नुक़सान से अपनी संपत्तियों का बीमा करना सीखना बुनियादी बात है। यह तो औसत निवेशक होता है, जो अध्ययन नहीं करता है और उसके बजाय कहता है कि निवेश ख़तरनाक है ... सबसे बड़ा जोखिम यही है। जैसा मैंने कहा था, "दुनिया के इतिहास में पहले कभी इतने सारे लोगों ने अपने आर्थिक भविष्य और

वित्तीय सुरक्षा को शेयर बाज़ार के उतार-चढ़ाव पर दाँव पर नहीं लगाया था।" यह ख़तरनाक सिर्फ़ इसलिए है, क्योंकि ये निवेशक इसके ख़तरों के बारे में जानने के बावजूद उससे बचने के लिए कुछ नहीं करते हैं। जैसा मेरे अमीर डैडी ने कहा था, "आई क्वाड्रैंट निवेशक (investor) का है, अज्ञान (ignorance) का नहीं।" उन्होंने यह भी कहा था, "निवेश अपने आप में ख़तरनाक नहीं है। लेकिन वित्तीय रूप से अज्ञानी होना और वित्तीय रूप से अज्ञानी सलाहकारों से सलाह लेना बहुत ख़तरनाक है। यह न सिर्फ़ ख़तरनाक है, बल्कि महँगा भी है। यह केवल पैसे की दृष्टि से ही नहीं, बल्कि समय के संदर्भ में भी महँगा है। लाखों-करोड़ों लोग वित्तीय अज्ञान के कारण वित्तीय स्वतंत्रता चाहने के बजाय ज़िंदगी भर नौकरी की सुरक्षा से चिपके रहते हैं। वित्तीय अज्ञान के कारण कई लोग प्रचुरता से उपलब्ध धन की समृद्धि चाहने के बजाय छोटी तनख़्वाह से चिपके रहते हैं। वित्तीय अज्ञान के कारण लोग अपना पैसा रिटायरमेंट अकाउंट में रखते हैं और फिर इस बात की चिंता करते हैं कि क्या यह ज़रूरत के वक़्त वहाँ होगा। वित्तीय अज्ञान के कारण लाखों लोग अपना अधिकांश समय ऑफ़िस में बिताते हैं, अमीरों को ज़्यादा अमीर बनाते हैं, जबकि वे अपने प्रियजनों के जीवन को समृद्ध बनाने में अपना समय नहीं लगाते हैं। नहीं, मैं यह नहीं कहता हूँ कि निवेश ख़तरनाक है। लेकिन मैं यह ज़रूर कहता हूँ कि वित्तीय दृष्टि से अज्ञानी होना ख़तरनाक है और महँगा भी है।"

# अध्याय - 18

# बी क्वाड्रैंट बिज़नेस का लीवरेज

## दुनिया का सबसे अमीर खेल

बी क्वाड्रैंट के उद्यमी दुनिया में सबसे अमीर स्वनिर्मित (self-made) लोग हैं। ये लोग फ़िल्मी सितारों, स्पोर्ट्स स्टार्स और ऊँची आमदनी वाले प्रोफ़ेशनल्स से ज़्यादा अमीर होते हैं। जब मैंने वियतनाम से लौटने के बाद अपने ग़रीब डैडी का अनुसरण न करने का फ़ैसला किया, तो मेरे अमीर डैडी की सलाह थी कि मैं बिज़नेस बनाना सीखूँ। उन्होंने कहा था, "बी क्वाड्रैंट के लोग दुनिया में सबसे अमीर होते हैं। इसका कारण यह है कि इस क्वाड्रैंट में सफल होना सबसे मुश्किल होता है। लेकिन अगर आप सफल हो जाते हैं, तो प्रचुरता के बाँध खुल जाते हैं और आपकी ज़िंदगी में दौलत की बाढ़ आ जाती है। अगर आप बी क्वाड्रैंट का बिज़नेस बना सकते हैं, तो आप दुनिया का सबसे अमीर खेल खेल रहे हैं।"

इतिहास पर नज़र डालकर देखें : बिल गेट्स, माइकल डेल, थॉमस एडिसन, हेनरी फ़ोर्ड, टेड टर्नर, जॉन डी. रॉकफ़ेलर जैसे लोग मशहूर बी क्वाड्रैंट की सूची के शिखर पर हैं। और भी कई हैं, जो इतने मशहूर नहीं हैं। वे सभी वित्तीय दिग्गज इसलिए बने, क्योंकि उन्होंने एक भीमकाय संपत्ति बना ली। उन्होंने सबसे बड़े लीवरेज का इस्तेमाल किया- लाखों लोगों की सेवा करने वाला बिज़नेस बनाने का लीवरेज।

यह कहा गया है कि अपने ख़ुद के बिज़नेस में किया गया निवेश आपका सबसे अच्छा निवेश होता है ... और मैं इस बात से सहमत हूँ। आपके निवेश पर होने वाला लाभ सामान्य निवेश गणना के परे होता है, बशर्ते आप जानते हों कि आप क्या कर रहे हैं। सिर्फ़ कुछ सैकड़ा डॉलर बिलियनों डॉलर में बदल सकते हैं। यह भी संभव है कि इससे आप न सिर्फ़ ख़ुद को, बल्कि अपने दोस्तों, परिवारजनों, बिज़नेस सहयोगियों, कर्मचारियों और निवेशकों को इतना अमीर बना दें, जितने की उन्होंने सपने में भी कल्पना नहीं की हो। इसीलिए इसे

दुनिया का सबसे अमीर खेल कहा जाता है।

जब मैं ज़्यादा छोटा था, तो अमीर डैडी मुझे लगातार याद दिलाते थे कि संपत्तियों की तीन मूलभूत श्रेणियाँ होती हैं। ये हैं :

1. रियल एस्टेट
2. पेपर एसेट्स
3. बिज़नेस

हालाँकि मैंने पेपर एसेट्स और रियल एस्टेट में हाथ डाला था, लेकिन अमीर डैडी ने मुझे बिज़नेस बनाने पर ध्यान केंद्रित करने के लिए प्रोत्साहित किया। उन्होंने कहा, "सबसे मुश्किल काम सबसे पहले शुरू करोगे, तो बाक़ी का काम आसान होगा।" आज मैं उनसे सहमत हूँ।

## बाहर निकलने की रणनीति

इस पुस्तक में मैंने बाहर निकलने की रणनीति के महत्व के बारे में लिखा है। वे हैं :

| | |
|---|---|
| ग़रीब | रिटायर होने के बाद प्रति वर्ष 25,000 डॉलर या उससे कम |
| मध्य वर्गीय | प्रति वर्ष 25,000 डॉलर से 1,00,000 डॉलर तक |
| धनवान | प्रति वर्ष 1,00,000 डॉलर से 10 लाख डॉलर तक |
| अमीर | प्रति वर्ष 10 लाख डॉलर या उससे ज़्यादा |
| बेहद अमीर | प्रति माह 10 लाख डॉलर या उससे ज़्यादा |

अब जब यह पुस्तक समाप्ति की ओर बढ़ रही है, तो मैं आपसे आग्रह करता हूँ कि आप अपनी व्यक्तिगत निर्गम रणनीति पर थोड़ा ध्यान दें। अपने विकल्प पर विचार करते समय अपनी मानसिकता या संदर्भ पर भी ध्यान दें। क्या आपका मस्तिष्क कह रहा है, "मैं ऐसा नहीं कर सकता," या "यह बहुत ज़्यादा मुश्किल भरा होगा," या "मैं इतना स्मार्ट नहीं हूँ," या संदर्भ को परिभाषित करने वाली ऐसी ही अन्य व्यक्तिगत वास्तविकताएँ?

जब मेरे अमीर डैडी ने मेरे साथ मेरी व्यक्तिगत निर्गम रणनीति पर काम किया, तो मुझे अपने सीमित संदर्भ द्वारा उत्पन्न शंकाओं और सीमाओं से गुज़रना पड़ा। कुछ महीनों की बातचीत के बाद मैं जान गया कि मेरी सफलता की सबसे अच्छी संभावना बी क्वाड्रैंट में थी। मेरी राय में, अपने निर्गम स्तर का चुनाव करने से पहले आपको अपनी व्यक्तिगत शक्तियों और कमज़ोरियों का मूल्यांकन कर लेना चाहिए। इसके अलावा, आपको इस बात पर भी ग़ौर

कर लेना चाहिए कि आपके लिए किस क्वाड्रैंट में काम करके जवानी में अमीर बनकर रिटायर होने की सबसे अच्छी संभावना है।

हाल में मेरी निवेश कक्षा में किसी ने कहा, "ओपरा विनफ़्री एस क्वाड्रैंट में होने के बावजूद मनोरंजन के क्षेत्र में दुनिया की सबसे अमीर महिला बन गई हैं।"

मैंने उससे पूछा कि ऐसा क्यों है। उसका जवाब था, "क्योंकि वे सेल्फ़-एम्प्लॉयड हैं। अगर वे काम करना बंद कर दें, तो उनकी आमदनी ख़त्म हो जाएगी।"

मैंने पूछा, "आप ऐसा कैसे जानते हैं?" फिर मैंने उससे पूछा कि *हारपो* प्रॉडक्शन्स क्या है। उसे मालूम नहीं था।

मेरा जवाब था, "*हारपो* प्रॉडक्शन्स, जो ओपरा के नाम को उलटा लिखने से बना है, दरअसल ओपरा की कंपनी है ... ओपरा का बिज़नेस बी क्वाड्रैंट का बिज़नेस है। यह बिज़नेस अन्य लोग चलाते हैं और अन्य क्षेत्रों में निवेश करते हैं। वे एस क्वाड्रैंट की स्टार हैं, लेकिन उनका संदर्भ बी क्वाड्रैंट का है।"

यह सब बताने का मतलब यह है कि आपके क्वाड्रैंट का आपके प्रोफ़ेशन से बहुत कम संबंध होता है। माइकल जॉर्डन भले ही शिकागो बुल्स के कर्मचारी हों, लेकिन फिर भी वे अपना ख़ुद का बिज़नेस शुरू करके बी क्वाड्रैंट में हो सकते हैं। डॉक्टर ई, एस, बी, या आई क्वाड्रैंट में हो सकता है, जो उसके संदर्भ पर निर्भर करता है। इसी तरह जेनिटर भी चारों क्वाड्रैंटों में हो सकता है। मैं ऐसा इसलिए कहता हूँ, क्योंकि बहुत सारे लोगों के पास सिर्फ़ एक संदर्भ होता है और वे एक से ज़्यादा संदर्भों के बारे में नहीं सीखना चाहते हैं। संदर्भ की सख़्त दीवार वाले ये लोग अक्सर सबसे कड़ी मेहनत करते हैं, सबसे ज़्यादा समय तक पसीना बहाते हैं और अंत में इनके पास सबसे कम पैसा होता है। आज के सूचना युग में यह अनिवार्य है कि हम सभी के पास एक से ज़्यादा संदर्भ हों और हम एक से ज़्यादा क्वाड्रैंट में हों। अगर आप ऐसा कर सकते हैं, तो आप पाएँगे कि ज़्यादा ऊँचे स्तर पर बाहर निकलने की आपकी संभावनाएँ ज़्यादा आसान बन जाएँगी और शायद ज़्यादा यथार्थवादी भी।

दूसरे शब्दों में, किम और मैं बेहद अमीर स्तर पर इसलिए बाहर निकल सकते हैं, क्योंकि हम मूलतः बी क्वाड्रैंट में काम करते हैं। हज़ारों या लाखों लोगों के लिए काम करने के बजाय हम करोड़ों लोगों के लिए काम करते हैं- शायद उससे भी ज़्यादा। यही हमारी बाहर निकलने की रणनीति है।

## रिच डैड्स गाइड टु इनवेस्टिंग

*रिच डैड* सीरीज़ की तीसरी पुस्तक *रिच डैड्स गाइड टु इनवेस्टिंग* में मैंने उद्यमी बनना सीखने के अपने निर्णय के बारे में लिखा था। अपनी सभी पुस्तकों में मैंने

लिखा है कि मैं कितनी बार असफल हुआ हूँ और मुझे दोबारा सँभलने के लिए क्या करना पड़ा है। मेरी राय में, यह सफल होने का संदर्भ है और इस बात से कोई फ़र्क़ नहीं पड़ता कि आप किस क्वाड्रैंट में हैं। मैं पुस्तक क्रमांक तीन का ज़िक्र इसलिए करता हूँ, क्योंकि उस पुस्तक का दूसरा हिस्सा बिज़नेस बनाने के बारे में है, जो सबसे बड़ी और सबसे ज़्यादा दौलतमंद बनाने वाली संपत्ति है। अगर आप बी क्वाड्रैंट का बिज़नेस बनाना चाहते हैं, तो आप वह पुस्तक पढ़ सकते हैं, क्योंकि इस अध्याय में मैं यह नहीं बताऊँगा कि वह संपत्ति कैसे बनानी है।

इसके अलावा, मैं नेटवर्क मार्केटिंग का समर्थन इसलिए भी करता हूँ, क्योंकि *नेटवर्क* ही वह शब्द है, जिसका इस्तेमाल बहुत अमीर लोग अक्सर करते हैं। कुछ समय पहले मैंने नेटवर्क मार्केटिंग उद्योग के लिए एक पुस्तक लिखी है, *"द बिज़नेस स्कूल फ़ॉर पीपुल हू लाइक हेल्पिंग पीपुल।"* यह छोटी और सरल पुस्तक मूलतः उस व्यक्ति के लिए है, जो ई और एस क्वाड्रैंट से बाहर निकलकर बी क्वाड्रैंट में जाना चाहता है। यह पुस्तक और इसके साथ मिलने वाला ऑडियो टेप हर उस व्यक्ति का हौसला बढ़ाता है, जो अपने संदर्भ को ई और एस क्वाड्रैंट से बी क्वाड्रैंट में बदलने के लिए अपने समय का निवेश करना चाहता है। ऐसा इसलिए है, क्योंकि दुनिया के सबसे अमीर लोग बी क्वाड्रैंट में ही होते हैं। यह पुस्तक और ऑडियो टेप स्पष्ट करते हैं कि जॉन डी. रॉकफ़ेलर और बिल गेट्स जैसे लोगों ने नेटवर्क क्यों बनाया। यह पुस्तक और ऑडियो टेप अमीर डैडी के वाक्य से शुरू होते हैं, "दुनिया के सबसे अमीर लोग नेटवर्क्स की तलाश करते हैं और बनाते हैं; बाक़ी सभी लोग नौकरी की तलाश करते हैं।"

अगर आप यह पुस्तक और ऑडियो कैसेट मँगवाना चाहें, तो आप हमारी वेबसाइट richdad.com पर जाकर इसका ऑर्डर दे सकते हैं।

पिछले साल एक दोस्त ने आकर मुझसे कहा, "मैंने 1999 में अपने म्यूचुअल फ़ंड्स में 35 प्रतिशत लाभ कमाया।" मैंने उसे हार्दिक "बधाई" दी। जब उसने मुझसे पूछा कि मुझे कितने प्रतिशत लाभ हुआ, तो मैंने कहा, "मैं सचमुच नहीं जानता।" यह बात नहीं है कि मैं नहीं जानता हूँ। मैं यह नहीं जानता था कि उसे यह कैसे बताऊँ कि मुझे होने वाला लाभ सामान्य मापदंड में फ़िट नहीं बैठता है। हालाँकि बड़ी अच्छी बात यह है कि मेरे दोस्त के म्यूचुअल फ़ंड निवेशों में उसे 35 प्रतिशत लाभ हुआ है, लेकिन मेरा व्यक्तिगत लाभ तो मिलियनों डॉलर था, जिसमें मेरे एक भी पैसे का व्यक्तिगत निवेश नहीं था। पिछले अध्याय को याद करें, जिसमें हमने पैसे के वेग पर बात की थी। मुझे उसके सवाल का जवाब देने में दिक़्क़त इसलिए हो रही थी, क्योंकि मेरा पैसा तो पहले ही निकल चुका था और निवेश पर मुझे होने वाले लाभ तकनीकी रूप से असीमित थे। इसीलिए मैंने अपने लाभ के बारे में ज़्यादा कुछ नहीं बताया और 1999 के बाज़ार में मिली सफलता के लिए उसे बधाई दी।

एक बार फिर, यह बताने का मेरा उद्देश्य अपने परिणामों के बारे में डींगें हाँकना नहीं है। मैं तो बस संदर्भ के अंतरों के बारे में बताना चाहता हूँ। मेरा दोस्त 35 प्रतिशत लाभ पाकर ख़ुश है, जबकि बिज़नेस बनाने वाला व्यक्ति इतने कम लाभ से संतुष्ट नहीं होगा। मेरी राय में यह शक्ति संदर्भ के फ़र्क़ में होती है। वित्तीय दृष्टि से क्या संभव है, दरअसल इस बारे में ई और एस क्वाड्रैंट के व्यक्ति का अक्सर अलग दृष्टिकोण होता है। ई या एस क्वाड्रैंट का व्यक्ति आम तौर पर कड़ी मेहनत करने का इच्छुक रहता है और दरअसल ख़ुद से कभी यह पूछता ही नहीं है कि वह जो पाना चाहता है, क्या उसे पाने का कोई और तरीक़ा है। मैं नेटवर्क मार्केटिंग उद्योग और इसके शैक्षणिक कार्यक्रमों की सिफ़ारिश इसलिए करता हूँ, क्योंकि मूलतः इनसे लोगों को भिन्न दृष्टिकोणों के प्रति अपने संदर्भ खोलने का मौक़ा मिलता है।

वैसे मेरे दोस्त का 35 प्रतिशत लाभ मार्च 2000 के बाद नकारात्मक हो गया था। वह अब फ़ेड चेयरमैन एलन ग्रीनस्पैन से ख़फ़ा है और उम्मीद व प्रार्थना कर रहा है कि बाज़ार दोबारा उठ जाए। अगर बाज़ार नहीं उठता है, तो हो सकता है कि उसे दोबारा नौकरी करने जाना पड़े।

## ज़्यादा लोग बी क्वाड्रैंट का बिज़नेस क्यों नहीं बनाते हैं?

सवाल यह है, अगर बी क्वाड्रैंट का बिज़नेस बनाने में इतना पैसा मिल सकता है, तो फिर ज़्यादा लोग ऐसा क्यों नहीं करते हैं? इसका आंशिक उत्तर अमीर डैडी के इस सबक़ में मिल सकता है।

जब मैं अपना पहला असली बी क्वाड्रैंट बिज़नेस बनाना शुरू करने का फ़ैसला कर रहा था, तो मैंने अमीर डैडी से पूछा था, "अगर बिज़नेस बनाना दुनिया का सबसे अमीर खेल है, तो फिर ज़्यादा लोग इस खेल को क्यों नहीं खेलते हैं? क्या ऐसा पैसे, योग्यता या प्रतिभा की कमी के कारण है?"

अमीर डैडी का जवाब छोटा और सटीक था। उन्होंने कहा था, "बिज़नेस में सबसे मुश्किल काम लोगों के साथ काम करना है।"

"लोगों के साथ?" मैंने पूछा। "लोगों के साथ काम करना बिज़नेस का सबसे मुश्किल हिस्सा है?"

अमीर डैडी ने सिर हिलाकर कहा, "ज़्यादातर लोग सिर्फ़ इसलिए बिज़नेस नहीं बना सकते, क्योंकि उनमें लोगों से संबंधित योग्यताएँ (people skills) नहीं होती हैं। सभी लोग दूसरे लोगों के साथ पूरे दिन काम करते हैं, लेकिन एक साथ काम करने का यह मतलब नहीं है कि वे मिलकर कोई बिज़नेस शुरू कर सकते हैं। और मान लें, वे एक साथ बिज़नेस शुरू कर भी दें, तो इसका यह मतलब नहीं है कि वह बिज़नेस बहुत बड़े बिज़नेस में विकसित हो सकता है।"

"यानी अगर मैं लोगों के साथ मिलकर काम करना सीख लूँ, तो मैं दुनिया के सबसे अमीर खेल को खेल सकता हूँ?" मैंने पूछा। "अगर मैं लोगों के साथ मिलकर काम करना सीख लूँ, तो मैं बहुत अमीर बन सकता हूँ?"

अमीर डैडी ने सहमति में सिर हिला दिया।

## अगर आप अलग-अलग तरह के लोगों के साथ काम कर सकते हैं, तो आप बेहद अमीर बन सकते हैं

बरसों तक अमीर डैडी ने अपने बेटे और मुझे यह सिखाने में बहुत समय लगाया कि अलग-अलग तरह के लोगों के साथ मिलकर कैसे काम किया जाता है और उनके साथ कैसे व्यवहार किया जाता है। अगर आपने *रिच किड स्मार्ट किड* पढ़ी होगी, तो आपको याद होगा कि अमीर डैडी कर्मचारियों का इंटरव्यू लेते समय अक्सर अपने बेटे और मुझे अपने साथ बैठाते थे। लोगों को नौकरी पर कैसे रखा जाता है या निकाला जाता है, यह सीखने की प्रक्रिया दिलचस्प थी, ख़ास तौर पर तब, जब अमीर डैडी जिन लोगों को नौकरी पर रख रहे थे या निकाल रहे थे, वे मेरे मम्मी-डैडी की उम्र के थे। उनके लिए अपने बेटे और मुझे यह सिखाना बहुत महत्वपूर्ण था। इस तरह वे हमें सिखाते थे कि अलग-अलग तरह के लोगों के साथ कैसा व्यवहार किया जाए। वे कहते थे, "अगर तुम अलग-अलग तरह के लोगों के साथ काम कर सकते हो, तो तुम इतने अमीर बन सकते हो, जितनी तुमने सपने में भी कल्पना नहीं की होगी।"

जिन लोगों ने *कैशफ़्लो क्वाड्रैंट* पढ़ी होगी, उन्हें याद होगा कि अमीर डैडी के लिए यह सरल डायग्राम कितना महत्वपूर्ण था :

अमीर डैडी ने यह डायग्राम यह बताने के लिए बनाया था कि बिज़नेस की दुनिया में चार अलग-अलग तरह के लोग होते हैं। ई क्वाड्रैंट कर्मचारियों का

होता है, एस क्वाड्रैंट छोटे बिज़नेस मालिकों या सेल्फ़-एम्प्लॉयड लोगों का होता है, बी क्वाड्रैंट बिज़नेस मालिकों का होता है और आई क्वाड्रैंट निवेशकों का होता है।

इस डायग्राम का मूलभूत बिंदु यह था कि अलग-अलग तरह के क्वाड्रैंटों से आने वाले लोग बुनियादी तौर पर अलग होते हैं। अमीर डैडी कहते थे, "बी क्वाड्रैंट में सफल होने के लिए आपको यह जानने की ज़रूरत है कि चारों क्वाड्रैंटों के लोगों के साथ संप्रेषण और काम कैसे किया जाता है। यह अकेला क्वाड्रैंट है, जिसमें यह योग्यता अनिवार्य होती है।" दूसरे शब्दों में बहुत सारी कंपनियों के डूबने का एक कारण यह भी होता है कि उद्यमी अक्सर अलग-अलग तरह के लोगों के साथ काम नहीं कर पाता है।

1980 के दशक में मैं फिर से हवाई में था और अमीर डैडी ने मुझे एक बोर्ड मीटिंग में बैठने का न्योता दिया, जहाँ वे डायरेक्टर थे। कंपनी मुश्किल में थी और अमीर डैडी चाहते थे कि मैं इस अप्रिय अनुभव से कुछ सीखूँ। यह एक छोटी शुरुआती कंपनी थी, जो कनाडा में तेल खोज रही थी। अमीर डैडी ने कंपनी नहीं बनाई थी, लेकिन अब जबकि कंपनी मुश्किल में थी, तो उन्हें बोर्ड में बुलाया गया था, ताकि वे देख सकें कि क्या कंपनी को बचाया जा सकता है।

कंपनी सीएफ़ओ (मुख्य वित्तीय अधिकारी) के एक निर्णय के कारण संकट में थी, गहरे क़र्ज़ में डूब गई थी और दिवालिएपन की कगार पर खड़ी थी। मीटिंग शुरू होने के बाद अमीर डैडी ने बोर्ड के बाक़ी सदस्यों से पूछा, "बोर्ड की अनुमति के बिना सीएफ़ओ को इतना बड़ा वित्तीय निर्णय लेने की अनुमति क्यों दी गई?"

जवाब बोर्ड के एक और सदस्य ने दिया, "क्योंकि वह एक्सवायज़ेड जाएंट ऑइल कंपनी का सीनियर वाइस प्रेसिडेंट रह चुका है।"

अमीर डैडी ने ऊँची आवाज़ में कहा, "उससे क्या? इससे क्या फ़र्क़ पड़ता है कि वह किसी वक़्त एक बड़ी तेल कंपनी का सीनियर वाइस प्रेसिडेंट रह चुका है?"

एक और सदस्य बोला, "देखिए, हमने सोचा कि वह हमसे ज़्यादा जानता होगा। इसलिए हमने उसे अपनी मर्ज़ी से काम करने दिया।"

अमीर डैडी ने टेबल थपथपाई और फिर बोले, "हो सकता है वह सीनियर वाइस प्रेसिडेंट रहा हो, लेकिन इसके बावजूद वह तीस साल तक कर्मचारी रहा था। वह एक बड़ी कंपनी का कर्मचारी था। उसे ज़रा भी अंदाज़ा नहीं होगा कि बहुत सीमित बजट में एक छोटी शुरुआती कंपनी को कैसे चलाया जाता है। मेरी सलाह तो यह है कि आप उसे बदल दें और उसके बजाय किसी और को रख लें, जो अपनी कंपनी का मालिक रहा हो और उसके पास पूरी वित्तीय ज़िम्मेदारियाँ रही हों, भले ही वह कंपनी तेल कंपनी न हो। उद्योग चाहे जो हो,

कर्मचारी और उद्यमी में बहुत अंतर होता है। छोटी कंपनी चलाने और बड़ी कंपनी चलाने में भी बहुत बड़ा फ़र्क़ होता है। बड़ी कंपनी में इस आकार की ग़लती से कंपनी को कोई नुक़सान नहीं होता है। जबकि इस आकार की ग़लती से छोटी कंपनी तबाह हो जाती है।"

कंपनी अंततः दिवालिया हो गई। एक साल बाद मैंने अमीर डैडी से पूछा कि वह दिवालिया क्यों हो गई। उन्होंने कहा, "कंपनी का मैनेजमेंट बहुत बुरा था, जिसमें बोर्ड ऑफ़ डायरेक्टर्स भी शामिल थे। हालाँकि कंपनी ने बेहतरीन लोगों को नौकरी पर रखा और उन्हें बहुत पैसा दिया, लेकिन वे लोग कभी बेहतरीन टीम की तरह काम नहीं कर पाए। सफल उद्यमी बेहतरीन टीम बनाते हैं। इसी तरह वे ज़्यादा पैसे और ज़्यादा लोगों वाली बड़ी कंपनियों से प्रतिस्पर्धा कर पाते हैं।"

## अलग-अलग योग्यताएँ

*रिच डैड* सीरीज़ की तीसरी पुस्तक *रिच डैड्स गाइड टु इनवेस्टिंग* में मैंने अमीर डैडी के बीआई त्रिकोण के बारे में लिखा है, जो आगे दिया गया है।

बीआई त्रिकोण हर उस व्यक्ति के लिए महत्वपूर्ण है, जो बी क्वाड्रैंट का बिज़नेस शुरू करना चाहता है या कर चुका है। यह हर उस व्यक्ति के लिए भी अहम है, जिसके पास मिलियन डॉलर का विचार है और वह उसे बिज़नेस में बदलने की योजना बना रहा है। दूसरे शब्दों में, लोगों को बी क्वाड्रैंट का बिज़नेस शुरू करने में मुश्किल आने का एक कारण यह है कि असली बिज़नेस में एक से अधिक योग्यता या विशेषज्ञता की ज़रूरत होती है।

हमारा स्कूल तंत्र इन विशेषज्ञताओं या योग्यताओं वाले लोगों को निर्मित करता है। लेकिन उन्हें इकट्ठा करने और उनसे टीम की तरह काम करवाने के लिए सच्चे उद्यमी की ज़रूरत होती है, तभी कंपनी सशक्त बन सकती है।

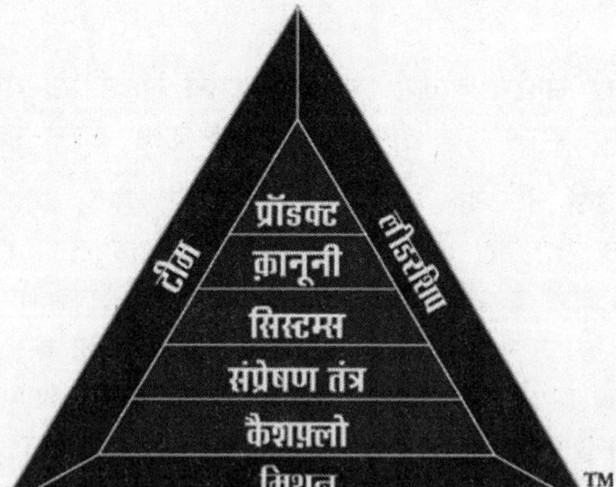

## बड़ी समस्या

बड़ी समस्या आपके बिज़नेस में चारों क्वाड्रैंट होने और बीआई त्रिकोण की अलग-अलग तकनीकी योग्यताएँ होने से आगे तक जाती है। समस्या तो लीडर यानी ऐसा उद्यमी खोजने की है, जो इन अलग-अलग योग्यताओं और भिन्न मूलभूत जीवनमूल्यों वाले अलग-अलग लोगों से टीम की तरह काम करवा सके। इसीलिए अमीर डैडी ने कहा था, "बिज़नेस का सबसे मुश्किल हिस्सा लोगों के साथ काम करना है।" उन्होंने यह भी कहा था, "अगर लोग न हों, तो बिज़नेस आसान हो जाएगा।"

दूसरे शब्दों में, उद्यमी को सबसे पहले महान लीडर बनना होगा। ज़ाहिर है, हम सभी मेहनत करके अपनी नेतृत्व क्षमताओं को सुधार सकते हैं।

## उद्यमी क्या होता है?

अमीर डैडी ने अपने बेटे और मुझे उद्यमी बनना सिखाया। जब मैंने उनसे पूछा कि उद्यमी क्या होता है, तो उन्होंने कहा था, "उद्यमी अवसर देखता है, टीम इकट्ठी करता है, बिज़नेस बनाता है और उस अवसर से लाभ उठाता है।"

फिर मैंने उनसे पूछा था, "अगर मैं अवसर देख लूँ और अकेले ही इसका लाभ उठा लूँ, तो क्या होगा?"

"बेहतरीन सवाल।" अमीर डैडी ने कहा। "अगर आप अवसर देखते हैं और आप अकेले ही इसका लाभ उठा सकते हैं, तो आप छोटे बिज़नेसमैन या सेल्फ़-एम्प्लॉयड व्यक्ति हैं।" अमीर डैडी ने व्यापारी और उद्यमी के फ़र्क़ को समझाते हुए आगे कहा, "व्यापारी या बुनकर वह होता है, जो मूलतः अकेला ही कोई प्रोडक्ट बना सकता है या सेवा दे सकता है। उदाहरण के लिए, पेंटर अकेले ही पेंटिंग बना सकता है या डेंटिस्ट अकेला ही आपका दाँत उखाड़ सकता है। सच्चा उद्यमी अपने काम को अकेले नहीं कर सकता। उद्यमी में अलग-अलग योग्यताओं वाले स्मार्ट लोगों को एक साथ लाने और साझे लक्ष्य को हासिल करने के लिए उनसे मिलकर काम करवाने की योग्यता होनी चाहिए। दूसरे शब्दों में, उद्यमी ऐसी टीम बनाता है, जो ऐसे प्रोडक्ट्स बनाती है, जिन्हें कोई अकेला व्यक्ति नहीं कर सकता। अधिकांश लोग इसलिए छोटे रह जाते हैं, क्योंकि वे उन्हीं समस्याओं को सुलझाते हैं, जिन्हें वे अकेले ही सुलझा सकते हैं।"

"तो उद्यमी ऐसे काम करता है, जिसके लिए टीम की ज़रूरत होती है," मैंने कहा। "बी क्वाड्रैंट वाले व्यक्ति को तब तक पैसा नहीं मिलता है, जब तक कि उसकी टीम मिल-जुलकर अच्छी तरह काम नहीं करती है। ज़्यादातर कर्मचारियों और सेल्फ़-एम्प्लॉयड लोगों को व्यक्तिगत काम के बदले में पैसा मिल जाता है। लेकिन उद्यमी को तब तक पैसा नहीं मिलता है, जब तक कि उसकी टीम सफल न हो जाए।"

अमीर डैडी ने सिर हिलाया और यह कहकर आगे स्पष्ट किया, "जिस तरह बिल्डिंग बनाने वाला कॉन्ट्रैक्टर प्लंबर, इलेक्ट्रिशियन, बढ़ई, आर्किटेक्ट और अकाउंटेंट जैसे लोगों का प्रयोग करके मकान बनवाता है, उसी तरह उद्यमी भी अलग-अलग व्यवसाय के लोगों, तकनीशियनों और प्रोफ़ेशनल लोगों को एक साथ लाता है, ताकि वे बिज़नेस बनाने में उसकी मदद कर सकें।"

मैंने पूछा, "तो आपके विचार से उद्यमी दरअसल टीम लीडर है, हालाँकि हो सकता है कि वह शारीरिक रूप से टीम में काम न करे?"

"आप टीम का हिस्सा बनकर मेहनत किए बिना स्मार्ट योग्य लोगों की टीम का जितना बेहतर नेतृत्व कर सकते हैं, उतने ही बेहतर और बड़े उद्यमी बन सकते हैं," अमीर डैडी ने कहा। "मैं कई कंपनियों का मालिक हूँ, लेकिन मुझे कंपनी में कोई काम करने की ज़रूरत नहीं है। इस तरह मैं ज़्यादा पैसे बना सकता हूँ और दूसरी चीज़ें कर सकता हूँ। इसीलिए सच्चा उद्यमी बनने के लिए लीडरशिप एक अनिवार्य योग्यता है।"

मैंने पूछा, "क्या लीडरशिप योग्यताएँ सीखी जा सकती हैं?"

"हाँ," अमीर डैडी ने कहा। "मैंने ग़ौर किया है कि हम सभी में लीडरशिप योग्यताएँ होती हैं। ज़्यादातर लोगों के साथ समस्या यह होती है कि वे ज़िंदगी भर अपनी प्रोफ़ेशनल या कैरियर संबंधी योग्यताएँ विकसित करते रहते हैं, इसीलिए ज़्यादातर लोग ई और एस क्वाड्रैंटों में होते हैं। बहुत कम लोग अपनी लीडरशिप योग्यता को विकसित करने में ज़िंदगी लगाते हैं, जो बी क्वाड्रैंट के लिए सबसे अनिवार्य योग्यता है। इसलिए हाँ, लीडरशिप सीखी जा सकती है।" बरसों बाद अमीर डैडी ने कहा था, "लीडर्स चुनौतियों का सामना करते हैं, जबकि बाक़ी सभी सुरक्षित नौकरी की तलाश करते हैं।"

## वियतनाम से लीडरशिप के सबक़

आपमें से कुछ लोग जानते होंगे कि मैं कई कारणों से वियतनाम गया था। एक कारण तो यह था कि मेरे दोनों डैडी यह मानते थे कि मातृभूमि की रक्षा करना या उसके लिए लड़ना संतानों का दायित्व है। दूसरा कारण लीडरशिप की योग्यताएँ सीखना था। अमीर डैडी ने कहा था, "बेहद दबाव और जान के जोखिम वाले माहौल में सिपाहियों का डर दूर करना और उनसे साहसिक काम करवाना हर व्यक्ति की लीडरशिप योग्यता का इम्तहान है।" वियतनाम में मैंने लोगों को भयंकर चीज़ें करते देखा, लेकिन मैंने लोगों को बहादुरी के ऐसे काम करते भी देखा, जिन्हें मैं कभी नहीं भूल पाऊँगा। मेरे एक कमांडिंग ऑफ़िसर ने कहा था, "हर सिपाही के भीतर एक हीरो छिपा होता है। लीडर का काम उस हीरो को बाहर निकालना है, जो हम सबके भीतर रहता है।" आज मैं युद्ध में सीखी गई कई लीडरशिप योग्यताओं का प्रयोग अपने बिज़नेस में करता हूँ।

युद्ध में हम युवा सैनिकों को आदेश नहीं देते थे और उनसे आँख मूँदकर आदेश का पालन करने की उम्मीद नहीं करते थे। युद्ध में हमने यह सीख लिया था कि हम युवाओं को हीरो बनने के लिए प्रेरित करें। युद्ध की तरह ही यह योग्यता बिज़नेस में भी काम करती है।

## अपनी लीडरशिप योग्यताएँ विकसित करें

आपको अपनी लीडरशिप योग्यताएँ विकसित करने के लिए युद्ध में शामिल होने की ज़रूरत नहीं है। आपको तो बस उन चुनौतियों का सामना करने की ज़रूरत है, जिनसे दूसरे भाग जाते हैं। हममें से ज़्यादातर लोगों ने यह कहावत सुनी होगी, "कभी किसी चीज़ के लिए स्वेच्छा से आगे मत आओ।" मेरे लिए, यह उस व्यक्ति का सूत्रवाक्य है, जो ज़िंदगी में पीछे की ओर जा रहा है। अमीर डैडी अक्सर कहते थे, "लीडर्स उन चुनौतियों को चुनते हैं, जिनसे बाक़ी लोग घबराते हैं।" वे यह भी कहते थे, "लीडर का आकार उसके काम के आकार से पता चलता है।" ड्वाइट आइज़नहॉवर इसलिए मशहूर हुए, क्योंकि उन्होंने द्वितीय विश्व युद्ध के दौरान डी-डे इनवेज़न और यूरोपियन अभियान जैसे बड़े काम किए। जॉन केनेडी ने इंसान को चाँद पर पहुँचाने का बीड़ा उठाया। लीडर्स ऐसी चुनौतियाँ चाहते हैं, जिनसे बाक़ी लोग घबराकर दूर भाग जाते हैं। बहुत सारे लोग कभी लीडरशिप योग्यताएँ इसलिए विकसित नहीं कर पाते हैं, क्योंकि उनमें अपने सामने आने वाली चुनौतियों से दूर भागने की आदत होती है। उनमें कभी *स्वेच्छा से पहल न करने* की आदत होती है।

हर बिज़नेस, हर चर्च, हर परोपकारी संस्था, हर समुदाय को लीडर्स की ज़रूरत है। हर संगठन आपको आगे क़दम बढ़ाने और जवाबदेह बनने का अवसर देता है। हर अवसर आपको उन बेशक़ीमती लीडरशिप योग्यताओं को सीखने का अवसर देता है, जो उद्यमिता के संसार में ज़रूरी हैं।

कई लोग सबसे अमीर खेल यानी बिज़नेस बनाने के खेल में हिस्सा लेने के लिए सिर्फ़ इसलिए योग्य नहीं हैं, क्योंकि वे लीडरशिप की योग्यताएँ सीखने में नाकाम रह जाते हैं।

अगर आप अपने चर्च के पॉटलक डिनर की ज़िम्मेदारी लेने के लिए आगे आते हैं, तो आप ज़्यादा लीडरशिप योग्यताएँ हासिल करने के लिए क़दम बढ़ा रहे हैं। भले ही कोई स्वेच्छा से आपकी मदद करने के लिए आगे न आए, लेकिन आप कुछ महत्वपूर्ण सीखेंगे। आप सीखेंगे कि उस हीरो को कैसे खोजना और संबोधित करना है, जो हममें से हर व्यक्ति के भीतर रहता है। अगर आप यह करना सीख लेते हैं, तो लीडरशिप का अगला काम ज़्यादा आसान और सफल होगा तथा आप लीडरशिप के बारे में ज़्यादा सीखेंगे। अगर आप अपनी लीडरशिप योग्यताओं का विकास नहीं करते हैं, तो इस बात की संभावना है

कि बिज़नेस बनाने और दुनिया के सबसे अमीर खेल में हिस्सा लेने की आपकी योग्यताएँ कभी विकसित नहीं हो पाएँगी। मैं बहुत सारे स्मार्ट लोगों से मिला हूँ, जिनके पास बेहतरीन बिज़नेस विचार थे, लेकिन उनमें लीडरशिप योग्यताएँ नहीं थीं, बिज़नेस टीम बनाने की योग्यताएँ नहीं थीं और उस टीम के द्वारा अपने विचारों को लाखों, करोड़ों डॉलरों में बदलवाने की योग्यताएँ नहीं थीं। दुनिया के सबसे अमीर खेल में लीडरशिप ही कुंजी है, क्योंकि व्यक्तियों को टीम में बदलने के लिए लीडर की ज़रूरत होती है।

## अनुशंसित पुस्तकें

मैं ऐसी कई पुस्तकें पढ़ चुका हूँ, जो व्यक्ति के उद्यमिता विकास में योगदान दे सकती हैं। ये हैं :

1. *द मॉन्क एंड द रिडल* : रैंडी कॉमिसार (हार्वर्ड बिज़नेस स्कूल प्रेस)। यह पुस्तक मुझे मेरे स्टॉक ब्रोकर मित्र टॉम ने दी थी। टॉम बेहतरीन ऑप्शन्स ट्रेडर है, लेकिन वह तरक़्क़ी करने वाली छोटी शुरुआती कंपनियों को खोजने और उनमें निवेश करने में ज़्यादा निपुण है। उसने मुझे यह पुस्तक उस वक़्त दी थी, जब मैं अपनी एक कंपनी बेचकर बाहर निकलने की तैयारी कर रहा था। इस पुस्तक को पढ़ने के बाद मैंने उस कंपनी को न बेचने और उसे बेहतर बनाने का फ़ैसला किया। यह बेहतरीन पुस्तक ज़िंदगी की महान पहेलियों में से एक के बारे में है।

2. *फ़र्स्ट, ब्रेक ऑल द रूल्स* : मार्कस बकिंघम और कर्ट कॉफ़मैन (साइमन एंड शूस्टर)। हर उस व्यक्ति के लिए उत्कृष्ट पुस्तक, जो लोगों का प्रबंधन करता है या उनका नेतृत्व करता है। यह पुस्तक 400 कंपनियों के 80,000 मैनेजरों के इंटरव्यूज़ पर आधारित है, जो गैलप ऑर्गैनाइज़ेशन ने लिए थे।

औद्योगिक युग में कर्मचारियों का प्रबंधन करना भेड़ों के रेवड़ को चराने जैसा था। आज सूचना युग में कर्मचारियों का प्रबंधन करना बिल्लियों के समूह के साथ काम करने जैसा है। इसका मतलब है कि आज हर कर्मचारी के साथ समूह के बजाय व्यक्ति के रूप में व्यवहार करने की ज़रूरत है। यह पुस्तक इस क्षेत्र में बहुत बढ़िया ज्ञान देती है कि अलग-अलग दिशाओं में जा रहे अलग-अलग प्रकार के लोगों के साथ कैसा व्यवहार करें और उन्हें टीम में कैसे बदलें।

3. *इमोशनल ब्रांडिंग* : डेरिल ट्रैविस (प्राइमा पब्लिशिंग)। ब्रांड का मूल्य क्या है? मैंने कुछ समय पहले पढ़ा था कि कोकाकोला की फ़ैक्ट्रियों, मशीनों और अन्य पूँजीगत संपत्तियों का मूल्य लगभग 8 बिलियन डॉलर है, जबकि इसके ब्रांड का मूल्य 80 बिलियन डॉलर है।

बिज़नेस बनाने में समय निवेश करने का एक लाभ ब्रांड बनाना है,

हालाँकि बहुत कम लोग इसकी तरफ़ ध्यान देते हैं। बढ़ती वैश्विक प्रतिस्पर्धा के इस संसार में आप बिज़नेस और ब्रांड बनाने में जितने बेहतर होंगे, उतने ही ज़्यादा दौलतमंद बनेंगे।

एक पल के लिए सोचें कि आईबीएम एक्सवायज़ेड कंप्यूटर्स से ज़्यादा शक्तिशाली क्यों है। एक्सवायज़ेड के पास बेहतर कंप्यूटर हो सकता है, लेकिन आईबीएम के पास बेहतर ब्रांड है। Richdad.com में हमें एहसास है कि हमारा मूल्य हमारी पुस्तकों, गेम्स और अन्य प्रोडक्ट्स से भी आगे तक जाता है। हम बिज़नेस बनाने के साथ-साथ विश्वव्यापी ब्रांड बनाने के प्रति भी बेहद जागरूक हैं।

4. *प्रोटेक्टिंग युअर # 1 एसेट* : माइकल लेक्टर (वार्नर बुक्स)। यह पुस्तक *रिच डैड्स एडवाइज़र्स* सीरीज़ की पुस्तक है। माइकल लेक्टर मेरे अटॉर्नी हैं। वे मेरी बिज़नेस पार्टनर और सह-लेखिका शेरॉन लेक्टर के पति भी हैं। माइकल ब्रांड्स, ट्रेडमार्क्स और पेटेंट्स जैसे बौद्धिक संपदा के क्षेत्रों में शीर्षस्थ वकील हैं। जैसा आप कोकाकोला के उदाहरण से समझ सकते हैं, ब्रांड या विचार का मूल्य बिलियनों डॉलर हो सकता है।

आपमें से जिन लोगों के दिमाग़ में किसी बिज़नेस या प्रोडक्ट का मिलियन डॉलर का विचार हो, उनके लिए यह पुस्तक पढ़ना अनिवार्य है। सूचना युग में आपकी सबसे बड़ी संपत्ति आपके विचार हैं। अपने विचारों को प्रकट करने से पहले यह महत्वपूर्ण है कि आप यह पुस्तक पढ़ लें। माइकल की फ़ीस ज़्यादा है, इसलिए अमूल्य जानकारी पाने के लिए यह पुस्तक सस्ता सौदा है।

5. *सेल्स डॉग्स* : ब्लेयर सिंगर (वार्नर बुक्स)। यह पुस्तक भी *रिच डैड्स एडवाइज़र्स* सीरीज़ की है। ब्लेयर सिंगर बीस साल से ज़्यादा समय से मेरे अच्छे दोस्त हैं। ब्लेयर और मैंने एक साथ सेल्समैन के रूप में हवाई की सड़कों पर जूते घिसे हैं और बिज़नेस की तलाश की है।

मैं जिस सबसे महत्वपूर्ण शैक्षणिक प्रक्रिया से गुज़रा हूँ, वह सेल्समैनशिप थी। इसके बाद मुझे अमेरिका और कनाडा में फैले 350 से ज़्यादा सेल्समैनों की टीम का प्रबंधन करना भी सीखना पड़ा। यह मुश्किल काम था, लेकिन मैंने इस प्रक्रिया से बहुत कुछ सीखा। मैंने एक भयंकर सेल्समैन और भयंकर सेल्स मैनेजर के रूप में शुरुआत की थी। अच्छा सेल्समैन और अच्छा सेल्स मैनेजर कैसे बना जाए, यह सीखने की प्रक्रिया बेशक़ीमती थी, हालाँकि कई बार दर्दनाक भी थी।

ब्लेयर की पुस्तक हर उस व्यक्ति के लिए अनिवार्य है, जो अपनी व्यक्तिगत सेल्स योग्यताओं को बेहतर बनाना चाहता है- एक ऐसी योग्यता जो हर उस व्यक्ति के लिए अनिवार्य है, जो लोगों के साथ काम करता है और उनका नेतृत्व करना चाहता है। यह पुस्तक सेल्स मैनेजर्स के लिए भी महत्वपूर्ण

है, क्योंकि सेल्समैनों की टीम का प्रबंधन करना सीखना अपने आप में एक बड़ा काम है। अगर वर्तमान मैनेजमेंट बिल्लियों का प्रबंधन करने जैसा है, तो सेल्स टीम का प्रबंधन करना कुत्तों की टीम का प्रबंधन करने जैसा है, जिनके भौंकने की आवाज़ें और आदतें भी अलग-अलग होती हैं। इसीलिए इस पुस्तक का शीर्षक *सेल्स डॉग्स* है, क्योंकि सेल्समैनों से भरा कमरा दरअसल ऑफ़िस जैसा कम और कुत्तेघर जैसा ज़्यादा होता है। यह पुस्तक बहुत महत्वपूर्ण मैनेजमेंट और बिज़नेस ज्ञान देती है और सेल्स टीम के अलग-अलग कुत्तों पर हास्यबोध से भरा ज्ञान देती है।

*सेल्स डॉग्स* हर उस व्यक्ति के लिए महत्वपूर्ण पुस्तक है, जो अपनी सबसे बड़ी बिज़नेस योग्यता - दूसरे लोगों को अपने विचार बेचने की योग्यता - को बेहतर बनाना चाहता है। ज़िंदगी में मैं कई स्मार्ट लोगों से मिला हूँ, जो सिर्फ़ इसलिए वित्तीय रूप से संघर्ष कर रहे थे, क्योंकि वे बेच नहीं पाए और दूसरे लोगों का प्रबंधन नहीं कर पाए।

## मैरीन कॉर्प्स से एक सीख

वियतनाम में नए मैरीन लेफ़्टिनेंट के रूप में मेरा एक कमांडिंग ऑफ़िसर था, जिसने यह सरल डायग्राम बनाया था :

**मिशन**

**टीम**

**व्यक्ति**

उसने कहा था, "सबसे बड़ी प्राथमिकता मिशन है। सबसे आख़िरी प्राथमिकता व्यक्ति है।"

वियतनाम से लौटने के बाद मैंने अक्सर देखा कि ज़्यादातर लोगों की प्राथमिकताएँ अलग होती हैं। बिज़नेस और दुनिया में मैं अक्सर ऐसे लोगों को देखता हूँ, जो इस सूची को प्राथमिकता के क्रम में इस तरह रखते हैं :

**व्यक्ति**

**टीम**

**मिशन**

दूसरे शब्दों में, वे सबसे पहले आते हैं, उनका समूह दूसरे नंबर पर आता है और बिज़नेस या संगठन का मिशन सबसे आख़िर में आता है।

वियतनाम में मेरे कमांडिंग ऑफ़िसर ने समझाया कि जूनियर ऑफ़िसर्स के रूप में हमारा काम व्यक्तियों की दग़ाबाज़ी से मिशन और टीम की रक्षा करना है। दूसरे शब्दों में, हमें यह प्रशिक्षण दिया गया कि हम उस व्यक्ति को किसी भी तरह अपनी श्रेणी से निकाल बाहर करें, जो सबसे पहले ख़ुद के बारे में सोचता हो, क्योंकि ऐसा करके वह टीम और मिशन को ख़तरे में डाल देता है। युद्ध में यह सीखने और इस पर अमल करने से बिज़नेस की मेरी नेतृत्वशैली पर बहुत गहरा असर हुआ है।

आपमें से कुछ लोगों ने स्टीवन स्पीलबर्ग की फ़िल्म *सेविंग प्राइवेट र्‌यान* देखी होगी। मेरी राय में यह युद्ध पर बनी सबसे यथार्थवादी फ़िल्म है, जो मैंने देखी है। फ़िल्म में एक महान सबक़ है। फ़िल्म में एक स्कूलटीचर टॉम हैंक्स आर्मी लेफ़्टिनेंट बन जाता है और वह एक जर्मन क़ैदी को मार नहीं पाता है। मेरे हिसाब से यह फ़िल्म का सबसे महत्वपूर्ण बिंदु है ... और इसका एक महान सबक़ भी। चूँकि टॉम हैंक्स अपना काम नहीं कर पाया, जो इस मामले में एक व्यक्ति यानी जर्मन क़ैदी को मारना था, इसलिए उसने ख़ुद को, अपनी टीम को और अपनी टीम के मिशन को गंभीर ख़तरे में डाल दिया। अंत में जर्मन क़ैदी को मारने की उसकी अक्षमता के कारण न सिर्फ़ उसके कई साथी मारे गए, बल्कि मिशन भी नाकामयाब होते-होते बचा और अंततः टॉम हैंक्स को उसी जर्मन सैनिक ने मार डाला, जिसे वह ख़त्म नहीं कर पाया था।

यह ख़ुशक़िस्मती है कि ज़्यादातर लोगों को युद्ध की विभीषिका का कभी सामना नहीं करना पड़ेगा और कुछ सख़्त दिल तोड़ने वाले निर्णयों का भी, जिन्हें लेना अक्सर ज़रूरी होता है। बहरहाल, हम सभी अपने व्यक्तिगत और व्यावसायिक जीवन में ऐसे कठोर निर्णयों का सामना करते हैं। इसके कुछ उदाहरण देखें :

1. कुछ समय पहले मेरे एक दोस्त के घर एक पार्टी थी। उसमें एक मेहमान बहुत शराब पीकर टुन्न हो गया। जब वह जाने के लिए खड़ा हुआ, तो मेज़बान ने उसकी कार की चाबी माँगी और उसके लिए टैक्सी बुलाने का प्रस्ताव रखा। मेहमान बहुत विचलित हो गया और अड़ गया कि वह इतना टुन्न नहीं है कि कार न चला सके। जब मेज़बान अड़ गया, तो एक अप्रिय घटना हो गई। आख़िरकार उसने कुश्ती करके मेहमान को नीचे गिराकर ज़बर्दस्ती उसकी चाबी छीन ली। एक टैक्सी बुलाकर मेहमान को सुरक्षित भेज दिया गया, लेकिन वह बहुत विचलित था। मेहमान और मेज़बान में उस दिन से बातचीत बंद है। इससे भी बुरी बात यह हुई कि कुछ दूसरे मेहमानों को भी मेज़बान की हरकत चुभ गई और उन्होंने भी मेज़बान से बात बंद करने का फ़ैसला कर लिया। निजी तौर पर मेरा मानना है कि मेज़बान बहुत बहादुर था और उसने उस वक़्त सबसे अच्छा काम किया था। क्या मेज़बान इस काम को किसी दूसरे तरीक़े से भी कर सकता था ? यक़ीनन! लेकिन उसने वही किया, जो उसे उस वक़्त सबसे अच्छा महसूस

हुआ। लीडर्स यही करते हैं, भले ही उनका काम सबसे अच्छा काम न हो।

2. बरसों पहले मेरे अमीर डैडी को पता लगा कि उनका एक शीर्षस्थ मैनेजर उनकी कंपनी की एक सेक्रेटरी से प्रेम-प्रसंग चला रहा था। उन्होंने तत्काल उस मैनेजर को बुलाया और नौकरी छोड़ने को कहा। सेक्रेटरी से भी नौकरी छोड़ने को कह दिया गया। जब मैंने उनसे इसकी वजह पूछी, तो उन्होंने सिर्फ़ इतना कहा, “दोनों शादी-शुदा हैं और दोनों के बच्चे भी हैं। जो व्यक्ति अपने जीवनसाथी और बच्चों को धोखा दे सकता है, वह किसी को भी धोखा दे सकता है।” मैं यह नहीं कह रहा हूँ कि अमीर डैडी ने सही काम किया था, लेकिन एक बार फिर, उन्होंने वही किया, जिसे उन्होंने उस पल सबसे अच्छा समझा। हालाँकि दोनों कर्मचारी उनके लिए बहुत महत्वपूर्ण थे, लेकिन अमीर डैडी को महसूस हुआ कि उनके काम उन जीवनमूल्यों के अनुरूप नहीं थे, जो वे अपनी कंपनी में चाहते थे। उन्होंने कहा, “जब मैं किसी सिद्धांत के लिए खड़ा होता हूँ, तो हर व्यक्ति जान जाता है कि वह कहाँ खड़ा है।”

ये दोनों ही प्रसंग लीडरशिप के उदाहरण हैं। यह कहा गया है कि “लीडर्स सही काम करते हैं और मैनेजर कामों को सही करते हैं।” अमीर डैडी इस बात से सहमत थे। उन्होंने कहा था, “लीडरशिप लोकप्रियता की प्रतिस्पर्धा नहीं है। लीडर्स दूसरों को लीडर बनने के लिए प्रेरित करते हैं।”

## वियतनाम का आख़िरी सबक़

अपने जूनियर ऑफ़िसर्स से अपनी चर्चा के अंत में मेरे कमांडिंग ऑफ़िसर ने अपने डायग्राम में नीचे दिए शब्द जोड़ दिए :

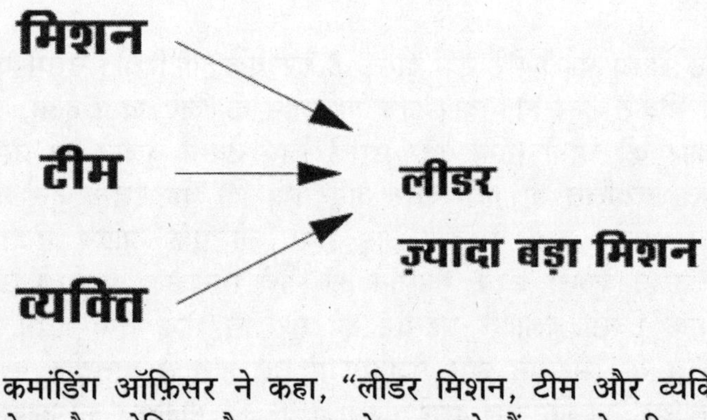


फिर कमांडिंग ऑफ़िसर ने कहा, “लीडर मिशन, टीम और व्यक्ति के प्रति ज़िम्मेदार होता है। लेकिन जैसा आप देख सकते हैं, अच्छे लीडर को अच्छा अनुयायी भी होना चाहिए ... उसे यह एहसास होना चाहिए कि उसकी टीम का मिशन महत्वपूर्ण है, क्योंकि यह ज़्यादा बड़े मिशन का हिस्सा है और उसे उस ज़्यादा ऊँचे मिशन के प्रति जवाबदेह होना चाहिए।”

अमीर डैडी ने कहा था, "गुलेल महज़ एक गुलेल है। जब डेविड गोलियाथ से टक्कर लेने के लिए आगे बढ़ा, तो दुनिया की सबसे महान शक्तियाँ भी उसके साथ आगे बढ़ी थीं।" उन्होंने यह भी कहा था, "हमेशा याद रखो कि दुनिया का सबसे अमीर खेल सिर्फ़ मिशन और ज़्यादा ऊँचे लक्ष्य वाला खेल है।"

तो अंत में मैं आपको इस विचार के साथ छोड़ता हूँ। हर दिन नए गोलियाथ जन्म लेते हैं और नए गोलियाथ आगे क़दम बढ़ाते हैं। दुनिया को आज ज़्यादा से ज़्यादा नए डेविडों की ज़रूरत है, जिनके पास हथियार के नाम पर भले ही सिर्फ़ एक गुलेल हो, लेकिन जिनके पीछे दुनिया की सबसे प्रबल शक्तियाँ हों। चाहे आप दुनिया का सबसे अमीर खेल खेलने का चुनाव करें या न करें, बस इतना जान लें कि आप भी उस शक्ति को पा सकते हैं, जिसने डेविड की गुलेल को शक्ति दी थी। आपको तो बस इतना जानना है कि आपका गोलियाथ कौन है और फिर बहादुरी से क़दम आगे बढ़ाने का साहस खोजना है। जिस पल आप ऐसा करते हैं, उस पल आप दुनिया का सबसे अमीर खेल खेलने लगते हैं, जहाँ पुरस्कार पैसे से बहुत ज़्यादा महत्वपूर्ण होते हैं। जब आप क़दम आगे बढ़ाते हैं, तो आप उस शक्ति का दोहन करते हैं, जो डेविड की गुलेल के पीछे थी। जब आप उस शक्ति को पा लेते हैं, तो आपकी ज़िंदगी कभी पहले जैसी नहीं रह जाएगी। जैसा कि डेविड और गोलियाथ के आधुनिक संस्करण *स्टार वार्स* में कहा गया है, "शक्ति आपके साथ रहे।" अदृश्य शक्ति सबसे बड़ा लीवरेज है और यह लीवरेज हम सभी के लिए उपलब्ध है। आपको तो बस क़दम आगे बढ़ाना है और अपने से बड़ी चीज़ से टक्कर लेनी है।

इस पुस्तक का निष्कर्ष उन संपत्तियों को बनाने या हासिल करने के पुरस्कारों के बारे में है, जो इसलिए कड़ी मेहनत करती हैं, ताकि आपको न करनी पड़े।

# अध्याय - 19

# हॉट टिप्स

## ऐसे काम, जिन्हें करके ज़्यादातर लोग फटाफट अमीर बन सकते हैं और हमेशा अमीर बने रह सकते हैं

जवानी में अमीर बनकर रिटायर होने की प्रक्रिया शारीरिक के बजाय मानसिक और भावनात्मक प्रक्रिया है। अगर आप मानसिक और भावनात्मक रूप से तैयार हैं, तो आपको शारीरिक रूप से बहुत कम मेहनत करनी पड़ेगी। नीचे कुछ अतिरिक्त मानसिक और भावनात्मक प्रक्रियाएँ दी गई हैं, जिन्हें आपको अपने जीवन में उतारना चाहिए। अगर आप इन सुझाई गई सरल प्रक्रियाओं पर नियमित रूप से चलते हैं और ये आपके जीवन का हिस्सा बन जाती हैं, तो मुझे यक़ीन है कि जवानी में अमीर बनकर रिटायर होना आपके लिए अधिक संभव होगा।

## आपको तनख़्वाह की ज़रूरत क्यों है?

जब मैं हाई स्कूल में था, तो अमीर डैडी अक्सर नौकरी के आवेदकों से इंटरव्यू लेते समय मुझे अपने पास बैठा लेते थे। ऐसे ही एक इंटरव्यू में एक आदमी आया। उसकी उम्र अमीर डैडी से ज़्यादा थी और वह अमीर डैडी की एक कंपनी में मैनेजर पद के लिए इंटरव्यू देने आया था। उसकी उम्र पैंतालीस साल थी, वह उच्च शिक्षित था, उसका बायोडाटा बहुत प्रभावशाली था, उसका पुराना रिकॉर्ड बहुत अच्छा था, उसकी पोशाक अच्छी थी और वह आत्मविश्वासी तथा योग्य लग रहा था। जब इंटरव्यू आगे बढ़ा, तो उसने अमीर डैडी को लगातार याद दिलाया कि वह एक बेहतरीन कॉलेज में गया था और उसने ईस्ट कोस्ट की एक प्रतिष्ठित यूनिवर्सिटी से ऑनर्स के साथ एमबीए की डिग्री ली थी।

"आपको नौकरी देने में मेरी दिलचस्पी है," अमीर डैडी ने एक घंटे तक उसका इंटरव्यू लेने के बाद कहा, "लेकिन आप इतनी ज़्यादा तनख़्वाह क्यों चाहते हैं?"

एक बार फिर, आवेदक ने अपनी प्रभावशाली शिक्षा और पुरानी नौकरियों के रिकॉर्ड का ज़िक्र करते हुए कहा, "मैं उच्च शिक्षित हूँ, मेरे पास काम का अच्छा अनुभव है, जो मुझे इस काम के लिए ज़्यादा योग्य बनाता है और मैं इतनी ज़्यादा तनख़्वाह का हक़दार हूँ।"

"मैं इससे इंकार नहीं करता हूँ," अमीर डैडी ने कहा। "लेकिन मैं आपसे यह पूछता हूँ कि अगर आप इतने उच्च शिक्षित और अनुभवी हैं, तो आपको नौकरी की ज़रूरत ही क्यों है? अगर आप इतने स्मार्ट हैं, तो आपको तनख़्वाह की ज़रूरत ही क्यों है?"

आवेदक यह सवाल सुनकर बौखला गया। वह हकलाते हुए बोला, "देखिए, नौकरी की ज़रूरत तो हर एक को होती है। हम सभी को तनख़्वाह की ज़रूरत होती है।"

कमरे में सन्नाटा छा गया, जब अमीर डैडी ने उसके जवाब को कमरे में गूँजने दिया। यह स्पष्ट था कि आवेदक की वास्तवकिता, संदर्भ, मानसिकता अमीर डैडी से भिन्न थी।

वह लगातार विवाद कर रहा था और अमीर डैडी की वास्तविकता को समझने की कोशिश करने के बजाय अपनी वास्तविकता की रक्षा करने की कोशिश कर रहा था। उस आवेदक की ओर देखते हुए अमीर डैडी ने धीरे से कहा, "मुझे ज़रूरत नहीं है। अगर यह बिज़नेस डूब जाता है, तब भी मुझे तनख़्वाह की ज़रूरत कभी नहीं पड़ेगी।" फिर वे अपने बेटे और मेरी ओर मुड़कर बोले, "इन लड़कों को भी ज़रूरत नहीं है। वे मेरे लिए मुफ़्त काम करते हैं। इसीलिए वे किसी दिन आपसे ज़्यादा अमीर बनेंगे, भले ही वे आप जितने अच्छे स्कूल में नहीं गए हों या उन्हें आपके जितने शैक्षणिक सम्मान न मिले हों। मैं नहीं चाहता हूँ कि ये लड़के कभी तनख़्वाह पाना चाहें या उन्हें उसकी ज़रूरत हो।" इसके साथ अमीर डैडी ने उसका बायोडाटा उठाकर बाक़ी आवेदकों के बायोडाटा के ढेर पर रख दिया और बोले, "अगर आपको नौकरी देने में मेरी दिलचस्पी होगी, तो मैं आपको फ़ोन कर दूँगा।" इंटरव्यू ख़त्म हो गया था।

## फटाफट अमीर बनने के टिप्स

*रिच डैड पुअर डैड* में मैंने लिखा था कि किस तरह अमीर डैडी ने 10 सेंट प्रति घंटे की मेरी तनख़्वाह को ख़त्म कर दिया था और मेरे सामने यह प्रस्ताव रखा था कि अगर मैं मुफ़्त काम करूँ, तो वे मुझे ऐसी वास्तविकता देंगे, जिससे मैं ज़्यादा तेज़ी से ज़्यादा अमीर बन सकता हूँ। लोग अक्सर कहते हैं, "आपने दरअसल मुफ़्त में काम नहीं किया था," या "मेरा मकान एक संपत्ति है।" उन्हें इस बात का बहुत कम भान है कि उस पुस्तक को पढ़ने के बाद भी वे दुनिया को अपनी पुरानी वास्तविकता, संदर्भ या मानसिकता से देख रहे हैं।

जब अमीर डैडी ने उस आवेदक से पूछा था, "अगर आप इतने उच्च

शिक्षित और अनुभवी हैं, तो आपको नौकरी की ज़रूरत ही क्यों है? अगर आप इतने स्मार्ट हैं, तो आपको तनख़्वाह की ज़रूरत ही क्यों है?" तो वे आवेदक से उसकी वास्तविकता का विस्तार करने को कह रहे थे। लेकिन अपनी वास्तविकता का विस्तार करने की कोशिश करने के बजाय आवेदक बहस करने लगा और अपनी वास्तविकता का बचाव करने लगा। उसने अपना दिमाग़ बंद कर लिया और एक तरह से अमीर डैडी की कंपनी में नौकरी पाने की संभावना ख़ुद ही ख़त्म कर ली।

## तनख़्वाह के बिना दुनिया

मैंने *कैशफ़्लो* गेम लोगों को यह सिखाने के लिए बनाया है कि तनख़्वाह के बिना कैसे जिया जाए। जो लोग इस खेल को बार-बार खेलते हैं, वे आम तौर पर ज़िंदगी भर तनख़्वाह के लिए कड़ी मेहनत करने के बजाय ऐसी दुनिया की संभावना को ज़्यादा रोमांचक पाते हैं, जहाँ तनख़्वाह न हो। अगर आप जवानी में रिटायर होना चाहते हैं और ज़्यादा से ज़्यादा अमीर बनकर रिटायर होना चाहते हैं, तो आपको एक ऐसी दुनिया के बारे में सोचने की ज़रूरत होगी, जिसमें तनख़्वाह न हो। अगर आपकी वास्तविकता, संदर्भ या मानसिकता में आपको तनख़्वाह की ज़रूरत है, तो आपके जवानी में अमीर बनकर रिटायर होने की संभावना बहुत कम है। अमीर डैडी अक्सर कहते थे, "जिन लोगों को तनख़्वाह की ज़रूरत होती है, वे पैसे के ग़ुलाम हैं। अगर आप आज़ाद होना चाहते हैं, तो आपको तनख़्वाह या नौकरी की क़भी ज़रूरत नहीं होनी चाहिए।" अगर आप जवानी में अमीर बनकर रिटायर होने के बारे में सचमुच गंभीर हैं, तो आपको भी अपनी वास्तविकता को बदलने और ऐसी दुनिया की संभावना को तलाशने की ज़रूरत है, जिसमें तनख़्वाह या नौकरी न हो। जब मैं यह संदर्भ बताता हूँ, तो ज़्यादातर लोगों का ब्लड प्रेशर बढ़ने लगता है, उनके सीने और पेट में मरोड़ होने लगती है और उनका अवचेतन मन उनके चेतन विचारों पर हावी होने लगता है। व्यक्ति की वित्तीय ज़रूरतों को पूरा करने के लिए स्थायी तनख़्वाह न होने का डर एक ऐसा डर है, जिसे हममें से ज़्यादातर लोग अच्छी तरह जानते हैं। अगर आप तनख़्वाह या स्थायी नौकरी की ज़रूरत न होने वाली दुनिया में ख़ुद को देखने में मुश्किल महसूस करते हों, तो आपका पहला क़दम ख़ुद से यह पूछना है, "मैं तनख़्वाह या स्थायी नौकरी के बिना अमीर कैसे बन सकता हूँ?" जिस पल आप ख़ुद से यह सवाल पूछने लगते हैं, आप अपने दिमाग़ को खोल लेते हैं और नई वास्तविकता की ओर यात्रा शुरू कर देते हैं।

जब अमीर डैडी ने नौकरी के लिए आवेदन देने वाले व्यक्ति से पूछा था, "अगर आप इतने उच्च शिक्षित और अनुभवी हैं, तो आपको नौकरी की ज़रूरत ही क्यों है? अगर आप इतने स्मार्ट हैं, तो आपको तनख़्वाह की ज़रूरत ही क्यों है?" तो वे उससे कह रहे थे कि वह अपनी वास्तविकता का विस्तार करे और

दूसरी वास्तविकता को देखे। इसके बजाय आवेदक बहस करने लगा और अपनी वास्तविकता का बचाव करने लगा। वह सोच रहा था कि उसकी वास्तविकता ही एकमात्र वास्तविकता है। मैंने अमीर डैडी को यह सवाल अन्य आवेदकों से भी पूछते देखा है। वे दरअसल आवेदक की मदद करने की कोशिश कर रहे थे। इस तरीक़े से वे आवेदक को एक बहुत महत्वपूर्ण और बुनियादी वित्तीय सबक़ सिखाने की कोशिश कर रहे थे कि पैसा आपको अमीर नहीं बनाएगा ... कि ऊँची तनख़्वाह वाली नौकरी ही आपकी वित्तीय समस्याओं को नहीं सुलझा पाएगी। यह सवाल पूछकर अमीर डैडी उस व्यक्ति को यह समझाने की कोशिश कर रहे थे कि यह ज़रूरी नहीं है कि शैक्षणिक सफलता का वित्तीय सफलता से कोई संबंध हो। जैसा अमीर डैडी अक्सर कहते थे, "ज़रूरी नहीं है कि ऊँचे शैक्षणिक आईक्यू वाले व्यक्ति का वित्तीय आईक्यू भी ऊँचा हो।" अपनी शैक्षणिक उपलब्धियों पर गर्व करने वाले व्यक्ति के साथ हुए इंटरव्यू में अमीर डैडी यह पता लगाने की दरअसल सबसे अच्छी कोशिश कर रहे थे कि क्या उस व्यक्ति की दिलचस्पी यह सीखने में है कि वह अपना वित्तीय आईक्यू कैसे बढ़ा सकता है। जैसा कि मैंने कहा, मैंने अमीर डैडी को दूसरे आवेदकों से भी यही सवाल करते देखा है। जिन लोगों ने अमीर डैडी के साथ काम करते समय उनकी वास्तविकता को सुना और उनके मार्गदर्शन में अध्ययन किया, वे बहुत दौलतमंद बन गए, जल्दी रिटायर हो गए और वित्तीय स्वतंत्रता का जीवन जी पाए ... हालाँकि उन्हें उतनी ऊँची तनख़्वाह नहीं दी गई थी, जितनी वे शुरुआत में चाहते थे।

सबक़ यह है : अगर आप जवानी में अमीर बनकर रिटायर होना चाहते हैं, तो आपके लिए वित्तीय आईक्यू शैक्षणिक आईक्यू से ज़्यादा महत्वपूर्ण है। नीचे वित्तीय आईक्यू बढ़ाने के लिए कुछ टिप्स दिए जा रहे हैं, ताकि आप ऐसी दुनिया में जी सकें, जिसमें तनख़्वाह की ज़रूरत ही न हो। आप जितनी जल्दी बिना तनख़्वाह वाली दुनिया को देख सकेंगे, आपके उतनी ही जल्दी अमीर बनने की संभावना होगी।

## हॉट टिप # 1

हॉट टिप # 1 है ख़ुद को ऐसी दुनिया या वास्तविकता में देखना शुरू करना, जहाँ आपको दोबारा कभी तनख़्वाह या नौकरी की ज़रूरत नहीं होगी। इसका यह मतलब नहीं है कि आप दोबारा कभी काम नहीं करेंगे। इसका मतलब तो सिर्फ़ यह है कि आप वित्तीय दृष्टि से इतने ज़रूरतमंद या हताश नहीं होंगे कि आप अपनी बेशक़ीमती ज़िंदगी को सिर्फ़ कुछ डॉलर के लिए बेचें और अपनी तनख़्वाह गँवाने या कंगाली के डर में जिएँ।

जब आप ऐसी दुनिया की कल्पना कर लेते हैं, जिसमें तनख़्वाह की दोबारा कभी ज़रूरत नहीं होगी, तो आप इस दूसरी दुनिया को देख सकते हैं ... बिना नौकरियों या तनख़्वाह वाली दुनिया।

## बिल गेट्स की तनख़्वाह कम है

कुछ साल पहले मैंने अख़बार में एक हेडलाइन देखी, "बिल गेट्स को दुनिया में सबसे ज़्यादा तनख़्वाह नहीं मिलती है।" लेख में लिखा था कि बिज़नेस की दुनिया में कई एक्ज़ीक्यूटिव्ज़ को बिल गेट्स से ज़्यादा तनख़्वाह मिलती है, फिर भी गेट्स दुनिया के सबसे अमीर आदमी हैं। लेख में बताया गया था कि उस वक़्त गेट्स को सिर्फ़ 5,00,000 डॉलर सालाना तनख़्वाह मिलती थी, लेकिन उनके पास बिलियनों डॉलर की संपत्ति थी और वह बढ़ती जा रही थी।

## हॉट टिप # 2

अगर आप अर्जित आमदनी से स्थायी तनख़्वाह की ज़रूरत के विचार को छोड़ देते हैं, तो आप ख़ुद से अगला सवाल यह पूछ सकते हैं कि आप किस तरह की आमदनी चाहते हैं। उदाहरण के लिए, इस पुस्तक में मैं बता चुका हूँ कि तीन तरह की मूलभूत आमदनियाँ होती हैं। ये हैं :

1. अर्जित आमदनी - 50 प्रतिशत पैसा
2. पोर्टफ़ोलियो आमदनी - 20 प्रतिशत पैसा।
3. निष्क्रिय आमदनी - 0 प्रतिशत पैसा।

ये तीन मुख्य श्रेणियाँ हैं, लेकिन इनके अलावा भी आमदनी के कई अन्य प्रकार हैं। ज़्यादातर लोगों ने ज़िंदगी भर अर्जित आमदनी के लिए अध्ययन किया है और कड़ी मेहनत की है, इसीलिए तो इतने कम लोग जवानी में रिटायर होते हैं या अमीर बनकर रिटायर होते हैं। अगर आप जवानी में रिटायर होने के बारे में गंभीर हैं, तो आमदनी के भिन्न प्रकारों का अध्ययन करें, ताकि आप हमेशा काम किए बिना अमीर बन सकें। आमदनी के कुछ अन्य प्रकार हैं :

4. अवशिष्ट आमदनी, जो नेटवर्क मार्केटिंग बिज़नेस या फ्रैंचाइज़ी बिज़नेस जैसे बिज़नेसों से होने वाली आमदनी है, जिसके आप मालिक होते हैं, लेकिन जिसे चलाता कोई दूसरा है।
5. डिविडेंड आमदनी, जो शेयरों से होने वाली आमदनी है।
6. ब्याज की आमदनी, जो बचत या बॉण्ड से होने वाली आमदनी है।
7. रॉयल्टी से होने वाली आमदनी, जो आपके द्वारा लिखे गीतों या पुस्तकों और ट्रेडमार्क्स और आपके द्वारा किए गए आविष्कारों (चाहे उनके पेटेंट लिए गए हों या नहीं) से होती है।
8. फ़ाइनैंशियल इंस्ट्रूमेंट इन्कम, जैसे रियल एस्टेट के ट्रस्ट डीड्स से होने वाली आमदनी।

तो हॉट टिप यह है, एक बार जब आप नौकरी या अपनी व्यक्तिगत मेहनत

से आमदनी न करने के विचार के आदी हो जाते हैं, तो आप अलग-अलग प्रकार की संपत्तियों से मिलने वाली अलग-अलग प्रकार की आमदनियों पर शोध शुरू कर सकते हैं। अमीर डैडी ने माइक और मुझसे आमदनी के भिन्न प्रकारों का अध्ययन और अनुसंधान करवाया था। फिर उन्होंने हमसे यह फ़ैसला करवाया था कि हम किस प्रकार की आमदनी के बारे में आगे अध्ययन करना चाहते हैं।

आप लाइब्रेरी जा सकते हैं या अपने अकाउंटेंट से अलग-अलग तरह की आमदनियों के बारे में जानकारी ले सकते हैं ... ऐसी आमदनी, जो आपकी मेहनत के अलावा अन्य चीज़ों से मिलती है। जिस पल आप अपनी रुचि की आमदनी के भिन्न प्रकारों का अध्ययन करने और उन्हें तलाशने लगते हैं, वे विकसित होकर आपकी नई और विस्तृत हो रही वास्तविकता का हिस्सा बन जाती हैं।

मुद्‌दे की बात यह है, अति न करें। बस आमदनी और संपत्तियों के अन्य प्रकारों को अपनी वास्तविकता में सहजता से आने दें। जब आप किसी काम को करने के दबाव के बिना सोचेंगे और आमदनी के भिन्न प्रकारों के विचार आपके भीतर जितने ज़्यादा जमेंगे, आप ऐसी आमदनी के बारे में जितना ज़्यादा सोचेंगे, उतना ही ज़्यादा यह विचार आपके दिमाग़ में जड़ें जमा लेगा और बढ़ने लगेगा। ज़्यादातर लोग सोचते हैं कि उन्हें तत्काल कुछ करना होगा, लेकिन यह मेरा अनुभव नहीं है। मैंने तो बस निष्क्रिय आमदनी के लिए रियल एस्टेट में निवेश करने के विचार को अपने दिमाग़ में बरसों तक घूमने दिया, तब कहीं जाकर मैंने अपनी पहली जायदाद ख़रीदी। एक दिन मैं जागा और मैंने फ़ैसला किया कि यह क्लासों में जाने और निवेश करना शुरू करने का समय है। यह तुलनात्मक रूप से प्रयासहीन था ... लेकिन यह तभी हुआ, जब मैंने इस विचार को अपनी नई वास्तविकता का हिस्सा बनने दिया।

जब आप फ़ाइनैंशियल स्टेटमेंट की ओर देखते हैं, तो यह समझ में आता है कि मेरे ग़रीब डैडी ने नौकरी की सुरक्षा पर ज़ोर क्यों दिया।

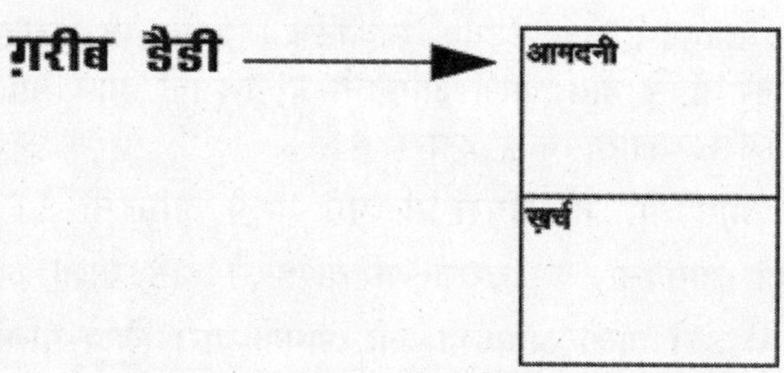


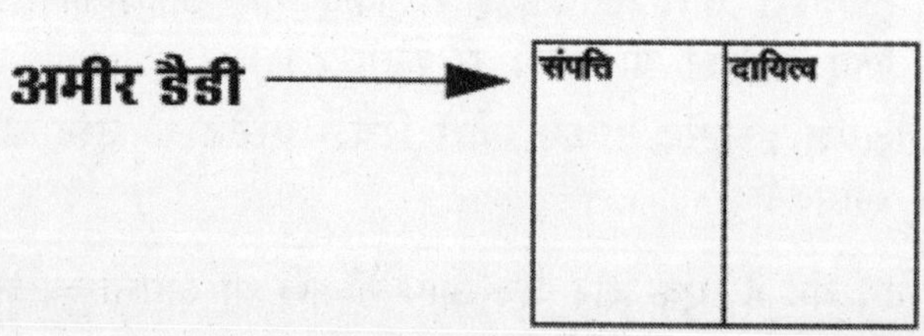

चूँकि मेरे ग़रीब डैडी के पास कोई संपत्ति नहीं थी और वे हमेशा कहते थे, "निवेश करना ख़तरनाक है," इसलिए ज़ाहिर है वे अपनी नौकरी को हताशा से जकड़े रहे। आख़िर, यही तो उनका सब कुछ था और वे जिस तरह की एकमात्र आमदनी को जानते थे, वह अर्जित आमदनी ही थी।

मेरे अमीर डैडी ने अपने बेटे और मेरा ध्यान संपत्तियाँ हासिल करने और अपना आईक्यू विकसित करने पर केंद्रित करवाया, ताकि हम उन संपत्तियों को हासिल कर सकें। चूँकि हम वित्तीय आईक्यू के बारे में सीख चुके थे, इसलिए उनके बेटे और मैंने कड़ी मेहनत की, ताकि हम उन संपत्तियों को हासिल करने के लिए अपनी योग्यताओं को लगातार बढ़ाते रहें। हालाँकि हम शुरुआत में घबरा रहे थे, लेकिन आज संपत्तियाँ हासिल करना मज़ेदार, आसान और रोमांचक है। जब मैं कहता हूँ कि जल्दी अमीर बनना और हमेशा अमीर बने रहना आसान है, तो यह सच है, बशर्ते आप ख़ुद को इतना समय दें कि यह सच आपकी वास्तविकता बन जाए।

ऑस्ट्रेलिया की एक यात्रा में एक युवा बैगेज हैंडलर ने हवाई अड्डे पर मेरे बैग लेते हुए कहा, "मुझे आपकी पुस्तकें पसंद हैं।"

मैंने उसे धन्यवाद दिया और पूछा कि उसने उनसे क्या सीखा।

"देखिए, पहली चीज़ तो मैंने यह सीखी कि यह नौकरी मुझे कभी अमीर नहीं बनाएगी। इसलिए मैं रात को एक और नौकरी करता हूँ और दूसरी नौकरी से मिलने वाले पैसे का निवेश रियल एस्टेट में करता हूँ।"

"बहुत बढ़िया," मैंने जवाब दिया। "अब तक आप कितनी दूर पहुँच गए हैं?"

"मैं डेढ़ साल में छह जायदाद ख़रीद चुका हूँ।"

"बहुत बढ़िया," मैंने कहा। "मुझे आप पर गर्व है। क्या आपने कुछ पैसा बनाया?"

"नहीं, अब तक तो नहीं," आकर्षक युवक ने कहा। "लेकिन मैंने एक बहुत महत्त्वपूर्ण चीज़ सीख ली है।"

"वह क्या?" मैंने पूछा।

"यह ज़्यादा आसान हो गया है। जब मैंने अपनी शुरुआती शंका, डर और पैसे की कमी को पार कर लिया, तो मैंने पाया कि निवेशक बनना ज़्यादा आसान होता जा रहा है। मैं जितने ज़्यादा सौदे देखता हूँ और जितने ज़्यादा निवेश ख़रीदता हूँ, निवेश करना उतना ही ज़्यादा आसान बनता जाता है। अगर मैं अपनी शंका और डर के कारण निष्क्रिय बना रहता, तो मेरा वित्तीय आईक्यू कभी नहीं बढ़ पाता। आज डर महसूस करने के बजाय मैं रोमांच महसूस करता हूँ, भले ही मैंने अब तक ज़्यादा पैसा नहीं बनाया है ... दरअसल मैंने अपने छह में से दो निवेशों पर पैसा गँवाया है। जैसा आप अपनी पुस्तकों

में कहते हैं, ग़लतियाँ दरअसल सीखने के अनुभव हैं। वे बेशक़ीमती हैं, बशर्ते आप उनसे सीखें। इसलिए अब मैं देख सकता हूँ कि जल्दी ही किसी दिन मैं पूर्णकालिक जायदाद निवेशक बन जाऊँगा। कुछ साल बाद मुझे नौकरी या तनख़्वाह की दोबारा ज़रूरत नहीं होगी।"

मैंने पूछा, "क्या आपके पास कोई लक्ष्य या निश्चित तारीख़ है, जब आप चूहा दौड़ से बाहर निकल जाएँगे और वित्तीय दृष्टि से स्वतंत्र बन जाएँगे?"

"बिलकुल," युवक ने मुस्कराकर कहा। "मेरे तीन दोस्त हैं, जो मेरी ही उम्र के हैं। हम सब यह काम एक साथ कर रहे हैं। हम अपना समय उस तरह बर्बाद नहीं करते हैं, जिस तरह हमारी उम्र के युवक करते हैं। हम एक साथ अध्ययन करते हैं, सेमिनारों में जाते हैं और निवेश करने में एक-दूसरे की मदद करते हैं। हम अपने माता-पिता की ज़िंदगी के नक़्शे पर नहीं चलना चाहते हैं। हम वही ग़लतियाँ नहीं करना चाहते, जो उन्होंने की हैं- पैंतालीस साल तक नौकरी करना, नौकरी छूटने का डर होना, वेतन वृद्धि की उम्मीद करना और रिटायर होने के लिए पैंसठ साल तक इंतज़ार करना। मेरे माता-पिता ने कंपनी की सीढ़ी पर चढ़ने के लिए इतनी कड़ी मेहनत की कि उनके पास अपने बच्चों या उन चीज़ों के लिए समय नहीं था, जिन्हें वे सचमुच पसंद करते थे। वे अब रिटायर होने की तैयारी कर रहे हैं, लेकिन बूढ़े हो गए हैं। मैं उनकी तरह नहीं बनना चाहता। मैं बुढ़ापे में रिटायर नहीं होना चाहता। हम चारों दोस्तों की उम्र चौबीस से कम है और हम सभी का यह लक्ष्य है कि तीस साल की उम्र तक हम वित्तीय रूप से स्वतंत्र हो जाएँगे।"

"बधाइयाँ," मैंने उससे हाथ मिलाते हुए कहा। जब उसने फ़्लाइट के लिए मेरे बैग मुझे थमाए, तो मैंने उसे अपनी पुस्तक पढ़ने और मुझे गर्वित पिता जैसा महसूस कराने के लिए धन्यवाद दिया।

जब मैं काउंटर छोड़कर गया, तो युवक मुस्कराकर चिल्लाया, "सबसे बड़ी बात यह है कि यह ज़्यादा आसान हो रहा है। मैं अपनी संपत्तियाँ बनाने पर जितना ज़्यादा ध्यान केंद्रित करता हूँ, यह उतना ही ज़्यादा आसान होता जाता है।"

मैंने हाथ हिलाकर विदा ली और तेज़ी से हवाई जहाज़ की तरफ़ चल दिया।

## नए विचारों के लिए हमारी वेबसाइट देखें

आने वाले सालों में हम अपनी वेबसाइट richdad.com पर ज़्यादा से ज़्यादा जानकारी देंगे। हमारी वेबसाइट इस बात के लिए समर्पित है कि हम विचार, शिक्षा और अनुभव हासिल करने में उन लोगों की मदद करें, जो जवानी में अमीर बनकर रिटायर होना चाहते हैं। नियमित रूप से वेबसाइट देखते रहें और

जवानी में अमीर बनकर रिटायर होने को अपनी वास्तविकता बना लें।

मेरी वास्तविकता यह है कि आप संपत्तियाँ हासिल करने में जितने बेहतर बनते जाते हैं, ज़्यादा तेज़ी से ज़्यादा अमीर बनना उतना ही आसान होता जाता है। अमीर बनने के बाद भी अगर आप अपनी विनम्रता क़ायम रखते हैं, अपनी दौलत के बारे में घमंड करने के बजाय कृतज्ञ रहते हैं, तो मुझे यक़ीन है कि आपके पास उस पैसे को हमेशा के लिए रखने की ज़्यादा अच्छी संभावना है।

नवीनतम विचारों और जानकारी के लिए हमारी वेबसाइट समय-समय पर देखते रहें। निकट भविष्य में हम वर्ल्ड वाइड वेब पर अपने *कैशफ़्लो 101* और 202 गेम्स भी लाने वाले हैं, जिससे आपको अपनी ही तरह के लोगों के साथ खेलने और सीखने में मज़ा आ सके ... ऐसे लोग, जो जवानी में अमीर बनकर रिटायर होना चाहते हैं।

## विशेष रूप से शेरॉन की ओर से

रॉबर्ट के साथ *रिच डैड* सीरीज़ की पुस्तकें लिखते समय ज़्यादातर मौक़ों पर मैं अपने वित्तीय दर्शन को उनके साथ मिला लेती हूँ। मैं तुलनात्मक रूप से अदृश्य रहती हूँ। लेकिन कभी-कभार मैं किसी मुद्दे पर इतनी प्रबलता से महसूस करती हूँ कि मैं इसे आपके लिए अलग से रेखांकित करने का फ़ैसला करती हूँ। यह एक ऐसा ही मौक़ा है!

मेरे ज़्यादातर साथी अकाउंटेंट्स, फ़ाइनैंशियल प्लानर्स और बैंकर्स इस बात को समझते ही नहीं हैं! वित्तीय स्वतंत्रता का रास्ता बस इतना है :

## संपत्तियाँ ख़रीदो

"ऐसी संपत्तियाँ ख़रीदो, जिनसे कैशफ़्लो मिले – भविष्य में किसी समय नहीं, बल्कि *अभी*!"

याद रखें, अमीर डैडी संपत्तियों की परिभाषा इस तरह देते हैं : "संपत्तियाँ आपकी जेब में पैसा रखती हैं; दायित्व आपकी जेब से पैसा निकालते हैं।" यह इतना ही आसान है। आप जितनी ज़्यादा संपत्तियाँ ख़रीद सकते हैं, आपका पैसा आपके लिए उतना ही ज़्यादा काम करेगा।

कई अकाउंटेंट, वित्तीय नियोजक और बैंकर्स नेट वर्थ कैलकुलेशन्स में फँसे रहते हैं। वे कैशफ़्लो को समझते ही नहीं हैं। उन्हें यह प्रशिक्षण दिया गया है कि आप अपना पैसा तब तक सँभालकर रख दें, जब तक कि आपको भविष्य में किसी समय उसकी ज़रूरत न हो – बचत करने वाले की मानसिकता। अगर वे अपने ग्राहकों के साथ संपत्तियों से तत्काल कैशफ़्लो उत्पन्न करने पर काम करें, तो उनके ग्राहक वित्तीय दृष्टि से

ज़्यादा अच्छी हालत में होंगे - वर्तमान में भी और भविष्य में भी।

समस्या यह है कि वे आपकी नेट वर्थ निकालते रहते हैं और संपत्तियों में आपके मकान, आपकी कार, आपके गोल्फ़ क्लब्स और आपकी अन्य व्यक्तिगत चीज़ों को भी शामिल कर लेते हैं। हम इन्हें महँगे खिलौने कहते हैं। निवेशक नेट वर्थ की ओर इस तरह नहीं देखता है। अपने फ़ाइनैंशियल स्टेटमेंट की समीक्षा करें और अपनी संपत्तियों वाले कॉलम से उन सारी चीज़ों को हटा दें, जो इस वक़्त आपको कैशफ़्लो नहीं दे रही हों।

जब आपके पास ऐसी संपत्तियाँ हों, जो पर्याप्त मासिक कैशफ़्लो दे रही हों, जिनसे आपके मासिक ख़र्च पूरे हो रहे हों, तो आप वित्तीय रूप से स्वतंत्र हैं!

दायित्व नहीं, संपत्तियाँ ख़रीदें!

- शेरॉन लेक्टर

## हॉट टिप # 3

हॉट टिप # 3 अजीब लग सकती है, इसलिए सावधानी से पढ़ें। हॉट टिप # 3 अपने भविष्य के बारे में झूठ बोलना है।

युवा बैगेज हैंडलर अपना भविष्य देख सकता था और वह इसके बारे में रोमांचित था। हर व्यक्ति इतना सुनहरा भविष्य नहीं देख सकता है, इसीलिए हॉट टिप # 3 अजीब लग सकती है। फिर भी यह जवानी में अमीर बनकर रिटायर होने की प्रक्रिया का एक महत्वपूर्ण हिस्सा है।

कुछ महीने पहले, मैं एक निवेश कोर्स में पढ़ा रहा था और कुछ प्रतिभागी इस तरह की बातें कहने से ख़ुद को नहीं रोक पाए :

1. "मैं यह नहीं कर सकता।"
2. "मैं कभी अमीर नहीं बन पाऊँगा।"
3. "मैं अच्छा निवेशक नहीं हूँ।"
4. "मैं पर्याप्त स्मार्ट नहीं हूँ।"
5. "निवेश करना ख़तरनाक है।"
6. "मैं कभी अपना मनचाहा काम करने लायक़ पैसा नहीं बना पाऊँगा।"

कक्षा में एक बहुत सफल मनोचिकित्सक भी थी, जिसने मदद करने के लिए अपना हाथ उठाया। उसने कहा, "भविष्य के बारे में कही जाने वाली हर बात झूठ है।"

"भविष्य झूठ है?" मैंने पूछा। "आप ऐसा क्यों कहती हैं?"

"सबसे पहली बात," उसने कहा, "मैं स्पष्ट कर देना चाहती हूँ कि मैं धोखा देने के इरादे से किसी को झूठ बोलने के लिए प्रोत्साहित नहीं कर रही हूँ। क्या यह स्पष्ट है?"

मैंने अपना सिर हिलाया। "मैं समझता हूँ, लेकिन मेरा सवाल यह है, आप ऐसा क्यों कहती हैं कि भविष्य झूठ है?"

"अच्छा सवाल है," उसने कहा। "मुझे यह सुनकर ख़ुशी हुई कि आपका दिमाग़ खुला हुआ है। भविष्य झूठ है, इससे मेरा यह मतलब है कि भविष्य के बारे में जो भी कहा जाता है, वह इस वक़्त सच नहीं है, इसलिए आप भविष्य की किसी भी चीज़ के बारे में जो कुछ कहते हैं, वह तकनीकी दृष्टि से झूठ है।"

"तो यह इन प्रतिभागियों के लिए किस तरह उपयोगी है, जो अपने या अपनी योग्यताओं के बारे में इन नकारात्मक अवधारणाओं को हटा नहीं पा रहे हैं?"

"जिस व्यक्ति ने कहा था, 'मैं कभी अमीर नहीं बन पाऊँगा,' वह ऐसी चीज़ के बारे में भविष्यवाणी कर रहा था, जो शायद भविष्य में सच हो जाएगी ... यानी वह कभी अमीर नहीं बन पाएगा," मनोचिकित्सक ने कहा। "लेकिन देखिए, यह वाक्य तकनीकी दृष्टि से झूठ है। मैं उस व्यक्ति को झूठा नहीं कह रही हूँ। मैं तो सिर्फ़ यह कह रही हूँ कि उसकी यह बात झूठ है, क्योंकि भविष्य अब तक सामने नहीं आया है।"

मैंने पूछा, "तो इसका क्या मतलब है?"

"इसका मतलब बिलकुल वही है, जो आप इस क्लास को समझाने की कोशिश कर रहे हैं। उन्हें यह समझने की ज़रूरत है कि वे जो कहते और सोचते हैं, उसमें सच बनने और उनकी वास्तविकता बनने की शक्ति है। कई लोग अपने भविष्य के बारे में झूठ बोलते हैं और वे झूठ भविष्य में सच बन जाते हैं।"

"आपका मतलब है कि जब कोई कहता है, 'मैं कभी अमीर नहीं बन पाऊँगा,' तो वह झूठ बोल रहा है, क्योंकि वह भविष्य में होने वाली किसी घटना के बारे में बोल रहा है। क्या आपका यही मतलब है?"

"बिलकुल," मनोचिकित्सक ने कहा, "और समस्या यह है कि यह झूठ सच बन जाता है।"

"तो जब कोई कहता है, 'निवेश करना ख़तरनाक है,' तो वह झूठ बोल रहा है, अगर वह भविष्य के बारे में बोल रहा है?"

"हाँ ... और यह झूठ सच बन जाता है, जब तक कि वह अपने झूठ को बदल न ले। हमेशा याद रखें कि भविष्य के बारे में बोली गई कोई भी बात तकनीकी रूप से झूठ है, सिर्फ़ इसलिए क्योंकि भविष्य की कोई भी चीज़ अब तक तथ्य या सच नहीं है।"

मैंने दोबारा पूछा, "तो यह जानकारी किस तरह उपयोगी है?"

"देखिए, मनोचिकित्सक के रूप में मैंने पाया है कि ज़्यादातर असफल, दुखी और असंतुष्ट लोग अपने बारे में सबसे भयंकर झूठ बोलते हैं। वे वही बातें बोलते हैं, जो आप इन लोगों को बोलने से रोकने की कोशिश कर रहे हैं। वे कहते हैं, 'मैं कभी अमीर नहीं बन पाऊँगा।' 'मैं वह काम कभी नहीं कर सकता।' 'यह तरीक़ा सफल नहीं होगा।' सब झूठ हैं ... लेकिन ऐसे झूठ जिनमें हक़ीक़त में बदलने की शक्ति होती है।"

मैंने कहा, "और अगर वे ख़ुद ये झूठ न बोलें, तो वे दूसरे लोगों के साथ समय बिताएँगे, जो उनके सामने यही झूठ बोलेंगे।"

"यह सच है," मनोचिकित्सक ने कहा। "एक जैसे लोग एक साथ समय बिताते हैं।"

"और झूठे लोग भी," मैंने कहा।

मनोचिकित्सक हँस दी और सहमति में सिर हिलाने लगी।

मैंने पूछा, "तो मैं एक बार फिर पूछता हूँ, इस तरह की ज्ञानवर्धक जानकारी किस तरह उपयोगी है?"

मनोचिकित्सक ने कहा, "देखिए, चूँकि भविष्य के बारे में आप जो कहते हैं, वह तकनीकी रूप से झूठ होता है, इसलिए अनचाहे भविष्य के बजाय मनचाहे भविष्य के बारे में झूठ क्यों न बोलें?"

उसने जो कहा था, मैंने उसके बारे में ख़ामोशी से सोचा। बाक़ी क्लास ने भी यही किया। आख़िरकार मैंने कहा, "जान-बूझकर भविष्य के बारे में झूठ बोलें?"

"निश्चित रूप से, हम सभी ऐसा करते हैं। कुछ ऐसा अनजाने में या अपने आप करते हैं। मैं आपसे यह पूछती हूँ : पैसे के मामले में क्या आपके अमीर डैडी भविष्य के बारे में सकारात्मक बातें बोलते थे?"

मैंने कहा, "हाँ।"

उसने पूछा, "और क्या उनकी ज़्यादातर बातें सच हो गईं?"

एक बार फिर मैंने कहा, "हाँ।"

"और पैसे तथा भविष्य के मामले में क्या आपके ग़रीब डैडी नकारात्मक बातें बोलते थे?"

मैंने कहा, "हाँ।"

"और क्या उनकी बातें सच हो गईं?"

मैंने अपना सिर हिलाया।

"तो दोनों तरह के झूठ सच हो गए," मनोचिकित्सक ने कहा।

मैंने बस अपना सिर हिलाया। मुझे एहसास था कि दोनों लोग अपने भविष्य के बारे में झूठ बोल रहे थे, लेकिन उनके झूठ सच हो गए। "तो आप

यह कह रही हैं कि हमें अनचाहे भविष्य के बजाय मनचाहे भविष्य के बारे में झूठ बोलना चाहिए?"

"हाँ," उसने कहा। "मैं यही कह रही हूँ। दरअसल मैं शर्त लगाती हूँ कि आप पहले से ही ऐसा कर रहे होंगे। मैं शर्त लगाती हूँ कि निराशा के दौर में आप अपनी पत्नी और क़रीबी दोस्तों को यह बता रहे होंगे कि भविष्य कितना अच्छा होने वाला है और आप कितना सारा पैसा बनाने वाले हैं। आप ऐसी बातें बोलते रहे होंगे, भले ही उस वक़्त आपके पास चवन्नी भी नहीं रही होगी।"

हँसते हुए मैंने कहा, "हाँ, मैंने ऐसा किया था। लेकिन मैंने सिर्फ़ अपने उन दोस्तों के सामने यह झूठ बोला था, जो मुझसे प्रेम करते थे और मेरा समर्थन करते थे। मैंने कभी अपने भविष्य के बारे में उन लोगों के सामने सकारात्मक झूठ नहीं बोला, जो भविष्य के बारे में मेरे झूठ को नकारना चाहते हों।"

"आपने बहुत समझदारी का काम किया," मनोचिकित्सक ने कहा। "आपने अपने सबसे निराशाजनक वित्तीय पल में अपनी पत्नी से क्या झूठ बोला था?"

मैंने पूछा, "क्या आप यह चाहती हैं कि मैं पूरी क्लास के सामने बताऊँ?" मैं थोड़ा संकोच कर रहा था।

"हाँ। क्लास को बताएँ कि सबसे बुरे समय में आपने अपनी पत्नी से सचमुच क्या कहा था।"

मैंने कुछ देर सोचा और एक पल याद किया, जब किम और मैं वित्तीय दृष्टि से हमारे न्यूनतम बिंदु पर थे। धीरे-धीरे मैंने क्लास को बताया, "मुझे याद है कि मैंने किम को कसकर गले लगाकर कहा था, 'किसी दिन यह सब पीछे रह जाएगा। किसी दिन हम इतने अमीर बन जाएँगे, जितना कि हमने सपने में भी नहीं सोचा होगा। आज हमारी समस्या यह है कि हमारे पास पर्याप्त पैसा नहीं है, लेकिन जल्दी ही किसी दिन हमारी समस्या यह होगी कि हमारे पास ज़रूरत से ज़्यादा पैसा होगा।'"

"और यह सच हो गया?" मनोचिकित्सक ने पूछा।

"हाँ, यह हो गया," मैंने जवाब दिया। "हमने जितना सपना देखा था, उससे भी ज़्यादा। मुझे यह कहते हुए संकोच होता है कि आज हमारे सामने बहुत ज़्यादा पैसे की बहुत बड़ी समस्या है। मुझे एहसास है कि मैं कितनी ग़रीब पृष्ठभूमि से आया हूँ, क्योंकि आज किम और मुझे यह सोचने में मुश्किल आती है कि हम क्या ख़रीदें। हमारा ज़्यादातर पैसा परोपकार में जाता है, लेकिन फिर भी काफ़ी बचा रहता है और हमें अपनी वास्तविकता को खींचने की ज़रूरत होती है कि क्या ख़रीदें, क्योंकि हम दिमाग़ में आने वाली लगभग हर चीज़ को ख़रीद सकते हैं। हम किस चीज़ का ख़र्च नहीं उठा सकते, यह सोचने की कोशिश बहुत दिलचस्प प्रक्रिया है।"

उसने पूछा, "आपके हिसाब से आपके झूठ सच क्यों बन जाते हैं?"

## 20 प्रतिशत लोग पक्के झूठे होते हैं

"दोनों ही डैडियों ने ज़ोर दिया था कि मैं कभी कोई ऐसा वादा न करूँ, जिसे मैं पूरा नहीं कर सकूँ। और अगर मैं अपना वादा पूरा न कर सकूँ, तो मुझे सबसे पहले उस व्यक्ति को यह बताना चाहिए, जिससे मैंने वादा किया था। दोनों डैडियों ने ज़ोर दिया था कि हम अपने शब्दों जितने ही अच्छे हैं और दोनों ही अपने वादे के पक्के थे।"

"बहुत बढ़िया," मनोचिकित्सक ने कहा। "देखिए, 80 प्रतिशत लोग मूलतः ईमानदार होते हैं। लगभग 20 प्रतिशत लोग पक्के झूठे होते हैं और वे चाहे जो कर लें, झूठ बोले बिना नहीं रह सकते। अगर वे अपने वित्तीय भविष्य के बारे में सकारात्मक झूठ बोलते हैं, तो यह एक नकारात्मक झूठ बन जाता है, क्योंकि पक्के झूठों की आत्मा में कोई अखंडता या एकरूपता (integrity) नहीं होती है। लेकिन मैंने पाया है कि ज़्यादातर लोग ईमानदार होते है। इसलिए जब वे झूठ बोलते हैं, तो उनके झूठ सच बन जाते हैं।" मनोचिकित्सक एक पल के लिए ठहरी और फिर बोली, "झूठ के बारे में काफ़ी बातें हो चुकीं। आइए, हम यह सीखें कि अपने भविष्य के बारे में सकारात्मक झूठ कैसे बोलें। और याद रखें, इस अभ्यास का उद्देश्य धोखा देना नहीं है, बल्कि अपने बारे में नई और बेहतर वास्तविकता तक पहुँचने में हममें से हर एक की मदद करना है।"

मैं सहमत हो गया और मनोचिकित्सक ने पूरी क्लास को दो-दो की जोड़ियों में बाँट दिया। उसने कहा, "अब मैं चाहती हूँ कि आप अपने पार्टनर से सबसे बड़ा और अच्छा झूठ बोलें कि आप भविष्य में कितने अमीर बनेंगे। उसे बताएँ कि आपको अपने रियल एस्टेट निवेश से हर महीने कितने मिलियन डॉलर मिल रहे हैं, अपनी तेल कंपनी से कितनी आमदनी हो रही है और वह महल कितना बड़ा है, जिसमें आप रहते हैं।"

कुछ लोगों को अपनी भावी वित्तीय सफलता के बारे में अतिशयोक्तिपूर्ण झूठ बोलने में मुश्किल आई। बाक़ी लोग इस प्रक्रिया के लिए अच्छी तरह तैयार लग रहे थे। बहरहाल, कुछ मिनटों में ही कमरे में ऊर्जा 100 प्रतिशत बढ़ गई थी और शोर कान के पर्दे फाड़ने वाला था। ज़ोरदार हँसी की आवाज़ें आईं, जब लोगों ने अपने भविष्य के बारे में बड़े-बड़े और अतिशयोक्तिपूर्ण झूठ बोले। ज़्यादातर लोगों को दरअसल इस बात में मज़ा आ गया कि उन्हें अपनी भावी वित्तीय सफलता के बारे में अतिशयोक्तिपूर्ण कहानियाँ सुनाने की इजाज़त मिल गई है। कई ने बताया कि उनकी ज़िंदगी और भविष्य उसी पल बदल गए।

तो हॉट टिप # 3 यह है, जब भी आप ख़ुद को निराशा में डूबा देखें और अपने तथा अपने वित्तीय भविष्य के बारे में नकारात्मक झूठ बोलता पाएँ, तो किसी विश्वसनीय मित्र के पास जाकर कहें कि क्या आप उसके सामने एक बड़ा

झूठ बोल सकते हैं कि आप निकट भविष्य में वित्तीय रूप से कितने सफल होंगे। मैं सोचता हूँ कि आपको यह बहुत बढ़िया चिकित्सा लगेगी और कौन जाने, अपने वित्तीय भविष्य के बारे में बोला गया आपका झूठ किसी दिन सच हो जाए।

अगर आप पर्याप्त बहादुर हैं, तो सकारात्मक झूठ बोलने के लिए निराशा के पल का इंतज़ार न करें। जितनी जल्दी संभव हो, किसी विश्वसनीय मित्र या प्रियजन को खोजें और उसकी अनुमति लेकर उसे बड़े-बड़े झूठ बताएँ कि आपका वित्तीय भविष्य किसी दिन कितना ज़बर्दस्त होगा। जैसा मैंने कहा, इसमें बहुत मज़ा आता है और आपका आज बोला गया झूठ कल के दिन सच हो सकता है।

## होम रन किंग

मुद्दे की बात यह है कि आपका भविष्य वर्तमान में बनता है। आप इसे आज ही क्यों न बनाएँ? और इसे अपने मनचाहे तरीक़े से क्यों न बनाएँ? बजाय यह सोचकर डरने के कि कहीं यह बुरा न बन जाए। जब लोग अपने वित्तीय भविष्य को बदलने के बारे में सोचते हैं, तो बहुत सारे लोग *सबसे अच्छे दृश्य* के बजाय *सबसे बुरे दृश्य* पर पहुँचते हैं। सबसे बुरा हो या सबसे अच्छा, भविष्य का हर दृश्य झूठ है, कम से कम मनोचिकित्सक के अनुसार। महान बेसबॉल खिलाड़ी बेब रूथ की एक आदत थी कि वे अपने बल्ले से होम रन फ़ेंस की ओर इशारा करते थे। इस तरह वे इशारा करते थे, "मैं इस दीवार को पार करने जा रहा हूँ।" वे यह लगातार करते रहे, हालाँकि वे ज़्यादातर लोगों से ज़्यादा बार बॉल चूके। हालाँकि वे सबसे ज़्यादा बार चूके, लेकिन उन्होंने अपने बल्ले से दूर की दीवार की ओर इशारा करना कभी बंद नहीं किया। आज उन्हें स्ट्राइक आउट किंग नहीं, बल्कि होम रन किंग के रूप में जाना जाता है।

## भूत

बचपन में हममें से कई कल्पना करते थे कि हमारे पलंग के नीचे या हमारी अलमारी में एक भूत छिपा है। देर रात को जब सारी बत्तियाँ बंद हो जाती थीं, तो हममें से कुछ इस भुतहा चरित्र के बारे में काँपते थे और चिंता करते थे, जिसका अस्तित्व सिर्फ़ हमारे दिमाग़ में ही था। बड़े होने के बाद हममें से कइयों ने भूत की जगह पर बिल वसूल करने वाले या किसी भावी भयंकर वित्तीय विनाश को रख लिया है। चाहे यह भूत हो या बिल वसूलने वाला, परिणाम वही होता है ... हम रात को उन चीज़ों के बारे में चिंता करते हुए जागते हैं, जिनके बारे में दरअसल हमें चिंता ही नहीं करनी चाहिए। हम किसी वित्तीय विनाश या संकट के बारे में ख़ुद से झूठ बोलते हैं, जो अब तक नहीं हुआ है और शायद कभी होगा भी नहीं, लेकिन हम ऐसे झूठ बोलकर अपने भविष्य को नकारात्मक बना लेते हैं।

तो सुबह उठकर बेब रूथ की तरह काम करने के बजाय यानी फ़ेंस की

तरफ़ बैट से इशारा करने के बजाय हम मुँह लटकाकर नौकरी करने जाते हैं, कुछ डॉलरों के बदले में अपनी बेशक़ीमती ज़िंदगी बेचते हैं और किसी काल्पनिक भूत से वित्तीय सुरक्षा के झूठे एहसास के साथ जीते हुए कहते हैं, "अगर यह हो जाए, तो क्या होगा?" "अगर वह हो जाए, तो क्या होगा?" "अगर यह हो जाए ...?" हो सकता है कि व्यक्ति की उम्र ज़्यादा हो जाए, लेकिन भूत का अस्तित्व फिर भी मौजूद है और वह लोगों को ज़िंदगी की अद्‌भुत संभावनाओं से वंचित रख रहा है। इसीलिए अपने भविष्य के बारे में झूठ बोलने की प्रक्रिया उन सच्चे लोगों के लिए मूल्यवान हो सकती है, जो बहादुरी से आगे बढ़ना चाहते हैं। उन्हें अपने बेसबॉल बैट से दूर वाली फ़ेंस की ओर इशारा करना चाहिए।

अमीर डैडी ने कहा था, "हम सभी ख़ुशक़िस्मत और बदक़िस्मत होते हैं। असफल लोग ज़िंदगी भर कुछ नहीं करते हैं– बदक़िस्मती से बचने के लिए भी और ख़ुशक़िस्मत बनने के लिए भी। अगर आप कुछ नहीं कर रहे हैं और डर के कारण अकर्मण्य बने हुए हैं, तो किसी भी तरह की ख़ुशक़िस्मती मिलना मुश्किल है। सफल व्यक्ति वह होता है, जो कर्म करता है, अच्छी के साथ बुरी परिस्थितियों का सामना करता है और जानता है कि वह बदक़िस्मती को ख़ुशक़िस्मती में बदल सकता है।"

एक दिन एक रिपोर्टर मुझसे पूछ रहा था कि मैं अपनी असफलता के डर से कैसे उबरा और मेरी सफलता का क्या रहस्य है। मैंने एक पल के लिए सोचा और कहा, "मेरे अमीर डैडी ने मुझे बदक़िस्मती को ख़ुशक़िस्मती में बदलना सिखाया।" तो ख़ुशक़िस्मत बनने के लिए नन्हे क़दमों से शुरुआत कीजिए और किसी काल्पनिक दुःस्वप्न के डर में जीने के बजाय ऐसे जीवन की ओर चल दीजिए, जिसके आप सपने देखते हों। भूत को अपने सपने न चुराने दें। बेब रूथ जैसे बनें ... अपने भविष्य के बारे में बड़े झूठ बोलें और फ़ेंस की ओर बहादुरी से बल्ला लहराएँ।

**एक महत्वपूर्ण टिप्पणी :** कृपया याद रखें कि यह टिप धोखा देने या सच्चाई को ढँकने के इरादे से झूठ बोलने का लाइसेंस नहीं है। मैं इस तरह की आदत डालने की सलाह कभी नहीं देता हूँ। ऊपर दी गई अनुशंसा सिर्फ़ सच्चे लोगों के लिए है, आदतन झूठे लोगों के लिए *नहीं।* अगर आप आदतन झूठे हों, तो कृपया किसी प्रोफ़ेशनल की मदद लें और झूठ बोलने के बजाय सच बोलना सीखें।

## आपके लिए 12 अन्य टिप्स

### इस पुस्तक में समाहित टिप्स का सार तथा कुछ अतिरिक्त टिप्स

प्रस्तावना में मैंने वादा किया था कि मैं ऐसे कामों की सूची दूँगा, जिन्हें करके

कोई भी जवानी में अमीर बनकर रिटायर होने की अपनी संभावना को बेहतर बना सकता है। इनमें से ज़्यादातर पर पहले ही बातचीत हो चुकी है, लेकिन एक सरल, सारभूत समीक्षा सूची से मदद मिल सकती है।

ये वे काम हैं, जिन्हें मैं नियमित रूप से करता हूँ। ये वे काम हैं, जिन्होंने जवानी में अमीर बनकर रिटायर होने में मेरी काफ़ी मदद की है। मुझे यक़ीन है कि वे आपके लिए भी कारगर होंगे। हमेशा याद रखें कि जवानी में अमीर बनकर रिटायर होने की प्रक्रिया मूलतः शारीरिक नहीं, बल्कि मानसिक और भावनात्मक होती है। जब आप अपने मन और दिल में यह यात्रा शुरू कर देते हैं, तो आपका बाक़ी का हिस्सा भी जल्दी ही अनुसरण करने लगेगा।

***1. फ़ैसला करें।*** हर दिन मैं उठता हूँ और मैं चुनता हूँ कि मैं कौन हूँ और क्या बनना चाहता हूँ। मैं ख़ुद से पूछता हूँ, मैं आज किस तरह के व्यक्ति का जीवन जीना चाहता हूँ, ग़रीब संदर्भ का, मध्य वर्गीय संदर्भ का या अमीर संदर्भ का?

याद रखें, ग़रीब संदर्भ वाला व्यक्ति कुछ इस तरह की बात कहेगा, "मैं कभी अमीर नहीं बन पाऊँगा।" मध्य वर्गीय संदर्भ वाला व्यक्ति इस तरह की बात कह सकता है, "नौकरी की सुरक्षा महत्वपूर्ण है।" अमीर संदर्भ वाला व्यक्ति इस तरह की बात कह सकता है, "मुझे अपना वित्तीय आईक्यू बढ़ाने की ज़रूरत है, ताकि मैं कम काम करके ज़्यादा पैसे बना सकूँ।"

***2. कोई ऐसा दोस्त या प्रियजन खोजें, जो आपके साथ यात्रा करना चाहता हो।*** मैं जानता हूँ कि मैं अपनी पत्नी किम और लैरी क्लार्क जैसे दोस्तों के बिना यह काम नहीं कर पाता। यह सुनिश्चित करें कि आपके पास ऐसे दोस्त हों, जो आपसे ज़्यादा की उम्मीद करें। उन दोस्तों से दूर रहें, जो आपको यह बताते हों कि आप जो करना चाहते हैं, उसे क्यों नहीं कर सकते।

सही दोस्त या जीवनसाथी चुनना सफल जीवन के लिए बहुत महत्वपूर्ण है। अगर आपके दोस्त या परिवार वाले ऐसे हैं, जो अपना वित्तीय आईक्यू सुधारने के प्रति समर्पित नहीं हैं, तो ज़िंदगी एक लंबा वित्तीय संघर्ष बन सकती है, भले ही आप कितना ही ज़्यादा पैसा कमाते हों।

***3. योग्य सलाह खोजें और वित्तीय तथा क़ानूनी सलाहकारों की अपनी ख़ुद की टीम बनाएँ।*** अमीर डैडी की बात हमेशा याद रखें, "आपकी सबसे महँगी सलाह वह मुफ़्त सलाह होती है, जो आपको वित्तीय दृष्टि से संघर्ष करते दोस्तों और रिश्तेदारों से मिलती है।" अमीर डैडी ने बाद में अपने वाक्य का विस्तार करते हुए उसमें ऐसे वित्तीय सलाहकार भी शामिल कर लिए, जिनकी कथनी और करनी में अंतर होता है और जो ख़ुद उन निवेश प्रोडक्ट्स को नहीं ख़रीदते हैं, जिन्हें वे आपको बेचते हैं। एक बार फिर, सही लोगों को चुनना एक

बहुत महत्वपूर्ण योग्यता है। लोग संपत्तियाँ भी हो सकते हैं और दायित्व भी।

एक दिन अमीर डैडी ने मुझसे कहा था, "अगर आपकी कार ख़राब हो जाए, तो आप इसे ठीक करवाने के लिए किसी प्रशिक्षित मैकेनिक के पास ले जाते हैं। जिस पल आप दोबारा अपनी कार चलाते हैं, आप जान जाते हैं कि वह मैकेनिक अच्छा था या नहीं। इन तथाकथित प्रोफ़ेशनल वित्तीय सलाहकारों के साथ दिक़्क़त यह है कि आप बरसों बाद तक यह नहीं जान पाएँगे कि उन्होंने आपको अच्छी सलाह दी है या बुरी। अगर आप पच्चीस साल की उम्र में किसी वित्तीय सलाहकार की सलाह लेने लगते हैं और पैंसठ साल की उम्र में आप पाते हैं कि आपका वित्तीय सलाहकार आपको ग़लत सलाह दे रहा था, तो क्या होगा? आप अपनी बर्बाद वित्तीय ज़िंदगी को उस वित्तीय सलाहकार के पास लेकर तो जा नहीं सकते, जिस तरह आप अपनी ख़राब कार को मैकेनिक के पास दोबारा लेकर जा सकते हैं। मैं ऑटो मैकेनिकों और सेकंड हैंड कारों के सेल्समैनों पर ज़्यादातर वित्तीय सलाहकारों से ज़्यादा यक़ीन करता हूँ, क्योंकि मैं उनके काम के परिणामों को ज़्यादा जल्दी देख सकता हूँ। अधिकांश लोगों के अंत में ग़रीब या मध्य वर्गीय बनने का एक प्रमुख कारण यह है कि वे अच्छी वित्तीय सलाह चुनने में जितना समय लगाते हैं, उससे कहीं ज़्यादा समय सेकंड हैंड कार चुनने में लगाते हैं।

सबक़ यह है, उस सलाह के बारे में बहुत सावधान रहें, जिसे आप अपने दिमाग़ में जगह देते हैं। अच्छे वित्तीय सलाहकार खोजने में समय लगाएँ। उन्हें दी गई फ़ीस आपका सबसे अच्छा निवेश साबित हो सकती है।

***4. रिटायरमेंट की तारीख़ तय कर लें।*** अपने प्रियजनों और सलाहकारों के साथ बैठकर यह तय कर लें कि आपके जल्दी रिटायरमेंट लेने की तारीख़ क्या होगी। यह बेब रूथ की तरह फ़ेंस की तरफ़ बल्ले से इशारा करना है। अगर आप इस प्रक्रिया को सचमुच करते हैं और इन लोगों के साथ वास्तविक तारीख़ पर बातचीत करते हैं, तो आपका वर्तमान संदर्भ आपके भावी संदर्भ के साथ बहस करने लगेगा। यह बहुत ही मज़ेदार प्रक्रिया होती है। आप निश्चित रूप से कई भिन्न वास्तविकताओं और संदर्भों को सुनेंगे।

इस समूह के साथ हर तिमाही में बैठक करें और जल्दी रिटायर होने की तारीख़ पर बातचीत करते रहें।

***5. जब आप अपने जल्दी रिटायर होने की तारीख़ तय कर लें, तो एक काग़ज़ पर योजना लिख लें।*** इस योजना को अपने फ़्रिज पर चिपका लें, ताकि यह आपको हर दिन दिखती रहे। जब आप प्रगति कर लें और ज़्यादा सीख जाएँ, तो अपनी योजना में सुधार करते रहें।

जब किम, लैरी और मैंने व्हिसलर माउंटेन पर ठंड में कुकड़ते हुए वह

सप्ताह गुज़ारा, तब हमने जो योजना बनाई थी, उसने हमारी ज़िंदगी की दिशा बदल दी। यही योजना की शक्ति है। सबक़ यह है, आप आज ग़रीब हैं, इसका यह मतलब नहीं है कि आप आने वाले कल में भी ग़रीब ही बने रहेंगे। अमीर बनने और बने रहने के लिए योजना की ज़रूरत होती है और इस योजना पर हर दिन चलने के संकल्प की ज़रूरत होती है। किम और मैं लगभग दस साल तक हर दिन अपनी योजना पर चलते रहे। जैसा मैंने कहा, आज हमारी समस्या बहुत ज़्यादा पैसे की है और हम इसे समझदारी से ख़र्च करने के तरीक़े खोजने के लिए संघर्ष करते हैं। इस तरह का संघर्ष मुझे पसंद है और मैं चाहता हूँ कि यह संघर्ष आपके पास भी हो।

***6. अपनी भावी रिटायरमेंट पार्टी की योजना बना लें।*** बहुत शानदार पार्टी की योजना बनाएँ। जब आप जल्दी रिटायर हो सकते हैं, तो पैसे की समस्या तो आपके सामने रहेगी नहीं। भले ही आप अपना लक्ष्य हासिल न कर पाएँ, लेकिन इस प्रक्रिया से गुज़रना बहुत मज़ेदार होगा। और कौन जाने, हो सकता है आपको सचमुच ही जल्दी रिटायरमेंट पार्टी देनी पड़ जाए।

***7. एक दिन में एक सौदा देखें। याद रखें, शॉपिंग करने में आपका एक पैसा ख़र्च नहीं होता है।*** सबक़ यह है कि आपको अपनी वित्तीय बुद्धि को बेहतर बनाने के लिए हर दिन कम से कम दस मिनट कुछ करना है। यह आपके अख़बार के बिज़नेस सेक्शन या पैसे वाले खंड के किसी लेख को पढ़ने जितना सरल हो सकता है ... भले ही उसमें आपकी दिलचस्पी न हो। इससे आपकी शब्दावली में सुधार होगा। कार में कहीं जाते समय या जिम में व्यायाम करते समय वित्तीय या बिज़नेस जानकारी वाले टेप्स या सीडी सुनें। साल में कम से कम एक वित्तीय सेमिनार में हिस्सा लें। अगर आप सेमिनार की फ़ीस नहीं देना चाहते हैं, तो अपने स्थानीय अख़बार के वित्तीय खंड में देखें। वहाँ आपको कई मुफ़्त निवेश सेमिनारों की जानकारी मिल जाएगी। भले ही आप उन सेमिनारों में कुछ भी न सीखें, लेकिन आपकी अपने जैसे दूसरे लोगों से मुलाक़ात ज़रूर हो जाएगी।

***8. याद रखें कि सभी बाज़ारों के तीन मुख्य रुझान होते हैं।*** ये हैं ऊपर, नीचे और तिरछे। कई बार बाज़ार बरसों तक ऊपर, नीचे और तिरछे चलते हैं और कई बार बाज़ार एक मिनट से भी कम समय तक ऊपर, नीचे या तिरछे चल सकते हैं। इसीलिए जब कोई आपको यह सलाह दे, "लंबे समय के लिए निवेश करें," तो उससे पूछें कि उसका क्या मतलब है। उससे ज़्यादा विस्तृत स्पष्टीकरण माँगें। ज़्यादातर वित्तीय सलाहकार तो तोते की तरह वही दोहराते हैं, जो उनके सेल्स मैनेजर ने उन्हें सिखाया है, इसलिए उन्हें अपनी बात को स्पष्ट करने में मुश्किल आ सकती है।

अगर आप फटाफट अमीर बनना चाहते हैं, तो इसका सबसे अच्छा मौक़ा

तब होता है, जब रुझान बदलता है। इस पुरानी कहावत में बहुत सच्चाई है, “सही समय पर सही जगह होना।” अगर आप हर दिन सौदों को देखेंगे, तो आप परिवर्तनों को ज़्यादा अच्छी तरह भाँप सकेंगे और सही समय पर सही जगह होने की संभावना को बेहतर बना सकेंगे। उदाहरण के लिए, अगर आप 1991 में शेयर बाज़ार में दाख़िल हुए थे और आपने टेक्नोलॉजी शेयरों में काफ़ी पैसा निवेश किया था, तो आपको आज काफ़ी अमीर होना चाहिए। लेकिन मार्च 2000 में रुझान बदलने पर अगर आपने अपनी रणनीति नहीं बदली होगी, तो आपने अपना सारा लाभ गँवा दिया होगा। अगर मार्च 2000 में आपने रणनीति बदल ली होगी, तो आपने नीचे की तरफ़ ज़्यादा तेज़ी से पैसा बना लिया होगा ... यानी दौलत गँवाने के बजाय बढ़ा ली होगी। अगर आप तेज़ी से अमीर बनना चाहते हैं और हमेशा बने रहना चाहते हैं, तो आपको रुझानों के बारे में जागरूक रहना होगा और तीन अलग-अलग रुझानों के लिए तीन अलग-अलग रणनीतियाँ बनानी होंगी। मैं कई लोगों से मिला हूँ, जिन्होंने एक रुझान में पैसा बनाया, लेकिन जब रुझान बदला, तो वे दिवालिया हो गए।

## *महँगा ख़रीदो, सस्ता बेचो*

*फ़ोर्ब्स* मैग्ज़ीन के जून 2001 अंक में एक दिलचस्प लेख छपा था। इसका शीर्षक था :

> “महँगा ख़रीदो, सस्ता बेचो। आप जो हमेशा जानते थे : विशेषज्ञ बहुत अच्छे सलाहकार हैं, बशर्ते आप उनकी सलाह के ठीक विपरीत काम करें।”
>
> इस लेख के अंश पर ग़ौर करें :
>
> कैलिफ़ोर्निया के चार प्रोफ़ेसरों के नए शोध से पता चला है कि विशेषज्ञ पिछले साल जिन शेयरों को ख़रीदने की सलाह दे रहे थे, आपने न सिर्फ़ उनमें पैसा गँवाया होता, बल्कि जिन शेयरों को वे बेचने की सलाह दे रहे थे, अगर आपने उन्हें ख़रीद लिया होता, तो आप पैसा बना लेते। और वह भी कोई कम पैसा नहीं। आपको 38 प्रतिशत लाभ होता, जो एसएंडपी 500 में 1958 से आज तक नहीं हुआ है।

एक और लेख का शीर्षक था, “क्या वॉल स्ट्रीट सुधार के बारे में गंभीर है?”, जो *फ़ॉरचून* के 16 जुलाई, 2001 के अंक में छपा था। लेखक शॉन टुली इससे सहमत हैं। इस लेख में लिखा था : “जून की एक नम सुबह को लूसियाना के रिपब्लिकन प्रतिनिधि रिचर्ड बेकर ने एक नाटकीय संसदीय सुनवाई की शुरुआत की और एक ऐसे विषय पर ज़ोर दिया, जिसने बारटेंडर्स से सॉकर

मॉम्स तक हर किसी के दिल को प्रभावित किया – 'वॉल स्ट्रीट छोटे आदमी को किस तरह पीटती है।' बेकर ने इस बात पर ग़ुस्सा व्यक्त किया कि किस तरह वॉल स्ट्रीट का नया अभिजात्य वर्ग – सिक्युरिटी एनालिस्ट्स – छोटे शेयरहोल्डरों को चूस डालता है।"

मेरी राय में, ज़्यादातर विश्लेषक और वित्तीय सलाहकार प्रोफ़ेशनल निवेशक नहीं होते हैं। वे ऐसी बातें नहीं जानते हैं, जो प्रोफ़ेशनल निवेशक को जाननी चाहिए। इसलिए उनमें से ज़्यादातर लोग निवेश के बारे में जो सलाह देते हैं, वह औसत निवेशक के लिए अच्छी होती है, लेकिन प्रोफ़ेशनल निवेशक के लिए बुरी होती है ... ख़ास तौर पर तब, जब आप जल्दी से अमीर बनना चाहते हैं और हमेशा बने रहना चाहते हैं।

प्रोफ़ेशनल निवेशक जानता है कि रुझान आपका मित्र होता है। प्रोफ़ेशनल निवेशक जानता है कि कोई भी इतना शक्तिशाली नहीं होता है कि रुझान के ख़िलाफ़ जाकर सफल हो सके। बचपन में सर्फ़िंग करते समय हम हमेशा समुद्र के रुझानों या मूड में होने वाले परिवर्तनों का बहुत सम्मान करते थे। वह तो पर्यटक होता था, जो सिर्फ़ झील या नदी में तैरना जानता था, जो समुद्र में मुश्किल में पड़ता था और कई बार तो डूब भी जाता था। आपको रुझानों का उसी तरह सम्मान करना चाहिए, जिस तरह सर्फ़िंग करने वाला समुद्र की शक्ति का सम्मान करता है। अगर आप रुझानों और परिवर्तनों की नवीनतम जानकारी रखना चाहते हैं, तो आप निश्चित रूप से टिप # ९ को सीने से लगाना चाहेंगे।

***९. हमारी वेबसाइट नियमित रूप से देखें।*** आपके प्रति हमारा समर्पण इसे दिलचस्प और ताज़ा बनाए रखता है। हमारी वेबसाइट को जवानी में अमीर बनकर रिटायर होने वाले लोगों के मिलने की जगह मानें।

निकट भविष्य में हम अपने कैशफ़्लो गेम्स भी ऑनलाइन कर देंगे, ताकि आपको मज़ा आ सके, आप जल्दी सीख सकें और समान मानसिकता वाले लोगों से मिल सकें। निकट भविष्य में आप हमारे गेम्स खेलेंगे और सीखेंगे कि किस तरह ऊपर के रुझान, नीचे के रुझान और तिरछे रुझान में ट्रेडिंग करना है और किस तरह हर दिशा में पैसे बनाना है।

जब कोई आपसे कहे, "लंबे समय के लिए निवेश करो," तो उससे पूछो कि लंबे समय से उसका क्या मतलब है। *लंबे समय* का *औसत निवेशक* के लिए एक मतलब होता है और *प्रोफ़ेशनल निवेशक* के लिए दूसरा मतलब होता है। अगर आप जल्दी अमीर बनना चाहते हैं और हमेशा अमीर बने रहना चाहते हैं, तो औसत दीर्घकालीन निवेशक बनने से काम नहीं चलेगा। आपको तो प्रोफ़ेशनल निवेशक बनना होगा, जो औसत निवेशक से ज़्यादा शिक्षित और प्रशिक्षित होना है। इसीलिए मैं आपको यह सलाह देता हूँ कि आप हमारी वेबसाइट richdad.com को नियमित रूप से देखते रहें। *दुनिया की सबसे मज़ेदार और लाभकारी वित्तीय शिक्षा की नवीनतम जानकारी देना* ही हमारा

उद्देश्य है।

अगर आप अपने माता-पिता के नक़्शेक़दम पर चलने की योजना नहीं बना रहे हैं और सारी ज़िंदगी कड़ी मेहनत नहीं करना चाहते हैं, तो richdad.com पर नियमित रूप से जाकर शुरुआत करें। पैसे के मामले में अपने माता-पिता की सलाह पर चलने में एक समस्या यह है कि टेक्नोलॉजी और वित्तीय आईक्यू जितनी तेज़ी से बदल रहा है, उतनी तेज़ी से ज़्यादातर लोग नहीं बदल सकते हैं। आज जल्दी अमीर बनना और हमेशा के लिए अमीर बने रहना संभव है, बशर्ते आप टेक्नोलॉजी और वित्तीय ज्ञान में हो रहे परिवर्तनों के साथ चल सकें। उदाहरण के लिए, ऑप्शन्स की दुनिया में आज नए ऑप्शन्स आ रहे हैं, जिन्हें "नॉकआउट ऑप्शन्स" कहा जाता है। ये आम पुट्स और कॉल्स से ज़्यादा तेज़ हैं, जिनका इस्तेमाल वर्तमान ट्रेडर्स करते हैं। ज़्यादातर लोग "नॉकआउट ऑप्शन्स" के बारे में इसलिए नहीं जानते हैं, क्योंकि उन्हें फ़ॉरेन एक्सचेंज या फ़ॉरेन करेंसी ट्रेडर्स ने ईजाद किया है। कुछ सालों में ये नए "ज़बर्दस्त ऑप्शन्स" शेयर बाज़ार में भी आ जाएँगे। ज़्यादा विस्तार में न जाते हुए सरल भाषा में नॉकआउट ऑप्शन का मतलब यह है कि आप सामान्य ऑप्शन्स की तुलना में ज़्यादा तेज़ और सुरक्षित तरीक़े से ज़्यादा पैसे बना सकते हैं। बस इतना याद रखें, जब इंसान टेक्नोलॉजी में प्रगति करेगा, तो वित्तीय बुद्धि में भी करेगा। इसका मतलब है कि ज़्यादा सुरक्षा के साथ ज़्यादा जल्दी अमीर बनना दिनोदिन आसान होता जा रहा है। पेंच? आपको लगातार सीखना होगा और अच्छे सलाहकार खोजने होंगे। इसीलिए आपको नवीनतम जानकारी रखनी होगी और हमारी वेबसाइट नियमित रूप से देखनी होगी।

## बूढ़े कुत्ते नई चालें सीखते हैं

जैसा आपको अंदाज़ा हो गया होगा, मुझे *फ़ोर्ब्स* मैग्ज़ीन पसंद है। *फ़ोर्ब्स ग्लोबल* के मई 2001 अंक में, जो अंतरराष्ट्रीय बिज़नेस और निवेशकों के लिए है, सर जॉन टेंपलटन के बारे में एक रोचक लेख छपा था। सर जॉन टेंपलटन मूल्यगत निवेशक (value investor) के रूप में जाने जाते हैं। वे दुनिया भर के अंडरवैल्यूड शेयरों में निवेश करते हैं और उनके भाव बढ़ते देखते हैं। *फ़ोर्ब्स* के लेख का शीर्षक था, "ओल्ड डॉग, न्यू ट्रिक्स।" इसमें बताया गया था कि किस तरह मूलतः बुल और मूलभूत निवेशक टेंपलटन ने बियर बाज़ार में निवेश करते समय टेक्निकल ट्रेडर बनना सीखा। लेख में बताया गया था कि किस तरह 2000 में लंबे समय के लिए निवेश करने के बजाय, जिसकी वे सलाह देते थे, उन्होंने पहली बार शेयर शॉर्ट किए। यह उनके लिए निवेश का नया तरीक़ा था। निवेश का यह नया तरीक़ा सीखकर उन्होंने एक साल में 86 मिलियन डॉलर से ज़्यादा बना लिए। जैसा अमीर डैडी कहते थे, "पैसा सिर्फ़ एक विचार है।" इस युग में आपको नए विचारों के साथ चलने की ज़रूरत है। अगर सर जॉन

टेंपलटन 88 साल की उम्र में अपना संदर्भ बदल सकते हैं, तो आप भी बदल सकते हैं।

जब औसत निवेशक लंबे समय के लिए निवेश करने के बारे में अपने वित्तीय सलाहकारों की बात सुन रहा था, तब असली निवेशक रणनीति बदलकर शेयर शॉर्ट कर रहा था। वित्तीय सलाहकारों की बात सुनकर जिन लाखों निवेशकों ने ख़रीदारी की, उन्होंने अंततः ट्रिलियनों डॉलर गँवा दिए। क्या ऐसा दोबारा हो सकता है? निश्चित रूप से। इसीलिए अगर आप जल्दी से अमीर बनना चाहते हैं और हमेशा अमीर बने रहना चाहते हैं, तो आपको इस बारे में सावधान रहना होगा कि आप किससे वित्तीय सलाह ले रहे हैं।

***10. हमेशा याद रखें कि शब्द मुफ़्त होते हैं।*** अगर आप जल्दी से अमीर बनना चाहते हैं, तो आपको अमीर शब्दावली की ज़रूरत होगी। हमेशा याद रखें कि संपत्तियों की तीन मूलभूत श्रेणियाँ होती हैं : बिज़नेस, पेपर एसेट्स और रियल एस्टेट। हर संपत्ति में भिन्न शब्दों का प्रयोग होता है। हर संपत्ति विदेशी भाषा वाले देश की तरह होती है। अगर आप रियल एस्टेट में दिलचस्पी रखते हैं, तो उसकी शब्दावली सीखें। जब आप शब्द सीख लेते हैं, तो आप उस संपत्ति की श्रेणी में अपने और दूसरों के साथ बेहतर संप्रेषण कर पाएँगे।

शब्द इंसान के सबसे शक्तिशाली साधन हैं। इसलिए अपने शब्द सावधानी से चुनें। हमेशा याद रखें कि दो तरह के मूलभूत शब्द होते हैं :

1. एक तरह के शब्द सामग्री के लिए होते हैं। उदाहरण के लिए, *इंटरनल रेट ऑफ़ रिटर्न* उन रियल एस्टेट निवेशकों के लिए ख़ास तौर पर महत्वपूर्ण शब्द-समूह है, जो अत्यधिक लीवरेज का प्रयोग करके निवेश करते हैं। इंटरनल रेट ऑफ़ रिटर्न सामग्री के शब्द हैं।

2. दूसरी तरह के शब्द संदर्भ के शब्द होते हैं। उदाहरण के लिए, जब कोई कहता है, "मैं कभी इंटरनल रेट्स ऑफ़ रिटर्न को नहीं समझ पाऊँगा," तो यह व्यक्ति सामग्री के शब्दों के बारे में अपने मानसिक संदर्भ का वर्णन कर रहा है।

अपनी सामग्री और अपने संदर्भ की शब्दावली को लगातार सुधारने के बारे में जागरूक रहें ... क्योंकि शब्द ही वे साधन हैं, जो आपकी सबसे सशक्त संपत्ति - आपके मस्तिष्क - को शक्ति देते हैं। इसीलिए मैं आपको सलाह देता हूँ कि आप इस तरह के शब्द कभी न कहें, "मैं इसका ख़र्च नहीं उठा सकता।" या "मैं यह काम नहीं कर सकता।" या "मैं वह कभी नहीं सीख सकता।" इसके बजाय ख़ुद से पूछें, "मैं इसका ख़र्च कैसे उठा सकता हूँ?" या "मैं इसे कैसे कर सकता हूँ?" या "मैं इसे कैसे सीख सकता हूँ?"

याद रखें, अमीर और ग़रीब व्यक्ति के बीच एक बड़ा फ़र्क़ उनके शब्दों

की गुणवत्ता का होता है। आपका वित्तीय आईक्यू आपकी वित्तीय शब्दावली से शुरू होता है। इसलिए अपने शब्दों पर निगाह रखें, क्योंकि शब्द सजीव बन जाते हैं और आपका भविष्य बन जाते हैं। अगर आप जवानी में अमीर बनकर रिटायर होने के लिए जल्दी से अमीर बनना चाहते हैं और हमेशा अमीर बने रहना चाहते हैं, तो आपके शब्द ही कुंजी हैं ... और शब्द मुफ़्त हैं।

***11. पैसे के बारे में बातचीत करें।*** जब मैं कुछ समय पहले चीन और जापान गया था, तो कई लोगों ने मेरे पास आकर कहा था, "पूर्वी संस्कृति में पैसे के बारे में बात करना शिष्टता नहीं मानी जाती है ... इसलिए हम इसके बारे में कभी बात नहीं करते हैं।" अमेरिका, ऑस्ट्रेलिया या यूरोप में भी कई लोग ऐसी ही बात कहते हैं। वे कहते हैं, "हमारे परिवार में हम पैसे की बातचीत नहीं करते हैं।"

तो हॉट टिप है पैसे के बारे में बातें करना। अगर आपके दोस्त इसके बारे में बातचीत नहीं करना चाहते हैं, तो हो सकता है, आपको नए दोस्त बनाने की ज़रूरत हो। मेरे दोस्तों के समूह में हम पैसे, बिज़नेस, निवेश, सफलताओं और समस्याओं के बारे में बातचीत करते हैं। मेरे ज़्यादातर दोस्त भी बहुत अमीर हैं और उनमें धन संबंधी बातचीत को बुरा या गंदा मानने का संदर्भ नहीं है। मेरी पत्नी किम और मैं लगातार पैसों के बारे में बातचीत करते हैं। पैसे बनाना, अमीर बनना और समृद्ध जीवनशैली जीना हमारे लिए मज़ेदार है ... और हम पैसे के खेल का आनंद लेते हैं, इसलिए हम पैसों के बारे में बातें करते हैं। हम पैसे के खेल का उसी तरह आनंद लेते हैं, जिस तरह लोग बाक़ी खेलों का लेते हैं। चूँकि हम दोनों ही पैसे के इस खेल में रुचि लेते हैं, इसलिए हमारा वैवाहिक जीवन ज़्यादा अंतरंग, शिक्षाप्रद, रोमांचक और मज़ेदार है। पैसा एक ऐसा विषय है, जो दुनिया भर के सभी लोगों में साझा है ... तो फिर इसके बारे में बातचीत क्यों न की जाए?

***12. शून्य से शुरू करके दस लाख डॉलर बनाएँ।*** मुझे नौकरी या तनख़्वाह की ज़रूरत नहीं है, इसका एक कारण यह है कि अमीर डैडी ने मुझे शून्य से पैसे बनाने का प्रशिक्षण दिया था।

मैं आज एक दुखद चीज़ यह देखता हूँ कि लोगों को यह पता ही नहीं होता है कि शून्य से पैसा कैसे बनाया जाता है। कुछ समय पहले एक युवा महिला ने मेरी एक कंपनी में नौकरी के लिए आवेदन दिया। वह एक बड़े मल्टीलेवल कॉरपोरेशन से आई थी, जहाँ वह मार्केटिंग की सीनियर वाइस प्रेसिडेंट थी। उसकी छँटनी हो गई थी और अब वह मेरी छोटी उद्यमी कंपनी में मार्केटिंग की वाइस प्रेसिडेंट बनकर अपने हाथ साफ़ करना चाहती थी। तो जाँच के लिए मैंने उससे हमारी कंपनी का मीडिया बजट तैयार करने को कहा। तीन दिन बाद वह साल भर के लिए 16 लाख डॉलर का बजट बनाकर ले आई।

"16 लाख डॉलर," मैंने उफ़ करते हुए कहा। "यह तो बहुत ज़्यादा पैसा है।"

"मुझे इस बात का एहसास है," उसने बड़ी कंपनी की वाइस-प्रेसिडेंट जैसे प्रभावशाली अंदाज़ में कहा। "लेकिन आप जो परिणाम हासिल करना चाहते हैं, उन्हें हासिल करने के लिए आपको इतना ख़र्च करना ही पड़ेगा।"

"मैं इतना ख़र्च कर सकता हूँ," मैंने जवाब दिया। "लेकिन इससे पहले कि मैं इस बजट पर हाँ कर दूँ, आप मुझे बताएँ कि हम इसी परिणाम को 1,60,000 डॉलर या बिना ख़र्च के कैसे पा सकते हैं।"

"ओह, आप ऐसा नहीं कर सकते," उसने अपने घमंडी कॉरपोरेट अंदाज़ में कहा। "पैसे बनाने के लिए पैसे ख़र्च करने पड़ते हैं।"

यह कहने की ज़रूरत नहीं है कि उसे नौकरी नहीं मिली। स्पष्ट रूप से हमारी वास्तविकता या संदर्भ अलग थे। उद्यमी के रूप में मैंने औपचारिक विज्ञापनों पर बिना कुछ ख़र्च किए कंपनियाँ बनाई हैं। हम पीआर यानी पब्लिक रिलेशन्स पर ख़र्च करते हैं, लेकिन हम औपचारिक विज्ञापनों पर कुछ ख़र्च नहीं करते हैं। Richdad.com की सफलता विश्वव्यापी सफलता है, जिसकी सैकड़ों मिलियन डॉलर की सेल्स है, लेकिन औपचारिक विज्ञापन पर एक डॉलर भी ख़र्च नहीं किया गया है ... और शायद किसी दिन इस विषय पर एक और पुस्तक लिखी जाएगी कि हमने ऐसा कैसे किया। लेकिन यह सफलता इसलिए मिली, क्योंकि अमीर डैडी ने अपने बेटे और मुझे सिखाया कि शून्य या लगभग कुछ नहीं से मिलियनों डॉलर कैसे बनाए जा सकते हैं।

मुद्दे की बात यह है, मुझे यह देखकर दुख होता है कि बड़े कॉरपोरेशन्स के ऊँची तनख़्वाह वाले एक्ज़ीक्यूटिव्ज़ यह तो जानते हैं कि बहुत सारा पैसा कैसे ख़र्च किया जाता है, लेकिन दरअसल वे यह नहीं जानते हैं कि ख़ुद बहुत सारा पैसा कैसे कमाया जाता है। मैं कुछ पब्लिक कंपनियों के बोर्ड में बैठता हूँ और देखता हूँ कि किस तरह ये एक्ज़ीक्यूटिव निवेशकों के पैसे को इधर से उधर करते हैं, जैसा 1990 के दशक के अंत में डॉट-कॉम कंपनियों ने किया, लेकिन लाभ नहीं कमा पाते हैं।

अमीर डैडी अक्सर कहते थे, "उद्यमियों और अफ़सरशाहों के बीच बहुत बड़े फ़र्क़ होते हैं। ज़्यादातर लोग अफ़सरशाह होते हैं, क्योंकि हमारे स्कूलों में लोगों को अफ़सरशाह बनने का प्रशिक्षण दिया जाता है। उद्यमी को दोनों बनना आना चाहिए। कई अफ़सरशाह उद्यमी बनने के सपने देखते हैं, लेकिन ज़्यादातर कभी नहीं बन पाएँगे।" अमीर डैडी कहते थे, "अफ़सरशाह सिर्फ़ यह जानता है कि पैसा होने पर पैसा कैसे बनाया जाता है। उद्यमी शून्य से पैसे बना सकता है।"

कुछ महीने पहले मैं एक बड़े अंतरराष्ट्रीय पब्लिशिंग हाउस के एक एक्ज़ीक्यूटिव के साथ बैठा था। उसने अभी-अभी उद्यमिता पर मेरा व्याख्यान सुना था, जिसमें मैंने बताया था कि बिज़नेस कैसे विकसित किया जाता है।

उसने मुझसे नज़रें मिलाकर कहा, "मैं कभी अमीर नहीं बन पाऊँगा, क्योंकि पैसा बनाने में बहुत पैसा लगता है। मेरा विज्ञापन का बजट 20 मिलियन डॉलर है और मुझे अपनी मनचाही बिक्री करने के लिए इसके हर डॉलर की ज़रूरत है।" उस पल मैं जान गया कि वह एक बड़े कॉरपोरेशन का अफ़सरशाह क्यों है, उद्यमी क्यों नहीं है। उसकी वास्तविकता हमेशा उसे वहीं रखेगी।

मुझे यह देखकर भी दुख होता है कि छोटी कंपनियाँ इसलिए विकास नहीं कर पाती हैं, क्योंकि उद्यमी शून्य से पैसा बनाना नहीं जानता है। अमीर डैडी ने कहा था, "बेबी-बिज़नेस और छोटे बिज़नेस में बड़ा फ़र्क़ होता है। बेबी-बिज़नेस में बी क्वाड्रैंट का बड़ा बिज़नेस बनने की संभावना होती है। छोटा बिज़नेस लाभदायक हो सकता है, लेकिन इसमें बी क्वाड्रैंट के बिज़नेस में विकसित होने की संभावना नहीं होती है।" अमीर डैडी ने आगे स्पष्ट किया कि फ़र्क़ बिज़नेस में नहीं होता है, बल्कि बिज़नेस वाले उद्यमी की मानसिकता में होता है। एक आदर्श कहानी मैकडॉनल्ड भाइयों और रे क्रॉक की है। रे क्रॉक ने एक छोटा हैमबर्गर स्टैंड लिया, जिसे दो भाई चला रहे थे और उसे बहुत, बहुत, बहुत बड़े विश्वव्यापी बिज़नेस में बदल दिया, जिसे हम मैकडॉनल्ड्स के नाम से जानते हैं।

संक्षेप में, रे क्रॉक ई क्वाड्रैंट के कर्मचारी थे, जो मिल्क शेक मिक्सर्स बेच रहे थे। उन्होंने एस क्वाड्रैंट का बिज़नेस ख़रीदा और उसे बड़े बी क्वाड्रैंट के बिज़नेस में बदल दिया। यह उस सरल प्रक्रिया की शक्ति है, जो मैं आपको अभी बताऊँगा ... एक ऐसी प्रक्रिया, जो आप नियमित रूप से कर सकते हैं और इसमें आपका एक पैसा ख़र्च नहीं होगा ... लेकिन यह आपको आपके सपनों से ज़्यादा अमीर बना सकती है।

तो आख़िरी टिप है, अपने साथ यात्रा करने वाले प्रियजनों या दोस्तों के साथ विचारमंथन करने में समय बिताएँ कि आप कैसे किसी विचार को मिलियनों डॉलर में बदल सकते हैं, जिसमें पैसे की ज़रूरत ही न हो या बहुत कम ज़रूरत हो। यह प्रक्रिया मांसपेशी बनाने के लिए जिम जाने की तरह है। यह नियमित व्यायाम आपके मस्तिष्क को शक्तिशाली बना देता है और आपको उस पल के लिए तैयार करता है, जब आप क़दम उठाते हैं।

किम से मेरी मुलाक़ात होने से पहले लैरी और मैं एक कॉफ़ी शॉप में बैठा करते थे, जो ज़ेरॉक्स ऑफ़िस के नीचे थी। हम घंटों कॉफ़ी पीते-पीते ऐसे विचार सोचते थे, जिनसे हमें बिना पैसे के मिलियनों डॉलर की कमाई हो सके। हमारे मन में कुछ सचमुच अच्छे विचार आए, कुछ बुरे विचार आए और कई बहुत मूर्खतापूर्ण विचार भी आए। हमारे मन में टी-शर्ट, लकड़ी से बनने वाली पज़ल्स, एक फ़ाइनैंशियल न्यूज़लेटर और एक टूरिस्ट प्रोडक्ट के विचार आए, जिसमें हवाई के शुगर पैकेट्स शामिल थे। ज़्यादातर विचार कभी दूर तक नहीं गए, लेकिन उनके कारण हमारी काफ़ी मानसिक कसरत हुई। हालाँकि ज़्यादातर विचारों ने काम नहीं किया, लेकिन हमने नायलॉन और वेल्क्रो वॉलेट्स के बारे

में सोचा और उस विचार को मिलियनों डॉलर में बदल लिया। दुर्भाग्य से, हम इस विचार की सुरक्षा करने के क़दम नहीं उठा पाए और प्रतिस्पर्धा के कारण हमें इसे बंद करना पड़ा।

इससे पहले मैंने ज़िक्र किया है कि मैंने पढ़ा था कि कोकाकोला कंपनी की पूँजी लगभग 8 बिलियन डॉलर है, लेकिन कोकाकोला ब्रांड का मूल्य 80 बिलियन डॉलर के क़रीब है, यानी कि कंपनी की पूँजी से दस गुना ज़्यादा। यह कैसे संभव है? कोकाकोला ने अंतरराष्ट्रीय रूप से अपनी बौद्धिक संपदा की रक्षा की है और इसके परिणामस्वरूप कोकाकोला ब्रांड अविश्वसनीय रूप से मूल्यवान बन गया है।

## "रिच डैड" बस दो शब्द हैं!

आइए "रिच डैड" शब्दों की सफलता की समीक्षा करें। रिच डैड बस दो शब्द हैं।

जब किम और मैं शेरॉन लेक्टर से मिले और हमने 1997 में *कैशफ़्लो टेक्नोलॉजीज़ इंक.* स्थापित की, तो "रिच डैड" शब्द बस दो अर्थहीन शब्द थे और इनका कोई मूल्य नहीं था।

आज "रिच डैड" शब्दों का मूल्य कई करोड़ डॉलर है। ऐसा कैसे हुआ? हमने माइकल लेक्टर से सलाह ली, जो शेरॉन के पति और हमारे बौद्धिक संपदा वकील हैं (जैसा आपमें से कुछ जानते होंगे, उन्होंने ही शेरॉन से हमारा परिचय करवाया था)। हमने उनके साथ बैठकर बौद्धिक संपदा की रक्षा करने की रणनीति तैयार की। उनके मार्गदर्शन में हमने उस रणनीति पर सावधानी से अमल किया और अपनी बौद्धिक संपदा बनाकर उसकी रक्षा की। हमने यह सुनिश्चित किया कि हम अपने आविष्कारों की रक्षा पेटेंट से करें। हमने "रिच डैड" और "कैशफ़्लो" जैसे प्रबल ब्रांड बनाए और उनकी रक्षा की। हमने एक शक्तिशाली ट्रेड ड्रेस (बैंगनी, काला और सुनहरा) बनाई, जिसे पूरी दुनिया में पहचाना जा सकता है। शुरुआती ट्रेडमार्क को फ़ाइल करने में 1,000 डॉलर से भी कम ख़र्च आया था। अगले साल जब हम कैशफ़्लो गेम का ऑनलाइन वर्ज़न लॉन्च करेंगे, तो इन ब्रांड्स का मूल्य बिलियनों डॉलर पहुँच सकता है। हमारा अनुभव साबित करता है कि आप शून्य से पैसे बना सकते हैं।

आप बहुत कम पैसे या बिना पैसों के अमीर कैसे बन सकते हैं, इस बारे में अधिक जानकारी के लिए आप माइकल की पुस्तक पढ़ सकते हैं। *प्रोटेक्टिंग युअर # 1 एसेट : क्रिएटिंग फ़ॉरचून्स फ़्रॉम युअर आइडियाज़ – एन इंटेलेक्चुअल प्रॉपर्टीज़ हैंडबुक* नामक इस पुस्तक को वार्नर बुक्स ने प्रकाशित किया है। माइकल अंतरराष्ट्रीय ख्याति प्राप्त बौद्धिक संपदा वकील

हैं, जिन्होंने अपने विचारों से दौलत बनाने में अनगिनत लोगों की मदद की है। जैसा वे कहते हैं, वे बौद्धिक संपदा की रक्षा करने के लिए "किले बनाते हैं और डाकुओं से रक्षा करते हैं।" माइकल अक्सर कहते हैं, "हममें से हर एक के पास मिलियन डॉलर का विचार होता है! दुर्भाग्य से, हममें से बहुत कम लोग उस विचार की रक्षा करने के क़दम उठाते हैं – और अगर आप इसकी रक्षा नहीं करते हैं, तो इससे मिलियन डॉलर आप नहीं, कोई दूसरा कमा लेगा।" माइकल की पुस्तक में 20 डॉलर का निवेश आपको बता सकता है कि आप अपने विचार से ख़ुद दौलत कैसे बना सकते हैं।

## अंत में

आप और मैं जानते हैं कि आपका मस्तिष्क आपकी ऐसी संपत्ति है, जिसका सबसे कम प्रयोग होता है। इसमें बहुत सी ऐसी शक्ति है, जिसका इस्तेमाल बाक़ी है। अमीर डैडी कहा करते थे, "आलसी लोग जल्दी से अमीर बनना चाहते हैं, जबकि सफल लोग जल्दी से वित्तीय रूप से स्मार्ट बनना चाहते हैं और ज़्यादा स्मार्ट बनते रहना चाहते हैं।" मुद्दे की बात यह है, अगर आप जवानी में अमीर बनकर रिटायर होना चाहते हैं और आपके पास ज़्यादा पैसे, शिक्षा या अनुभव नहीं है, तो अपने दिमाग़ का इस्तेमाल करें। मेरी वास्तविकता में, अमीर बनने के लिए पैसे की ज़रूरत नहीं होती है। मेरी वास्तविकता में, इसमें मानसिक और भावनात्मक शक्ति की ज़रूरत होती है। यहाँ पर आपके लिए हॉट टिप्स की जो सूची दी गई है, उस पर विचार करें और अगर चाहें, तो उस पर अमल करें।

इन सभी टिप्स का अंतिम बिंदु यह है कि ऊपर दिए गए किसी भी अभ्यास में ज़्यादा समय या पैसे की ज़रूरत नहीं होती है। ऊपर दिए गए सभी अभ्यास जवानी में अमीर बनकर रिटायर होने में आपकी मदद करेंगे, बशर्ते आप उन्हें नियम और निष्ठा से करें। हमेशा याद रखें कि आपका भविष्य, भविष्य के कामों से नहीं, बल्कि *आज* के कामों से तय होता है।

अगर आप निष्ठा से इन सरल अभ्यासों में से कुछ को अपने दैनिक जीवन का हिस्सा बनाते हैं, तो आप पाएँगे कि आप आईने के पार एक बिलकुल अलग दुनिया में पहुँच रहे हैं। और यह अगले खंड का विषय है।

## खंड 3 पर अंतिम विचार : आप पहले से ही विशेषज्ञ हैं

जैसा आपको एहसास हो गया होगा, आप क्या करते हैं, उससे आपके अमीर या ग़रीब बनने का ज़्यादा संबंध नहीं है। अलबत्ता आपके कामों के संदर्भ ही आपको अमीर या ग़रीब बनाते हैं। इसीलिए जब लोग मुझसे पूछते हैं कि मैं क्या करता हूँ या किसमें निवेश करता हूँ, तो मैं जवाब

देता हूँ, "कृपया मुझसे यह न पूछें कि मैं क्या करता हूँ। मुझसे पूछें कि मैं अपने कामों के बारे में क्या सोचता हूँ।" उदाहरण के लिए, बहुत सारे लोग शेयरों में निवेश करते हैं, लेकिन बहुत कम लोग शेयरों में निवेश करके अमीर बनते हैं। यही रियल एस्टेट या बिज़नेस बनाने के बारे में सच है। अंतर क्या है? मैं कहता हूँ कि यह कामों या सामग्री के चारों तरफ़ का संदर्भ है। मैं ऐसे लोगों से मिला हूँ, जो मुझसे कहते हैं, "रियल एस्टेट घटिया निवेश है। मैं इसमें कभी पैसे नहीं बना पाया।" मेरी राय में, रियल एस्टेट घटिया निवेश नहीं है; वह व्यक्ति घटिया निवेशक है। अमीर निवेशक के संदर्भ वाला व्यक्ति बुरे निवेश को अमीर निवेश में बदल सकता है। दरअसल, ज़्यादातर अमीर निवेशक यही करते हैं।

## "हर क़र्ज़ अच्छा है"

यही क़र्ज़ के बारे में भी सही है। ज़्यादातर लोग जानते हैं कि क़र्ज़ में कैसे उतरना है। ज़्यादातर लोग क़र्ज़ में उतरने के विशेषज्ञ होते हैं। समस्या यह है कि वे क़र्ज़ में उतरने के बाद ज़्यादा ग़रीब बन जाते हैं। ज़्यादातर लोग अच्छा क़र्ज़ लेते हैं और उसे बुरा बना देते हैं। जैसा अमीर डैडी ने मुझसे कहा था, "हर क़र्ज़ अच्छा क़र्ज़ होता है। लेकिन सभी लोग यह नहीं जानते हैं कि क़र्ज़ का प्रयोग कैसे किया जाता है, इसलिए वे अच्छे क़र्ज़ को बुरे क़र्ज़ में बदल लेते हैं।"

अगर आप अमीर बनना चाहते हैं, तो आपको सबसे पहले अपने कामों पर नहीं, बल्कि अपने संदर्भ पर मेहनत करने की ज़रूरत है। जैसा अमीर डैडी ने कहा था, "ज़्यादातर लोग पहले से ही जानते हैं कि क़र्ज़ कैसे लिया जाता है। समस्या यह है कि वे यह नहीं जानते हैं कि क़र्ज़ से लाभ कैसे उठाया जाता है। अगर कोई क़र्ज़ का इस्तेमाल करके अमीर बनना चाहता है, तो सबसे पहले उसे अपना संदर्भ बदलने की ज़रूरत है। इसके बाद वह उस क़र्ज़ का प्रयोग बहुत अमीर बनने के लिए कर सकता है।" अगर आप क़र्ज़ के बारे में अपने ग़रीब या मध्य वर्गीय व्यक्ति के संदर्भ को नहीं बदल सकते हैं, तो सबसे अच्छा यही रहेगा कि आप अपने क्रेडिट कार्ड फाड़ डालें, अपना हाउस लोन जल्दी से जल्दी चुका दें और बस पैसे बचाने की कोशिश करें।

अगर आप जवानी में अमीर बनकर रिटायर होना चाहते हैं, तो आपको पहले अपना संदर्भ बदलना होगा। इसीलिए मैं आपको सलाह देता हूँ कि आप कभी-कभार इन हॉट टिप्स की समीक्षा करें और अपने संदर्भ का विकास करने के लिए लगातार मेहनत करें। अगर आपके पास अमीर व्यक्ति का संदर्भ है, तो आप चाहे जो करें, आप ज़्यादा अमीर बन जाएँगे। अगर आपके पास ग़रीब व्यक्ति का संदर्भ है, तो आप चाहे

जितना अध्ययन या काम करें, परिणाम वही रहेंगे : ग़रीब व्यक्ति के परिणाम। याद रखें आप चाहे जो काम करें, आपका संदर्भ ही आपकी वास्तविकता बन जाता है, क्योंकि आप उसे ही अपने लिए संभव मानते हैं। जैसा अमीर डैडी ने कहा था, "क़र्ज़ हमेशा आपको ग़रीब नहीं बनाता है। लेकिन ग़रीब या मध्य वर्गीय व्यक्ति का संदर्भ ज़रूर बना देता है।"

## मुफ़्त ऑफ़र

अगर आप इन हॉट टिप्स पर व्यक्तिगत रूप से मेरी बातचीत सुनना चाहते हों, तो कृपया richdad.com की हमारी वेबसाइट पर जाकर वह ऑडियो सुनें, जो मैंने आप जैसे लोगों के लिए तैयार किया है ... जो लोग जवानी में अमीर बनकर रिटायर होना चाहते हैं। अगर आप जवानी में अमीर बनकर रिटायर होने के प्रति समर्पित हैं, तो हमारी वेबसाइट आप ही के लिए है। अगर आप ज़िंदगी भर नौकरी की सुरक्षा के लिए कड़ी मेहनत करना चाहते हैं या ज़्यादा जोखिम और कम लाभ वाले निवेशों में पैसा लगाना चाहते हैं, तो हमारी वेबसाइट से ज़्यादा अच्छी वेबसाइट्स और भी हैं।

# अध्याय - 20

# अंतिम परीक्षा

नीचे एक वैकल्पिक अभ्यास दिया गया है, जिसे आप कर सकते हैं, बशर्ते आप इतने बहादुर हों। ये सवाल आप अगली डिनर पार्टी या सहकर्मियों के साथ लंच में या दोस्तों और परिवार वालों से पूछ सकते हैं। मैं इसे वैकल्पिक इसलिए कहता हूँ, क्योंकि नीचे दिए गए सवाल आप जिन लोगों से पूछेंगे, उनकी धन संबंधी वास्तविकताएँ आपके सामने आ जाएँगी।

अगर आप हर व्यक्ति को हर सवाल का पूरी तरह जवाब देने का समय दें, तो आप कई भिन्न वास्तविकताएँ, कारण, बहाने, झूठ, मान्यताएँ और अन्य मनोवैज्ञानिक चीज़ें सुनेंगे, जो लोगों में धन और उनकी ज़िंदगी के बारे में होती हैं। आप इस तरह की प्रतिक्रियाएँ सुन सकते हैं, "कैसा मूर्खतापूर्ण सवाल है?" "यह व्यक्ति क्या सोचता है, यह कौन है?" "आप ऐसा नहीं कर सकते।" "यह असंभव है।" "मैं अपने काम से प्यार करता हूँ। मैं कभी काम करना बंद नहीं करूँगा।" सवालों के जवाबों या टिप्पणियों से सहमत या असहमत हुए बग़ैर बस सुनें और देखें कि क्या आप पैसे और वित्तीय जीवन के बारे में उस व्यक्ति की वास्तविकता को ज़्यादा स्पष्ट रूप से पकड़ सकते हैं। अगर आपमें अपने प्रियजनों, दोस्तों या सहकर्मियों से ये सवाल पूछने की हिम्मत है, तो मैं आपको शुभकामनाएँ देता हूँ। अगर आप इस अभ्यास को दूसरे लोगों के साथ करते हैं, तो मेरा ख़्याल है कि आप इस बारे में काफ़ी कुछ सीख जाएँगे कि किसी व्यक्ति के जीवन की वित्तीय स्थिति पर उसकी वास्तविकता का कितना ज़्यादा असर होता है।

नीचे पूछे जाने वाले सवाल दिए गए हैं :

## आप किस तरह की ज़िंदगी जीना चाहते हैं?

### वास्तविकताओं की तुलना

1. अगर आपके पास दुनिया का सारा पैसा हो और आपको कभी काम

न करना पड़े, तो आप अपने ख़ाली समय में क्या करेंगे?

2. अगर आप (और आपका जीवनसाथी, अगर सामने वाला विवाहित हो) आज काम करना बंद कर दें, तो आपके जीवन में क्या होगा? आप कितने समय तक ज़िंदा रह पाएँगे और अपनी वर्तमान जीवनशैली को क़ायम रख पाएँगे?

3. अगर आप रिटायर्ड नहीं हैं, तो आप किस उम्र में रिटायर हो पाएँगे? क्या आप ज़्यादा जल्दी रिटायर होना चाहेंगे? रिटायर होने के बाद आप आज से ज़्यादा पैसा बनाना चाहेंगे या आज से कम?

4. क्या आप ऐसी ज़िंदगी जीना पसंद करेंगे, जिसमें आपको तनख़्वाह की ज़रूरत न हो या आप ऐसी ज़िंदगी जीना पसंद करेंगे, जिसमें आपको हमेशा काम करना पड़े या ज़्यादा तनख़्वाह वाली नौकरी की तलाश करनी पड़े? क्या आप ज़्यादा नौकरी योग्य (employable) बनना चाहेंगे या नौकरी के अयोग्य (unemployable)? आप आज किस तरह की ज़िंदगी बिता रहे हैं?

5. क्या आप ऐसी ज़िंदगी बिताना चाहते हैं, जहाँ आप पैसा ख़र्च करने के लिए कड़ी मेहनत करें, क्योंकि आपके पास बहुत ज़्यादा पैसा है? या फिर आप ऐसी ज़िंदगी बिताना चाहते हैं, जिसमें आप पैसे बचाने की कोशिश में कड़ी मेहनत करें? आप किस तरह की ज़िंदगी बिता रहे हैं?

6. क्या आप ऐसी ज़िंदगी जीना चाहेंगे, जहाँ आपको ज़्यादा कमाने के लिए ज़्यादा मेहनत न करनी पड़े या फिर आप ऐसी ज़िंदगी जीना चाहते हैं, जहाँ आपको ज़्यादा कमाने के लिए ज़्यादा मेहनत करनी पड़े? आप कौन सी ज़िंदगी जी रहे हैं?

7. क्या आप सोचते हैं कि निवेश ख़तरनाक है? क्या आप सोचते हैं कि पैसा बनाने के लिए पैसे की ज़रूरत होती है? क्या आप निवेश के क्षेत्र में बिना पूँजी और बग़ैर ज़्यादा जोखिम के बहुत ज़्यादा लाभ कमाना चाहेंगे? अगर आप किसी दूसरे के पैसे से निवेश कर सकें, तो क्या आप ऐसा करेंगे?

8. आपके परिवार के अलावा वे छह लोग कौन हैं, जिनके साथ आप अपना ज़्यादातर समय बिताते हैं? पैसे के बारे में उनका नज़रिया क्या है? यह अमीर है, ग़रीब है या मध्य वर्गीय है? इन छह लोगों में से कितने जवानी में अमीर बनकर रिटायर हो पाएँगे? क्या यह आपके लिए नए दोस्त बनाने का समय है?

9. क्या आप ऐसी ज़िंदगी जीना पसंद करेंगे, जहाँ आप संपत्तियाँ बनाकर या ख़रीदकर अमीर बनने के लिए मेहनत करें या फिर आप ऐसी ज़िंदगी बिताना पसंद करेंगे, जिसमें आप नौकरी की सुरक्षा और स्थायी तनख़्वाह के लिए ज़िंदगी भर काम करें? आप कैसी ज़िंदगी बिता रहे हैं?

10. अगर नौकरी छोड़ने के बदले में आपको एक बिलियन डॉलर देने की पेशकश की जाए, तो क्या आप अपनी नौकरी छोड़ देंगे? अगर एक बिलियन

डॉलर आपके लिए नौकरी से ज़्यादा महत्वपूर्ण हैं, तो फिर बिलियन डॉलर बनाने की कोशिश क्यों न की जाए? आपको कौन सी चीज़ रोकती है? अगर आप एक बिलियन डॉलर के लिए अपनी नौकरी नहीं छोड़ना चाहते हैं ... तो क्यों नहीं? आप इस समय जो कर रहे हैं, क्या आप बिलियन डॉलर का इस्तेमाल करके उससे ज़्यादा भलाई नहीं कर सकते हैं?

11. क्या आप ऐसी ज़िंदगी जी रहे हैं, जहाँ आप शेयर बाज़ार के ऊपर या नीचे दोनों तरफ़ जाने पर पैसा बनाते हैं? या फिर आप ऐसी ज़िंदगी जी रहे हैं, जहाँ आपको बाज़ार के क्रैश होने और पैसे डूबने का डर सताता है? आप कौन सी ज़िंदगी जी रहे हैं? क्यों?

12. धन के विषय में अगर आप अलग काम कर पाते, तो आप कौन सा काम अलग करते? अगर कोई ऐसा काम है, जो आप अलग करते, तो आप उसे कर क्यों नहीं रहे हैं?

अगर आप बहादुर हों, तभी ये सवाल पूछें। मैं यह सलाह इसलिए दे रहा हूँ, क्योंकि हो सकता है कि बातचीत के बाद आपके पास दोस्त ही न रहें और आपको नए दोस्त बनाने की ज़रूरत पड़ जाए। अगर आप पाएँ कि आपके परिवार वाले, दोस्त या आपके सहकर्मी उस संदर्भ के नहीं हैं, जिसे आप चाहते हैं, तो फिर हमारी वेबसाइट richdad.com पर जाकर ऐसे लोगों से मिलें। कम से कम आपको उन जवाबों पर चर्चा करने में मज़ा आएगा, जो आपको इस अंतिम परीक्षा के बारह सवालों पर मिलते हैं। सबसे महत्वपूर्ण बात यह है कि आप पैसे के विषय में लोगों की अलग-अलग वास्तविकताओं और संसारों को देख पाएँगे। जैसा अमीर डैडी ने कहा था, "पैसा सिर्फ़ एक विचार है।" जब आप ये सवाल पूछेंगे, तो आपको कई अलग-अलग विचार और वास्तविकताएँ पता लगेंगी।

इस अभ्यास की सबसे महत्वपूर्ण बात अलग-अलग विचारों और वास्तविकताओं को सुनना है और यह फ़ैसला करना है कि आप किस तरह की वास्तविकता या वित्तीय संसार को देखना चाहते हैं। दो डैडी होने की वजह से मैं दो संसार देख पाया और मैंने विकल्प चुना कि मैं किस संसार को देखना चाहता था। तो चुनाव आप पर है। अगर आप अपने परिवार वालों और दोस्तों से ये सवाल पूछें, तो उनके विचार ग़ौर से सुनें। उनके विचार सुनने के बाद आप बेहतर चुनाव कर सकते हैं कि आप कौन से विचार चाहते हैं और किस तरह की ज़िंदगी जीना चाहते हैं।

## अपने परिणाम बताएँ

Richdad.com वेबसाइट पर जाकर इस परीक्षा में मिले जवाब बताएँ। हमारे *डिसकशन फ़ोरम* में आपको इन सवालों पर कई बहुत मज़ेदार, आलोचनात्मक,

दिलचस्प या आकर्षक प्रतिक्रियाएँ मिलेंगी। इस फ़ोरम में आप अपने भावी बिज़नेस पार्टनर्स से मिल सकते हैं और अपने दोस्तों से ज़्यादा अमीर बन सकते हैं, शायद बिल गेट्स से भी। आप जवानी में अमीर बनकर रिटायर भी हो सकते हैं।

# खंड - 4

# पहले क़दम का लीवरेज

अमीर डैडी ने कहा था, "पहला क़दम यह फ़ैसला करना है कि आप किस तरह की दुनिया में रहना चाहते हैं। आप किस दुनिया में रहना चाहते हैं - ग़रीबों की, मध्य वर्गीय लोगों की या फिर अमीरों की?"

मैंने पूछा, "क्या अधिकांश लोग अमीरों की दुनिया में रहने का चुनाव नहीं करते हैं?"

"नहीं," अमीर डैडी ने कहा। "ज़्यादातर लोग अमीरों की दुनिया में रहने के सपने देखते हैं ... लेकिन वे पहला क़दम ही नहीं उठा पाते हैं और वह है फ़ैसला करना। जब आप फ़ैसला कर लेते हैं, और सचमुच फ़ैसला कर लेते हैं, तो फिर लौटने का सवाल ही नहीं उठता है। जिस पल आप फ़ैसला कर लेते हैं, आपकी दुनिया की हर चीज़ बदल जाती है।"

# अध्याय – 21

# निरंतर कैसे बढ़ते रहें

अक्सर मुझसे पूछा जाता है, "जब आपने जवानी में रिटायर होने का फ़ैसला किया, तो आप और किम किस वजह से आगे बढ़ते रहे? आपने विपत्ति का सामना कैसे किया और मुश्किलों में भी मुँह क्यों नहीं मोड़ा?" ज़्यादातर समय मैं इस तरह का आम जवाब देता हूँ, जैसे संकल्प, दृढ़ इच्छाशक्ति और सपना। मैं इस तरह के आम जुमलों का इस्तेमाल इसलिए करता हूँ, क्योंकि मुझे उतना सब स्पष्ट करने का मौक़ा ही नहीं मिलता है, जितना मैंने इस पुस्तक में स्पष्ट किया है। चूँकि आपने यहाँ तक पढ़ लिया है और मुझे आशा है कि अब तक लिखी ज़्यादातर बातें समझ ली होंगी, इसलिए मैं आपको ज़्यादा गहराई और ईमानदारी से बताना चाहूँगा कि हम किस वजह से लगातार आगे बढ़े।

अमीर डैडी ने मुझे लुइस कैरोल की दो गहरी कहानियाँ या परीकथाएँ पढ़वाई थीं, *एलिसेस एडवेंचर्स इन वंडरलैंड* और *थ्रू द लुकिंग ग्लास*। दोनों कहानियाँ भिन्न वास्तविकताओं की यात्रा हैं। *एलिसेस एडवेंचर्स इन वंडरलैंड* में एलिस व्हाइट रैबिट के पीछे-पीछे उसके बिल में जाती है और एक अलग संसार में पहुँच जाती है, एक ऐसा संसार, जो मुझे वित्तीय सेवा उद्योग की याद दिलाता है। *थ्रू द लुकिंग ग्लास* में एलिस एक बार फिर आईने के पीछे एक अन्य वास्तविकता की यात्रा करती है। आईने के पीछे एलिस को ऐसी पुस्तकें मिलती हैं, जिन्हें तब तक नहीं पढ़ा जा सकता, जब तक कि उन्हें आईने के सामने न रखा जाए, काफ़ी हद तक व्यक्तिगत फ़ाइनैंशियल स्टेटमेंट की तरह। बहरहाल, अमीर डैडी के लिए दोनों कहानियों का महत्व एक वास्तविकता से दूसरी वास्तविकता की यात्रा करने की तरह था। अमीर डैडी ने कहा था, "समस्या यह है कि ज़्यादातर लोग सिर्फ़ एक ही वास्तविकता में जीते हैं और उनमें यह सोचने की आदत होती है कि *उनकी* वास्तविकता ही *एकमात्र* वास्तविकता है।"

## अक्सर पूछे जाने वाले सवाल का जवाब

ज़्यादातर समय, जब कोई मुझसे इस तरह का सवाल पूछता है, "आप और

किम किस कारण आगे बढ़ते रहे? जब आपके पास पैसा नहीं था, नौकरी नहीं थी और आप लगातार पैसे गँवा रहे थे, तब भी आप कैसे आगे बढ़ते रहे?" मैं आज़माए हुए सच्चे सरल जुमलों में जवाब देता हूँ। मैं कहता हूँ, "इसमें संकल्प की ज़रूरत थी।" या "हम जानते थे कि हम कभी लौटकर पीछे नहीं जाएँगे।" लेकिन ये जुमले असली कहानी नहीं बताते हैं। मैं सच्ची बात बताने में झिझकता हूँ। चूँकि सच्चा जवाब ज़्यादातर लोगों की वास्तविकता से बाहर है, इसीलिए मैं बहुत कम कहता हूँ।

कुछ हफ़्ते पहले एक सेमिनार में मुझे वह कारण ज़्यादा विस्तार से बताना पड़ा, जिस वजह से किम और मैं आगे बढ़ते रहे। चूँकि आप यहाँ तक पढ़ चुके हैं, इसलिए मैं आपको बताऊँगा कि मैंने उस क्लास में क्या बताया था। मुझे नहीं लगता कि यह उस सवाल का पूरा जवाब है, यह सवाल कि हम किस तरह आगे बढ़ते रहे, लेकिन मुझे लगता है कि इस जवाब से आपको सोचने की थोड़ी सामग्री ज़रूर मिल जाएगी।

जब सेमिनार ख़त्म होने को था, तो एक विद्यार्थी ने हाथ उठाकर पूछा, "जब सबसे ज़्यादा अँधेरा लग रहा था, तब किस चीज़ के कारण आप और किम आगे बढ़ते रहे? मैं असली कारण सुनना चाहता हूँ ... वह नहीं, जो आपने अब तक बताए हैं।"

## जवाब

मैंने उसके आग्रह पर थोड़ी देर विचार किया और आख़िरकार उस असली प्रेरणा को बताने का फ़ैसला किया, जिसकी वजह से हम आगे बढ़ते रहे थे, जब किम और मैंने जवानी में अमीर बनकर रिटायर होने का फ़ैसला किया था। स्पष्टीकरण शुरू हुआ :

"पच्चीस साल की उम्र के बाद अमीर डैडी ने मुझे एक सबक़ सिखाया, जो एक सवाल से शुरू हुआ था। सबक़ और संवाद बरसों तक चला ... और हालाँकि वे अब नहीं रहे हैं, लेकिन फिर भी मैं उस सबक़ की समीक्षा करता रहता हूँ और आगे के जवाब खोजता हूँ।"

## बिना जोखिम की दुनिया में पैसे की ज़रूरत नहीं होती है

अमीर डैडी ने पूछा था, "तुम क्या करोगे, अगर कोई जोखिम न हो और अमीर बनने के लिए पैसे की ज़रूरत न हो?"

"कोई जोखिम नहीं और पैसे की ज़रूरत नहीं?" मैंने दोहराया और मुझे पक्का पता नहीं था कि अमीर डैडी इस सवाल के माध्यम से मुझे कहाँ ले जा

रहे हैं। "यह सवाल क्यों?" मैंने आख़िरकार पूछ ही लिया। "इस तरह की दुनिया तो होती ही नहीं है।"

अमीर डैडी ने मुझे अपने जवाब के साथ एक पल तक बैठने दिया। उनकी ख़ामोशी इस बात का संकेत थी कि मुझे अपने जवाब के बारे में दोबारा विचार करना चाहिए। जब उन्हें लगा कि मैंने अपने जवाब पर दोबारा विचार कर लिया है, तो फिर वे बोले, "क्या तुम्हें यक़ीन है कि इस तरह की दुनिया नहीं होती है?"

"बिना जोखिम वाली दुनिया, जिसमें पैसे की ज़रूरत न हो?" मैंने पूछा और यह सुनिश्चित करना चाहा कि मेरे समझने में कोई ग़लती तो नहीं हुई है। मुझे तो बस अपने असली डैडी की यह बात याद आ रही थी, "निवेश करना ख़तरनाक है" और "पैसा बनाने के लिए पैसे की ज़रूरत होती है।"

अमीर डैडी ने अपना सिर हिलाया। "हाँ। अगर इस तरह की दुनिया मौजूद हो, तो तुम क्या करोगे?"

"देखिए, मैं इसे खोजूँगा," मैंने कहा। "लेकिन सिर्फ़ तभी, जब यह मौजूद हो।"

"और यह मौजूद क्यों नहीं है?" अमीर डैडी ने पूछा।

"क्योंकि यह असंभव है," मैंने जवाब दिया। "इस तरह की दुनिया कैसे हो सकती है, जहाँ पैसे का कोई जोखिम न हो या अमीर बनने के लिए पैसे की ज़रूरत न हो?"

"देखो, अगर तुम यह फ़ैसला कर चुके हो कि इस तरह की दुनिया का मौजूद होना असंभव है, तो फिर यह मौजूद नहीं हो सकती," अमीर डैडी ने धीरे से कहा।

मैंने पूछा, "क्या आप कह रहे हैं कि इसका अस्तित्व है?"

"इससे कोई फ़र्क़ नहीं पड़ता है कि मैं क्या सोचता हूँ। महत्वपूर्ण तो यह है कि तुम क्या सोचते हो," अमीर डैडी ने कहा। "अगर तुम कहते हो कि इसका अस्तित्व नहीं है ... तो फिर अस्तित्व नहीं है। यह महत्वहीन है कि मैं क्या सोचता हूँ।"

"लेकिन इस तरह की दुनिया असंभव है," मैंने दोहराया। "मैं जानता हूँ कि यह असंभव है। जोखिम तो होगा ही होगा।"

"तो फिर यह मौजूद नहीं है," अमीर डैडी ने कंधे उचकाए। "अगर तुम सोचते हो कि यह असंभव है, तो फिर यह असंभव है।" अमीर डैडी अब थोड़े ज़्यादा आवेश में जवाब दे रहे थे और उनकी आवाज़ में थोड़ी खीझ भी झलक रही थी। "इस तरह की दुनिया इसलिए मौजूद नहीं है, क्योंकि तुम्हारे पास तुम्हारे डैडी की वास्तविकता और उनके विश्वास हैं। तुम उन विश्वासों को

कसकर पकड़े हुए हो, क्योंकि तुम इसी वास्तविकता में बड़े हुए हो। मैं तुम्हें इससे ज़्यादा कुछ नहीं सिखा सकता, जब तक कि तुम उस वास्तविकता को बदलना न चाहो। मैं तुम्हें ज़्यादा बातें बता सकता हूँ कि अमीर कैसे बना जाए, लेकिन अगर तुम पैसे और ज़िंदगी के बारे में अपने परिवार की वास्तविकता को पकड़े रहते हो, तो मेरी बताई बातों से कोई फ़ायदा नहीं होगा।"

"लेकिन कोई पैसा नहीं और कोई जोखिम नहीं? छोड़िए भी," मैंने कहा। "असली दुनिया की बात कीजिए। कोई भी यक़ीन नहीं करेगा कि ऐसी दुनिया हो सकती है, जिसमें जोखिम भी न हो और पैसे की ज़रूरत भी न हो।"

"मैं जानता हूँ," अमीर डैडी ने कहा। "इसीलिए इतने सारे लोग नौकरी की सुरक्षा को पकड़े रहते हैं और अक्सर मान लेते हैं कि निवेश ख़तरनाक है या पैसा बनाने के लिए पैसे की ज़रूरत होती है। वे अपनी मान्यताओं पर सवाल नहीं करते हैं। वे अपनी मान्यताओं को चुनौती नहीं देते हैं। इसके बजाय वे यक़ीन कर लेते हैं कि उनकी मान्यताएँ सच हैं और कभी नहीं पूछते हैं कि क्या कोई भिन्न वास्तविकता या मान्यता हो सकती है। तुम ज़्यादा अमीर नहीं बन सकते, अगर तुम पहले अपने विश्वासों के नीचे छिपी मान्यताओं पर सवाल खड़े न करो। इसीलिए तो इतने कम लोग अमीर या वित्तीय दृष्टि से सचमुच स्वतंत्र बन पाते हैं। लेकिन तुम अब भी उस सवाल का जवाब नहीं दे रहे हो।"

"सवाल तो दोहराएँ," मैंने जवाब दिया। मैं बहुत कुंठित महसूस कर रहा था और सोच रहा था कि अपनी मान्यताओं पर सवाल न करने से उनका क्या मतलब था।

"सवाल यह था, 'तुम क्या करोगे, अगर कोई जोखिम न हो और अमीर बनने के लिए पैसे की ज़रूरत न हो?' अमीर डैडी ने कहा और धीरे-धीरे अपनी बात दोहराई। वे इस सवाल पर मेरी प्रतिक्रिया पाने की सबसे अच्छी कोशिश कर रहे थे, इसलिए मैं सवाल को अच्छी तरह सुन सकता था।

मैं बोला, "मैं अब भी सोचता हूँ कि यह बकवास सवाल है, लेकिन फिर भी मैं इसका जवाब दूँगा।"

"तुम इसे बकवास क्यों मानते हो?" अमीर डैडी ने पूछा।

"क्योंकि इस तरह की दुनिया का अस्तित्व ही नहीं है," मैंने पलटकर जवाब दिया। "यह एक मूर्खतापूर्ण सवाल है और समय की बर्बादी है। मैं इस तरह के सवाल का जवाब क्यों दूँ या सोचूँ भी क्यों?"

"ठीक है," अमीर डैडी ने कहा। "मुझे अपना जवाब मिल गया। मुझे तुम्हारी अंदरूनी मान्यता का पता चल गया। तुम्हारे लिए ऐसी दुनिया के बारे में सोचना भी समय की बर्बादी है, इसलिए तुम इस सवाल के बारे में सोचने की भी ज़हमत नहीं उठाना चाहते हो। तुम पहले से ही मानते हो कि इस तरह की दुनिया का अस्तित्व है ही नहीं, इसलिए तुम सोचते हो कि इस बारे में

सोचना समय की बर्बादी है। तुम अपनी मान्यता पर सवाल नहीं उठाना चाहते हो। चूँकि तुम्हारे हिसाब से इस तरह की दुनिया मौजूद नहीं है, इसलिए तुम इसके बारे में सोचना भी नहीं चाहते हो। तुम सिर्फ़ उसी तरीक़े से सोचना चाहते हो, जिस तरह से तुमने हमेशा सोचा है। तुम अमीर बनना चाहते हो, लेकिन पैसा गँवाने के डर में जीते हो या इस विचार के साथ कि तुम्हारे पास पर्याप्त पैसा नहीं है। मेरे लिए यह अजीब वास्तविकता है, लेकिन मैं तुम्हारे जवाब को स्वीकार कर सकता हूँ। मैं तुम्हारी मान्यताओं को समझता हूँ, क्योंकि वे बहुत ही आम मान्यताएँ हैं।"

"नहीं, नहीं, नहीं," मैंने कहा। "मैं आपके सवाल का जवाब दूँगा। मैं तो आपसे बस यह पूछ रहा हूँ कि क्या आपके हिसाब से इस तरह की दुनिया मौजूद है?" मैंने ऊँची आवाज़ में कहा। मैं नाराज़ भी था और रक्षात्मक भी।

अमीर डैडी ख़ामोश बैठे रहे। उन्होंने मेरे सवाल का जवाब नहीं दिया, ताकि मैं अपनी बात पर विचार कर सकूँ। वे मुझे अपनी वास्तविकता की बात सुनने दे रहे थे।

मैंने आवेश में पूछा, "क्या आप चाहते हैं कि मैं इस बात पर यक़ीन कर लूँ कि इस तरह की दुनिया मौजूद है?"

"मैं अपनी बात फिर से दोहराता हूँ। इससे कोई फ़र्क़ नहीं पड़ता है कि मैं किस बात पर यक़ीन करता हूँ," अमीर डैडी ने कहा। "फ़र्क़ तो इस बात से पड़ता है कि तुम किस बात पर यक़ीन करते हो।"

"ठीक है, ठीक है, ठीक है," मैंने कहा। "अगर इस तरह की दुनिया मौजूद है, ऐसी दुनिया जिसमें कोई वित्तीय जोखिम नहीं है और ऐसी दुनिया जिसमें अमीर बनने के लिए मुझे पैसे का इस्तेमाल करने की ज़रूरत नहीं है, तो मैं इतना अमीर बन जाऊँगा, जितनी मैंने कल्पना भी नहीं की होगी। मुझे डर नहीं लगेगा। मैं यह बहाना नहीं बनाऊँगा कि मेरे पास पैसा नहीं है या मैं असफल हो सकता हूँ। मैं अपार समृद्धि की दुनिया में जियूँगा ... एक ऐसी दुनिया, जहाँ मैं जो चाहूँ, वह पा सकता हूँ। मैं एक बिलकुल ही अलग दुनिया में जीवन बिताऊँगा ... निश्चित रूप से ऐसी दुनिया में नहीं, जहाँ मैं बड़ा हुआ हूँ।"

अमीर डैडी ने कहा, "तो अगर इस तरह की दुनिया मौजूद हो, तो क्या यात्रा करना सार्थक होगा?"

"बिलकुल," मैंने तीखी आवाज़ में कहा। "कौन यात्रा नहीं करेगा?"

अमीर डैडी ने मौन रहकर बस अपने कंधे उचकाए और एक बार फिर मुझे अपने शब्दों पर सोचने का मौक़ा दिया।

मैंने दोबारा पूछा, "क्या आप यह कह रहे हैं कि इस तरह की दुनिया मौजूद है?"

"यह फ़ैसला तुम पर है। तुम यह फ़ैसला कर सकते हो कि कौन सी दुनिया मौजूद है। मैं तुम्हारे लिए यह काम नहीं कर सकता," अमीर डैडी ने कहा। "मैंने अपना फ़ैसला बरसों पहले ही कर लिया था कि मैं किस तरह की दुनिया को मौजूद देखना चाहता था।"

"क्या आपको अपनी दुनिया मिल गई?" मैंने पूछा।

अमीर डैडी ने इस सवाल का सीधा जवाब नहीं दिया। उनका इकलौता जवाब यह था, "क्या तुम्हें एलिस की *थ्रू द लुकिंग ग्लास* वाली कहानी याद है?"

मैंने हाँ में सिर हिलाया।

"बरसों पहले, मैं भी आईने के पार गया था। अगर आपको यक़ीन हो कि इस तरह की दुनिया मौजूद है, तो आप आईने के पार यात्रा करने का फ़ैसला कर सकते हैं। लेकिन आप सिर्फ़ तभी यात्रा करेंगे, जब आपको इस तरह की दुनिया की संभावना पर यक़ीन होगा। अगर आपको इसके होने का यक़ीन ही नहीं है, तो आपको यह सिर्फ़ आईना दिखेगा और आप आईने के इसी तरफ़ रुककर अपना प्रतिबिंब देखते रहेंगे।"

## क्लास को मेरा जवाब

जब मैंने क्लास को यह कहानी बताई, तो ख़ामोशी छा गई। मैं नहीं जानता था कि मेरा जवाब समझदारी भरा लग रहा था या नहीं। यह समझदारी भरा लग रहा हो या न लग रहा हो, लेकिन मैंने कहानी के पीछे की कहानी बता दी थी। अपने जवाब को पूरा करते हुए मैंने कहा, "तो यहाँ से मेरी यात्रा शुरू हुई। अमीर डैडी के साथ हुई बातचीत के बाद मैं बहुत जिज्ञासु हो गया। मैंने कई सालों तक उनकी बातों के बारे में विचार किया। मैंने इस बारे में जितना ज़्यादा सोचा, उनकी बात में उतनी ही ज़्यादा संभावना नज़र आई। जब मेरी उम्र तीस साल से ज़्यादा हो गई, तो मैं जानता था कि मुझे अपनी वास्तविकता का विस्तार करना था। मैं जानता था कि अमीर डैडी के साथ मेरे प्रशिक्षण के दिन पूरे हो गए थे। मैं जानता था कि अमीर डैडी अब मुझे इससे ज़्यादा नहीं सिखा सकते थे या इससे ज़्यादा जवाब नहीं बता सकते थे, जब तक कि मैं अपनी वास्तविकता को बदलने का फ़ैसला न कर लूँ और अपनी यात्रा शुरू न कर लूँ। ज़्यादा जवाबों से मदद नहीं मिलने वाली थी। मुझे एक नई विस्तृत वास्तविकता की ज़रूरत थी। मैं जानता था कि यह घोंसला छोड़ने का समय था। मैं नहीं जानता था कि इस तरह की दुनिया मौजूद है या नहीं, लेकिन मैं चाहता था कि यह मौजूद हो। इसलिए जब मैंने यह फ़ैसला कर लिया कि इस तरह की दुनिया का होना संभव है, तो मेरी यात्रा शुरू हो गई। इस निर्णय के साथ मैं उस दुनिया की तलाश में चल दिया- ऐसी दुनिया की तलाश में, जहाँ कोई जोखिम न हो और जिसमें पैसे बनाने के लिए पैसे की ज़रूरत न हो। मैं आईने में अपना प्रतिबिंब

देखते-देखते थक गया था और मुझे जो दिख रहा था, वह मुझे ख़ास पसंद नहीं आया था। मैं आईने के पीछे की दुनिया की तलाश में चल दिया।"

क्लास ख़ामोश रही। मैं भाँप सकता था कि उनमें से कुछ इस विचार को ग्रहण कर रहे थे और कुछ इससे जूझ रहे थे। एक विद्यार्थी ने अपना हाथ उठाकर कहा, "तो आपने यक़ीन कर लिया कि इस तरह की दुनिया मौजूद है? क्या आप हमें यही बता रहे हैं?"

मैंने उसके सवाल का जवाब नहीं दिया। इसके बजाय मैंने कहानी आगे बढ़ाई, "इस तरह की दुनिया संभव हो सकती है, यह निर्णय लेने के कुछ ही समय बाद मेरी मुलाक़ात किम से हो गई। मैंने उसे उस यात्रा के बारे में बताया, जिस पर मैं जा रहा था। किसी कारण वह भी साथ चलना चाहती थी। उसने कहा, 'देखो, तुमने जो कहा है, वह इस वक़्त मेरी वास्तविकता से परे है ... सारी ज़िंदगी नौकरी करने की वास्तविकता। मैं अपनी वर्तमान वास्तविकता को पसंद नहीं करती हूँ, इसलिए मैं नई वास्तविकता खोजने की इच्छुक हूँ।'"

जो विद्यार्थी मुझसे अपने सवाल का जवाब पाने की कोशिश कर रहा था, उसने अपना हाथ नीचे कर लिया और सुनने लगा। "किम मुझसे मिलने वाली पहली युवती थी, जो इस तरह के पागलपन भरे विचार के बारे में सोचने की इच्छुक थी। मैं उसे यह बताने में झिझक रहा था, लेकिन उसने मेरे विचारों से संघर्ष नहीं किया। इसके बजाय वह कई दिनों तक सुनती रही, जब मैंने उसे उस दुनिया के बारे में बताया, जिसे मैं संभव मानता था। तब हमारी यात्रा शुरू हुई। यह पैसे के बारे में नहीं, बल्कि एक अलग दुनिया को खोजने के बारे में थी। इसलिए मैं आप सभी से विश्वासपूर्वक कहता हूँ कि सबसे बढ़कर यह उस दुनिया की खोज थी, जिसने किम और मुझे आगे बढ़ाया।

"जब हमने फ़ैसला कर लिया, तो हम आईने के पार अपनी यात्रा पर चल दिए। हम जानते थे कि यात्रा शुरू करने के बाद हमें बहादुर बनने, विनम्र बनने, अध्ययन करने, सीखते रहने, जल्दी सबक़ सीखने और सबसे महत्वपूर्ण बात, अपनी वास्तविकता का विस्तार करने की ज़रूरत है, क्योंकि हम जानते थे कि यह यात्रा सिर्फ़ हमारे दिल और दिमाग़ में होने वाली यात्रा थी। हम जानते थे कि इस यात्रा का हमारे बाहरी संसार से बहुत कम संबंध था। इसका संबंध तो पूरी तरह हमारे भीतर की वास्तविकताओं से था। जब परिस्थितियाँ सचमुच बुरी हो गईं, तो इस भिन्न वास्तविकता, भिन्न दुनिया की तलाश ने ही अंततः हमें प्रेरणा दी। जब हमारी यात्रा शुरू हो गई, तो हम जानते थे कि हम पीछे नहीं लौटेंगे। अलग दुनिया की तलाश हमें आगे बढ़ाती रही।"

सेमिनार रूम में लंबी ख़ामोशी छा गई। अचानक एक विद्यार्थी ने अपना हाथ हवा में उठाकर पूछा, "तो क्या आपको यह दुनिया मिली? मुझे बताएँ कि क्या आपको यह दुनिया मिली। अगर यह मौजूद है, तो मैं भी वहाँ जाना चाहती हूँ। मैं अपनी ज़िंदगी के पचास साल पैसे के लिए काम करने में नहीं बिताना

चाहती। मैं ऐसी ज़िंदगी नहीं जीना चाहती, जिसमें मैं पैसे से आदेश लूँ और कंगाली के डर से जियूँ। मुझे बताएँ कि क्या इस तरह की दुनिया मौजूद है।"

मैं एक पल के लिए ठहरा और उसके साथ वही किया, जो मेरे अमीर डैडी ने बरसों पहले मेरे साथ किया था। मैंने उसे अपनी वास्तविकता के बारे में सोचने का मौक़ा दिया। मैंने आख़िरकार जवाब दिया, "यह फ़ैसला करना आप पर है। महत्वपूर्ण यह नहीं है कि मैं क्या यक़ीन करता हूँ; महत्वपूर्ण तो यह है कि आपके हिसाब से क्या मौजूद है। अगर आप सोचती हैं कि इस तरह की दुनिया आपके लिए मौजूद है, तो आप आईने के पार चली जाएँगी। अगर आप ऐसा नहीं सोचती हैं, तो आप आईने के इसी तरफ़ रुकी रहेंगी और अपने प्रतिबिंब को देखती रहेंगी। पैसे के मामले में आपके पास यह फ़ैसला करने की शक्ति होती है कि क्या वास्तविक है और आप किस तरह की वास्तविकता में जीना चाहते हैं।" क्लास ख़त्म हो गई। क्लास के ज़्यादातर लोग गहरे विचार में खो गए। अपना ब्रीफ़केस पैक करने के बाद मैंने उनकी ओर मुड़कर कहा, "ध्यान देने के लिए धन्यवाद। सुनने के लिए धन्यवाद। क्लास ख़त्म।"

# अंत में

1994 में किम और मैंने फ़िजी में लंबी छुट्टी गुज़ारी। एक दोस्त ने एक छोटे रिज़ॉर्ट की सलाह दी थी, जो एक छोटे से निजी टापू पर स्थित था। सूरज उगने से पहले होटल के एक स्टाफ़ मेंबर ने घास-फूस के हमारे भव्य आशियाने में हमारा स्वागत किया। उसने मुस्कराकर धीरे से कहा, "आपके घोड़े तैयार हैं।"

हम पाँच दिनों से इस टापू पर थे। मैं आख़िरकार आराम कर रहा था, थकान दूर कर रहा था और इस स्वर्ग से सुंदर टापू की धीमी गति में ढल रहा था, जिसके चारों ओर प्रशांत महासागर का साफ़ नीला पानी था। नौ साल पहले लैरी, किम और मैं वैंकुवर, ब्रिटिश कोलंबिया के उत्तर में स्थित व्हिसलर माउंटेन पर बर्फ़ के बीच कँपकँपाते हुए बैठे थे और वित्तीय स्वतंत्रता की योजनाएँ बना रहे थे। जब मैं अपने घोड़े पर चढ़ा, तो मैंने उस ठंडे कँपकँपाते पहाड़ पर बिताए समय के बारे में सोचा। जीन में व्यवस्थित होते समय मैंने सोचा कि अब हमारी ज़िंदगी की परिस्थितियाँ कितनी अलग थीं। हम लोग अब ठंड से नहीं काँप रहे थे और ग़रीब या कंगाल नहीं थे। अब हमारे पास बहुत सारा पैसा था। और इससे भी ज़्यादा महत्वपूर्ण बात यह थी कि अब हम स्वतंत्र थे। हमें ज़िंदगी में अब दोबारा कभी काम नहीं करना था।

घोड़े धीरे-धीरे उस पगडंडी पर चलने लगे, जो सुंदर सफ़ेद बालू वाले समुद्र तट के समानांतर बनी थी। समुद्र इस टापू के चारों तरफ़ था। हालाँकि अँधेरे के कारण मैं कुछ नहीं देख सकता था, लेकिन जब घोड़ा समुद्र तट की सँकरी पगडंडी पर धीरे-धीरे क़दम बढ़ा रहा था, तो मैं क़रीब से आती समुद्र की आवाज़ सुन सकता था और समुद्र की हवा महसूस कर सकता था। टापू की मिट्टी और उष्णकटिबंधीय पेड़ों की गंध के साथ नमकीन हवा की ख़ुशबू ने मुझे हवाई में अपने बचपन की याद दिला दी, जिस समय हवाई सचमुच हवाई था। हालाँकि घोड़े पर हमने सिर्फ़ कुछ देर सवारी की, लेकिन इस दौरान मेरे दिमाग़ में ज़िंदगी भर की यादें उभर आईं।

आधे घंटे की घुड़सवारी के बाद होटल के स्टाफ़ मेंबर ने घोड़ों को रोक

दिया और नीचे उतरने में हमारी मदद की। थोड़ी दूर पर मैंने देखा कि कुछ रोशनियाँ हवा में नाच रही थीं। गाइड हमारे हाथ पकड़कर हमें उन रोशनियों की ओर ले गया। सफ़ेद मेज़पोश वाली एक टेबल पर मोमबत्तियाँ लगी थीं। यह टेबल धीरे-धीरे आती लहरों से कुछ फ़ुट दूर बालू पर रखी थी। होटल के स्टाफ़ के सदस्य ने किम और मुझे दुनिया के सबसे सुंदर रेस्तराँ की एकमात्र टेबल पर बैठाया। जैसे ही हम बैठे, स्टाफ़ का एक और सदस्य मेरी पत्नी की पसंदीदा शैंपेन की बोतल लेकर आ गया। मोमबत्ती की रोशनी में किम और मैंने अपनी यात्रा के नाम पर जाम पिए। ज़िंदगी में मुझे अपनी सुंदर पत्नी के लिए इतना प्यार पहले कभी महसूस नहीं हुआ था। उसने मेरी ज़िंदगी के सबसे मुश्किल वक़्तों में मेरा साथ दिया था। हमने कुछ कहा नहीं। हमने तो बस ख़ामोशी से उस छोटी टेबल के पार हाथ बढ़ाकर एक-दूसरे का हाथ थामा, दूसरे हाथ से शैंपेन के गिलास पकड़े और अपनी आँखों से कहा, "शुक्रिया, मैं तुमसे प्यार करता हूँ।" हम सफल हो गए थे।

उसी समय इत्तफ़ाक़ से दूर क्षितिज पर सूरज की चमक दिखाई देने लगी और हम अपने चारों ओर के प्राकृतिक सौंदर्य को निहारने लगे। एक तरफ़ हमें समुद्र से उगता हरा टापू दिख रहा था। हमारे सामने सफ़ेद बालू थी और हमारे पीछे ऊँचे हरे-भरे पेड़ थे, जहाँ चिड़ियाएँ चहचहाने लगी थीं। रेत के पार शांत नीला समुद्र फैला हुआ था और सूरज का अभिवादन कर रहा था।

इस बीच हम ख़ामोशी से सूरज को पानी में से उगते और धीरे-धीरे अपने चारों तरफ़ की सुंदरता को चमकाते देखते रहे। इस बीच वेटर के अलावा वहाँ हम अकेले थे। प्रकृति की आवाज़ों को छोड़कर हर तरफ़ ख़ामोशी थी। कोई पड़ोसी, कार, पर्यटक, तेज़ संगीत, सेलफ़ोन नहीं था। सबसे अच्छी बात यह थी कि बिज़नेस के लिए जाने की झंझट नहीं थी। कोई मीटिंग नहीं। कोई डेडलाइन नहीं। कोई बजट नहीं। बिज़नेस बिक चुका था। उसने अपना काम कर दिया था और हमने उसे बेच दिया था। हमारे पास घर लौटने के बाद कोई काम नहीं बचा था। हम स्वतंत्र थे। वहाँ पर उस पल सिर्फ़ किम और मैं थे ... और प्रकृति का भव्य सौंदर्य था ... ईश्वर की शानदार रचना।

जैसे ही सूरज पानी से आख़िर आज़ाद हुआ, कोई चीज़ मेरे दिमाग़ में चटकी। मेरी दृष्टि धुँधली नहीं हुई। यह तो बस काँपने लगी और मेरा बाक़ी का शरीर भी हल्के से काँपा। यह एक छोटा सा भूकंप था, एक झटका, जो मेरे शरीर और आत्मा को अचानक लगा था। मेरे भीतर गहराई में कोई चीज़ बदल रही थी। इस अनुभव के कारण मैं और आरामदेह हो गया। सूरज की गर्मी पानी के पार से हम तक पहुँचने लगी। इसके साथ ही मेरे दिल में असीमित कृतज्ञता की भावनाएँ उभरीं और पूरे शरीर में फैल गईं। मुझे इस बात का एहसास नहीं हुआ था, लेकिन मेरा संदर्भ पूरी तरह बदल गया था - मैंने आईने के पार क़दम रख दिया था और अब एक नई जीवनशैली को बिलकुल

साफ़-साफ़ देख सकता था। मेरी आँखों में आँसू आ गए, दुख से नहीं, बल्कि उस पूर्णता, प्रचुरता और समृद्धि पर गहरे आश्चर्य से, जो सिर्फ़ किम और मेरे ही नहीं ... बल्कि हम सभी के चारों ओर है।

धीरे-धीरे मुझे एहसास हुआ कि ज़्यादातर समय मुझे मेरा डर रोक रहा था। दुनिया में पर्याप्त नहीं है या मैं सक्षम नहीं हूँ, यह डर मुझे उस प्रचुरता का आनंद लेने से रोक रहा था, जो इस धरती पर ज़िंदगी मुझे दे रही थी। मुझे एहसास हुआ कि अमीर बनने का मेरा संघर्ष मूलतः ग़रीबी के डर के ख़िलाफ़ मेरा व्यक्तिगत संघर्ष था। मुझे यह भी एहसास हुआ कि मेरे अमीर डैडी हमेशा यह क्यों कहते थे, "यह तुम्हारा डर है, जो तुम्हें अपना ख़ुद का क़ैदी बनाता है। यह तुम्हारा डर है, जो तुम्हें अपनी कालकोठरी में बंद रखता है, एक ऐसी जेल में, जो ईश्वर की समृद्धि को भीतर नहीं आने देती है।" मेरा दिमाग़ अपनी जवानी के दिनों को याद करने लगा और अब मैं अमीर डैडी की आवाज़ सुन सकता था, "अक्सर हम सोचते हैं कि हम अकेले हैं और हमें ख़ुद ही ज़िंदा रहना है। अक्सर हम यक़ीन करते हैं कि ज़िंदा रहने के लिए हमें अपना काम अपने दम पर करने की ज़रूरत है। हमें हमेशा सिखाया गया है कि सबसे उपयुक्त (fittest) व्यक्ति ही बच पाता है और अगर हम उपयुक्त नहीं हैं, तो हम नहीं बच पाते हैं। क़ैदी इसी तरह से सोचता है। कई लोग वित्तीय दृष्टि से अपने डर के क़ैदी हैं। इसीलिए वे वित्तीय स्वतंत्रता खोजने के बजाय सुरक्षा के धागों में जकड़े रहते हैं, लालची बन जाते हैं और चंद पैसों के लिए उसी तरह लड़ते हैं, जिस तरह भूखे कुत्ते बिना मांस की हड्डी के लिए लड़ते हैं।

"अपनी स्वतंत्रता पाना आसान है। आपको तो बस पहले यह देखना है कि ईश्वर क्या करवाना चाहता है और फिर ईश्वर की दी हुई प्रतिभाओं से उसकी इच्छा पूरी करना है। अगर आप निष्ठा से इतना कर देंगे, तो ईश्वर की समृद्धि आपके जीवन में भर जाएगी। ज़िंदगी आजीविका कमाने के बारे में नहीं है। पक्षियों को देखें, पौधों को देखें, अपने चारों ओर प्रकृति के प्राणियों को देखें। पक्षी आजीविका नहीं कमाते हैं। पक्षी और ईश्वर के अन्य प्राणी सिर्फ़ वही करते हैं, जो करने के लिए उन्हें यहाँ भेजा गया है। अगर आप ईश्वर में बस यक़ीन करेंगे और वह करेंगे, जिसके लिए आपको यहाँ भेजा गया है, तो ईश्वर की समृद्धि हमेशा आपके साथ रहेगी।" अमीर डैडी ने यह भी कहा था, "आपको पक्षी का काम करने की ज़रूरत नहीं है ... पक्षी वह काम पहले से ही कर रहा है।" उन्होंने ऐसा इसलिए कहा था, क्योंकि उन्होंने देखा था कि बहुत सारे लोग नौकरियों के लिए प्रतिस्पर्धा करते थे, बजाय यह देखने के कि क्या करने की ज़रूरत है। उन्होंने कहा था, "अगर आप यह देखेंगे कि क्या करने की ज़रूरत है और उसे कर देंगे, तो आप ईश्वर की समृद्धि का दोहन कर लेंगे।"

किम और मैं समुद्र तट की छोटी टेबल पर एक घंटे तक बैठे रहे। ज़िंदगी में पहली बार मैं समझ पाया कि मेरे अमीर डैडी क्या कह रहे थे। मैं इससे पहले

उनकी बात पूरी तरह नहीं समझ पाया था। मेरा व्यक्तिगत संदर्भ या वास्तविकता मुझे उनके शब्दों का मतलब समझने से रोक रही थी। लेकिन उस समुद्र तट पर बैठकर मैंने आख़िरकार आईने के पार क़दम रख दिया और अपने अमीर डैडी की बात पूरी तरह समझ गया।

जब समुद्र पार की हवा तेज़ होने लगी, तो मैं पृष्ठभूमि में खड़े घोड़ों की बेचैन आवाज़ें सुन सकता था। अब उनके घर लौटने का समय हो चुका था और किम और मेरा भी। एक साल बाद मैं पहाड़ पर अपने केबिन में ख़ामोशी से बैठकर ख़ुद से ये सवाल पूछ रहा था, "क्या किए जाने की ज़रूरत है?" और "मैं क्या कर सकता हूँ?"

आज जब लोग मुझसे पूछते हैं कि पैसे की ज़रूरत नहीं होने के बाद भी मैं काम क्यों करता हूँ, तो मेरा जवाब मेरे अमीर डैडी का जवाब होता है। मैं कहता हूँ, "मैं इसलिए काम करता हूँ, क्योंकि ऐसे काम हैं, जिन्हें करने की ज़रूरत है।" आज किम और मैं सिर्फ़ लीवरेज करते हैं, जो करना हमने सीखा है और वे काम करते हैं, जिन्हें करने की ज़रूरत है। और हाँ, किम और मैं ज़रूरी कामों को करने के लिए जितने ज़्यादा लीवरेज का इस्तेमाल करते हैं, हम उतने ही ज़्यादा सुखी और अमीर बनते जाते हैं।

अच्छी ख़बर यह है कि आपको काम छोड़ने की ज़रूरत नहीं है। जिस काम को करने की ज़रूरत है, उसे करने के लिए आपको रिटायर होने की ज़रूरत भी नहीं है। आपको तो बस ईश्वर को दी हुई प्रतिभाओं से वह करना है, जिसे करने की ज़रूरत है। अगर आप ऐसा कर लेंगे, तो आप समृद्धि का दोहन कर लेंगे ... वह समृद्धि जो सिर्फ़ चुनिंदा लोगों के लिए ही नहीं, बल्कि हम सभी के लिए यहाँ पर मौजूद है।

फ़िजी में उस सुंदर निजी टापू पर अपने प्रवास के आख़िरी दिन मैं समुद्र तट पर बैठा रहा और कुछ भी नहीं किया। मुझे घर जाकर भी कुछ नहीं करना था, बस एक बिलकुल नई जीवनशैली जीना था ... स्वतंत्र व्यक्ति के रूप में जीना। मैंने किम का हाथ दबाया और उसे बताया कि मैं उससे कितना प्यार करता हूँ, उसका कितना सम्मान करता हूँ। मैंने उसे इस बात के लिए धन्यवाद दिया कि वह इस यात्रा में हमेशा मेरे साथ रही। मैं उसके बिना कभी सफल नहीं हो पाता। बीच मैट उठाने और डिनर के लिए जाने से पहले मुझे अमीर डैडी की बात याद आई, "कई छोटे लोग ज़िंदगी भर दिग्गजों पर हमला करते रहते हैं। वे आलोचना करते हैं, गपशप करते हैं, अफ़वाह फैलाते हैं और उनके बारे में झूठ बोलते हैं, उन्हें नीचे गिराने की पूरी कोशिश करते हैं। वे यह नहीं देखते हैं कि उस दिग्गज में क्या सही है, बल्कि यह देखते हैं कि उसमें क्या ग़लत है। इसीलिए वे छोटे बने रहते हैं। डेविड की उम्र कम थी और उसके पास ज़्यादा कुछ नहीं था, बस एक गुलेल थी और वह गोलियाथ से शारीरिक रूप से छोटा था, लेकिन डेविड छोटा इंसान नहीं था।" इस पुस्तक का सबक़ यह

है कि हममें से हर एक के भीतर एक छोटा डेविड और एक बड़ा गोलियाथ रहता है। डेविड छोटे व्यक्ति का संदर्भ लेकर छोटा ही बना रह सकता था, अगर वह कहता, "गोलियाथ मुझसे बहुत बड़ा है। मैं सिर्फ़ एक गुलेल से इतने बड़े दैत्य का मुक़ाबला कैसे कर सकता हूँ?" इसके बजाय, डेविड दिग्गज बन गया, क्योंकि उसने दिग्गज व्यक्ति के संदर्भ को अपना बना लिया था। इसी तरह उसने गोलियाथ को हराया और ख़ुद दिग्गज व्यक्ति बन गया। आप भी ऐसा ही कर सकते हैं।

अंत में, लीवरेज हर जगह है। लीवरेज शक्ति है। लीवरेज हम सभी के भीतर है, हम सभी के चारों ओर है और हम इसका आविष्कार करते हैं। ऑटोमोबाइल, हवाई जहाज़, टेलीफ़ोन, टेलीविज़न और वर्ल्ड वाइड वेब जैसे हर नए आविष्कार के साथ एक नए प्रकार के लीवरेज का आविष्कार होता है। लीवरेज के हर नए प्रकार के साथ नए मिलियनेअर और बिलियनेअर बनते हैं, क्योंकि उन्होंने नए लीवरेज का दुरुपयोग नहीं, बल्कि सदुपयोग किया। तो हमेशा याद रखें कि लीवरेज की शक्ति का सदुपयोग किया जा सकता है, दुरुपयोग किया जा सकता है या इससे डरा जा सकता है। आप अपने जीवन में लीवरेज की शक्ति का किस तरह प्रयोग करने का चुनाव करते हैं, यह आप पर है और सिर्फ़ आप पर ही है।

यह पुस्तक पढ़ने के लिए धन्यवाद। अपने संदर्भ को खुला रखने की बात न भूलें। भविष्य बहुत उज्ज्वल है और यह ज़्यादा से ज़्यादा लोगों के लिए स्वतंत्रता लेकर आएगा।

# लेखकों के बारे में

## रॉबर्ट टी. कियोसाकी

हवाई में जन्मे और पले-बढ़े रॉबर्ट कियोसाकी चौथी पीढ़ी के जापानी-अमेरिकी हैं। न्यूयॉर्क में कॉलेज से ग्रेजुएशन करने के बाद रॉबर्ट मैरीन कॉर्प्स में शामिल हुए और ऑफ़िसर तथा हेलिकॉप्टर गनशिप पायलट के रूप में वियतनाम गए।

युद्ध से लौटकर रॉबर्ट ने ज़ेरॉक्स कॉरपोरेशन में काम किया और 1977 में एक कंपनी शुरू की, जिसने बाज़ार में पहले नायलॉन वेल्क्रो सर्फ़र वॉलेट्स उतारे। 1985 में उन्होंने एक अंतरराष्ट्रीय शिक्षण कंपनी स्थापित की, जो दुनिया भर के लाखों विद्यार्थियों को बिज़नेस और निवेश के बारे में सिखाती थी।

1994 में रॉबर्ट ने अपना बिज़नेस बेच दिया और 47 साल की उम्र में रिटायर हो गए। अपने संक्षिप्त रिटायरमेंट में रॉबर्ट ने *रिच डैड पुअर* डैड पुस्तक लिखी। जल्दी ही उन्होंने रिच *डैड्स कैशफ़्लो क्वाड्रैंट, रिच डैड्स गाइड टु इनवेस्टिंग* और *रिच किड स्मार्ट किड* पुस्तकें भी लिखीं। सभी पुस्तकें *वॉल स्ट्रीट जर्नल, बिज़नेस वीक, न्यूयॉर्क टाइम्स, ई-ट्रेड डॉट कॉम* जैसी प्रतिष्ठित बेस्टसेलर सूचियों में शामिल रही हैं। रॉबर्ट ने अपना शैक्षणिक बोर्ड गेम *कैशफ़्लो* भी बनाया, ताकि वे लोगों को वही वित्तीय रणनीतियाँ सिखा सकें, जो उनके अमीर डैडी ने उन्हें बरसों तक सिखाई थीं ... वही वित्तीय रणनीतियाँ, जिनकी बदौलत रॉबर्ट 47 साल की उम्र में रिटायर हो पाए।

रॉबर्ट अक्सर कहते हैं, "हम पैसे के लिए कड़ी मेहनत करना सीखने के लिए स्कूल जाते हैं। मैं ऐसी पुस्तकें लिखता हूँ और ऐसे प्रोडक्ट बनाता हूँ, जो लोगों को यह सिखाते हैं कि पैसे से अपने लिए कड़ी मेहनत कैसे करवाई जाए ... ताकि वे उस महान संसार की विलासिताओं का आनंद ले सकें, जिसमें हम रहते हैं।"

# शेरॉन एल. लेक्टर

सीपीए, *रिच डैड* सीरीज़ की पुस्तकों की सहलेखिका और *कैशफ़्लो टेक्नोलॉजीज़ इंक.* की सीईओ तथा सह-संस्थापक शेरॉन लेक्टर ने अपने व्यावसायिक प्रयास शिक्षा के क्षेत्र में समर्पित किए हैं। उन्होंने फ़्लोरिडा स्टेट यूनिवर्सिटी से ऑनर्स के साथ अकाउंटिंग की डिग्री ली। फिर वे एक बड़ी अकाउंटिंग फ़र्म में नौकरी करने लगीं, जो बिग एट अकाउंटिंग फ़र्म्स में से एक थी और उन्होंने कई कंपनियों गें मैनेजमेंट का पद सँभाला, जैसे कंप्यूटर, बीमा और प्रकाशन जगत। इस दौरान उन्होंने सीपीए की व्यावसायिक पहचान क़ायम रखी।

शेरॉन 20 साल से ज़्यादा समय से माइकल लेक्टर के साथ सुखी वैवाहिक जीवन बिता रही हैं। उनकी तीन संतानें हैं, फ़िलिप, शैली और विलियम। जब उनके बच्चे बड़े होने लगे, तो वे उनकी शिक्षा में दिलचस्पी लेने लगीं और हमेशा उनके स्कूलों में लीडरशिप पदों पर रहीं। वे गणित, कंप्यूटर्स, पढ़ने और लिखने की शिक्षा के क्षेत्रों में मुखर कार्यकर्ता बन गईं। 1989 में वे पहली इलेक्ट्रॉनिक "टॉकिंग बुक" के आविष्कारक के साथ जुड़ गईं और उन्होंने इलेक्ट्रॉनिक पुस्तक उद्योग को मल्टीमिलियन-डॉलर के अंतरराष्ट्रीय बाज़ार में विकसित होने में सहयोग दिया। आज वे शिक्षा के क्षेत्र में नई प्रौद्योगिकी विकसित करने के क्षेत्र में अग्रणी हैं। *रिच डैड* पुस्तकों की सहलेखिका और कैशफ़्लो टेक्नोलॉजीज़ की सीईओ होने के नाते वे अब अपने प्रयास वित्तीय शिक्षा के क्षेत्र में केंद्रित कर रही हैं। "वर्तमान शिक्षा तंत्र आज की दुनिया में होने वाले वैश्विक और प्रौद्योगिकी परिवर्तनों से क़दम मिलाकर नहीं चल पाया है। हमें अपने बच्चों को स्कूली और वित्तीय दोनों तरह की योग्यताएँ सिखानी चाहिए, जिनकी ज़रूरत उन्हें न सिर्फ़ इस दुनिया में बचने के लिए, बल्कि समृद्ध बनने के लिए भी होगी।"

परोपकारी शेरॉन वॉलंटियर और दानदाता दोनों रूपों में "दान देती हैं।" वे फ़ाउंडेशन फ़ॉर फ़ाइनैंशियल लिटरेसी चलाती हैं और एरिज़ोना बोर्ड ऑफ़ चाइल्डहेल्प यूएसए की डायरेक्टर हैं, जो अमेरिका में बच्चों का उत्पीड़न रोकने के लिए बना राष्ट्रीय संगठन है। विमेन्स प्रेसिडेंट्स ऑर्गैनाइज़ेशन की सदस्य के रूप में वे देश भर की अन्य प्रोफ़ेशनल महिलाओं के साथ नेटवर्किंग करती हैं।

उनके बारे में *रिच डैड* पुस्तकों के लेखक और उनके पार्टनर रॉबर्ट कियोसाकी कहते हैं, "शेरॉन उन बहुत कम नैसर्गिक उद्यमियों में से एक हैं, जिनसे मैं कभी मिला हूँ। उनके साथ काम करते समय उनके लिए मेरा सम्मान हर दिन बढ़ता जाता है।" आप sharon@richdad.com पर शेरॉन से संपर्क कर सकते हैं।